SIEDLISKO GORĄCYCH SERC

ROMA J. FISZER

SIEDLISKO gorących SERC

EDIPRESSE
KSIĄŻKI

Zespołowi Edipresse Książki – każdemu z osobna i wszystkim razem – dziękuję za miłą i twórczą współpracę.

Siostrze Sławce – pierwszej i wiernej czytelniczce – za wszystko.

Weselny kac

Nie dajcie się nabrać na jego sztuczki – powiedziała Kasia, rozejrzała się wokół, a potem zerknęła na Maćka. – To niezły aktor, ciągle gra! – roześmiała się; rozległy się oklaski uznania.

Maciej, wbity w oparcie jednego z udekorowanych dla pary młodej krzeseł, miał rozszerzone do granic możliwości źrenice. Zdjął zaparowane okulary. Przetarł je. Rozbawiona Kaśka przyglądała mu się przez szparki w oczach. Biesiadnicy z wolna zaczynali zajmować się sobą.

– Kasiu, ale... to przecież... – usiłował wydukać.

Kasia przykryła jego usta pocałunkiem. Zrezygnowany Maciej rozłożył ramiona. Biesiada weselna trwała, Kasia dowcipkowała, ktoś od czasu do czasu do nich podszedł, zagadał, lecz Maciej tylko z rzadka odpowiadał lub blado się uśmiechał. Po weselnym przyjęciu, kiedy byli już u siebie w pokoju, próbował wrócić do tematu, ale zaczął tak niezdarnie, że Kasia biorąc to za jego poczucie humoru, zbyła go, machając ręką i zmęczona prawie natychmiast zasnęła.

Rano Maciej także nie był w sosie. Ciężko oddychał, chodził z kąta w kąt, wreszcie usiadł na foteliku naprzeciw leżącej jeszcze w łóżku i przeciągającej się Kasi.

– Sama wiesz, że nie mogę mieć dzieci. Opowiadałem ci o tym, więc jak możesz być ze mną w ciąży... –

rzucił wreszcie ponurym głosem ni to pytanie, ni to stwierdzenie.

Kasia natychmiast oprzytomniała i poderwała się na łóżku.

– Czy ty to mówisz poważnie? – spytała, cedząc słowa.

– Jak najpoważniej – skinął głową.

– Maćku, ale w moim życiu jesteś tylko... ty...

– Więc logicznie patrząc, nie powinnaś być w ciąży – powiedział cicho, ale dobitnie.

Kaśka wpatrywała się w niego z przerażeniem w oczach. Jak on może w ogóle takie rzeczy mówić? On naprawdę uwierzył, że nie może mieć dzieci. A przecież kobieta zawsze wie, czyje nosi dziecko.

– Maćku, kobieta zawsze wie, czyje nosi dziecko! – powtórzyła głośno ostatnią swoją myśl, próbując się uśmiechnąć.

– Ale jak to możliwe, skoro ja nie mogę mieć dzieci...

– Z tego, co opowiadałeś, nigdy nie zrobiłeś żadnych badań. – Przełknęła nerwowo ślinę.

– Ale mam wadę... – wskazał palcem na podbrzusze – ...która uniemożliwia mi zostanie ojcem.

– Boże! Powiedziano ci tylko, jak mi zrelacjonowałeś, że w przyszłości możesz mieć problemy, czy tak?

– Ale to na jedno wychodzi – upierał się.

– Przecież jesteś naukowcem, na Boga, i logika nie jest ci obca! – rozgniewała się, nie wytrzymując ciśnienia.

Zacisnął usta i pięści. Tego jeszcze u niego nie widziała. Zachowywał się i mówił jak mały obrażony chłopiec, który nie ma wiedzy i nie znajduje argumentów, a nie jak naukowiec.

– Maćku, powinieneś pójść na spacer i przemyśleć, jakie głupoty mi tu opowiadasz. Gdybym była młódką, pewnie bym się załamała. – Pokręciła głową. – Ale w moim wieku kobieta zastanawia się nad czym innym. Gdzie ja głupia oczy miałam, by nie dostrzec, że mój mężczyzna jest dzieciakiem? Rób, co chcesz, ale w ciąży jestem z tobą i dziecko ci urodzę – powiedziała twardo.

Maciej złapał się oburącz za głowę.

– Chyba nie uważasz, że będę ojcem nie swojego dziecka? – rzucił szorstko.

– Coś ty powiedział? – Kaśka przymknęła oczy. – Wynoś się stąd! Ale już!

Maciej popatrzył na nią nienawistnie i z zaciętą miną wyszedł z pokoju.

– No nie! Przecież to jest patentowany głupek! Meteorologia, chmury, moczarki... srarki! – wrzasnęła. – Ty... ty... gnojku! Gdzie mój telefon?!

Rozglądała się po pokoju.

Gdy po kilku sygnałach w telefonie odezwało się niewyraźne:

– Halo...

Rzuciła w eter:

– Marysia...?

– A kto ma być? – usłyszała znajomy, choć mocno zaspany głos przyjaciółki.

– Idziemy na spacer! – wrzasnęła Kaśka.

– To dlatego mnie budzisz? Bardzo zabawne. Pa.

– Maryśka! Obudź się. Idziemy na spacer! Za dziesięć minut bądź koło tartaku.

– Ty co, mówisz poważnie? – Marysia ziewnęła.

– A co, masz mnie za taką, co sobie żartuje?

– No, kilka razy wycięłaś mi niezły numer.

– Ale z kim jestem w ciąży, to chyba wiem, co?! Pamiętaj, za dziesięć minut spotykamy się koło tartaku!

– Ale...

Kaśka rzuciła telefonem w poduszkę. Umyła zęby, opłukała twarz, szybko ubrała się i zbiegła w dół.

– A dokąd to panna młoda tak wcześnie? – dobiegło ją z kuchni pytanie Felci; Kaśka przyhamowała.

– Maciej też gdzieś przed chwilą wyszedł – dodała matka, siedząca obok Felci przy stole; Kaśka spojrzała na obie.

– Tak to jest... – zaczęła i machnęła ręką; ruszyła dalej.

Przy tartaku, przebierając nogami z emocji, czekała już Marysia.

– Co się, Kacha, stało?

– Wyobraź sobie, że ten smarkul uważa, że to nie jego dziecko! – wrzasnęła.

– No co ty... – Marysia potrząsnęła końskim ogonem; jej oczy zrobiły się wielkie jak talerze.

– Przecież kobieta wie, z kim jest w ciąży, tak?

– No jasne, ale...

– On sobie wmówił, że to, co kiedyś usłyszał od lekarza, że może mieć w przyszłości pewne problemy, jest niepodważalne.

– Naprawdę...?

– Tak, naprawdę...

– Masz babo placek.

– Ano mam! – Kaśka tupnęła.

– A wiesz... – Marysia złapała ją pod pachę. – Wczoraj, kiedy krzyknęłaś o ciąży, wydawało mi się, że on był autentycznie zaskoczony...

– No mógł, bo nic mu wcześniej nie mówiłam. Chciałam zrobić niespodziankę! Potem myślałam, że się bawi...

– To w takim razie był niemądry pomysł... – Marysia pokręciła głową.

– Więc według ciebie, on jest takim człowiekiem, że

każdorazowo powinnam się zastanawiać, czy coś, co chcę powiedzieć, jest odpowiednie na jego intelekt...?

– Teraz się wyzłośliwiasz. To nie jest przecież pierwszy lepszy głupek...

Kaśkę nie wiedzieć czemu słowa te rozśmieszyły.

– Ty się jeszcze śmiejesz? Kacha, z wami obojgiem jest coś nie teges – zachichotała Marysia.

– Słuchaj. Jak on coś takiego mógł sobie w ogóle pomyśleć... i jeszcze powiedzieć to głośno! – Kaśka machnęła ręką. – Żonie, dopiero co poślubionej... i co ja mam zrobić?

– A próbowałaś z nim rozmawiać? – Marysia zajrzała Kasi w twarz.

– No, nie wygłupiaj się. Przecież z nim rozmawiałam. To wcale nie jest śmieszne – Kaśka obruszyła się na przyjaciółkę.

– Wyście się pokłócili, a nie rozmawiali.

– Jak można rozmawiać, jeśli on się zaparł, że ma feler, bo kiedyś...

– To już mówiłaś, ale może trzeba inaczej...

– Inaczej, czyli jak? – Kasia zatrzymała się.

– Inaczej, czyli spokojnie. Wyjaśnić mu, że się myli, że jest tylko on, że nie mogłabyś...

– Marysiu! Zgłupiałaś? Ja mam się tłumaczyć? A może jeszcze przepraszać, że się... podłożyłam...! – Kasia spojrzała w oczy przyjaciółki. – Posłuchaj, Marysiu, ja go kocham, ale takiej rozmowy z nim nie przeprowadzę. Dokładnie wiem, kiedy to się stało... – dokończyła cicho; w jej oczach pojawiły się łzy.

– Kiedy? – Marysia zajrzała jej w oczy. – Chodźmy... opowiedz, proszę.

– W domku na Mull of Kintyre...

– Tam?

– Tam właśnie.

– Jak cudownie – Marysia przewróciła oczami.

– Pokazał mi wschód słońca, a po powrocie poszliśmy... na nasz Mount Everest... – Teraz Kasia przewróciła oczami; otarła łzy. – Wszystko czułam. – Dotknęła ręką brzucha i uśmiechnęła się.

– No przecież...! To się czuje, jak się kocha.

Chwilę szły w milczeniu. Doszły do ściany lasu.

– Idziemy dalej? – Marysia zerknęła na Kasię.

– Idziemy aż do Bawernicy.

– Chyba zgłupiałaś, to będzie z dziesięć kilometrów.

– Przecież las bawernicki... to ten las.

– Ale ty jesteś! Bawernica jest na drogowskazie, co nie znaczy, że tak nazywa się las!

– No popatrz, a ja myślałam...

– Najpierw po ponad kilometrze jest Słupia, parking i droga do leśniczówki, potem po czterech kolejnych kilometrach jest Chałupa, taki niewielki przysiółek, potem za dwa kilometry Chośnica, a dopiero na końcu, po kolejnych trzech kilometrach, Bawernica.

– Ale mądrze gadasz... Razem wyszło mi rzeczywiście dziesięć. Skończyły mi się paluszki. – Uśmiechnięta Kasia pokazała palce, na których zliczała kilometry.

– A widzisz... On tak samo precyzyjnie myśli o twojej ciąży i swoim felerze – zachichotała Marysia.

– No, nie mów... – Kasia zmarszczyła czoło; ich wzrok się spotkał. – To co ja mam zrobić?

– Już powiedzieliście sobie za dużo i za głupio, bo ty chyba też coś palnęłaś, może nie?

– Szczerze? – Kasia spojrzała na Marysię; ta pokiwała głową. – Kazałam mu się wynosić...

– No, to grubo... – Marysia zamyśliła się. – Wczoraj, kiedy powiedziałaś o ciąży, a ja dojrzałam u niego coś więcej niż niedowierzanie, byłam pewna, że też widzisz to samo.

– Naprawdę byłam przekonana, że zagrał taką rolę...

– Potem to się jakoś rozmyło i machnęłam ręką, ale widzę, że miałam rację. To moja teoria pierwszego wrażenia, która u mnie prawie zawsze się sprawdza.

– Mądre to twoje psychologiczne podejście...

– Poradź się może jeszcze córki... – zachichotała Marysia.

– Teraz to już cię całkiem poniosło! – Kasia omiotła ją wzrokiem.

Chwilę szły w milczeniu. Stanęły na mostku, pod którym przepływała, lekko szemrząc, Słupia; oparły się o balustradę.

– Jak tutaj ślicznie i spokojnie. Ta rzeka płynie i płynie... Wiadomo dokąd, ale odkąd...?

– Chyba skąd? Nie wiem, gdzie ma źródło.

– Chciałam powiedzieć i ja coś mądrze, jak mój mąż naukowiec – Kasia mrugnęła. – Pytałam *odkąd*... ile tysięcy lat.

– Aha... dobre pytanie.

– Czas też płynie...

– Tylko nie pytaj mnie znowu odkąd? – Marysia potrząsnęła końskim ogonem i objęła przyjaciółkę.

– Jesteśmy tutaj rok i trzy miesiące. Niby niedługo, a spójrz, ile się zmieniło. Miałam długoletniego partnera, kochanka – Piotra, potem był Krzyś... – Kasia rozłożyła dłonie. – Teraz mam męża, który jest ojcem mojego dziecka, ale mówi, że to nie on, bo on ma feler – zaśmiała się ponuro.

– Cieszę, że już nie tupiesz i nie krzyczysz. Mam nadzieję, że dalej też nie będziesz się zamartwiać tą sprawą. – Marysia spojrzała jej w twarz.

– Mam dar dwutorowego myślenia... Chyba już ci to kiedyś mówiłam. Nie...? Kiedy tak sobie szłyśmy i rozmawiałyśmy o tym zdarzeniu, w tle obmyśliłam strategię, co z tym zrobię.

Teraz Kasia wsunęła rękę pod pachę Marysi; ruszyły w kierunku leśniczówki.

– Ciekawe to dwutorowe myślenie... Ale powiedz, co wymyśliłaś?

– Postanowiłam po prostu... przeczekać! – zawołała Kasia.

– Poważnie?

– Każda moja rozmowa z nim na ten temat będzie rodziła stres, a on kiedyś wreszcie sam wszystko zrozumie... chyba. – Kasia spojrzała poważnie na przyjaciółkę.

– Tak, to też jest sposób, tylko nie wiem...

– Znam siebie. Jeśli tak nie zrobię, będę się tylko zamartwiać. Jestem w czwartym miesiącu, zostało pięć, gdzieś w połowie lutego urodzę.

– Czy już wiesz, jaka płeć? – Marysia prawie podskoczyła. – Jakie miałaś smaki? Rzygałaś?

– Hi, hi, hi. Raz mnie tylko zemdliło, smaki mam takie... normalne. Wiesz, Marysiu, co? – Zacisnęła dłoń na jej przedramieniu. – Kiedy byłam z Elizką w ciąży, przeżywałam stres po śmierci Piotrusia...

Spojrzały po sobie.

– Nie chcę krzywdzić tej mojej kruszyny. – Położyła dłoń na brzuchu. – Śpij, dziecinko, idziemy w las – powiedziała z uśmiechem i mrugnęła do Marysi; ta z podziwu prychnęła.

– Jesteś wielka!

– A ty wiesz, jaka będę niebawem?

Kasia wydęła policzki i wykonała ruch dłonią pokazujący spodziewany rozmiar brzucha.

Zaśmiały się obie do rozpuku. Potem jakiś czas szły w milczeniu.

– A ja miałam męża, ale wybrał wolność... – rzekła w zamyśleniu Marysia. – Jest teraz tam, na niebieskich łąkach...

Wskazała na niebo prześwitujące pomiędzy sosnami.

– Och, Klausik... Ale nowy model też jest ze znakomitej półki. – Kasia przytuliła Marysię; ta zmierzyła ją karcącym wzrokiem. – No, nie glap się tak. Przecież ty zawsze dajesz dobro, więc mimo tragedii ono samo do ciebie przyszło.

– Dobrze, że to powiedziałaś... Nie zapomnę Klausa nigdy, ale Adaś bardzo kocha moje dzieci, ma z nimi cudowny kontakt, chociaż wiesz... – Marysia spojrzała na Kasię.

– Tak. To Anioł... i prawie też się w nim zakochałam – mrugnęła.

– Twoje niedoczekanie! – pisnęła Marysia i potrząsnęła końskim ogonem. – Mój ci on jest!

Objęły się.

– Mama też się czuje tutaj znakomicie, zakochała się – rozważała Kaśka. – W życiu bym nie pomyślała. Fajny ten jej Lew, znaczy Ryszard.

– Doskonały model, taki przedwojenny – Marysia uśmiechnęła się.

– Elizka dostała się na studia, na które chciała. A tak z nią walczyłam... i po co? I jeszcze poznała Igora, i może się kochają...

– I może coś z tego będzie... – mrugnęła Marysia. – To, co Anna opowiadała o Jutce i swoich studiach, twój przypadek, a potem Elizy, a szczególnie ten Elizy... – Marysia potrząsnęła głową – ...powoduje, że sporo myślę już o studiach Miłosza, a potem Joasi. To będzie ich decyzja, od początku do końca. Ja co najwyżej porozmawiam z nimi, kiedy powiedzą, na co się zdecydowali.

– A jeśli wykombinują coś nie tak?!

– Co ty nie powiesz! A Anna co wykombinowała, a ty... już nie mówiąc o Elizce?!

Zaperzona Marysia zmierzyła przyjaciółkę wzrokiem.

– Jak ja cię kocham! – Ta objęła ją z całych sił. – Dobrze, że myśmy na siebie trafiły... wreszcie.

– Mnie też jest dzięki tobie łatwiej, Kasiu, też cię kocham, bo ty sprowadziłaś tutaj mojego Anioła Adasia.

– Nie zazdroszczę ci, bo mam swojego profesorka, choć on życiowo jest taki... taki... – Kasia poruszyła ramionami i wskazała na małą choinkę; zachichotały obie.

– Wszystko się ułoży.

– No jasne, że tak. Spójrz, jaka cierpliwa i wyrozumiała była i jest Felcia. Tyle lat czekała na Jana... Pięćdziesiąt lat minęło od momentu, kiedy się w nim zakochała, i on wrócił.

– On by nie wrócił... chyba nigdy... gdyby nie wy. – Marysia potrząsnęła głową. – Wzgórze ma w sobie coś, to prawda, ale to wy jesteście katalizatorem, który uruchomił drzemiącą w nim energię, spowodował zmiany. Szukałam tego słowa jakiś czas temu i podpowiedział mi Adaś. On tak samo uważa. Troszeczkę się ze mnie śmiał, gdy mu wyjaśniłam, do opisu jakiej sytuacji brakuje mi słowa, ale potem zamilkł i tak patrzył na mnie, patrzył... wiesz, jak on potrafi.

– Wiem, przeszywa cię wzrokiem, tymi otwartymi szeroko oczami i nie masz ochoty skłamać, tylko robi się ciepło pod sercem.

– A ty skąd to wiesz? – Marysia złapała Kasię za ramiona i śmiejącymi się oczami wpatrywała w nią.

– Szczerze?

– No jasne!
– Bo jak się poznaliśmy, to też tak na mnie popatrzył...
– Kacha...
– Chciałaś wiedzieć?
– No, to mów... – Marysia cofnęła się o pół kroku i złapała pod boki.
– Madzia wyszeptała mi tym swoim aksamitem do ucha historię jego żony Kasi, kiedy on rozmawiał na środku Erina z Konradem. Gdy wrócił, z wrażenia nie mogłam z niego spuścić wzroku. Patrzyłam na niego, a on na mnie. Nawet jak o czymś innym była rozmowa, to ciągle przeszywał mnie wzrokiem. A potem, po jednym z tańców, wyszliśmy zaczerpnąć powietrza i on mnie uniósł w górę i... całowaliśmy się.
– Ach, ty zołzo! Uwodziłaś mi mojego Adasia!
– Ja tylko sprawdzałam, czy się tobie nada!
– Przecież się nie znałyśmy?
– Aż tak to nie, ale piłyśmy przecież brendy w czasie burzy, a to... zobowiązuje!
Kasia zrobiła minę, po której Marysia zaczęła biegać w kółko i podskakiwać.
– Ty mój kochany... testerze pocałunków!
Skoczyła z rozpędu na Kasię.
– Uważaj, dzikusko. Trochę szacunku dla kobiety w ciąży... – obie się rozchichotały.
– Jakby ktoś nas podsłuchał, pomyślałby, że idiotki – sapnęła wreszcie Marysia.
– Lubię sobie trochę poidiocieć.
Kaśka poruszyła kilkukrotnie ramionami i biodrami.
Spoważniały po chwili.
– Więc co zrobisz z tym swoim nauczycielem z przedmieścia? – Marysia mrugnęła.

– Tak jak ci mówiłam, wezmę go na czas. Teraz mam go sporo, a on już nic głupszego nie jest w stanie wykombinować. Mam jeszcze jeden ruch, ale o nim przy innej okazji.

– Teraz, proszę... – Marysia złożyła ręce i przewróciła oczami.

– Nie ma mowy, jestem głodna i maleństwo też...

Położyła rękę na brzuchu.

*

– To wy byłyście razem?

Anna miała zasępioną minę; Felcia też spoglądała niepewnym wzrokiem na wchodzące do kuchni Kaśkę i Marysię.

– Biegałyśmy po rosie, po cudownym wrzosie! – zachichotała Marysia.

– Maciej wyjechał... Nie chciał nic mówić! – powiedziała Anna, ze smutkiem spoglądając na córkę.

Kaśka rozłożyła ramiona i bystrym wzrokiem popatrzyła kolejno na wszystkie kobiety.

– A gdybyś ty miała przygotować się na konferencję zaraz po ślubie i na pojutrze napisać dwa referaty, to byś się cieszyła? – Kaśka zatrzymała wzrok na matce.

Oczy Marysi zrobiły się jak wielkie wojskowe wazy.

– To ty wiedziałaś? Przecież nic nam rano nie mówiłaś? – spytała Anna.

– A co miałam mówić? Jak się dowiedziałam, to w ramach odtrutki poszłyśmy sobie z Marysią pobiegać we trójkę po rosie, po cudownym wrzosie...

Spojrzała na Marysię i uśmiechnęły się do siebie.

– A kto jeszcze był z wami?

Felcia wygięła się w kierunku drzwi do sieni; Anna też skierowała tam swój wzrok.

– No jak to kto? Marysia, ja i to... małe.

Kasia pogładziła się po brzuchu z uśmiechem.

– I nie jesteś zła na Macieja? – Felcia z wrażenia aż usiadła.

– On...

– ...wróci jeszcze mądrzejszy – Marysia, śmiejąc się, przerwała Kaśce.

– No widzicie! A teraz, Marysiu, szamamy, bo jest co! – Kaśka spojrzała na stół.

– Jak ty się wyrażasz! – załamała ręce Anna, ale w jej oczach pojawiły się błyski dobrego humoru.

– Moja mądra, kochana synowa. – Felcia podeszła do Kasi i wyściskała ją. – Tak się tutaj martwiłyśmy z Anią, że coś się stało.

– No jasne, że się stało! – pisnęła Marysia i przybrała poważny wyraz twarzy.

Felcia z wrażenia osunęła się na krzesło i spojrzała na Annę; obie spoważniały. Wpatrywały się w Marysię.

– Czy wy tak w środku nocy musicie wrzeszczeć? – doszedł je od progu zaspany głos Elizy; przeciągała się.

– Ale co się stało, córcia? – odważyła się po chwili spytać Felcia, nie spuszczając wciąż wzroku z Marysi.

– Nie wiem, o czym rozmawiacie, ale Kasiula jest w ciąży i to jest hit! A już sobie myślałam, że to ja będę pierwsza!

Eliza ubiegła Marysię, chichocząc; złapała palcami kawałek pasztetu z półmiska.

– Ja ci dam, dziewucho! – krzyknęła Kaśka, grożąc jej.

– A poza tym nie bierze się pasztetu z półmiska palcami! – zawołała Marysia i także złapała w palce kawałek pasztetu; Kaśka uczyniła podobnie.

– No, to szamamy! – zabormotała pełną buzią Eliza.

Anna i Felcia przeżegnały się, ale ich oczy już się śmiały.

*

W sobotę około południa do „Iskierki" przyjechał niezapowiedziany Igor. Eliza dojrzała go z werandy i wyszła na spotkanie do bramy.

– Lubisz ekstremalne przeżycia? – rzucił po przywitalnym pocałunku.

– Chyba raczej nie... – Pokręciła głową.

– Ale choć takie tyci, tyci? – Pokazał na palcach.

– Jeśli są takie, jak pokazujesz, to może... – uśmiechnęła się.

– Spójrz, jak pięknie się zrobiło i chociaż jutro już piętnasty września, warto by sprawdzić, jaka jest woda w Mauszu. Co ty na to?

– Na coś takiego mogę się skusić – mrugnęła. – I to z przyjemnością!

Za pół godziny leżeli na kocu, w ciepłym słoneczku, na mauszowskim cyplu. Rozmawiali o mijającym lecie i o tym, co może się jeszcze wydarzyć w najbliższym czasie.

– Spójrz, jak się fajnie porobiło. Mama wzięła ślub z Maciejem i dziecko na horyzoncie, Marysia podniosła się z Klausowej traumy i teraz zaczyna rozkwitać przy Adamie.

– Nam do siebie też coraz bliżej... – Igor uśmiechnięty od ucha do ucha przysunął się do Elizy; ich ciała dotknęły się.

Eliza wyciągnęła rękę i pogładziła go po torsie.

– Zostały tylko ostatnie motyle, trochę owadów, kaczki, kilka łabędzi i my... Wszyscy pozostali wyjechali.

Igor rozejrzał się wokół i nachylił do ust Elizy; całowali się długo i namiętnie.

– Może sprawdzimy, jaka jest woda? Strasznie się ciepło zrobiło... – Eliza powachlowała się dłońmi.

– Zaraz pójdę zobaczyć, tylko jeszcze jeden całus.

Kiedy ruszył w kierunku wody, Eliza wsparła się na łokciu; lubiła przypatrywać się jego wysportowanej sylwetce. Dotarłszy do wody, ledwie włożył do niej stopę, natychmiast ją stamtąd wyciągnął.

– Jakiś prąd podłączyli czy co? – rzucił w jej kierunku. – Zimna, że aż parzy!

– Nie przesadzaj! – Eliza poderwała się.

Igor chodził po wodzie jak czapla. Eliza była pewna, że sobie z niej żartuje. Kiedy jednak sama weszła do wody, z wrażenia zabrakło jej tchu.

– Ona... jest... lodo...wata! – wykrzyczała na raty.

– Tak to jest, kiedy się nie wierzy autorytetom. Kąpiemy się? – Spojrzał na nią ze śmiechem.

– Bo ja wiem – odpowiedziała niepewnie.

– Przyjechaliśmy i się nie wykąpiemy? – Zrobił minę. – Stopy już się powoli przyzwyczajają. Teraz czas na kolana – roześmiał się. – O rany! – wrzasnął, zanurzywszy się nieco głębiej.

– Wiesz co? Albo się kąpię, albo nie! – zachichotała i rzuciła się plecami na wodę. – O kurczę pieczone! – wrzasnęła po chwili, stając i otrząsając się z wody.

– Wytrzymałaś? – Spojrzał na nią z podziwem. – Jeśli ty dałaś radę, to ja też wytrzymam.

Igor odbił się od dna; jego wyprężone ciało zatoczyło łuk i z pluskiem zniknęło pod wodą. Wypłynął kilkanaście metrów od brzegu.

– Najgorszy jest pierwszy moment! – zawołał,

otrząsając wodę z włosów. – Kilka zimnych nocy i popatrz, co się z wodą porobiło!

Popływali chwilę, a kiedy wyszli na brzeg, pobawili się w szybkiego berka.

– Proponuję zdjąć te mokre fatałaszki… – rzucił Igor.

– Ty też zdejmiesz? – spytała Eliza.

– W zasadzie… czemu nie? – uśmiechnął się. – Na wszelki przypadek wziąłem suche.

– Ja też.

Poskakali, zasłaniając się ręcznikami w trakcie przebierania, a po chwili opadli na koc.

– Słoneczko, grzej szybko! Ta woda naprawdę była zimna! – Eliza rozmasowywała uda.

Igor popchnął ją delikatnie. Opadła na plecy.

– Ja cię rozmasuję.

Przesuwał dłonie po jej udach w kierunku kolan i z powrotem; Eliza przyglądała mu się zza delikatnie przymkniętych oczu.

– Fachowo to robisz – pochwaliła, przyciągając go bliżej.

Przywarli do siebie. Tak jak przed kąpielą, całowali się długo i namiętnie.

– Już mi się znowu ciepło zrobiło – uśmiechnęła się Eliza i powachlowała dłońmi.

– To może znowu do wody?

– O nie, nie, nie! Przyjedziesz za dwa tygodnie na imprezę kończącą sezon?

Odwróciła się na bok i wsparła na łokciu, delikatnie smyrając go po torsie.

– Raczej tak – odparł i przyciągnął ją do siebie; położyła głowę na jego piersi.

– To super. Dobrze mi z tobą, Igorio, a teraz jeszcze tak cieplutko – ziewnęła.

– Chcesz spać? – spytał cicho.

– A mogę chwilkę?

– Możesz – powiedział, głaszcząc ją delikatnie po ramionach i plecach.

Nowe rozdanie

Kasia postawiła na swoim i we wtorek z rana sama odwiozła Elizę do Gdyni, choć ta mocno się wzbraniała.

– Mamuś, nie powinnaś w tym stanie tyle jeździć, powinnaś unikać wstrząsów i w ogóle wszystkiego, co może zaszkodzić dzieciątku – Eliza wróciła raz jeszcze do tematu, kiedy już ruszyły.

– Po pierwsze, nie chciałam, żebyś na rozpoczęcie roku akademickiego tłukła się autobusem, a po drugie, mam w Gdyni coś do załatwienia. – Kasia rzuciła na córkę okiem. – Przy okazji może zrobię sobie jedną laborkę, a może też Maćka odwiedzę. Zrobię mu niespodziewankę – mrugnęła.

– Tylko żeby nie wpadł w szok! – odmrugnęła Eliza. – Mogę do laboratorium skoczyć z tobą, pomogę ci.

– Będziesz trzymała mnie za rękę?

– Widzę, że masz coraz większe poczucie humoru. To dobrze. Ciąża ci służy. – Eliza otaksowała matkę. – Doskonale wyglądasz!

– Lubię siebie taką... – Kasia zerknęła na swój brzuch i uśmiechnęła się. – Pamiętasz, jak rok temu jechałyśmy do Gdyni?

– Mhm. Teraz też już jesień rozstawiła sztalugi jak wtedy.

Eliza z lubością spoglądała na kolorową brzezinę przed Parchowskim Młynem.

– Tutaj jest naprawdę uroczo.

Droga do Gdyni minęła im na wesołych rozmowach. Już dawno nie spędziły ponad godziny zupełnie same. Po wypiciu herbaty z państwem Franciszką i Antonim na Kamiennej Górze, Eliza odprowadziła matkę do samochodu.

– Tylko pamiętaj, córcia, żeby nie chodzić po nocy...

– I żeby prać majtki... – zaśmiała się Eliza. – Szybko załatw sprawy i wracaj bezpiecznie! – Pomachała matce.

Rozpoczęcie roku na uczelni odbyło się w samo południe. Uroczystość podobna do tej rok temu. Teraz młodsi od Elizy studenci występowali do przodu i wręczano im indeksy.

– Ależ ten czas zasuwa – rzuciła szeptem do Wiki.

– A my ciągle w tych samych szarych komplecikach, co na egzaminach, na rozpoczęciach i zakończeniach pierwszego i drugiego roku – zażartowała Wika.

– Idziemy z ferajną do Erina?

– Nie lubię takich wyjść, ale jeśli ty pójdziesz, to i ja. – Wika zrobiła minę.

Kiedy wyszły przed aulę, wpadły na profesora Macieja Skierkę.

– Możesz, Eliza, na chwilę? – spytał cicho; odeszli na bok.

Koleżeństwo z grupy stanęło opodal, przyglądając im się ze zdziwieniem.

– Nie gapcie się na nich tak bezczelnie – syknęła Wika. – Oni teraz są już rodziną.

– Co, jak? – padły pytania.

– Eliza mieszka w pensjonacie jego mamy, a jej mama miesiąc temu wyszła za mąż za profesora – szeptem wyjaśniła Wika.

– Noo, Eliza. Widzę, że musimy dokonać zmiany sołtysa grupy – odezwał się Zenek, gdy Eliza dołączyła do grupki.

– Nawet o tym nie myśl – odparła. – Powiedziałaś im...? – Spojrzała pytająco na Wikę.

– Uhm...

– Dobrze. Przynajmniej nie muszę już sama referować.

– Ale z tym sołtysem to mówię poważnie... – Zenek próbował wrócić do tematu.

– Nie nadaję się do takiej roli, ale czasami cię wspomogę. To co, idziemy do Erina czy nie?

– Idziemy, idziemy – uśmiechnął się Zenek.

Po wejściu do pubu Eliza i Wika przywitały się ciepło z Żanetą, a chwilę potem do ich stolika podszedł Konrad. Rzucił dzień dobry całej grupie i przywitał się z obiema dziewczynami.

– Za trzy dni pierwszy po wakacjach *Portsmouth*. Zarezerwować ci miejsce...? – Konrad zawiesił głos. – Przepraszam, bo może jeszcze ktoś z was chciałby przyjść? – Spojrzał wokół pytająco. – Jeśli chcecie, to Żaneta ma plan sali, ale skasuje wam dzisiaj po kilka złotych. Biznes... – uśmiechnął się.

– Ależ wy macie znajomości! – Zenek aż stęknął z podziwu, kiedy Konrad się oddalił.

– Cicho! Jak będziecie się odpowiednio sprawować, to mogę jeszcze pogadać o zorganizowaniu tu jakiejś grupowej imprezki – mrugnęła Eliza.

– Dobra! No jasne! – rozległy się głosy.

Prawie trzy godziny przesiedzieli przy muzyce szantowej, ale koło szesnastej zaczęło się zerkanie na zegarki.

– Dobra, kończymy i wychodzimy wszyscy – zaproponowała Eliza.

– No, kochani, wychodzi po piętnaście złociszy – rzucił Zenek, kiedy odeszła kelnerka, zostawiając rachunek.

Na Skwerze Kościuszki, naprzeciw teatru, Eliza odłączyła się od reszty i ruszyła w kierunku Kamiennej Góry.

*

W czwartek podczas zajęć na uczelni Elizę spotkała niespodzianka. Gdy wyszły z Wiką na jedną z przerw, czekali na nie oparci o parapet Aleks i Kuba. Wika tylko się przywitała i popędziła do dziekanatu.

– Myślałam o was – ucieszyła się Eliza; obaj młodzieńcy spojrzeli po sobie. – Chodzi o to, że muszę znaleźć, kupić albo wypożyczyć jakiś odtwarzacz DVD i filmy o tematyce terrorystycznej, służbach specjalnych... no wiecie.

– Ale ty... coś takiego?

– Mam znajomych, którzy sprowadzili się tam, gdzie mieszkam w Parchowie, i to ich interesuje. Pomożecie mi?

– Poszukam w domu – zadeklarował Aleks.

– Ja na przyszły weekend jadę do rodzinki, to też przejrzę – zapłonął emocjami Kuba. – Czy Wika jeszcze tutaj wróci?

– Może łap ją koło dziekanatu, jeśli chcesz – odparła Eliza, a Kuba natychmiast ruszył w stronę schodów. – Dobry chłopak, ale... – spojrzała na Aleksa.

– Pogadam z nim. – Aleks spojrzał na Elizę wymownie. – Jak tam *summer holidays*? – uśmiechnął się

– Tu nie ma warunków do rozmowy, może zaprosisz mnie gdzieś na kawę?

– Naprawdę...? – Aleks spojrzał na Elizę przeciągle. – A kiedy masz czas?

– Dla ciebie choćby dzisiaj – uśmiechnęła się kokieteryjnie.

– Coś się stało...? – Spojrzał jej przeciągle w oczy.

– Tak... Po prostu lubię z tobą rozmawiać, a nie gadaliśmy od czerwca.

– Może być „Caffe Anioł"?

– Z tobą... tylko tam – zmrużyła oczy.

– Siedemnasta trzydzieści?

– Idealnie.

Czekała jak kiedyś przy schodach z Kamiennej Góry. Przespacerowali się krótko do Świętojańskiej i zawrócili pod kawiarnię.

– Nawet nasze miejsce czeka – mrugnęła.

– Masz ochotę na coś specjalnego?

– Na to samo, co zamówiłeś, kiedy byliśmy tutaj pierwszy raz.

– Uupsss! To mi dałaś zadanie... – Przymknął oczy. – Już wiem, to była szarlotka.

– Masz pamięć... – Eliza pokiwała głową; spojrzał na nią przeciągle. – Ojej, książka... – Sięgnęła do torby. – Ciekawa rzecz, choć nie wszystko było dla mnie jasne... – Pokazując na nią, trochę skłamała. – Mógłbyś pożyczyć od swojej mamy tym razem coś z zakresu kształtowania postaw?

– Czy łamania charakterów?

– To u psychologów czy psychiatrów pewnie się jakoś zazębia, prawda? – Pokiwała głową. – Ale aż tak czarnych myśli nie mam, raczej bym wolała przeczytać coś, o ile będzie to przystępnie napisane, o analizie postaw, poznawaniu charakterów, terapii stosowanej przez psychologów po ciężkich przejściach.

– Eliza! Czy ty się wybierasz do służb specjalnych? – Aleks ściszył głos.

– Rozszyfrowałeś mnie. Nie inaczej – mrugnęła. – Ja się tym interesuję o tyle o ile, ale zgadałam się z ojcem rodziny tych, co się sprowadzili do Parchowa. Ma dużo czasu, a w którymś z amerykańskich filmów trafił na taką tematykę. Ale na poważnie, gdybyś się bał, że książka może zostać zaczytana, to znajdź i podaj mi chociaż tytuł albo tytuły, autorów, to sobie kupię z nim na spółkę.

– Jakiś niesamowity gość. – Aleks pokręcił głową.

– Niesamowicie ciepły gość. Architekt krajobrazu.

– Ale taki odjazd tematyką w bok?

– No widzisz. Mnie by interesowała szczególnie sprawa terapii, bo to zawsze może się kobiecie przydać – uśmiechnęła się – a jego sprawy poważniejsze. Te filmy, o których mówiłam, to też dla niego.

– O książkach porozmawiam z mamą, a o filmach z tatą.

– Tylko nie przekazuj mi książek ani filmów przy Wice, żeby czasem nie wygadała się córce tego gościa, że to ja je dostarczam. Nie chcę podpaść jego żonie.

– Sztama. Ale może zostawimy już tę psychologię, co?

– Pytałeś mnie na uczelni o *summer holidays*. Mogę coś opowiedzieć, jeśli chcesz.

– No przecież!

Kelnerka postawiła na stoliku kawę i szarlotki.

– A więc... całe wakacje spędziłam w Parchowie. – Dojrzała jego zdziwienie. – Rozkoszuję się tym, czego kiedyś nie zaznałam, zwłaszcza że od ubiegłego lata uwielbiam *la dolce far niente*. Zresztą babcia i mama też nie miały ochoty nigdzie wyjeżdżać, więc nie było pokus.

– Studiujesz włoszczyznę?

– Nie... – zaśmiała się. – Jeszcze nie. Znam kilka słów i to jedno powiedzenie. Oznacza słodkie nicnierobienie.

– Lenistwo?

– Niby to samo, ale jak pięknie brzmi. Bawimy się w to głównie na cyplu nad Mauszem, chociaż w samym Parchowie też. Czytanie, spacery, trochę piłka, pływanie, łódź, krzyżówki... takie tam.

– Ale to *jest* aktywny odpoczynek.

– Chodziło mi głównie o to, że nie wyjeżdżamy stamtąd.

– Czasami też tak lubię. – Zatrzymał na niej wzrok. – A ty jak spędziłeś ten czas?

– Dwa tygodnie byłem z rodzicami w Hiszpanii, tydzień na szkoleniu samorządów studenckich na Wdzydzach, trochę wędrowałem z Kubą po bezdrożach kaszubskich, a resztę leniuchowałem w domu.

– Też fajnie...

– Na Wdzydzach poznałem fajnych ludzi... między innymi takiego Igora z polibudy, specjalistę od radia... – zawiesił głos i spojrzał na nią badawczo.

– A dlaczego akurat o nim mówisz? – spytała, mrużąc oczy. Trochę zaskoczyło go jej pytanie; zdradził się krótkim błyskiem w spojrzeniu.

– Bo kiedyś już się z nim gdzieś przelotnie spotkałem, a teraz okazało się, że to dobry fachowiec. – Przez chwilę spoglądali po sobie. – Wziąłem na niego dokładne namiary, bo chcemy u nas zrobić lepszy radiowęzeł. Namawiałem go, żeby, jakby co, przyjechał rozpoznać nasze warunki. Wyjątkowo kontaktowy facet, taki w starym dobrym stylu. Ja taki nie jestem. – Pokręcił głową.

W trakcie wywodu Aleks wpatrywał się badawczo w Elizę, która zważała, by nie pokazać choćby gestem, że jest tym, co mówi, jakoś szczególnie zainteresowana. Pewnie obaj sobie wyjaśnili, kto jest tutaj „samcem alfa". To dlatego, Aleksie, jesteś dzisiaj taki oszczędny w słowach i gestach! Ledwo się powstrzymała, by nie parsknąć śmiechem.

– To miło, że tacy się jeszcze zdarzają – rzekła, uśmiechając się, i pokiwała głową. – A ty także znasz się na takiej... albo innej technice?

Dojrzała przez moment zdziwienie na jego twarzy. Aha! Strzeliłam w dziesiątkę. Dyskutowaliście pewnie także o technice ciosów i kopów!

– Z techniką mnie raczej nic poważnego nie łączy, oprócz tych przyrządów, które widziałaś rok temu w autobusie – uśmiechnął się, wzruszając ramionami.

Bawiło ją, że oto gotów jest tłumaczyć się przed nią nawet w takich błahych sprawach.

– Cieszę się, że spotkaliśmy się choć na chwilę – Spojrzała mu w oczy. – Lubisz szanty albo muzykę Oldfielda?

– Już chyba kiedyś mnie o to pytałaś... A o co dzisiaj ci chodzi?

Dojrzała iskierkę zainteresowania w jego oczach.

– Bo jutro z częścią grupy wybieramy się do Erina. Na wszelki wypadek zamówiłam dwa dodatkowe miejsca, ale w razie czego chętni się znajdą – mrugnęła.

Dostrzegła, że trochę go to dotknęło; zdradził go znowu krótki błysk w spojrzeniu. Dzisiaj ja tobą zakręciłam parę razy. Uśmiechnęła się.

– Mogę ci odpowiedzieć jutro z rana?

Odrzucił opadające na czoło włosy i na moment pokazała się blizna na skroni.

– Oczywiście! Nawet w ostatniej chwili. Tam zawsze biją się o miejsca. Aha! Jutro jest tam *Portsmouth*!

– Chyba też już kiedyś o tym mówiłaś albo skądś słyszałem.

Eliza poruszyła się na krześle i spojrzała za okno.

– Czy chcesz już wracać?

– Odprowadzisz mnie trochę dłuższym spacerem? – spytała kusicielsko.

– Z największą przyjemnością!

Po drodze pozwoliła mu się pocałować w policzek. Należało ci się to, Aleksie, za męczarnie, jakie musiałeś dzisiaj ze mną przejść.

Była z siebie zadowolona.

*

Felcia, Anna i Adela czyściły gazon – ostatnie pielenie, ścinanie wyschniętych łodyg letnich bylin, przekopywanie kwater kwiatów jednorocznych. Felcia od kilku chwil stała i z uśmiechem przypatrywała się pracy Adeli.

– Ty jesteś lepsza niż glebogryzarka, Adelo. Ja bym robiła trzy dni to, co ty zrobiłaś w dwie godziny.

– No, to niech ci Ania powie, ile miałam do oporządzenia w „Zielonym Dworze". Złapało się technikę, a poza tym lubię robić przy kwiatach.

– Wiecie co, ale ja mam już dość i proponuję kawę.

Felcia podeszła do kranu i zaczęła opłukiwać narzędzia, zerkając w kierunku gazonu.

– Idźcie powoli do środka, ja w pięć minut dokończę – rzuciła, nie przerywając pracy, Adela. – Szkoda byłoby to tak zostawić, a potem jeszcze raz tu wracać.

Gdy Adela weszła wreszcie do kuchni, Felcia właśnie zalewała kawę.

– No proszę, trafiłam!
– Byłaś przeze mnie monitorowana! – uśmiechnęła się Felcia i wskazała na okno.
– Ach, jak ja lubię tutaj być – Adela westchnęła głęboko, siadając przy stole. – Niedługo minie już rok, jak przyjechaliśmy. Z moich... chyba najbardziej ja i Diana przywykłyśmy. Henryk ma za mało roboty. – Spojrzała na Felcię i Annę. – Fizycznej... – uzupełniła, widząc niezrozumienie w ich oczach.
– Jeszcze trochę i się zacznie – pocieszyła ją Anna.
– Podziwiam ich... – Adela na moment zawiesiła głos – ...no wiecie, Henryka i Adama, że od piątku, jak tylko Adam zjedzie z Gdyni, potrafią siedzieć nad papierami do niedzieli wieczór. A czasami jeszcze Stach Janik do nich przychodzi.
– Żal mi tylko Marysi, bo przedtem na Klausa czekała... – Anna ściszyła głos – ...a teraz znowu na Adama. Chociaż on ostatnio zdradził mi w tajemnicy, że jeszcze tydzień, dwa i zamkną projektowanie – uśmiechnęła się.
– To nie jest źle! – klasnęła Felcia.
– Ryszard ma jutro przyjechać na ostatni zespołowy przegląd dokumentów projektu, żeby w każdej chwili być gotowym do ich uzgadniania – uzupełniła Anna wcześniejszą informację. – On mi ze wszystkiego zdaje relacje, bo twierdzi, że właścicielka ma obowiązek to wiedzieć.
– No tak, bo to ty będziesz odpowiadać za wydatki, podpisywać rachunki, faktury. – Felcia pokiwała głową. – Zresztą przecież jesteś... – tu zawahała się i zmarszczyła brwi – ...to znaczy, tyle lat byłaś poznanianką i poza tym miałaś dobrą nauczycielkę księgowości w domu. – Podniosła palec. – Bo wiesz, Adelo, Jutka, jej mama, była księgową.

– Poza tym poznaniacy są wzorem gospodarności – zgodziła się Adela.

– Ładujecie mnie, dziewczyny, co? – Anna roześmiała się. – Wiecie, że ja tego nie lubię i wolałabym przeglądać jakieś bedekery operowe... – mrugnęła. – A tak będę musiała składać podpisy na projektach, fakturach i Bóg wie na czym jeszcze. – Machnęła dłonią. – Ale zaczynam się na tych papierach powoli wyznawać i kto wie, czy niedługo nie stanę się specjalistką od prawa budowlanego i prowadzenia inwestycji... – zachichotała.

– Ja całe dorosłe życie zajmowałam się inwestycjami, rozbudową gospodarstwa, remontami, lubię to, a teraz... – Felcia ściszyła głos i spojrzała w kierunku drzwi – ...muszę dzielić się tym z Janem.

– Jak to musisz?

– Bo wiecie... – Felcia nachyliła się ku środkowi stołu. – On chciałby tu odgrywać większą rolę – szepnęła, wykonując w powietrzu kółko palcem. – Z początku mnie to drażniło, pamiętasz... – Spojrzała wymownie na Annę. – Ale muszę mu oddać, że naprawdę miewa dobre pomysły, i cieszę się, że wreszcie ktoś mnie trochę odciąży; przecież ja też lubię sobie czasami poleniuchować – uśmiechnęła się szelmowsko.

Zaśmiały się wszystkie.

– Mnie trudno było zagonić Henryka do domu. – Piersi Adeli zafalowały. – Dzięki temu zawsze był zdrowy, wyżywał się, realizował. Usiłował tą swoją pasją majsterkowania w drzewie zarazić Sebastiana, ale chłopak nie miał do tego żyłki. Jak tylko Henryk spuścił go z oka, natychmiast się urywał... Zawsze kręcił się przy mnie w kuchni i tak zostało.

– Tyle mi pomagał... pomaga. – Felcia złożyła dłonie. – Będzie kiedyś mistrzem kucharskim, że hej.

– To prawda – Anna zgodziła się z gospodynią. – Ach, Adelo! Jak się cieszę, że Diana zdecydowała się na tę policealną szkołę w Słupsku. Opowiedz coś więcej, bo nie było okazji.

Adeli znowu oddech przyśpieszył, a na policzkach wystąpiły, jak to u niej w takich razach, pąsy.

– Pamiętacie, jak odważyła się w czerwcu pojechać do Słupska na kurs wychowawcy wypoczynku? Chodziło jej nie tylko o to, żeby się czegoś konkretnego nauczyć, chociaż to też, ale chciała przypomnieć sobie, jak to jest siedzieć w sali lekcyjnej, sprawdzić się, ocenić, czy jest się w stanie skupić, no wiecie...

Felcia i Anna pokiwały głowami.

– Chyba wcześniej radziła się w tej sprawie Elizy. One się dobrze dogadują... – uśmiechnęła się Adela. – Tam mogła sobie z takimi jak ona dziewczynami i chłopakami porozmawiać i w rezultacie znalazła wyższą szkołę, gdzie złożyła papiery.

– Ale mam nadzieję, Adelo, że wybrała coś, co jej się przyda tutaj na wzgórzu... – zaniepokoiła się Anna, mrużąc oczy, a policzki Adeli znów pokryły się pąsem.

– Ona na to liczy... – odparła, spuszczając skromnie oczy. – Jeszcze w lipcu spotkały się we trzy: Kasia, Eliza i Diana i długo rozmawiały. Potem wybrały się razem do Słupska do dziekanatu jednej z uczelni i Diana wieczorem popłakała się ze szczęścia.

– I nic nam, Adelo, nie powiedziałaś? – fuknęła Felcia.

– Anna cały czas miała rajzefiber z tym sądem, potem Antek Gryka przyjechał, no wiecie.

– Ale co i jak załatwiła? Opowiedz, proszę – Anna uśmiechnęła się.

– Okazało się, że prodziekanem do spraw studenckich jest tam Kasi koleżanka ze studiów; jest doktorką

– wyjaśniła Adela. – Diana, koniec końców, została przyjęta warunkowo, no i za pierwszy semestr płaci. Musi zdać jakieś dwa egzaminy wyrównawcze przed rozpoczęciem zimowej sesji, a jeśli zda je pomyślnie, będzie mogła przystąpić do egzaminów z pierwszego semestru. Boimy się o nią…

– Przecież ona jest silna, a do tego obrotna, to da sobie radę. – Felcia machnęła dłonią. – Tymi dołeczkami wszystkich sobie kupi…

– Bardzo dobrze, że zdecydowała się. – Anna klasnęła w dłonie. – Będzie miała Kasia fachową pomoc.

– Kasia nam zdradziła, że przy prowadzeniu pensjonatu w całości chce się oprzeć na naszych dzieciach. – Adela znowu spąsowiała.

– I słusznie! – ucieszyła się Anna. – Felciu! Nie moglibyśmy tego uczcić nalewką?

– Ty pijaczko… – zarechotała Felcia, zerwała się z krzesła, aż spódnica zakręciła się z łopotem, i podeszła do kredensu. – Mam tutaj w gotowości lekką anyżówkę. W sam raz na taką okazję.

– Same pijecie? O mnie zapomniałyście? – od drzwi dał się słyszeć głos Jana; wciągnął nosem powietrze. – Anyżówka. Coś mnie w gardle drapie, więc przyda mi się leczniczo.

– Chłop to od razu wyczuje, gdzie piją – zaśmiała się Felcia. – Ale kawę zrób sobie sam!

Jan i bez tych słów zmierzał już w kierunku czajnika. Po chwili siedział przy stole z parującą filiżanką kawy

– To na czyją cześć pijemy? – spytał, spoglądając wokół. – Zdrowie pań, to oczywiste, ale…

– Za decyzję Diany, że ruszyła na studia! – wyjaśniła wesoło Anna.

– To ty, Janie, tutaj…? – Do kuchni wkroczył nieoczekiwanie Henryk Dziedzic. – Szedłem, żeby wyciągnąć cię na spacer, ale usłyszałem głosy i natychmiast skręciłem. – Podkręcił wąsa. – Kawa… i…. – pociągnął nosem – …coś na górne drogi oddechowe i zastałe kości – uśmiechnął się. – Skończyłem, Anno, ostatni rysunek! – Skłonił się przed nią z galanterią.

– A niech cię! To mamy kolejną okazję! – mrugnął Jan. – Studia Diany, a teraz twój skończony projekt.

– Czy jest tu kto?

Z sieni dało się słyszeć najpierw głośne szuranie buciorami, potem sapanie, a wreszcie w drzwiach pojawiła się pucołowata twarz Stacha Janika; wszyscy spojrzeli w tamtą stronę.

– Czy wy już też jesteście po kawie…? Nie! Dopiero pite! – odpowiedział sam sobie.

Jan poderwał się energicznie w kierunku kredensu.

– To było chyba z jakiejś sztuki: „Lubię, jak mi się służba żwawo krząta!" – zachichotała Felcia; kuchnia zatrzęsła się od śmiechu. – A nie mówiłam, że chłopy od razu wyczują, gdzie się pije? – dodała, gdy śmiech przycichł. – To mówisz, że wszyscy już po drodze wypili kawę? – Spojrzała na Stacha.

– No, jeśli najważniejszy reprezentant parafian, proboszcz, już miał wypitą, to znaczy pozostali też tak powinni mieć – zarechotał Stach. – Ale okazuje się, że wy innym tempem działacie, no i mnie się udało – łypnął wzrokiem na Felcię. – Ale przychodzę też z czymś… – uśmiechnął się do Henryka, a potem spojrzał na Annę.

– Przeca ręce masz puste! – zaśmiał się Henryk.

– Bo to mam tu schowane… – Stach popukał się palcem po głowie i wywrócił oczami. – Nie trzeba będzie zwozić drewna z Podhala, gdybyś wybrał dom z bali, tylko znalazłem je tutaj.

– Dobrodzieju, do nóżek padam! – Henryk teatralnie pochylił głowę, machnął ręką i na koniec podkręcił wąsa. – Co, gdzie, jak?

– Łoj, łoj, łoj... – Felcia postukała kosturkiem w stół. – Wypijmy wreszcie, bo tak będziemy siedzieć do obiadu, a tu co chwila ktoś przyjdzie i z kieliszka będą nici.

Jan uzupełnił do pełna kieliszki i wszyscy w ciszy delektowali się smakiem anyżówki.

– Zanim, Stachu, opowiesz swoje, to ja jeszcze dokończę wam, kobiety, jak to było z Mikołajem, bo wy opowiedziałyście o swoich chłopach, a ja nie zdążyłam – powiedziała Anna, zwracając się do Adeli i Felci.

– Obgadywałyście nas? – Jan spojrzał groźnie na Felicję, a Henryk na Adelę.

– Było sporo lukru... – uspokoiła ich Anna. – Posłuchajcie mnie chwilę. Mikołaj właściwie potrafił zrobić wszystko... Umiał majsterkować jak wy... – spojrzała na Henryka i Stacha. – Potrafił gotować, prasować, tyle tylko... że zdarzało się takie coś raz na rok. Ale mnie to wystarczało... Byłam z nim bardzo szczęśliwa, tak jak wy – znów spojrzała na Felcię i Adelę.

Jan ponownie napełnił kieliszki.

– Ja też umiem i lubię majsterkować... – pochwalił się, zerkając niepewnie na Felcię.

– Wiem, dlatego im o tym powiedziałam – Felcia uśmiechnęła się do swojego mężczyzny. – Przyznałam też, że miewasz fajne pomysły, które mi się podobają...

– Poważnie...? – Jan rozejrzał się wokół. – To może już dokończmy tę anyżówkę, a potem niech Stach opowie o swoich balach.

Felicja pogładziła Jana po dłoni, spojrzeli po sobie; kieliszki biesiadników powędrowały do ust.

– Musiałem być dzisiaj w Szymbarku po haki, chodziło o takie nietypowe, a tam w hurtowni je mieli. Kiedy wyjeżdżałem z placu tej hurtowni, coś wjechało mi w dupę... – Stach zasłonił sobie usta, a wszystkich rozśmieszyło to jego zmieszanie. – Wyleciałem z auta i wrzasnąłem: krucafuks! Z dużej toyoty, co to siedziała mi... wiecie już gdzie, wysiadł facet i drapie się po nosie. Spojrzał na tył mojego poloneza, na pogięty zderzak, a potem na przód swojego auta. Podrapał się po łbie i spojrzał na mnie. Teraz mam pancerne auto, powiedział. Ani śladu zderzenia, i uśmiechnął się. Rozzłościł mnie tym jak cholera, bo przedtem tylko lekko się wkurzyłem. – Stach potoczył wokół rozbawionymi oczami.

– No, a gdzie to drewno? – Henryk rozłożył dłonie.

– Poczekaj, jeszcze jesteśmy na placu w hurtowni – zarechotał Stach. – On mnie się pyta, po co ja przyjechałem do Szymbarka. To ja mu wkurzony mówię, że gówno go to, za przeproszeniem, obchodzi. – Wzruszył ramionami. – On na to, że niekoniecznie, bo gdybym miał jakiekolwiek potrzeby w zakresie drewna, to inaczej może mi wynagrodzić straty, i pokazał na zderzak. Zatkało mnie, a ten spokojnie mówi, że dwieście złotych to przecież jest nic, a jak mi coś u niego podpasuje, to mogę zarobić na kilkanaście takich nowych, nieklepanych zderzaków. No, to wtedy popatrzyłem na niego jak na wariata. A on do mnie, jak mi na imię, bo jemu Stefan. Zostaw tu swoje auto, powiada, biorę cię na pół godziny i zobaczysz, że będziesz zadowolony.

Stach łypnął okiem na Annę, a potem spojrzał na Henryka.

– Długo mnie jeszcze będziesz tak katował, przyjacielu? – jęknął teatralnie Henryk.

– Po pięciu minutach byliśmy za Szymbarkiem w lesie, a tam olbrzymie hale. W środku sezonowane drewno. Deski, kantówki, bale. To ja prosto do nich. Macam i kiwam głową, a on mi się przygląda. Różne grubości bali z sosny, jodły, świerku, modrzewia. Spojrzałem na niego, a on mówi, że czasami to aż z Podhala przyjeżdżają do niego.

– Co ty mówisz! – Henryk poderwał się.

– Zaprosił mnie na kawę… w takich maciupkich filiżankach. Minuta i było po kawie. – Stach machnął dłonią i zarechotał. – Masz tu wizytówkę, chce ciebie poznać i da ci upust jak cholera!

Podał wizytówkę Henrykowi i znowu zarechotał.

– To ja ci kupię w rewanżu nowy zderzak! – Henryk podkręcił wąsa.

– Tak sobie pomyślałem, że sam na to wpadniesz! – Stachowi od rechotu aż zatrząsł się brzuch.

Szyby w oknach i wszystkie szkła w kuchni „Iskierki" dzwoniły przez dobrych kilka minut od śmiechu pijących przedpołudniową kawę.

*

Kasia spoglądała na Roberta i nie wiedziała, czy rzucić w niego czymś, czy wrzasnąć, czy też… Ubiegł ją. Potrząsnął delikatnie wyprostowaną dłonią, co pewnie miało oznaczać, żeby się nie denerwowała. Wolno podszedł do biurowej kuchenki, odstawił pustą paterę i z drugiej nałożył porcję ciasta na talerzyk. Podał go Kasi, po czym przysunął sobie krzesło do jej biurka i zaczął zajadać leżące na planie wycieczek nowego roku kawałki tortu mokka z bitą śmietaną, które zsunęły się wcześniej z patery.

– Przecież ja, żeby skleić te arkusze, mordowałam się w piątek chyba z pół godziny! – pisnęła Kaśka i zaraz chrząknęła.

– Popij sobie, Kasiu. – Robert ze stoickim spokojem wskazał na filiżankę z kawą. – Szarpnęłaś za paterę, łakomczucho, i się narobiło... – Wzruszył ramionami; Kaśka odchyliła głowę do tyłu i zawołała:

– No nie!

– Czy ty ją karmisz...? Bawicie się? – od drzwi dźwięcznie spytała Wanda.

Kasia oprzytomniała. Spojrzała na nią i stojącą obok niej Teresę, które nieoczekiwanie pojawiły się na progu biura.

– Cześć! – odezwała się stojąca tuż za nimi trzecia z dziewczyn, Monika.

– Nalewajcie sobie kawę, bierzcie łyżeczki i dołączajcie – nie odwracając głowy, rzucił Robert.

– Kasia z talerzyka, a my z biurka? – zdziwiła się Monika.

– Nie z biurka, tylko z pierwszej wersji planu na nowy rok – sprostował Robert.

– Fajnie... Podoba mi się – odezwała się Teresa. – Macie od rana fantazję.

– Chciała zjeść, łakomczucha, wszystko sama... – Robert wskazał głową na pustą paterę – ...więc musiałem jej wydzielić.

Kaśka w końcu roześmiała się w głos; zaczęła jej się podobać zabawna sytuacja.

– Przez moment miałam wrażenie, że to sceneria jakiegoś wyuzdanego seksu – rzuciła Teresa, przyglądając się przez palce biurku pełnemu kawałków tortu i bitej śmietany.

– Czy ja wyglądam na Wielkiego Trzynastego? – Robert odchylił się w jej kierunku.

– A ja na hrabinę Koniecpolską? – dodała, uśmiechając się figlarnie, Kasia.

– Trzynastego nie lubię, szczególnie kiedy wypada w piątek, żadnej hrabiny nie znam, ale o seksie to i owo wiem – ubiegła Teresę uśmiechnięta Monika, przysuwając sobie krzesło do biurka.

Kaśka z wrażenia cofnęła brodę i wlepiła w nią oczy.

– Purnonsens – rzucił w powietrze Robert.

– To żaden nonsens – zaperzyła się dziewczyna. – W Dziemianach też się uprawia seks. Dzieci biorą się chyba z seksu, czy może nie znam najnowszych doniesień?

Kaśka, Wanda, Teresa i Robert spoważnieli; spoglądali po sobie.

– Masz rację, Monika, i więcej o seksie nie dyskutujmy – Kasia uśmiechnęła się do Moniki. – Seks to w efekcie poważna sprawa, coś wiem na ten temat.

Teraz wszyscy pozostali spoglądali na Kasię dziwnym wzrokiem.

– No, co się tak na mnie patrzycie? Jestem w ciąży, a to wcale nie są żarty. – Kasia pokiwała głową.

– Ooo! Ale fajnie. To będzie chyba dziewczynka, bo lubisz jeść słodkie – uśmiechnęła się Monika.

– No dobra, kochani, kończmy ciasto, bo zaraz zaczną pojawiać się klienci – zachęciła Kaśka. – Uwzględniłam wszystkie wasze wycieczkowe propozycje.

Podniosła na łyżeczce kawałek tortu i wskazała palcem miejsce na planie wycieczek, które on zajmował.

– Kreta! – uśmiechnęła się Wanda.

– Jest też Lazurowe Wybrzeże. – Robert postukał łyżeczką miejsce, skąd przed chwilą zebrał trochę śmietany.

– Podoba mi się odkrywanie niespodzianek z planu. To może teraz ja! – Monika sięgnęła łyżeczką po kawałek tortu. – Lizbona! Nigdy tam jeszcze nie byłam!

*

Eliza podkurczyła nogi na krześle i naciągnęła na kolana bluzę od dresu.

– Pamiętacie mnie z zeszłego roku? Byłam wciąż przerażona, na nic nie miałam czasu, a teraz mam aż za dużo wolnego. Nie mogę się wprost doczekać, kiedy ruszę z Gdyni do Parchowa – wyznała radośnie babci i mamie.

– Tak było, dziecko. Wydoroślałaś – zgodziła się Anna.

– A już się bałam, że przegrasz. – Kasia pokręciła głową.

– Niedoczekanie twoje – pisnęła Eliza. – Wiecie, że zaplanowałam sobie przynajmniej raz na dwa tygodnie wyjście do teatru?

– Ooo! – Anna uśmiechnęła się do wnuczki. – A na co pójdziesz w pierwszej kolejności?

– Na *Skrzypka na dachu*!

– A może my też byśmy się z nią wybrały? – Anna spojrzała na Kasię.

– To byłoby super! – Elizie zaświeciły się oczy.

– Czytałam kiedyś, że Gruza[1] zrobił wielkie przedstawienie... – Anna wysunęła brodę i wydęła dolną wargę – ...ale w pamięci mam seans w kinie na początku lat dziewięćdziesiątych. Byliśmy na nim z Mikołajem w „Bałtyku"[2]; chodziliśmy wspólnie w zasadzie tylko tam, chociaż mnie zdarzyło się bywać w „Rialto",

---

[1] Jerzy Gruza, reżyser, scenograf.

[2] Reprezentacyjne kino Poznania w latach 1929–2002; na 1000 miejsc.

„Pałacowym", Muzie" i „Warcie" – rozmarzyła się Anna. – Ach, byłam jeszcze kilka razy w „Apollu"; lubiłam ten długi pasaż prowadzący do niego przez bramę z ulicy Ratajczaka... W „Apollu" byliśmy na przykład na pierwszym filmie Beatlesów!

– Ale miało być o *Skrzypku*... – Kasia spojrzała na matkę.

– Kilka kawałków muzycznych z tego musicalu znałam wcześniej, ale kiedy zorientowałam się, że film wyprodukowany został w siedemdziesiątym pierwszym roku, a do Polski trafił dopiero w dziewięćdziesiątym pierwszym, zaskoczyło mnie to ogromnie. Pamiętam, że długo rozmawialiśmy o tym z Mikołajem i nie potrafiliśmy wytłumaczyć sobie, co to za ustrój był u nas, że nawet tak genialnego filmu nie mogliśmy kiedyś wcześniej zobaczyć... pewnie chodziło o dewizy. Albo z innych powodów *Doktora Żywago*... Ech... – Anna machnęła dłonią i spojrzała przytomniej na Kasię i Elizę. – Miałam, jak to zwykle, gdy szliśmy do kina, wafelki teatralne... One były pakowane po sześć i czasami zjadłam przy pomocy Mikołaja wszystkie – roześmiała się.

– I szeleściłaś w kinie?

– Mikołaj zawsze sykał, na początku seansu nigdy nic nie chciał, ale po godzinie wyciągał rękę i patrzył proszącym wzrokiem... – Przymrużyła oczy. – Wówczas na *Skrzypku*... pierwszego zjadłam przy prologu, jeszcze przed napisami, i jak zwykle smakował mi. – Oblizała się, a wraz z nią, uśmiechając się, Kasia i Eliza. – Po kolejnego sięgnęłam, kiedy Tewje zaśpiewał „Gdybym był bogaczem..."... pamiętacie tę piosenkę. – Popatrzyła na boki. – Ale kiedy wsłuchałam się w tekst, odechciało mi się. Mikołaj się zdziwił i spytał, czy coś mi się stało. Zawinęłam wafelka z powrotem w folię i schowałam... Pierwszy raz coś takiego mi się zdarzyło. Bardzo przeżywałam ten film, każdą scenę, słowa, muzykę. Taki... najprawdziwszy. Nie znam takiego drugiego... – Pokiwała głową.

– A ja w zasadzie większość filmów obejrzałam z DVD, chociaż z początku kupowałaś mi, mamuś, bajki jeszcze na taśmach, z łóżek polowych, pamiętasz? Miałam chyba wszystkie klasyczne bajki Disneya – Eliza uśmiechnęła się do Kasi.

– A potem kupowałam je na DVD, bo taśmy były zajeżdżone na amen – zachichotała Kasia.

– Wiesz, Kasiu, dlaczego... Bo jak ty wyjeżdżałaś, a Mikołaj miał te swoje procesowe sprawy, zaś Elizka odrobione lekcje, to zawijałyśmy się w koce, bo najlepiej się oglądało, kiedy na dworze było chłodno...

– Babcia robiła herbatkę malinową i kroiła szarlotkę albo drożdżówkę i oglądałyśmy albo moje bajki, albo *Sissi*, albo *Dźwięki muzyki* czy *Anię z Zielonego Wzgórza*...

– A ze mną też je oglądałaś, często... Nie miałaś dość? – Kasia spojrzała na córkę.

– Nigdy... bo zawsze można się było do ciebie przytulić i... coś pojeść. Tak rzadko byłaś przecież w domu. – Eliza klepnęła matkę w dłoń. – Filmy dobrze znałam, a ciebie mniej – zachichotała.

Wszystkie trzy roześmiały się.

– A wiecie, że zaobserwowałam ciekawą rzecz? – Kasia zamyśliła się. – Jakiś czas temu kupiłam do autokaru kasetę ze *Skrzypkiem*... próbowałam jej słuchać, ale nie mogłam się skupić. Znaczy, mogę go słuchać i oglądać tylko z wami... – Popatrzyła na matkę i córkę.

– Ile razy ten film obejrzałyśmy? – Eliza zmarszczyła czoło. – Ze sto razy?

– Kto wie... – odparła Kasia.

– Na pewno dużo za dużo, ale wciąż mam na niego ochotę – dodała melancholijnie Anna.

– A wiecie co, zdaniem Wiki, Olek jest taki zakręcony, że potrafi słuchać kilkanaście razy pod rząd tej samej piosenki, czy w ogóle jakiegoś utworu!

– To artystyczna rodzina... – Anna pokiwała głową.

– A on tyle lat był w wojsku... – mrugnęła Eliza.

– Ale wiedzę muzyczną i duszę artystyczną ma. Lubię słuchać, jak opowiada o muzyce, wtedy robi się taki... inny. – Kasia pomogła sobie gestem dłoni.

– Też to zauważyłam. Nawet głos mu się zmienia i oczy zapalają... Kiedyś powiedział, że tylko on i jego brat Marek nie uczyli się muzyki. Tamten był w technikum kolejowym, a Olek poszedł do wojska. Ich siostra Luba mówiła, że jak się spotykali wszyscy w święta Bożego Narodzenia, to głośno śpiewali kolędy, robili zawody w ich śpiewaniu: dziewczyny kontra chłopaki. Wszyscy mieli fajne głosy. Nie umawiali się, nie ćwiczyli, a improwizacje kolęd były znakomite. Ich rodzice też mieli ładne głosy... – westchnęła Anna.

– A dlaczego my o tym rozmawiamy? – Eliza raptem wzruszyła ramionami i spojrzała na boki.

– Bo mówiłyśmy o *Skrzypku*, a to musical z duszą, no i doszłyśmy do dusz artystycznych. To niedaleka droga... – uśmiechnęła się Anna.

– Dawno tak sobie nie pogadałyśmy... – westchnęła z zadowoleniem Kasia.

– Tutaj, w Parchowie, wszystko się zmieniło, prawda, dziewczynki? – Anna popatrzyła na nie; pokiwały głowami, mrużąc oczy. – Na Sołaczu nigdy tak długo nie rozmawiałyśmy... Kocham go, ale dobrze, że tu jesteśmy, prawda?

Znowu odpowiedziały jej skinienia głów Kasi i Elizy.

*

Pani Franciszka przyglądała się z zaciekawieniem pakunkowi trzymanemu przez Elizę.

– Co ty, dziecko, tutaj przytachałaś? To już nie ma teraz młodych dżentelmenów, żeby pomogli dźwigać młodej damie?

– Byli... – Eliza zachichotała. – Ale zaraz by chcieli przyjść na herbatkę, posiedzieć trochę... no, wie pani.

– A cóż w tym złego? Powiesz tylko z wyprzedzeniem, to zakręcę jakąś babeczkę albo placek z owocami. Antoni by się ucieszył, że znowu jest zapach w domu. On to uwielbia, a dla nas taka blaszka, nawet mała, to dużo za dużo...

– Ja też lubię domowe ciasto...! – zaśmiała się Eliza i postawiła karton na podłodze.

– A będziesz jadła, jak zrobię?

– No jasne!

– To jutro coś upiekę. A co byś chciała?

– Obojętnie, wszystko mi będzie smakowało!

– Tak samo mówi mój Antoni od sześćdziesięciu lat... – Pani Franciszka przymknęła oczy. – Przejrzę jutro stare kajety i coś zakręcę... ale zdradź mi, co tam przydźwigałaś, dziecko?

Jej oczy powędrowały na karton.

– Sprawiłam sobie odtwarzacz filmów DVD – odparła Eliza.

– To już ci telewizor nie wystarcza? W zeszłym roku prawie go nie włączałaś, a teraz widzę, że kółko na liczniku szybciej się kręci...

Pani Franciszka pokazała palcem na skrzynkę w przedpokoju.

– To pani...?

– Nie, dziecko, nie sprawdzam, ale spoglądam z przyzwyczajenia, może też z ciekawości i dla zabicia czasu – uśmiechnęła się. – Wiesz, każdy pokój ma swój licznik, bo każdego letnika rozliczamy przecież oddzielnie. – Pani Franciszka wykonała znany ruch palcami.

– Bo przez moment pomyślałam...

– Dziecko, to ty płacisz za energię, więc używaj, ile chcesz! – Franciszka spojrzała na Elizę z błyskiem w oczach. – Po czajniczku, który sobie sprawiłaś, licznik dostał większych obrotów, a teraz jeszcze się zwiększą – uśmiechnęła się. – A co tam będziesz oglądać, czego nie ma w telewizorze?

– Zdradzę pani... – Eliza spojrzała w kierunku kuchni; pani Franciszka dojrzała spojrzenie Elizy.

– No jasne, wejdź, zrobię ci herbatkę z sokiem, właśnie zagotowała się woda. – Zachęciła ją gestem do wejścia do kuchni. – Przyjdź czasami do mnie tak bez powodu...

Spojrzała znad kuchenki na siedzącą przy stole Elizę.

– Obiecuję... Miałam zdradzić, co będę oglądała... – przerwała Eliza, czekając na gospodynię.

Franciszka postawiła parującą malinową herbatę przed dziewczyną i przysunęła bliżej niewielką salaterkę z kruchymi ciasteczkami. Przysiadła naprzeciw Elizy.

– Pamięta pani, jak opowiadałam, że do Parchowa przyjechał z Ameryki we wrześniu ubiegłego roku brat przyrodni mojej babci, Władek Zalewski, z synem Maxem? – Eliza spoglądała na Franciszkę; ta skinęła głową. – Niedługo potem w Nowym Jorku wydarzyło się to piekło z wieżowcami...

– To była tragedia... Oni wtedy tam byli? – Franciszce powiększyły się oczy.

– Nie, wówczas byli jeszcze w Europie na wycieczce,

ale Max miał w tych wieżowcach rozpocząć pracę od października – wyjaśniła cicho Eliza.

– Boże...

– Dowiedział się, że zginął jego niedoszły pracodawca i jeszcze ktoś z tego biura, w którym miał pracować. Kiedy wrócili do Ameryki, zgłosił się do wojska i teraz jest gdzieś w świecie, nie wiem gdzie... – Eliza umilkła.

Pani Franciszka spojrzała uważnie w jej oczy.

– Czy to twój... kawaler? – spytała cicho.

– Nie... – Eliza pokręciła głową. – Tutaj mam w zasadzie takiego... Igora z Kartuz ... – wzruszyła ramionami – ...ale Maxa bardzo lubię, myślę dużo o nim.

Elizie zaschły wargi; nagle poczuła łomotanie w sercu.

Pani Franciszka położyła rękę na dłoni Elizy.

– Będę się modliła, żeby wrócił – powiedziała cicho i pokiwała głową.

– Bardzo... bym chciała – wyszeptała Eliza.

– W kościółku na Świętojańskiej są dwie kapliczki: świętego Antoniego i świętego Judy Tadeusza... – Franciszka wpatrywała się w twarz Elizy. – Pierwszy jest patronem zagubionych... – pokiwała głową i na moment zamilkła; Eliza zwilżyła językiem wargi i przełknęła ślinę – ...a drugi jest od spraw beznadziejnych. Obdziel ich swoją modlitwą w jego intencji sprawiedliwie, wysłuchają cię... A powiedz, co to za filmy będziesz na tej skrzynce oglądała? Jak to jest na tej strasznej wojnie, na którą pewnie pojechał twój Max?

Elizie rozszerzyły się oczy i znowu przełknęła ślinę. Pani Franciszka spoglądała na nią z dobrotliwym uśmiechem.

– Mądra jest pani... – Eliza z uznaniem pokiwała głową.

– Aa! Czekałem tam na herbatkę i pomyślałem, że zapomniałaś i poszłaś się zdrzemnąć. Przyszło mi do głowy, że może i ja zrobię tak samo. – Do kuchni wszedł, szurając papciami, pan Antoni. – Dosłyszałem jednak jakieś głosy. Też bym się napił herbatki z panną Elizą – uśmiechnął się. – A o czym tak sobie miło gawędzicie?

Antoni usiadł obok Franciszki i spojrzał na nią, a potem na Elizę.

– Zrobię ci tak jak nam malinowej... – Franciszka podeszła do kuchenki. – Rozmawiamy o wojnie, na którą wyjechał Max – rzuciła, wyciągając szklankę z kredensu.

– A kto to jest Max? – dopytał Antoni, spoglądając na Elizę; ta uciekła wzrokiem.

– To jest jej... – zaczęła Franciszka.

– Rozumiem – Antoni przerwał żonie, kiwając głową; Elizie znowu otwarły się szeroko oczy.

– Nie, ona ma tutaj... Igora, ale... – usiłowała wyjaśnić Franciszka.

Antoni nie spuszczał oczu z Elizy.

– Rozumiem... – powtórzył po chwili i znowu pokiwał głową.

– Przyniosła sobie odtwarzacz DVD, żeby oglądać filmy wojenne, ale takie współczesne – Franciszka wyręczyła Elizę, widząc, że ta milczy.

– Chcesz pewnie zobaczyć, jak jemu jest ciężko? – Antoni ponownie spojrzał Elizie prosto w oczy; ta skinęła głową. – Każda wojna jest straszna...

Franciszka złapała go za dłoń; zamilkł na chwilę.

– Mieszkaliśmy na Woli... Od dziecka byłem harcerzem, nie przestałem nim być nawet w trzydziestym dziewiątym roku, jak skończyłem tutaj... – pokazał palcem na miasto za oknem – ...Wyższą Szkołę Morską, ale nie zdążyłem wówczas nigdzie wypłynąć, bo miałem zamustrować dopiero w końcu września. Wojna zastała mnie w Warszawie. W końcu września, już po kapitulacji miasta,

Frania i jej rodzice przyjechali do nas. – Franciszka i Antoni uśmiechnęli się do siebie. – Kiedy przyszło Powstanie Warszawskie, należałem do batalionu „Parasol"; on był z Woli i tam właśnie operował. Byliśmy już wtedy małżeństwem dwa i pół roku. – Spojrzeli na siebie radośnie. – Drugiego sierpnia jakimś cudem Frania przedarła się do mojego oddziału, bo chciała być ze mną; została sanitariuszką. W domu zostali jej i moi rodzice... – Oboje przymknęli na chwilę oczy. – Wyganiałem ją do nich, ale bez przekonania. Niemcy rzucili na Wolę straszne siły. Baon próbował atakować, ale byliśmy bez szans. Z powstańczego rozpoznania mieliśmy doskonałą wiedzę, jakich zbrodni dopuszczają się Niemcy na wziętych do niewoli powstańcach, jak bestialsko traktują ludność cywilną. Spoglądaliśmy z przestrachem w kierunku, gdzie był nasz dom. Czwartego września dowiedzieliśmy się, że rozstrzelano wszystkich mieszkańców naszego i dwóch sąsiednich domów. Łzy zalewały nam oczy... Wtedy właśnie Frania powiedziała mi, że jest w ciąży. – Antoni objął Franciszkę; zamilkł. – Tego dnia Niemcy popędzili tłum cywilów przed czołgami, prosto na nas. Cofaliśmy się aż do mostu Poniatowskiego; nasz oddział przeszedł na Starówkę. Powstanie udało nam się cudem przeżyć, choć po drodze...

Pokręcił głową i machnął dłonią.

– Panie Antoni... przepraszam, ale nie chciałam... – wyszeptała Eliza; gospodarze spojrzeli na nią.

– Nie przepraszaj, dziecko, muszę to komuś opowiedzieć, bo nasz syn nie chciał słuchać...

– Nie mów tak – poprosiła Franciszka; skinął głową.

– Coś przyniosę... – Antoni poszurał papciami i niedługo wrócił z powrotem; w ręku trzymał książkę. – To jest *Inny świat* Gustawa Herlinga-Grudzińskiego. Coś ci przeczytam, ale najpierw wrócę do Powstania Warszawskiego.

Spojrzał na Franciszkę; ta przymknęła oczy.

– Za Wisłą były wojska rosyjskie, no i polskie... Nienawidziłem bolszewizmu, bo tak zostałem wychowany, ale wówczas marzyliśmy, żeby nam jednak pomogli w walce z Niemcami, czekaliśmy na ich atak. – Spojrzał na chwilę za okno. – Z tymi bydlakami spod znaku swastyki sami nie mieliśmy wtedy szans wygrać, a my, po traumie z Woli, chcieliśmy już tylko przeżyć i wychować nasze dziecko. – Objął żonę. – Tylko to jedno mieliśmy wówczas marzenie... – umilkł; popatrzyli na siebie z Franciszką. – Podczas czytania tej książki znalazłem słowa celnie nawiązujące do naszego położenia z czasu Powstania, pomiędzy Niemcami a Rosjanami.

Otworzył trzymaną książkę, ze środka wysunęła się kartka. Spojrzał na nią.

– A! To też jest ciekawe, ale najpierw cytat z książki...

Eliza dojrzała podkreślony na stronie na czerwono tekst.

– „Myślę z przerażeniem i głębokim wstydem o Europie przedzielonej na pół Bugiem, w której po jednej stronie miliony niewolników sowieckich modliły się o wyzwolenie z rąk armii hitlerowskiej, a po drugiej miliony nie dopalonych ofiar niemieckich obozów koncentracyjnych pokładały ostatnią nadzieję w Armii Czerwonej”[3] – przeczytał pan Antoni i spojrzał w oczy Elizy. – A teraz ta kartka. Kiedyś, gdy podczas jakiegoś rejsu byłem w Londynie, przeglądałem w pubie gazetę. Czekałem na kolegę, z którym walczyłem w Powstaniu; trafił do oflagu Gross-Born, potem po marszu śmierci

[3] Gustaw Herling-Grudziński, *Inny świat*, Czytelnik, Warszawa 1989, s. 231.

do kolejnego w Sandbostel, po wyzwoleniu obozu wstąpił do dywizji generała Maczka, a po jej rozwiązaniu zamieszkał w Anglii.

– Przepraszam, ale jak to się stało, że...? – Eliza podniosła oczy na Antoniego.

– Wiem, dziecko, o co ci chodzi. Chyba Pan Bóg zlitował się nad nami i oszczędził takiego szlaku, jak miał August... ten mój kolega. Udało nam się cudem wydostać z kotła warszawskiego, schowaliśmy się na głębokiej wsi, a potem ruszyliśmy za frontem sowieckim, aż wróciliśmy tutaj... A wtedy w pubie moją uwagę przykuł tekst o generale Pattonie... – Zmarszczył brwi, widząc zdziwienie w oczach Elizy. – Nie wiesz kto to?

– Bardzo mało, tylko hasłowo...

– To amerykański generał z czasów drugiej wojny; mam książki jego i o nim. Pożyczę ci także brulion, do którego wpisywałem tłumaczenia co smakowitszych kąsków z tych książek oraz wielu innych. Ponieważ zaintrygował mnie tamten artykuł i pewne słowa, odpisałem je sobie wówczas do notatnika; to kartka z niego. – Podniósł karteczkę. – Patton opisuje spotkanie z Władysławem Andersem w Afryce w tysiąc dziewięćset czterdziestym trzecim roku: *He told me, laughing, that if his corps got in between a German and Russian army, they would have difficulty in deciding which they wanted to fight the most*"[4]... To znaczy: Anders powiedział mi ze śmiechem, że...

---

[4] Tłumaczenie z ang. słów Pattona: „Powiedział mi ze śmiechem, że jeżeli jego wojska dostaną się pomiędzy armię niemiecką a rosyjską, to nie będą mogli się zdecydować, z kim bardziej chcą walczyć". Za: http://anders.org.pl/index.php/pl/anders_cytaty.

– Wszystko zrozumiałam ... – cicho weszła mu w słowo Eliza.

– Skończ już, Antoni, proszę. – Franciszka spojrzała na męża; ale ten tylko pokiwał głową.

– Moja siostra Lucyna też była sanitariuszką jak Frania... – Popatrzył na żonę, a potem przeniósł wzrok na Elizę. – Wszystkie sanitariuszki z oddziałów walczących na Starówce w pewnym momencie dostały polecenie ewakuowania się kanałami. Większość nie chciała tego zrobić, chciały zostać z żołnierzami do końca, niektóre trzeba było więc zmuszać dodatkowym rozkazem. Dzięki temu część z nich udało się ewakuować z Warszawy. Lucyna miała swojego chłopaka w oddziale. On tam został... Wszyscy myśleli, że to jej chłopak; ja też – pokiwał głową. – Kiedy na Starówce było już beznadziejnie, część przebiła się poza nią. Pozostali walczyli do ostatniej chwili, a potem próbowali jeszcze wyrwać się także kanałami. Przy wielu włazach czekali już Niemcy. Bardzo często od razu zabijali wychodzących. Kiedy jej o tym opowiedziałem, spytała, czy wśród nich był Zbysław. Chodziło o dowódcę jej plutonu, młodzieńca, podobnie jak ja, już po studiach. Potwierdziłem zasłyszaną pogłoskę, że jego również zabili. Jej oczy wypełniły się łzami i odeszła na bok bez słowa. Wtedy tak jakoś szczególnie, aż do trzewi, zrozumiałem, że wojna jest straszna, a to powstanie...

Przygarnął Franciszkę.

Oczy Elizy zrobiły się okrągłe. Przełknęła ślinę. Miała nieodparte wrażenie, że nie opowiedział jej tego bez powodu.

– Rok przed maturą zabrałam się do czytania książki o powstaniu, takiej grubej, *Zośka i Parasol*, chyba...

– zaczęła, żeby tylko coś powiedzieć, bo zupełnie nie wiedziała, jak zareagować na ostatnie słowa Antoniego. Przerwała jednak, bo wpatrywał się w nią z niezwykłą intensywnością.

– A teraz dałabyś już radę przeczytać? – spytał.

– Tak, bardzo bym chciała – odparła cicho.

– Dostaniesz ją, tę książkę także… – wskazał na leżącą przed nim – …ale dam ci też materiały o… rzezi Woli. Gdyby udało ci się znaleźć jakąś książkę o tych zdarzeniach, to wówczas kup, choćby tylko dla nas – przerwał na chwilę. – Warto wiedzieć w szczegółach, co ci Niemcy zrobili Warszawie, zanim ją doszczętnie zburzyli.

W kuchni zapadła cisza.

– A kiedy będziesz miała jakiś inny ciekawy film, możesz mi powiedzieć, może i ja się skuszę – uśmiechnął się niespodziewanie. – Chociaż teraz wolę już komedie lub romanse...

Eliza odwzajemniła się nikłym uśmiechem. Pocierała czoło dłonią, zastanawiając się, dlaczego Franciszka i Antoni łączą ją z Maxem; przynajmniej tak jej się wydało. Przecież powiedziałam im, że mam Igora…

– To ja już chyba pójdę – powiedziała po chwili, unosząc się. – Spróbuję podłączyć i uruchomić tę maszynę. – Wskazała na pakunek w przedpokoju. – Nie mam jeszcze nic takiego do roboty, więc na dzisiaj pożyczyłam sobie od kolegi film *Mission: Impossible* z Tomem Cruisem.

– Ja to pamiętam Fijewskiego, Dymszę, Grossównę, Gregory'ego Pecka, albo Marylin Monroe, ale jakiegoś… Cruise, nie znam.

Pan Antoni wzruszył ramionami i machnął ręką.

Eliza idąc do siebie, zastanawiała się, dlaczego kiedyś nie obejrzała tego filmu. Pamiętała, że mówiło się o nim dużo, nawet przypomniała sobie olbrzymi baner z tym tytułem wiszący przy kinie „Bałtyk". Pewnie dlatego, że wolałam słuchać muzyki, albo oglądać z babcią *Dźwięki muzyki* czy inne ramoty z domowej filmoteki. Zaśmiała się. Montaż odtwarzacza nie zajął jej wiele czasu. Była z siebie rada, kiedy po włożeniu filmu do wysuwanej szufladki po chwili na ekranie rozpoczęła się projekcja. Starała się zrozumieć, o co chodzi, chociaż akcja zmieniała się błyskawicznie. Ethan Hunt, agent rządowej jednostki służb specjalnych, zostaje przerzucony wraz z innymi agentami do Pragi, aby zatrzymać zdrajcę przed sprzedażą tajnych dokumentów. Praga mi się podoba; uśmiechnęła się. Bardzo filmowe miasto. Przypomniała sobie, jak pojechała tam dwa lata temu z mamą i podczas ostatniego spaceru jadły lody na moście Karola...

Znowu gonitwa i znowu trup. O cholipa! Trup w ogóle ściele się tu gęsto, ale Ethan – Tom Cruise, ciągle uchodzi z życiem. Nieoczekiwane zwroty akcji wciągnęły ją. Starała się oglądać film na wesoło i nie angażować się w jego treść. Nie pogubiła się w fabule, a nawet bezbłędnie przewidziała finał. Na końcu bowiem okazało się, tak jak obstawiała, że to szef Ethana stworzył całą intrygę, spowodował śmierć prawie całego zespołu agentów, ale pozytywny bohater wychodzi zwycięsko z wszystkich perypetii. Nie dziwię się, że kiedyś do kin waliły tłumy na ten film. Hmm... Max w sytuacji podobnej jak Ethan?

Zmarszczyła brwi. Nie! Max bierze pewnie udział w czymś zupełnie innym, poważniejszym, nie w takiej maskaradzie jak ta, typu „zabili go i uciekł!".

Boże! Co ja znowu wymyślam!

Na Sołaczu bez zmian

Tym razem na groby do Poznania wybrała się Anna, której towarzyszył Ryszard. Z jednej strony chciała oszczędzić córce męczącej podróży w coraz bardziej zaawansowanej ciąży, z drugiej – pragnęła odwiedzić swój Sołacz. Z początku Ryszard trochę obrzydzał jej wyjazd, ale gdy dostrzegł, że przynosi to skutek odwrotny do zamierzonego, zrezygnował. Przez całą podróż była w doskonałym humorze, a kiedy dostrzegła wieże Poznania, wpadła w euforię. Ledwo złożyli bagaże w holu, pociągnęła Ryszarda na spacer do Parku Sołackiego. Było jeszcze trochę liści na drzewach, więc ich złociste, czerwone i brązowe barwy wielce ją radowały. Spacerowali jej ulubionymi alejkami, wspinali się na mostki, pokazywała Ryszardowi najpiękniejsze drzewa w parku, między innymi klony srebrzyste, wierzby płaczące, diaglezje i cypryśniki błotne, zatrzymali się przez chwilę obok wodospadu, przysiedli na moment na ławeczce przy jednym ze stawów. Koniecznie chciała mu pokazać wszystkie miejsca, które najbardziej lubiła i do których zatęskniła.

– W Bytowie takich ładnych parków nie ma – powiedział i podziękował uśmiechem za spacer. – Może są ładniejsze parki w Polsce, ale ten jest wyjątkowo naturalny.

– Właśnie to mi się w nim najbardziej podoba. Kiedy przychodziłam tu na spacer po jakimś wyjeździe, dopiero wówczas miałam poczucie, że wróciłam do domu.

Spacer zakończyli przejściem przez okazały skwer.

– Piękna bryła kościoła – powiedział Ryszard, wskazując na obiekt w oddali.

– To mój kościół parafialny, pod wezwaniem świętego Jana Vianneya. Starałam się być w nim co niedzielę. Może pójdziemy do niego w tę najbliższą razem? – spytała, zaglądając mu w oczy.

– Chętnie.

– Zbudowany jest na planie rotundy, wewnątrz są przepiękne witraże przedstawiające świętego Jana Vianneya, Ostatnią Wieczerzę i świętego Wojciecha.

Po drodze Anna pokazała mu jeszcze drewnianą poczekalnię tramwajową z początku dwudziestego wieku, słynną poznańską „Zieloną Budkę".

Kiedy po spacerze weszli do domu, pierwsze kroki skierowała do kuchni. Tam jakby czas się zatrzymał; pozostawione przez nią w lutym na suszarce talerzyki i szklanki stały na niej nadal. Otwarła drzwi na schody do ogrodu i zeszła w dół. Gazon był uprzątnięty, przygotowany do zimy, liście ze śliw wyzbierane z trawnika co do jednego, trawa krótko skoszona i wyczesana. Ja tak pięknie nie robiłam – uśmiechnęła się do siebie. Ryszard, stojąc na szczycie schodów, spoglądał na nią z uśmiechem.

– Kaczmarkowie wyżywają się tutaj. Dobrze, że Kasia posyła im co miesiąc parę złotych. – Anna chyba przeczytała w jego myślach. – Kiedy ostatnio rozmawiałam z nimi telefonicznie, to ona i on wyrywali sobie słuchawkę, żeby opowiedzieć, co zrobili, pochwalić się.

– Zaproś ich na herbatę. Mamy świeże ciasto... – uśmiechnął się Ryszard; Anna skinęła głową.

Za pół godziny pojawili się sąsiedzi. Uśmiechnięci,

choć nieco speszeni. Anna ze zdziwieniem spostrzegła, że witali się z Ryszardem, jakby od dawna się znali.

– Widzę twoje spojrzenie, Anno... – Ryszard skubnął wąsika. – Poznaliśmy się u progu lata, kiedy przyjechałem do Poznania na spotkanie z klientem, pamiętasz?

– A tak...

– Właśnie wówczas poznałem najpierw pana Kaczmarka, z którym uciąłem sobie pogawędkę, a niebawem dołączyła jego żona, żeby posadzić kwiatki na gazonie. W międzyczasie wybrałem się do sklepu, kupiłem herbatę miętową i dobre drożdżówki w cukierni i posiedzieliśmy sobie w ogrodzie, rozmawiając miło o tym i owym.

– Super... – Anna pokiwała głową.

– Dlatego dzisiaj, kiedy ty kupowałaś ciasto, ja wszedłem do sklepu obok...

– ...i kupiłeś świeżą herbatę miętową? – Anna weszła mu w słowo i uśmiechnęła się.

– Ależ państwo czytają sobie w myślach... – Kaczmarkowa z podziwu pokręciła głową.

– Tak, okazało się, że poznaliśmy się kilkadziesiąt lat temu... – Anna pokazała palcem na Ryszarda i siebie – ...Ryszard z tamtego spotkania zapamiętał nawet kolor moich oczu.

– To wszystko już wiemy. – Kaczmarkowa spojrzała najpierw wesoło na Annę, a potem obdarzyła uśmiechem Ryszarda.

– Pan Ryszard wszystko nam opowiedział wtedy w ogrodzie. My zaś opowiedzieliśmy o czasach, kiedy żyli rodzice pana Mikołaja i on sam – uzupełnił pan Kaczmarek.

– Aha... – uśmiechnęła się Anna. – A jak zdrówko państwa?

– Chodzimy codziennie na spacer wokół stawu, rano i po drzemce, no, chyba że pada, to wtedy nie – odparła pogodnie Kaczmarkowa.

– Latem na ogół spacerujemy raz, bo przychodzimy tutaj codziennie trochę porobić, oprócz niedziel – dodał Kaczmarek. – To znaczy w niedzielę też przychodzimy, ale już tylko posiedzieć. Jak tutaj cudnie pachnie świerkami i śliwami...! Ja biorę sobie w niedzielę krzyżówki, żona kolorowe gazety albo druty i jesteśmy na wczasach.

– W schowku pod schodami trzymamy swoje foteliki, bo córka nam zrobiła prezent. Ona wie, dlaczego tutaj przychodzimy i też bardzo dziękuje za pomoc, jaką mamy od pani – dorzuciła Kaczmarkowa.

– Ale to przecież państwo mi pomagacie! – Anna podniosła brew.

– Wie pani... niech w takim razie zostanie, że wspólnie sobie pomagamy, chociaż pani nam bardziej. – Kaczmarek pomógł sobie gestem dłonią.

– Mąż się nie nudzi, bo zaczyna od samego rana. Do śniadania ma zrobione najważniejsze. Potem idziemy na spacer, co to mówiłam, i małe zakupy, ja zaś szykuję obiad, a on idzie do ogrodu.

– Zawsze jest coś do zrobienia... A to wąż się przetrze czy złamie, a to kran szwankuje, a to jakieś suche gałązki trzeba przyciąć, a oprócz tego podlewanie trawnika, pielenie ścieżek...

– A jak jest robota dla mnie na gazonie, to ja idę z nim do ogrodu zaraz po zakupach, a potem robimy krótki obiad, jakąś zupę z poprzedniego dnia, albo naleśniki. Mamy ciągłe wczasy, aż szkoda, że jest zima – zaśmiała się Kaczmarkowa. – No dobrze, Wacław, wracamy do domu, starczy już naszego gadania.

Podniosła się, a jej mąż także wstał natychmiast.

– To może jeszcze któregoś dnia przyjdziecie państwo do nas ponownie?

– Jak się już państwo uporacie z grobami... bo po to pewnie przyjechaliście, prawda?

– Dobrze, damy znać, jak już załatwimy wszystkie sprawy.

*

Późnym popołudniem pojechali na cmentarz na Jeżyce. Kiedy stanęli przed grobem Jana Bartkowiaka, Anna powiedziała cicho:

– To grób mojego taty... – Sięgnęła po chusteczkę. – Jakiż to musiał być prawy człowiek. Kochał Jutkę, a potem załatwił mi akt urodzenia, żeby pasował do mojego wieku, i z bólem serca odszedł od niej, przynajmniej usunął się w cień na jakiś czas. Z tego, co wywnioskowałam z listów mamy i jej pamiętników, była szansa, że wróci. Bardzo się przecież kochali, a taka miłość nie gaśnie tak szybko... – Anna westchnęła; Ryszard ją objął. – Ale niestety przyszła wojna i odezwał się w nim wielki patriota, żołnierz. – Spojrzała na Ryszarda. – Tak sobie myślę, że on nie musiał iść na front, mógł zostać w którymś z poznańskich szpitali. Chciał jednak walczyć w obronie Polski...

– Dużo o tamtych czasach myślę, czytam. Wielkopolanie, Kaszubi, zabory pruskie, niemieckie, a potem tylko dwadzieścia lat niepodległości. Jakiż format ludzi został wychowany w tym krótkim międzywojniu! Miłość do ojczyzny i gotowość do poświęceń nie były czymś sporadycznym, one były wręcz powszechne. A dzisiaj? Brak czasami słów, a do tego permisywizm moralny.

– Tak, masz rację. Zapalmy znicze...

Po wyjściu z cmentarza zmienili wieczorne plany. Zrobili w delikatesach zakupy, a potem wspólnie przygotowali kolację w domu. Ryszard przyniósł z bagażnika przywiezione z rodzinnego domu wina, a kiedy już nakryli stół, zapalił świece. Miał ze sobą kilka płyt smooth jazzowych, które nieco umiliły im wieczór. Anna czuła się szczęśliwa. Była w domu, na swoim starym Sołaczu, rozmawiała o wszystkim ze swoim ukochanym mężczyzną, a potem spała wtulona w niego. Czegóż więcej mi potrzeba, pomyślała już prawie przez sen, ukołysana dobrocią Ryszarda.

*

Następny dzień wstał dżdżysty. Kiedy po śniadaniu trochę przestało padać, ruszyli na Junikowo. Zakupy kwiatów i zniczy przy bramie, a potem spacer na grób Jutki. Dzisiaj Anna nie roztkliwiła się tak jak wczoraj.

– To dzięki tobie, Ryszardzie. Dobrze spałam, jestem więc silniejsza. Muszę z tobą przebywać jak najwięcej, dojrzałam. – Spojrzała na niego przymilnie, a Ryszard, nie bacząc, że byli na cmentarzu, pocałował ją w policzek.

– Dziękuję ci, Anno. Ja również dzięki tobie wyciszyłem się wewnętrznie.

Sprawnie poszło im przystrojenie grobu mamy. Anna, tak jak kiedyś to czyniła, ustawiła chryzantemę herbacianą i kilka perłowych zniczy.

– Bardzo ładnie. Sam bym lepiej nie zrobił – pochwalił Ryszard.

Po chwili ciepłe pomarańczowe płomyczki rozkołysały się wewnątrz zniczy.

– Czy potrafisz wstać o szóstej rano? – spytała, zaglądając mu w oczy.

– No przecież.

– Chciałabym przyjechać tutaj jeszcze raz, jutro albo pojutrze, kiedy będzie szaro, przed siódmą. Później w te dni ciężko gdziekolwiek w pobliżu znaleźć miejsce do zaparkowania, a lubię pobyć tutaj o poranku.

– Oczywiście, przyjedziemy.

Po wizycie na kilku jeszcze grobach innych członków rodziny zaparkowali na godzinę samochód w pobliżu opery. Anna zapragnęła przespacerować się po ukochanym parku położonym pomiędzy jej operą a Aulą Uniwersytecką. Omiotła wzrokiem fontannę, popatrzyła z dala na fronton opery, wreszcie zatrzymali się przed pomnikami Adama Mickiewicza i „Ofiar Czerwca 1956". Anna wyciągnęła z torebki zdjęcie, wpatrywała się w nie, a potem zerkała na stojące na placu monumenty. Ryszard spoglądał jej przez ramię.

– Pamiętasz, że to zdjęcie dałeś mi w Parchowie, kiedy przybyłeś na rozmowę o Ignacym Wasielewskim?

– Tak, na tym zdjęciu jest właśnie Ignacy, prawda?

– Tak, ale nie o niego mi teraz chodzi. – Ich wzrok się spotkał. – Powiedziałam wówczas, że pewni ludzie postarali się specjalnie, żeby krzyże *tutaj* stanęły. ONI są w stanie jeszcze jakoś ścierpieć Krzyże, ale pomnika Wdzięczności z figurą Chrystusa Króla, nigdy. Spójrz – powiedziała, podając Ryszardowi zdjęcie.

– Trzeci pomnik tutaj się nie zmieści, to znaczy mógłby się zmieścić, ale byłoby przeładowane. Teoretycznie Mickiewicza można by dalej przesunąć... może bliżej fontanny.

Ryszard spoglądał to na plac, to na fotkę.

– I o to właśnie chodziło! – mówiła wzburzonym głosem Anna. – Krzyży związanych z pięćdziesiątym szóstym rokiem też nikt nie pozwoli ruszyć, a więc pat.

Pomnik, który naród sam sobie ufundował, postawił, nie może więc wrócić na prawowite miejsce.

– Tak, teraz rozumiem twój gniew, wówczas i dzisiaj.

– Pomnik, wotum społeczeństwa za odrodzoną Polskę, poświęcony Najświętszemu Sercu, nie wróci na swoje miejsce. Napisu, który tam widniał: *Sacratissimo Cordi – Polonia Restituta*, ani ja, ani moja córka, ani wnuczka, ani ich dzieci, raczej nie zobaczą. Śmieją się Niemcy i ich poplecznicy z tego.

Anna tupnęła i schowała zdjęcie do torebki.

Odwróciła się bokiem do pomników, wpatrując we fronton Auli Uniwersyteckiej, na którym łopotał lekko baner. Oddychała głęboko, uspokajała się. Ryszard delikatnie objął ją ramieniem. Gdy spojrzała na niego, na jej twarzy pojawił się delikatny uśmiech.

– Przeczytałam... – wskazała głową na baner – ...że dzisiaj jest koncert symfoniczny. Podejdźmy do kasy, może jeszcze są bilety.

– Oczywiście! Z największą przyjemnością.

Po wyjściu z budynku Anna była szczęśliwa. Uśmiechała się całą sobą.

– Bardzo ci dziękuję, że zabrałeś mnie do Poznania. – Pocałowała go.

– Między bogiem a prawdą, to ty mnie wzięłaś, a ja jestem tylko kierowcą. – Ryszard skubnął wąsika i uśmiechnął się. – Dziękuję ci za to bardzo, bardzo gorąco. – Nachylił się i teraz on pocałował Annę.

Rozześmiali się w głos.

– Wysłucham dzisiaj, między innymi, mojego ukochanego *Adagia* Albinoniego[5], jest to utwór, bez którego

---

[5] *Adagio g-moll na smyczki i organy* Tomaso Albinoniego; jeden z najsłynniejszych utworów muzyki poważnej.

nie wyobrażałam sobie kiedyś spędzenia zaduszkowych dni.

– Też lubię to *Adagio* za jego wyjątkową nastrojowość, zresztą lubię muzykę także innych mistrzów tego okresu, takich jak Mozart, Bach czy Vivaldi albo Corelli...

– A czy wiesz, Ryszardzie, że prawdopodobnie to nie Albinoni napisał ten utwór? – Anna weszła mu w słowo.

– Jak to?

– To jest bardzo ciekawa historia... Do Albinoniego należy ponoć tylko orkiestrowa partia basu oraz strzępy harmonii, których fragmenty odnalazł pod koniec drugiej wojny światowej w gruzach biblioteki w Dreźnie Remo Giazotto, włoski muzykolog i kompozytor. To on dorobił do odnalezionej partii basu całą nadbudowę: melodię, harmonizację, rytm, instrumentację i ogłosił, że odnalazł nieznany wcześniej manuskrypt Tomaso Albinoniego.

– Ale jak to... czyli to była mistyfikacja?

– Tak, właśnie! Dzięki Herbertowi von Karajanowi utwór zyskał wielką sławę, a ja go uwielbiam.

*

Spacerowali wolnym krokiem po foyer auli. Anna zawsze lubiła przyjść wcześniej, czy to do opery, czy do filharmonii. Miała czas, aby przyglądać się przychodzącym widzom, słuchaczom, wczuwać się w nastrój i atmosferę spektaklu, koncertu.

– Przychodziłam tutaj co pięć lat w trakcie Konkursu Wieniawskiego, przynajmniej na dwa koncerty – zerknęła na Ryszarda. – W ubiegłym roku niestety nie byłam tutaj, oglądałam kilka transmisji w telewizji, ale pamiętam, że pierwszą nagrodę zdobyła Alena Baeva z Rosji.

– I jak podobała ci się?

– Musiała być dobra, skoro zwyciężyła, chociaż warunki do słuchania takiej muzyki w Felcinej kuchni nie są komfortowe – uśmiechnęła się.

– No tak…

– W dziewięćdziesiątym pierwszym roku zwyciężyli dwaj Polacy, to znaczy obu przyznano pierwszą nagrodę, co zdarzyło się tutaj chyba po raz pierwszy.

– Czasami też oglądam transmisje z tego konkursu, ale przyznam się, że nie jestem jego zagorzałym fanem. – Ryszard spojrzał przepraszająco, ale Anna delikatnie machnęła dłonią.

– Obaj grali bosko: Bartłomiej Nizioł i Piotr Pławner. Widownia była w nich jednako zakochana, może dlatego, że przez kilkanaście lat Polacy nie odnosili tu jakichś spektakularnych sukcesów.

– Nazwisko tego pierwszego skrzypka chyba pamiętam, ale ten drugi…

– Obaj teraz koncertują po świecie. W latach sześćdziesiątych zachwycałam się Piotrem Janowskim i Kają Danczowską.

– O nim tylko słyszałem, ale jej twarz pamiętam. Ładna charakterystyczna dziewczyna o czarnych włosach. I chyba filigranowa.

Anna przytaknęła.

– Grała całą sobą, zawsze widać było po niej wielkie emocje. Niektórzy soliści nie pokazują ich po sobie. A w siedemdziesiątym siódmym zakochałam się w Vadimie Brodskim – uśmiechnęła się szeroko. – Chodziłam wówczas na koncerty sama. Na koncercie laureatów piszczałam po jego występie, chociaż nasz Piotrek Milewski też fantastycznie grał.

– Ależ ty, Anno, masz pamięć – zachwycił się Ryszard. Koncert, na który przyszli, także obojgu się podobał. *Adagia* Albinoniego Anna wysłuchała z zamkniętymi oczami. Była bardzo wzruszona.

*

Wieczorem, już z domu, Anna zadzwoniła do przyjaciółki z opery, by pochwalić się, że przyjechała do Poznania i była na koncercie. Nie mogły się nagadać, dlatego umówiły się na pogaduchy do opery na dzień po Zaduszkach. Chociaż Anna z Ryszardem wcześniej nie planowali tak długiego pobytu, zostali w Poznaniu jeszcze na trzy dni.

Ryszard chciał przyjechać po Annę pod operę, ale ona uparła się, że wróci do domu pieszo, tak jak to czyniła niegdyś przez wiele lat. Wróciła ze spotkania rozbawiona. W domu czekała na nią niespodzianka – obiad. Gdy zdejmowała w holu płaszcz, wciągnęła nosem powietrze i stając na palce, próbowała zajrzeć do kuchni; uśmiechnięty Ryszard zastawił sobą wejście do niej.

– Wróciłaś do domu na czas, ale daję ci jeszcze pięć minut.

Przyszła do salonu szybciej.

– Jak dałeś radę znaleźć wszystko, co było potrzebne do obiadu? – spytała ciekawie, siadając przy stole.

– Gdybym miał szukać jakichś narzędzi: kombinerek czy młotka, pewnie miałbym problemy, ale znaleźć akcesoria kuchenne w kuchni…?

– Tyle czasu mnie tutaj nie było…

– Ale krasnoludki niczego nie poprzestawiały – roześmiał się. – Produkty do obiadu łącznie z przyprawami kupowaliśmy razem, sztućce i talerze oraz serwety już poprzednio zlokalizowałem, szkła także, więc reszta była już prościzną.

– Ale mimo wszystko jestem pod wrażeniem.

– U ciebie jest taki porządek jak w muzeum – uśmiechnął się. – Już podaję! – zawołał i zawrócił do kuchni. – Polędwiczki z pieczarkami w sosie śmietanowo-musztardowym plus zielona fasolka, voilà! – oznajmił po chwili, wnosząc do stołowego parujące dania.

Anna strzelała wzrokiem po talerzach.

– Jesteś mistrzem!

– Nie wypieram się. Zresztą to już chyba kiedyś ustaliliśmy – zaśmiał się.

– Samochwała! – Przymrużyła nieco oczy.

– Poczekaj, jeszcze wino. – Sięgnął po butelkę i z wielką gracją napełnił kieliszki. – Na apetyt!

Stuknęli się delikatnie.

– Ciekawy smak i zapach. Cabernet – przeczytała z etykiety.

– Pasuje jak ulał do polędwiczek. Ze względu na nieco cięższy sos grzybowy wybieram w takich razach czerwone wytrawne, choć niektórzy podaliby raczej wytrawne białe.

– Oj, będę musiała się jeszcze długo uczyć. – Przymknęła oczy, biorąc do ust kolejny kęs mięsa. – Pięknie przyprawiasz, znaczy odważnie i niestandardowo.

– Lubię eksperymentować z przyprawami, ale najpierw oczywiście sprawdzam przynajmniej raz na sobie – mrugnął.

Po obiedzie odpoczywali na sofie w salonie. Anna

położyła Ryszardowi stopy na kolanach, a on je delikatnie masował.

– Pochodziłam dzisiaj trochę, więc twój masaż jest jak znalazł. Muszę w Parchowie trochę więcej spacerować, bo zapomnę, do czego służą nogi – zażartowała, podnosząc brew.

– No co ty. Masz doskonałą figurę.

Otaksował ją od stóp do głów i uśmiechnął się; teraz przesunął dłonie na jedną z jej łydek.

– O, jak dobrze... Podczas spaceru najbardziej poczułam łydki, więc o nich właśnie myślałam, mówiąc o chodzeniu, chociaż powód może też tkwić w pantoflach. Tam nie noszę bucików na obcasie, a dzisiaj włożyłam, chcąc zyskać na wizerunku. Aaa... – ziewnęła.

– Ot i znaleźliśmy powód. – Zaczął rozmasowywać drugą łydkę. – Kolacja w „Magnolii" zamówiona na dziewiętnastą – przypomniał.

Anna poderwała się i opuściła nogi na dywan.

– Dopiero teraz mi o tym mówisz? – zatrzepotała powiekami.

– Przecież dopiero piętnasta trzydzieści... – Poruszył ramionami. – Jest tyle czasu, że nawet zdążysz się jeszcze zdrzemnąć.

– No co ty! Muszę się jakoś przygotować!

– Anno, na wszelki wypadek sprawdziłem i żadnego dancingu dzisiaj tam nie ma, więc spokojnie. W salce, w której będziemy, były zamówione jeszcze tylko trzy stoliki, a w sąsiedniej jakaś korporacja ma imprezę z okazji jubileuszu prezesa, czyli będzie spokojnie. Możesz położyć mi nogi na kolana z powrotem, chyba że chcesz się porządniej wyciągnąć na pół godziny.

Anna uśmiechnęła się.

– Może skorzystam z tej drugiej propozycji... Rozgrzałeś mi nogi, leniuszek rozszedł mi się po całym ciele, pójdę więc się zdrzemnąć na górę, ale za godzinę przyjdziesz po mnie, dobrze?

– Oczywiście.

Po drzemce, z której i Ryszard skorzystał, wypili małą czarną i Anna poszła się przygotowywać. Kiedy zeszła na dół w ciemnozielonej sukience ze złotymi dodatkami, z włosami zaplecionymi jak poprzedniego wieczoru w duński warkocz, ustami pociągniętymi ciemnowiśniową pomadką, Ryszard stojący w holu aż cmoknął.

– Moja ty duńska królowo – mówiąc to, schylił głowę i przyłożył rękę do piersi.

Sam włożył szykowny, zapinany na guziki sweter w kratę, o dominujących barwach zieleni i wiśni. Spoglądali po sobie.

– Skąd wiedziałeś?

Wskazała na kolor sukienki i pomadki, a potem na jego sweter.

– Jak to Olek kiedyś powiedział – pracujemy na tych samych częstotliwościach.

Kolacja udała się wybornie. Ciepłe danie z owoców morza, a potem zimne zakąski do szampana. Ryszard był dumny, gdy przechodzący obok ich stolika biesiadnicy imprezy korporacyjnej nie potrafili oderwać oczu od Anny.

– Powinni ci się kłaniać, jak tędy przechodzą – mrugnął.

Anna z wrażenia prychnęła.

– Twój ubiór też ich pewnie dziwi... nie, raczej szokuje, bo oni wszyscy w ciemnych garniturkach. Niczego innego nie znają. A ty potrafisz być taki niewymuszenie elegancki.

Przymknęła oczy i pokręciła z uznaniem głową.

– Widzisz, Anno, nawet imię masz królewskie...

– A gdybym była Basią?

– Jeśli już, to Barbarą. To też jest śliczne imię, ale wolę to krótsze, bo zapewnia szybszy dostęp do twoich oczu i uszu.

– Elegancki, także w słowie... – Anna omiotła go wzrokiem i na moment dotknęła jego dłoni. – Z rodzicami siadaliśmy kiedyś albo w tej, albo w sąsiedniej salce. Wiem, że Kasia też tu swoje ważne chwile świętowała, zdradziła mi, że byli tutaj z Krzysztofem rok temu, kiedy rozpoczynali współpracę.

– Kasia to prawdziwa księżniczka, dama. Jak jej ciąża pięknie służy! Dziwię się sam, że to powiedziałem, ale tak jest.

– Masz rację, służy jej bardzo. Wszystko, co jest związane z Parchowem, jej służy. Nawet jesień, której ciemnych barw nie lubi, nie potrafi popsuć jej humoru, jest wciąż radosna. Szkoda tylko, że ostatnio Maciej przyjeżdża nieco rzadziej.

– Rozmawiałem z nim telefonicznie... – Ryszard spojrzał na Annę, która nie potrafiła ukryć zdziwienia. – Mówi, że wraz z zespołem przygotowują duży projekt naukowy, którego termin składania mija w styczniu. Też wolałem kiedyś wszystkiego sam dopilnować.

– No tak...

– Ale, ale... Miałem ci powiedzieć, że znalazł się klient, który poważnie interesuje się willą.

Anna wykonała delikatny ruch dłonią, jakby nie chciała o tym rozmawiać.

– Ufam ci w tym względzie bezgranicznie. Wiem, że zrobisz wszystko dobrze albo jeszcze lepiej.

– Przy tobie, Anno, stałem się młodszy i jakiś taki... lepszy. – Rozłożył lekko ramiona.

– A ja przy tobie czuję się bardzo szczęśliwa i całkowicie bezpieczna.

Znowu sięgnęła do jego dłoni; przykrył ją drugą dłonią.

*

Anna, odpoczywając po śniadaniu w fotelu, przyglądała się z rozbawieniem, jak Ryszard krąży po holu, obwąchuje drewniane detale, nawet wydało jej się, że przyklęknął i wciągał głęboko powietrze tuż nad podłogą. Wreszcie stanął w progu i zaczął skubać swój wąsik.

– Już kiedyś mnie to zaintrygowało, ale teraz jesteśmy zupełnie sami, a ja czuję się na tyle swobodnie, że... – tu przerwał i wskazał palcem za siebie na hol, jakby nie wiedząc, co dalej powiedzieć.

– Mozaikę parkietową wykonał tam przed wojną mistrz nad mistrze. Tyle wiem od Mikołaja...

Przyglądała się kiwającemu głową Ryszardowi; usiadł na fotelu obok.

– To, że to wszystko jest piękne i wysmakowane, nie ulega wątpliwości, ale ten niepowtarzalny zapach. Co to jest? – zmarszczył czoło i znów sięgnął do wąsika.

– Zaraz... może najpierw powiem ci o moim wielkim marzeniu, dobrze?

Ryszard skinął głową.

– Tak bardzo bym chciała zrobić kopię tego holu w naszym nowym domu w Parchowie... – Pociągnęła noskiem, jak marząca o gwiazdce z nieba mała dziewczynka.

Ten gest ujął Ryszarda – nie było w nim ani krzty sztuczności.

– A czy ten mistrz nad mistrze, jak powiadasz, zostawił jakichś potomków czy sukcesorów swojej profesji? No i powiedz mi wreszcie, co tam tak pachnie? Nie mogłem się powstrzymać żeby nie powąchać nawet podłogi.

Wskazał za siebie i uśmiechnął się.

– Ojciec Mikołaja nosił się długo z pomysłem, aby wykorzystać drewno wydzielające jakiś aromat... Zapach różnych drewnianych detali w holu miesza się więc z zapachem sztukaterii drewnianej z gabinetu. Tam jest i cedr kanadyjski, i kamforowiec, i wstawki z cynamonowca. Pewnie dojrzałeś też półeczki, zdobienia i figurki różniące się odcieniami. Mamy więc i drewno tujowe, heban i mahoń. Wszystko się cudownie komponuje kolorystycznie i miesza aromatami. Zawsze kiedy skądś wracałam, musiałam kilka razy głęboko się zaciągnąć powietrzem, tęskniłam za tym zapachem. Mikołaj wciąż udoskonalał pomysły swojego ojca. Widziałeś jego warsztacik obok garażu?

Ryszard, słuchając wyjaśnień Anny, cały czas kiwał głową i uśmiechał się.

– Hmm... – skomentował krótko.

– To zamiłowanie ojca Mikołaja do drewna wzięło się najprawdopodobniej ze spotkań i wspólnych zainteresowań z Arkadym Fiedlerem. Widziałeś jego książki w bibliotece? – Wskazała palcem w kierunku gabinetu.

– Z tym Fiedlerem, od tych książek? Aha! – dodał, gdy dojrzał skinięcie głowy Anny.

– Opowiem ci o tej niecodziennej znajomości po drodze, dobrze?

– Już nie mogę się doczekać. To za ile ruszamy?

– Za pół godziny możemy zacząć pakowanie.

Obdarzyła Ryszarda uśmiechem.

*

Wieczorem zeszły się w kuchni na pogaduchy Felcia, Anna i Kasia.

– Widzę, że wycieczka się udała – zaczęła Felcia.

– Oczywiście! Było cu-dow-nie! – Anna aż przymknęła oczy; Kasia i Felcia spojrzały po sobie z uśmiechem. – Gdzie ja nie byłam: w filharmonii, w operze, na kolacji w „Magnolii”, na spacerze w naszym parku i nawet na mszy u Vianneya.

– A na groby znalazł się czas? – pisnęła Kasia, komicznie wciągając ramiona.

– Ty dziewucho! – żachnęła się na niby Anna. – Jednego dnia byliśmy ustroić grób Jana na Jeżycach, a następnego u Jutki na Junikowie. W Zaduszki pojechaliśmy jeszcze raz na Junikowo, o świcie.

– Tak jak kiedyś… – Kasia pokiwała głową.

– Uhm… Zrobiliśmy sobie też piękny spacer w pobliżu opery i w parku przed nią.

– A na czym byliście w operze?

– Ja tam byłam sama, na pogaduchach! – zaśmiała się Anna. – Nie mogłyśmy się nagadać… Ależ mi Izabella zazdrości!

– Bo pasujecie do siebie z Ryszardem wyjątkowo! – Felcia pokiwała głową. – Pamiętasz, jak wywróżyłam ci to przy pierwszym spotkaniu?

– Tak było… Ona zazdrości mi nie tylko Ryszarda, ale wszystkiego! – Anna zatoczyła ramieniem łuk. – Tego, że odnalazłam rodzinę, bo ona o tym nic przecież nie wiedziała. Gdybym pracowała w operze jeszcze wtedy, kiedy wyszła sprawa z biurkiem Mikołaja, to pewnie bym się jej wygadała; podczas poprzedniego pobytu w Poznaniu nie było czasu, żeby jej opowiedzieć.

– Opowiedziałaś jej o siedlisku? – Felcia uśmiechnęła się.

– Przede wszystkim opowiedziałam jej o tobie, moja Felciu. – Anna chwyciła dłoń przyjaciółki; Felcia najpierw zrobiła duże oczy, ale zaraz na jej twarzy zagościł uśmiech. – O tym, jak na mnie czekałaś, jak płakałaś i jak się kochamy!

– Bo to prawda, Aniu. – Teraz Felcia ujęła w swoje kościste ręce niewielkie dłonie Anny.

– Dziewczyny, nie rozklejajcie się, ale cieszcie! – zawołała półgłosem Kasia.

– Ech, co ty tam wiesz… – spojrzała na nią Felcia.

– No właśnie – potwierdziła Anna.

– I co tam jeszcze w Poznaniu słychać, mamo?

– Jesień… – Anna nagle zachichotała.

– Jak u nas… – dodała Felcia z uśmiechem.

– Ale wy jesteście numery! – Kaśka wzruszyła ramionami.

– Rysio zachwycił się naszym holem. Bo wiesz, Felciu, on jest cały drewniany. – Anna spojrzała na przyjaciółkę. – I podłoga, i boazeria, i szafki, wszystko. Dopytywał się, czy nie znam kogoś z potomków czy uczniów tego majstra, co robił przed wojną. Ale skąd miałabym znać?! – Rozłożyła dłonie.

– No tak, skąd… – Kaśka zgodziła się z matką. – Ale wiesz co? Na Szamarzewskiego w kredensie leży jakiś dokument z czasu, gdy robił nam parkiet wnuk tego majstra. Tam pewnie jest adres, może nawet telefon. Skontaktuję Ryszarda z Krzysiem, dobrze?

– Dobrze, choć upłynęło już tyle lat. A ty, córcia, jak się czujesz?

Anna spojrzała na brzuch Kasi.

– Doskonale! Bubulek się kokosi, że hej. Ma dużo miejsca i jest ciągle w ruchu – uśmiechnęła się Kasia.

– Takie jak ty to powinny co rok rodzić! – Felcia klasnęła w dłonie.

– Niedoczekanie! – Kaśka zrobiła śmieszną minę i machnęła dłonią. – Ale Felciu, żebyś sobie czegoś nie pomyślała, to bardzo się cieszę – uśmiechnęła się. – Chciałam, więc mam!

Felcia w odpowiedzi znowu klasnęła w dłonie.

– Kto by pomyślał jeszcze półtora roku temu, że tu się tak porobi? Nie miałam nikogo, a teraz czasami nie ma się gdzie schować! – zachichotała. – Oczywiście, żartuję. Tyle lat żyłam bez mała jak zakonnica klauzurowa…

To wyznawszy, zerknęła na Annę, a potem na Kasię.

– No tak, Felciu.

– Teraz za to chodzę wcześniej do łóżka, tam sobie czytam i nasłuchuję, co się dzieje w domu. Słyszę wasze kroki, docierają do mnie jakieś dźwięki, puknięcia, nawet czasami głosy i cieszę się, że dom wreszcie żyje. Takie powinny być domy!

– Dobrze, że to powiedziałaś, bo czasem miałam wrażenie, że jesteśmy za głośne – rzekła Anna przepraszająco.

– No co ty! Do takiej ciszy to nawet myszy nie lezą, bo one lubią się bać! –zachichotała Felcia.

– Ale mówisz poważnie, z tymi myszami? – Kaśka zmarszczyła czoło.

– Od września nie gonię kota z werandy, żeby pilnował domu przed myszami, bo sama mam stracha! – Felcia ponownie zachichotała. – Kiedyś miałam takiego kocura, co to bez przerwy na baby chadzał, ale od tamtej pory już tylko kotki. Bywają bardziej charakterne, ale lepiej łapią myszy.

– A nie lubisz wieczorem pooglądać sobie telewizora, Felciu, jak tak sobie leżysz w łóżeczku?

– Odzwyczaiłam się przy was... i na zdrowie. Jeden dziennik z wiadomościami wystarczy, a i to nie zawsze. Co mam myśleć o świecie i o tym, co się dzieje w kraju, wiem, i nie zmienię zdania, filmy są w większości głupie, a te programy rozrywkowe... – Machnęła ręką. – To czego mam żałować?

– My też odzwyczaiłyśmy się od telewizora! – Anna pokiwała głową. – Wyciszyłam się dzięki temu.

– Więcej czytam niż kiedyś... – wtrąciła Kasia. – Pamiętam w Poznaniu, jak wracałam z wycieczki, to często siedziałam bezmyślnie przed telewizorem i tylko klik, eee... to jest do kitu, znowu klik, eee, to już widziałam, kolejny klik, wariaci znowu kłócą się w sejmie i tak w kółko. Klik, klik, klik...

– Bo telewizja ogłupia, takie jest jej zadanie – powiedziała z przekonaniem Felcia.

– Są kanały z muzyką poważną – zauważyła Anna.

– Gdzie? Jak w zeszłym roku szukałaś tych na skrzypkach, to widziałam, że się denerwujesz. – Felcia wzruszyła ramionami.

– Bo one są w telewizji kablowej, a tu takiej nie ma.

– Powinny być w każdej telewizji, jak chcemy, by ludzie byli mądrzy, i już! Nie ma o czym gadać z tą telewizją – zagniewała się Felcia. – A może chcecie coś obejrzeć? – rzuciła, uśmiechając się chytrze i wskazując na telewizor.

– Nie, nie, nie! – zawołała Anna. – Dzisiaj chcę skończyć *Nigdy w życiu*, a jutro idę na strych do twoich nowości – zwróciła się do Felci.

– A na coś konkretnego masz ochotę? – Felcia uśmiechnęła się i założyła ręce na brzuchu.

– Obejrzę, co tam ci przywieźli we wrześniu Ludka i Arturek.

– Tam jest gruba książka o podwodnych miastach, jakoś tak. Arturek mówił mi, że też sobie ją kupił i wiele się dowiedział z niej o fizyce potopów, o okresach glacjalnych, o znajdowaniu budowli na dnie oceanów... Dużo tam ponoć nauki, chociaż inni naukowcy odcinają się od tego.

– Dziwne... Będziesz ją czytać? – Kasia spojrzała z niedowierzaniem na matkę.

– Skoro tam jest o badaniach naukowych, to... nie mam wyboru – Anna przewróciła oczami. – Muszę wreszcie podciągnąć się, żeby móc z Felcią dyskutować o poważnych sprawach.

– Tylko się nie nabijaj. – Felcia pogroziła jej palcem. – Czekam na pierwsze wrażenia – ziewnęła. – No, to idę do siebie. Śpijcie z Bogiem, dziewczyny.

– Ty też, Felciu, pa – odpowiedziały jedna po drugiej Anna i Kasia.

*

Eliza po zajęciach poszła się przespacerować Świętojańską. Lubiła od czasu do czasu popatrzeć na witryny sklepów. Dzisiaj wybrała lewą stronę ulicy, gdyż chciała odwiedzić empik. W jakiejś kafejce dostrzegła reklamę zabawy „Andrzejkowej". No tak, to już pojutrze. My powróżymy sobie w „Iskierce", uśmiechnęła się do własnych myśli. Zresztą to dla mnie dosyć osobiste święto i nie wyobrażam sobie pójścia na jakąś zabawę. A może ja jestem dziwadło? Z takimi myślami dotarła do księgarni. Spojrzała na stojak bestsellerów. *Pianistę* Szpilmana mamy, *Nigdy w życiu* Grocholi też, ale *S@motności w sieci* Wiśniewskiego w domu nie widziałam. Może kupię sobie też coś lekkiego do autobusu?

O! Chmielewska! *(Nie)boszczyka męża* nie wezmę ze względu na Kasiulę. Ale jest jeszcze jedna jej książka: *Pech*. Przebiegła wzrokiem po krótkim opisie na tylnej okładce: Iza, samotna matka, ciotka z Australii, spadek, zabójstwo i... już się uśmiechała. Biorę! W sołackim domu leży jej zaczytany *Lesio*. Babcia opowiadała, że kupiła ją sobie przypadkiem na autokarowy wyjazd z operą do Warszawy. Kiedy czytając ją, zaczęła się śmiać, to koleżanka poprosiła, żeby czytała głośno. Jadący na sąsiadujących siedzeniach śmiali się razem z nimi z przygód zwariowanego architekta.

Gdy stała już do kasy, poczuła wibrację komórki. Cicho! Nie ma gwałtu, zaraz zobaczę! Po wyjściu na ulicę chciała sprawdzić, kto dzwonił, kiedy komórka znowu zaczęła wibrować. Któż to taki niecierpliwy? O! Przedtem i teraz Igor!

– Cześć, Igorio! Płaciłam w empiku, więc nie odebrałam.

– To nic. Dzwonię, bo mam pewną propozycję.

– Słucham cię.

– W naszym uczelnianym klubie organizowana jest dyskoteka, może byśmy się wybrali?

– Taki kawał drogi... – stęknęła szybciej, niż pomyślała. – A kiedy ona jest?

– To jest „Andrzejkowa" dyskoteka, czyli w sobotę.

– Akurat źle trafiłeś, bo w sobotę rano jadę na wieś – odpowiedziała ze złą miną. – Ale zaraz, zaraz. Ty masz ochotę pójść na dyskotekę?

– No wiadomo, że ja z tańcem kuleję, ale chciałem ci się pochwalić systemem świateł w klubie, bo je programowałem i zrobiłem też nagłośnienie.

– Igorio! Może jednak to spotkanie przełożymy na kiedy indziej?

– Ale my już przekładamy nasze spotkania przez ponad rok.

– Posłuchaj, dzwonisz w przeddzień i się dziwisz...

– Dwa dni przed, bo dyskoteka jest dopiero w sobotę.

– Poza tym nie mam tutaj odpowiedniego stroju.

– A jakiż to odpowiedni strój musisz mieć oprócz dżinsów i jakiejś bluzeczki?

– Sprawy stroju to jednak zostaw mnie, Igorio! – Zacisnęła pięść. – Zresztą umawialiśmy się kiedyś, że spotykamy się w Parchowie, i ja tam właśnie jadę.

– Ale ja właśnie teraz powinienem zostać tutaj, bo jakby coś zdefektowało, to lepiej, żebym był pod ręką.

– Aha, czyli przy okazji będziesz jeszcze pełnił tam funkcję serwisanta.

– Czasami coś się może dziać, a ponieważ to ja robiłem, więc...

– Igorio, nie gniewaj się, ale ta rozmowa trochę mnie irytuje. Gdybyś zaczął jakoś romantycznie, ale ty tak... technicznie: światła, program...

– Bo to wszystko jest po prostu związane z dyskoteką.

– Odłóżmy nasze spotkanie jednak na inną okazję, nie gniewaj się, ale nie mam ochoty.

– Czyli dajesz mi kosza!

– Na tę sobotę zdecydowanie tak! – Eliza zaśmiała się. – Ale nie trać nadziei, całe życie jeszcze przed nami.

– Skoro tak mówisz. No dobrze, to do usłyszenia.

– Pa, Igorio!

– Pa!

No tak, to cały Igorio! Nie odzywa się, a jeśli już... Ech, brak słów. Jeszcze jak jest blisko, to potrafi być bardziej kontaktowy, ale przez telefon na ogół mnie irytuje. Jak to jest?! Hmm. Zwolniła kroku. Inne dziewczyny, gdyby tylko dostały propozycję pójścia z atrakcyjnym facetem na dyskotekę, to chyba by się zsikały. Jeszcze do tego on robi nagłośnienie, programuje światła, czyli ważny ktoś. Może to ja jestem ta zołza, która nie potrafi go zrozumieć? On właściwie ma rację, że cały rok nie spotkaliśmy się w Trójmieście. To zawsze było z mojej winy! Pokiwała głową. Może jednak z nim pójść... Ale taki kawał kolejką, a potem powrót w nocy? Ale ja jestem wygodna, o mamuniu! No, ale on nie potrafi przecież tańczyć! O! I to jest główny powód. Muszę z nim o tym przy najbliższej okazji porozmawiać. Jak będzie przyjeżdżać do „Iskierki", będę go uczyła tańczyć. Znalazłam wyjście!

Uśmiechnęła się. Przyspieszyła kroku.

Mamy papiery!

Anna stała przy lukarnie w Felcinej bibliotece i spoglądała na dolinę. Cienka warstwa pierwszego śniegu, który spadł dzisiejszej nocy, podkreślała jej nadzwyczajną urodę. Szarosrebrzyste oczka wodne, stoki wzgórz okalających dolinę w wielu odcieniach od bieli do szarości, z przebijającym tu i ówdzie zielonkawożółtym kolorem traw, lekko tylko przykrytych cienką warstwą puchu, a do tego częściowo pobielone gałęzie drzew i krzewów. Uśmiech rozjaśnił jej twarz. Muszę powiedzieć Henrykowi, że stąd jest iście malarski widok.

Podeszła do regału z nowościami. Przeszklone drzwi lekko skrzypnęły. Uniosła książkę, o której mówiła jej Felcia: *Tajemnice podwodnych miast* Grahama Hancocka. O rany! Gruba jest, ponad pięćset stron. Przywieźli ją we wrześniu Ludka i Arturek. Na ich wspomnienie Anna uśmiechnęła się. Zwyczajni aż do bólu, a przez to tacy kochani. Ona pulchniutka, a on drobniutki. Muzykalni, mądrzy i tacy bezinteresownie serdeczni. Zawsze, dla każdego.

Pokręciła głową. Usiadła w fotelu i wczytała się w informację na tylnej okładce książki. No tak, oficjalna nauka często ignoruje sprawę ruin prehistorycznych budowli odnajdywanych przez różnych zapaleńców na dnie oceanów, dokładnie w miejscach wskazywanych w starożytnych mitach różnych kultur. Zdaniem owych amatorów, znalazły się one tam wskutek serii potopów sprzed kilkunastu tysięcy lat i pochłaniania lądów przez oceany. Ciekawe, dlaczego oficjalna nauka jest sceptyczna, a czasami wręcz ignoruje te znaleziska...

Oderwała wzrok od okładki i wzruszyła ramionami. Muszę chociaż trochę ją przejrzeć, żebym mogła z Felcią porozmawiać. Ale zacznę od obrazków – uśmiechnęła się do siebie.

Przewracała kartki. O! Mapka świata podczas maksimum ostatniego zlodowacenia; kolorem białym zaznaczone lody. Północ Europy, Północna Ameryka w znacznej części były nimi przykryte. Sporo go było. Cofnęła się o jedną kartkę, gdzie rozpoczynał się opis do mapki. Przeczytała wolno, a potem spróbowała sobie to wyobrazić. No tak. Tak to przecież wyglądało, bo uczyłam się tego w szkole. Moreny! Przecież nasze Kaszuby, w tym piękne tutejsze wzgórza, doliny i oczka wodne powstały właśnie na skutek działania lodowca. Nade mną mogło być nawet dwa kilometry lodu! O Boże! Lód związał na wiele tysięcy lat wody oceanów w rejonach wszystkich kontynentów. A kiedy potem rozpoczął się okres ciepły, oceany zgłosiły się po lądy jak po swoje. Nie zawsze to było powolne zalewanie. Czasami zdarzały się niewyobrażalne kataklizmy, kiedy ogromne masy wody pędzącej z topniejących lodowców do oceanów zmiatały wszystko przed sobą. Brzegi lądów w efekcie topnienia lodów cofnęły się znacznie, zaś poziom oceanów podniósł się o wiele, wiele metrów.

Współcześnie, na przykład, u wybrzeży Półwyspu Indyjskiego, w pobliżu wysp Japonii i w wielu innych miejscach odnajdywane są na dnie oceanu pozostałości dziwnych budowli... i to właśnie w miejscach wskazywanych przez różne starożytne mity. Jeśli istniały kiedyś nieznane nam cywilizacje, to mogło być tak, że wiele ich ośrodków zniknęło pod wodą.

Anna przymknęła oczy, usiłując sobie to wszystko wyobrazić. Hmm... Znajdowane są tu i ówdzie artefakty, zdarzenia zdają się układać w logiczną całość, więc dlaczego tego nie badać na poważnie, naukowo? Więcej czasu i siły przeznacza się na dezawuowanie pracy tych zapaleńców, amatorów... To naprawdę jest intrygujące. Ze Schliemannem i Troją było kiedyś podobnie. Albo z Kretą... albo z odkryciami w dolinie Tygrysu i Eufratu. Babilonia, Sumerowie... ech! Przecież mój Mikołaj też zaczytywał się w Ceramie[6]. Kiedy się poznaliśmy, namawiał mnie także do tej lektury, ale wytrzymałam tylko trochę. Strasznie gruba była to cegła!

Anna uśmiechnęła się. Muszę przyznać, że Felcia jest jednak ciekawa świata, a ja tylko opera i opera...

Z parapetu odezwał się nagle dzwonek telefonu. Anna wzdrygnęła się. Po co ja go wzięłam albo dlaczego przynajmniej nie ściszyłam? Nie odbiorę! Potrząsnęła głową. Po chwili telefon rozdzwonił się powtórnie. O rany! Z lekką złością podeszła do parapetu.

– Halo, słucham? – spytała oschle, nie spoglądając nawet na wyświetlacz.

– Dzień dobry, Anno, jak się cieszę, że cię słyszę. Usłyszałem jakiś zmieniony głos w słuchawce i myślałem, że ktoś się pod ciebie podszywa – zaśmiał się znajomy głos. – Dzwonię w ważnej sprawie!

– Aa, witaj, Rysiu. Cóż takiego ważnego się stało? – teraz odezwała się słodko.

---

[6] C.W. Ceram, niemiecki dziennikarz, pisarz i krytyk. Autor światowego bestseleru o archeologii: *Bogowie, groby i uczeni*, I wyd. pol. 1958.

– Mamy pozwolenie na budowę! – zawołał tak głośno, aż musiała odsunąć telefon. – Za godzinę z kawałkiem będę!

– To ci wiadomość! – ucieszyła się nie mniej niż on.

– Henryk i Adam już wiedzą, a ty ściągaj kogo się da, robimy imprezę na cztery fajerki.

– Rysiu, przecież jest adwent… – próbowała wyjaśnić.

– Wczoraj była niedziela Gaudete, czyli niedziela radości, i słuchałem uważnie, co mówił ksiądz – Ryszard roześmiał się.

– A co mówił, bo ja wczoraj nie byłam, coś mnie łamało przed opadami śniegu.

– Mówił, że już można się radować, bo wiadomo, że niedługo… nieodwołalnie… Pan przychodzi!

– Rysiu… ale…

– No dobrze, będziemy śpiewać cicho, żeby wasz proboszcz nie usłyszał – zaśmiał się. – Pędzę, pa!

– Pa…

Anna, jak mogła najszybciej, zeszła na dół. W kuchni już czekał Henryk. Ukłonił się, przykładając rękę do serca.

– Anno! Myśmy to sprawili! – głos mu zadrżał, pocałował Annę w rękę i podkręcił wąsa.

Do kuchni weszli Felcia i Jan.

– Już wiemy, wiemy… – wołali jedno przez drugiego od progu.

– No, to szykujmy jedzonko! O, dobrze, Adelo, że jesteś. – Felcia spojrzała w kierunku drzwi. – Stach wczoraj późnym wieczorem przywiózł i świeżą, i wędzoną rybę. W sobotę zrobiłam szynki, do dzisiaj się przegryzły. Upieczemy jeszcze ze dwa kurczaki – postanowiła, tocząc roześmianym wzrokiem wokół.

– Ależ ty chcesz zrobić wesele! – Anna przyłożyła dłonie do policzków.

– Zaprawdę powiadam wam, że człowiek musi się od czasu do czasu poweselić – wygłosił Jan z udawaną powagą, której jednakże długo nie utrzymał, parskając śmiechem.

Za niecałe dwie godziny kuchnia pękała w szwach. Stół z dostawką, dodatkowe krzesła, a na stołach półmiski z jadłem. Nagle rozległo się pukanie do drzwi.

– Niech będzie pochwalony! – W progu stał roześmiany proboszcz. – Taka nowina!

– Na wieki wieków… – rozległy się z wielu stron kuchni głosy, poprzedzone szuraniem krzesłami.

– Siadajcie, siadajcie, kochani – rzucił ciepło proboszcz. – Jesteście przecież u siebie. Kto mi pokaże dokumenty, będące powodem naszego miłego spotkania? – zwrócił się w stronę Anny.

Ryszard, nie czekając na jej odpowiedź, wyciągnął do księdza teczkę z dokumentami. Proboszcz wykonał nad teczką znak krzyża.

– Niech budowane na podstawie tych papierów siedlisko cieszy w przyszłości oczy Pana, niech plany i projekty nie zawiodą jego budowniczych i uradują także wszystkich tutejszych mieszkańców. – Położył dłoń na teczce i uśmiechnął się. – Dobrze, że jeszcze nie dotknąłem ryby wędzonej… – zaśmiał się jowialnie. – Potraktujcie moje wcześniejsze słowa jako pierwszy toast – mrugnął i podniósł stojący przed nim kieliszek.

– Częstujcie się – poprosiła rozpromieniona Anna.

– Objaśnijcie mi tylko jeszcze, kochani, kto właściwie pracował nad projektem. Przecież, jak rozumiem, ta teczka to pewnie tylko przewodnik, jak to mówią, a wszystkie projekty kto wam opracowywał?

– Jak to miło się spotkać z fachowcem – uśmiechnął się Adam Wspaniały.

– Na wszystkim może się nie znam... – proboszcz skromnie spuścił oczy – ...ale to i owo wiem – mrugnął.

– W tamtym kartonie jest komplet uzgodnionych projektów. – Ryszard wskazał na ławę stojącą pod oknem.

– Komuś pewnie to zlecaliście... – Proboszcz pytająco spojrzał na Annę, a potem na Ryszarda.

– Oni sami to uczynili... – rzekła uroczyście Anna, wskazując na Henryka, Adama i Stacha.

– Nie da się ukryć – zaśmiał się Adam.

– Sporo szkicowników zużyłem, ale było warto. – Henryk podkręcił wąsa.

– Ja tylko czasami ołówki i gumki dowoziłem... – łypnął okiem rozbawiony Stach.

Kuchnia zatrzęsła się od śmiechu.

– To ciekawe – zamyślił się proboszcz. – Hmm. Dobrze, że jesteście samowystarczalni. – Pokiwał głową. – Może jak kiedyś będę potrzebował pomocy... – tu zawiesił głos, spoglądając na Adama, a potem na Henryka.

– Jak dla księdza, pięćdziesiąt procent taniej niż gdzie indziej! – przerwał mu Adam z uśmiechem.

– Na początek całkiem nieźle... – ucieszył się proboszcz.

– Ja swoje zrobię gratis – oświadczył Henryk, skłaniając głowę.

– No, to teraz jeszcze bardziej mi się opłaca! – Proboszcz złożył dłonie.

– Ponieważ ksiądz jeszcze nigdy mi nie zapłacił, to i teraz z góry rezygnuję z zapłaty. He, he, he – roześmiał się Stach Janik.

– A to dlatego, że nigdy nie wiesz, co mi powiedzieć, jak cię pytam, ile się należy. Zawsze więc myślę, że robisz to wyłącznie dla chwały Pana. Twoja skromność jest Jemu miła i wszystkim o niej opowiadam.

– To musi być prawda, bo coraz częściej, jak pytam kogoś przy robocie, ile chce mi dać, słyszę odpowiedź w podobnym stylu...

Podskakujący ze śmiechu brzuch Stacha poruszył stół; szklanki i kieliszki zadzwoniły.

– Jesteś najmilszym pracownikiem naszej wspólnej winnicy. – Proboszcz skinął głową; oczy mu się śmiały. – To kiedy rozpoczynacie budowę i co tam będzie? – spytał, wskazując na teczkę, którą pobłogosławił.

Henryk wyciągnął rysunek wizji architektonicznej siedliska i podał proboszczowi, a Anna cicho wyjaśniła mu przeznaczenie poszczególnych budynków.

– Toż to będzie całkiem spora wieś! – zdziwił się proboszcz, gdy obejrzał rysunek i wysłuchał komentarza. – Kolęda będzie wówczas musiała trwać w parafii do końca stycznia!

– Siedlisko Anny i moja „Iskierka" zbiorą się zawsze w stodole, żeby można było ją załatwić na jednym posiedzeniu – zachichotała Felcia.

– Oj, Felicjo, nieładnie tak na skróty. Kolęda to rozmowa i modlitwa osobista. Trzeba nawiedzić każde mieszkanie, każdą nową izbę... ale na spotkanie podsumowujące całą kolędę, tu, w obrębie waszego wzgórza, już się cieszę. Możemy nawet przyjąć stały termin i może to być pierwsza sobota lub piątek lutego.

– To ksiądz miał to już wcześniej obmyślone?! – Felcia nie kryła zaskoczenia jego odpowiedzią.

– Jesteście Panu wyjątkowo mili, tyle się tutaj dzieje najróżniejszego dobra, o którym we wsi głośno, że nie było co się namyślać! Odpowiedziałem więc natychmiast i wszystkie swoje inne plany dopasuję do tego terminu, który uważam za uzgodniony, czy tak?

– Tak, tak! – rozległo się wokół.

– Projektowanie w istocie rozpoczęliśmy już w styczniu – odezwał się Adam, patrząc na proboszcza. – Razem z Henrykiem i Stachem schodziliśmy na przedwiośniu część wzgórza i doliny będące własnością pani Anny, parę razy kąpiąc się w śniegu albo błocie. Ratowała nas od przeziębień Felcia. Po każdej takiej eskapadzie leczyła nas różnymi miksturami.

– Zdrowie to podstawa, a zasługi Felicji dla zdrowotności gminy są ogromne – przyświadczył proboszcz i podniósł kolejny raz kieliszek z Felciną nalewką.

– W tym roku nawet ja włączyłem się w pomoc przy wytwarzaniu tych mikstur – wtrącił rozemocjonowany do czerwoności Jan.

– Jeśli ma się czas, to kobietom trzeba pomagać – uśmiechnął się proboszcz. – Tym bardziej, Janie, że czynisz to z wielką znajomością Biblii. Rozumiem więc, że możecie trochę wspomóc probostwo takimi miksturami przed ciężką zimą…

Uśmiechnięty wzrok proboszcza i Jana spotkał się; Jan przeniósł spojrzenie na Felcię, która skinęła głową.

– Jutro coś przyniosę – zapewnił Jan, podnosząc rękę.

– Z góry Bóg zapłać – podziękował proboszcz.

Kiedy o zmierzchu gospodarz parafii ruszył na plebanię, impreza jeszcze bardziej się rozkręciła. Przyjechała Kasia, niespodzianie pojawił się także Maciej, a pod wieczór dotarła Marysia.

Rozmowy i śmiechy trwały do późnej nocy.

*

Anna i Felcia uśmiechały się do siebie uszczęśliwione. Małymi łyczkami popijały parującą kawę, zagryzając ją niewielkimi kawałkami bułeczki cienko posmarowanymi miodem. Lampa nad stołem włączona była tylko na jeden bieg, jak mawiała Felcia, nie rozświetlała całej kuchni, dając im odpowiednią intymność do porannych rozmyślań. Jeszcze milczały.

– Popatrz... jak pozjeżdżali się wczoraj wszyscy – zagadała wreszcie Felcia.

– A potem ciężko ich było rozgonić na noc – Anna zachichotała cicho. – Bardzo się cieszę, bo teraz budowa ruszy z kopyta.

– A Ryszard został...? – Felcia zajrzała Annie w oczy.

– Został... ale poszli z Adamem do wozowni jeszcze coś omawiać.

– Łe tam... – Felcia machnęła dłonią; obie cicho się roześmiały.

– A wiesz, że ten wczorajszy telefon Ryszarda zakłócił mi czytanie twojego Hancocka o podwodnych miastach?

– Zabrałaś się do niego? – Felcia wyprostowała się na krześle, aż niebezpiecznie skrzypnęło.

– Nawet się wciągnęłam. To znaczy zaczęłam od oglądania obrazków, ilustracji i mapek.

– Ja też tak przeważnie robię.

– Niby człowiek tego wszystkiego kiedyś się uczył, ale jak uzmysłowiłam sobie, że tutaj, nad nami... – Anna spojrzała w górę, pomagając sobie gestem – ...było może i ze dwa kilometry lodu...

– Ale za to jak pięknie ten lodowiec wyrzeźbił nam Kaszuby! – Felcia przewróciła oczami.

– Na podstawie tego, co dotąd przejrzałam, jestem skłonna uznać, że te budowle, czy nawet całe miasta odnajdywane w oceanicznej toni, o czym napisane jest na okładce, to chyba nie brednie... – Anna popatrzyła nieco poważniej na przyjaciółkę.

– No widzisz...! Ja miałam tę książkę w rękach tylko przez kilka minut ... Teraz poczekam, aż ty skończysz.

– Wezmę ją do siebie – oświadczyła Anna. – Będę czytała sobie na dobranoc.

– I położysz na stoliku przy łóżku? – zdziwiła się Felcia. – A dziewczyny?

– Przecież to poważna naukowa książka! – Anna rozłożyła zabawnie ręce. – Nie będę przecież codziennie zanosiła jej na górę do biblioteki! – zachichotała.

– Ooo! – Felcia klasnęła. – A wiesz, że przy cyplu Helu też jest zatopione miasto? – ściszyła głos i nachyliła się nad stołem. – Już kiedyś czytałam, że ruiny dawnego miasta odkryli przed wojną budowniczowie portu wojennego, potem pojawili się archeolodzy z Torunia, ale po krótkich badaniach wszystko zasypano.

– Dlaczego?!

– Wyjaśnienie było takie, że ważność inwestycji woskowej... no wiesz. Mam wyobraźnię i trochę to rozumiem... Okręty wojenne w porcie, baterie dział brzegowych w budowie, a obok archeolodzy kopiący w dnie... – Felcia zmarszczyła brwi i pokręciła głową. – Wówczas Polska miała inne zadania, ale może teraz do tego wrócą. Ponoć niedługo mają tam likwidować większość jednostek wojskowych.

– Ciekawe... A co jeszcze wiesz o tamtych ruinach?

– Tylko nie ruinach! – fuknęła Felcia.

– Sama tak powiedziałaś – zachichotała Anna.

– Okazuje się, że tam było kiedyś duże i bogate miasto, mogło mieć nawet ze dwieście domów!

– Łał! – Anna otworzyła szeroko oczy. – Ale... skąd to wiadomo?

– Mam gdzieś gazetowy artykuł... jak odnajdę go, to dam ci do przeczytania. Odnaleziono tak zwany wilkierz helski[7], w którym ponoć to wszystko jest opisane. O tym, jak duże było to miasto, ilu mieszkało w nim mieszkańców, ilu trudniło się połowami, nawet określano tam, że po sezonie połowowym należy sieci i pale do ich suszenia zabrać do domu i tam je przechowywać, pod karą jednej marki. Żeby w kolejnym sezonie nikogo nie kusiło szukać w lesie drewna na nowe pale. Tak wówczas chroniono lasy.

– Niesamowite, jaką ty masz pamięć! Raz przeczytałaś i tyle pamiętasz?

– Czytałam to wiele razy, żeby mi się utrwaliło – zaśmiała się Felcia. – Wiesz, to było bardzo bogate miasto. Oni mieli wcześniej nawet niż Gdańsk mechaniczny zegar wskazówkowy na ratuszu.

– Co ty mówisz!

– Tam było wtedy... poczekaj no... – Felcia zmarszczyła czoło – ...dziewięć winiarni, kilka karczm, łaźnie, reda portowa, warsztaty szkutnicze, no i oczywiście wędzarnie – wyliczała, pokazując na palcach. – Aha! Do wędzenia ryb można było zbierać z lasu tylko chrust i szyszki, taki był wtedy porządek!

– Ależ ty znasz ciekawostki! A ten dzisiejszy Hel to jak powstał?

– E, to skomplikowana historia, bo przez długi czas były dwa Hele. Na cyplu Stary Hel, a ten, co teraz jest, tu gdzie Eliza była, to Nowy Hel. Oba były jeszcze zaznaczane na mapach w szesnastym i siedemnastym wieku. Są takie mapy! Pożar Starego Helu w tysiąc pięćset siedemdziesiątym drugim roku był ostatecznym wyrokiem dla tamtego miasta. Potem morze wdzierało się

[7] Wilkierz miasta Hel pochodzi z około 1430 roku i stanowi opis ówczesnych praw miejskich.

powoli na ląd, stare budynki niszczały, zamieniały się w ruiny, rozbudowywało się nowe miasto. Ponoć tamten Stary Hel podpalili Szwedzi, którzy byli wyjątkowymi fachowcami od rujnowania i rozkradania Polski. Gady!

Felcia potrząsnęła głową i pogroziła pięścią.

– Czyli ta historia nie ma w zasadzie nic wspólnego z Hancockiem? – spytała Anna.

– No jak nie ma, jak ma! Przecież morze zabierało ląd helski cały czas. Nie wiadomo od jak dawna! Tylko od piętnastego wieku linia brzegowa na krańcu cyplu cofnęła się o dwieście, dwieście pięćdziesiąt metrów! Na półwyspie żyje w pamięci legenda, że dawny Hel zniknął z powierzchni ziemi za grzechy jego mieszkańców – ściszyła nieco głos.

– Zupełnie jak w legendach z innych stron świata, coś jak z Atlantydą…

– Rozwijasz się! – zawołała Felcia i zaraz zasłoniła sobie usta. – Mieszkańcy pradawnego Helu byli ponoć tak rozpustni i rozwiąźli, że zagniewany Bóg zesłał na nich katastrofę[8]. Ziemia się zatrzęsła, morze rozszalało i pochłonęło miasto – uzupełniła teatralnie, pomagając sobie ruchem ramion.

Anna roześmiała się.

– Tu nie ma nic do śmiechu! – Felcia nachyliła się nad stołem i przybrała poważną minę. – Podobno… – zaczęła tajemniczym szeptem i rozejrzała się wokół – …do dziś na morzu, w miejscu, gdzie kiedyś wznosił się pradawny Hel, słychać dochodzące z głębiny bicie dzwonów na trwogę. A w Zielone Świątki, w rocznicę

---

[8] Na podstawie: www.newsweek.pl/nauka/stary-hel-zatopione-miasto,43459,1,1.html.

katastrofy, śpiewają zaklęte w syreny Helanki, tak... – zakończyła, kiwając głową.

– Felciu! Pojedźmy tam w najbliższe Zielone Świątki, proszę... – Anna złożyła ręce z miną dziewczynki proszacej o czekoladkę.

– Ty będziesz miała wtedy tutaj taki zajob... że zapomnisz, jak się nazywasz! – zarżała Felcia. – Zalewska, Nagengast, Prawosz, Barbara, Anna... masz co zapominać!

Teraz obie śmiały się wniebogłosy, nie bacząc, że jeszcze nie ma siódmej.

*

W „Iskierce" od chwili uzyskania pozwolenia na budowę było nieustannie gwarno i wesoło. Adam zrobił sobie wcześniejszy urlop z okazji zbliżających się świąt Bożego Narodzenia, jego śladem podążył także Ryszard. Prawie codziennie spotykali się obaj w saloniku wozowni na opracowywaniu planów i harmonogramów realizacji budowy. Czasami wspomagał ich Henryk, a także Jan i z doskoku Stach. W wozowni powstało istne centrum dowodzenia wspomagane komputerowo. Wyszukiwali w internecie wykonawców robót ziemnych, od wylewania fundamentów, realizacji prac murarskich i instalatorskich, następnie ściągali ich tutaj, negocjowali z nimi umowy, precyzowali listy materiałów budowlanych do zakupów w hurtowniach, które wcześniej wyszukał w okolicy Stach.

Jednocześnie trwały także prace wokół przygotowywania stodoły na Wigilię i pozostałe świąteczne dni. Henryk i Adam dotarli najpierw do zeszłorocznych szkiców, a potem sprawdzili stan konstrukcji owalnego salonu, wykorzystanej kilka miesięcy temu podczas

Wielkanocy. Okazało się, że dzięki dobremu zabezpieczeniu wszystko dobrze przetrwało. Konstrukcja salonu stanęła więc sprawnie. W piątek poprzedzający świąteczny tydzień Stach przywiózł dwa okazałe świerki. Po osadzeniu ich w stojakach i ustawieniu w stodole, zapachniało tam na dobre świętami.

W sobotę na polach zrobiło się nieoczekiwanie szaro, buro. Mimo to pozytywnie zakręcona Anna zarażała pozostałych swoim doskonałym humorem.

– Nie zwracajcie uwagi na aurę za oknami, przypomnijcie sobie, jak niedawno było tu kolorowo, a przecież za kilka miesięcy będzie znowu tak samo! – zawołała, gdy podczas jednej z przerw kawowych pojawiły się narzekania na pogodę.

– Widzicie?! Moja krew! – zarżała zaraźliwie Felcia, wywołując śmiech pozostałych. – Patrzcie na nią. Jak długo tu jest, wstaje o szóstej, ciągle ma humor i chęć do czynów!

– Oj tam, oj tam... – Anna pomachała rękoma.

– Nie oj tam, oj tam, tylko tak właśnie jest! Bierzcie z niej przykład! – dokończyła Felcia.

– Przypomnę jeszcze, że zaraz są święta i urodzi się Maluśki – Anna uzupełniła swoje wcześniejsze radosne wystąpienie.

– A ktoś tego nie pamięta? – Felcia potoczyła wokół wzrokiem.

– Czas zrobić sobie również w sercu i głowie kolorowe dekoracje! – dodała jeszcze Anna.

– Pięknie powiedziane! Skąd ci się to bierze? – Felcia z podziwem pokręciła głową; Anna skromnie wzruszyła ramionami.

– Poczekajcie, coś wjechało przez bramę... – rzuciła nagle Adela.

– Jak wjechało, to pewnie i tu zajdzie... – zachichotała Felcia. – Pewnie Stachu. Zapowiadał, że świeże ryby przywiezie.

– To nie Stachu... – zaczerwieniła się Adela i położyła palec na ustach Henrykowi, który już chciał za nią dokończyć; oboje spojrzeli jakoś dziwnie na Kasię.

Jakoż i za chwilę w sieni rozległo się najpierw tupanie, a potem krótka wymiana słów przyciszonymi głosami. Drzwi do kuchni uchyliły się.

– *Przybieżeli do Betlejem pasterze, grając skocznie Dzieciąteczku na lirze, chwała na wysokości, chwała na wysokości, a pokój na ziemi* – rozległ się śpiew; w drzwiach stali uśmiechnięci Eliza i Maciej. – Przyjechaliśmy na urlop... – zaczął Maciej.

– Nie cieszycie się? – dokończyła Eliza i ze śmiechem rozłożyła ramiona.

– Wchodźcie, wchodźcie szybko, cieszymy się! – poderwała się Felcia.

– Siedź, mamo, ja sam zrobię nam kawę. – Maciej ucałował matkę, przywitał się z Anną i nachylił ku Kasi; ta przywitała się z nim serdecznie, jak gdyby nigdy nic. Anna i Felcia spojrzały po sobie.

– A coś mówiłeś, synu, że przyjedziesz najwcześniej w poniedziałek... – zaczął Jan.

– Wczoraj rano miałem zajęcia z grupą Elizy i zdradziła mi po nich, że przedwczoraj mieli ostatnie kolokwium, a zajęcia z poniedziałku przełożyli sobie na po świętach. Miała pojechać rano autobusem. Zrobiło mi się łyso! – zrobił smutną minę. – Ja miałem być gorszy? Porozmawialiśmy sobie... namówiliśmy się i Eliza poszła pogadać do dwóch grup, żeby poprzesuwali sobie moje zajęcia z poniedziałku na po świętach, bo ja...

– Bo profesor musi przed świętami wydobrzeć... – weszła Maciejowi w słowo Eliza, chichocząc.

– Poważnie tak powiedziałaś? – Maciej poprawił okulary. – To dlatego tak dziwnie na mnie patrzyli, a ja jak głupi jeszcze się uśmiechałem, zamiast zrobić... zbolałą minę – roześmiał się. – Dobra jesteś!

– Ty też nie gorszy! – Kasia spojrzała na niego przez zmrużone powieki.

– Kasiu... to moje drugie w życiu wagary! – oznajmił swoim melodyjnym głosem; Kasia uśmiechnęła się. Anna i Felicja spojrzały po sobie i też się uśmiechnęły. – Na pierwszych byłem z tobą w Krakowie, a na drugie przyjechałem z twoją córką do ciebie, do domu.

– W którym ja czekam na was z drugą córką... – Kasia przykryła na chwilę oczy powiekami.

Maciej potarł zmarszczone czoło.

– Kawa! Już robię! – Odwrócił się gwałtownie w kierunku kuchenki.

– Nie trzeba, ja już zalewam, siadaj koło Kasiuli – zaśmiała się Eliza.

Maciej spojrzał na nią zaskoczony.

– Zrobiłam ją w międzyczasie. Siadaj! – uśmiechnęła się do Macieja. – Co tak patrzysz, mamuś? Maciej już dawno mi proponował, żebyśmy mówili sobie po imieniu, ale ja zgodziłam się dopiero dzisiaj. – Poruszyła dziwnie ramionami. – Jestem niezwykle twarda i konserwatywna. Dopiero za Kartuzami mu odpuściłam – zachichotała.

– Ale... dlaczego akurat dzisiaj? – Kaśka spojrzała na córkę, a potem na Maćka.

– Bo coś nas do tego zdopingowało! – Eliza podniosła brew; Kasia otworzyła buzię. – Wspólne... – zaczęła i spojrzała na Maćka – ...wagary! – dokończyła razem z nim; roześmiali się frenetycznie.

Kaśka machnęła ręką i też się uśmiechnęła, ale po chwili złapała za brzuch i zmarszczyła czoło.

– To ona...? – Eliza przymrużyła oczy.

– Tak, to malutka... – odpowiedziała Kasia i też przymrużyła oczy. – Poprosiła, żebym powiedziała wam dzień dobry. Poznała wasze głosy – uśmiechnęła się; Maciej znowu podrapał się po czole.

– Synu. To normalne, że dziecko kopie, wita się z matką, ojcem i resztą rodzeństwa... – zaczął Jan.

– Patrzcie, jakiś ty wyedukowany! – przerwała mu Felcia i zmierzyła go srogim wzrokiem.

– Nigdy się nie chwaliłem, ale często opowiadałem o tym na rekolekcjach... Po prostu to wiem, czuję, chociaż nie miałem szczęścia tego zaznać – dokończył cicho i spąsowiał.

– No, już dobrze... – Felcia pogłaskała go po dłoni.

– Widzisz, synu. Matka wszystko wie. Skąd się wzięło, co mówi, co robi... Wszystko wie dokładnie! – Jan ostatnie słowa wypowiedział z naciskiem.

– Tak, wiem... – Maciej opadł na krzesło, wpatrując się w Kasię; okulary mu zaparowały. Zdjął je i starannie przecierał.

– To mówicie, że wagary! – Henryk podkręcił wąsa. – A my tutaj od kilku dni świętujemy pozwolenie na budowę. A jak! – dodał, widząc zdziwiony wzrok Macieja.

– Gdybyś spytał, czego jeszcze nie wiesz, to bym ci opowiedziała i to – zachichotała Eliza.

– A co mu opowiadałaś? – Felcia zmierzyła ją wzrokiem.

– Przecież on niewiele wiedział z tego, co tu się dzieje, bo był tylko dwa razy od października i to krótko. Jakiś ważny projekt go pochłonął... – Eliza spojrzała badawczo na Macieja.

– No tak, masz rację, tak było, ale nie pomyślałem, że o pozwoleniu na budowę także nie wiem... – Maciej wzruszył ramionami i teraz on zachichotał. – Ależ ta twoja córcia, Kasiu, jest mądra! Cały czas po drodze paplała różne ciekawostki, a jeszcze zwracała mi uwagę, jakie nowe znaki postawili latem – referował swoim melodyjnym głosem i spoglądał na nią z uśmiechem; odpowiedziała mu też uśmiechniętym spojrzeniem.

– Mówiłem kiedyś, że ona w zasadzie studia ma skończone – zażartował Jan.

– Tak mówiłeś, ojcze, a ja się z tobą zgodziłem – potwierdził Maciej.

– Dajecie, panowie, czadu... – Eliza roześmiała się.

– Słyszeliśmy po drodze w Wiadomościach, że na poniedziałek zapowiadają się poważne opady śniegu. Ja też już dzisiaj dojrzałem takie znaki na niebie. A ty, mamo, jak uważasz? – spojrzał na Felicję.

– Wyszłam z rana tylko chwilę na dwór, ale było szaro, padało i nic nie dostrzegłam.

– Zmieniła się cyrkulacja na północną, kilka razy widziałem jeszcze w Gdyni wyraźniejsze krawędzie chmur i to, moim zdaniem, idzie na śnieg.

– A daj Bóg... – Felcia przeżegnała się.

*

Kolejne dwa dni minęły wszystkim w „Iskierce" w coraz lepszych humorach. Podobnie jak w ubiegłym roku, Anna z dziewczynami wybrały się krótko przed Wigilią na świąteczne zakupy do Bytowa. Nawet pogoda nieco się dopasowała; deszcz przestał padać, trochę się ochłodziło, pojawiał się od czasu do czasu skrawek błękitnego nieba. Wróciły zadowolone. Kasina vitara pękała w szwach, wypchana pakunkami i pakuneczkami. Część z nich poniosły na górę, część zostawiły w Felcinej kuchni, a resztę przekazały Sebastianowi, aby zabrał do drugiej kuchni w stodole.

Od niedzieli obie kuchnie pracowały już na najwyższych obrotach. W „Iskierkowej" pachniało ciastem, a członkinie tercetu: Felcia, Anna i Adela sięgały po coraz to nowe przepisy. Kuchnia w stodole zajmowała się produkcją potraw z ryb i mięs. Tam dowodził Sebastian, mający do pomocy Alicję. Od czasu do czasu oboje zachodzili na krótkie, ale treściwe kulinarne konsultacje do kuchni „matki". Wkrótce zapachy ciast i potraw z obu kuchni wypełniły dom oraz inne zabudowania gospodarstwa, mieszały się na podwórzu, nęcąc zajmujących się sprzątaniem domostwa i urządzaniem stodolnianego salonu. Jego scenografia, oprócz kilku drobnych zmian, była powtórzeniem zeszłorocznej. Maciej z Adamem, po zakończeniu ustawiania mebli i stołu, porozwieszali lampki na choinkach oraz w innych miejscach salonu. Za dalsze strojenie okazałych choinek i umeblowania zabrały się, pod kierunkiem Kasi, Eliza, Diana i Joasia.

W noc poprzedzającą Wigilię temperatura spadła poniżej zera, a poranek przywitał wzgórze padającym śniegiem. Duże białe płatki opadały najpierw dostojnie i rzadko, z czasem zagęszczając się coraz bardziej. Po śniadaniu śnieg padał już tak gęsty, że nie można było dojrzeć nawet bramy. Około południa przestało padać. Oczom mieszkańców „Iskierki" ukazało się wzgórze i leżąca pod nim dolina, przykryte białą pierzyną. Konary, gałęzie, a nawet najcieńsze gałązki drzew i krzewów otulone były grubą warstwą śniegu. Widok był iście bajeczny. Wszyscy, którzy nie mieli akurat żadnych zajęć wewnątrz domu, wylegli na podwórze podziwiać zimowe piękno. Rozległy się okrzyki radości, w powietrzu zaczęły fruwać śnieżki. Zarumieniony Jan złapał dyżurną szuflę, żeby przebić się do magazynku na tyłach domu, gdzie przechowywany był pozostały sprzęt do odśnieżania. Niedługo pojawiły się w dłoniach kolejne szufle, pozostali złapali miotły i inny sprzęt do odśnieżania. Dojście od bramy do werandy, podwórze, przejścia do stodoły i do pozostałych zabudowań szybko zostały uwolnione z nadmiaru białego puchu i posypane piaskiem. Ci, co już zakończyli swoją pracę, wracali pod werandę. Maciej, Henryk i Sebastian ruszyli jeszcze za bramę, aby oczyścić najbliższy odcinek drogi prowadzącej w kierunku szczytu wzgórza. Po godzinie wszyscy zmęczeni, ale szczęśliwi spotkali się, jak to powiedziała Felcia, na skróconej kawie.

– Najwyższy... – Felcia uniosła oczy w górę – ...pomyślał o nas przychylnie i zadbał o świąteczny wygląd naszego świata. Musieliśmy Mu mocno nie podpaść...

Zatrzymała wzrok na Macieju; ten się nieco zmieszał i odchrząknął.

Kawowe posiedzenie zakończyło się szybko, Felcia zadbała, żeby nie uczyniła się z niego zbyt długa nasiadówka.

– A teraz znikajcie mi stąd i nie pętajcie się, kto nie musi, po domu – rzuciła bezceremonialnie. – Wigilię rozpoczynamy o siedemnastej trzydzieści, więc z głodu nie powymieracie – uśmiechnęła się szelmowsko.

*

Wigilia zaczęła się punktualnie. Salon pękał w szwach. Znowu zaczęło się od ochów i achów nad jego pięknem. Potem łamanie opłatkiem i spożywanie dwunastu potraw. Gwar przy stole, a w tle polskie kolędy zespołu „Mazowsze". Pochwały dla kucharek i kucharzy krzyżowały się ponad stołem; jadło szybko znikało z waz, półmisków i salaterek. Po wieczerzy starsi przenieśli się na fotele, a młodzież sprawnie ogarnęła salon. Na stołach pojawiły się owoce, ciasta i inne słodycze. Wkrótce przybył także Gwiazdor z prezentami. Kiedy już wszyscy nacieszyli się nimi, nadszedł czas na kolędowanie. Stodoła wypełniła się śpiewem pod sam dach. Lampy nad stołami i sznury lampek na choinach kołysały się do ich rytmu. Anna, Felcia i Adela tradycyjnie się spłakały, obiecując sobie, że odtąd już zawsze będą wspólnie spędzać Wigilię i wszystkie inne świąteczne dni w roku.

W pierwsze święto Bożego Narodzenia Kasia z Maciejem przywieźli z Bytowa siostry Dumke: Sławkę i Gertrudę, a Ryszard mamę i siostrę Elę z ich włości rodowych. Znowu łamanie się opłatkiem i składanie życzeń. Sławka i Gertruda oszołomione wyglądem salonu i kłębiącym się tłumem gości, siedziały na zsuniętych fotelach i tylko wodziły wokół wzrokiem.

– Czegoś takiego w życiu nie widziałam... Nawet na najlepszym amerykańskim filmie! – zawołała wreszcie Sławka; przytuliły się do siebie z Gertrudą.

– A ja widziałam już w zeszłym roku – zachichotała pani Stefania, wzbudzając powszechną wesołość. – Żeby tylko zdrowie dopisało, bo mam jeszcze apetyt na wiele takich Wigilii!

Dwa dni wspólnego świętowania minęły na biesiadowaniu, przerywanym krótkimi spacerami do szczytu wzgórza. Wszyscy byli nieustannie w dobrych humorach. W pierwsze święto przyjechał Igor, który nieoczekiwanie postanowił zostać do Nowego Roku. Eliza uniosła brew i uśmiechała się zagadkowo, a dołeczki nie znikały ani na moment z twarzy Diany. Okres między świętami a ostatnim dniem odchodzącego roku minął prawie niezauważenie. Kto chciał, przychodził po śniadaniu do salonu, gdzie czekała wciąż kawa, słodkości i owoce. Na Sylwestra dołączyła Wika oraz Krzysztof z żoną. Tłok w stodole, na podwórzu i wokół „Iskierki" był podobny do tego przy ognisku kończącym agroturystyczny sezon.

Zakończenie roku należało bezsprzecznie do Igora. Po pokazie fajerwerków jego imię odmieniane było na wzgórzu, a potem po powrocie do stodoły, przez wszystkie przypadki. Zdążył już przyzwyczaić obecnych, że każdorazowo są jakieś nowości, ale ten pokaz fajerwerków był niepowtarzalny. Eliza także poddała się nastrojowi, opóźniając swój powrót pod dach. Manewrowała umyślnie tak, aby podziękować mu bez świadków. Kiedy ich usta się spotkały, moment ten zarejestrowały oczy Diany. Dołeczki natychmiast zniknęły z jej policzków, a spojrzenie posmutniało.

Rozwodu nie będzie

W drugi weekend nowego 2003 roku w „Iskierce” znowu zrobiło się tłoczno. Po piątkowej kolacji kuchnia wciąż była wypełniona, nikt prawie nie poszedł do swojego pokoju. Trwała w najlepsze rozmowa o tym, jak komu rozpoczął się nowy rok. Jan w pewnym momencie poderwał się, żeby włączyć telewizor.

– Nie patrzcie tak na mnie... Przeglądając gazetę z programem, przypadkiem zauważyłem tytuł filmu sensacyjnego, na który kiedyś długo polowałem.

– Ojcze, ty i taki film, i do tego... „polowałem”? – zdziwił się Maciej.

– Oglądałeś go? – odparł Jan pytaniem na pytanie.

– Nie, ale...

– Kolega, wykładowca z uczelni, opowiadał mi kiedyś o nim, bo też przypadkiem go obejrzał. Jakby co, to wyłączę, ale według jego oceny, nie będziemy epatowani niedobrymi scenami, jak to jest na ogół w takich filmach. Większą część filmu stanowi przebieg procesu sądowego i pokazywanie perypetii, zawirowań w dochodzeniu do prawdy. Kolega był pod ogromnym wrażeniem tego obrazu.

To wyjaśnienie ostatecznie zatrzymało w kuchni tych, którzy nie zdążyli wcześniej wyjść. Film rzeczywiście potrafił trzymać wszystkich w napięciu. Adwokat, broniący jednego z podejrzanych o morderstwo, wystąpił do sędziego o zastosowanie dodatkowych narzędzi i technologii dowodowych, pozwalających dojść do prawdy. Mimo iż poszlaki wskazywały na jego klienta, to on, choć nie do końca przekonany o braku jego winy, postanowił, za zgodą sędziego, przeprowadzić badania uzupełniające, bowiem dostarczone przez policję wyniki badań śladów linii papilarnych obu podejrzanych nie były w stanie przesądzić o winie. W niektórych miejscach ślady nie budziły wątpliwości, ale na samym narzędziu zbrodni okazały się niewyraźne. Choćby tylko z tego powodu nie mógł nie zażądać dodatkowych badań.

Porywająca była scena monologu prawnika, a właściwie odczytywanych przez lektora jego przemyśleń, z których wynikało przeświadczenie, że to obaj podejrzani wspólnie dokonali strasznej zbrodni. Tak mu podpowiadało prawnicze doświadczenie. Na początek zastosowano badanie wariografem, ale analiza wyników również nie przyniosła rozstrzygnięcia. Obaj podejrzani na pewne pytania odpowiedzieli nieprawdę, co również nie mogło zostać uznane za przesądzające o winie któregoś z nich.

Adwokat wystąpił więc o badanie DNA. Chociaż klient wciąż twierdził, że nie brał udziału w zbrodni, prawnika zaskoczyło to, że nie był on zwolennikiem tego badania. W rozmowie poprzedzającej pobranie próbek mężczyzna zachowywał się dziwnie, rozkleił się, wpadł prawie w histerię. Jakież było zdziwienie obrońcy i sądu, gdy przebadane w dwóch niezależnych laboratoriach próbki wskazały jednoznacznie, że są to ślady drugiego podejrzanego, a nie jego klienta. Dzięki temu jego klient został uwolniony od zarzutu najcięższego przewinienia, ale otrzymał wyrok za zatajenie prawdy o sprawcy.

Gdy film się skończył, w kuchni rozgorzała dyskusja.

– Miał rację mój kolega – zaczął rozemocjonowany Jan. – Ciekaw jestem tylko, czy w przypadkach wątpliwych, w sprawach podobnego typu lub innych kontrowersyjnych procesach, te wszystkie metody są stosowane równolegle.

– Lubię oglądać filmy sensacyjne, ale tego naprawdę nigdy nie oglądałem. Nawet nie wiem, jak to się stało. – Adam wzruszył ramionami i pokręcił głową. – Może dlatego, że opisali go tak jak w tym programie jako dramat psychologiczny... – dodał, zaglądając do gazety – ...a takich filmów nie cierpię.

– Na ogół nie oglądam żadnych filmów sensacyjnych, ani tego typu dramatów, ale już myślałam, że sprawcą mordu był klient naszego prawnika, kiedy wpadł w histerię – dodała Anna. – Prawnik miał jednak wyczucie co do winy swojego klienta, choć nie w takim zakresie, jak początkowo myślał.

– A właśnie, właśnie, bo tego wcześniej nie powiedziałem... – wtrącił jeszcze słowo Jan – ...też byłem już pewien, że to właśnie on był sprawcą. Myślałem, że dlatego się rozkleił, a tu powodem była tylko źle pojmowana lojalność, przyjaźń. Dobrze zrobiony film.

– Strasznie się denerwowałam, ale również czułam, że za tą histerią kryje się coś innego, niżby mogło z pozoru wyglądać – dorzuciła Marysia.

– Nie wiem czemu i pewnie się zdziwicie, ale niektóre sytuacje przypominały mi zachowanie Henryka, kiedy ukrywał, że straciliśmy „Zielony Dwór" – wyznała cała w pąsach Adela; spojrzeli na siebie z Henrykiem.

– Ja od dawna jestem pewien, że to właśnie wyniki badań DNA powinny być, i chyba w tej chwili są, głównym materiałem dowodowym w tego typu i podobnych sprawach sądowych – do dyskusji włączył się melodyjnym barytonem Maciej. – Ponoć do badań wariografem niektórzy potrafią się przygotować, bo to jest głównie kwestia psychiki, a badania linii papilarnych powinny pełnić tylko rolę uzupełniającą – mówiąc to, zatrzymał wzrok na Kasi, spostrzegłszy, że dziwnie się w niego wpatruje.

– To jest twój prawdziwy pogląd, czy też...? – spytała, wbijając jeszcze mocniej w niego wzrok; Maciej zmieszał się.

– Tak... oczywiście... tak uważam, bo to całkowicie naukowa metoda...

Kaśka nie czekała, aż skończy, tylko uniosła się z krzesła i ruszyła w kierunku drzwi; Maciej i reszta siedzących odprowadzili ją zdziwionym wzrokiem. Zapadło milczenie. Niebawem Kasia była z powrotem w kuchni. Bez słowa położyła przed Maciejem kartkę papieru z czerwonymi stempelkami i usiadła naprzeciw, wbijając w niego wzrok. Maciej uniósł kartkę i wczytywał się powoli w jej treść. Po kilku chwilach położył ją z powrotem na stole i zdjął okulary. Wpatrywał się tępym wzrokiem w stół.

– No i...? – spytała sucho Kasia.

– Ale... przecież... – zaczął dukać.

– A co to jest takiego? – Felicja zmarszczyła czoło i uniosła kartkę; przebiegała szybko wzrokiem po zapisach. – To teraz wszystko rozumiem... Ty jesteś, ty jesteś...

Przesunęła dokument po stole w kierunku Anny i trzasnęła dłonią o stół; kręciła opuszczoną głową i ciężko oddychała.

Dokument uniosła Anna. Po przeczytaniu podała kartkę Janowi, a sama przytuliła Kasię. Jan, czytając dokument, stawał się coraz bardziej purpurowy. Gdy skończył, przesunął kartkę w kierunku Marysi i Adeli.

– Czułam, że właśnie tak zrobisz, przyjaciółko... – rzekła Marysia i potrząsnęła końskim ogonem. – Nie dziwię więc ci się, bo z góry znałam wynik. Bo jaki mógł być inny?

Spojrzała na Maćka i pokręciła głową.

– A ja już domyślam się i nawet nie chcę tego czytać.

Adela odsunęła dokument na środek stołu; Eliza odwróciła go niezapisaną stroną do góry i także pokręciła głową.

– Czy myśmy, synu, tak cię wychowali? – Jan podniósł głos.

W kuchni zapadła grobowa cisza. Maciej nałożył okulary.

– Kasiu... brak mi słów na moje draństwo. Już w listopadzie opamiętałem się, że zrobiłem źle i na pewno nie mam racji... – Spojrzał jej w oczy i wyciągnął ręce przez stół. – Wyobrażam sobie, ile przeze mnie przecierpiałaś... A potem nie miałem odwagi...

– Ja przecierpiałam? – odezwała się nieco ironicznie Kasia. – To ty się namęczyłeś, bo to ja kazałam ci się wynosić. Nie tak było? – Potrząsnęła głową; na twarzach obecnych dojrzeć można było zdziwienie. – U mnie szok trwał pierwszą minutę po twoich słowach i potem przez początkową, dziesięciominutową część spaceru z Marysią. Cały czas czekałam, kiedy zrobisz sobie na dużym arkuszu kalendarz, porównasz daty naszych wyjazdów, spotkań z wynikami pierwszych badań, z których dowiedziałam się, że jestem w ciąży. Przecież jesteś naukowcem! – dodała z nutą ironii. – Wszystkie papiery leżały cały czas na nocnym stoliku. – Pokręciła głową.

– Ale ja nie chciałem w nich grzebać... – sapnął i podrapał się po czole.

– No wiesz...? Wiedziałam, że jesteś dziwak, ale że

aż taki, to już nie – roześmiała się. – Obiecałam sobie, kiedy tylko się zorientowałam, że dziecko zostało poczęte na Mount Evereście, że...

– To wyście byli w Himalajach...? Kiedy? – wtrąciła się zdezorientowana Felcia i zrobiła minę.

– Naprawdę? – Marysia zachichotała i znów potrząsnęła końskim ogonem.

Kaśka miała śmiejące się oczy, Maciej poderwał się do niej i po chwili już się tulili i całowali. Wreszcie usiadł na krześle Kasi, a ta usadowiła mu się na kolanach.

– Tak, Felciu... I jeszcze mieliśmy ze sobą drabinkę – zachichotała Kasia. – Ojeju! – wykrzywiła się nagle i złapała za brzuch. – Mówisz, córcia, że to był lekki kopniaczek dla taty? – spytała, spoglądając w dół. – Nie denerwuj się, malutka, mamusia była i jest twarda, rozwodu nie będzie! – zaśmiała się głośno; kuchnia zatrzęsła się od śmiechu.

Maciej raz jeszcze wycałował Kasię i przeszedł na drugą stronę stołu, na swoje krzesło.

– Jaki ja byłem głupi... jaki głupi... ale dzisiaj jestem wreszcie szczęśliwy – odetchnął głęboko.

– Mam nadzieję, Maćku, że bezpowrotnie zdejmiesz już... – Kasia zachichotała.

– Tak, wiem... krótkie spodenki! – krzyknął triumfalnie, jakby zdobył jakąś nagrodę.

W kuchni rozległ się znowu śmiech.

– Może w takim razie dopowiem jeszcze, otóż obiecałem sobie, że nie będzie takiej sprawy, której w przyszłości nie będziemy ustalać razem – dodał Maciej ze śmiejącymi się oczami.

– Proszę cię, Maćku, tylko nie wszystkie sprawy. – Kasia złożyła dłonie. – Bo na rozwiązanie niektórych byśmy musieli czekać długo, bardzo długo.

– Dużo masz jeszcze tych szpileczek? – Maciej nie przestawał się śmiać.

– Tylko dwa pudełeczka... W razie czego pożyczę sobie od mamy albo od Felci, Adeli lub Marysi! – zachichotała. – Ale powiem wam, dlaczego nie przejmowałam się aż tak i dzisiaj też mu szybko odpuściłam! – zawołała Kasia i rozejrzała się wokół. – Po pierwsze, bo bardzo go kocham. – Zerkała na boki. – No, nie dziwcie się! Kocham, więc wybaczam. A po drugie... kiedyś, gdy byłam z Elizą w ciąży, wciąż się denerwowałam. Mamusia nie była dla ciebie, córciu, dobra...

Kasia spojrzała na Elizę i pokręciła głową.

– E tam, Kasiula. Jak miałam osiemnaście lat, to dopiero wtedy byłaś zołza – zachichotała Eliza, a wraz z nią reszta.

– Tak, wtedy też, córcia. Ale gdy byłaś jeszcze w środku... – wskazała na brzuch – ...a potem przez prawie cały rok niemowlęctwa, byłam okropna; wiele z tego okresu zresztą nie pamiętam. – Pokręciła smutno głową. – Wiele działo się jakby poza mną, wbrew mnie, bo psychika po śmierci twojego taty rozstroiła mi się na długo... – Złapała przez stół dłoń Elizy. – A przecież to jest najpiękniejszy czas w życiu kobiety, wierz mi. Tak przynajmniej powinno być.

Rozejrzała się wokół; zewsząd dostrzegała kiwanie głowami.

– Chyba, córcia, to rozumiesz... – Spoglądały sobie przez chwilę w oczy. – Nie wszystkie kobiety miały w przeszłości taki komfort, jaki ja mam teraz...

Po tych słowach zatrzymała wzrok na Macieju.

– Więc nie dziw się, Maćku, że obiecałam sobie, wrócę jeszcze raz do słów o Mount Evereście, że najważniejsze jest to... – wskazała na brzuch – ...a reszta to betka. Dlatego prawie miałam cię w nosie. Chciałam przede wszystkim, aby owoc naszej miłości miał tak dobrze, jak tylko można sobie wymarzyć. I ma!

Maciej kiwał głową, a jego oczy błyszczały szczęściem. Z euforii, że Kasia odpuściła mu przewiny, przeciągnął sobie urlop o dodatkowy tydzień. Jego radosny baryton słychać było w całym domu od rana do wieczora. Dowcipkował i wszystkich bez ustanku zagadywał. Kobiety chciał wyręczać w kuchennych pracach, nawet przygotowywał przedpołudniową kawę dla wszystkich. Latał po podwórzu z szuflą do odśnieżania, aby potem móc trochę pospacerować ze swoją Kasiulą po ścieżkach, które wcześniej zdążył jeszcze posypać piaskiem.

*

Anna i Felcia urwały się do biblioteki. Kiedy tylko zamknęły drzwi, przytuliły się do siebie.

– Taka jestem szczęśliwa… – Felcia otarła łzy.

Stanęły przy oknie.

– Tu kiedyś będzie brykać dużo dzieci – uśmiechnęła się Anna, wskazując głową na wzgórza i dolinę.

– Kiedyś o czymś takim marzyłam. Ale to wszystko dzieje się dzięki temu, że tutaj przyjechałaś.

– Masz wspaniałego i mądrego syna, który jednak zostawi potomka. Ich córka będzie także bardzo mądrym dzieckiem – Anna ostatnie słowa wypowiedziała z naciskiem; uśmiechnęły się do siebie.

– Tylko niech ta zima już sobie szybko idzie. – Felcia machnęła ręką. – Wiosna to życie, chce mi się do niej. Zimy znoszę coraz gorzej – przyznała, patrząc smętnie za okno.

– Ależ, Felciu! Pamiętasz, jak niedawno cieszyłyśmy się ze śniegu? On przecież też daje życie! – Anna dotknęła dłoni Felicji. – Przyroda z niego się cieszy, a my przecież jesteśmy jej częścią.

– Byleby za długo nie leżał…

– À propos śniegu… no i lodu. Doczytałam u Hancocka opis mechanizmów powstawania zlodowaceń, topnienia lodów i katastrofalnych potopów. – Anna pociągnęła Felcię na fotel, sama usiadła naprzeciwko. – To wszystko jest znane od dawna, największe światowe autorytety w dziedzinie geologii, oceanografii są tutaj zgodne. Dla mnie też jest to oczywiste…

– No widzisz? Już się przekonujesz…

– Poczekaj, to jeszcze nie tak. Na razie staram się sobie wyobrazić te wszystkie procesy i ich opis mnie nie odrzuca, jest dla mnie zrozumiały. Zawsze przywołuję sobie naukę w szkole o naszym lodowcu…

Pokazała palcem w górę.

– Śmieją się różni mądrzy z Dänikena czy Sitchina, gdy ci piszą w swoich książkach, że kiedyś była już na Antarktydzie czapa lodu, taka jak jest teraz – wciągnęła się w rozmowę Felcia. – Potem na skutek ocieplenia i innych procesów klimatycznych, czy jakichś katastrof wywołanych przez ciała niebieskie, ześlizgnęła się stamtąd gwałtownie, wywołując nieprawdopodobną falę tsunami, która pędząc przez oceany, dotarła do przeciwległych kontynentów, zalewając je. Z tego ponoć właśnie okresu pochodzi obraz Antarktydy bez lodów, znajdujący się na mapie admirała Piri Reisa.

– Może i ja do tego kiedyś dotrę – uśmiechnęła się Anna. – Dobrze, że zaczęłam od książki autora mniej kontrowersyjnego niż tamci dwaj. Ale muszę ci zdradzić, że sprawy lodowców, ich topnienia, katastrof lokalnych, wierzeń z różnych zakątków świata dotyczących potopu, zmuszają mnie do myślenia i zaczynam się... wciągać. – Anna pokiwała głową. – Przeczytanie tej grubej książki zajmie mi więc sporo czasu, bo często się cofam i czytam powtórnie niektóre fragmenty.

– Ja mam czas, poczekam, jeszcze nie przeczytałam wszystkiego, co dostałam od Ludki i Arturka w ubiegłym roku. – Felcia wskazała na regały. – A jak do tego, co sama już przeczytałaś, dołożysz sprawę Helu, to robi się jeszcze ciekawiej – mrugnęła. – Przecież Bałtyk powstał całkiem niedawno, a ile tu już było zmian.

– Muszę porozmawiać z Maciejem i Elizą o tym cyplu helskim i mieście, które kiedyś tam było. Przecież na Uniwersytecie Gdańskim takimi sprawami powinni się zajmować, prawda?

Felcia zgodnie pokiwała głową.

Jagodzianka

Anna spojrzała za okno.

– Ciągle sypie – rzuciła zmartwionym głosem.

– Kasia też to widzi, więc da sobie na wstrzymanie – zachichotała Felcia i machnęła ręką.

– Na szczęście ma umówione ze szpitalem, że przyjadą po nią, no i w razie czego mamy tutaj Henryka, bo ja bym za nic nie odważyła się w taką pogodę jechać.

– Że też tobie takie myśli w ogóle po głowie chodzą!

– Całkiem mi się zwoje nie wyprostowały – Anna zaśmiała się cicho. – Zresztą Żaba w taką pogodę nie dałaby rady, a Kasi samochodem nigdy nie jechałam…

– Mamo, mamo! – doszło z góry wołanie Kasi.

– Idę zobaczyć, o co chodzi. – Anna spojrzała na Felcię.

– Idę z tobą.

Kasia leżała na boku ze zbolałą miną.

– Co jest, córcia?

– Mam chyba już za częste bóle… Może zadzwonić do szpitala? – spytała, postękując.

– Jeśli uważasz, że to są częste, powtarzające się bóle i nie ustają, to zadzwonimy. – Anna pokiwała głową.

– Mhm… – Kasia znowu stęknęła, łapiąc się za brzuch.

– No dobra. Halo… – odezwała się do słuchawki Anna. – Mówi Anna Nagengast-Prawosz. Moja córka Katarzyna Skierka jest umówiona na przyjazd karetki do porodu i wydaje się, że już nadszedł czas.

– Wody jeszcze nie odeszły?

– Nie, jeszcze nie, ale to chyba kwestia krótkiego czasu.

– W tej chwili karetka nie ruszy, bo śnieżyca jest zbyt duża i mogłaby utknąć, jadąc do was, albo co gorsza wracając z pacjentką. Czy tak jak umawialiśmy się, macie panie umówioną położną na wypadek awarii?

– Tak, przyjaciółka córki ma za sąsiadkę położną, Renatę...

– Znam ją, myślę więc, że trzeba niestety zastosować wyjście awaryjne. Skontaktujcie się panie z nią, a ona wszystko dobrze poprowadzi. W razie czego wie, z kim u nas rozmawiać, przecież tutaj na co dzień pracuje. Powodzenia.

– Dziękuję.

– Domyślam się, mamo. Do Marysi sama zadzwonię – stęknęła Kasia. – ...Marysia? Dawaj szybko tę sąsiadkę, bo chcę rodzić. Tylko naprawdę szybko!

– Będziemy, Kasiula, najpóźniej za pół godziny, pa.

– A jak urodzę szybciej?

– Zdążymy, nie bój się, pa.

– Pa.

Kasia ruszyła w kierunku łazienki.

– Wody mi idą!

Odwróciła się, przystając w jej progu.

– Spokojnie, córcia. My tutaj przygotujemy łóżko.

– Niagara to to nie jest – zachichotała nerwowo Felcia.

Kiedy Kasia po kilku minutach wróciła w krótkiej koszulinie sięgającej tylko trochę za brzuch, miała na twarzy uśmiech.

– Dresy już zdjęłam i przebrałam się jak do roboty – mrugnęła.

– Najważniejsze to dobry humor – ucieszyła się Felcia.

– Wyślę tylko esemesy do Elizy i Maćka i jestem gotowa do rodzenia. – Kasia znowu mrugnęła i po chwili naciskania na klawisze podała mamie komórkę. – Odbierzesz jakby co.

– Już przyszła odpowiedź od Maćka: *Jestem z tobą!* O, a teraz od Elizki: *Trzymaj się, mami!*

– Kochani...

– Ja zejdę na dół, po kobiety – rzuciła Felcia.

Za dwadzieścia minut na dole zrobiło się głośno. Po chwili do Kasi pokoju weszła uśmiechnięta kobieta w średnim wieku, za nią wcisnęła się Marysia, a tuż za nimi z falującą piersią Adela.

– No, to zabawimy się w rodzenie! – zawołała kobieta od progu. – Jestem Renata, położna! Dzisiaj rodzi... zaraz... – zaczęła wyliczankę: „Entliczek pentliczek, czerwony stoliczek, na kogo wypadnie, na tego bęc!" Wyszło na panią! – wskazała na Kasię; Kasia roześmiała się, a wraz z nią pozostałe kobiety.

– Ty to Renata potrafisz! – pisnęła Marysia.

– A alkohol gdzie? – Renata spojrzała groźnie na Annę.

– To spirytus jest potrzebny? – Anna zatrzepotała powiekami.

– A po co spirytus? Myślę o szampanie!

– O rany! – stęknęła Kasia, śmiejąc się. – Ale jaja!

– My po porodzie się napijemy, pani niestety nie! – Renata zachichotała. – To pierwiastka? – Wskazała na Kasię i spojrzała na Annę. – Widziałam kiedyś tę panią, jak paradowała po wsi w takiej miniówie do pach – zachichotała. – I to wtedy ktoś, gdzieś, przydybał?

Marysia dała jej kuksańca.

– Ma dwudziestoletnią córkę, a ojcem tego nowego szczęścia jest Maciej, syn Felicji – wyjaśniła, machając końskim ogonem.

– Przecież ja wszystko wiem, tylko pytam się, żeby nie wyjść z wprawy i zabić trochę czasu. Popatrzę dziecku trochę w twarz. – Nachyliła się nad kolanami Kasi. – Idzie dobrze! Za pół godziny będzie po robocie.

– Za pół godziny? – Kasia stęknęła, choć na twarzy miała uśmiech od ucha do ucha.

– A jak ta druga w międzyczasie zacznie we wsi rodzić? A jeszcze trzeba wypić szampana... – mrugnęła do Anny.

– Ależ pani jest wesoła! – pochwaliła Adela.

– Pani ma, zdaje się, dwie córki, prawda?

– Tak, a skąd pani wie?

– A bo widziałam panią kiedyś z nimi na Fifth Avenue – zachichotała.

– Myśmy nigdy nie były w Nowym Jorku... – Adela z wrażenia spąsowiała.

– Widziałam was koło naszej kwiaciarni, czy tak? Tak nazywam ten kawałek drogi.

– Aha! – z ulgą odetchnęła Adela.

– Ręczniki teraz będą potrzebne, białe płótno, a jak jest, to najlepiej tetra, kilka sztuk, no i ze dwie miednice z ciepłą wodą. Tylko nie wrzątek! – zawołała za Marysią, która już była za drzwiami.

Kasia, gdyby nie to, że rodziła, pewnie by się cały czas śmiała. Od czasu do czasu jednak musiała sobie jęknąć, a kiedy Renata zaczęła krzyczeć, żeby parła, nie było jej już wcale do śmiechu.

– Noo, to mamy to szczęście! – po kilku okrzykach „przeć!" powiedziała nieco ciszej Renata. – Ależ to piękność! Dwanaście punktów na dziesięć! Dawno czegoś tak śliczniusiego nie widziałam...

Dała dziecku delikatnego klapsa; dziecko zakwiliło.

Anna, Felcia, Adela i Marysia zaglądały jej przez ramię.

– Ale śliczna... – powtarzały jedna przez drugą.

Renata przetarła dziecku gazą delikatnie oczęta i nosek.

– Ma pani siłę, żeby ta śliczna mała panienka poleżała trochę na pani brzuszku? Tak chociaż ze trzy minutki z kawałkiem?

– Tak – odparła Kasia.

Renata ułożyła delikatnie małą. Kasia delikatnie ją przytrzymywała, spoglądając na nią z pełnym szczęścia uśmiechem.

– Jest czarna jak mama i babcia. – Renata popatrzyła na małą, a potem na Kasię i Annę. – Nie, jeszcze ciemniejsza! Prawie jak jagódka!

– Jak jagódka? – Kasia zmarszczyła brwi. – Miała być Oliwka, a będzie Jagódka. Podoba mi się!

– Jagódka...? Poważnie? – Anna otworzyła szeroko oczy.

– Mnie tam się podoba – uśmiechnęła się Felicja i dotknęła małej nóżki.

– Super! – pisnęła Marysia.

– Ładniusio – zgodziła się Adela.

– Na Oliwkę mimo wszystko mała nie pasuje – wydęła usta Renata. – Na Jagódkę jak najbardziej.

– A pępowina? – spytała Anna.

– Zdążymy. Jak tak sobie mała poleży trochę u mamy, około pięciu minut, to samo zdrowie. Wracamy powoli do starych naturalnych metod. Wszystko, co najlepsze w pierwszych chwilach na tym zwariowanym świecie, w tym pozostałości swojej krwi, mała pobierze jeszcze przez pulsującą pępowinę z łożyska. No i potem nie trzeba witaminy K, nie występuje niedokrwienie, nie ma porażenia mózgowego, nie ma niedoborów żelaza, nie będzie anemii, i takie tam.

– Ale... – Anna spojrzała z przestrachem na Renatę.

– Zalęgła się nie wiadomo skąd i nie wiadomo kiedy i jak, teoria szybkiego odcinania pępowiny, ale... – obejrzała się na moment do tyłu na kobiety – ...ja wiem, jaki tego był powód, lecz opowiem wam dopiero przy alkoholu.

– Poważnie chce pani się napić tego szampana? – Anna spojrzała na Renatę.

– Chciałabym, kiedyś...

– *Chciałabym chciała, chciałabym chciała*... – dodała śpiewnie Marysia. – Ona w ogóle nie pije – wyjaśniła, chichocząc.

– Ale kto wie, czy kiedyś nie zacznę! Na razie uczę się wciąż o tym mówić – mrugnęła Renata. – Ponoć szampan jest dobry.

– A pępowinę to już nie pora odcinać? – zaniepokoiła się Adela.

– Jeszcze chwileczkę poczekamy na ojca – zachichotała Renata. – Marysiu, podaj mi z saszetki taki mały, przezroczysty pakuneczek... Są sterylne – wyjaśniła, widząc otwarte oczy Anny i Adeli, wpatrujące się w nożyczki, które zgrabnie wypakowała z torebki foliowej. – Wracając do pępowiny. Przecież widziały panie, jak zwierzęta, ssaki rodzą, prawda? Czy od razu odgryzają pępowinę? Nie. Czy występują u nich jakieś zakażenia? Nie. U ludzi kiedyś było podobnie, więc do tego wracamy.

– Ależ to wszystko dziwne... To tak jak z masłem i margaryną.

Anna spojrzała na Renatę; ta pokiwała głową i odcięła pępowinę, po czym zgrabnie ją zawiązała.

Uniosła małą w górę, obejrzała uważnie i podała śledzącej jej każdy ruch Kasi.

– Jagodzianko moja, kochana kruszynko... Aleś ty śliczna – wyszeptała Kasia, przytuliła małą do piersi i pocałowała delikatnie.

Wszystkie kobiety uśmiechały się wzruszone.

*

Kasia rano czuła się doskonale. W nocy Anna musiała podejść tylko raz i przyniosła jej słomkowej herbaty do picia. Jagódka spała prawie nieustannie, trochę tylko czasami pomruczała. Kasia szybko ją wyczuła, że wtedy po prostu jest głodna. Piła z piersi, jakby to robiła od dawna. Kasia spoglądała wówczas na nią z wielką miłością.

Uchyliły się drzwi i weszła mama ze śniadaniem. Uśmiechnęły się do siebie.

– Mamuś, popatrz na nią chwileczkę; pójdę się ciut wybachać[9], bo czuję się letko upypłana[10]. – Kasia usiadła zgrabnie na łóżku.

– Nie tak gwałtownie! – syknęła Anna.

– Czuję się wspaniale.

Anna uśmiechnęła się i usiadła w nogach łóżka obok małej. Dawniej, kiedy były w dobrym humorze, bawiły się obie, mówiąc gwarą poznańską, ale jeśli Kasia przywitała ją przed chwilą takimi słowami, tuż po porodzie, jakby nie było wielkim wysiłku, to znaczy, że jest w supernastroju i superformie. Jagódka spała spokojnie. Anna przypatrywała jej się z czułością. Do głowy by jej nie wpadło, że ponadczterdziestoletnia córka zafunduje sobie dziecko. Czy ona to zrobiła z premedytacją? Wzruszyła ramionami. Słyszała

---

[9] Wybachać się – w gwarze poznańskiej – wykąpać się.
[10] Upypłana – w gwarze poznańskiej – brudna.

o takich zdarzeniach, ale nigdy nie pomyślałaby w takim kontekście o Kasi.

– Wiesz, mamuś... – Kasia odezwała się cicho po powrocie z łazienki, przerywając rozmyślania Anny – ...nie myślałam, że będę tak dobrze się czuła. I fizycznie, i psychicznie. Chce mi się żyć. Zrobiłam sobie nawet ciut większy prysznic niż zamierzałam.

– Musisz, córcia, uważać. – Anna podniosła palec w górę.

– Oczywiście... Letnia woda, a po brzuchu delikatnie. Trochę jestem obolała, ale czuję się też głodna.

– Esemesowałam wczoraj z Maćkiem i Elizą z twojej komórki. Oboje gratulują, kochają cię.

– Będę korzystała z komórki tylko wtedy, jak przyjdziesz. Na razie trzymaj ją ode mnie daleko, ponad dwa metry.

– Położyłam na komodzie przy wejściu – wskazała Anna.

– Wracając do mojego pobytu w Szkocji... To tam, w chatce na Mull of Kintyre, zaszłam w ciążę – Kasia wyrzuciła z siebie radośnie; oczy Anny rozszerzyły się. – No, nie dziw się, mamuś. Każdy ma jakieś marzenia. Ja chciałam pojechać tam, gdzie śpiewał Paul McCartney, przespacerować się po tej łące co on, spojrzeć z góry na plażę, którą szła orkiestra szkockich dudziarzy, dotknąć nagich skał przylądka i obejrzeć latarnię morską; spełniło mi się to wszystko dzięki Maćkowi. Rozglądałam się od Edynburga, co by tu wziąć ze sobą na pamiątkę z tej niezwykłej wycieczki; przecież wiesz, że na tak wielu byłam, ale ta była tą wymarzoną. Może kilt, drobinkę skały z Grampianów, mały kamień z przylądka, czy też jakąś roślinę stamtąd, ususzoną między kartkami książki. Jednak trafiła mi się inna okazja... – wskazała z uśmiechem na brzuch – ...postanowiłam ją wykorzystać i przywieźć sobie najlepszą pamiątkę. Taką prawdziwą, żywą – zachichotała. – Namacalny dowód, że byłam na Mull of Kintyre i jednocześnie zdobyłam Mount Everest.

– Poważnie, zrobiłaś to z premedytacją? – Anna spytała, mrużąc oczy. – Jesteś niesamowita. A ja przed chwilą właśnie o tym myślałam, że zdarzają się takie przypadki, ale wydawało mi się, że ty jesteś taka... racjonalna.

– Mamuś, tak! Masz rację! To jest... to była jak najbardziej racjonalna moja decyzja. Od wielu lat, zaraz po zakochaniu się w Maćku, to chyba najbardziej racjonalna i podjęta na zimno decyzja. Tak się cieszę, że się udało!

Kasia przytuliła się do matki; Jagódka zakwiliła.

– Nakarmię ją i dopiero wówczas zjem śniadanko. Jajko jest na miękko? – Spojrzała na matkę; ta skinęła. – To schowaj mi pod kołdrę, za parę minut będzie jeszcze ciepłe.

Anna przyglądała się, jak Kasia z gracją i wielką delikatnością przewija Jagódkę, a potem karmi ją piersią. Mała dotykała piersi matki małymi paluszkami i było jej dobrze.

– Maciej przyjedzie jutro i przywiezie Elizę. Dzisiaj strasznie pada w Trójmieście, ale na wieczór zapowiadają już spokój. Drogowcy muszą najpierw odśnieżyć drogi.

– Powiedz im, żeby przyjechali w piątek i może niech sobie załatwią poniedziałek wolny. Tak będzie lepiej.

– Dobrze. Za godzinę, jeśli pozwolisz, Felcia i Adela chciałyby chociaż od progu zobaczyć ciebie i Jagódkę.

– No jasne! – Kasia uniosła małą i oparła jej główkę na ramieniu; odbiło jej się lekutko. – Chodzi jak zegareczek – mrugnęła. – Wyczułam ją, że co drugi raz je dłużej. Teraz był ten krótszy seans, po którym śpi godzinę. Ja zjem i też się troszkę zdrzemnę, a potem przyjdźcie.

– Przestało padać po czwartej. Dzwoniła ze szpitala kobieta, pytając, czy wszystko w porządku... To serdeczna koleżanka Renaty, która w nocy dyżurowała i miała odbierać twój poród.

– Fajna babka, poznałyśmy się. A Renata?

– Też dzwoniła i powiedziałam jej, że jest super. Obiecała, że przyjdzie około dwudziestej, po powrocie ze szpitala, bo pojechała na dniówkę. Miała szczęście, bo zabrała się pługiem – Anna zaśmiała się cicho.

– Alеż ona fajna. A co by było, gdyby tą swoją wyliczanką trafiła na którąś z was? – Kasia prawie zachłysnęła się ze śmiechu herbatą.

– Alеż ona ma poczucie humoru.

Wypiła ostatni łyk i podała mamie kubek. Wyprostowała się na chwilę i spojrzała w dolinę.

– Ale napadało. Jest ślicznie, czysto, akurat dla Jagódki. Ile mrozu?

– Pięć stopni i więcej ma nie być. Tak jest dobrze. To kładź się, córcia, i za godzinę wpadniemy, pa.

Kasia wpatrywała się w córeczkę. Malutkie powieczki, malutkie dziurki w nosku, malutkie usteczka, malutkie uszka. Wodziła po niej wzrokiem i delikatnie dotykała palcem. Uczyła się jej. Oparła się na łokciu i przybliżyła ucho do jej buzi. Jak delikatnie i spokojnie oddycha. Moja najdroższa, kochana kruszynka, Jagódka. Kasia ułożyła głowę na poduszce. Ziewnęła. Zdrzemnę się. A co mi tam...

Felcia i Adela przyszły po jej drzemce. Kasia czuła się jeszcze lepiej.

– Wiecie, ja prawie nie czuję, że wczoraj wieczorem rodziłam? Jagódka jest aniołkiem.

– Kasiu, ty jesteś święta. Przecież gdybyś się wtedy, na weselu, ujęła ambicją... – Felcia złożyła ręce.

– Już ci tłumaczyłam. Maciej jeszcze trochę i wydorośleje – zachichotała.

– Diablico jedna! Ale masz rację. On był za długo starym kawalerem... – Felcia pokiwała głową.

– Teraz przy małej się nauczy. Będzie do nas frygać z Gdyni aż miło. Dzięki temu co tydzień zobaczę też Elizkę.

– Jesteś nadzwyczajną planistką! – Matka mrugnęła do niej; Kasia pokiwała głową.

Przed ich przyjściem nałożyła dresy i teraz leżała na boku, spoglądając na Jagódkę. Miała wrażenie, że mała, kiedy słyszy jej głos, delikatnie się uśmiecha. Też się do niej uśmiechnęła.

– Dawno nie widziałam tak spokojnego noworodka – zauważyła Adela. – Moje wszystkie to były płaksy, może najmniej brzęczała Diana.

– Jeszcze nie ma doby! Wszystko może jej się odmienić – Kasia uśmiechnęła się.

– Przy twoim dobrym humorze, sile i jeszcze lepszym podejściu, nic się nie zmieni – zawyrokowała Felicja. – Ty się tutaj zmieniłaś... wiem, powtarzam się, ale kiedy przyjechałaś, byłaś kapryśna, narowista, a teraz jesteś silna, zdecydowana i zawsze pełna humoru. Ania, ty też! – dopowiedziała, widząc oczekujący wzrok Anny.

– Też bym chciała taka być – rzekła cicho Adela.

– To sobie zajdź w ciążę – prychnęła Felcia; Adela zrobiła oczy, ale po chwili uśmiechnęła się.

Kasia powstrzymywała brzuch od śmiechu.

– No dobra, idźcie już na tę kawę…

– My już jesteśmy po! – przerwała jej Anna. – Adela, nie martw się, Felcia po mnie też jeździła jak po łysej kobyle i zobacz, co ze mnie wyrosło – zażartowała.

Jagódka zamrugała powiekami i zakwiliła.

– Koniec audiencji – oświadczyła Kasia. – Teraz będziemy się przewijać i jeść. Mamuś, koło siedemnastej przyniesiesz mi w naparstku kawy?

– Jesteś pewna, że możesz?

– Chcę! Tak dobrze się czuję, że gdyby nie ona… – pokazała głową na Jagódkę – …mogłabym wypić dużą kanę kawy. – No, idźcie już dziewczynki – zaśmiała się.

*

Kasia umówiła się z Renatą na pierwszą kąpiel Jagódki na trzeci dzień po urodzinach.

– Strasznie wkurzam wszystkie położne i pielęgniarki, przyzwyczajone, żeby zaraz po porodzie kąpać dziecko. – Renata pokręciła głową. – Teraz i tak się trochę zmieniło, ale był okres, że pępowina rach, ciach, dziecko pod kran, szybko badania i ocena noworodka. Wszystko się działo jak na taśmie produkcyjnej w fabryce – powiedziała.

– Gdyby nie ty, wykąpałabym ją wczoraj, zanim przyszłaś…

– A tak pogadałyśmy o biologii, o porodzie, mazi płodowej, która ma pozytywny wpływ na elastyczność i miękkość skóry noworodka. Czy wiesz, że nie zawsze w domu udaje mi się przekonać rodzące kobiety, żeby poczekać z pierwszą kąpielą chociaż dobę? – Renata zrobiła groźną minę.

– Ale ja się nie opierałam... – pisnęła Kasia, wciągając ramiona.

– Ale zdziwiona *deczko* byłaś, przyznaj.

– Czytałam po gazetach, że kilka godzin można odwlec, ale dłużej lepiej nie.

– Ech, Kasiu, zobaczysz sama. Matki przyjdą na przedstawienie? A gdzie jest ojciec? – Renata spojrzała groźnie na Kasię.

– Przyjedzie jutro i przywiezie moją pierwszą córkę.

Kasia zrobiła buzię w ciup.

– To go tylko odrobinę tłumaczy. – Renata pokręciła głową. – Powinien tu być i sam małą prać – zachichotała. – Poród go ominął, odcięcie pępowiny, pierwsze karmienie i pierwsza kąpiel. Jak on to nadrobi!?

– Myślę właśnie, jaką mu zadać pokutę – zachichotała Kasia.

– I to mi się podoba! No, widownia przyszła... – Renata spojrzała w kierunku uchylających się drzwi, przez które delikatnie, na palcach wchodziły Anna, Felcia i Adela. – Bilety wszystkie mają, czy mam sprawdzić? – zaśmiała się. – Nie, nie, same sobie damy radę. Dzisiaj, Kasiu, wyjątkowo ja, ale od jutra możesz sama przynosić sobie wanienkę. – Zniknęła na chwilę w łazience. – Tyle wody wystarczy. To ma być kąpiel, a nie szkoła przeżycia – zachichotała. – Żabka z termometrem jest okej, ładnie widać, ale jak się zapodzieje, nie zapominaj, że najlepszy jest łokieć. Ma być miło, ani za ciepło, ani za chłodno.

Kasia słuchała uwag Renaty i co chwila kiwała głową.

– Ceratka na stoliku jest w porządku, ale jakbyś miała niewielki stojaczek w łazience, to jeszcze lepiej, bo nigdy nie wiadomo, czy się coś nie rozleje. Wówczas pół godziny przed kąpielą uchyl tylko drzwi do łazienki, żeby wyrównać temperaturę. Nie musisz kąpać codziennie, a co drugi dzień, kikutek pępowiny trzeba chronić przed zamoczeniem, pamiętasz, prawda?

– Niby oczywiste sprawy, a wszystko ważne – zauważyła Felcia.

– Kiedy to myśmy swoje kąpały?

– Ja dwadzieścia lat temu – wyznała Adela.

– Tę dużą pieluszkę z tetry stosuj jako matę antypoślizgową do wanienki; jej rogi wciśnij pod wanienkę – Renata wykonywała sprawnie wszystkie czynności. – Teraz rozbieraj delikatnie maluszka. W międzyczasie spojrzałam na akcesoria, jakie przygotowałaś na łóżku na pielęgnację po kąpieli. Widzę, że jesteś super przygotowana, jeśli idzie o kremy, pudry. Płyn do kąpieli też masz z właściwej półki – mrugnęła. – Chcesz sama kąpać? Dobrze. Trzymasz jak należy, ale główkę odrobinę wyżej. Najpierw nóżki, pupka i teraz delikatnie polewaj wodą. Pamiętaj o kikutku.

Renata zamilkła i przyglądała się, jak Kasia sprawnie wycisnęła odrobinę płynu do kąpieli, delikatnie umyła ciałko, a potem dłonią nabierała wodę, żeby je spłukać.

– Bez uwag. Na piątkę! Żeby tak młódki chciały być przygotowane. Może chcesz zostać położną? – Renata zajrzała Kasi w oczy.

Potem wycieranie, nawilżanie balsamem, kremik na pupkę przeciw odparzeniom, pieluszka, body i śpiochy. Kasia wszystko robiła sprawnie, jakby od niechcenia.

– Póki tak zimno, to chyba czapeczka zawsze, prawda? – Kasia spojrzała na Renatę, ta skinęła głową. – Na noc nakładam jej łapki-niedrapki, na wszelki wypadek – dodała, i znowu skinięcie głowy Renaty.

– Zdałaś na szóstkę! Z karmieniem idzie ci jak najlepiej, więc my ruszamy pić szampana, a ty sprzątaj, dobra kobieto – uśmiechnęła się i sprawnie wyniosła wanienkę do łazienki. – A wiecie, że przedwczoraj prosto od was poszłam do pierwiastki, jak jest droga na Naklę? Nie szło tak sprawnie jak u ciebie, ale w niecałe trzy godziny też już było po zawodach – zachichotała.

*

W piątek wieczorem przyjechali Maciej i Eliza. Trafili akurat na karmienie.

– Stańcie na chwilę przy oknie, żeby mała przy jedzeniu nie dostała oczopląsu – szepnęła Kasia.

Maciej wodził oczami za małą i Kasią. Był wniebowzięty. Eliza spoglądała to na matkę i Jagódkę, to na Maćka. Dobrali się. Naprawdę! Choć przez moment wyglądało to źle. Uśmiechnęła się.

– Nabijasz się ze mnie? Tak głupią mam minę? – Maciej zajrzał Elizie w oczy.

– Aż tak to nie, ale pomyślałam sobie, że dobraliście się, i to mi się podoba. Naprawdę! – dodała konspiracyjnym szeptem. – Jestem już za stara, żeby picować... Wy zresztą też! – zachichotała; Kasia i Maciej, jak na komendę, pogrozili jej.

Kasia uniosła w pionie Jagódkę. Mała, kołysząc główką, patrzyła to na matkę, to w kierunku Elizy i Maćka. Lekko jej się odbiło. Kasia przetarła jej delikatnie usteczka.

– Jaka ona jest grzeczna... – Eliza uniosła z podziwu oczy.

– Jest piękna i mądra! Cała mamusia! – Maciej podszedł do Kasi i ucałował najpierw ją, a potem delikatnie główkę Jagódki. – Widziałyście? Ona się do mnie uśmiechnęła!

– Ona czuje, co jest miłe i dobre, i wtedy robi taki grymas, jakby się uśmiechała. Nie widzi cię, niestety, Maćku.

– No co ty? Przecież taki jestem wielki.

Kasia i Eliza zachichotały.

– Chyba na lekcjach biologii spałeś! – Eliza ze śmiechu aż zamknęła oczy.

– No dobrze, idziemy na drzemkę, a wy idźcie sobie pogadać na dół.

– Pooglądaj sobie, mamuś, co ci nakupowaliśmy. – Eliza wskazała na stojącą obok komody dużą foliową torbę.

– Super! Potem obejrzę, a jak przyjdziecie na drugi raz, weźmiecie te ciuszki do wyprania.

– Przecież to, Kasiu, zostało kupione w dobrym dziecięcym sklepie, jest nowe, a nie z lumpeksu! – obruszył się Maciej, a Kasia i Eliza znowu zachichotały.

– No tak... Wytłumacz, córcia, Maćkowi tę skomplikowaną sprawę.

– Dobrze, mamuś, znikamy.

Eliza pociągnęła Macieja z rękaw; ten zaśmiał się cicho, i razem opuścili pokój.

Kołyska

Jagódce coś się pozmieniało i zaczęła miewać kłopoty z zaśnięciem. Kasia sama przyczyniła się do tego, bo wzięła ją raz i drugi na ręce, a małej tak się to spodobało, że… zaczęła uprawiać terror. Kiedy Kasia odkładała ją do becika, zaczynał się pisk, gdy brała z powrotem na ręce, uspokajała się, ale z zaśnięciem i tak był problem. Wówczas Kasi przypomniały się pierwsze wypowiedziane do Adeli słowa, że może coś się kiedyś zmienić, kiedy ta pochwaliła, jak bardzo Jagódka jest spokojna. Zaczynały się one niestety sprawdzać. Rozmawiała o tym z kobietami, ale póki co – rozwiązania nie znalazła.

Dziewiątego marca przed południem z korytarza doszedł ją dziwny rumor. Po chwili usłyszała ciche pukanie do drzwi. W progu stała Adela trzymająca jakieś spore zawiniątko, a za nią wspinający się na palce Henryk.

– Kasieńko, sto lat, sto lat… – zaintonowała Adela.

– Kasiu, w dniu imienin życzę ci wielu dobrodziejstw, siły i humoru, a nade wszystko odporności na piski Jagódki! – powiedział Henryk. – Padam do nóżek, a tutaj drobiażdżek, który może stanowić remedium na jej przypadłość – mówiąc to, wskazał w głąb korytarza.

Kasia podeszła do drzwi i oniemiała. Sosnowa kołyska, sporych rozmiarów, przyciągała wzrok.

– Henryku, czy to nie za duży mebel?

– Kasiu! Ten mebel będzie służył twoim dzieciom, a potem Elizy dzieciom... – Henryk podkręcił wąsa i zachichotał; Kasia pogroziła mu palcem.

– Czy on w ogóle zmieści się do mojego pokoju?

– Jeśli chcesz, zaraz go trochę przemeblujemy i nie będziesz chciała jej się stąd pozbyć!

– Wiesz, Kasiu, że wszystkie nasze brzdące wychowały się w podobnej kołysce? Zaczęłam ci mówić zaraz po porodzie, że one były płaksy, ale nie dokończyłam, że Henryk zrobił podobną kołyskę i... jak ręką odjął.

Adela pokiwała głową, dostrzegając niedowierzanie w oczach Kasi.

– No, to może... – Kasia nie była do końca przekonana o wyższości kołyski nad usypianiem na rękach, ale wykonała gest przyzwalający.

Henryk zatarł ręce i zdjął sweter. Popatrzył na łóżko.

– To teraz, Kasiu, weź malutką i siądź na fotelu, a my z Adelą przystosujemy izbę – sapnął cicho na zapas.

Kasia, chcąc nie chcąc, zrobiła tak jak Henryk proponował. Usiadła i przyglądała się manewrom łóżkiem, szafką przyłóżkową i stołem. Henryk z Adelą obywali się bez słów, wystarczały same gesty. Łóżko odjechało od okna nieco w głąb pokoju. Szafka przyłóżkowa powędrowała na drugą stronę łóżka, a kołyska znalazła miejsce pomiędzy oknem a łóżkiem. Adela i Henryk stanęli obok Kasi i wspólnie z nią taksowali rozmieszczenie mebli.

– Fajnie! – oceniła Kasia; oboje Dziedzicowie zgodnie przytaknęli.

Teraz Adela sięgnęła do zawiniątka.

– To jest materacyk – powiedziała. – Nie za gruby, bo dziecko musi się hartować, a pod pupą ma przecież jeszcze becik. Tutaj dodatkowa poduszeczka, powłoczka na becik i prześcieradełko. Spójrz, zrobiłam wszędzie monogramy.

Kasia dotknęła palcami wypukłego monogramu *JS* na poduszeczce; wyhaftowany był złotą nicią, z pięknymi zawijasami.

– Ależ to śliczne – zachwyciła się.

Po chwili materacyk już leżał w kołysce.

– Jak ci się, Kasiu, spodoba pomysł, to mogę zrobić zdejmowany baldachim, żebyś mogła osłaniać Jagódkę od słońca, a te kilka patyczków, które przykręcam, to stelaże na powieszenie maskotek i grzechotek.

Henryk zamontował stelaż, a Adela wypakowała z torby czerwonego słonia, niebieską papugę i żółtego żółwia oraz dwa zestawy wiszących, podrygujących grzechotek.

– I jeszcze chodniczek pod kołyskę – przypomniała sobie Adela, wyciągając z torby kolejne zawiniątko.

Henryk ustawił kołyskę na chodniczku, pozawieszał maskotki i grzechotki i skłonił się z galanterią.

– Mała księżniczko Jagódko, możesz zajmować miejsce.

Kasia delikatnie włożyła Jagódkę zawiniętą w becik do kołyski. Poruszyła nią lekko. Mała zamachała rączkami i przekrzywiła główkę; zabawki wydające dźwięki zainteresowały ją.

– Na razie widzi tylko ich cienie, kolorów jeszcze nie rozróżnia, ale te będą pierwszymi, które rozpozna – ucieszyła się Kasia.

Mała znowu zamachała rączkami. Każde poruszenie kołyską to kolejna porcja dźwięków, a z jej strony kolejna porcja ruchu. Po niedługim czasie ziewnęła i przymknęła na chwilkę oczęta. Otworzyła je ponownie, jeszcze chwilkę pomachała, znowu ziewnęła i ponownie zamknęła oczy. Zasnęła.

– Widzisz? – Adela głęboko nabrała powietrza i uśmiechnęła się; Henryk kolejny raz podkręcił wąsa.

– Jesteście cudowni! – Kasia wyściskała ich. – Ona śpi, a ja mogę poczytać książkę albo zrobić cokolwiek innego!

Henryk zamontował jeszcze ozdobny gruby czerwony sznur do niklowanego zaczepu na kołysce i zawiesił jego koniec na gałce szuflady nocnego stolika.

– Możesz kołyskę poruszać ręką, możesz naciskać nogą na bieguny albo pociągać za sznur. Każda metoda na wprawienie kołyski w ruch jest dobra – rzekł i podkręcił wąsa.

– Bajkowo! – Kasia przewróciła oczami.

– Kładź tylko teraz, kiedy są chłody, kocyk na parapecie, a ja przy najbliższej okazji zrobię ci kolorowe flanelowe węże, którymi potem go zastąpisz; Jagódka będzie mogła się kiedyś nimi bawić... – Adela zarumieniła się, poruszona własnymi słowami.

– A ja za trzy, cztery miesiące zrobię Jagódce łóżeczko, gdy zacznie wyrastać z kołyski – rzucił Henryk na odchodnym.

Kiedy Dziedzicowie poszli, Kasia wyciągnęła się na łóżku. Patrzyła na śpiącą słodko Jagódkę. Taka niby niedzisiejsza konstrukcja ta kołyska, a rozwiązała mój problem. Nie pamiętam, kiedy dostałam tak trafiony prezent imieninowy. Przymknęła oczy. Zasnęła.

*

Któregoś marcowego dnia na plac budowy przyjechały dwa ciężarowe samochody. Jeden ze spychaczem, drugi z koparką. Mężczyźni z „Iskierki” czekali na nie na dworze już od godziny. Anna i Felcia spoglądały z lukarny w bibliotece na ruch, jaki się zrobił pod lasem. Niebawem przyjechały kolejne samochody: z kontenerem i dźwigiem. Dźwig manewrował kontenerem trzymanym na linach, aż wreszcie opuścił go na trylinkowe słupki.

– No, to kierownictwo budowy ma się już gdzie rozlokować – oceniła fachowo Felcia.

– Kierownictwo póki co będzie miało swój pokój w wozowni, a tam musi być miejsce dla robotników. Jeszcze przywiozą toj-toja – mrugnęła Anna.

– No tak, bo by zasikali cały las – zaśmiała się Felcia.

– Jutro energetyka ma doprowadzać kabel, ale zastanawiają się jeszcze, czy nie zrobić oddzielnej trafostacji. – Anna pokiwała głową.

– Jak będziesz miała tyle energii, to pobudujesz tam wielką scenę i zrobisz festiwal operowy! – Felcia spojrzała żartobliwie na Annę.

– Zobacz, do czego przyszło! Ja teraz używam słów, o których jeszcze niedawno nie miałam pojęcia, że istnieją. Boże! Akt, uwertura, libretto, aria, tenor, mezzosopran – to było moje słownictwo, a teraz?

– Rozwijasz się, Anno! No, idźmy na kawę, bo mi od stania nogi ścierpły.

Felcia zakręciła spódnicą i ruszyła w kierunku drzwi. Po kilkunastu minutach dołączyli do nich pokrzykujący do siebie Ryszard, Henryk, Adam, Jan i Stach. Felcię i Annę zamurowało, kiedy usłyszały rumor ich butów i kaloszy.

– W sieni jest dużo miejsca, jutro postawi się tam szafkę na buty, bo jest wolna w piwnicy. Kiedy będziecie tutaj przychodzić, musicie przebierać kroksy – rzuciła Felcia do wchodzących, rzucając z oczu iskrami.

– Ale skąd je weźmiemy? – Henryk podrapał się po głowie.

– Ze sklepu...? – Anna odparła dowcipnie pytaniem. – Podajcie mi rozmiary butów, a jutro skoczę do Bytowa albo gdzie indziej, żeby kupić. Może od razu kupię po dwie pary, bo do wozowni też będziecie wchodzić.

– Oto właściwy człowiek na właściwym miejscu – zachichotała Felcia. – Ja bym tylko opierniczyła, a ty od razu znajdujesz rozwiązanie.

– Jak by nie było, to szefowa całego przedsięwzięcia! – Ryszard skubnął wąsika; Anna machnęła ręką. – Dzisiaj, Aniu, zaczną robić wykopy pod fundamenty twojego domu – uśmiechnął się. – Martwię się tylko o pogodę, bo od przyszłego tygodnia zapowiadają deszcze.

– Przyjdą cholery jak nic, bo mnie łupie w biodrze – stęknęła Felcia.

– Może nie będzie aż tak źle? – Anna próbowała ją pocieszyć.

– Na jutro, Anno, umówiłem spotkanie z inżynierem Śmigielskim z Bytowa. Mimo dosyć młodego wieku ma spore doświadczenie, bo prowadził budowę osiedla szeregowców, a także kilku inwestycji przemysłowych. Chce teraz spróbować czegoś nowego i poprowadzić dużą prywatną budowę.

– Ważne, żeby był kontaktowy, wiesz, jak lubię... – Anna przesłała mu uśmiech.

– Taki właśnie jest. – Ryszard po swojemu sięgnął do wąsika. – Na dwa lata musisz zapomnieć o doznaniach estetycznych, tutaj będzie jeden wielki plac budowy. Ty też, Felciu. – Popatrzył na jedną, a potem na drugą.

– Ale chyba nie będzie aż tak źle... – Anna zatrzepotała rzęsami.

– Momentami będzie gorzej niż źle.

– Przestań ją straszyć. Jak zaczynałam u siebie, to też był niezły galimatias, ale to nie trwa wieczność! – Felcia machnęła dłonią.

– Za to, Anno, jak skończymy, to będzie tutaj jak w niebie. – Adam przewrócił oczami. – To naprawdę tylko dwa lata z kawałkiem. – Rozłożył ramiona i zrobił przepraszającą minę.

– Jedziemy z tym! – zawołała wesoło Anna. – Najważniejsze jednak, jak słyszeliście, zdejmować w sieni buty, a z resztą damy sobie jakoś radę – zaśmiała się i spojrzała na Felcię.

– I to mi się właśnie podoba, że jest poczucie humoru! Na to konto napijmy się więc po kieliszeczku nalewki. – Felcia ruszyła w kierunku kredensu.

– Warto było dostać opiernicz, żeby zasłużyć na taki cymes! – powiedział Ryszard i skubnął wąsika.

*

Eliza wchodziła po schodach wolno, noga za nogą. Jej oczy omiatały stopień po stopniu, coraz wyżej. Teraz posadzka. Aha! Czyli jestem już na piętrze. Zielone martensy? Skądś takie buty znam. Ale… czy tylko takie jedne są na świecie? O! Jeszcze bordowe sztruksy w zestawie! Taka kombinacja zdarza się w przyrodzie rzadko. Uniosła oczy wyżej. No tak! Oczywiście Aleks! Uśmiechnęła się.

– Witaj, Eliza… – ogarnął ją radosnym spojrzeniem.

– Cześć, Aleks. Dawno cię nie widziałam.

– Myślałem, że nie zdołasz wdrapać się tutaj. Taka zmęczona?

– Trochę…

– Źle się czujesz?

– Nie, po prostu szłam wolno, bo myślałam, ale organizm też już domaga się wiosny.

– Długo masz jeszcze dzisiaj zajęcia?

– Zaraz wychodzę, muszę tylko wpaść na moment do dziekanatu.

– O! To może cię odprowadzę, a po drodze wejdziemy na kawę, albo...

– Wybieram to drugie! – mrugnęła. – To poczekaj chwilę.

Za kilka minut szli wolnym krokiem Świętojańską.

– To jak poszedł ci semestr? – Aleks potrząsnął czupryną.

– Jaki semestr? Przecież to już prehistoria.

– O! Widzę, że poszło ci dobrze!

– E, tam. Bardzo dobrze, same piątki i to w zerówce! – wykrzyknęła rozbawiona.

– Żarty sobie robisz? – Aleks ponownie odrzucił z czoła włosy i mimo radości na twarzy Elizy spoważniał.

– W drugim semestrze złapałyśmy z Wiką technikę, a teraz, na początku trzeciego, wprowadziłyśmy drobne korekty i są kolejne rezultaty – zaśmiała się. – W efekcie czasu mam w nadmiarze, a przedtem mi go wciąż brakowało.

Aleks przewrócił oczami.

– O kurczę, bym zapomniał! Mam dla ciebie niezły film!

– A już myślałam, że naprawdę o mnie zapomniałeś – zerknęła w jego stronę.

– Czekałem, aż go wyprodukują – zaśmiał się. – Widziałaś *Helikopter w ogniu*?

– Nie... bo dopiero jutro jest premiera!

– To widzę, że tak ogólnie jesteś zorientowana.

– Ogólnie tak! Spodobało mi się to, że czekałeś, aż go wyprodukują... – zaśmiała się.

– No, bo czekałem.

– Cały świat czekał.

– Jak by ci tu powiedzieć… Premiera światowa była w grudniu, a ja czekałem na produkcję naszych macherów, no wiesz, tych z hali – mrugnął. Eliza otworzyła szeroko oczy, ale po chwili uśmiechnęła się.

– Tak szybko zrobili?

– Poprosiłem jednego takiego i miałem już tydzień temu, ale musiałem dwa razy obejrzeć. Przepraszam.

– Zastanawiałam się, czy nie pójść na niego do kina w przyszłym tygodniu.

– Ale w ogóle wiedziałaś, że taki film miał być, tak?

– Odkąd zobaczyłam afisze, to już wiedziałam – zachichotała.

Dotarli pod „Caffe Anioł". Weszli do środka.

– Nasze miejsca są wolne – rzuciła zalotnie. – Czy ty jakoś tym sterujesz?

– Chyba mieliśmy po prostu szczęście… – Wskazał wzrokiem wychodzącą właśnie parę. – Na co…

– Dzisiaj poproszę herbatę z cytryną – uprzedziła pytanie Aleksa i spojrzała na niego zabójczo.

– Ja też miałem taki plan… A ciasteczko jakieś?

– Może serniczek, taki zupełnie najzwyklejszy?

W kawiarni było pustawo, więc kelnerka przyszła prawie natychmiast. Kiedy odeszła, Aleks sięgnął do plecaka i wyciągnął krążek z filmem.

– Proszę.

– Ile mogę go trzymać?

– Masz go na zawsze. Kupiłem sobie… ale z myślą o tobie… – Obrzucił ją powłóczystym spojrzeniem. – Obejrzałem, a teraz mam kaprys dać ci go w prezencie.

– Chyba że tak – uśmiechnęła się zalotnie.

– Film mocny i dobry!

– Dzisiaj sobie obejrzę.

– Przecież mówiłaś, że to dla tych nowych w Parchowie... – spojrzał na nią przenikliwie.

– Ale słyszałeś też, że mam dużo wolnego czasu – mrugnęła. – A poza tym, żeby być dla nich partnerem do rozmowy, muszę sama obejrzeć. Jutro im zawiozę.

– Aha, rozumiem.

– Jak będzie dla mnie za mocny, to przerwę oglądanie i włączę sobie jakiś romansik.

– Może zrób tak od razu.

– Jeśli tak mówisz... A jak u ciebie semestr, bo mnie wypytałeś, a sam nic się nie pochwaliłeś – zmieniła temat.

– Jak by ci tu powiedzieć... Jeden egzamin przeniosłem sobie na semestr letni, to – wiesz – w ramach naszej taktyki z Kubą, a dwa zaliczenia zrobiłem na... minimum. – Zmarszczył nos.

– Co to jest... na minimum?

– Czyli najmniejszym wysiłkiem, na bezpieczną tróję, żeby tylko nie było obsuwu.

– No, to rzeczywiście niezła taktyka. – Pokręciła głową i spoważniała.

– Eliza... Studia trzeba przejść najmniejszym wysiłkiem, bo kto to wie, co się będzie po nich robiło!

– No patrz, nie pomyślałam, że tak można myśleć.

– Poważnie? Przecież w ubiegłym roku mówiłem ci o taktykach.

– Oj tam, oj tam, żartowałam – uśmiechnęła się.

– Potrafisz człowieka skołować. Za dużo czytasz książek z psychologii.

– A właśnie, muszę ci oddać tę, co mi ostatnio pożyczyłeś. Jutro cię znajdę na uczelni?

– Jeśli nie sprawi ci to kłopotu, to zostaw ją u pani Basi w dziekanacie.

– U tej blondyneczki? – Podniosła brew.

– O rany, Eliza! To tylko skrzynka kontaktowa na wypadek, gdyby mi coś wypadło. Jeśli chcesz, to zostawię u niej kolejną książkę dla ciebie.

– Widzę, że lubisz skrzynki kontaktowe – zachichotała. – Ale jak tak, to tak. Dobra herbatka i jeszcze lepszy serniczek. Odprowadzisz mnie po schodach?

Pokazała palcem w kierunku Kamiennej Góry.

– Już chcesz wracać?

– Aleks, poprawiłeś mi humor, miło pogadaliśmy, lada dzień znowu wpadniemy na siebie…

Zajrzała mu w oczy kokieteryjnie.

– Wpadać na ciebie to… największa przyjemność.

Wzrok Aleksa przebiegł po niej od stóp do głów.

Uwiesiła się jego ramienia, pomagając sobie przy wchodzeniu po schodach na Kamienną Górę. Na do widzenia cmoknęła go w policzek, wiedząc, że to go ucieszy. Uśmiechnął się szeroko, omiótł ją wzrokiem i potrząsnął czupryną…

Kiedy tylko znalazła się w pokoju, natychmiast włączyła telewizor i odtwarzacz. O czym to jest? Spojrzała jeszcze raz na tytuł: *Helikopter w ogniu*. Przebiegła wzrokiem po tekście na tylnej okładce płyty. Mogadiszu, Somalia, 3 i 4 października 1993 roku. Podczas próby porwania zastępców miejscowego kacyka zostają zestrzelone dwa amerykańskie helikoptery z rangersami[11]. No nie! Czy Max może być w rangersach…? W trakcie kilkunastogodzinnych walk śmierć poniosło osiemnastu żołnierzy amerykańskich, a siedemdziesięciu trzech

---

[11] 75 Pułk Rangersów, elitarna formacja lekkiej piechoty Armii Stanów Zjednoczonych, przeznaczona do operacji specjalnych na terenie całego globu.

odniosło rany. Boże! Chyba Max nie dostał się jednak do takiej formacji?! Serce jej załomotało. Czy ja muszę się sama straszyć? Przymknęła oczy i spuściła głowę. Przecież on, mimo tej olbrzymiej postury, jest delikatnym i wrażliwym facetem. Dlaczego by to zrobił? W końcu nie zauważyłam w nim nic, co by świadczyło, że chciałby się wyżywać w tego typu sytuacjach.

Poczuła dziwny ucisk, skurcz w żołądku. Przymknęła na chwilę oczy. Po chwili otwarła je i spojrzała raz jeszcze na zdjęcia na okładce. Włożyła płytę do odtwarzacza, nacisnęła start, podkuliła nogi i zacisnęła dłonie.

W głowie jej szumiało. Nigdy nie próbowałam z koleżeństwem w liceum chodzić na tego typu filmy, a teraz oglądam już kolejny w krótkim odstępie czasu. I to sama! Potrząsnęła głową. Centrum Mogadiszu, godziny popołudniowe. Akcja, do wykonania której skierowano rangersów i komandosów, początkowo rozwijała się pomyślnie. Pojmano doradców Aidida, miejscowego kacyka, ale przy próbie ewakuowania się stamtąd, zestrzelony został najpierw jeden helikopter, a potem drugi. Akcja ze szturmowej przemieniła się w ratunkową. Ponad stu rangersów i komandosów zostało odciętych we wrogim mieście.

Gryzła paznokcie, mocno oddychała, już chciała wyłączyć film, ale jakoś dotrwała do końca. Najbardziej przeżywała nocne sceny, kiedy otoczeni żołnierze bronili się przed ostrzałem moździerzowym, zmasowanym atakiem milicji somalijskiej miejscowego kacyka oraz uzbrojonych cywilów. Utrzymali się, ale ponieśli wiele ofiar w zabitych i rannych. Dwie godziny po północy następnego dnia dotarł do nich konwój ONZ, zabierając rannych i poległych. Pozostali przy życiu żołnierze, z braku miejsca w pojazdach, ewakuowali się biegiem na odległy o dwa kilometry stadion.

Kiedy film się skończył, padła wyczerpana.

*

Wstała wcześniej, gdy było jeszcze szaro. Wzięła prysznic, bo wczoraj po obejrzeniu filmu czuła się tak rozbita, że nie miała na nic siły ani ochoty. Spojrzała na biurko, a potem na plan przypięty do korkowej tablicy. Coś chciałam wczoraj zrobić na zajęcia... ale co? Hmm... Wyciągnęła z kartonika chrupkę. Gryzła ją bez przyjemności. Ale nic innego by nie przełknęła. Rozejrzała się po pokoju. Nie! Na zajęcia dzisiaj nie pójdę. Muszę zmienić otoczenie. Pokiwała głową. Spojrzała na wyjazdowy plecak, stojący na podłodze obok bieliźniarki. Podeszła do niego, podniosła, otwarła szufladę, wyciągnęła z niej coś i wrzuciła do plecaka. Może się przyda, ale tam przecież i tak mam wszystko. Może wezmę jakąś książkę? Spojrzała na biurko. Nie! Kupię sobie sudoku, wystarczy. Pojadę pierwszym autobusem, pewnie się ucieszą. Na jej twarzy pojawił się blady uśmiech.

Gdy zeszła z Kamiennej Góry na ulicę Świętojańską. ruszyła bezwiednie w kierunku kościółka. Po kilku minutach klęczała już w kapliczce świętego Antoniego, wpatrując się w jego twarz. Szukała natchnienia, słów. Po chwili opuściła głowę i przymknęła oczy. Odmówiła jedno Zdrowaś Maryjo, a potem drugie. Myśli dalej kłębiły się w jej głowie, jednak nie potrafiła wypowiedzieć, ułożyć własnej modlitwy lub jakiejś specjalnej prośby. Miej Maxa w opiece, proszę Cię, wyszeptała wreszcie, spoglądając ponownie na oblicze świętego.

Przeżegnała się i po kilku chwilach przeszła do kapliczki świętego Judy. Podniosła oczy na jego postać, usiłując wyartykułować jakieś własne słowa, modlitwę. Znowu nie dała rady. Opuściła głowę i z zamkniętymi oczami odmówiła Zdrowaś Maryjo. Ochraniaj Maxa, bardzo Cię proszę. Zasłoniła oczy dłońmi. Trwała tak kilka minut. Wreszcie przeżegnała się i wyszła na ulicę.

Podczas drogi w kierunku dworca ciągle wracało do niej pytanie o modlitwę w intencji Maxa, a właściwie o niemożność jej sformułowania. Dlaczego nie potrafię sprecyzować, kim on dla mnie jest? Poruszyła ramionami. Co za pytanie! Max jest po prostu kimś, kogo bardzo lubię! To przecież oczywiste! Ale dlaczego nawet teraz, w myślach, używam oficjalnych słów, a nie umiem powiedzieć czegoś wprost, od serca? Potrząsnęła głową. Max! – krzyknęła w myślach. Dlaczegoś mi to zrobił!

Gdy usiadła w autobusie, wysłała esemesa do Wiki. *Jadę do domu. Zatęskniłam za mami.* Odpowiedź przyszła prawie natychmiast. *Jasne! Dzisiaj jest flauta*[12]! Kochana ta Wika – przymknęła oczy.

– Dziecko! Kruszynko! – Felcia przywitała ją okrzykiem i mocno wyściskała. – Babcia poszła się zdrzemnąć, a Kasiula po karmieniu pewnie odpoczywa.

– Głodna jestem, Felciu. – Eliza zrobiła smutną minę. – Nic nie jadłam.

– Stało się coś?

– Chandra... – pokręciła głową.

– Ty mi się nie wyrażaj – fuknęła Felcia, ale natychmiast sięgnęła do lodówki po jajka i boczek, postawiła patelnię na kuchence.

---

[12] Flauta, całkowity brak wiatru, spokojne morze. Tutaj: spokój na uczelni.

Po chwili w kuchni zaczęło pachnieć. Eliza rozpromieniła się.

– Już się uśmiechasz, a jak pojesz, to wszystko, co złe, pójdzie sobie precz! – Felcia machnęła ręką. – A z Igorkiem się widziałaś?

Eliza zmarszczyła czoło.

– Nie... ale może się zobaczę... – Przymrużyła oczy i uśmiechnęła się do Felci; złapała komórkę i ponaciskała klawisze.

– Hej, Eliza! – usłyszała zaraz po pierwszym sygnale.

– Cześć, Igorio... Przepraszam, że ci przeszkadzam...

– Ty mnie? Nigdy mi nie przeszkodzisz! Co u ciebie?

– Wpadłam do Parchowa i tak sobie z Felcią rozmawiamy, czekając na jajecznicę...

– Oo, zjadłbym! Jakbyście mogły poczekać jeszcze trochę, to za niecałe czterdzieści minut przyłączyłbym się do takiej pyszności.

– Poważnie?! – Elizie z wrażenia rozszerzyły się oczy.

– Co się stało? – Felcia stanęła bez ruchu.

– Igorio też by zjadł jajecznicę – odpowiedziała jej Eliza.

– Igorio...? – Felcia uśmiechnęła się.

– Mówi, że jak poczekamy, to za czterdzieści minut jest u nas.

– A ty wytrzymasz? – Felcia złapała się pod boki; Eliza skinęła głową. – Niech tylko jedzie powoli.

– Igorio?

– Wszystko słyszałem. Zaraz ruszam!

– To pa!

– Pa.

– Przyjedzie, Felciu! – Elizie zaświeciły się oczy.

– Co tutaj tak pachnie? – W drzwiach stanęła Anna. – Eliza...? A ty skąd się tu wzięłaś?

Eliza podbiegła i wyściskała się z babcią.

– Robimy jajecznicę, a zaraz przyjedzie Igorio... – doniosła Felcia i pokiwała głową.

– No właśnie ten zapach mnie ściągnął. Nie dało się przez to zdrzemnąć. – Anna machnęła dłonią. – Nic nie pisałaś... – Spojrzała badawczo na wnuczkę.

– Bo sama nie wiedziałam, że przyjadę. Skoczę przywitać się z mami, przebiorę na... ludowo... – mrugnęła – ...i zaraz jestem.

Zniknęła w sieni.

Anna odprowadziła Elizę wzrokiem i po chwili spytała szeptem:

– Coś mówiła... dlaczego przyjechała?

– Czemu mówisz tak cicho? – Felcia też spytała szeptem i roześmiała się.

– Modelka jesteś. To mówisz, jajecznica? – Anna spojrzała na stół przez zmrużone oczy. – Też bym zjadła.

– To nakryj dla siebie i dla mnie też... – zachichotała Felcia. – Aha! I dla Igoria!

Za kilka minut na dół przyszły Kasia z Jagódką i Eliza.

– Dobrze, że przyjechałaś, córcia, bo takie rarytasy normalnie mnie omijają. – Kasia oblizała się.

– Jak się jest głodnym, to się o tym mówi, a nie katuje, że nie wypada czy coś. Męczennica! – Felcia zmierzyła Kasię poważnym wzrokiem, ale natychmiast się roześmiała. – Linia, forma-srorma!

– Nawet Jagódka poczuła noskiem zapach i nie mogła przez to zasnąć. – Kasia spojrzała łakomie w kierunku patelni.

– Dla Jagódki nie nakrywaj! – zachichotała Felcia, spoglądając w stronę Anny. – Ale dla Kasi już tak!

– Czyli, córcia, stęskniłaś się za mami? – Kasia pogładziła córkę po buzi.

– Za nimi też, bardzo. – Eliza wskazała głową na babcię i Felcię, i poruszyła noskiem.

– A zajęcia?

– Sręcia! – Eliza parsknęła śmiechem, aż Jagódka obróciła główkę w jej kierunku.

– Podjedź tu wózkiem – poprosiła córkę Kasia. – W nim będzie miała wygodniej, a ja będę miała wolne ręce do jedzenia. – Kasia znowu się oblizała. – A dlaczego kuchenka wyłączona? To będzie ta jajecznica, czy tylko gadamy o niej?

– Bo czekamy na Igoria. – Felcia przysiadła przy stole.

– Na Igoria? – Kasia spojrzała na córkę, ta pokiwała głową. – No dobrze... Znaczy się książę przyjeżdża, a my się dostosowujemy?

– Oj, mami... Zjemy wszyscy razem. A jadłaś dzisiaj śniadanie?

– No przecież! Teraz jest już po jedenastej!

– A córeczka nic nie jadła i jeszcze czeka.

Eliza zrobiła sztucznie strapioną minę, ale oczy miała wesołe.

– Jak się kocha, to trzeba czekać! – zripostowała Kasia.

– Kocha-srocha. – Eliza pokazała język.

– Och, jak się fajnie zrobiło! – Felcia poderwała się i włączyła kuchenkę. – Zaraz będzie! – rzuciła w kierunku Elizy, ściągnięta jej wzrokiem. – Jaaan! Jaaan! – podeszła do drzwi i zawołała w kierunku sieni. – Niech też przyjdzie... chociaż jest piątek. – Wzruszyła ramionami.

– Co się dzieje, Felciu? Co tak pachnie? Jajeczniczka? – Jan po chwili już zacierał ręce, dostrzegając miseczkę z rozbitymi jajkami.

– A myślałam, że fukniesz – zdziwiła się Felcia.

– Na piąteczkową lekką jajeczniczkę? Boże uchowaj! – Spojrzał w górę. – Ten zapach mnie rozkojarzył i już od jakiegoś czasu zbierałem się, żeby przyjść, ale dopiero jak zawołałaś, to rzuciłem ołówki i... jestem!

– Pochwalony! Serdecznie wszystkich witam! – z otwartych drzwi dobiegł głos uśmiechniętego Igora; oczy Elizy i jego spotkały się.

– Już? – zdziwiła się.

Obkolędował wokół kuchni, a na koniec stanął przed Elizą.

– Jestem na wezwanie, o pani.

Eliza zarzuciła mu ramiona na szyję; pocałowali się z głośnym cmoknięciem.

– Pusta czarna szosa, czas trzydzieści siedem minut od skończenia rozmowy.

– Jan, nakryj jeszcze sobie i już się nie ruszajcie – zakomenderowała Felcia; wlała na olbrzymią patelnię dwadzieścia rozkwirlanych jajek.

Po kilku minutach wszyscy zajadali apetycznie pachnącą jajecznicę.

– To ja wam załatwiłam drugie śniadanko! – Eliza przebiegła rozbawionym wzrokiem wokół. – Jakoś nikt tego nie zauważa.

– Wpadaj, córcia, częściej, to bez gadania przytyję – mrugnęła Kasia.

– Nie miałam siły się zdrzemnąć, taka byłam głodna – uśmiechnęła się Anna.

– Jesteście ciotki-klotki – zachichotała Felcia.

– Zabrałem się do Kartuz wczoraj z Krzysiem, bo wpadł w interesach do Gdańska – wyjaśnił Igor, patrząc na Elizę.

– A ja zabrałam się pierwszym dzisiejszym autobusem, bo nie miałam ochoty iść na zajęcia – przyznała się Eliza.

– To jesteś na wagarach?

– W szkole średniej bywałam na nich rzadko, więc

teraz muszę nadrobić. Ale powiedzcie, czy ślady wiosny już są? – Spojrzała wokół.

– Ani widu, ani słychu. – Felcia machnęła dłonią.

– To my pójdziemy jej poszukać, dobrze? – zwróciła się do Igora; ten potwierdził skinięciem głowy.

– Oj, zapomniałbym! – Igor poderwał się do swojego plecaczka i wyciągnął foliową siatkę. – Mama coś tam przyszykowała dla Jagódki, a ja też dorzuciłem się maskotką.

Podał Kasi.

Kilkanaście minut później Eliza i Igor szli wolno w kierunku lasu bawernickiego, jak go nazwała Kasia.

– Czyli wybrałaś wagary? – Igor wrócił do wcześniejszych słów Elizy.

– Ej, to był tylko pretekst, żeby się wyrwać. Wstałam rano i na nic nie miałam ochoty, a jak już byłam na nogach, to ruszyłam tutaj, to źle? – Zajrzała mu w oczy.

– Cieszę się, że cię widzę. – Igor objął ją ramieniem.

– Na drugi raz nie pędź tak autem. – Pogroziła mu palcem. – Zdążysz przecież. – Pocałowała go.

– Naprawdę jechałem normalnie, ale nic przede mną ani z boku nie przeszkadzało, więc zrobił się dobry czas. Chociaż kusiło mnie, żeby pocisnąć, tak mi było do ciebie spieszno.

Igor zatrzymał się i stanął przed Elizą; patrzyli sobie w oczy.

– Kiedy ruszyłam z Gdyni, aż do przywitania z Felcią miałam chandrę. Ona rzuciła twoje imię i tak to się zaczęło – przyznała Eliza, kiwając głową.

– Czyli Felci zawdzięczam spotkanie z tobą? – Igor przyciągnął Elizę do siebie; przymknęła oczy.

– Myślałam o tobie, a ona tylko przyspieszyła mój telefon. Niech ci to wystarczy. – Wspięła się na palce i pocałowała go krótko; wyrwała się po chwili i podeszła do małych brzózek. – Spójrz, jeszcze całkiem surowo, tylko kilka małych kotków zaczyna się dopiero rozwijać.

– Wiosna przyjdzie, zawsze przychodzi.

Znowu ją objął.

– Mamy ją niby od dwóch dni, albo od wczoraj, zależy kto woli astronomiczną, a kto kalendarzową.

Nadstawiła usta, wychodząc mu naprzeciw.

– A ta chandra? – Igor zerknął na jej twarz.

– Przecież znasz mnie, więc nie skłamię, jeśli ci powiem, że to był inny powód niż ty.

Nie spuściła oczu; Igor nieco się zmieszał.

– Bezpośrednia jesteś... – Pokiwał głową.

– Jeśli mamy się długo i szczęśliwie... przyjaźnić, to musi być bardzo szczerze. – Teraz ona pokiwała głową.

– Ale to znaczy, że...

– To nic takiego nie znaczy na razie, oprócz tego, że musi być zawsze szczerze, aż do bólu. – Eliza pocałowała go w policzek. – Jesteś w stanie mi to przyrzec?

– Tak, oczywiście, chociaż mam wrażenie, że z twojej strony...

Eliza zamknęła mu usta krótkim pocałunkiem.

– Wiem, jestem trudna, sama mam ze sobą kłopot – spoważniała.

– Nie nadążam. Czy coś się stało?

– Dzisiaj jest premiera pewnego filmu, a ja obejrzałam go wczoraj.

Igor podrapał się po czole.

– Czy myślisz o tym amerykańskim filmie... *Helikopter w ogniu*? – Spojrzał na nią z niedowierzaniem; skinęła głową. – Przecież to męski film!

– Może i męski, ale mimo to go wczoraj obejrzałam.

– Nic nie rozumiem.

– Dostałam ten film wczoraj w prezencie i od razu obejrzałam.

– Ale chandra z powodu takiego filmu? Przecież to nie romans, czy...

– Nie wiem, Igor, po co ci to w ogóle mówię, bo i tak pewnie nie zrozumiesz... – zawiesiła głos; Igor znowu zmarszczył czoło.

– Mam wrażenie, że coraz bardziej gmatwasz...

Pokręcił głową.

– Byli tutaj Zalewscy... – Pokazała ramieniem w kierunku wsi. – To nasza rodzina...

– Tak sobie przyjęliście, ale naprawdę, biologicznie...

– Igor. Wiele spraw dzieje się w życiu według jakiejś umowy, choćby... małżeństwa, tak?

– Naprawdę chciałaś właśnie to powiedzieć?

Potrząsnął głową.

– A z kim ja mam o takich sprawach rozmawiać, jeśli nie z przyjacielem?

Spojrzała zalotnie i cmoknęła go; poruszył ramionami ze zdziwienia.

– Co to wszystko ma wspólnego z filmem?

Ruszyli dalej.

– Choćby to, że martwię się o Maxa... kuzyna.

Zerknęła na niego.

– A co takiego dojrzałaś w tym filmie, co by mogło mieć z nim związek?

– Film rzeczywiście nie jest dla dziewczynek, ale powiedz mi, czy twoim zdaniem on może służyć na przykład w rangersach?

Igora zamurowało. W przenośni i dosłownie. Stanął w miejscu i otworzył usta. Po chwili uniósł lekko dłonie i pokręcił głową.

– Eliza! Czy ja dobrze pamiętam, że twój kuzyn skończył studia prawnicze?

– Właściwie biznesowe, ale specjalizował się w prawie gospodarczym.

– Czyli prawnik!

– No tak.

– Więc pomyśl sama, po co im prawnik w elitarnej jednostce specjalnej? – Złapał Elizę za ramiona. – No…? – dodał, widząc zdziwienie w jej oczach. – Tam potrzebują ludzi do strzelanki, pewnie też do walki wręcz, o żadnych negocjacjach, a już w szczególności z prawa gospodarczego, nie ma tam na pewno mowy. – Pokręcił głową. – Taki jak ja informatyk może by im się przydał, ale prawnik?

– Trochę mnie uspokoiłeś, choć nie do końca.

– Prawnik od prawa gospodarczego gdzieś by pewnie znalazł miejsce na tyłach, w logistyce, przy zamawianiu czy liczeniu gaci, jak to niektórzy złośliwi mówią – uśmiechnął się. – Rozumiem cię, ale musisz być dobrej myśli, że kuzynowi nic się nie stanie.

– Ale wiesz, że my tylko tak sobie dywagujemy, a rzeczywistość może być zupełnie inna.

– Eliza! Najdroższa przyjaciółko, jak to eufemistycznie ujęłaś, nazywając przed chwilą mnie… – uśmiechnął się i przytulił ją do siebie – …dajmy spokój dywagacjom i cieszmy się tym, co mamy! – Pocałował ją.

– Szczerze? Dzisiaj podjęłam dwie dobre decyzje, a do wieczora jeszcze daleko – mrugnęła. – Pierwsza, że urwałam się z zajęć, a druga, że zdradziłam ci, dokąd się urwałam… – Wtuliła się w niego.

– To teraz ja ci powiem coś szczerze, aż do bólu.

Delikatnie ją odsunął na odległość ramion i spojrzał z mocą w jej oczy.

– Zawsze, o każdej porze dnia i nocy, jestem gotów służyć ci pomocą, w rozwiązywaniu skomplikowanych problemów życiowych, poszukiwaniu odpowiedzi na trudne albo dziwne pytania, we wszystkim, z czym tylko się do mnie zwrócisz. Od tego są właśnie przyjaciele! A w ogóle to jesteś cudowna!

Pocałował Elizę w zamknięte oczy.

– Jesteś kochany. – Wtuliła się jeszcze mocniej w jego ramiona. – To co? Szukamy śladów wiosny? – Rozejrzała się wokół jak gdyby nigdy nic. – O! Tam coś jest! – Ruszyła szybkim krokiem w kierunku południowej skarpy. – To przebiśnieg! Szkoda, że nie wzięłam aparatu fotograficznego...

Kucnęła przy nim.

– A ja przewidziałem – uśmiechnął się Igor. – Czułem, że jeśli coś zobaczymy, trzeba będzie uwiecznić, żeby pokazać pozostałym. Ale ziemia jest dosyć jeszcze zmarznięta, więc nie dziwię się, że więcej nie widać.

– Poczekaj, Igorio! Tam nieco wyżej jest jeszcze kilka.

Kiedy osmagani mroźnym wiatrem wrócili do „Iskierki", Igor pokazał zrobione zdjęcia.

– To ja poczekam na zawilce... – oświadczyła Felcia po ich obejrzeniu. – Będzie ich wówczas pełno w lesie. Dwa kulawe przebiśniegi u mnie na gazonie też już były. – Machnęła dłonią.

Wiosna, panie sierżancie

Anna, Felcia i Adela szybkim krokiem opuściły gazon i schowały się przed deszczem na werandzie.

– Czy przyroda wystąpiła przeciwko nam frontalnie? – Anna tupnęła nogą. – W ubiegłym tygodniu śnieżyło i mroziło, tak że nawet szafirki nie mają siły ani ochoty wzejść na gazonie. Przebiśniegów było dosłownie tylko kilka, zawilce w lesie ruszyły przed śniegiem, cieszyły oczy jak zawsze, ale teraz już pewnie po nich.

– Dziwna pogoda – zgodziła się Adela.

– Pamiętam lata, że było jeszcze gorzej. Już nie marudźcie. – Felcia otrzepała mokrą kurtkę. – Idziemy do środka.

– Połowa kwietnia, za tydzień Wielkanoc, a przyroda śpi – nie przestawała mantyczyć Anna.

– A takich lat, że po pierwszym maja był śnieg, nie pamiętasz? Kwiecień-plecień… resztę znasz.

– Pamiętam maje ze śniegiem, kolarzy kręcących pedałami podczas Wyścigu Pokoju ubranych jakby to był styczeń, wierszyki i przysłowia o miesiącach też znam, ale chciałoby się pilnie ciepła. Przecież wiesz, że chodzi mi głównie o budowę…

Anna spojrzała w kierunku doliny, a potem zatrzymała smętny wzrok na Felci.

– No tak, właściwie cię rozumiem.

– Henryk się martwi, że maszyny stoją unieruchomione – Adela westchnęła głęboko.

– No, bo jak w takiej ciaparze mają robić – stęknęła Anna, ściągając kalosze. – Kierownik budowy, Śmigielski, ma chyba rację, wspominając o konieczności utwardzenia dróg wewnętrznych i placu manewrowego, bo inaczej bez przerwy będą wyciągać jeden drugiego z błota i tak w kółko. – Machnęła dłonią. – Mówił, że postara się znaleźć takie rozwiązanie, żeby było zgodne z docelowym układem komunikacyjnym wewnątrz zabudowań. Szuka sposobu ograniczenia wzrostu kosztów inwestycji, choć to raczej nieuniknione.

– Fiu, fiu, jakich ty mądrych słów używasz! – Felcia zachichotała.

– To jest słownictwo, które garściami czerpię wprost z bedekerów operowych – odparła Anna, śmiejąc się.

– Jo! – skwitowała Felcia, wciąż chichocząc.

Weszły do kuchni. Felicja kręcąc się po niej, co chwila zerkała to na Annę rozstawiającą na stole filiżanki i talerzyki, to za okno, czy nie idzie do nich Adela. Stukała nożem o deskę, krojąc drożdżówkę. Rozgwizdał się czajnik; Anna wsypała kawę do filiżanek i spojrzała na przyjaciółkę.

– Zalewaj, już można! – rzuciła Felcia po kolejnym zerknięciu przez okno.

W sieni rozległo się tupanie, a po chwili w drzwiach pojawiła się rumiana, z falującą piersią Adela. Uśmiechnęła się, widząc, że Anna odstawia czajnik na kuchence.

– Skąd wiedziałaś?

– Od Felci – zachichotała Anna,

Adela przeniosła pytający na wzrok na gospodynię.

– A ja…? Z monitoringu! – zaśmiała się. – I jak tam, wiosna przez te kilka minut? – Spojrzała na Adelę.

– Może już przestańmy się dołować pogodą,

a pomyślmy konkretnie o Wielkanocy! – odparła Adela, machając dłonią i sadowiąc się na krześle.

– A jej jeszcze nie było? – Felcia zachichotała.

– Była... co prawda w ubiegłym roku i to śliczna, a tę najbliższą mamy za nieco ponad tydzień i ma być błotna... – teraz Adela zachichotała w odpowiedzi. Powoli dopasowywała się do żartobliwego sposobu prowadzenia rozmów między Felcią a Anną.

– Dobra jesteś! Ale powiadasz, że to już przyszły tydzień? – Felcia wychyliła się, spoglądając na kalendarz obok kredensu. – Zdążymy?

– No przecież! – uśmiechnęła się Adela. – Anno, ty się w tym roku nie męcz myśleniem o świętach, ja z Felcią i moją młodzieżą je ogarnę. Masz teraz tyle na głowie...

– Jo! Masz rację, damy sobie radę – zgodziła się Felcia. – Musimy, Adelo, zrobić święta wesołe i tłumne, żeby zapomnieć o tej pieruńskiej pogodzie.

– Cieszę się nimi, zwłaszcza że ma przyjechać Czarek, narzeczony Alicji. Ona aż podskakuje. – Adela powachlowała się dłonią. – Czy ja wam mówiłam, że Diana zaliczyła wreszcie te zaległe egzaminy wyrównawcze?

– To super! – Anna poklepała Adelę po dłoni.

– Przyda nam się tutaj na wzgórzu kolejna fachowa siła. – Felcia założyła ręce na brzuchu.

– Stresowała się, bo miała drugie podejście do jednego z nich. Dacie wiarę, że dziekanat zrobił błąd, i ona przygotowała się za pierwszym razem z zupełnie innego materiału?

– Coś takiego! A przecież ten program dostała od doktorki, koleżanki Kasi – zirytowała się Anna. – Dlaczego o tym wcześniej nie mówiłaś?

– Bo to okazało się dopiero wtedy, kiedy Diana

usiadła przed komisją. A zresztą Kasia była w styczniu na ostatnich nogach i miała jeszcze to... – Adela zawahała się i spojrzała na Felcię – ...no wiecie, z Maćkiem, a Diana nie chciała już więcej o nic prosić. Poszła porozmawiać sama z tą doktorką, tamta ją przeprosiła, wyznaczyła termin za kolejne trzy miesiące, a to, czego wcześniej się nauczyła, przyda jej się na drugim roku. No i właśnie dlatego nie gadałam.

– Poważnie?

– Tak! Nie było o co kopii kruszyć. A ponieważ z resztą egzaminów i zaliczeń idzie na średnią koło czwórki, więc nie jest źle.

– Jest bardzo dobrze, przecież miała dwa lata przerwy od nauki!

– Nasze wzgórze daje także siłę braci studenckiej! – Felcia zgięła ramię, pokazując, o jakiej sile myśli; Anna i Adela uśmiechnęły się.

– Gdybyśmy nie wyjechali z „Zielonego Dworu", pewnie Diana by nie studiowała... – Adela rzuciła melancholijnie.

– Kto wie...

– Byliśmy tam w zupełnie innej rzeczywistości – rzekła stanowczo Adela. – Nigdy nie traktowałam poważnie słów o historii alternatywnej – zapatrzyła się w dal. – Wszyscy mieliśmy rozpisane role na wiele lat do przodu, może oprócz Diany, bo widziałam... a matka wszystko wie i widzi... – przebiegła wzrokiem po Annie i Felci – ...że tam za chłopakami się nie oglądała, za to o studiach coś czasami mówiła. Z tą drugą sprawą już się wyjaśniło, zaś co do chłopaków... bo ja wiem.

Wzruszyła ramionami.

– Ona ma warunki, jak to się teraz mówi, ale i dużą świadomość tego, że gdyby skinęła palcem, to by mogła wybierać z wielu, bardzo wielu. – Anna spojrzała w oczy Adeli, a tej z wrażenia biust zafalował.

– Masz rację. – Felcia postukała palcem w stół. – Tutaj przewijało się i znowu zacznie przewijać wielu młodych ludzi, ale ona zachowuje się, jakby to jej nie dotyczyło, chociaż... – zawiesiła głos i oparła się, aż zachrzęściła rama krzesła.

Adela i Anna wpatrywały się w jej twarz.

– No dokończ, Felunia – uśmiechnęła się Adela, lecz w jej spojrzeniu oprócz ciekawości pojawił się pewien niepokój. – Albo wiesz co, dokończysz potem, bo przypomniałam sobie, że Henryk miał jechać do Bytowa, a ja chciałam, żeby coś mi tam kupił. Przepraszam...!

Pociągnęła kilka łyków kawy i ruszyła szybkim krokiem w kierunku drzwi.

– Powiedziałaś A, to powiedz i B – rzuciła Anna i podniosła palec, gdy w sieni ucichły kroki Adeli. – Kiedyś też coś zauważyłam i ciekawa jestem, czy to jest to samo. No mów, mów, przecież miałyśmy mówić sobie zawsze całą prawdę – uzupełniła, dostrzegając w oczach Felci pewne wahanie.

– Zauważyłam wiele razy... ale nie gniewaj się na moje słowa, bo one w pewnym sensie dotyczą także ciebie, że Diana zapala się, to znaczy jej dołeczki szaleją, kiedy przyjeżdża tutaj... Igor – zakończyła cicho i nachyliła się nad stołem.

– O Boże! – wyszeptała Anna, ale zaraz dziwnie się uśmiechnęła. – Zatem nie będę odkrywcza, kiedy powiem, że zauważam to prawie za każdym razem i to już od dawna.

Felcia i Anna wpatrywały się w siebie w milczeniu.

– Myślałam, że tylko ja to widzę, ale liczyłam, że się coś odmieni. – Felcia zamachała z rezygnacją dłońmi.

– Ja też tak samo myślałam... Ale czy my w ogóle musimy o tym rozmawiać?

Anna przyłożyła dłonie do policzków.

– To przez Adelę, bo zaczęła o Dianie i chłopakach...

– No niby tak... ale to trochę temat nie dla nas, co?

Anna zmarszczyła czoło.

– Tyle, że jak mawia Tadzio, już jest po ptokach, bo gadamy – zachichotała Felcia. – Chociaż tak naprawdę, to nie ma w tym nic śmiesznego – spoważniała.

– Eliza jest... – Anna rozejrzała się wokół – ...bardzo mądra. Mam z nią dobry kontakt, ale nawet nie myślę jej o nic pytać.

– To jest nasz... skarbek – Felci zaświeciły się oczy. – Z drugiej strony, Igora też bardzo lubię – uśmiechnęła się. – A on lubi moje jedzonko... – rozmarzyła się – ...ale jakby co, to ja... mogę odpuścić – zachichotała cicho.

– Niezła z ciebie modelka! – Anna uśmiechnęła się. – Patrzę na nich i widzę, że z nimi to właściwie jest tak... – nieco spoważniała i poruszyła ręką jak wahadłem. – Z początku myślałam, że to się dzieje przypadkiem, ale od pewnego czasu sądzę, że Eliza robi to wszystko świadomie.

– Moja krew! – Felcia znowu zachichotała i klasnęła w dłonie. – Myśl, co chcesz, ale Marysi bym mogła zwrócić uwagę, coś podpowiedzieć, nawet Kasi... ale Elizie nigdy!

– A ciekawam dlaczego? – Anna zmarszczyła czoło.

– Nie wiesz?

– Coś tam sobie myślę, ale chętnie posłucham.

– Bo Eliza w wielu sprawach wyprzedza nas co najmniej o jeden ruch, a ja nie lubię być zaskakiwana. – Felcia pokiwała głową. – Lubię przewidywalne reakcje, a po niej nigdy nie wiem, czego się spodziewać.

– Myślę podobnie…

– I zauważ, że na ogół się nie myli.

– Ale jeśli kiedyś zauważysz, że popełniła błąd, to powiesz mi? – Anna uśmiechnęła się.

– Jo! Tylko wiesz… lubię z kolei bardzo, bardzo, kiedy jest taka… taka dziecinna. – Felcia przewróciła oczami. – Jak się przymila, pieści...

– Bywa, że kiedy przychodzi do mnie o czymś porozmawiać i niby cały czas kontroluję, o czym rozmawiamy, to ona nagle potrafi przerwać i zostawić mnie z rozdziawioną gębą. I wtedy nie wiem, czy ona przyszła czegoś się dowiedzieć, poradzić, czy tylko coś sobie na mnie testowała.

– Tak to chyba nie! – Felcia pokręciła głową. – Choć jak niekiedy zaświruje oczkami, czy podniesie brew, to już czuję, że raczej nie chodzi o to, o czym rozmawiamy… – Popatrzyły na siebie z Anną. – Ona wszystko sama sobie w życiu ogarnie. – Machnęła dłonią. – Ale wracając do Igora…

– No właśnie! – Anna przerwała Felci. – On musi się sam zorientować w tym wszystkim, w tej grze Elizy, jeśli chce ją przekonać do siebie. Jest bardzo mądry, pracowity, ale może rzeczywiście nie są sobie pisani…

– Czasami wygląda na zdziwionego postępowaniem Elizy. Żal mi go wtedy… Widziałam nie raz, że Diana, która często przy tych dziwnych wymianach zdań bywa, przesyła mu współczujące spojrzenia; parę razy widziałam też, jak Igor uśmiechał się do Diany, jakby dziękując jej za to. Może ona w ten sposób kokietuje go…? Przecież nie jest głupia i pewne rzeczy w relacjach Elizy i Igora może dostrzegać, skoro i my widzimy, a te dziwne sytuacje próbuje wygrać dla siebie. Któż to wie?

– Masz rację, któż to wie…

– A poza tym wszystko dzieje się po coś… – Felcia pokiwała głową, patrząc prosto w oczy Anny.

– Ale że niby co? – Anna zmarszczyła czoło. – Chociaż… to już tyle razy tu się nam sprawdziło… To prawda, wszystko dzieje się po coś.

Nastała cisza.

– A jak wpadniesz kiedyś znowu w wisielczy humor z powodu pogody, to puszczę ci film! – nieoczekiwanie wykrzyknęła Felcia, wskazując głową w kierunku szafki z telewizorem.

– Właśnie zauważyłam, że Jan postawił tam coś pod spodem.

– Po ponad roku otworzył wreszcie ostatnią skrzynię z tych, które przywiózł z Tomaszowa Lubelskiego, a tam leżał sobie odtwarzacz. – Felcia wzruszyła ramionami. – Spytał, czy może go tutaj podłączyć, a potem przyniósł mi tyyyle filmów z gazet… – Rozstawiła szeroko dłonie. – Wśród nich był film *Wiosna, panie sierżancie*. Polski film, pamiętasz go?

– Coś sobie przypominam.

– Małe miasteczko chyba w latach sześćdziesiątych, milicjant przygotowuje się do zdania matury…

– Taki produkcyjniak, ale sympatyczny dość – uśmiechnęła się Anna.

– Zaczęłam go któregoś dnia oglądać, kiedy pojechałaś do Ryszarda, potem przerwałam, ale może teraz obejrzymy razem?

– Bo ja wiem…

– Nie lubiłaś Tadzia Fijewskiego? – zdziwiła się Felcia.

– Lubiłam, a jakże!

– Na przykład ta scena, kiedy podaje przepis na alkohol – Felcia zachichotała. – Muszę go sobie wreszcie odpisać, bo latem, czy też bliżej jesieni, coś takiego może same zrobimy – zaśmiała się w głos.

– Dobra!

– Ale po naparsteczku cytrynówki możemy się chyba do filmu napić? – Felcia zajrzała Annie w oczy. – No, nie patrz tak, przecież musimy się wczuć w tematykę tej sceny! – zachichotała.

– Przekonałaś mnie! – Anna odpowiedziała śmiechem.

Przez półtorej godziny bawiły się setnie. Felcia jeszcze dwa razy napełniła naparsteczki cytrynówką. Przygotowała sobie kartkę i ołówek, żeby zapisać przepis Wyderki – Tadzia Fijewskiego – na dobry bimber. Anna zatrzymywała film i puszczała go od nowa, a Felcia notowała przepis: dwa kilogramy cukru, jeden kilogram gruszek bergamotek i zalać to wszystko pięcioma litrami przegotowanej wody.

– I to wszystko? – Spojrzała zdziwiona na Annę. – Czy oni tego filmu nie ucięli? – Anna zaprzeczyła, chichocząc. – A jak te gruszki przygotować, czy je pokroić, czy w całości, nie wiem nic. Zresztą nigdy bimbru nie robiłam. – Wzruszyła ramionami. – Poza tym trzeba chyba mieć jakąś instalację do jego robienia.

– Spytasz Stacha, on wszystko wie – Anna zachichotała.

– Tylko skąd w ogóle wziąć takie gruszki?

*

Do Świąt Wielkanocnych pogoda się nie zmieniła. Dźwig, którym próbowano kłaść kolejne płyty na jezdnię, zsunął się z już ułożonych i zakopał do pół osi. Dobrze, że się nie przewrócił. Trzy traktory go wyciągały na nieco twardsze podłoże. Anna była przygaszona, bo to wstrzymało wszystkie roboty na budowie.

Za to Adela stanęła na wysokości zadania. Razem ze swoimi dziećmi przygotowała śniadanie wielkanocne, na którym pojawili się wszyscy przyjaciele „Iskierki”. Annie na widok nakrytego stołu poprawił się wreszcie nastrój. Zresztą humor i apetyt dopisały wszystkim przez oba świąteczne dni, a potem zrobiło się jeszcze milej, bo poprawiła się pogoda.

Słońce i wiatr osuszyły w ciągu kilku dni teren budowy. Dźwig stanął ponownie na płytach, tym razem zabezpieczonych długimi stalowymi szpilkami. Rozpoczęło się wreszcie układanie dróg manewrowych wokół zaplanowanych wykopów pod budynki mieszkalne. Pod każdą płytę robiono podsypkę z żółtego piasku i wszystkie były teraz mocowane stalowymi szpilkami.

– Śmigielski zasugerował niewielkie zmiany w przebiegu dróg manewrowych.

Henryk pokazał Annie rysunek.

– Aha! Czerwone linie to te nowe drogi. – Anna spoglądała ze znawstwem na rysunek i kiwała głową. – To znaczy widzę, że są tylko nieco szersze – poprawiła się, widząc, że Henryk pokręcił głową. – A do każdego dużego budynku, to znaczy do miejsc wykopów, zostaną położone od tych wcześniej zaplanowanych dróg dodatkowe cztery wypusty.

– Właśnie tak, Anno, doskonale czytasz nasze plany! – Henryk skłonił głowę. – Te wypusty, jak mówisz, czyli dodatkowe odcinki dróg manewrowych, zapewnią możliwość funkcjonowania dźwigów i koparek przy samych wykopach. Dzięki temu maszyny nie ześlizgną się przy kolejnych deszczach w dół. Potem ocenimy, czy te płyty zostawimy tam, czy wyciągniemy. Przy pierwszym rozwiązaniu grozi nam to, że trzeba będzie w efekcie nawieźć więcej czarnoziemu pod trawniki.

– Ale o tym nie musimy dzisiaj decydować, prawda?

– O tym zdecydujemy dopiero wówczas. kiedy zakończymy budowę obu mieszkalnych domów i wyciągniemy nad powierzchnię ziemi pensjonat.

– A kiedy to nastąpi?

– Myślę, że przy końcu lata przyszłego roku zajmiemy się już budową dróg docelowych i zwożeniem czarnoziemu, od strony granicy z Felcią.

– O! To szybko!

– Cieszy mnie twój optymizm. Tak musi być!

Henryk podkręcił wąsa.

– Aniu! Jestem pełna podziwu. – Felcia złożyła dłonie. – Wszystko ogarniasz.

– Bo to jest kobieta renesansu! – zachwycił się Jan. – Miała dołek na wiosnę, ale teraz na szczęście znowu jest w formie.

– Dziękuję wam, ale muszę powiedzieć, że w dużym stopniu jest to zasługa Adeli.

Anna przeniosła wzrok na nią.

– A co mnie mieszacie do budowy? – zdziwiła się Adela.

– Dałaś mi tyle zadowolenia na święta, no i wytchnienia, cieszyłam się waszym szczęściem, poznałam rodziców Czarka, wlaliście mi nową wiarę w serce.

– Anno! Dla nas to możliwość spłacenia choć w minimalnej części długu wdzięczności wobec ciebie, a że tobie poprawiło się zdrowie i wróciły siły, czego pochodną jest dobry humor, to działamy z tym większą werwą! – zapewnił z ręką na sercu Henryk.

– Taka jest prawda – przytaknęła Adela. – Mówiłam wam przecież, że jak Henryk dostanie powietrza i możliwość fizycznego wyżycia się, to będzie zupełnie innym człowiekiem.

– Tak, ja muszę mieć warunki jak wielki ptak: żadnej klatki i dużo powietrza! Muszę latać!

– Henryku, wyląduj, dzwonili z firmy, która ma wylewać fundamenty, z prośbą, żebyśmy podali im z tygodniowym błędem termin wejścia na budowę – wtrącił się uśmiechnięty Jan.

Henryk zaczął wertować kalendarz, z którym się nie rozstawał.

– Hmm. Mamy teraz pierwszy tydzień maja, więc sądzę, że około dwudziestego piątego maja można by te prace zacząć. Wykopy chyba przez dwa tygodnie skończą.

– Dobrze, to przekażę im, że ostatni tydzień maja jest realny, ewentualnie rezerwa na kolejny tydzień. Znaczy się rozpoczęcia prac! – Jan pokazał palcem na kalendarzu. – Na wszelki wypadek zaraz dopytam się Śmigielskiego.

– Doskonale, Janie. – Henryk skinął głową.

– Jak oni się wspaniale zgrali – ucieszyła się Adela, patrząc na męża i Jana. Felcia i Anna przytaknęły.

– A mówiłeś, że trzeba będzie otworzyć też drugi wjazd na budowę. Kiedy to powinno się stać? – Anna zerknęła na Henryka, a potem znowu wpatrzyła się w plan.

– Być może będzie to konieczne przy końcu lata, kiedy zaczniemy się dobierać do wykopów pod pensjonat.

Henryk pokazał na planie, którędy poprowadzi ta droga.

– Ach, ale tam będzie tylko krótki odcinek.

– Krótki, za to mocno pod górkę. Ale damy radę! – uśmiechnął się Henryk. – Śmigielski eksperymentuje u nas prowadzenie prac w taki sposób, żeby jak najmniej utrudniać życie mieszkańcom. – Spojrzał wokół. – Do tej pory nigdy nie musiał się o to martwić, a teraz mówi, że takie podejście może się okazać atrakcyjne dla klientów przy wyborze kierownika inwestycji.

– Niech eksperymentuje, dla nas to tylko zysk! No dobrze... to mam obraz całości i przestaję się martwić – uśmiechnęła się Anna. – Janie, przygotowałeś jakieś lekarstwo? – Przewróciła oczami.

– Czekałem tylko, szefowo, na komendę!

Jan poderwał się i ruszył do kredensu.

– Patrzcie no, to już się odbywa poza mną! Szefowo...! – Felcia pogroziła palcem Janowi i Annie, ale zaraz zachichotała. – Już kilka dni nic nie przyjmowaliśmy! – Postukała komicznie zgiętym palcem po szyi. – A mnie jeszcze coś tutaj łupie... – Klepnęła się w biodro. – Pewnie dlatego! – zachichotała.

– A po mnie jak zwykle nikt nie zadzwonił!

W drzwiach kuchni stanął, sapiąc, Stach Janik.

– Uzgadniałem jeszcze z kierownikiem budowy termin rozpoczęcia wylewania fundamentów. Ostatni tydzień maja. Przeprosił, że nie przyjdzie na kawę, ale musi popędzić jeszcze na inną budowę, bo mieszkańcy w Bytowie się złoszczą na coś.

Henryk i Jan spojrzeli po sobie i uśmiechnęli się.

– Z inżynierem Śmigielskim pracujemy na jednych falach! – Henryk skinął głową. – Właśnie Jan miał dzwonić do tych od fundamentów i podać właśnie ten termin.

– Bystry facet. – Stach sapnął. – Małą kawę poproszę – zwrócił się do Felci. – To znaczy w szklance jedna łyżeczka kawy, a wody do pełna.

– To przecież będą siuśki – oceniła Anna, patrząc na szklankę, do której Felcia wlewała wrzątek.

– Jeszcze wody, nie żałuj, do pełna. O! Teraz starczy – powiedział, gdy ciemna ciecz wypełniła szklankę po brzegi. – Dasz radę! – zachichotał, widząc, jak Felcia niesie ją ostrożnie na stół. – Dzisiaj już druga, a pewnie będzie jeszcze jedna, więc muszę oszczędzać serce. A z pęcherzem kłopotów nie mam – zaśmiał się.

– Dobrze, że wpadliście na pomysł z mocowaniem płyt szpilkami, ale nie rozumiem, co to za proszek robotnicy sypali tam i polewali wodą... – Jan spojrzał na Stacha.

– Cement i woda. Nic tych płyt nie ruszy! Jak zassą do ziemi, to potem tylko cienka szlichta cementowa i od razu asfalt. Koszty dróg, Anno, nie wzrosną. Liczę na premię za oszczędność. He, he, he... – zaśmiał się Stach.

– Wszystko zapisuję, Stachu.

Anna wskazała palcem na głowę.

– Gdyby było zapisane na papierze, miałbym większą gwarancję! He, he, he.

– Jesteś mistrzem!

– Wiem! He, he, he.

– Jak tutaj znowu jest wesoło! – cieszyła się Felcia. – No, to wypijmy. – Uniosła swój naparstek i powąchała. – Anyżówka, dobrze wybrałeś – pochwaliła Jana.

– Uczę się – uśmiechnął się zadowolony z pochwały żony Jan.

Werona na Polance Redłowskiej

Jak się cieszę, że widzę was wreszcie razem! – Wika przysiadła na ogromnym balu naprzeciw już usadowionych Elizy i Igora.

Eliza zmarszczyła czoło, a Igor się uśmiechnął.

– A najbardziej cieszę się z tego, że daliście się namówić na spacer ze mną na naszą rodzinnie ulubioną Polankę Redłowską.

– A dlaczego to wasze rodzinnie ulubione miejsce? – zaciekawił się Igor.

– Mogę opowiedzieć, jeśli także Eliza zechce. – Wika przyjęła obojętną minę.

– No jasne, że chcę! – Eliza spojrzała na Wikę prosząco. – Tyle że Igorio... był szybszy.

– Wyobraźcie sobie, że w miejscu ruin, które widzicie obok, kwitnie obiekt, jaki kiedyś tutaj był. To był odkryty basen... tak się to u nas mówiło – wyjaśniła, widząc zdziwienie w oczach Elizy.

– Pewnie podobny do naszej letniej pływalni na Niestachowskiej... – wtrąciła Eliza. Wika skinęła głową.

– No i są tam tłumy ludzi, bo od kilku dni jest piękna pogoda, a woda podgrzewana – Wika kontynuowała zaczętą opowieść, podnosząc rękę do oczu i spoglądając w kierunku wyimaginowanego basenu. – Wiecie, że tam była morska woda?!

– Masz ty wyobraźnię... – zachichotała Eliza.

– Tak było! – Wika zaperzyła się. – Od początku, chyba od pięćdziesiątego drugiego roku! A ostatni jego sezon był chyba niedługo po siedemdziesiątym roku. Potem miał być remont, ale wiecie...

– Wciągnąłem się, opowiadaj dalej, proszę. Nie myślałem, Wika, że jesteś taką romantyczką... – Igor zerknął na moment na Elizę.

– Ty chyba też... – Wika spojrzała na Igora przeciągle. – Właściwie są tam dwa baseny... z mojego miejsca lepiej to widać – uśmiechnęła się i znowu podniosła rękę do oczu. – Ten płytszy, dla dzieci, od strony wejścia na teren obiektu ma owalny kształt, z kanalikiem, brodzikiem do mycia stóp i prysznicami wokół, a drugi z tyłu, głęboki, dla umiejących pływać. Pod skarpą stoi kamienna kawiarnia o oryginalnym kształcie, półokrągła, wokół cała przeszklona, a obok niej długi pawilon, na którego dachu jest urządzony taras; stoją tam stoliki z kolorowymi parasolkami i przy nich pełno ludzi. W pawilonie są przebieralnie, a zaraz przy wejściu stoi budynek niewielkiego hoteliku. – Wika zmarszczyła czoło. – Aha! Za tym drugim basenem, w głębi, jest jeszcze dziesięciometrowa wieża do skoków...

Wychyliła się nieco w prawo.

Igor i Eliza spojrzeli w kierunku, dokąd skierowany był wzrok Wiki.

– Muszę powiedzieć, że zaczyna mi się to miejsce podobać – przyznała Eliza.

– Fajna jest szczególnie ta wieża, której oryginalny kształt przebija przez wysokie brzozy... – uśmiechnął się Igor; Wika omiotła go wzrokiem.

– Naprawdę ma oryginalny kształt... a to wszystko

wśród zalesionych skarp, mnóstwa krzewów, trawników... – Wika znowu się rozmarzyła, przymykając oczy. – Na kamiennych murkach stoją skrzynki z kwiatami, na niektórych trawniczkach są urządzone piękne kwietne gazony, a wszędzie, gdzie tylko można wejść, odpoczywają całe rodziny rozłożone na kocykach, ręcznikach. Młodzież, taka jak my, biwakuje na trybunach przy dużym basenie! – uśmiechnęła się do Elizy i Igora. – A czy wiecie, że tutaj był kręcony film z niezapomnianym Zbyszkiem Cybulskim?

– Poważnie? – Eliza zrobiła oczy.

– Jaki tytuł? – dopytał Igor.

– Poczekajcie... – zmarszczyła czoło. – Już wiem, *Jutro Meksyk*!

– On tam był chyba trenerem skoków, czy tak?

Igor spojrzał na Wikę.

– Uhm... Nie tak dawno oglądaliśmy ten film w domu, zresztą mamy dużo albumów o Gdyni, a poza tym u nas panuje kult tego fragmentu miasta – rzekła Wika i z wolna rozejrzała się wokół.

– Dlaczego? – zaciekawiony Igor bezwiednie przysunął się bliżej Elizy.

– No właśnie... – Eliza oparła się o jego ramię.

– W drodze powrotnej pokażę wam, gdzie od tysiąc dziewięćset trzydziestego drugiego roku mieszkał dziadek Tadeusz ze swoją mamą i rodzeństwem.

– Czy to może była „Villa Rosa", o której pisałam w swoim opowiadaniu? – Eliza poderwała się.

– Jakim opowiadaniu? Kiedy pisałaś jakieś opowiadanie? – Teraz poderwała się Wika.

– Tuż przed wolontariatem na Helu, dwa lata temu...

– A dlaczego mi o tym nie powiedziałaś?

– Tylko ci kiedyś wspomniałam, ale wtedy coś nas

wybiło z wątku, a później już do tego nie wróciłyśmy... – Eliza wzruszyła ramionami. – Myślałam, że to cię aż tak nie zainteresowało.

– A skąd wiedziałaś o pensjonacie „Villa Rosa"?

– Krysia opowiadała o nim w trzydziestym ósmym roku malutkiej Felci, a duża Felicja opowiedziała mi dwa lata temu.

– Niesamowite... To ty w zasadzie już wszystko wiesz!

– E tam. Jestem ćućwa, bo już dwa lata temu chciałam to miejsce koniecznie zobaczyć! – przyznała się Eliza. – Wiedziałam przecież tylko tyle, ile mi powiedziała Felcia... Teraz dopiero dowiaduję się od ciebie więcej o tym miejscu, o Polance...

Eliza zatoczyła ramieniem łuk w powietrzu.

– Byłam tutaj w ubiegłym roku z moim dziadkiem i jeszcze drugim dziadkiem z Parchowa, Feliksem Kiedrowskim...

– Tym Kiedrowskim, któremu Tadzio obiecał przed wojną, że pokaże mu Gdynię?

– No tak, bo to wszystko, jak widzisz, jest prawda! – Wika uśmiechnęła się. – Dlatego tutaj z nimi przyjechałam! Ależ oni byli wzruszeni... – Pokręciła głową. – A dasz mi przeczytać to swoje opowiadanie? Ono może być dla mnie ciekawe, bo jak rozumiem, napisałaś je na podstawie tylko opowiadań parchowiaków, czy tak?

– Dokładnie!

– Ale ciekawie się porobiło! – uśmiechnął się Igor.

– To właśnie tutaj, na tej Polance Redłowskiej, mały Tadzio buszował jako chłopaczek, a potem jako nastolatek – opowiadała Wika. – Tutaj mieszkał z babcią Julianną, wtedy jeszcze młodziutką Juleńką, przez kilka lat po wojnie, tutaj mieszkała też chyba ze trzy lata mała Leti, moja mama – uśmiechnęła się melancholijnie Wika.

– Ależ to piękna historia! – zawołał Igor. – I cudownie opowiedziana!!

– Widzę, że się wkręciłeś nie na żarty! – Eliza, zaskoczona jego wybuchem, podniosła brew.

– Bo ja twojej opowieści też nie znałem! – Igor rozłożył dłonie.

– Wracając do basenu... – Wika wskazała ruchem głowy – ...tutaj dziadek zdawał na żółty czepek. Moja mama, znaczy Leti, siedziała na trybunach, bo jeśli tylko mogła, wszędzie chodziła z tatą. Mama opowiadała, że babcia Józefa denerwowała się, nie chciała, żeby to robił, bojąc się, że coś może mu się stać – Wika zachichotała.

– A babcia Julianna też z nimi poszła? – zaciekawiła się Eliza.

– Z opowiadania mamy wynikało, że została w domu z Ewką, siostrą Leti; wówczas już mieszkali przy Hali Targowej, a to kawałek drogi stąd. Zresztą to był powszedni dzień tygodnia, pewnie Ewka miała do odrobienia lekcje, poza tym sprzątanie po obiedzie, no wiecie. A dziadek przyszedł po pracy, zjadł obiad, wziął Leti za rękę i przyjechał na basen zdawać egzamin. Z marszu, jak gdyby nigdy nic – Wika znowu zachichotała.

– Lubię twojego dziadka. – Igor podniósł kciuka.

– Oni też cię lubią, a babcia Julcia za tobą wręcz szaleje – zawołała Wika. – Szczególnie, jak masz pod ręką gitarę!

Cała trójka zaśmiała się.

– Był i jest silny i twardy, chociaż potrafi się niespodziewanie rozkleić... – zauważyła Wika, uśmiechając się melancholijnie. – Ale słuchajcie dalej. Znaleźliśmy w starym albumie o Gdyni zdjęcie, na którym widać doskonale stojącą tuż na szczycie klifu willę „Śreniawa”... – Wika odwróciła się i wskazała kierunek. – Eee, prawie jej stąd nie widać. – Machnęła dłonią. – To nic, podejdziemy tam... A obok „Śreniawy”, na wzgórku po lewej, stoi pensjonat, w którym mieszkała prababka Józefa z Tadziem i dwójką jego rodzeństwa. „Villa Rosa”.

– A ta willa stoi dalej, czy też...?

– Tak, stoi, tylko nieco przebudowana od zachodu, od ulicy Matejki, ale od strony morza, gdyby nie te wszystkie budynki, które stanęły potem i ją zasłoniły, wyglądałaby tak samo. Nietypowy, jak na tego typu willę, półokrągły kształt.

– Już się cieszę, że zaraz ją zobaczę...

Eliza zmrużyła oczy i oparła się o ramię Igora.

– Zaraz za basenem są korty tenisowe...

Wika odwróciła się, wskazując ręką.

– Te, na których mały Tadzio podawał piłki Jędrzejowskiej?

– Tak, te same, a podawał piłki nie tylko jej, ale także wielu innym mistrzom przedwojennego tenisa. Mieszkał przecież niedaleko kortów, zawsze był tu pierwszy, więc wyrobił sobie chody! – Wika zaśmiała się. – No i zawsze przynosił mamie parę groszy.

– Obrotny był... – Igor pokiwał głową.

– To już teraz jest dla mnie jasne, dlaczego to miejsce tak lubicie. – Eliza spojrzała na Wikę przeciągle.

– Odkąd pamiętam, umawiamy się tutaj z dziadkami w niedziele albo w soboty. Spacerujemy, a jak jest ciepło, siadujemy na tych balach, albo na ławeczkach i gadamy, gadamy. Kiedyś braliśmy też badmintona. Zawsze przyjeżdża z nami Kacperek i sobie hasa. Tutaj jest super, a mogłoby być jeszcze ładniej... – Wika posmutniała.

– Teraz dopiero rozumiem twój wstęp z basenem – powiedziała Eliza.

– Mogłoby miasto wreszcie o to zadbać... Sprzedali ten teren jakiemuś chyba szemranemu biznesmenowi, a ten co rusz przedstawia nowe koncepcje... i nic! Wszystko zniszczało. Ponoć miał tu być hotel wielogwiazdkowy, czy jakieś spa... Ale po cholerę?! To miejsce powinno dalej służyć wszystkim gdynianom, a nie tylko bogatym. – Wika kolejny raz spojrzała melancholijnie w kierunku resztek płotu, za którym kiedyś tętniła życiem sportowa i rekreacyjna perła miasta.

Wszyscy troje zamilkli.

– Widzicie ten duży głaz pod skarpą? – Wika wskazała w kierunku morza. – Tam jest tablica upamiętniająca fakt, że Polankę Redłowską odwiedził generał Robert Baden-Powell, założyciel i przywódca światowego skautingu. Wizytował tutaj obóz harcerek w tysiąc dziewięćset trzydziestym trzecim roku. Dziadek Tadzio widział to i wszystko pamięta.

– Niesamowite!

– Tutaj, gdzie my siedzimy, i dalej w głąb tej niecki, kotliny, rozbijały się kiedyś obozy harcerskie, po wojnie zresztą też. Potem stały tutaj obiekty kolonijne i domki dla wczasowiczów... Komu to, cholera, przeszkadzało?! – zawołała Wika i przymknęła oczy.

Zapadła cisza.

– Wiczka... o sorry! Wika, ale ty sama tego wszystkiego nie pamiętasz, prawda? – Eliza uśmiechnęła się przepraszająco.

– Nie, ale dziadek i babcia pamiętają, mama i Olek też, bo mieszkaliśmy kiedyś na Płycie Redłowskiej i tutaj przychodziliśmy bardzo często. Co prawda ja to oglądałam wszystko oczami dwulatki... – Pokiwała głową. – Przecież to miejsce nie żyje tak jak powinno! Leti, kiedy mieszkali jeszcze w „Villi Rosie", to schodzili skrótami na dziką wtedy jeszcze plażę za „Śreniawą", taką, jaką może widzieliście na filmie *Żona dla Australijczyka*.

– Fajna komedia, pamiętam – potwierdził Igor.

– Ja też! Z Gołasem, Czyżewską, Dziewońskim, Czechowiczem... Mamy ten film w domu i babcia często go puszczała. Lubię go. – Eliza zaśmiała się i przytuliła do Igora. – Opowiedz, Wika, coś jeszcze.

– My też mamy ten film w domu. – Wika skinęła głową. – Obok „Śreniawy"... – odwróciła się na moment – ...są wciąż kamienne schodki z tarasem i stolikiem pośrodku, przy którym Czyżewska i Gołas rozmawiają w scenie przy końcu filmu. Taka jakby scena Romea i Julii, no, może nie tak do końca, ale zawsze mam takie skojarzenie... – Wika zamilkła i przyglądała się zasłuchanym w jej opowiadanie Elizie i Igorowi, opartym o siebie. – Wy też wyglądacie jak Romeo i Julia.

Eliza wyprostowała się i posłała Wice złe spojrzenie; Igor dostrzegł to kątem oka i tylko się uśmiechnął.

– *Romeo i Julia* to historia głupich pomyłek i wyższości przemocy nad chęcią do kompromisu – wypaliła Eliza.

– Że co? Co ty, Eliza, pleciesz? – Wika pokręciła głową.

– Przecież to romantyczna historia nieszczęśliwej miłości – obruszył się Igor.

– Romeo to bawidamek. Kocha się w Rozalii czy Rozalindzie, bo różnie się jej imię pisze, a kiedy zobaczy nagle na potańcówce inną „Lodzię", od razu bierze się do jej całowania. Potem lezie pod balkon i gada coś o miłości do niej. Wolę *Cyrana de Bergerac*...

Przymknęła oczy.

– Eliza! Strasznie upraszczasz. Romeo zakochuje się w Julii bez pamięci! – Wika potrząsnęła dłonią.

– No, spokojnie! Po godzinie miłość? A biedna Rozalinda? Z tego Romea to jest taki Lolo Pindolo. Gdyby znał najpierw Julię, a potem poznał Rozalindę, też byście tak mówili?

Eliza wstała, wymachując gniewnie rękoma.

– Ale przecież... to nie do końca tak było! – zawołała Wika.

– No właśnie – dodał Igor.

– Wydaje mi się, że czytaliście ten dramat słabo, po łebkach, zupełnie bez zrozumienia! – Eliza złapała się pod boki. – A zaraz potem, nie wiedzieć czemu, kłócą się członkowie ich rodzin, także różni ich przyjaciele i zamiast sobie wyjaśnić wszystkie nieporozumienia, szlachtują się na śmierć. Krew leje się w tej miłosnej historii równo. I to jest sztuka o miłości? – spytała, ironizując.

– Ale ty jesteś, dziewczyno, szalona...!

Wika popukała się palcem w czoło.

Zadowolona z wrażenia, jakie wywołała, Eliza uśmiechnęła się pod nosem.

– Widzisz... uwielbiam muzykę baletu Sergiusza Prokofiewa *Romeo i Julia*... Słuchaliście? Nie! Słuchając jej, wyobrażam sobie jednak inną akcję, mimo że jest tam dużo dramatycznych momentów. Widzę wówczas miejsce na piękną miłość młodych oraz zrozumienie pomiędzy rodzinami. Żadnych konfliktów! I wszystko oczywiście powinno zakończyć się happy endem!

Eliza klasnęła.

– No, no, jesteś lepsza niż Szekspir! Napisz więc tę inną wersję – zachichotała Wika.

– No, ba. A wam się podoba, że Romeo, ten Lolo Pindolo, po zabójstwie Tybalta wieje do Mantui, żeby czekać: „aż co dobrego się wydarzy i wówczas będzie mógł wrócić" – ostatnie słowa zagrała teatralnie.

– Przecież on został skazany na wygnanie! – obruszyła się Wika.

– Bo zabił człowieka! I powinien właściwie gnić w więzieniu do końca życia.

– Jasny gwint, Eliza! – Wika aż podskoczyła.

– Zostawmy już tego Romea i Julię i chodźmy obejrzeć to wszystko, o czym tak pięknie opowiadała Wika, dobrze? – ugodowo rzucił Igor.

Eliza i Wika spojrzały po sobie i też się uśmiechnęły.

– A potem pójdziemy ochłodzić się lodami do cukierni „Mariola", zgoda? – zaproponowała Wika. – Chodziłam tam często z rodzicami. To blisko kortów, niedaleko „Villi Rosy".

– Ja stawiam! – zawołał Igor.

Wika przyglądała się z przyjemnością, jak jej przyjaciółka Eliza, która dopiero co tak gwałtownie protestowała przeciwko roli Julii, teraz bez oporu przytulała się do ramienia Igora, zaglądała mu w oczy, a nawet raz pocałowała go w policzek. Przytuleni do siebie, z zainteresowaniem wysłuchali jej opowiadania o willi „Śreniawa".

– Wybudował ją hrabia Adam Stadnicki, który odziedziczył po przodkach wielkie majątki ziemskie, między innymi posiadłość Nawojowa, z pięknym pałacem, w powiecie nowosądeckim. A tutaj w Gdyni mieli dwudziestopokojową rezydencję letnią.

Eliza, poruszając zabawnie głową raz w lewo, raz w prawo, spoglądała na ręce Wiki.

– Co mi się tak przyglądasz?

– Nie tobie, tylko patrzę, gdzie dzisiaj trzymasz ściągę! – zachichotała Eliza; Wika dołączyła ze śmiechem. – Bo wiesz, Igor, ostatnio, to znaczy dwa lata temu, na Helu opowiadała mi o kościele i co chwila spoglądała na ściągę.

Wika mrugnęła do Igora.

– Nazwa tej willi pochodzi od herbu Stadnickich, Śreniawa, chociaż funkcjonuje też pisownia Szreniawa. Ich posiadłość rodowa, Nawojowa, została założona w piętnastym wieku przez Nawoja z Tęczyna, ale zanim oni ją przejęli, po drodze była chmara innych rodów. Wyczytałam, że na początku dwudziestego wieku jego rodzina wykupiła uzdrowisko Szczawnicę, które Stadnicki poważnie rozbudował.

– Wika, jesteś niesamowita! – Igor pokręcił głową z podziwu.

– Ta willa to jeden z najładniejszych zabytków Gdyni, a jakieś buce chciałyby tę willę rozebrać!

Wika tupnęła.

– No, nie opowiadaj!

– No! Po prawej stronie... – Wika ruszyła w kierunku klifu, a Eliza i Igor posłusznie za nią – ...są schodki i platforma widokowa, o której mówiłam, że Czyżewska i Gołas grają na niej ostatnią scenę w *Żonie dla Australijczyka*, przed wypłynięciem „Batorym" w rejs. Spójrzcie, pod nami był kiedyś żółty piach dzikiej plaży, na którą przychodziłam z rodzicami z „Villi Rosy".

– Wyobrażam sobie, jak wówczas musiało być tutaj pięknie... – Eliza oparła głowę o ramię Igora; a Wika patrząc na nich, zaczęła klaskać.

– Ty! – pogroziła jej palcem Eliza.

– Niech ten bulwar już tak zostanie, byleby „Śreniawy" nie ruszali – zmieniła temat Wika, robiąc smutną minę.

– Muszę pogadać z szefami z radia Kaszëbë. – Igor spojrzał na Wikę; pokiwała głową. – Może da się coś o tym powiedzieć w jakiejś audycji.

– Przy willi był oddzielny kort tenisowy i dziadek Tadeusz też przychodził tam podawać piłki, ale muszę go poprosić, żeby mi pokazał dokładnie jego miejsce.

– Wy rzeczywiście musicie to miejsce bardzo lubić. – Eliza zmrużyła oczy.

– Bo to są nasze rodowe tereny! – uśmiechnęła się Wika. – Z tyłu za willą „Śreniawa" prześwituje dach dużego budynku. Widzicie? To jest stara przedwojenna stanica harcerska. Dzisiaj też pełni tę funkcję.

Po chwili przyglądania się dużemu gmachowi ruszyli wzdłuż hotelu Nadmorskiego i skręcili w ulicę Prusa.

– Tutaj zaraz przyjdziemy na lody. – Wskazała budyneczek po lewej za płotem. – To nasza ulubiona cukiernia, lodziarnia „Mariola". A po prawej widać w całej okazałości gmach stanicy harcerskiej. – Zatrzymali się na moment. – Na rogu, gdzie stoi teraz hotel, był kiedyś ogrodnik. Leti kupowała u niego warzywa i kwiaty – uśmiechnęła się. – A teraz pójdziemy na skróty. Idźcie za mną, śmiało!

Wspięli się na niewielką górkę.

– Budynek parterowy na pierwszym planie, obok trafostacji, to tylko dolna część pięknej przedwojennej willi, która w czasie wojny straciła piętro i uroczy dach. Wiem, bo w albumie jest to zdjęcie, o którym wcześniej mówiłam – uzupełniła, widząc zdziwione miny Elizy i Igora. – To była własność doktora Hagmajera; dziadek go pamięta. A nad nią, z tyłu, ten żółtawy, półokrągły z tej strony budynek to właśnie „Villa Rosa".

– Ale ładna. – Eliza podeszła do płotu. – Teraz się czuję, jakbym tu była w trzydziestym ósmym roku. Tego budynku nie było, tego pewnie też... – Pokazywała na różne domy, wille; Wika kiwała głową. – Urocze miejsce. Piękne półokrągłe schody prosto z salonu do ogrodu. Rano można było pewnie wygrzewać się w słoneczku na leżaku! Ach!

– To wszystko widzisz...? – zdziwił się Igor.

– Widzi doskonale! – ubiegła Elizę Wika. – Mama mi opowiadała, że w latach pięćdziesiątych było tutaj jeszcze tak wiele słońca, że chowała się przed nim pod czereśniami. – Wskazała na drzewa za płotem.

– Felcia opowiadała mi to, co usłyszała od Krysi – uzupełniła swoje wcześniejsze słowa Eliza. – Ona przecież mieszkała tutaj przez kilka dobrych miesięcy. Drzewa były wtedy niższe, to słońce musiało pięknie operować.

– A tam w głębi, widzicie? – Wyciągnęła rękę Wika. –To willa „Sorrento". Nie wiem, która z nich pierwsza stanęła, ale dziadziuś zawsze opowiada, że była już, kiedy się tutaj wprowadzili. – Wskazała na „Villę Rosę". – On się bawił z dziećmi ówczesnych właścicieli „Sorrento", a moja mamusia bawiła się z kolei z dziećmi rówieśników dziadziusia.

Podczas jedzenia lodów uśmiech nie schodził z twarzy Wiki. Cieszyło ją, że Eliza i Igor, trzymając się ręce, z zainteresowaniem wysłuchali dalszego ciągu jej opowieści o dziadku Tadeuszu, Polance Redłowskiej, a na koniec poznali przedwojenny pensjonat „Villa Rosa", którego najładniejsza część wciąż i nieodmiennie spogląda na morze.

*

Tadeusz i Julia Kuszerowie przyjechali do „Iskierki" przywitać się po zimie z jej mieszkańcami.

– No, nareszcie jesteście! – zawołała Felcia. – Myślałam już, że coś się stało.

Spojrzała współczująco na nieco kulejącego Tadzia.

– To tylko biodro – cmoknął. – Momentami boli jak diabli.

– A mnie z kolei nawala kolano – machnęła ręką Julcia. – Ale poza tym może być. Wygrzejemy się na słoneczku i będzie lepiej.

Na werandę weszła Anna i Kasia z Jagódką.

– Jaka śliczna! – pisnęła babcia Julia. – Czarnulka… a jak ma na imię?

– Jagódka – Kasia uśmiechnęła się z czułością.

– To jest… prawdziwa Jagódka – oceniła po chwili babcia Julia. – Opalona, ciemne włoski i chyba będzie miała ciemne oczka. – Julia wdzięczyła się do rozdającej hojnie uśmiechy małej. – Już się lubimy! – Wyciągnęła do niej ramiona; Kasia dała jej potrzymać.

– Uważaj, Juluś, bo to drobiażdżek… – Tadzio cmoknął ostrzegawczo.

– Oj, Tadziu, Tadziu.

– Idę zaraz z małą na krótki spacerek.

Kasia wskazała na wózeczek stojący przed werandą.

Tadeusz zszedł po schodach i stanął obok wózka.

– Ma duże kółka, to dobrze, no i jest lekki, nie to, co twój wózeczek, Aniu, kiedy wieźliśmy cię na spacer z Felcią – zażartował.

– Wiedziałam, że obejrzysz go dokładnie – powiedziała Felcia, gdy wrócił na werandę.

Tadeusz przytaknął, ale zaraz zmienił temat.

– Szum na dole i pod lasem, że hej! – zauważył, wskazując na pracujące koparki i spychacze.

– Mają duże opóźnienia, bo wiosna była błotna, a potem, do połowy maja, układali drogi z płyt – wyjaśniła Anna. – Muszę się teraz znać na budowaniu – zaśmiała się.

– Henryk i Stach są tam prawie cały czas, bo Ryszard nie zamknie przecież biura notarialnego, a Adam nie rzuci projektowania – uzupełniła Felcia. – Nas podtrzymuje tutaj na duchu Jan, który przyjmuje telefony w biurze, co je urządzili w wozowni.

– Przejdę się tam później i bliżej przyjrzę.

Tadeusz pokazał ręką w kierunku budowy.

– Już ty tam lepiej nie chodź – fuknęła Julcia. – Potkniesz się gdzieś i dopiero będzie kłopot.

Spojrzała na Felicję w oczekiwaniu wsparcia.

– Chociaż do skarpy, bo stąd niewiele widać.

– Przejdę się z tobą, Tadziu, wezmę plan, to ci wszystko pojaśnię – odezwał się Jan. – Dzisiaj też jeszcze nie byłem na spacerze. A kiedy przyjechaliście?

– Wczoraj w południe. Dzisiaj byliśmy zrobić sobie drobne zakupy, mąka, cukier i takie tam, no i postanowiliśmy was odwiedzić. Żeby tylko nie zrobiło się chłodno, bo wtedy będę musiał odwozić Julcię – znów cmoknął.

– Nie zapowiadają ochłodzenia, ale wieczory nie są jeszcze tak ciepłe jak w końcu czerwca czy w lipcu – powiedziała Anna.

– Julcia ma problemy z pęcherzem i lepiej, żeby go nie zaziębiła – wyjaśnił Tadzio.

– Jacy wy jesteście fajni… – Anna zmrużyła oczy. – Jesteście już ze sobą od…? – zwróciła się do Tadzia.

– Od czterdziestego ósmego, w lipcu będziemy mieli pięćdziesiątą piątą rocznicę ślubu.

– A wiecie, że jak byłam dziewczynką, taką trzynastoletnią chyba, do sąsiadów Jastrzębskich przyszła Cyganka. Opowiadałam wam to? Nieważne! Najwyżej jeszcze raz posłuchacie – zachichotała Julcia. – Ja się wtedy przyjaźniłam z taką Helcią od nich, trochę starszą ode mnie. Cyganka jej powróżyła, a potem mnie mama Helci namawiała, żebym też dała sobie powróżyć. Ale skąd u mnie pieniążki, bo przecież Cygance trzeba było dać coś do ręki. No i pani Jastrzębska dała mi pieniążek, a stara Cyganka powróżyła. Jak dotąd ta wróżba sprawdza mi się do joty. – Babcia Julia obejrzała się wokół. – Naprawdę! Miałam wyjechać nad wielką wodę i wyjechałam nad morze, miałam tam zamieszkać i mieszkam ciągle w Gdyni. Miałam ożenić się i być z mężem długo i jesteśmy... Ale na końcu tej wróżby jest krzyż na wodzie i tego nie rozumiem... – zakończyła po chwili, rozkładając ręce.

– Przecież to jest proste, Juluś. Czyż nie mówisz zawsze, że masz ze mną istny krzyż Pański? – Tadzio zachichotał.

– Mam... – machnęła dłonią Julcia – ...ale tam chodzi o inny krzyż, na wodzie!

– Posłuchaj mnie, Julcia, co będzie, to będzie. A zresztą co Cyganka miała ci powiedzieć? Musiała wymyślić jakieś mocne zakończenie, bo to przecież wróżba, a wzięła za nią pieniądze.

Felcia wzruszyła ramionami.

– Mogła powiedzieć, że będę miała w życiu źle, albo że młodo umrę, albo że wyjdę za starego, albo za księcia... no cokolwiek. Ale ona wywróżyła mi to, co usłyszeliście, i jak dotąd wszystko się sprawdziło, więc i zakończenie powinno się sprawdzić; tylko że ono nie jest jasne...

– Powiedziałabym, że jest jakieś symboliczne, choć sądzę, Julciu, że Felcia może mieć rację. Cyganki potrafiły wymyślać na poczekaniu, bo przecież wróżenie to był ich zawód – włączyła się do rozmowy Anna.

– Jak dojdę do tego krzyża na wodzie z wróżby, to wam powiem, o co chodziło. – Niepocieszona babcia Julcia machnęła ręką, ale zaraz się uśmiechnęła.

– Tak już lepiej – ucieszył się Tadeusz i rad cmoknął.

– Ty nie cmokaj, tylko idź się przejdź na tę skarpę, bo niedługo będziemy wracać nad Mausz.

– Ano tak. – Tadeusz wstał. – To idziesz, Janie, ze mną?

Julia wychyliła się za Tadziem i Janem odchodzącymi w kierunku bramy.

– Co się tak wychylasz, jeszcze z krzesła spadniesz? – zachichotała Felcia.

– Patrzę, czy na pewno poszli, bo jak opowiadałam o Helci Jastrzębskiej, to coś mi się przypomniało, a nie chciałabym przy nim, boby cmokał i cmokał – uśmiechnęła się; rozbawiona Felcia machnęła dłonią.

– A co takiego ci się przypomniało? – zaciekawiła się Anna.

– To smutna historia, ale kiedy myślę o moich rodzinnych stronach, to zawsze mi się to przypomina.

Julcia posmutniała.

– To może innym razem? – zaproponowała Felcia.

– Nie, dzisiaj, będę miała już z głowy. – Julcia usiadła wygodniej. – Tuż przed tym, kiedy przyjechałam z Albinem do Gdyni... – spojrzała najpierw na Felcię, a potem na Annę; dojrzała skinięcie głowami – ...na terenie Puszczy Augustowskiej i jej okolic miała miejsce akcja pacyfikacyjna przeciwko mieszkańcom, którzy ponoć wspomagali partyzantów, co to jeszcze wtedy po lasach się kryli. – Znowu spojrzała na Felcię i Annę. – Zaczęło się roznosić, że to ruskie NKWD, ale też nasze oddziały z Urzędu Bezpieczeństwa i z jakiegoś pułku z Warszawy, otaczały wsie. Aresztowano wtedy wielu mieszkańców podejrzewanych o kontakty z partyzantami. Mieliśmy, co oczywiste, wielu swoich krewnych w tamtych okolicach. Kuzynka przyjechała spod Augustowa cała zapłakana, bo jej dwóch braci aresztowano. Po rodzinach, znajomych opowiadano sobie te smutne historie. Część ludzi po jakimś czasie zwolniono, ale opowiadali straszne rzeczy… – Machnęła ręką. – Krępowano ich drutem kolczastym i przetrzymywano pod gołym niebem w dołach zalanych wodą, a potem przesłuchiwano, torturowano[13]… – Zasłoniła oczy dłońmi.

– Z naszymi mężczyznami na Kaszubach też podobnie robiono… – Felcia pokiwała głową.

– Jeden z dwóch kuzynów nie wrócił, gdzieś go wywieziono, ale nikt nigdy nie chciał niczego powiedzieć. Co się ich rodzice napłakali przez lata, nachodzili pytać do urzędów, na milicję… Wciąż kazano im czekać, aż się sprawa wyjaśni. Nigdy nic się nie wyjaśniło. Dopiero niedawno Albin, który wracał z jakiegoś sanatorium przez Gdynię, opowiedział mi, jak to wszystko wyglądało. – Julia pokręciła głową. – Teraz dopiero okazało się, że wtedy aresztowano kilka tysięcy mieszkańców, a słuch zaginął o około sześciuset z nich. Prawdopodobnie wszyscy oni zostali zamordowani, albo gdzieś koło Grodna, albo koło Gołdapi. Nie wiadomo… – Julia przymknęła oczy. – W Gibach, niedaleko Sejn, na skraju Puszczy

---

[13] Za https://pl.wikipedia.org/wiki/Obława_augustowska. Pododdziałem w liczbie ok. 160 żołnierzy z 1 Praskiego Pułku Piechoty dowodził wtedy por. Maksymilian Sznepf.

Augustowskiej powstał pomnik dla uczczenia ofiar tego mordu. Na niewielkim pagórku umieszczono olbrzymi drewniany krzyż, wokół którego ułożono wiele większych i mniejszych głazów. One wszystkie jakby zmierzają w kierunku tego krzyża... wypełzają z porastających pagórek małych lasków, wspinają się stromizną od strony szosy, nikną za drzewami[14]... Na jednym z nich widnieje napis: „Zginęli, bo byli Polakami".

Julcia zamilkła.

– Dobrze, że ludzie tego dopilnowali – powiedziała cicho Anna.

– Wiecie co...? – Felcia spojrzała na Julię, a potem na Annę. – Przez te wszystkie lata nie miałam możliwości z kimkolwiek o takich sprawach rozmawiać. Wciąż o tym sama rozmyślałam i dlatego wybierałam się, Aniu, w moje książkowe podróże, bo one są nieszkodliwe, a pozwalały zapomnieć. – Złapała Annę i Julcię za dłonie. – Już się nawet pogodziłam, że umrę z tymi myślami i że w Polsce nic się nie zmieni.

– Jednak Bóg nad nami czuwa, bo coś się zmienia – westchnęła Anna.

– Wokół krzyża w Gibach... – Julcia wróciła do swojej opowieści – ... „położono pięć kamiennych płyt z wyrytymi nazwiskami Jest tych nazwisk pięćset trzydzieści. Zostało nawet trochę miejsca na nowe. Często osób jednego nazwiska jest kilkoro..." – spojrzała na kobiety. – Według Albina, to pewnie dlatego, że wywieziono i zamordowano wówczas całe rodziny.

– Wszędzie krzyże... – dodała cicho Anna.

---

[14] Opis pomnika autorstwa profesora Andrzeja Strumiłły, na podstawie: http://avepatria.org/giby-pomnik-ofiar-oblawy-augustowskiej-w-liocu-1945-roku/.

– Szkoda, że ta wasza budowa jest tak daleko od nas. Miałbym gdzie chodzić na spacery. – Głos Tadeusza, który właśnie wchodził na werandę, otrzeźwił kobiety; spojrzały na niego. – A co wy takie smutne? Coś ty naopowiadała? – Popatrzył przenikliwie na żonę i cmoknął.

– Nie, to w zasadzie ja zaczęłam… – Anna uśmiechnęła się blado; Tadeusz pokręcił głową.

– Tadzio zna się na takiej robocie – rzekł zarumieniony Jan, siadając obok niego.

– Poczekajcie, zaraz wam coś przyniosę! – Felcia spojrzała na twarze Jana i Tadzia i poderwała się.

– Ale my już jedziemy! – zaoponował Tadeusz.

Felcia błyskawicznie wróciła z tacą, lemoniadą i kilkoma szklaneczkami.

– A, to może być – Tadeusz uśmiechnął się i swoim zwyczajem cmoknął.

– Jak w Gdyni wracał z doglądania budowy, to też musiał się czegoś napić i dopiero potem mi opowiadał – zachichotała Julcia.

– Oj, Juluś, Juluś – Tadzio pokwękał dobrodusznie.

– Zaraz, a jaką budowę wyście prowadzili? – zainteresowała się Felcia.

– My? – Julcia wzruszyła ramionami i uśmiechnęła się. – To była inwestycja Tadzia i… miasta!

– O czym ty opowiadasz, Julciu? – Anna spojrzała na nią z ciekawością.

– W Gdyni zawsze wiele się buduje, remontuje czy modernizuje. Jak zwał, tak zwał – wyjaśniła Julcia. – Prawie dwa lata chodził na spacery doglądać przebudowy skrzyżowania ulic Śląskiej, Kieleckiej i wjazdu stamtąd, pod wiaduktem kolejowym, na ulicę Władysława Czwartego.

– Bo to był akurat odpowiednio długi spacer. – Tadeusz spojrzał na Jana. – Jak padało, to nie szedłem.

Ale jeśli nie padało, to miałem zajęcie na prawie trzy godziny – zaśmiał się. – Godzinę w jedną stronę, drugą godzinę z powrotem, a tam postałem, pokręciłem się też z godzinę i zeszło. Potem przy kawce opowiadałem Julci i…

– …szedłem na drzemkę… – dokończyła Julcia.

– No, tak było. – Tadzio wzruszył ramionami. – Czasami trochę z robotnikami porozmawiałem, jakieś uwagi im przekazałem, nawet inżynierowie już mnie poznawali – cmoknął zadowolony z siebie. – Po skończonej budowie nie miałem już uwag. – Podniósł palec w górę. – Dobrze go nazwali: Węzeł Franciszki Cegielskiej. To była nasza prezydent miasta, którą w dziewięćdziesiątym roku sobie wybraliśmy. – Pokiwał głową. – Niestety, młodo umarła, a do tego jako minister zdrowia... – przerwał, ale za chwilę machnął ręką. – To ta polityka, to rządzenie ją zjadło.

– Nasza Franka – przytaknęła Julcia.

– Byłem na jej pogrzebie – dodał Tadeusz.

– A kiedyś chodził doglądać Węzeł Pokoju, co to jest w Gdyni przy dworcu – przypomniała sobie Julcia..

– A co to było za doglądanie, jak ja wtedy pływałem. Nie było mnie pół roku w domu, przyjeżdżałem na miesiąc, góra dwa i znowu w morze na pół roku.

– No i wtedy nie dopilnowałeś. Wszystko spieprzyli! – Julcia zaśmiała się głośno.

– Juluś, jak ty możesz takie słowa! – zgorszył się Tadzio.

– Przecież chciałeś to samo powiedzieć, prawda?

– No tak… bo oni naprawdę wykorzystali to, że przychodziłem tam rzadko, z takimi przerwami i wszystko… spieprzyli!

Tadziowi zatrząsł się brzuch od śmiechu, a cała reszta zgromadzona na werandzie zawtórowała mu.

Czajnik... albo prymus

Kasia spojrzała na dziwne konstrukcje z kółkami do kołyski, które wczoraj pod wieczór przyniósł Henryk. Nie mogła przy nim ich wypróbować, bo Jagódka spała. Teraz uniosła najpierw jeden biegun kołyski, a potem drugi, podkładając pod nie kolejno przyniesione deseczki z kółkami. Dokręciła motylki i spróbowała poruszyć mebelkiem. Super! Możemy w takim razie, Fafku, pojechać w odwiedziny do babci! – uśmiechnęła się do córeczki.

Przewinęła Jagódkę, posmyrała ją po nosku, wsadziła do kołyski i ruszyła w kierunku korytarza.

– Jak ślicznie! – ucieszyła się Anna, kiedy Kasia, a z nią kołyska pojawiły się na tarasiku. – Pobędziecie na świeżym powietrzu, a i ja sobie popatrzę na nią dłużej. Ależ pomysłowy ten nasz Henryk!

Jagódka zagruchała.

– Widzisz, jak jej tutaj dobrze? – rzuciła Anna do córki, zaglądając z uśmiechem do wnuczki w kołysce.

– Może nawet pośpi, bo nakarmiona, ma sucho...

– Przysunę ją tylko ciut bliżej do siebie, pod parasol. Kocyk z nóżek można zdjąć. – Anna przysunęła kołyskę, spoglądając z czułością na małą, która uśmiechała się do niej, machając z zapałem rączkami i nóżkami. – Wczoraj skończyli wylewać fundamenty, więc dzisiaj będzie miała tu cicho.

Przeniosła na moment wzrok w dolinę.

– Fafek cię rozpoznaje, babciu – Kasia mrugnęła.

– Dla kogo babciu, dla tego babciu. – Anna dała córce klapsa. – Jak masz coś do zrobienia, to idź, ja i tak tutaj siedzę.

– Nie! Chcę właśnie posiedzieć razem z tobą. Po południu dla sportu zrobię sobie wycieczkę z wózkiem, więc teraz zawczasu odpocznę. – Kasia poruszyła długimi nogami, wprawiając w ruch mięśnie ud i łydek.

Jagódka zaczęła wydawać z siebie dziwne dźwięki, obficie się śliniąc i nie przestając machać energicznie rączkami i nóżkami.

– Coś nam opowiada – uśmiechnęła się Anna. – Coraz więcej gaworzy.

Jagódka przewróciła oczkami i ziewnęła.

– Zaraz zaśnie... – Kasia ściszyła głos.

Mała jeszcze kilka razy zamknęła i otworzyła oczka, potem jej główka przechyliła się na lewo i momentalnie zasnęła.

– Jak dobrze, że karmisz piersią – wyszeptała Anna i pogładziła córkę po dłoni. – Dziecko dostaje to, czego mu trzeba, i jest mniej nerwowe. Wytrzymaj jak najdłużej.

– Czasami tylko chce mi się już czegoś mocniejszego smakowo, ale póki co muszę pościć... – Kasia zmarszczyła nos.

– Wytrzymasz.

– Słyszałam, że rozmawiałaś z Elizką... – zagadnęła Kasia.

– Tak! Zadzwoniła, że kolejny egzamin w zerówce ma na boku i znowu piątka! – Anna uśmiechnęła się. – W przyszłym tygodniu spróbuje podejść do ostatniego, a jeśli uporają się z Wiką z próbkami w laboratorium, to w weekend przyjedzie już na wakacje.

– Hura! – zawołała półgłosem Kaśka. – Kurczę, jak one to robią?

– Dobrze, że na siebie trafiły. Czasami jak na nie patrzę, to wydaje mi się, że to siostry... Chodzi mi o tak samo poważne traktowanie nauki.

– W ubiegłym roku myślałam...

– E, to był tylko epizod. – Anna machnęła ręką. – Będzie mogła cię wyręczyć, biorąc młodszą siostrę na spacer – zachichotała.

– Jak ja się cieszę, że mam tego Fafka! – Kasia pomachała dłonią, odganiając muszkę znad buzi Jagódki.

– Pasuje ci – uśmiechnęła się Anna. – Będziesz długo młoda!

– Tak się mówi – zgodziła się Kasia. – A właśnie... wspominałaś wczoraj, że Władek przysłał ci maila. – Przysunęła swój fotelik bliżej matki. – Co u nich?

– Przeżywają z Betty nieustanną depresję z powodu Maxa. Ze względu na tajemnicę wojskową, on może tylko raz na kwartał przysłać list, a i tak nie wiadomo, skąd został wysłany! – Anna pokręciła głową.

– Ale nawet nie przypuszczają, gdzie on jest?

– To nie jest proste! My też oglądamy telewizję i co z tego wszystkiego wiemy? Ci bojownicy uderzają to tu, to tam, więc jakieś siły, które mają za zadanie walkę z nimi, czy choćby rozpoznawanie ich ruchów, muszą być tam, gdzie oni. Czyli od Afganistanu, przez Bliski Wschód, kraje europejskie, aż do Ameryki.

– No tak. Początkowo mówiło się tylko Al-Kaida, a teraz jakieś Państwo Islamskie, czy ISIS... Nawet nie chcę wiedzieć i cieszę się, że nie mam czasu na oglądanie telewizji. Trudno więc mi się dziwić Władkowi, że się nawet nie domyśla, gdzie jest Max.

– Pisze tylko, że bez przerwy mają włączony CNN

i z drżeniem serca wysłuchują informacji o zamachach na żołnierzy amerykańskich czy o ich walkach. – Anna pokręciła głową. – Biedni.

– A ponoć miał przyjechać Antek?

– Pisał o tym w kwietniu, ale jak Władek jest tak zafiksowany, to Antek, na ile go poznałam, nie zostawi ich samych.

– Napisz mu, mamuś, żeby podał mi adres mailowy Magdy, to może czasami do niej napiszę, albo ona do mnie – Kasia uśmiechnęła się.

– Władek prosi tylko o częstsze informacje z placu budowy. Jakieś zdjęcia, może krótki filmik.

– Dobrze, że mówisz! Pozrzucam do laptopa trochę zdjęć, które zrobiłam swoim telefonem. Albo nie. Jutro ma być Adam, przyjeżdża na weekend, to dam mu zadanie.

– Wiesz, fajnie byłoby założyć takie archiwum, kronikę budowy siedliska, żeby została pamiątka na przyszłość – rozmarzyła się Anna.

– Masz rację, mamuś! Też mi to chodziło po głowie! Ale wiesz co? Kiedyś widziałam pokaz slajdów wykonany ze zdjęć robionych ciągle z tego samego miejsca. Z twojego tarasiku jest chyba najlepszy widok na całą budowę!

Kasia wstała i podeszła do balustrady, pokiwała głową.

– To ja sama mogłabym robić! – poderwała się Anna.

– No właśnie! Masz dobry aparat, wymienne karty, można w komputerze porobić katalogi i zapisywać fotki, a ja mogę zrobić potem prezentację!

Kaśka wróciła na fotelik.

– Będę miała jeszcze jedno zadanie oprócz tego, co robię dla gminy – ucieszyła się Anna. – Lubię wyzwania!

– No! A wyobrażasz sobie, jak to będzie fajnie, kiedy zimą, gdy śnieg wszystko zasypie, włączymy sobie prezentację, albo będziemy puszczać filmiki... Je też można połączyć w jeden długi.

– No, no, no! Czuję, że czekają mnie nowe wyzwania! A może kupimy sobie, Kasiu, własną kamerę?

– To fajny pomysł! Gdybyś zechciała w okolicach przyszłego weekendu spędzić pół dnia z Fafkiem, to ja w Gdyni bym ją kupiła. Przywiozłabym wówczas przy okazji Elizkę, bo pewnie po całym roku będzie miała sporo bagażu.

– No przecież! Pokażesz mi tylko, jak przygotowujesz kleik dla małej, i możesz jechać! – Anna klasnęła w dłonie.

– Cicho, bo obudzisz Fafka!

– To z radości, ja już się cieszę, że będę miała nową kamerę. Tej Mikołajowej na taśmę jakoś nigdy nie lubiłam, a do tej nowej z góry czuję sympatię.

– Podziwiam cię, że nie boisz się nowości. Może byś w takim razie zastanowiła się, czy nie chciałabyś mieć własnego laptopa?

– A po co mi on? Ten duży komputer mi wystarcza.

– Wyobraź sobie, że dokupujemy niezłe kolumny głośnikowe, w tej chwili jest masa płyt DVD z cudownymi koncertami muzyki poważnej, operami, muzyką lekką... nawet można dostać koncerty z Rominą Power i Albano!

– Ale to pewnie drogi cymes... – Anna zmarszczyła nos.

– Myślę, że ciebie akurat na to stać. Musisz przygotowywać się do życia w nowym domu. Tam założymy satelitę, będzie można oglądać kanały muzyczne z całego świata z muzyką wysokiej klasy.

– Wiesz, chyba chcę tego. Urządzimy tam salon, który zastąpi mi wyjścia do opery, filharmonii czy na koncert Rominy! Przecież na Sołaczu mam tyle płyt z muzyką! – Anna podniosła oczy w górę. – Choćby całe zestawy mistrzów niemieckich i włoskich; szczególnie brak mi tych pierwszych. Uwielbiam ich.

– No widzisz! Ale na początek laptop. Niedługo za Elizą ściągnie tutaj Igor, a to znawca tematu, więc wybierze dobry zestaw, żeby nie trzeba było za chwilę zmieniać go na nowszy.

– A niby dlaczego nowy na jeszcze nowszy?

– Bo z komputerami jest prawie tak samo jak z komórkami, które co dwa lata powinno się wymienić na nowe, zwłaszcza że operatorzy dają ulgi i dzięki temu ma się dostęp do coraz nowszych rozwiązań.

– Właśnie! Moja komórka już ledwo dyszy – przypomniała sobie Anna.

– Miałyśmy wymienić w ubiegłym roku, ale był mój ślub, a potem Fafek... – Kasia przerwała, żeby odgonić muszkę znad buzi Jagódki – ...i się zapomniało. Może uda mi się załatwić w Gdyni nowe umowy i aparaty dla całej naszej trójki? – uśmiechnęła się.

– Och, chce mi się żyć! – westchnęła, przeciągając się, Anna. – Na budowie były opóźnienia, miałam dołek, teraz jest już dobrze, a ja będę miała nowości... i moją muzykę. Tak się cieszę!

– Widzisz. Dobrze, że nigdzie nie poszłam, bo byśmy tyle spraw nie omówiły.

– Ach, chciałam, żebyś i ty się wyciągnęła, odpoczęła sobie.

– Wcale nie jestem zmęczona. – Kasia pokręciła głową. – Mam na wszystko ochotę. Potem pójdę z małą na spacer, ale niedaleko, więc możesz pójść ze mną, pogadamy sobie jeszcze.

– Bardzo dobrze, bo obiecałam sobie więcej ruchu, a wciąż zapominam.

*

Spacer z Jagódką przeciągnął się. Anna i Kasia dotarły do samej wsi. Mała była grzeczna, więc odwiedziły wszystkie trzy parchowskie sklepiki, na moment podjechały też pod dom Marysi, żeby chwilę z nią poplotkować, ale wróciły szosą, a nie przez łąki.

– Jednak przez łąki jest wygodniej – rzuciła zdyszana Anna, kiedy już wciągnęły wózek na wzgórze.

– Wjechać tędy pod górkę to prawdziwe wyzwanie. Na drugi raz wrócę jednak tamtędy. – Kasia oddychając głęboko, wskazała w kierunku łąk. – Co innego, jak wybieram się na Bawernicę.

– No tak.

Podjechały pod werandę.

– Już myślałam, żeście zabłądziły – doszedł je głos Felci. – Obie z Adelą czekamy na was z kawą i nie możemy się doczekać. Już miałam iść zaparzać. Pijecie?

– Z największą chęcią. – Anna weszła na werandę i opadła na krzesło. – Cóż za brak kondycji… – Powachlowała się dłonią. – Nie dziwota, że nie mieliście, Felciu, siły podjechać ze mną wózkiem wtedy…

Spojrzała na Felcię, ale zaraz zasłoniła usta dłonią.

– Aleś powiedziała… – Felcia pokręciła głową. – To była całkiem inna sytuacja!

– Chciałam tylko podkreślić, że jazda po naszym wzgórzu wózeczkiem to niezłe wyzwanie. – Anna spojrzała przepraszająco. – Ale oceniając na spokojnie, i tak jest co wpychać pod górkę… – pokazała kciukiem na wózek stojący obok schodów werandy – …choć to lekka konstrukcja i ma dobre kółka.

– No, a tamten wózek był ciężki jak cholera i do tego jeszcze lało! – dokończyła Felcia i machnęła ręką.

– Zrobiłyśmy małe zakupki, pogadałyśmy chwilę koło Marysi i już jesteśmy. – Kasia mrugnęła i ruszyła do siebie.

– A nie mogła Kasia tutaj karmić? – spytała Adela.

– Uważa, że lepiej, jak mała je w spokoju, póki co. I chyba ma rację. Wiecie, będę miała nowe sprzęty – pochwaliła się Anna, uśmiechnięta od ucha do ucha.

– A co takiego? – Felcia przechyliła głowę z zaciekawienia.

– Laptop, kamerę i komórkę.

– Przecież jeszcze niedawno mówiłaś, że wystarcza ci, jak rano kury pieją, a w dzień śpiewają ptaki, a na dziennik na dół raczej nie przychodzisz... No, przyznam, że nie rozumiem. – Felcia pokręciła głową.

– Trzeba archiwizować postęp budowy, więc komputer i kamera. Potem zimą będziemy podziwiać, jak to było przez kilka miesięcy od wiosny. Jagódka rośnie, więc też trzeba kręcić filmy i robić dużo zdjęć. A zaraz będą i inne okazje...

Spojrzała porozumiewawczo na Adelę.

– Masz rację... Przecież Ala i Czarek myślą o ślubie, to i pisklęta będą – zarumieniła się Dziedzicowa.

– Jak ty ładnie powiedziałaś... – Anna uśmiechnęła się do niej.

– A moje budynki, pokoje też będziecie mogły sfilmować, czy porobić zdjęcia? – Felcia nachyliła się nad stołem i zajrzała Annie w oczy.

– Oczywiście!

– Myśmy tam mieli dla zajazdu... – Adela pokazała w kierunku południowym – ...własną stronę internetową, Heniek robił zdjęcia i wstawiał na nią.

– To ja też bym mogła? Bo niektórzy starsi letnicy już rzadziej przyjeżdżają, a chciałoby się młodszych trochę. Zresztą... ty mi kiedyś ich wszystkich zabierzesz – powiedziała nagle Felcia i zmarszczyła brwi. – Że też wcześniej o tym nie pomyślałam.

– Felciu. To inna konkurencja! Tu będzie pensjonat dla twórców, kilka pokoików dla dzieci z mamą albo tatą. Żadna konkurencja. Raczej uzupełnienie.

– Chyba masz rację! – odetchnęła Felcia i jej twarz rozpromieniła się uśmiechem. – Tylko kto mi zrobi taką stronę?

– Igor na przykład...

– Albo Sebastian, bo też lubi się w to bawić – przerwała Annie Adela.

– A na jakim komputerze będę mogła to zobaczyć?

– Na każdym, Felciu! Na tym, co jest w wozowni, u nas na górce, na Kasi laptopie... na każdym – zapewniła Anna.

– No, to ty kupuj ten laptop, czy jak to się tam nazywa, bo ja będę chciała czasami to zobaczyć. A Sebastianowi powiedz, żeby mnie dziś odwiedził, dobrze?

Felcia uśmiechnęła się do Adeli.

*

Trzynastego czerwca w piątek Eliza zdała ostatni egzamin, a wczesnym popołudniem następnego dnia przyjechała do Parchowa. Długo sama znosiła z vitary bagaże i inne pakunki na werandę, bo Kasia natychmiast pobiegła do Jagódki, która akurat się rozpłakała. Jeden kąt werandy wypełnił się torbami, a na wiklinowym stole leżały pakunki z zakupów. Kiedy Eliza wyściskała się z babcią, Felcią i Adelą, zasiadła do ulubionych golców z podsmażaną cebulką i dużymi skwarkami, popijając kwaśnym mlekiem domowej roboty.

– Ale pychota! A wyście już jadły?

– Tak, zostawiłyśmy tylko dla ciebie i Kasi – odparła Felcia, założywszy ręce na brzuchu.

– Opowiadaj, Elizka – poprosiła Anna.

Eliza wyciągnęła indeks z plecaka i podała babci.

– Obejrzyjcie! – mrugnęła.

Anna wolno przeglądała wpisy.

– Teraz był szósty semestr? – Spojrzała na wnuczkę; ta skinęła głową. – Przecież tu tylko piątki, nie ma na co patrzeć… – Anna wzruszyła ramionami.

Eliza aż otworzyła buzię.

– Przecież to są najlepsze…

– Wiem! I gratuluję! – zawołała Anna, chichocząc. Przeglądała dalej indeks. – O! Tu jest dopiero najważniejszy wpis o tym, że jesteś studentką siódmego semestru. Gratuluję ci! – Poklepała lekko wnuczkę po dłoni i podała indeks Felci.

– Dostałaś, babciu, laptopa, kamerę i nową komórkę! Eliza wskazała na leżące obok na wiklinowym stoliku pakunki.

– Cieszę się na to.

– Najpierw ja potrenuję na tym sprzęcie, a potem ci wszystko opowiem. Może być?

– Na to właśnie liczę.

– A jaka jest woda w jeziorze? – Eliza spojrzała wokół.

– A skąd my mamy wiedzieć? – Wzruszyła ramionami Anna.

– Do zimnej wody leźć? – wzdrygnęła się Felcia.

– Nie było czasu, żeby o tym, dziecko, pomyśleć – zawstydziła się Adela.

– Żartowałam! Jutro pójdę z Wiką na cypel i zobaczymy. Oczywiście, jeśli nie będzie padać, bo coś tak szaro się robi.

– Popada dopiero w poniedziałek – zapowiedziała Felcia. – Już się robi parno, a jutro będzie jeszcze gorzej. Może też być burza.

– Dobrze, że zdążyli wylać fundamenty. – Anna spojrzała na wnuczkę.

– Przed kawką skoczę na dół zobaczyć, muszę się przecież sama zorientować w postępie robót. A kiedy przyjeżdża Diana? – Eliza zwróciła się do Adeli.

– Oni dopiero po niedzieli zaczynają sesję i ma trwać dwa tygodnie – powiedziała smutno Adela. – Nawet na ognisko pewnie nie da rady przyjechać.

– Przecież Felcia może zrobić ognisko kilka dni później, na przykład w sobotę... – spojrzała w komórkę – ...dwudziestego ósmego.

– Ty mnie pytasz czy polecasz mi tak zrobić?

– Ech, drobiazgowa jesteś, Felciu. Nie było znaku zapytania? – Eliza zachichotała.

– Podoba mi się ten dzień. Właśnie tego dnia mają przyjechać Ludka i Arturek, a bez nich, jak się domyślacie, ognisko, a potem cały sezon mogą się nie udać.

– To wszystko mamy szybko ustalone! Ach, jak ja się nabąbałam! – Eliza oblizała wąsy od kwaśnego mleka i poklepała się po brzuchu. – Widzisz, babciu, jak pracuje?

Anna zaśmiała się.

– Myślałam, że kiedyś z tego wyrośniesz, ale chyba będzie ciężko.

– I tak dobrze, bo przy gorącej zupce z noska by mi pociekło! – roześmiała się Eliza. – Takie przedstawienie to tylko pierwszego dnia na powitanie. Chciałam się poczuć jak w domu! Zdradzę wam jeszcze pewną niespodziankę!

Rozejrzała się wokół.

Kobiety przypatrywały się jej z zainteresowaniem.

– Zaczynam... trzyipółmiesięczny urlop! – wrzasnęła z tryumfem.

– Córcia, nie krzycz tak, bobym Fafka upuściła! – Na werandę weszła Kasia z Jagódką. – Ty już zjadłaś? Spojrzała na pusty talerz córki.

– Zaraz ci przynoszę, Kasiu. – Felcia uniosła się.

– Podaj mi Jagódkę. – Anna wyciągnęła ramiona.

Na werandzie skądś pojawiła się melodia *Most na rzece Kwai*. Kobiety spojrzały na Elizę.

– Mam urlop! – ta wykrzyknęła. – Kto mi zawraca...

– Ciszej wrzeszcz! – syknęła Kasia.

Eliza schyliła się do plecaka, bo komórka nie przestawała wygrywać melodii. Spojrzała na ekran i rozpromieniła się:

– Igorio? Mój najlepszy przyjaciel...? – rzuciła głośno, podnosząc telefon i spoglądając wokół stołu śmiejącymi się oczami.

– Słyszałem! Nic się nie zmieniło, przyjaciółko moja najlepsza. Gdzie jesteś? Co robisz?

– A cóż to w ogóle za pytanie, gdzie jestem... Jestem tam, gdzie być powinnam, czyli na łonie! – wykrzyknęła Eliza i zachichotała.

– Gdzie...?

– Przecież powiedziałam chyba wyraźnie...

Przewróciła oczami.

– Czyli, że niby co...?

Eliza wzruszyła ramionami.

– Na łonie... to znaczy na łonie przyrody w Parchowie! A ty sobie o czym pomyślałeś?

– Wziąłem to słowo dosłownie...

Eliza znowu przewróciła oczami; kobiety przy stole zachichotały.

– A kto tam się śmieje? – zdziwił się Igor.

– Wszyscy! Znaczy wszyscy, co siedzą na werandzie.

– Ale dałem plamę!

– Nie ostatnią! Ale powiedz, kiedy przyjeżdżasz do Kartuz.

– Przyjechałem godzinę temu.

– O! Bo jutro robię z Wiką rekonesans nad Mauszem. Jak chcesz, to możesz przyjechać!

– Może być na jedenastą?

– Doskonała pora, bo wtedy będzie już wiadomo, jaka jest pogoda! – zaśmiała się.

– No, to już chyba wszystko wiem.

– To do zobaczenia, Igorio! Pa!

– Pa!

Eliza potoczyła spojrzeniem wokół stołu.

– Cały Igorio. Mój kartuziak – uśmiechnęła się.

*

Eliza, wychodząc z sieni, omiotła wzrokiem wieszak i wiszący tam od zawsze błękitny meksykański słomkowy kapelusz. Mrozu! Uśmiechnęła się do własnych myśli. Co u niego? Nałożyła kapelusz na głowę i wyszła na werandę. Zerknęła radośnie na siedzących przy stole.

– Pójdziesz w nim? – Felci oczy zamieniły się w szparki.

– A co, głupio wyglądam?

– Wyglądasz pięknie! – uśmiechnęła się Felcia.

– Ale on przecież nie jest twój! – Anna pokręciła głową.

– Dwa lata temu wzięłam go na imieniny Olka i Felcia nie miała nic przeciw temu.

Eliza wzruszyła ramionami.

– A daj ty jej spokój! Jest w nim taka wesoła, no idź, idź! – Felcia machnęła ręką.

Eliza zbiegła radośnie na gazon. Odwróciła się i pomachała w kierunku werandy. Po kilku minutach była już wśród pól, na drodze w kierunku Mausza. Jak tutaj pięknie! O! Jak wyrosły zboża! I ziemniaki już kwitną! Eliza spoglądała na pola, na kwiatki polne, wszystko ją dzisiaj cieszyło. Szła raźno. Nawet nie zauważyła, kiedy znalazła się obok stawu niedaleko działki Kuszerów. Z daleka przywitał ją okrzyk Wiki.

– Cześć, Włóczykiju!

Uścisnęły się. Eliza zamieniła kilka słów z dziadkami Wiki, Julcią i Tadeuszem, i ruszyły na cypel.

– Coś mu wypadło, więc napisałam, żeby przyjechał wprost na cypel. Chciałam się przespacerować – uprzedziła pytanie Wiki o Igora. – Ale ślicznie na polach! Nie mogłam się napatrzeć.

– Tak wcześnie byłam tutaj tylko po maturze. Czerwcowa zieleń jest najpiękniejsza. A do tego wszędzie jeszcze spokój... – Wika zatoczyła ramieniem łuk.

Rzeczywiście tylko przy niektórych domkach było widać samochody i pojedyncze osoby. Od kąpieliska „Dalmoru" poszły w kierunku cypla brzegiem jeziora.

– A Igor też już uporał się z egzaminami? – spytała Wika. – Pewno tak, bo co by robił w Kartuzach?

– Może skądś się dowiedział, że jego przyjaciółka jest już tutaj... – Eliza przewróciła oczami.

– A właśnie... czy ty tak mówisz celowo o tym... przyjacielstwie pomiędzy wami? – Wika zajrzała Elizie w oczy.

– A co, nie jesteśmy przyjaciółmi?

– Ale tylko przyjaciółmi? – nie ustępowała Wika.

– Nie rozumiem... – Eliza przymrużyła oczy.

– Rozumiesz... i to doskonale! – Wika też spojrzała na nią przez szparki w oczach.

Eliza potrzasnęła głową.

– Przypomniał mi się dzisiaj Mrozu – zmieniła temat.

– Dojdziemy do Mroza... – Wika nie dała się zbić z tropu – ...możesz odpowiedzieć na moje pytanie o Igora?

– A nie uważasz, że to jakby moja prywatna sprawa?

– Jakby, a nawet zdecydowanie twoja sprawa, ale czasami mam wrażenie, że grasz z nim nie do końca czysto.

– Ależ Wiczka!

– Ty mi tutaj nie Wiczkuj, tylko gadaj, jak jest. – Pokręciła głową. – Jak pojechaliśmy dwa lata temu do Gniewu... Patrz, to już dwa lata! – urwała z wrażenia. – Wtedy mnie nieźle irytowało, jak się tak bez zahamowań memłaliście...

– Co robiliśmy? – Eliza zachichotała.

– Już ty wiesz, co robiliście! – Wika też zachichotała; ruszyły dalej.

– Gdybyś wiedziała, jakie on ma giglające włosy na nogach, to byś się nie dziwiła, że się chichrałam!

Eliza przewróciła oczami.

– A daj spokój.

– Jak dzisiaj przyjedzie, możesz niby przypadkiem dotknąć łydką jego łydki...

– Ciebie chyba ponosi! – Wika znowu się zatrzymała.

– Przecież to tylko przyjaciel – upierała się Eliza, wzruszając ramionami. – Nasz wspólny przyjaciel, chociaż bardzo go lubię. – Znowu przewróciła oczami.

– Wiesz co?! – Wika zmarszczyła brwi. – To jest dziwne. Tak się zastanawiam, czy ty go nie wykorzystujesz do jakichś swoich dziwnych gier.

Spojrzała mocno w oczy Elizy.

Na moment zapadła cisza. Eliza zdjęła kapelusz Włóczykija i podrapała się po głowie.

– Bo to jest tak. Bardzo, bardzo go lubię, ale jestem jeszcze bardzo młoda – uśmiechnęła się.

Wika dała za wygraną.

– Idźmy, bo nie dojdziemy – uśmiechnęła się. – Obie jesteśmy młode, ale ty jesteś jakaś taka...

– Że niby co? Że nie chcę się już deklarować, czy go kocham, czy chcę z nim zostać na zawsze? – Teraz Eliza zatrzymała się po kilku zaledwie krokach.

– Szkoda, że nie mam kapelusza – powiedziała Wika.

Eliza rozejrzała się po niebie.

– Ale przecież nie ma takiego mocnego słońca – zdziwiła się.

– Zdjęłabym go i podrapała się po głowie tak jak ty – zachichotała Wika.

– Aleś mną zakręciła, zołzo.

– Tak jak ty Igorem.

– I co z tego wszystkiego, Wiczko, wynika?

– Że... jak sobie pościelesz, tak się wyśpisz! – zachichotała Wika, a Eliza dołączyła do jej śmiechu.

Objęły się i ruszyły w dalszą drogę.

Kiedy można już było dojrzeć cypel, Eliza stanęła jak wryta.

– Patrz, kto tam jest!

Na wzgórku, kilka metrów od brzegu, leżał wśród traw Igor. Podeszły do niego wolno. Obok swojego rozłożył dwa wielkie ręczniki kąpielowe, na każdym spoczywała minipoduszeczka, a na małej serwetce niewielki srebrny termos i trzy pucharki. Igor zauważył dziewczyny i poderwał się.

– Igorio! Jesteś niesamowity! – Eliza przytuliła się do niego; pocałowali się.

– Witaj, przyjaciółko Wiko! – Igor cmoknął ją w policzek.

Wika zerknęła w dół na jego owłosione łydki, po czym niby przypadkiem podeszła bliżej i delikatnie potarła nogą o jedną z nich.

– Ale giglasz! – zachichotała; Igor spojrzał na nią zdziwiony.

Eliza przyglądała się scenie z wtajemniczonym uśmiechem na twarzy.

– Lody kupiłeś! – zmieniła błyskawicznie temat; Igor uśmiechnął się zadowolony z pochwały.

Eliza i Wika zrzuciły z siebie szorty i bluzeczki.

– Skoro niedziela, to chciałem wam zrobić niespodziankę. Gdybym przyjechał z lodami po ciebie, a potem... – machnął dłonią. – Przespacerowałyście się przynajmniej. Ładnie jest?

Eliza i Wika jak na komendę spojrzały na termosik i pucharki, które w międzyczasie Igor postawił bliżej nich.

– Nie tutaj, pytam, czy ładnie tam? – Igor podniósł ramię i wskazał w kierunku Parchowa.

– Aa, tam! – Obie spojrzały we wskazanym kierunku.

– Jest cudownie! – odparła Wika.

– Cudownie, ale nakładaj wreszcie, bo nie mogę się już doczekać!

Eliza oblizała się, spoglądając na termos.

Po uczcie lodowej Igor bez słowa ruszył do wody umyć pucharki. Odprowadziły go wzrokiem.

– Z tym giglaniem miałaś rację – szepnęła Wika i zachichotała bezgłośnie; Eliza pokiwała głową. – Szaleje za tobą jak Romeo za Julią.

Spojrzała w oczy przyjaciółki.

– Ja też, Wiczko, bardzo go lubię... ale nie wypiję za wcześnie trucizny.

– Ty naprawdę jesteś zołza.

– I jak, Igorio, woda?! – wrzasnęła niespodziewanie Eliza; Wika aż podskoczyła.

– Sporo jej, czysta, ale dzisiaj z kąpieli chyba nici! – odkrzyknął.

– Dziadek mówił, że w tym roku dopiero po świętym Janie da się wykąpać! – zawołała Wika.

– Ma rację. Nie będę się bawił w szkołę przeżycia – dokończył Igor, kiedy wrócił z umytymi pucharkami. – Przywiozłem krzyżówki, sudoku, kolorowe gazety od mamy... Będziemy mieli się czym zająć.

Dziewczyny spojrzały po sobie z uśmiechem.

Truskawkobranie

Anna, Felcia i Adela oraz Kasia z Jagódką na rękach, stały na tarasie przy pokoju Anny. Spoglądały w dolinę na rozpoczynające się właśnie prace przy wykopach pod pensjonat.

– Najpóźniej do końca września muszą zostać zalane fundamenty, a pracy przy zbrojeniach będzie sporo, bo budynek w całości ma być podpiwniczony – wyjaśniła Anna ze znawstwem.

– Co oni bez ciebie by tutaj zrobili? – Pokiwała głową Felcia. – Studiujesz te projekty jak dobry inżynier, a potem nam jeszcze tłumaczysz.

– Nie uwierzycie, ale zaczynam to lubić. – Anna wzruszyła ramionami i przymknęła oczy. – Mailuję z Władkiem i zdaję mu relacje, żeby go trochę odciągnąć od myślenia o Maksie.

– Tak naprawdę to Eliza pisze te maile – wtrąciła Kasia, spoglądając na Felcię i Adelę.

– Oczywiście, ale ja jej dyktuję, co ma się w nich znaleźć – sprostowała Anna. – Adamowi dałam dwutygodniowy urlop; pojechał z Marysią i dziećmi do Bukowiny Tatrzańskiej, a Ryszard ma ciężki tydzień, bo mu się skumulowały dwie umowy kupna-sprzedaży i musi jeździć w jednej sprawie aż pod Ustkę, a w drugiej za Kościerzynę.

– A kiedy ty weźmiesz urlop? – zaśmiała się Adela.

– Kiedy wróci Adam, to zacznie spędzać tutaj trochę

więcej czasu, więc my z Ryszardem skoczymy na kilka dni do Sudomia – odparła Anna. – A chciałabym też pojechać zwiedzić Puck, Władysławowo i Swarzewo. Dostałam od proboszcza w prezencie imieninowym przepiękny album o farze puckiej i teraz muszę ją koniecznie zobaczyć na własne oczy. Autorami albumu jest małżeństwo Dettlaffów z Pucka: pięknie fotografują, ślicznie opisują te cuda, oboje zresztą historycy sztuki. Ryszard poznał ich kiedyś na jakiejś konferencji, czasami wymieniają się informacjami dotyczącymi regionu, więc może będzie okazja poznać ich osobiście.

– Trochę ci zazdroszczę… – Felcia posmutniała.

– No co ty! Weź Jana i jedźcie z nami!

– Raczej nie, bo on teraz utknął w problematyce Gołczewa. Udało mu się dotrzeć do opracowania sprzed drugiej wojny na temat tego grodziska. – Spojrzała po twarzach kobiet. – Pamiętacie, że obiecał zająć się nim, bo przecież tam odkryto wówczas ślady z dziewiątego, dziesiątego wieku. Koresponduje teraz z jakimś profesorem z Torunia, bo to stamtąd wówczas przyjechali archeolodzy, autorzy tej pracy. Nie chcę mu przeszkadzać, zwłaszcza że jeszcze co dzień przed południem ma dyżur w centrum dowodzenia w wozowni… – Felcia pokiwała głową.

– Trochę byście mogli się jednak wyrwać…

– Nigdzie nie chcę się wyrywać!

– Tak właśnie myślałam, że to ty jesteś tą zasadniczą przeszkodą.

– Tyle lat nigdzie nie jeździłam i było mi dobrze. Wiesz, że dla mnie najważniejsza jest własna łazienka, własne łóżko i takie tam – mrugnęła. – A zresztą od wyjazdów i opowiadania, co było na nich fajnego, mam ciebie! – zachichotała. – Przywieziesz jeszcze jakieś inne albumy z wycieczki i będziesz mi opowiadać w długie jesienne wieczory.

– No dobrze, widzę, że ciężko będzie cię przekonać. – Anna machnęła dłonią.

– Chłopy wracają! – zawołała Adela.

– To chodźmy na dół, żeby się dowiedzieć, co i jak!

Anna ruszyła w kierunku pokoju, a pozostałe kobiety za nią.

Za kilka minut spotkali się wszyscy na werandzie.

– Nie było im co przeszkadzać, bo dobrze rozumieją nasze plany, a nam zależy na tempie ich działania. – Henryk podkręcił wąsa. – Ustaliliśmy tylko, że jeśli uwiną się sprawnie do połowy sierpnia, to może zdecydujemy się na wykopy pod stajnię i garaże jeszcze tego lata. – Spojrzał na Annę.

– Rozumiem, że płaca im pasuje, a skoro już mają tutaj sprzęt, będzie lepiej i dla nich, i dla nas – podsumowała Anna.

– Że ty, Anno, tak wszystko ogarniasz! – Henryk z podziwem złożył dłonie. – Robią porządnie, tak oceniam po wykopach do obu domów mieszkalnych, więc chyba dobrze im powiedziałem.

– Doskonale! – Anna klasnęła.

– O! Już jesteście!

Na schodach werandy pojawiła się rumiana twarz Jana; siedzący przy stole spojrzeli w jego kierunku.

– Anno, przyszedł mail, żeby potwierdzić termin wejścia na budowę firmy od wylewania fundamentów. Aha! Będą je robić ci sami wykonawcy, co wcześniej – dokończył, zajmując miejsce przy stole.

– Widzę, że budowa powoli przekształca się w prawie rodzinną – uśmiechnęła się Anna.

– Okazało się, że im pasuje czas realizacji, a nam

proponowana cena usługi. Może tylko wzrosnąć w zależności od tego, czy nie pójdzie w górę cena tony cementu.

– To potwierdzajmy im. – Anna skinęła głową.

– Uwaga, uwaga! – wykrzyknęła Felcia, wchodząc na werandę przed Adelą niosącą tacę.

Sprawnie rozstawiły parujące filiżanki. Henryk chrząknął.

– Anno, po głowie chodzi mi od dłuższego czasu sprawa nazwy dla twojego siedliska. Dobrze byłoby zastanowić się nad tym, bo czas płynie.

– Masz rację... – Anna zawiesiła głos – ...tyle tylko, że siedlisko jest nasze wspólne – podkreśliła, potrząsając palcem. – Już kiedyś to sobie wyjaśnialiśmy.

Henryk przełknął ślinę i przebiegł wzrokiem wokół stołu.

– No dobrze, niech tak będzie... To już należało dawno temu uczynić, od ustalenia nazwy powinno się wszystko zacząć. Tak niegdyś robiłem przy projektowaniu na zlecenia, tak uczyniliśmy, rozpoczynając prace przy naszym „Zielonym Dworze". – Henryk zatrzymał wzrok na Annie.

– A jaką masz propozycję?

– Ja...? Najpierw członkowie rodziny powinni się wypowiedzieć, a ja, my... – spojrzał na Adelę – ...też możemy pomyśleć, ale dostosujemy się do przyjętej przez was nazwy.

– Bo ja wiem? – Anna wzruszyła ramionami. – Może, Kasiu, ty coś powiesz pierwsza?

– Spytam się Jagódki. – Kasia poprawiła sobie córeczkę na kolanach. – Podoba ci się, Fafku, nazwa Barbara? „Villa Barbara" albo „Villa Basia"?

Mała poruszyła się na kolanach i uśmiechnęła.

– No i dobrze! Mi pasuje, jo! – Felcia pokiwała głową. – Ewentualnie „Villa Anna".

– A co byście powiedzieli na nazwę „Słoneczne Wzgórze"? – odezwał się Stach, który dotąd siedział cicho. – Co prawda część jest poniżej samego wzgórza, ale to wszystko się ze sobą łączy.

Anna po wysłuchaniu tych propozycji zmarszczyła brwi.

– Nie gniewajcie się, ale tak sobie myślę, że wszystkie te nazwy z imionami nie są chyba odpowiednie. – Potarła lekko czoło. – Najbardziej bym chciała, żeby w nazwie znalazł się… Sołacz – rzuciła i szybko przeniosła wzrok na Kasię, a potem na Felcię.

– Ale jak Sołacz? Przecież Sołacz nie ma nic wspólnego z tym miejscem! – prychnęła Kasia, wykrzywiając się.

Pozostali przypatrywali się na przemian Annie i Kasi.

– Ja chyba niczego nie wymyślę – odezwała się Eliza i pokręciła głową. – Musisz, babciu, sama wziąć to na klatę.

– Jak zwykle, malutka, masz rację – Felcia uśmiechnęła się. – Też uważam, że musisz się z tym… sama pomęczyć – zachichotała.

– Ale dlaczego ja… i do tego sama? – Anna zatrzepotała rzęsami.

– Bo ty, Anno, jesteś i właścicielką, i pomysłodawczynią – orzekł Henryk i podkręcił wąsa.

– Ale chyba dzisiaj nie musimy podejmować ostatecznej decyzji, nieprawdaż? – Anna znowu spojrzała wokół.

– Oczywiście, że nie – odparł uspokajająco Henryk. – Chociaż dobrze byłoby zacząć o czymś konkretnie myśleć.

– Wiecie... – Anna zmarszczyła brwi. – Zacznę może od tego, że oprócz imion w nazwie nie pasuje mi także słowo villa, no bo jak... Stanie tu kilka budynków, będzie to właściwie dosyć spore osiedle, a gdybym chciała użyć Sołacza, to przecież nazwa „Villa Sołacz" byłaby dziwaczna – przyznała, potrząsając głową.

– A co w ogóle znaczy ten twój Sołacz? – Felcia wbiła wzrok w Annę.

– No właśnie... – zawtórowała Kasia.

– Na mnie się nie patrzcie, bo ja też nie wiem.

Eliza wzruszyła ramionami.

– To wyście przez tyle lat tam mieszkały i nie zainteresowało was, od czego wywodzi się ta nazwa?

Anna popatrzyła z wyrzutem na córkę i wnuczkę.

– Sołacz... to Sołacz! – zaśmiała się Eliza. – Można dojechać dziewiątką albo jedenastką! Wszyscy o tym wiedzą... w Poznaniu! – uzupełniła.

– No! – zgodziła się z córką Kasia.

Anna spojrzała na nie i pokręciła głową z wyraźną dezaprobatą.

– Otóż ta nazwa wywodzi się prawdopodobnie od staropolskiego wyrazu określającego spichlerz, które występowało w dwóch znanych formach: *sol*, albo *sołek* – wyjaśniła, pomagając sobie gestykulacją. – W ten sam sposób nazywano też po staropolsku spiżarnię. Tak mi kiedyś wytłumaczył teść i zapamiętałam to. – Podniosła palec. – Nie wykluczył jednak, że nazwa mogła pochodzić także od imienia *Sołak*[15].

– Ciekawa sprawa – okazał zdziwienie Henryk; pozostali siedzący przy stole również.

[15] Za: http://www.wikiwand.com/pl/Sołacz.

– No, ale... – Kasia nie wyglądała na usatysfakcjonowaną tym wyjaśnieniem.

– Co ale...? To wszystko! Krótko mówiąc, nazwa Sołacz mi się bardzo dobrze kojarzy, bo to wzgórze, te wszystkie zabudowania, jakie tutaj staną, to będzie takie... osiedle dobroci, spichlerz dobroci.

– Osiedle to za bardzo miejsko brzmi.

Henryk pokręcił głową.

– Ale mówiliśmy, że to będzie siedlisko czy kolonia... bo osiedle też mi tutaj nie pasuje – zauważył Jan. – A z kolei sam Sołacz byłby jakiś taki goły.

– Dobrze powiedziałeś – poderwał się Henryk. – „Kolonia Sołacz". Co powiecie na taką nazwę?

Spojrzał wokół. Anna uśmiechnęła się.

– Super! – wyrwał jej się okrzyk.

– Jesteś, mamo, pewna? – Kasia pokręciła nosem.

– Tak... raczej tak. Podoba mi się nazwa „Kolonia Sołacz" i nic na to nie poradzę.

Wzruszyła ramionami, lecz jej twarz rozjaśniła się radością.

– Czyli mamy nazwę! – Henryk podkręcił wąsa.

– Ale mama mówi, że raczej tak, i nie powiedziała, że to ostateczna nazwa – wtrąciła Kaśka; Anna zmierzyła ją wzrokiem.

– A mnie się ta nazwa bardzo podoba – Felcia uśmiechnęła się do Anny.

– Jesteś kochana... „Iskierka" i „Kolonia Sołacz"...

Anna przytuliła się do Felci.

– Nie, nie, nie! „Iskierka", jeśli już, musi zostać częścią „Kolonii Sołacz", inaczej się nie zgadzam – zaprotestowała Felcia.

– Teraz to przegięłaś! – oburzyła się Anna.

– Rozumiem, że w zasadzie mamy już wszystko

uzgodnione, ale Anna ostatecznie nam o tym powie w odpowiedniej chwili, czy tak? – Henryk spojrzał na nią, a ona skinęła głową.

– To robić już wielką nazwę nad bramę? – spytał Stach.

– Jeszcze nie, bo nie wiemy, gdzie ona stanie i jaka będzie duża – uśmiechnęła się Anna.

– Ustaliliśmy z Adamem, że o jej wyglądzie zdecydujemy, kiedy już będą mocno zaawansowane wszystkie zabudowania. – Henryk spojrzał wokół. – Za to dzisiaj wam powiem o innej mojej... – zawiesił głos i spojrzał na Adelę – ...naszej decyzji. Budujemy dom z bali! – zawołał radośnie.

– To już ostateczna decyzja? – spytała Anna.

Adela i Henryk skinęli zgodnie głowami.

– Raz, że to było moje marzenie, a dwa, że mamy szansę zamknąć budowę domu z bali w ciągu trzech miesięcy. Ja kolejnej zimy bez pracy nie zdzierżę!

Henryk uderzył delikatnie dłonią w stół.

– On musi mieć zimą zajęcie – potwierdziła Adela i zaczęła szybciej oddychać, wpatrując się w swojego Henryka.

– Ale poprzedniej zimy przecież projektowaliście... – zaczął Jan.

– Projektowanie też jest fajne, ale ja muszę mieć fizyczne zajęcie! – podkreślił Henryk. – Konstrukcja domu będzie przed zimą zamknięta, tak tuszę, drzwi i okna wstawione, więc będę mógł prowadzić wewnątrz prace wykończeniowe. – Położył dłoń na piersi i rozejrzał się wokół. – Myślę o takim postępie prac jako o całkowitym minimum, bo mam ochotę na znacznie więcej!

– Ale to trochę tak... niespodziewanie – zdziwiła się Kasia.

– Kasiu, ty miałaś na przełomie roku co innego na głowie… znaczy w brzuszku, więc sama wiesz, że sporo czasu upłynęło – Henryk uśmiechnął się przepraszająco. – Dzięki Stachowi… – wyciągnął do niego prawicę – …postanowiłem zrobić z Adamem alternatywny projekt. No, bo skoro drewno jest tutaj niedaleko, a nie trzeba ściągać go z Podhala, to miałem wciąż przez niego rajzefiber. – Wskazał na Stacha; uśmiechnęli się do siebie. – Tuż przed wyjazdem Adama na urlop spędziłem z nim pół nocy, szukając wszystkich za i przeciw. Tych drugich okazało się bardzo, bardzo mało – zamilkł i podkręcił wąsa, a po chwili podjął: – Budujemy więc dom z bali, a ja zostanę na powrót, tak jak moi przodkowie, włościaninem i prawdziwym Sarmatą!

Głos mu od wzruszenia zadrżał i zaszkliły się oczy.

– Tak się cieszę, Henryku, że spełnisz swoje marzenia… – Wzruszona Anna przymknęła powieki.

– Będziemy robić tak, żeby koniecznie dół domu wykończyć przed zimą, bo chcielibyśmy w nim, według planu maksimum, spędzić święta Bożego Narodzenia. W ubiegłym tygodniu majster z Bukowiny Tatrzańskiej przywiózł żonę z dziećmi na Kaszuby, na Hel, ja go wypożyczyłem sobie na jeden dzień do Szymbarka, obejrzał bale i powiedział, że są super. Wybraliśmy, wpłaciłem zadatek i już!

– To super!

– Dlatego tak naciskałem, Anno, żeby fundamenty obu domów były robione równolegle. – Henryk znów podkręcił wąsa. – Ponieważ wasze już są dobre do murowania, to nasze tym bardziej – roześmiał się. – Ależ jestem szczęśliwy!

– Zobaczysz, wygrasz… – Anna spojrzała na Henryka

z uśmiechem. – Będziecie, Adelo, mogli grzać się przy kominku, własnym ognisku domowym, w święta...

Złapała ją za dłoń; oczy Adeli zaświeciły się, a piersi rozfalowały.

– Gdyby nie ty... – Dziedzicowa spojrzała z czułością na Annę.

– Ach, już nie wypominaj mi ciągle tego – zachichotała Anna, po czym objęły się z Adelą. – Ważne, że u nas murowanie wychodzi wreszcie z piwnic... – Spojrzała po chwili wokół, prostując się na krześle. – Tam na dole było ciemno jak w... – zasłoniła usta.

– Nie lubię pracować w dupie! He, he, he! Teraz będzie już z górki! – Stach podniósł kciuka. – Ale tak czy owak, warto pomyśleć o drugiej zmianie, póki wieczory jeszcze długie... – Rozejrzał się wokół.

– Jak tylko Adam wróci, zrobimy operatywkę.

– Ja już wczoraj z murarzami gadałem i są w stanie uruchomić drugą brygadę od nowego tygodnia. Dlatego ja bym nie czekał, aż Adam wróci. – Stach pokręcił głową.

Henryk i Jan popatrzyli na niego i po sobie.

– Wobec tego zaraz po kawie idziemy raz jeszcze na dół, żeby dogadać sprawę. Trzeba kuć żelazo, póki gorące! – podkreślił z patosem Henryk i podkręcił wąsa.

– Co ja bym bez was zrobiła... – Anna podniosła oczy.

– Poszłabyś sama na dół! He, he, he! – zatrząsł się od śmiechu Stach. – Zwłaszcza że nie trzeba zakładać kaloszy... od kilku dni!

Podniósł palec, ciągle się śmiejąc.

– Już się martwiłam, że nasze wzgórze zacznie spływać... – Felcia spojrzała w dolinę ponad głowami siedzących.

– A ja zaczęłam się zastanawiać, czy w wykopach nie założyć stawów hodowlanych! – Anna wzruszyła komicznie ramionami.

– A co byś tam hodowała? – Stach łypnął na nią okiem, krztusząc się od śmiechu.

– Żaby... i... żgojki! – wyrzuciła między spazmami śmiechu.

– A co to są te... żgojki...? – spytała Felcia, wycierając łzy ze śmiechu.

– Kasiu, powiedz im! – Anna poprosiła córkę, wachlując dłonią zarumienioną od śmiechu twarz.

Kaśka skinęła głową i odwróciła do siebie Jagódkę, która dostosowała się znakomicie do ogólnej wesołości; śmiała się całą sobą i podskakiwała na Kasinych kolanach.

– Żgojki to takie małe rybki z kolcem na grzbiecie. – Kasia pokazała ich wielkość, rozstawiając palce. – Kiedyś wyciągałam takie wiaderkiem z Główienki albo z Rusałki – zachichotała, widząc niedowierzanie w oczach Adeli i Henryka po usłyszeniu jednej z nazw.

– Babciu i mamo, używajcie właściwych nazw, bo audytorium się gubi w domysłach! – wtrąciła Eliza, przyjmując poważną minę. – Główienka to rzeczka, a właściwie struga w dolinie Warty, gdzie mama i babcia chodziły kiedyś opalać się z tatą. – Spojrzała na nie. – Rusałka to nasze kochane brudne jeziorko na Golęcinie, a żgojka to... *Gasterosteus aculeatus*, czyli ciernik, i w Mauszu także żyje – wyszczerzyła się, wzbudzając rozbawienie.

– Oj, mądra ta nasza Elizka, że hej! Przyjemnie posłuchać! – Klasnęła w dłonie Felcia.

– Ta struga to raczej Cybinka, bo kiedyś płynęła od Cybiny, gdzieś tam spod mostu kolejowego, a Główienka wpadała do Warty niedaleko Głównej, przy Nowym Moście – uzupełniła Kasia.

– Który tak naprawdę nazywa się Mostem Lecha! – Eliza ponownie się wyszczerzyła.

– Dzień dobry... – dało się słyszeć od progu werandy. – Cały dom się trzęsie, a śmiech słychać, jak dolina długa i szeroka – Igor uśmiechnął się na powitanie.

– O rany! – Eliza zasłoniła usta dłonią. – Zapomniałam... – Poderwała się i podeszła do Igora, przymilając się. – Przepraszam.

– Nic się nie stało. – Igor machnął ręką i cmoknął ją w policzek. – Gdybyś jeszcze miała komórkę włączoną... – Spojrzał na nią.

– A skąd wiesz?

– Bo mnie coś poinformowało, że „abonent ma wyłączony telefon albo jest chwilowo niedostępny".

Wskazał na trzymany w ręku telefon, cytując komunikat kobiecym głosem.

– Zapomniałam... bo ją ładuję! – wrzasnęła, zerwała się i popędziła w kierunku sieni; szybki tupot nóg po schodach, chwila ciszy, znowu szybki tupot i po chwili zdyszana Eliza powtórnie ocierała się o Igora. – Naładowała się, ale rzeczywiście była wyłączona – uśmiechnęła się.

– Miałaś być na cyplu... Na szczęście Diana mi podpowiedziała, że jesteś w domu.

Obejrzał się na gazon; Eliza wychyliła się za nim.

Pomiędzy Felciowymi rabatkami kwiatowymi spacerowała jakby nigdy nic Diana. Gdy usłyszała swoje imię z ust Igora, na jej policzkach natychmiast pokazały się dołeczki.

– Jakby co, to ja jestem już gotowa – rzuciła, wskazując do tyłu na malutki plecaczek.

– A tobie nie chce się pić? – Eliza spojrzała na Igora.

– Mam picie w samochodzie. Jestem gotowy, żeby

już jechać – mrugnął w kierunku Diany, która znowu pokazała uśmiechnięte dołeczki.

– To poczekajcie chwilę na mnie! – zawołała Eliza i ruszyła ponownie w kierunku sieni; znowu dwa razy szybki tupot na schodach, przedzielony tym razem nieco dłuższą chwilą ciszy, i uśmiechnięta Eliza była ponownie na dole.

– Możemy jechać, pa! – zawołała dźwięcznie w kierunku stołu i dołączyła do Diany i Igora, czekających na środku gazonu.

Po drodze zajechali po Wikę. Na leniwym cyplu miejsca dla czwórki nowych plażowiczów było aż nadto. Sprawnie rozłożyli ręczniki. Uśmiechnięty Igor spojrzał na trzy koleżanki. W kostiumach prezentowały się oszałamiająco. Eliza w czarnym bikini w drobne czerwone akcenty, Wika w morelowym, zaś Diana w kostiumie jednoczęściowym w błękitne hawajskie wzory. Igor uśmiechnął się od ucha do ucha.

– Ależ ja mam wzięcie! – przewrócił komicznie oczami.

Wszystkie trzy się uśmiechnęły, a uśmiech Diany podkreśliły dodatkowo dołeczki.

– To popilnujcie mi ręcznika, a ja w tym czasie się schłodzę. – Odwrócił się i popędził do wody; dziewczyny popatrzyły za nim.

Wybił się, a jego wyprężone ciało po krótkim locie skryło się pod wodą. Po chwili wynurzył się kilka metrów dalej i potrząsnął głową; krople wody pofrunęły we wszystkie strony.

– Chyba też się wykąpię od razu. – Diana podniosła się z ręcznika i kołysząc lekko biodrami, ruszyła w kierunku wody; Eliza i Wika spojrzały po sobie i po chwili uczyniły podobnie.

Pływały blisko brzegu, śmiejąc się, chlapiąc i żartując. Eliza od czasu do czasu kładła się na plecy i leżała na wodzie prawie bez ruchu, Wika wolniutko pływała wokół niej żabką, a Diana nurkowała, wyciągając to kamyczek, to patyczek, to kawałek moczarki.

– Wyławiam skarby – prychała uśmiechnięta, każdorazowo pokazując to, co akurat jej się trafiło.

– Może znajdziesz perłę? – zachichotała Wika.

– Już ktoś był przede mną i wszystkie pozbierał.

Diana pokazała pustą muszlę; Eliza i Wika spojrzały po sobie.

– *Anodonta cygnea* – zawołały chórem i roześmiały się – Szczeżuja wielka!

Diana odrzuciła muszlę daleko od siebie; wpadła do wody z pluskiem.

– Blee... – otrząsnęła się. – Zbrzydziła mnie ta nazwa.

– No co ty! To znak, że jezioro jest bardzo czyste, a ten małż jest pod ochroną! – zawołała Eliza.

– Podobna jest do szczeżui pospolitej... – dodała Wika – ...*Anadonta anatina*! – do wykrzyczenia nazwy po łacinie dołączyła Eliza.

– Nazwa tego czegoś po łacinie jest sympatyczniejsza – zażartowała Diana. – Wydawało mi się, że trzymałam w ręku taką zamkniętą, ale przestraszyłam się. Spróbuję jeszcze raz.

Poruszyła ramionami; nabrała powietrza i kolejny raz zniknęła pod wodą.

Kiedy wypłynęła, trzymała w ręku zamkniętego małża; spróbowała delikatnie poruszyć połówkami muszli. Dostrzegła, że Eliza kręci głową, wyciągając do niej rękę. Diana podała jej małża. Od kilku minut z brzegu przyglądała im się gromadka dzieciaków zaintrygowanych głośną zabawą.

– To jest zwierzę. Ono ma serce, krew, ma układ oddechowy, trawienny, a potężne mięśnie zamykają szczelnie obie połówki muszli – wydeklamowała Eliza; kiwnęła palcem na dziewczynkę stojącą najbliżej. – Brzydzisz się tego ślimaczka?

– Nie! – pokręciła głową dziewczynka. – Ja ciągle zbieram takie muszelki, a potem wyrzucam gdzieś głęboko. Nie wiedziałam, że to zwierzę.

– To teraz już wiesz. Ta duża dziewczynka też nie wiedziała! – Eliza śmiejąc się, wskazała na Dianę. – Chcesz sobie rzucić? – spytała dziewczynkę.

– O tak!

Dziewczynka podrzuciła małża, który zatoczył łuk i spadł niedaleko z pluskiem.

– Myślałam, że rzucisz dalej.

– Ja nimi tylko robię skoki do wody – zaśmiała się dziewczynka. – Albo przodem, albo tyłem przez głowę.

Schyliła się, pogrzebała w piasku i wyciągnęła kolejną szczeżuję; odwróciła się tyłem do jeziora, splotła dłonie w koszyczek i rzuciła nad głową. Szczeżuja z pluskiem wpadła do wody niedaleko za nią.

– O! Ładnie skoczyła! – uśmiechnęła się.

– A widziałaś, jak taka duża szczeżuja jak ja skacze naprawdę do wody?

– Jeszcze nie.

– Igor! Chodź, powyrzucasz mnie trochę! – zawołała w jego kierunku.

Uśmiechnął się i ruszył w stronę brzegu. Eliza przymknęła oczy. Wtedy byliśmy sami – przypomniała sobie upojny wieczór sprzed dwu lat. On też pewnie pamiętał; poznała to po wyrazie jego twarzy.

– Dzisiaj spróbuj skoczyć do przodu – zaproponował, gdy weszli do wody; skinęła głową.

Stanął obok niej plecami do brzegu i zrobił jak niegdyś koszyczek z dłoni. Postawiła stopę na nim, wspierając się na jego ramionach. Odbiła lekko drugą nogą od dna i stanęła wyprostowana. Delikatnie odwróciła się przodem do wody, przytrzymując się jego ramion.

– Na trzy, dobrze? – ni to spytał, ni to zakomunikował.

– Uhm – potwierdziła.

– Raz, dwa... trzy!

Na raz, Eliza zdjęła ręce z ramion Igora, na dwa, Igor lekko opuścił swoje dłonie i nieco się pochylił, a Eliza ugięła nogi w kolanach. Na trzy, Igor gwałtownie uniósł splecione w koszyczek dłonie, a Eliza wyprostowała się jak struna, po czym lotem po łuku pofrunęła w kierunku głębszej toni. Głośno plusnęła do wody i po chwili, otrząsając się z fontanny kropel, zadowolona stała znowu obok Igora.

Dziewczynka i reszta dzieciaków byli zachwyceni. Zaklaskali.

– Moja szczeżuja nie lata tak jak ty.

– To pokażę ci jeszcze, jak latam przez głowę.

Eliza mrugnęła do dziewczynki.

Igor splótł ponownie dłonie, stając teraz przodem do brzegu. Po wyrzuceniu w górę Eliza przeleciała tuż nad jego głową. Tym razem oboje z pluskiem zniknęli pod taflą wody. Dzieciaki znowu zaklaskały.

– A mnie też możesz wyrzucić? – spytała cicho Diana, pokazując w uśmiechu dołeczki.

– Najpierw przodem?

– A dasz radę stanąć na ciut głębszej wodzie i jeszcze mocniej mnie wyrzucić niż Elizę?

Diana stanęła na dłoniach Igora splecionych w koszyczek, podobnie jak Eliza. Na trzy, Igor jeszcze gwałtowniej uniósł splecione dłonie do góry, a Diana wyprostowała się jak struna, momentalnie podciągnęła nogi do pozycji w kucki, zrobiła szybki obrót wokół osi, znowu się wyprostowała i krótkim lotem po łuku pofrunęła do głębszej wody.

– Łaał! – zawołała Eliza.

– Super! – zawtórowała Wika.

Dzieciaki śmiały się i biły brawo.

– Dobra jesteś. Nie myślałam, że takie cuda potrafisz robić – rzuciła zazdrośnie Eliza.

– Noo... gratuluję. – Igor pokręcił z podziwem głową.

– Jeździliśmy raz na dwa tygodnie na pływalnię do Bydgoszczy i tam zobaczyłam trening dziewczyn... no i tyle. – Diana wzruszyła ramionami. – A potem Sebastian nad stawem niedaleko „Zielonego Dworu" zrobił mi trampolinę i sobie tam skakałam, trenowałam.

– A może ty Wika też chcesz sobie skoczyć? – spytał Igor; ta pokręciła głową. – A ty Eliza jeszcze raz?

– Oddaję swój skok Dianie, jeśli oczywiście chce...

Spojrzała na nią z ukosa, unosząc brew.

– Ja nigdy nie mam dosyć skakania – odparła szczerze Diana; na jej twarzy zakwitł uśmiech i zaraz pojawiły się dołeczki.

Wykonali z Igorem jeszcze kilka skoków i przodem, i tyłem; po każdym z nich rozlegały się dziecięce oklaski. Eliza i Wika postały chwilę na brzegu, a potem poszły na ręczniki.

– Dobra jest – rzuciła Wika.

– To prawda, znacznie lepsza ode mnie – przyznała Eliza, kiwając głową. – Nie mogę być we wszystkim dobra... czy najlepsza. – Uniosła brew.

*

– Kaszëbskô malëna… mniam… – Anna oblizała się i przewróciła oczami. – Próbowałam kompotu i dżemu z truskawek, które skończyłyśmy z Felcią robić tydzień temu – pochwaliła się córce.

– To nie mogłyście i nas poczęstować? – Kasia spojrzała z żalem na matkę.

– Zrobiła po jednym słoiczku na spróbowanie i wciągnęłyśmy się w tę degustację same, a potem jeszcze Adela przyszła – tłumaczyła się Anna, spoglądając na Kasię przepraszająco. – Truskawki Felcia dotąd brała spod Kamienicy Szlacheckiej, ale w tym roku, namówiona przez Stefanię, zamówiła je na plantacji pod Lipnicą. Jan pojechał swoim transportowym autem i wreszcie poczuł się potrzebny również na tym polu – mrugnęła.

– Jeszcze tak pachnących truskawek nie jadłam – zachwalała Adela. – Słodziutkie, soczyste… dobrze będą się trzymały w słoikach. Przypomnij, jak one się nazywają? – spojrzała na Annę.

– Senga sengana. Jan jest teraz specjalistą od nich, przywiózł nawet trochę odrostów i już wsadził na poletku dwa na dwa metry. Ponoć są najlepsze, ale niedoceniane przez klientów, którzy dali się nabrać na duże i z wyglądu ładniejsze owoce. – Anna pokiwała głową.

– A miałeś opowiedzieć, Igor, jak to było z waszym „truskawkobraniem"? – Eliza prychnęła śmiechem, bawiąc się już na zapas.

– Czy ty znasz jego opowieść, że już się śmiejesz? – Kasia spojrzała na córkę.

– Nie, ale kiedy jechaliśmy nad Mausz, on rzucił, że tam była niezła komedia.

Igor podrapał się po jeżyku na głowie.

– Tak powiedziałem… ale właściwie to było smutne,

a nie wesołe zdarzenie, a swój początek miało w tym, że tata jak zwykle wie wszystko najlepiej.

– Krzyś? – Kasia zachichotała.

– Tak właśnie. Ten sam, czyli mój ojciec – Igor zaczął z poważną miną, ale po chwili roześmiał się.

– Igorku, zjesz co może? – Felcia weszła na werandę.

– A tu jest tylko Igorek? – obruszyła się Eliza.

– Wy jesteście u siebie – skontrowała krótko Anna.

– I jeśli nie jecie, znaczy nie jesteście głodne – uzupełniła ją Felcia, wzruszając ramionami. Kasia i Eliza popatrzyły po sobie.

– Ja będę głodny, kiedy... opowiem – Igor uśmiechnął się do Felicji. – Zaczęło się od tego, że rodzice poprosili mnie, bym pożyczył od kolegi przyczepę, bo chcą pojechać na Złotą Górę kupić truskawki.

– A w Kartuzach to już nie ma truskawek? To ile chcieli ich kupić, że była im potrzebna przyczepa? Na Złotej Górze, czyli w Święto Truskawkobrania? – potrójnie zdziwiła się Felcia.

– To samo im powiedziałem, ale pan każe, sługa musi – zachichotał Igor. – Mówiłem im, że lepiej kupić w mieście na rynku i ja jestem im to w stanie załatwić, zamiast jechać tam w ten tłok. Tam zjeżdża w pierwszą niedzielę lipca zawsze ze czterdzieści tysięcy ludzi!

– Ale impreza jest fajna, byłam tam kilka lat temu ze Stachami. Tańce, śpiewy... – Felcia wzięła się pod boki.

– Myśmy parę razy też tam byli, ale problem był zawsze z parkowaniem. Raz musieliśmy iść aż zza Brodnicy... – Igor machnął dłonią. – Zuzanna dawno nie robiła przetworów, pogadała z siostrą i szwagrem i postanowili kupić dużo i tanio. W poniedziałek od rana miała być produkcja... czegoś. Nie wiem, nie znam się.

Wzruszył ramionami.

– A ty co, nie lubisz truskawek ani przetworów z nich? – Eliza podniosła brew.

– Lubię, ale to można robić systematycznie, w mniejszych ilościach, a nie na raz olbrzymia akcja. Przecież to wrażliwy owoc.

– Mądry jest nasz Igorek! – Felcia pokazała kciuka.

– No, a do tego Krzyś przesiąkł już Poznaniem i stał się taki... – Igor przerwał, bo Eliza zmierzyła go srogim wzrokiem.

– Ale dokończ śmiało to, co chciałeś powiedzieć. – Kasia postanowiła wyciągnąć, co miał na myśli.

– Zrobił się taki dziwny jakiś... – Igor podrapał się po głowie. – On to nazywa mądrym planowaniem albo oszczędnością – zmarszczył nos.

– Znaczy chcesz powiedzieć, że sknerzy...? – Eliza nie miała zamiaru owijać w bawełnę.

– Szczerze? – Igor spojrzał wokół. – On raczej nie ma głowy do dobrego gospodarowania, no, takiego domowego, więc jak postanowił dobre planowanie Kasi zastosować w domu, to przestraszyłem się.

– Jakie moje planowanie? – Kasia ściągnęła brwi.

– On tak tylko rzucił, a ja nie chciałem z nim dyskutować. Powiedział, że jakbym obejrzał twoje plany, to bym zmienił zdanie – mrugnął do Kasi.

– Ale co moje plany mają wspólnego z truskawkami? – Kasia potarła czoło.

– O to samo go spytałem! – Igor rozłożył ramiona. – Odpowiedzi nie było. Czułem, że dał się wkręcić w coś Zuzie, albo sam ją na to nakręcił, a wtedy już pewnie nie chciał się z tej akcji wycofać i brnął dalej... No więc, przyczepa. Pożyczyłem, to znaczy kolega przywiózł ją wieczorem pod dom, bo sami mają kilka. Założyłem łańcuch z kłódką na słup i dałem ojcu kluczyk. Rano budzi mnie z pytaniem – a siedziałem chyba do trzeciej w nocy nad programem – gdzie jest kluczyk. Oczywiście nie znaleźliśmy. Brzeszczot i cięcie kłódki... – Podniósł oczy w górę. – Czy któraś z pań przecinała kiedyś kłódkę? – rzucił do zgromadzonych.

– Igor, poniosło cię! – Eliza podniosła brew.

– Tak tylko spytałem, żeby podnieść dramaturgię. Ja też nigdy nie przecinałem, a wtedy musiałem. Ponad pół godziny! – Rozejrzał się wokół. – Palce poharatałem, ale to nic. Mówię mu, że teraz to już chyba da sobie radę. Pocałował mnie w czoło... – Zaczął pocierać się po czole. – Blee! Przed domem, na oczach ludzi, w niedzielę! Co za wstyd!

– Ojca się wstydzisz? – Anna spojrzała z ukosa.

– Nie! Ale od bierzmowania nie całował mnie na ulicy!

Zerwał się śmiech.

– Podobało mi się twoje opowiadanie, Igorku!

Felcia klasnęła w dłonie.

– To na razie była uwertura.

– A ja już też myślałam, że potem pojechali po truskawki, wrócili i zrobili przetwory... – zachichotała Kasia.

– Normalnie by tak było, ale... Wszedłem do domu, umyłem ręce, a tu z dołu słyszę wrzask: Igor, Igor! Innego Igora w okolicy nie znam, więc podszedłem do okna. Pokiwał, żebym szybko zszedł na dół. A ja chciałem jeszcze na godzinę rzucić się, żeby pospać...

Kobiety zachichotały.

– Na dole okazało się, że wtyczka na kablu od przyczepy nie pasuje do gniazda w aucie. On mnie pyta dlaczego! No, to ja mu dałem, jak w tym kawale, owieczkę potrzymać! – Igor zaśmiał się. – Co radzisz, spytał mnie. Odparłem, że zna przecież wszystkich policjantów z Kaszub, to da sobie radę. Znowu chciał mnie pocałować w czoło. Uchyliłem się, wróciłem do domu i jednak zasnąłem... na dwie godziny! Kiedy się obudziłem, lało jak diabli.

– Dobrze, że nie pojechałeś z nimi – Eliza zachichotała i poklepała go po barku.

– Moim wkładem w truskawkobranie miało być wyłącznie wypożyczenie przyczepy – mrugnął. – Pojawili się gdzieś po godzinie od chwili mego przebudzenia, bo przecież Złota Góra od Kartuz niedaleko. Wszyscy mokrzy jak ściery. Ojciec poprosił mnie, żebym zabezpieczył truskawki na przyczepie. Zdziwiłem się, ale na dole okazało się, że plandekę zwinęli i schowali do bagażnika. Bez sensu. Założyłem ją, chociaż lało. Truskawki były strasznie posiekane deszczem, kilka koszyków przewróconych, na podłodze przyczepy kompot. Powiedziałem im to, kiedy wróciłem do domu. Ojciec tylko rzucił, że truskawki na polu też mokną. Nie trzeba będzie jutro płukać, dodał. Widziałem, że miał wszystkiego dosyć. Pod wieczór wróciło słońce, ulice parowały, pod plandeką sauna, a ja przecież pojechałem do Gdańska. Kiedy wróciłem następnego dnia koło południa, zastałem ojca obok przyczepy, czyścił ją. Wszystko wyrzuciłem, powiada. Jedna pulpa z białymi niteczkami. Tylko nic, synu, nie mów.

Na werandzie zrobiło się cicho.

– Mówiłem, że to właściwie smutna historia... – Igor spojrzał wokół. – W domu słoiki czekały na napełnienie, cukru ponad dwadzieścia toreb, maszyna do robienia soku w gotowości, wielki gar na kuchence, bo to miała być multiprodukcja różnych przetworów truskawkowych... Oni całkiem przygaszeni. Więc żeby tak strasznie się nie dołowali, zadzwoniłem do kolegi, którego rodzice mają stragan na rynku, tego od przyczepy. Wiózł akurat do Kartuz truskawki spod Sierakowic, wziął mi ekstra dwadzieścia kobiałek i jeszcze przywiózł pod dom. Miałem z Gdańska świeże pieniądze – roześmiał się. – Wiecie, jaką radość im zrobiłem? Nawet pozwoliłem się Krzysiowi wycałować! – znowu się roześmiał. – Ostatecznie to mój ojciec! – zrobił minę. – Dla siebie obrałem owoce z szypułek na głęboki talerz, polałem śmietaną, posypałem cukrem i jadłem, jadłem... – Rozejrzał się uśmiechnięty wokół. – Bo nasze kaszubskie truskawki to ósmy cud świata!

Baca i juhas

Spójrz, trzeci rok z rzędu pierwszego sierpnia jest brzydka pogoda. – Felcia postawiła tacę na stole i spojrzała na Annę.

– Masz rację. Dobrze, że Kasia nie zdecydowała się na spacer z Jagódką, boby przemokły – powiedziała, kiwając głową Anna.

– Adela poszła się zdrzemnąć? – spytała Felcia.

– Tak. Mnie też kusiło, ale gdybym nie zasnęła, to byłabym sama, a w ten dzień nie lubię być sama.

– O! Tak cicho jest w domu, pomyślałam, że wszyscy się zdrzemnęli... – Na werandę weszła uśmiechnięta Eliza. – Buszowałam trochę po internecie, ale dzisiaj na większości polskich portali są teksty o Powstaniu Warszawskim. Mało ploteczek... – Zmarszczyła nos.

– Bo to bardzo istotna data.

Anna spojrzała poważnie na wnuczkę.

– Wiem, tak mi się tylko powiedziało. – Eliza zrobiła przepraszającą minę. – O czymś konkretnym rozmawiacie?

Anna i Felcia spojrzały po sobie.

– Na razie jeszcze nie zaczęłyśmy, ale pewnie właśnie o wojnie, o tym powstaniu...

– O, coś mi się przypomniało. Pan Antoni z Gdyni kiedyś wspomniał o rzezi Woli w czasie powstania warszawskiego, dał mi nawet pewne materiały, takie z powielacza...

Eliza spoważniała. Usiadła naprzeciw babci, która wymieniła z Felcią spojrzenie.

– Opowiadał o niej...? – Anna spytała cicho.

– Tylko wspomniał, ale chyba też nie chciał, bo właściwie rozmawialiśmy o wojnie... to znaczy o filmie wojennym – dopowiedziała Eliza, widząc zdziwienie w oczach babci.

– A jak doszliście do tego, że w takiej rozmowie pojawiło się nasze powstanie?

– Bo to była rozmowa o straszności wojen w ogólności, a jego nawiązanie do Warszawy w czterdziestym czwartym roku było związane z walkami w okrążeniu, w beznadziejnych sytuacjach.

– On brał udział w powstaniu warszawskim?

– Tak. Pochodzi z Warszawy, właśnie z Woli. Przed wojną ukończył Wyższą Szkołę Morską w Gdyni, ale nie zdążył się nawet zaokrętować. Miał termin na koniec września.

Anna i Felcia spojrzały po sobie i pokiwały głowami.

– W czasie wybuchu wojny był w Warszawie, oczywiście brał udział w jej obronie.

– Tak jak Jan Bartkowiak – wtrąciła Anna.

– W Gdyni był już zaręczony... – Eliza uśmiechnęła się. – Z Franciszką.

– Właśnie, zawsze byłam ciekawa, jak oni się poznali, z jakich pochodzą rodzin... – Felcia uśmiechnęła się do Anny. – Czasami o nich opowiadacie, ja już ich polubiłam, ale wciąż mało wiem.

– Kiedyś bym pewnie ich spytała... ale może dzisiaj się dowiemy.

Anna spojrzała zachęcająco na wnuczkę.

Eliza na moment uśmiechnęła się, ale ponownie spoważniała.

– Zanim Niemcy na poważnie zabrali się do wypędzenia mieszkańców z Gdyni, Antoni zdążył po kapitulacji Warszawy przedostać się jakoś do Franciszki i przekonać ją oraz jej rodziców, by skorzystali z gościny jego bliskich w Warszawie. Przyjęli propozycję, bo znali się dobrze; rodzice Antoniego bywali co roku latem w ich willi. Zresztą myśleli, że wojna niedługo się skończy. Na Kamiennej Górze został tylko brat Franciszki, żeby pilnować dobytku, ale kiedy dowiedział się, co się działo w Orłowie, że ludziom dawali tylko piętnaście minut na wzięcie najpotrzebniejszych rzeczy, natychmiast ewakuował się sam. Wszyscy wypędzani musieli cały dobytek zostawić w domach, a klucze w drzwiach. Z Gdyni Niemcy wypędzili kilkadziesiąt tysięcy ludzi! – rozemocjonowana Eliza podniosła nieco głos.

– To samo opowiadał nam Tadzio. On został w „Villi Rosie" z wujkiem, a mama wyjechała z córką i drugim synem do Wielunia.

Felcia popatrzyła na Annę, która przytaknęła.

– Pan Franciszek, dając mi te archiwalne materiały o rzezi Woli, poprosił, abym po ich przeczytaniu poszukała czegoś na ten temat w księgarskich nowościach. – Eliza przymknęła oczy.

– Rozumiem, że przeczytałaś je? – Anna złapała wnuczkę za dłoń.

Eliza opuściła głowę. Po chwili spojrzała kolejno na babcię i Felcię.

– Wytłumaczcie mi, jak to się stało, że Niemcy tak się... zezwierzęcili? – Potrząsnęła głową, gdy wycedziła ostatnie słowo.

– Na to nie ma prostej odpowiedzi, ale według mnie to jest naród z kompleksami! – Felcia stwierdziła po chwili cicho, ale dobitnie.

– Kiedyś, w latach siedemdziesiątych, były u nas próby dyskusji o tym, że my, Polacy, mamy wspólną cechę narodową, objawiającą się zamiłowaniem do nieporządku, nieposłuszeństwa, złej pracy, i tak dalej. Ech... – Anna westchnęła i machnęła dłonią. – Pamiętam, że Mikołaj z kolegami zbierali się i dyskutowali o tym; chcieli się temu jakoś przeciwstawić. Przecież to była i jest nieprawda! Ta ówczesna dyskusja z tak niesprawiedliwie postawioną tezą była decyzją polityczną, żeby Polaków wpędzić w kompleksy, osłabić ducha narodowego, cechy patriotyczne. Miał tu panować socjalizm oświecony i mieliśmy być tylko bezwolnym tłumem roboczym, zajmującym się oprócz pracy wyłącznie domem.

– Te pierwsze maje i dwudzieste drugie lipca miały być jedynymi świętami, a poza tym praca i praca... – Felcia machnęła dłonią.

– Tak, jedyne igrzyska dla ludu – Anna zgodziła się z Felcią. – Ale powiedz, co tam jeszcze mówił ci Antoni i co przeczytałaś, albo czego jeszcze nie wiesz? – Anna uśmiechnęła się blado do wnuczki.

– Przeczytałam pożyczoną od niego książkę Kamińskiego *Zośka i Parasol*. Spłakałam się.

Eliza spojrzała smutno na babcię.

– Przecież mamy ją w domu, nie czytałaś wcześniej? – zdziwiła się Anna. – Pamiętam, że nosiłaś ją między biblioteką a swoim pokojem...

– To było rok przed maturą... i nie dałam rady. Mieliśmy tematy z powstania warszawskiego na historii i polskim...

– Tylko trochę ta matura cię tłumaczy. – Anna omiotła Elizę surowym wzrokiem. – A co jeszcze dałaś radę ostatnio przeczytać?

– *Inny świat* Herlinga-Grudzińskiego.

– Mam ją u góry. – Felcia wskazała palcem na sufit.

– Trafiłaś na dobrego nauczyciela... Mikołaj też by ci to wszystko opowiedział... – Anna przymknęła oczy.

– Szukałam po księgarniach jakichś nowych książek o rzezi Woli, ale nic nie znalazłam. Starych też nie ma i bardzo mnie to zdziwiło! Do bibliotek naukowych nie chodziłam, bo przecież studiuję... biologię morza, no i nie mam wolnego czasu w nieskończoność. – Eliza spojrzała przepraszająco i potrząsnęła głową. – Te powielaczowe materiały to były kopie maszynopisów zeznań świadków. – Spojrzała z powagą na babcię i Felcię. – Były przesiąknięte tak nieprawdopodobnym dramatyzmem, brutalnością, bestialstwem, że niektórych nawet nie byłam w stanie doczytać do końca – zakończyła cicho.

– Jeszcze kiedy żył Mikołaj... – Anna spojrzała na Felcię, a po chwili przeniosła wzrok na Elizę – ...nie potrafił dotrzeć do żadnej monografii naukowej dotyczącej tych wydarzeń, a przecież miał wielu przyjaciół na uniwersytecie w Poznaniu. Naprawdę szukał. Dowiadywał się pewnie o tych wydarzeniach na Woli z podobnych maszynopisowych dokumentów, jakie przekazał ci pan Antoni. Nie dał mi ich do czytania, bo pewnie mnie oszczędzał; wtedy przecież kwitła moja kariera w operze i dużo wyjeżdżaliśmy. Kiedyś, właśnie w rocznicę wybuchu powstania, opowiedział mi tylko, że Niemcy opróżniali na Woli dom po domu i wszystkich mordowali, ludzi pędzili na śmierć przed swoją piechotą i czołgami, przywiązywali ich do drabin jako osłony dla nacierających czołgów, wrzucali granaty do piwnic, gdzie mieszkańcy chowali się przed nimi, gwałcono kobiety i młode dziewczyny... Brak słów... – Anna przymknęła oczy.

– Ale dlaczego, babciu, dlaczego?

– Może kiedyś to wszystko zostanie szczegółowo wyjaśnione, ocenia się jednak, że tylko w trakcie trzech dni, pomiędzy piątym a siódmym sierpnia czterdziestego czwartego roku, Niemcy zamordowali na Woli około pięćdziesięciu tysięcy polskich kobiet, mężczyzn i dzieci. Kiedy mi to Mikołaj opowiedział, byłam wstrząśnięta. W czasie drugiej wojny światowej na terenie Europy nie było chyba większej jednorazowej masakry ludności cywilnej niż ta. To pewnie także największa w historii pojedyncza zbrodnia, jeśli tak można tę rzeź nazwać, popełniona na narodzie polskim[16].

Zapadła cisza. Postanowiła przerwać ją Eliza.

– Antoni pożyczał mi także książki o generale Pattonie, który był dla niego wzorem żołnierza, no i najważniejsze – dał mi już na własność swój osobisty brulion, z tłumaczeniami niektórych fragmentów z tych i innych książek. Poczekajcie, zaraz...

Eliza zerwała się i zniknęła w sieni; niebawem pojawiła się z powrotem, trzymając w rękach gruby zielony zeszyt. Tym razem usiadła koło babci i otwarła go.

– To jego pismo? – Anna spojrzała na zapisane kartki.

– On jest pedantem; spójrz na kolory, podkreślenia. Wszystko było mi łatwo znaleźć. Może niektóre fragmenty przetłumaczyłabym nieco inaczej, ale wykonał olbrzymią pracę...

– Nie wydawało mi się, żeby był naukowcem, sądziłam, że jest, czy był, pływającym.

---

16 Na podstawie: https://pl.wikipedia.org/wiki/Rzeź_Woli#Rozkaz_Hitlera_o_zniszczeniu_Warszawy.

– Zajmował tym się nawet wtedy, kiedy był na morzu… – Eliza wertowała brulion. – Na przykład taki fragment: „Powodem dokonania zamachu na Pattona miała być jego odmowa wydania w ręce sowieckie żołnierzy Brygady Świętokrzyskiej[17] oraz wcielenie jej w całości w szeregi armii amerykańskiej jako kompanii wartowniczej[18]" – spojrzała na babcię, a potem na Felcię. – Kiedy trafiałam na taki fragment, to albo dopytywałam Antoniego, albo szukałam w internecie. W moich książkach od historii nie było na przykład o tej brygadzie zupełnie nic… Od kiedy dał mi ten brulion, częściej rozmawiamy o tamtej wojnie, o aktualnych wojnach, o filmach wojennych, no i oczywiście o tych książkach, które mi pożyczał, też dużo rozmawiamy.

– Czy ty nie powinnaś czasem zmienić kierunku studiów? – Felcia oparła się na krześle, aż niebezpiecznie zachrzęściło.

– Wyrwałaś mi te słowa z ust. – Anna spojrzała na Felcię i pokręciła głową.

Podekscytowana przeczytanym fragmentem, ale też mile połechtana usłyszanymi pochwałami, Eliza uśmiechnęła się lekko i machnęła dłonią. Znowu wertowała brulion.

– Zaraz znajdę najbardziej ostry, że tak powiem, fragment. O, jest! To są słowa Pattona z konferencji prasowej odbytej ósmego maja czterdziestego piątego roku. George

---

17 Brygada Świętokrzyska NSZ – oddział, który nie podporządkował się rozkazowi scalenia z AK, działający w okresie od połowy sierpnia 1944. Na podstawie: https://pl.wikipedia.org/wiki/Brygada _Świętokrzyska.

18 Na podstawie: https://pl.wikipedia.org/wiki/George_Patton.

Patton zszokował słuchaczy, mówiąc… – spojrzała kolejno na obie kobiety. – Antoni nie przetłumaczył całości, ale tylko niektóre najistotniejsze zdania:

Ta wojna zakończyła się dokładnie tam, gdzie się zaczęła. Na podwórku Hunów. (..) Ale na tym nie koniec. (..) To, co zrobili dzisiaj politycy w Waszyngtonie i Paryżu, podobni do ołowianych żołnierzyków, to historia, o której będziecie pisać przez jakiś czas. (…) Pozwolili nam wykopać w cholerę jednego gnoja, a jednocześnie zmusili, żebyśmy pomogli usadowić się następnemu, równie złemu albo jeszcze gorszemu niż tamten. (..) Wygraliśmy tylko szereg bitew, nie wojnę o pokój. (..) Będziemy potrzebowali nieustającej pomocy Wszechmogącego, jeśli mamy żyć na jednym świecie ze Stalinem i jego morderczymi zbirami. Zastanawiam się, co powiedzą dzisiaj, wiedząc, że po raz pierwszy od stuleci pozwoliliśmy siłom Czyngis-chana wejść do Europy Środkowej i Zachodniej. Zastanawiam się, jak się czują, wiedząc, że w naszych czasach nie będzie pokoju, a Amerykanie, także ci, którzy się dopiero urodzą, będą musieli walczyć z Rosjanami jutro albo za piętnaście czy dwadzieścia lat. (…) Dzisiaj powinniśmy powiedzieć Rosjanom, że mają iść w cholerę, zamiast ich słuchać, kiedy nam mówią, że mamy się cofnąć. To my powinniśmy im mówić, że jeśli im się nie podoba, niech idą w pizdu, i wydać im wojnę. Pokonaliśmy jednego wroga ludzkości, ale umocniliśmy drugiego, znacznie gorszego, w którym jest więcej zła i zajadłości niż w pierwszym.

Na koniec stwierdził otwarcie:

Niestety, niektórzy z naszych przywódców są po prostu cholernym durniami i nie mają pojęcia o historii Rosji. Cholera, mam wątpliwości, czy wiedzieli chociaż tyle, że Rosja jeszcze niecałe sto lat temu zajmowała Finlandię, wyssała krew z Polski i zrobiła z Syberii więzienie dla własnego narodu. Wyobrażam sobie, jak szydził Stalin, kiedy uzyskał od nich wszystko podczas tych niby konferencji[19].

Skończywszy czytać, Eliza spoglądała rozemocjonowanym wzrokiem na babcię i Felcię.

– Antoni jest przekonany, że to właśnie za te słowa Patton stracił niedługo potem życie. Tam dalej jest o tym więcej…

Anna położyła dłoń na zielonym brulionie Antoniego i zamknęła go. Pokręciła głową. Przytuliła Elizę. Na werandzie zapadła przejmująca cisza.

– Dopowiem ostatnią rzecz… – Anna przerwała ją i potarła czoło. – Przypomniałam sobie jeszcze, jak Mikołaj mówił, że Niemcy ustanowili specjalną odznakę dla żołnierzy wyróżniających się w tłumieniu powstania warszawskiego… – przymknęła na moment oczy – …już wiem, Warschauer Schild[20]. Co prawda żaden żołnierz jej nie otrzymał, bo aliancki nalot zniszczył maszyny produkcyjne, ale ponoć był tam niemiecki orzeł ze swastyką na piersi, zaciskający w swoich szponach zwiniętego węża. Niemcy zawsze uważali nas za naród żmij…

– Czyli za to, kim oni sami są! – zawołała Felcia i uderzyła pięścią w stół.

---

[19] Na podstawie: https://polskieinformacje.pl/index.php/2017/09/10/slowa-george-patton-stracil-zycie-slowa-o-polsce.

[20] Na podstawie: forum.gazeta.pl/forum/w,51,16749780,16_10_1944_Niemcy_swietuja_upadek_ Powstania_.html#16749837.

Znowu zamilkły.

– Ale ciągle nie mogę się dowiedzieć, dlaczego oni to robią? – przerwała ciszę Eliza i znów spojrzała kolejno na Felcię i babcię. – Rozpętują wojnę, rabują, mordują, przegrywają wojnę, a potem jakby nigdy nic, bez refleksji, znowu przygotowują się do kolejnej wojny. Wiecie, że w nauce związanej z biologią morza, ekosystemami, czy w ogóle w biologii, jest pojęcie *invasive alien species*, inwazyjne gatunki obce[21]? – Ogarnęła kobiety wzrokiem. – Chodzi o gatunki obce, które zostały wprowadzone, introdukowane, poza obszar naturalnego występowania. Część introdukcji do środowiska naturalnego jest wynikiem zamierzonego działania, na przykład w gospodarce leśnej, łowieckiej czy rybackiej. Wiele gatunków obcych dostaje się do środowiska naturalnego wskutek ucieczek z upraw i hodowli. Część tych gatunków wywiera na rodzimą przyrodę, nowe dla nich środowisko, wpływ na tyle negatywny, że jest on aktualnie uważany za jedno z największych zagrożeń dla przyrody.

– Hej, czy to ty mówisz, czy telewizor się nagle włączył?

Zdziwiona Felcia otwarła szeroko oczy; Eliza pokazała palcem na siebie.

– Czy myślisz, że to się łączy jakoś z tym, o czym rozmawiałyśmy wcześniej?

Anna spojrzała na wnuczkę; Eliza pokiwała głową.

– To zagrożenie przejawia się między innymi intensywną roślinożernością, drapieżnictwem czy skuteczną konkurencją o pokarm czy miejsca rozrodu. Są również gatunki obce, które pasożytują na gatunkach rodzimych,

21 Wojciech Solarz, *Przyczyny i skutki inwazji* biologicznych na świecie i w Polsce.pdf; icm.edu.pl.

bądź są nosicielami groźnych chorób i pasożytów. Nie brakuje przykładów krzyżowania się gatunków obcych z ich rodzimymi krewniakami...

– No, no, strasznie mądrze tokujesz... Czy ty to wszystko naprawdę łączysz z historią, polityką, czy wręcz nawet wojnami...? – dziwiła się Felcia.

– Tak właśnie, ale posłuchajcie mnie uważnie do końca – zachęciła Eliza, kiwając głową. – Jedną z głównych przeszkód dla wypracowania skutecznych rozwiązań problemu inwazji biologicznych jest bardzo niska świadomość tego zjawiska. Dlatego edukacja w tym zakresie powinna stać się priorytetowym elementem budowania strategii postępowania z gatunkami obcymi – mówiła, patrząc coraz bardziej rozgorączkowana na babcię i Felcię. – Jeśli więc można zdefiniować zagrożenie od amerykańskich raczków dla naszych rodzimych raków, które w zasadzie giną i podejmuje się w tej dziedzinie jakieś kroki zaradcze, to powinno się podobnie myśleć i działać w innych sferach biologii, bo my, ludzie, jesteśmy też jej elementem, czyż nie tak?

Spojrzała triumfalnie na kobiety.

– Tak, niepojęty był ten twój wywód... – Felcia z podziwem pokręciła głową. – Jesteś bardzo mądra, skoro potrafisz tak łączyć różne nauki biologiczne i pewnie także inne z historią, polityką i w ogóle zadawać pytania o agresorów wojennych, bo przecież od tego wyszłaś... – Pogładziła ją po dłoni.

– Nasze pokolenia nie potrafiły znaleźć odpowiedzi na twoje pytania. – Anna pokręciła głową. – Nasi rodzice walczyli, żeby jakoś żyć... Może tobie... wam, dziecko, się uda? Można przecież teraz jeździć po świecie, są komputery, internet, telefony...

– A gdybym wam jeszcze opowiedziała o roli badań DNA, o występowaniu haplogrup, które pozwalają na śledzenie migrowania populacji, to dopiero byście zdębiały! – Eliza nie miała zamiaru kończyć swojego występu. – Badania te są bardzo zaawansowane i niedługo da się precyzyjnie określić, badając szczątki ludzkie, kto tutaj czy tam zamieszkiwał i od jak dawna. Może to zmienić historię i wstrząsnąć wieloma dotychczasowymi dogmatami! – mówiła z ogniem w oku, pomagając sobie gestykulacją. – A może ci mityczni Goci z naszych Węsior to po prostu Kaszubi, czyli Prasłowianie o haplogrupie R1A? Wiecie, że Germanie mają haplogrupę R1B? Ja na pewno dowiem się, jak to wszystko kiedyś było – zakończyła stanowczą obietnicą.

– O roli DNA pierwszy przekonał się nie tak dawno pewien profesor, którego doskonale znamy... – zachichotała Felcia. – Jesteś niesamowita, ale już oszczędź mnie, bo zwoje mi się przegrzewają. Jo! – dodała, widząc gotowość Elizy do dalszego wykładu; Anna pokiwała głową na potwierdzenie, że zgadza się z Felcią. – Może w zamian opowiedz coś jeszcze o Franciszce i Antonim. Chciałabym ich trochę lepiej poznać – uśmiechnęła się.

– No, więc tak – wzięli ślub w czterdziestym pierwszym roku. Uznali, że nie ma sensu czekać na lepsze czasy, bo nie wiadomo, czy one w ogóle nadejdą.

– Widzisz, Aniu! – ucieszyła się Felcia. – Co masz zjeść jutro, zjedz dzisiaj, a co masz zrobić dzisiaj, zrób jutro! Wasz ślub to było właśnie jak z tym jedzeniem! – zachichotała.

– Tak właśnie uznaliśmy – zawtórowała jej śmiechem Anna.

– W ten sposób każde przysłowie można zinterpretować po swojemu, jak komu wygodniej.

Eliza wzruszyła ramionami, ale jej oczy błyszczały dopiero co przeżytym zapałem.

– Jo! A ty jak zrobisz? – Felcia spojrzała na Elizę; Annę zdziwiło pytanie, ale też przeniosła spojrzenie na wnuczkę.

– A ja, co ja...? Mam mieć jakieś plany małżeńskie...? Może o czymś jeszcze nie wiem, a wy już tak? – Eliza zaśmiała się głośno. – Jesteście ciut za dociekliwe, dziewczynki! – Pogroziła wesoło palcem. – Ale wracając do Antoniego i Franciszki... udało im się przeżyć wojnę, a potem wrócili do Gdyni. Przywieźli z Warszawy dwie urny z prochami swoich rodziców i pochowali je na Witominie; nie jeżdżą do Warszawy – Eliza westchnęła głęboko. – Franciszek zaczął pływać i piął się w karierze, aż został kapitanem żeglugi wielkiej. Zawsze na wielkich masowcach. Odwiedził wszystkie kontynenty. Pływał dłużej, niż musiał, ale wreszcie w siedemdziesiątym dziewiątym roku poszedł na emeryturę. I już. – Wzruszyła ramionami. – Oboje są tacy kochani... rozmiłowani w Gdyni, ale teraz do centrum miasta rzadko już schodzą. Za daleko im wszędzie, a zresztą w centrum zbyt duży ruch, zaopatrują się więc w pobliskich małych sklepikach.

– A dzieci? Ile mają dzieci? – Felcia wciągnęła się w ich historię.

– Tylko syna jedynaka, rocznik czterdziesty piąty, ale on wyjechał tuż przed stanem wojennym na sympozjum do Niemiec i tam został. – Eliza zrobiła smutną minę.

– Jak to? Wyjechał i nie wrócił? – Felcia potrząsnęła głową.

– Znalazł tam dobrą pracę, awansował, a od kilku lat szefuje prywatnemu szpitalowi; tyle wiem. Właśnie to, że nie wrócił do Polski, jest powodem złości i żalu

Antoniego. Kiedyś Franciszka wyjawiła mi, niby niechcący, że to wina ich obojga. Dawali mu wszystko: wycieczki zagraniczne, różne luksusy, chociaż sam nigdy po nic nie wyciągał ręki. Mówiła, że do Pewexu czy Baltony musiała go na siłę ciągnąć, bo jej się z kolei wydawało, że nie wypada, by syn kapitana nie miał markowych dżinsów czy polo. Już podczas studiów stał się kosmopolitą, a po liście biskupów polskich do niemieckich[22] także mocnym zwolennikiem pojednania polsko-niemieckiego. Za wszelką cenę! Był bardzo zdolny i został dobrym lekarzem, a potem szybko ordynatorem. Nie pomyśleli o wpajaniu mu, gdy był młodszy, jakoś specjalnie polskości i patriotyzmu. Myśleli, że tego i w szkole, i w domu, było i tak bardzo dużo… Ten brulion Antoni prowadził dla syna, ale on…

– Przykre to… – pokiwała głową Anna.

– Jak jest źle czy biednie, to jest niedobrze, a jak jest za dobrze, to kończy się często źle. Ech, życie… – Felcia posmutniała. – Ale, dziewczynki, mam dla was dobrą wiadomość! Przestało padać!

*

Następnego dnia Anna wyciągnęła Felcię do biblioteki; trzymała w dłoniach zielony brulion. Felcia na ten widok pokręciła głową.

– Wczoraj zamknęłaś go Elizie, a dzisiaj sama z nim latasz.

---

22 List Episkopatu z 1965 roku, nazwany później orędziem, ze słowami: „przebaczamy i prosimy o wybaczenie…", uznaje się za jeden z najważniejszych etapów pojednania polsko-niemieckiego.

– Poszłam po niego do Elizy wczoraj, przed nocą, bo chciałam sobie na spokojnie przekartkować, ale tu jest czytania na wiele dni. Ileż Antoni włożył w to pracy...

– Strasznie zawiedli się na synu.

– Eliza powiedziała mi jeszcze, że oni noszą się z myślą o sprzedaniu domu i wykupieniu sobie dwupokojowego mieszkania w tak zwanym domu pogodnej starości w Gdyni.

– A tam jest taka możliwość?

– Nawet niedaleko od nich, tuż koło Polanki Redłowskiej.

– Mnie to możesz mówić i tak nie wiem, gdzie co w Gdyni jest.

– To tam, gdzie stoi „Villa Rosa"!

– A to trzeba było tak od razu mówić, chociaż i tak nie wiem, gdzie to. – Felcia rozłożyła ręce.

– Musimy zrobić jednodniową choćby wycieczkę do Gdyni, żebyś mogła to wszystko zobaczyć, zwizualizować sobie.

– Chciałabym, tylko kiedy? Mnie prawie brakuje czasu, żeby pójść do wychodka, a ty jeszcze chcesz mi Gdynię pokazywać.

– Pogadamy o tym innym razem – roześmiała się Anna i machnęła dłonią. – Chciałam ci pokazać, jak Antoni prowadzi ten brulion. Wszystkie kartki ponumerowane. Pisał co drugą kratkę, bo czasami wstawiał dopiski. Spójrz, na końcu jest spis treści. Kiedy znajdował nowy temat, lub nową książkę, dopisywał nowy rozdział. – Anna otworzyła brulion na ostatnich stronach. – Z początku starał się pisać zawsze piórem, ale potem pojawił się także długopis.

Przewróciła kartkę.

– A tam jest coś na końcu napisane ołówkiem.

Innym charakterem pisma. – powiedziała Felcia, nachylając się nad stroną.

– Tak, dobrze zobaczyłaś. To jest pismo Elizy. Jeden tytuł to „Kaci Woli – kaci Warszawy", a drugi „Zrabowane dzieci".

– Popatrz, jak on ją zaraził tą tematyką – spoważniała Felcia. – Bardzo zmieniła się nam Eliza.

– Kiedyś, gdy była dzieckiem, myślałam, że wybierze muzykę, potem, jak kończyła podstawówkę, była znakomita z matematyki, więc sądziłam, że to będzie jej przyszłość. W międzyczasie Mikołaj zaraził ją przyrodą czy też biologią, a już tutaj zaczęła ją bawić psychologia, no i teraz spójrz, historia.

– Nie zapomnij, że jeszcze wciągnęła się w oglądanie różnych filmów... – Felcia spojrzała badawczo na Annę; ta skinęła głową. – Ten film o Wietnamie to chyba nie tak zupełnie przypadkowo wpadł jej w ręce, co?

– Tak... – Anna potarła delikatnie dłonią czoło. – Masz rację, bo już kiedyś wspomniała mi jakiś inny tytuł, ale nie wykazałam zainteresowania, więc zmieniła temat. Myślałam wtedy, że chodziło po prostu o jakiś zwykły film, ale w obu przypadkach chodziło o wojska amerykańskie. Wczoraj sobie to jeszcze raz sprawdziłam w internecie.

Anna i Felicja spoglądały po sobie i milczały. Rozumiały się bez słów.

– Wracając do historii i brulionu... – Anna otworzyła go, poszukując po numerach stron – ...w rozdziale „Kaci Woli – kaci Warszawy" najpierw wypisała nazwiska różnych dowódców niemieckich, a teraz każdego z nich opisuje szczegółowo. Historia... – Anna pokręciła głową. – Nie mam nic przeciwko temu, żeby się nią zajmowała, ale to jest raczej szczególna historia.

– Masz rację, to nie jest taka sobie zwykła historia. – Felcia też pokręciła głową.

– Nazwiska, które tutaj znalazłam, wpadały mi w oczy, kiedy dawniej czytałam różne materiały o powstaniu, ale nigdy nie starałam się ich zapamiętywać. Eliza zapisuje sobie przy nich najistotniejsze fakty, a potem przywołuje adresy stron internetowych, skąd to spisała. Nie wykluczam, że drukuje sobie z sieci pełne materiały.

– A jakie wypisała tam nazwiska?

– Spójrz najpierw sama, co na samym początku wpisała. – Anna pokazała stronę z tytułem „Kaci Woli – kaci Warszawy".

– Heinrich Himmler, pierwszy sierpnia czterdziestego czwartego roku: „Każdego mieszkańca należy zabić, nie wolno brać żadnych jeńców, Warszawa ma być zrównana z ziemią i w ten sposób ma być stworzony zastraszający przykład dla całej Europy". To jest ten rozkaz, o którym mi kiedyś mówiłaś.

Felcia, przeczytawszy głośno, spojrzała na przyjaciółkę; Anna pokiwała głową.

– Teraz posłuchaj nazwisk: Erich von dem Bach-Zelewski, a właściwie Erich Julius Eberhard von Zelewski.

– A jakie to ma znaczenie, jakie ta cholera nosiła nazwiska?

– No właśnie! Eliza też tak pomyślała, ale zrobiła tutaj wyjaśnienie, że on był Polakiem z pochodzenia...

– Co ty mówisz?!

– A pamiętasz Kuklinowskiego albo inne kanalie z książek, historii? Urodził się w Lęborku, pochodził ze zubożałej szlachty kaszubskiej[23]...

---

23 https://pl.wikipedia.org/wiki/Erich_von_dem_Bach-Zelewski.

– Ty mnie nie irytuj! – wrzasnęła Felcia.

– Spokojnie... Kaszubi są w porządku, ale to była wyjątkowa kanalia! Z zawiści, że innym powodzi się lepiej, poszedł na służbę do Prusaków i robił wszystko, żeby się zasłużyć, awansować. W innych regionach kraju też rodziły się kanalie... – Anna pogładziła Felcię po dłoni. – Opowiadałam ci przecież kiedyś, że z naszej rodziny w Poznaniu też ktoś podpisał tę ich listę.

– No tak, mówiłaś.

– Przydomek Bach przypisał sobie sam, bo w Zelewie, gdzie kiedyś mieszkał, żyła od dawna rodzina Bachów, później podpisujących się Bach-Żelewscy. Chciał się po prostu wyprzeć polskich, katolickich korzeni, że niby wywodzi się od tych Bachów. Tak mu było wygodnie.

– Gnój. A co on takiego zrobił w tej Warszawie?

– On tam był najważniejszym dowódcą! To był generał SS, dowódca korpusu zwalczającego powstanie. Wszystko Eliza tu wypisała! On powinien odpowiadać za śmierć nawet stu osiemdziesięciu tysięcy ludzi! Nie poniósł po wojnie żadnej odpowiedzialności za zbrodnie w Warszawie, chociaż umarł w więzieniu.

– No to jak?

– Ano tak, że to była kanalia i Niemcom lepiej pasowało zamknąć go w więzieniu za zabicie w trzydziestym drugim roku sześciu komunistów, niż za rzeź Woli, czy też za zostawienie z Warszawy kupy gruzów!

– Na to bym nie wpadła.

– Ale to są Niemcy!

– Kogo tam jeszcze wpisała Eliza na tę swoją listę?

– Heinz Reinefarth[24], SS Gruppenführer, pod koniec

---

24 https://pl.wikipedia.org/wiki/Heinz_Reinefarth.

wojny wyższy dowódca SS i policji w Kraju Warty, czyli w moim województwie poznańskim.

– Ty teraz jesteś Kaszubką!

– Jo! – uśmiechnęła się Anna. – Wracając do tego Reinefartha, żeby ci nie było przykro, to urodził się w Gnieźnie – mrugnęła Anna.

– Czyli pyra! – zachichotała Felcia.

– Ty mnie nie irytuj! – Anna wykrzyknęła i zaśmiała się. – Na polecenie Hitlera w dniu piątego sierpnia czterdziestego czwartego roku przybył na czele oddziałów SS z Poznania do Warszawy, na Wolę. Pod jego dowództwem żołdacy z SS i policji rozpoczęli szturm wzdłuż ulicy Wolskiej, przeprowadzając jednocześnie totalną zagładę ludności cywilnej. Za swój udział w tłumieniu powstania Reinefarth otrzymał niedługo Liście Dębowe do swojego Żelaznego Krzyża. Po wojnie został aresztowany pod zarzutem zbrodni wojennych, ale sąd w Hamburgu zwolnił go z powodu... tylko sobie wyobraź, braku dowodów.

– Cholera! Nawet się nie domyślili, że na wojnie to się strzela albo wydaje rozkazy? Pewnie uwierzyli mu, że pracował w kancelarii i wypisywał przepustki – zaśmiała się gorzko Felcia.

– Poczekaj jeszcze, w pięćdziesiątym piątym roku został wybrany burmistrzem miasta Westerland na wyspie Sylt! – Anna zamilkła i przebiegała wzrokiem po notatkach wnuczki. – Potem wybrano go do landtagu w Szlezwiku-Holsztynie, a po zakończeniu kadencji rozpoczął pracę jako prawnik. Mimo licznych wezwań władz polskich do ekstradycji zbrodniarza, bo to on był odpowiedzialny za rzeź Woli, władze niemieckie konsekwentnie odmawiały i nawet przyznały mu generalską rentę. Zmarł w swojej rezydencji na wyspie Sylt. Nigdy nie poniósł odpowiedzialności za swoje zbrodnie.

Zapadło milczenie.

– Nie czytaj mi więcej o nich, ale podaj choć same nazwiska.

– Oskar Dirlewanger, doktor politologii, dowódca oddziałów, w których byli prawie sami kryminaliści. Nazywany był „rzeźnikiem Warszawy". Gdy dostał się do francuskiej niewoli, to według jednej z wersji został zakatowany w czerwcu czterdziestego szóstego roku przez polskich żołnierzy... Nie, nie mogę tego czytać... – Anna spojrzała na Felcię.

– A powiedz mi, co Eliza napisała w tym rozdziale o dzieciach...?

Anna wertowała kartki; zatrzymała się wreszcie i przebiegała wzrokiem po zapiskach.

– Tu chodzi o zagładę naszych polskich dzieci w Niemczech podczas wojny, w Brunszwiku[25]... – Po kilku chwilach podniosła wzrok na Felcię. – To były dzieci robotnic przymusowych, które Niemcy wywieźli z Polski. Głodzili dzieci celowo, aby one chorowały, a matki wciąż miały nadzieję na ich wyzdrowienie i by nie traciły motywacji do pracy. Bywało, że dzieci, od niemowląt do dwóch lat, leżały nagusieńkie na gumowych prześcieradłach. Potem jeszcze władze pobierały od nich po piętnaście marek za pochówek – powiedziała Anna przez zaschnięte usta.

– Boże! – załkała Felcia. – Panie! – spojrzała w górę przez załzawione oczy. – Miej w opiece Elizę.

---

[25] http://fakty.interia.pl/raporty/raport-zrabowane-dzieci/artykuly/news-zaglada-dzieci-robotnic-przymusowych-za-pochowek-niemcy-kaza,nId,2434287.

– Ma tutaj wpisanych kilka adresów internetowych, dopiero nad tym pracuje, ale jest ciekawa uwaga, posłuchaj. W czasie drugiej wojny światowej Niemcy wywieźli na roboty przymusowe do Rzeszy ponad dwa miliony Polaków. Niektóre źródła mówią nawet o dwóch milionach ośmiuset tysiącach osób. Pod koniec czterdziestego czwartego roku około trzydzieści pięć procent z nich stanowiły kobiety i dziewczęta. I jeśli tylko niewielka część z nich przyjechała z małymi dziećmi, a wcześniej znalazłam informację, że w jednym z miejsc pięćdziesiąt lub sześćdziesiąt dzieci umierało codziennie i tyleż rodziło się każdego dnia, ponieważ był tam stały dopływ robotnic ze Wschodu wraz z dziećmi...

Anna zamknęła brulion; obie kobiety siedziały w milczeniu z przymkniętymi oczami.

– Przecież to jest już pięćdziesiąt sześć lat po wojnie, a my dopiero teraz dowiadujemy się takich rzeczy.

– Żelazna kurtyna. Niestety, działała w obie strony...

*

Już od lipca trwały prace na poziomie piwnic w domu mieszkalnym Dziedziców. Instalowano kable oraz rury kanalizacyjne i wodociągowe. Przydało się na tym etapie wieloletnie doświadczenie Stacha Janika. W międzyczasie przekonał on Henryka, że warto na wszelki wypadek pobudować w pobliżu domu dwie wiaty, w których będzie można wykonywać niektóre prace przygotowawcze.

– Masz rację! Że też o tym nie pomyślałem... – dziękując za podpowiedź, Henryk poklepał Stacha po ramieniu.

– Przynajmniej jedną z nich będziesz mógł sobie potem zaadaptować na garaż! – uzupełnił Stach; Henryk skinął głową.

Przez miesiąc wykonali większość zaplanowanych prac, więc kiedy pojawiła się w Parchowie na początku sierpnia brygada górali z Bukowiny Tatrzańskiej, wszystkie media były gotowe do rozprowadzania na kolejne kondygnacje, stropy piwnic do przyjmowania na siebie bali, a dwie gotowe wiaty czekały na odpowiednie wykorzystanie.

– Syćko mi się podoba – rzucił Jaśko, szef brygady, po wizycie na budowie. – Lepiej by my tego nie zrobili – dodał śpiewnie.

– Czy nie trzeba czegoś poprawić na poziomie stropu, może kotwy do bali są nie tak posadowione? – spytał Henryk. – Chociaż robiliśmy wszystko zgodnie z planami.

– Syćko jest jak należy! – zaśmiał się gardłowo Jaśko, a za nim Łukasz i Dawid, członkowie jego brygady. – A najwięcej mi się podoba, żeście ustawili dwie wiaty. Jakby był deszcz, to nam krzywdy już nie zrobi.

– Czyli na kiedy mamy ściągać bale? – spytał Stach. – Bo w magazynie czekają tylko na komendę.

– A choćby i na jutro! – klasnął Jaśko. – Ależ tu piknie! – Rozejrzał się wokół. – A jak stanie, gospodarzu, wasza chata... – spojrzał na Henryka – ...to zrobi się jeszcze pikniej, całkiem jak w naszych górach.

Wczesnym popołudniem usiedli do obiadokolacji w salonie wozowni.

– My często jemy oba posiłki na raz, bo szkoda marnować casu na pserwy. A dzisiaj przy dłuższym jedzonku lepiej się poznomy – rzucił Jaśko filozoficznie. – Ale to wygląda na wesele, a nie na zwykły, choć podwójny posiłek! – dodał, kiedy Diana i Alicja zaczęły wnosić półmiski.

– Oj tam, to tylko skromny poczęstunek – krygowała się Adela.

– Skromny poczęstunek to jest wtedy, jak kamrat podzieli się pajdką chleba, kiedy zapomni się śniadania z domu – ripostował śpiewnie Jaśko. – Żebym wiedział, że tu są dwie panny na wydaniu, to bym wziął dwóch kawalerów, a nie tych dwóch młodych żonkosiów. Łukasz się żenił w czerwcu, a Dawid w ostatnią niedzielę lipca. Ostanie dwa tygodnie mieli nie wychodzić z łóżek, żeby ich ochota brała ino na robotę.

Alicja i Diana zaśmiały się.

– Jakbyście, gospodarzu, mieli problemy z ich wydaniem, to ino mi godojcie – mrugnął do Henryka.

– Jedna już zamówiona, a druga... kto wie kiedy. – Henryk podkręcił wąsa.

Niedługo dołączył do nich Adam, który przy samym przywitaniu zrobił spore wrażenie na przyjezdnych.

– Serdecznie witam Bukowinę – rzekł, wyciągając dłoń do Jaśka i pozostałych górali.

– Oo, uścisk niczego sobie! – Jaśko pokręcił głową, rozmasowując dłoń. – Jakbym miał w brygadzie takiego panocka jak wy, to i dźwigu casami nie trzeba by zamawiać – roześmiał się.

– Obiecuję, że czasami wpadnę i podam wam chociaż jednego bala.

– Ja potrzebuję pracownika na stałe, a nie tylko casami – zaśmiał się Jaśko.

Po kilku kieliszkach rozpoczęło się na dobre bratanie kaszubsko-góralskie, którego elementem były wesołe śpiewy. Gdy już szło do zmierzchu, Jaśko podziękował za wspaniałe przywitanie i ruszył ze swoją brygadą do snu.

– Fajni są... – Henryk podkręcił wąsa.

– Jak tak robią, jaki mają apetyt i pięknie śpiewają, to robota pójdzie szybko – zgodził się Adam. – Na jutro zostanę, bo chcę zobaczyć początek ich prac.

– Byłem z nimi obejrzeć, jaki mają sprzęt – wtrącił Stach. – Supermaszyny, wszystkie. Nauczę się robić w balach, choć kiedyś już trochę próbowałem.

Następnego dnia przy śniadaniu doszedł ich okrzyk Diany:

– Jadą bale, jadą!

Po chwili cała grupa ruszyła w kierunku budowy. Rozładowywanie bali trwało kilka godzin. Górale segregowali różne rodzaje asortymentu drewna przywiezionego do budowy domu. Po godzinnej przerwie na obiad wrócili na budowę.

– To dzisiaj spróbujemy położyć pierwszą warstwę bali. – Jaśko splunął w dłonie.

O pierwszym zmierzchu Henryk obszedł swoje budujące się domostwo. Dotykał każdego położonego i umocowanego do stropu piwnicy bala.

– To podoba wam się gospodarzu, cy nie? – spytał Jaśko śpiewnie.

– Jestem szczęśliwy – Henrykowi załamał się głos. – Nigdy bym nie pomyślał, że takie szczęście spotka mnie jeszcze w życiu.

– Czy wy, chłopy, widzicie to co ja? – Jaśko spojrzał na swoich górali i wskazał na Henryka. – Dla tego gospodarza, oprócz sił, zostawimy też tutaj swoje serce. Wszystko musimy zrobić najlepiej, jak tylko umiemy!

Po tygodniu pracy przy domu Dziedziców Stach nabrał takiej wprawy, że ściągnął na budowę swojego szwagra i razem z nim stworzyli dwuosobową brygadę.

– Stachu! – zawołał Jaśko. – Ty robisz całkiem jak

góral! Może zawiążemy spółkę i będziemy trzaskać na Kaszubach takie domy seryjnie!

– Jo! Podoba mi się ta praca, bo błąd milimetra jest wybaczony, a w metalu nie zawsze tak się uda.

Po tygodniu kończyli ściany pierwszej kondygnacji i przygotowywali się do stawiania stropów na piętro. Anna w tym okresie robiła codziennie fotografie ze swojego tarasiku, a dodatkowo co i raz któraś z dziewczyn przychodziła na sesję zdjęciową z bliska.

*

Na „Pobocza Folku" przyjechało jak zwykle wiele zespołów krajowych i z zagranicy. W niedzielę Stachu zaprosił górali na imprezę. Załatwił im kubraki kaszubskie, a oni wzięli swoje góralskie kapelusze. Wszystkim się podobali, a sobie samym najbardziej. Szybko zadzierzgnęli porozumienie z miejscowymi. Wesoła brygada bawiła się doskonale nawet bez alkoholu. W przerwach pomiędzy występami inicjowali przyśpiewki to góralskie, to z inicjatywy Stacha kaszubskie. Eliza wraz z Igorem oraz Wika i Diana towarzyszyli im od wczesnego popołudnia. W pewnym momencie do ich stołu podszedł młody chłopak.

– Cześć, Eliza!

Wskazał na swój policzek.

– I bez pokazania tej blizny bym cię poznała, Rafale – zaśmiała się Eliza.

– To jest na pewno twój…

Wykonał ruch głową, wskazując na Igora.

– Tak! To jest mój… Igorio! Ten sam! – zaśmiała się ponownie; Igor pocałował ją w policzek.

– Jego dzisiaj też rozpoznałem – rzucił w odpowiedzi,

po czym spojrzał na Wikę i Dianę. – Mogę się dosiąść do waszego stołu?

Zrobiły mu miejsce przy stole, z brzegu.

– A ten czarny diabelec to kto to? – śpiewnie zapytał Jaśko, mrugając do Rafała.

– Jestem jednym z tych dzikusów – odparł Rafał z uśmiechem, wskazując na chmarę błyszczących motocykli i gromadę ubranych na czarno, tak jak on, motocyklistów.

– Fajne macie te miotły. Pójdziemy je obaczyć.

Jaśko wstał, a wraz z nim Stach, Łukasz i Dawid.

– Poznam was z chłopakami, a sam tu zaraz wrócę, żeby z Igorem waszych miejsc pilnować – mrugnął do Elizy.

– To jest Rafał, którego Igor kiedyś ratował, jak jechaliśmy do Poznania – powiedziała Eliza do Wiki i Diany.

– Czy mógłbym usiąść, Igorze, po twojej drugiej stronie, bo chciałbym widzieć lepiej oczy Wiki... a tutaj słońce mi nie pozwala?

– A mnie ma świecić? – Igor roześmiał się.

– Ty już kolor oczu Elizy znasz.

Wika spojrzała przeciągle na Rafała.

– Teraz widzę doskonale. Ciemnopiwne – uśmiechnął się szeroko do Wiki; ta zmrużyła oczy.

– Czy możesz przysunąć głowę trochę w moją stronę? – Wika zachęciła go palcem; nachylił się ponad stołem. – Pięć zgrabnych szwów. To ty, Igorio, szyłeś?

– Ja bym mu spiął agrafką! – zaśmiał się Igor; przybili sobie z Rafałem piątkę. – Ale na poważnie, tylko raz szyłem, ale zwykłą białą nitką i najcieńszą igłą...

– Przestań! – równocześnie wrzasnęły dziewczyny, robiąc przerażone miny.

– No dobrze... – wzruszył ramionami – ...musiałem szyć, bo karetka utknęła w korku... – zakończył szeptem, patrząc na Rafała. – Chlup spirytusem i już...

– Igor! – dziewczyny znowu wrzasnęły prawie jednocześnie.

– To tamten motor został skasowany? – zaciekawiła się Wika.

– Miał szczęście jak ja – uśmiechnął się Rafał. – W jednej blacharni w Chojnicach pracuje dziewczyna, jest blacharzem... naprawdę! – podkreślił, widząc niedowierzanie w oczach słuchaczek. – Niedoszła plastyczka – dodał, kiwając głową. – W Chojnicach, zanim została blacharzem, sprzedała dwa takie... – narysował prostokąt i pokazał na swoją twarz.

– Obrazy na blasze? – Wika uśmiechnęła się.

– Potrafisz mnie przeczytać! – Przewrócił oczami; Wika zachichotała.

– Teraz wszyscy motocykliści z Chojnic i coraz dalszych okolic walą do niej, a ta z tego zarobku może bawić się swoim starym hobby... czy zawodem. Chociaż niedawno dostała nagrodę na jakimś konkursie czy biennale, więc nie wiem, czy zostanie z nami...

Rozłożył ramiona.

– Motocyklizm może się z tego nie podnieść – zachichotała Wika.

– Lepiej, żeby nikt nie upadał, tak jak ja kiedyś – mrugnął Rafał.

– Ale wtedy by się nie objawił talent tej plasyczko-blacharki, więc niech czasami ktoś chociaż lekuśko upadnie. – Diana pokazała dołeczki w pełnej krasie; Rafał spojrzał na nią, uśmiechnął się, a potem powrócił wzrokiem do Wiki.

Do stołu wrócili górale i Stach.

– Jak ja lubię te motory! – Stach westchnął. – Potem

pójdę po wnuka, bo on też za nimi szaleje. Przewieziesz go kawałek, Rafał, tu po placu?

– O! Pan już mnie zna! – zdziwił się Rafał.

– O tobie to już tu słyszałem dwa lata temu, ale widzę, że teraz próbujesz kolejne czarować. He, he, he! – uśmiechnął się do Wiki i Diany. – Ale tu... – niby dyskretnie wskazał na Elizę – ...masz zakaz. Wiesz o tym. He, he, he! A wiecie?! – Przebiegł wzrokiem po góralach. – On już prawie nie dychał... – rzekł, wskazując na Rafała.

– Panie Stachu! – krzyknęła Eliza.

– No przecież mówię, że prawie. He, he, he. Ale jak tylko się ocknął, to zaczął bajerować tego rudego anioła!

Wskazał na nią.

– Górale też tak robią, jak mocno popiją! –zarechotał Jaśko. – Ale gdzie ty widzisz rudego anioła? Czyś ty co pił? – spojrzał podejrzliwie na Stacha.

– Baco! He, he, he! A gdzie wyobraźnia! Ona była ruda, teraz jest czarna, a za rok będzie biała! – Łypnął na Elizę; ta pokręciła głową, marszcząc nos. – Mówi, że nie, ale kto ją tam wie.

– Prawdziwe góralki mają tylko jeden kolor. – Jaśko spojrzał wokół. – Nie wierzycie? To jest najbardziej praktyczne. Jedna drugiej może pożyczać, no i lepiej widać je na śniegu.

– A wiesz, czemu ona się przefarbowała na czarno? – Stach spojrzał na Jaśka i wskazał na Elizę.

– Skąd mam wiedzieć? – Jaśko potrząsnął głową.

– Igor jej kazał, żeby Rafał jej nie poznał! He, he, he!

– Oj tam, oj tam. Po prostu dojrzałam! – Eliza zachichotała.

– Szczero jak góralka. Podobasz mi się – Jaśko uśmiechnął się do Elizy. – Wy też! – Przeniósł wzrok na

Wikę i Dianę. – Ale nie liczcie na mnie, bo mam swoją Halkę! Jedziemy, juhasi! – krzyknął do Łukasza i Dawida.

Ciemna nocka nad górami,
Świeci księżyc nad wierchami.

– zaczął śpiewać silnym, gardłowym barytonem; wokół zrobiło się cicho. Ludzie spojrzeli w ich stronę.

Drży powietrze nad smrekami,
Góral poznał Halkę swą.

Lekko wsparłszy się na sośnie,
W oczy patrzył jej miłośnie.
Popłynęły w świat donośnie
Tęskne słowa piosnki tej.

Góralko Halko,
Krasny leśny mój kwiecie,
Tobie jednej na świecie
Powiem, co to jest żal.

Do refrenu włączyli się Łukasz i Dawid. Z wolna do ich chóralnego, gardłowego śpiewu przyłączali się także widzowie imprezy.

Choć serce kocha,
Jakaś dziwna tęsknota
Moje serce omota –
Szczęście poszło gdzieś w dal.

Przeszło lato hen, za wody,
Inną poznał góral młody.
W księżycową noc pogody
Góral żegnał Halkę swą.

Góralko Halko,
Krasny leśny mój kwiecie,
Tobie jednej na świecie
Powiem, co to jest żal.

Choć serce kocha,
Jakaś dziwna tęsknota
Moje serce omota –
Szczęście poszło gdzieś w dal.

Rozległy się oklaski.

– Ludzie! – wrzasnął Stach i obejrzał się wokół. – A może my zaśpiewamy coś góralom? Może być *Sekretë,* co?

– Jo! Jo! – rozległo się z wielu stron.

– No to trzy, cztery!

Wiém jô wiém, nie pòwiém,
co w ògrodze rosce,
rozmaryn, rozmaryn,
com gò sała w pòsce.

Wiém jô wiém, nie pòwiém,
co na drzewie wisy,
czerwioné jabłuszkò,
dlô mòjié Marysi.

Wiém jô wiém, nie pòwiém,
co pò bòrze hùkô,
òwczarczyk, òwczarczyk
swòjié òwcë szukô.

Wiém jô wiém, nie pòwiém,
co w leszczënie trzeszczy,
Kasia tam pòd lasem
za knôpami wrzeszczy.

Znowu rozległy się oklaski. Ze sceny zapowiedziano występ zespołu z Koleczkowa.

– Pasujemy do siebie! – Jaśko spojrzał na Stacha; ten zrobił wielkie oczy. – No wiesz, górale do Kaszubów! – zaśmiał się.

– Bo już myślałem, że gadałeś tak o tej Halce, tylko żeby wszystkich zmylić, a tu po cichu do mnie startujesz. He, he, he!

– Nie jesteś, niestety, w moim typie! – Jaśko rozłożył ramiona.

– A co ci się we mnie nie podoba? Przecież biodra mam, cycki też i oczy niebieskie jak kaszubskie niebo. Coś chyba zanadto wybrzydzasz... – komentował Stach, a wszyscy głośno chichotali.

– Przede wszystkim nie jesteś czarny jak moja Halka! – Jaśkowi zatrząsł się brzuch.

– Cicho, Stachu! Cicho, górale! – z różnych stron rozległy się okrzyki i sykania.

Kiedy po następnym występie Rafał zaproponował obejrzenie motocykli, najbardziej ucieszyła się Wika. Eliza uniosła brew.

– Wiem, co myślisz, ale dotąd zawsze oglądałam motocykle „no name", no wiesz, chodzi mi o to, że nieznajomych. A to jest przecież motocykl Rafała, więc jestem ciekawa, czy na nim jest... bezpiecznie?

Rafał z wrażenia aż zatrzymał się.

– Zmieniłeś zdanie? – Wika spojrzała na niego.

– Absolutnie, teraz jeszcze chętniej ci go pokażę.

Weszli na parking motocykli. Rafał co chwila podnosił rękę na powitanie, albo przybijał piątkę, jeśli ktoś stał bliżej. Wreszcie zatrzymali się przed niklowanym potworem o srebrno-zielonej barwie.

– Oto on! – Rafał z dumą w głosie spojrzał na Wikę.

– Łaał! – Pokręciła głową. – Często chodzimy w Gdyni na Skwer Kościuszki w niedzielę, przed świętym Mikołajem, bo tam się wtedy zjeżdżają motocykliści z całego Trójmiasta. Potem jadą kawalkadą do Gdańska i wracają do Gdyni.

– Byłem tam tylko raz, ale moim zielonym suzuki... – spuścił skromnie oczy – ...pewnie byś na mnie nawet nie spojrzała.

– Wtedy za motocyklistami się nie oglądałam...

Zatrzepotała rzęsami.

Eliza z wrażenia podrapała się po głowie; wzrok przyjaciółek spotkał się. Wika przesłała jej mrugnięcie.

– Coś wiesz o mocy silników? – Rafał spojrzał na Wikę.

– No, na przykład tyle, że alto, którym jeżdżę, nie ma nawet czterdziestu koni mechanicznych, a taty mitsubishi space star ma silnik o mocy... – zamyśliła się – ...chyba nieco ponad sto koni.

– To jesteś dobra, jak takie rzeczy znasz. – Rafał popatrzył na nią z uznaniem. – A ten ma... – klepnął w siedzisko – ...sto dwadzieścia pięć koni!

– O rany! To jeśli on waży...

Spojrzała na motocykl, przekrzywiając głowę.

– Ze mną, pełnym bakiem i bagażami, brakuje mu ze trzydziestu kilogramów do czterystu.

– To ile potrzebuje czasu, żeby rozpędzić się do setki?

– Do setki nie sprawdzałem, ale do dwustu poniżej piętnastu sekund – Rafał się uśmiechnął.

– To tak szybko jeździsz?

– W życiu! Po naszych szosach maksimum to osiemdziesiąt, no, czasami sto kilometrów na godzinę. On służy tylko do szpanowania i do wyjazdów na zloty, do brania udziału w jakichś akcjach.

– No, ale przecież na zielonym to gnałeś, że hej – wtrąciła się Eliza.

– Wtedy była wyjątkowa sytuacja, polonez niespodziewanie wyjechał zza krzaków i było trochę oleju na szosie. Ale masz rację, że gnałem nim, dlatego już go nie mam.

– Bo motocykl był tak mocno pokiereszowany?

Wika usiadła na miejscu za kierowcą i podskakiwała, sprawdzając, czy sprężynuje; Rafał uśmiechnął się.

– Nasza blacharka zrobiła z niego nówkę, jeszcze w ubiegłym roku jeździłem nim, ale przed majem sprzedałem oba, bo miałem jeszcze starego harleya, i kupiłem tego. To znaczy ojciec kupił i jeździmy nim na zmianę – mrugnął.

– Stąd wszystko widać, co się dzieje na szosie, i nawet wygodnie się siedzi. Ale na szosę bym nie wyjechała. – Pokręciła głową.

– A przymierzałaś kiedyś kask?

– Jakoś nie było okazji.

Rafał wyciągnął z kieszonki mały kluczyk i otworzył kuferek za miejscem dla pasażera. Wyciągnął stamtąd bordowy kask.

– Przymierz... Poczekaj chwilę, tylko trochę w środku poluźnię.

Wika rozpuściła włosy i nałożyła kask. Poklepała się po nim.

– Czuję się prawie bezpieczna – zachichotała.

– A jak jeszcze dodasz kurtkę i spodnie z ochraniaczami, to już naprawdę jest bezpiecznie. Żeby tylko idiotów na drogach nie było. – Rafał pokręcił głową.

Eliza i Wika spojrzały po sobie.

– Ale jeśli chcesz, to ze sto metrów mogę cię przewieźć, żebyś zobaczyła chociaż, jak widać drogę przede mną.

– Ale tylko tutaj, po Strażackiej, w stronę lasu…

– Dobrze. Zenek, pożycz mi na chwilę kask! – poprosił sąsiada przyglądającego się gościom Rafała.

Po chwili Wika, siedząc wysoko na siedzisku i uśmiechając się do Elizy, wyjechała z Rafałem na krótką przejażdżkę. Objęła go i mrugnęła do Elizy. Dziewczyny i Igor spoglądali za odjeżdżającym wolno motocyklem. Po kilku minutach byli z powrotem.

– Dziękuję ci, Rafał. – Wika zdjęła kask i uśmiechając się, cmoknęła go w policzek.

Eliza otworzyła szeroko oczy, zresztą sam Rafał jeszcze szerzej.

Kiedy zostały na chwilę same, Eliza spytała szeptem:

– Co to było za przedstawienie?

– A widziałaś, jak jemu smutno się zrobiło, kiedy upewnił się, że ty i Igor jesteście parą?

– No niby tak. – Eliza przewróciła oczami.

– Więc zrobiłam to trochę i dla niego, i dla ciebie. – Wika przymrużyła oczy.

– Ale robiłaś to tak, że wyglądało jak najbardziej serio!

– Bo tak miało wyglądać! Chociaż Rafał naprawdę jest bardzo fajny. – Teraz Wika przewróciła oczami.

– Ale ty jesteś i zołza, i artystka w jednym. Obiecał ci, że przyjedzie za tydzień!

– Zgodnie z prawdą, obiecał to nam wszystkim. Jak będzie pogoda, to może pójść z nami na cypel, tam sobie z nim pogadamy.

Zmarszczyła brwi.

– Jesteś strasznie zasadnicza!

– Tylko na taką wyglądam! Jeszcze mnie nie znasz… – Wika pokręciła głową.

– Kocham cię, Wiczka!

– Ja ciebie też!

Cuda Nordy[26]

Anna w połowie sierpnia spędziła z Ryszardem tydzień w Sudomiu, a potem pojechali na trzy dni zwiedzać Kaszuby Północne. Bazę wypadową Ryszard urządził w Pucku. Mieli do dyspozycji całe piętro w willi znajomego, z widokiem na Zatokę Pucką. Pierwszego dnia, zaraz po wspólnym śniadaniu z gospodarzami, ruszyli na spacer po mieście.

– Co mi pokażesz oprócz fary? – spytała Anna, wsuwając Ryszardowi dłoń pod ramię.

– Pójdziemy w kierunku rynku, który zawsze mnie urzeka, ale po drodze obejrzymy jeszcze kilka budynków z osiemnastego wieku.

– A jak wyglądała historia Pucka, no wiesz, od kiedy stał się polskim miastem?

– W drugiej połowie trzynastego wieku był już tutaj gród kasztelański książąt wschodniopomorskich, czyli Słowianie byli tu od zarania. Na początku czternastego wieku znalazł się we władaniu Krzyżaków; pokażę ci resztki fundamentów zamku krzyżackiego, co prawda nie tak okazałego jak bytowski – uśmiechnął się. – To

[26] Norda, kaszubskie określenie północy, ale też jednego z pięciu regionów Kaszub; tu chodzi o część dotyczącą powiatu puckiego.

była siedziba komtura, ale w porównaniu z innymi, skromna. Jednopiętrowa tylko[27].

– Zawsze jednak miałam wrażenie, że Puck w miarę szybko znalazł się w Koronie, czyli pod polskim władaniem.

– Tak było! Od wojny trzynastoletniej[28] Puck został włączony do Prus Królewskich, tu ustanowiono siedzibę starostwa. I powiem ci, że znany już przez ciebie ród Wejherów i tu zasłużył się bardzo. Rozbudowali zamek, dodając zbrojownię, stajnię, spichlerz i... browar! – uśmiechnął się.

– A po co był im potrzebny browar? – spojrzała na niego zdziwiona.

– A choćby po to, żeby mieć monopol na piwo – mrugnął, co Anna skwitowała machnięciem ręką i uśmiechem.

– A cóż to za biały szachulcowy budyneczek? – Wskazała na piętrowy obiekt, który wyrósł im przed oczami.

– Tutaj mieścił się w siedemnastym wieku szpital, przytułek. Budynek nie zmienił się, pewnie tylko kiedyś dachówka była nieco inna. Teraz urządzono tu dział etnograficzny Muzeum Ziemi Puckiej.

Weszli do wnętrza. Anna z zainteresowaniem obejrzała ekspozycje muzealne związane z rzemieślnikami małych miasteczek, w tym odtworzone warsztaty: krawiecki, szewski, tkacki, rogowiarski, a także sieciarnię

---

[27] Na podstawie: https://pl.wikipedia.org/wiki/Zamek_w_Pucku.

[28] Wojna trzynastoletnia (1454–1466) pomiędzy Koroną Królestwa Polskiego a państwem krzyżackim, zakończona pokojem w Toruniu 19 października 1466. Polska odzyskała m.in. Pomorze Gdańskie z Gdańskiem jako Prusy Królewskie.

i kuźnię. Szczególnie długo oglądała jednak kolekcję haftu kaszubskiego.

– Widziałam już wiele haftów, kiedy pojechałyśmy z Felcią na Wdzydze Kiszewskie. Stamtąd mam właśnie chustę, którą lubię się okrywać na moim tarasiku, kiedy zanadto zawiewa.

– Lubię, jak ją nosisz; bardzo ci w niej do twarzy...

Musnął ustami jej policzek; Anna zaskoczona rozejrzała się dookoła. Uśmiechnęli się do siebie.

Po kilkunastu minutach szli już w kierunku rynku.

– Za panowania Wazów Puck stał się twierdzą i bazą floty polskiej – Ryszard wrócił do wcześniejszej opowieści o mieście. – To był nasz pierwszy port wojenny!

– Właśnie tylko tyle zapamiętałam z historii – przyznała Anna.

– Po to tutaj jestem, żeby ci coś jeszcze dopowiedzieć – odparł. – Starostami Pucka bywali przed Wejherami przedstawiciele rodu Kostków herbu Dąbrowa. Czy wiesz, że w drugiej połowie szesnastego wieku Jan Kostka, który jak na tamte czasy był potężnym arystokratą, dwukrotnie kandydował na króla Polski? Między innymi sprawował funkcję sekretarza królewskiego, był kasztelanem gdańskim, starostą malborskim, podskarbim ziem pruskich... Ech, wiele miał jeszcze tych tytułów.

Anna zrobiła oczy.

– Nie miałam pojęcia, że taka duża była konkurencja podczas wolnych elekcji! A z kim konkurował podczas tych, w których brał udział?

– Za pierwszym razem ostatecznie poparł Henryka Walezego...

– Tego, który potem uciekł z Polski? – weszła mu w słowo, marszcząc czoło.

– Tak, tego samego. – Ryszard machnął dłonią. – A za drugim razem też zrezygnował, popierając ostatecznie Annę Jagielonkę, która będąc królową Polski, poślubiła Stefana Batorego. Wówczas zwyciężyła racja stanu, bo panowie polscy chcieli mieć za króla skutecznego wodza, a te warunki można było osiągnąć, tylko wybierając Annę.

– Mądra polityka, jak wcześniej z Jagiełłą. Lubię czasy jagiellońskie. Bano się wówczas Polski – mrugnęła.

Niedługo dotarli do rynku.

– Jaki ładny! – zachwyciła się Anna.

– Żebyś mogła spokojnie porozglądać się wokół, wypijmy kawę albo może zjedzmy lody.

– Wybieram to drugie!

Usiedli pod parasolem. Uwagę Anny przykuł duży budynek z czerwonej cegły z wysokimi oknami.

– To jest dawny ratusz – Ryszard uprzedził jej pytanie, dostrzegając kierunek jej wzroku. – Zbudowany został w drugiej połowie dziewiętnastego wieku, krótko po tym, jak spłonął stojący na samym środku rynku poprzedni, drewniany ratusz.

– Lubię neogotyk, a ten jest bardzo oryginalny. Ma ładne wieżyczki, ozdobne okna na pierwszym piętrze, a nad nimi, tuż pod dachem, wymurowane falbanki... – zafalowała dłonią i uśmiechnęła się.

– Te falbanki to fryz arkadowy. – Ryszard skubnął wąsika. – Ratusz projektował architekt Blaurock z naszego Wejherowa. Tak, tak – potwierdził, widząc zdziwienie w oczach Anny. – Spójrz na samą górę, pośrodku! Na kartuszu jest herb miasta. Potem podejdziemy bliżej, żebyś zobaczyła jeszcze na frontowej ścianie tablice, które upamiętniają ważne wydarzenia z dziejów miasta. Jedna z nich poświęcona jest Janowi III Sobieskiemu, jako pamiątka udziału Kaszubów w odsieczy wiedeńskiej.

– Kaszubi zawsze byli za Polską! – powiedziała z uznaniem. – Bo odsiecz wiedeńska to była także obrona przed islamem i utrzymanie Polski katolickiej.

– Tak, masz rację, taka była wówczas stawka, a kto wie, czy kiedyś nas nie czeka powtórka z historii.

– Bez przesady! – Anna potrząsnęła głową.

– Muzułmanie byli, są i będą bardzo ekspansywni, a teraz jeszcze ta terrorystyczna Al-Kaidowa wojna. Skąd można wiedzieć, w co się to kiedyś przerodzi, zwłaszcza że Bliski Wschód to ciągłe wojny i coraz większe tłumy uciekających stamtąd zdesperowanych ludzi?

Anna otworzyła usta ze zdziwienia, ale Ryszard ubiegł ją.

– Ta świątynia w głębi to fara.

Wskazał głową w kierunku północnym.

– Tak właśnie pomyślałam, bo utkwił mi w pamięci jej kształt z albumu, prezentu od naszego proboszcza. Ale temat zmieniłeś specjalnie?

Zajrzała mu pytająco w oczy; skinął głową.

Za kilkanaście minut dotarli w pobliże fary.

– To nasza Cysterka... – wskazał na drewnianą figurę przy bramie – ...przypomina, że cysterki z Żarnowca patronowały tutejszej farze przez dwieście lat. Ładnie dbały o nią. – Pogładził dłoń Cysterki i uśmiechnął się. – Wcześniej Puck wchodził w skład grangii[29] cysterskiej, ale gdy książę Świętopełk organizował tutaj

[29] Grangia, klasztorny folwark cysterski, w którego skład wchodziły na ogół: spichlerz, zabudowania z zagrodami dla zwierząt gospodarskich, ogród warzywny, pola uprawne, itd.

kasztelanię, cofnął im nadanie, a w zamian dostały Starzyno i okolice.

– Lubię te twoje opowieści.

– Przygotowałem się trochę, ale tutaj mam dobrych suflerów – rozejrzał się komicznie wokół. – Z naszymi gospodarzami znam się wiele lat, a poznałem tu jeszcze dobrze jedną panią doktor... – Klepnął się w czoło. – Ach, nie powiedziałem ci o niej. To także, jak tamci, historyk sztuki, prawdziwa pasjonatka! Oni się tutaj wspólnie pozytywnie nakręcają, uzupełniają. Działają w Towarzystwie Upiększania Miasta Pucka; a pamiętaj, że ono zostało założone już w tysiąc osiemset osiemdziesiątym czwartym roku!

– Ale wtedy to były Prusy...

– Mimo to Puck wymaga ciągle upiększania, nieprawdaż?

– Jakież to mądre – przyznała Anna z miną wyrażającą podziw.

– Tak tutaj mamy, ale sądzę, że tu i ówdzie w Polsce czynią podobnie! Trzeba zostawić jak najwięcej potomnym – rzekł poważnie. – Na północ od Oliwy fara jest największym kościołem ceglanym. Niektóre elementy konstrukcji, choćby kamienne fundamenty filarów, pochodzą z dwunastego wieku. Na przełomie trzynastego i czternastego wieku do starego romańskiego kościoła dobudowano tę wieżę. – Wskazał w górę. – Ona także miała mieć charakter obronny przed zagrożeniem krzyżackim, stąd jej wygląd. Idźmy do środka.

Skinął głową w kierunku wejścia do świątyni; ruszyli wolno w jego stronę.

– Kiedy nastali tutaj potem Krzyżacy, przebudowali starą świątynię. Najstarsza część z kaplicami... – ściszył głos, gdyż weszli do wnętrza – ...pochodzi z okolic połowy czternastego wieku.

– Uwielbiam zapach starych kościołów. Wyobrażam sobie zawsze wiernych w dawnych szatach, siedzących w ławach... Wnętrze na żywo wygląda jeszcze ładniej – szepnęła Anna. – Opowiadaj dalej – poprosiła.

– Właściwie historię fary przecież już znasz...

– Ale lubię ciebie słuchać. – Ujęła go pod ramię.

– W szesnastym wieku przejęli ją luteranie, narobili wiele szkód, które potem trzeba było naprawiać. Ale niedługo potem nastali tutaj starostowie z rodu Wejherów[30]. Z tego okresu pochodzi ich kaplica grobowa, następnie pojawił się w niej ołtarz z obrazami Hermana Hana. Do niej podejdziemy na końcu.

Ryszard oprowadzał Annę po świątyni i cicho opowiadał historię powstawania poszczególnych kaplic i ołtarzy.

– Od średniowiecza patronami świątyni są święci Apostołowie Piotr i Paweł oraz święty Walenty. Fara pucka jest bardzo ważna dla Kaszubów. Tutaj na odpust, w ostatnią sobotę i niedzielę czerwca, przypływają rybacy na odświętnie przystrojonych kutrach, aby u świętego Piotra Rybaka prosić o wstawiennictwo dla swojej pracy.

– Coś podobnego jak w świątyni w Łebie? – Anna zajrzała w oczy Ryszarda.

– Dobrze zapamiętałaś.

Podniosła oczy w górę na sklepienie.

– Podobne jest w naszej poznańskiej katedrze – powiedziała. – No tak, to też gotyk... – dodała; Ryszard skinął głową.

---

30 Na podstawie: http/farapuck.pl/historia.

Spacerowali wolno po wnętrzu. Ryszard miał ciągle coś do opowiedzenia. Anna zachwycała się witrażami w oknach, bogato zdobioną drogą krzyżową, ołtarzem głównym i bogatymi elementami wystroju. Wreszcie dotarli do kaplicy grobowej Wejherów. Przez kraty podziwiała dłuższą chwilę obraz przedstawiający ukrzyżowanie Jezusa.

– To dzieło mistrza Hermana Hana z Gdańska – szepnął Ryszard. – Podobny obraz jest w kościele w Różynach, pomiędzy Pruszczem a Pszczółkami. To na południe od Gdańska. Przy czym tam jest w ołtarzu głównym.

– Tam też byłeś?

– Bywam na Kaszubach we wszystkich miejscach związanych jakoś z inicjatywami cystersów – mrugnął. – Tutaj w farze był jeszcze jeden obraz mistrza Hana, Trójca Święta, ale teraz jest w kościele w Jastarni. Tylko tam umieszczony jest w prezbiterium. Han jest także autorem wielu znaczących dzieł, jak poczet królów polskich w Oliwie i wielka Koronacja Marii w Pelplinie.

– Ryszardzie! – zza ich pleców doszedł głośny szept.

Odwrócili się. Blisko nich stała miło uśmiechnięta czarnula.

– Danusia! – Ryszard podniósł ramiona; przywitał się serdecznie. – A to jest Anna…

– Domyśliłam się – uśmiechnęła się szerzej czarnula.

– To jest pani doktor Dettlaff, o której wspominałem…

– Ja też się domyśliłam – Anna mrugnęła do kobiety.

Panie, uśmiechając się do siebie, podały sobie dłonie.

– Miałam zjeść wspólnie z wami śniadanie, ale zwalili mi się nieoczekiwanie ważni goście z Pelplina. Tak to z nimi jest. – Teraz czarnula mrugnęła. – Kiedy odjechali, natychmiast ruszyłam do was! Przyjadę na kolację, to porozmawiamy na spokojnie – zachichotała cicho. – Co już obejrzeliście?

– Kościół w zasadzie kończymy zwiedzać, jeszcze tylko została nam kaplica Judyckich.

Ryszard wykonał ruch głową w jej kierunku.

– To pójdę do niej z wami, a potem porwę was ponad sklepienie! – Podniosła ramię w górę.

– A co tam jest ciekawego? To może pójdźmy najpierw na górę, a potem do kaplicy – poprosiła Anna.

– To chodźmy! – uśmiechnęła się pani doktor.

– Tyle tu wokół jest choinek... – rzuciła nieoczekiwanie Anna.

– Gdzie?

Czarnula i Ryszard prawie jednocześnie spojrzeli na boki zdziwieni.

– Zaskoczyłam was – roześmiała się Anna. – Eliza dowiedziała się od Igora, że na choinki mówi się u was danka!

– O! – zdziwiła się miło czarnula. – Rzeczywiście!

Wchodzili wolno po schodach na wieżę. Kiedy znaleźli się ponad sklepieniami świątyni, lekko zasapana czarnula wskazała na grube drewniane konstrukcje dachu.

– Ta więźba to jest unikat w basenie Morza Bałtyckiego! – Pomachała dłonią, łapiąc oddech. – To jest konstrukcja słupowo-storczykowa!

– Niesamowita nazwa! – zdziwiła się Anna, kręcąc głową; panie uśmiechnęły się do siebie.

– Pochodzi z tysiąc czterysta dziewięćdziesiątego dziewiątego roku, a więźba wieży z końca czternastego wieku. Wszystko to mamy potwierdzone badaniami dendrochronologicznymi! – zakończyła z emfazą.

– Szkoda, że moja wnuczka tego nie widzi – rzuciła Anna.

– A ona zajmuje się także dendrochronologią?

– Tego to nie wiem, ale pewnie zainteresowałaby się... Za to dużo ostatnio opowiadała o badaniach DNA ludzkich szczątków.

Pani doktor otwarła szeroko oczy.

– Interesuje się występowaniem w szczątkach określonych haplogrup, co pozwala na śledzenie migrowania populacji – uzupełniła Anna.

– A kim ona jest z zawodu?

– Jest jeszcze studentką! – wtrącił Ryszard.

– A co studiuje? – zainteresowała się czarnula.

– Biologię morza – odparła z uśmiechem Anna.

– A tamto, jak rozumiem... – kobieta machnęła dłonią – ...to tylko konik, czy tak?

– To jest prawdziwie renesansowa dziewczyna! – Ryszard prawie krzyknął. – Czym się ona nie interesuje! Nawet rycerstwo ją zajmuje! Poznałem ją, gdy miała trzynaście lat, ale czasami za nią nie nadążam.

– A co ja mam powiedzieć? – Anna wzruszyła ramionami i zrobiła zabawną minę. – Rzuciła na przykład ostatnio, że niewykluczone, iż Goci z Węsior to nie żadni Goci, a proto-Kaszubi. Po prostu Słowianie. To ma teraz na tapecie.

– A to ci heca! – Ryszard skubnął wąsika. – Muszę z nią o tym porozmawiać.

– Ty też się tym interesujesz? – Anna spojrzała na niego ze zdziwieniem w oczach.

– Jeszcze nie, ale ciągle się przymierzałem. Wprowadzi mnie więc w zagadnienie. Będzie mi łatwiej – mrugnął.

– Ktoś taki jest potrzebny naszej nauce. Szkoda tylko,

że wróci do Poznania, ale ma głowę na karku i tyle – skwitowała czarnula. – Gratuluję pani takiej wnuczki!

– My nie wracamy już do Poznania – powiedziała Anna i spojrzała w oczy Ryszarda.

– Zostają tutaj, na Kaszubach, na zawsze – uzupełnił Ryszard.

– To porozmawiamy o tym wieczorem! Muszę ją do czegoś namówić, rzucić problem! – Czarnula zatarła ręce. – Zejdźmy teraz na dół, obejrzyjcie sobie kaplicę Judyckich, a potem, przy kawie, opowiem wam o pewnym cudzie… – Podniosła oczy w górę.

– Masz jeszcze w zanadrzu coś ciekawego, o czym ja nie wiem? – spytał Ryszard, marszcząc czoło.

– Coś wiesz, ale wszystkiego nie.

Czarnula zaciągnęła ekler na ustach i zachichotała.

Gdy po kilkunastu minutach spotkali się znowu, tym razem przy kawiarnianym stoliku, wyciągnęła z tekturowej teczki rysunek i duże zdjęcie.

– Wiesz, gdzie jest ujście Płutnicy? – spojrzała pytająco na Ryszarda.

– Przy samym ujściu nigdy nie stałem…

– A kiedy jedziecie do Swarzewa do Madonny?

– Jutro.

– To zatrzymajcie się przy Kaczym Winklu, tam jest teraz miejsce do oglądania panoramy Zatoki Puckiej. Jak będzie sucho, uda wam się podejść do samego brzegu. Sto pięćdziesiąt metrów na zachód od ujścia rzeki znajduje się stanowisko archeologiczne, gdzie odkryto pozostałości średniowiecznego portu.

– Tylko tyle kiedyś słyszałem…

– A może to starożytny port? – Anna spojrzała badawczo na panią doktor.

– Cicho! – Ta położyła palec na ustach i rozejrzała się

wokół. – Oficjalnie to średniowieczny port. Ciągle badamy, to znaczy Narodowe Muzeum Morskie w Gdańsku bada!

Wszystkie trzy głowy nachyliły się nad zarysem konstrukcji portu na rysunku.

– To jest przerysowane z mapy Ferdynanda Getkana[31] z tysiąc sześćset trzydziestego czwartego roku, a tu mamy zdjęcie tej mapy. Mapa jest niestety bardzo niewyraźna – westchnęła i rozłożyła dłonie, widząc wzrok Ryszarda. – Port rozciągał się na powierzchni dwunastu hektarów dna. Znaleziono dotąd cztery łodzie klepkowe oraz czółno dłubane. Port funkcjonował pomiędzy szóstym a trzynastym wiekiem. To, co widać na rysunku, to zachowane konstrukcje. Sporo tego jest!

Czarnula uśmiechnęła się.

– Jak opowiem Felci, to pęknie z zazdrości! – zachichotała Anna.

– A to inna wnuczka, czy tym razem może córka?

– Nie, to moja jakby starsza siostra z Parchowa, gdzie teraz mieszkamy i się budujemy. Ona opowiedziała mi legendę o starym mieście na Helu, a także o mapie Helu chyba z szesnastego wieku, gdzie są dwa miasta: Hel i Nowy Hel. Dowiedziałam się także o wilkierzu helskim.

– Tak, znam doskonale tę mapę, oczywiście, wilkierz też i powiem, że to wszystko, co pani wie, to prawda – ściszyła głos. – A ta Felcia to jakiś pracownik naukowy? – przymknęła oczy. – Chociaż nie! Żadnej Felicji nie znam.

– To po prostu pasjonatka takich spraw… – Anna

---

[31] Informacje o mapie i stanowisku archeologicznym portu w Pucku za: http://jollydiver.com/sredniowieczny-port-dnie-zatoki-puckiej/.

postukała po rysunku. – Jest właścicielką gospodarstwa agroturystycznego.

– Niesamowite… Może wobec tego wpadłabym kiedyś do Parchowa?

– Serdecznie zapraszamy. – Anna przymrużyła oczy.

– Rozumie więc pani, że dlatego musimy wszystko robić starannie, aby być pewnym wyników. Tutaj też stosowane są badania dendrochronologiczne. – Postukała palcem po rysunku. – Nie myślałam, że panią może coś takiego zainteresować. Przecież mówiłeś mi przez telefon, że twoja wybranka to specjalistka opery – zwróciła się do Ryszarda; ten rozłożył dłonie.

– Bardzo się wciągnęłam w takie sprawy tutaj, przez Felcię!

– Załatwisz mi odbitki tego? – Ryszard wskazał na stół.

– Ale obiecasz… – Czarnula spojrzała na niego i Annę. – Żartowałam… – mrugnęła. – Tylko nikomu więcej nie pokazujcie, proszę. Felci można! – zachichotała. – Dodam jeszcze… – ściszyła głos – …że badaczom zależy na poznaniu tego, co może znajdować się pod pozostałościami średniowiecznego portu w Pucku. Ze względu na fakt, że obszar ten był dwa, trzy tysiące lat temu bagnisty oraz torfowy, naukowcy podejrzewają, że skrywa on ślady osadnictwa – powiedziała ciszej i rozejrzała się na boki.

– Przypominają mi się *Tajemnice podwodnych miast* Hancocka – Anna rzuciła szeptem.

– A pani to zna?

– Właśnie czytam… to wszystko przez moją Felcię.

Wzruszyła ramionami, widząc zaskoczenie w oczach Ryszarda.

– Ależ wy się nakręcacie! – zawołał.

– Pani też jest kobietą renesansu! – Oczy czarnuli rozszerzyły się z podziwu.

Wkrótce pożegnali się.

– Już nie mogę się doczekać kolacji! – rzekła czarnula na pożegnanie.

Anna z Ryszardem poszli obejrzeć pomnik generała Hallera. Ryszard opowiedział historię przybycia Błękitnej Armii generała Józefa Hallera na Kaszuby oraz zaślubin z morzem.

– Po odzyskaniu przez Polskę niepodległości Pomorze było przez ponad rok obiektem zaciekłych dyskusji polityków europejskich. W tym celu wyjechała do Wersalu delegacja na czele z Antonim Abrahamem, która stanowczo i skutecznie domagała się przyłączenia Kaszub do Polski[32]. Nie ulega wątpliwości, że właśnie Kaszubom przywiązanym do polskości nasza ojczyzna zawdzięcza dostęp do morza. Po podjęciu ostatecznych decyzji nastąpiło przejęcie Pomorza, Kaszub przez armię Hallera. Zaczęło się od Torunia, a potem Kartuzy, Kościerzyna i zaślubiny z morzem, tutaj w Pucku, dziesiątego lutego tysiąc dziewięćset dwudziestego roku. W Pucku Hallera powitał oficjalnie Antoni Abraham i poczęstował go tabaką. A tutaj, gdzieś w pobliżu, generał wjechał na koniu po łamiącym się lodzie i wrzucił w morskie tonie słynny już platynowy pierścień.

Anna miała rozpromienioną twarz; oparła głowę na ramieniu Ryszarda i przymknęła oczy.

Potem zjedli obiad w restauracji na molo, a po nim udali się na spacer, zwiedzając ławeczkę Mariusza Zaruskiego i odwiedzając pomnik Antoniego Abrahama.

---

32 http://www.gazetakaszubska.pl/8703/general-jozef-haller-na-kaszubach.

– Kaszubi potrafią uczcić swoich wielkich ludzi, ale także tych, którzy zapisali się tutaj dobrze – rzekła z uznaniem Anna.

– Szkoda tylko, że to niekoniecznie działa w dwie strony – markotnie odparł Ryszard. – Kaszubi zawsze stali murem przy Polsce. Liczyli, że po powrocie do Macierzy Kaszubi zostaną bardziej uhonorowani na swojej ziemi stanowiskami rządowymi. Że pozwoli im się u siebie rządzić. Jednak poczuli się zawiedzeni, bo słowa mówiły co innego, a czyny były inne. Wtedy też przywożono ludzi w teczkach. Najgorsze było to, że nawet z pomniejszych stanowisk rugowano rodowitych Kaszubów. Próbował walczyć z tym, upominać się w Warszawie Abraham. Żył skromnie w Gdyni, niemal w nędzy, był rozczarowany nową rzeczywistością. Wkrótce zachorował na raka żołądka i odszedł na łąki niebieskie. Potem już nikt się tak o Kaszubów nie upominał jak on. Ech... – zamilkł na chwilę. – Dla Kaszubów Polska to matka, a o matce źle się nie mówi, co by nie było – dodał po chwili.

– Ale teraz jest trochę inaczej... – Anna wsunęła Ryszardowi dłoń pod pachę.

– Jest trochę lepiej, ale pewne cwaniaki wciąż podrzucają publice różne niemiłe hasła o Kaszubach, a ona to kupuje. Ciężko z tym walczyć. – Machnął dłonią.

– Teraz ja będę tobie... wam, pomagała.

– Dziękuję, Anno. Pójdźmy do parku, posiedzimy trochę w cieniu, patrząc na morze.

Ryszard pocałował ją w policzek.

Skierowali się w stronę parku położonego nad samą zatoką.

– Pamiętasz, kto napisał *Legendę Bałtyku*? – Ryszard uśmiechnął się po kilku chwilach spaceru w milczeniu.

– No wiadomo! Feliks Nowowiejski! – Anna wzruszyła ramionami.

– A słyszysz jego muzykę tutaj?

Wskazał dłonią na drzewa.

– Czyżby park nosił jego imię?

– Dobra jesteś. – Pochylił się i znowu ucałował ją.

– Cudownie mi z tobą – westchnęła i oparła głowę na jego ramieniu. – Tyle się dzisiaj znowu dowiedziałam o coraz bardziej kochanych przeze mnie Kaszubach.

– Myślę, że jutro też ci się spodoba – zapewnił.

Wieczór spędzili u gospodarzy na kolacji, na którą dotarła także urocza Danusia. Długo toczyli rozmowę o pięknie i historii Pucka i całych Kaszub.

O świcie następnego dnia Annę obudził pisk mew i zapach zatoki. Było parno. Wyszła na tarasik i usiadła na leżaku, aby przeżyć wschód słońca. Po kilkunastu minutach wróciła do łóżka. Ryszard spoglądał na nią z uśmiechem.

– Może w Łebie słońce efektowniej wstawało, ale tutaj zmieniająca się barwa chmur też mnie zachwyciła.

Położyła głowę na jego piersi.

Jeszcze na chwilę się zdrzemnęła. Po śniadaniu wybrali się, tak jak było ustalone, do Swarzewa. Annę zadziwił widok obracających się opodal szosy wiatraków o ogromnych skrzydłach. Ryszard spojrzał na zegarek i zatrzymał się na poboczu.

– Kręcą się tutaj już od ponad dziesięciu lat, wykorzystując sprzyjający wiatr od morza. Wchodzą w skład tutejszej elektrowni wiatrowej.

Wysiedli z samochodu. Anna poddała się zapachowi wiatru wiejącego od zatoki. Wolno spacerowała, głęboko oddychając.

– Mokra trawa, więc ze spaceru na Kaczy Winkiel nici – powiedział z rezygnacją Ryszard. – Spójrz, to tam!

Anna skinęła głową. Spoglądała w stronę wskazanego przez Ryszarda ujścia Płutnicy.

– Ależ pięknie tutaj i jakie czyste powietrze!

Ryszard spojrzał na zegarek.

– Proponuję jechać dalej – uśmiechnął się; Anna skinęła głową.

Niedługo dojrzała wieże kościoła.

– To jest właśnie sanktuarium Matki Bożej Królowej Polskiego Morza – oznajmił Ryszard.

Stanęli na pobliskim parkingu.

– To już trzecia zbudowana w tym samym miejscu świątynia. Obecna, neogotycka, została wzniesiona pod koniec dziewiętnastego wieku – wyjaśnił Ryszard. – Wyposażenie kościoła sięga w części nawet wieku piętnastego.

– Nie spodziewałam się ujrzeć tutaj takiej perły – szepnęła, kiedy weszli do wnętrza. – Trochę przypomina mi kościół parchowski, trochę sulęczyński.

Przekrzywiała głowę, przyglądając się wnętrzu.

Usiedli w ostatniej ławce.

– Dawno, dawno temu na zatoce szalał sztorm... – Ryszard przykrył dłoń Anny swoją; spojrzała na niego zdziwiona. – Załoga rzucanego falami żaglowca modliła się o ocalenie przed okrętową figurką Matki Bożej z Dzieciątkiem. Ich prośby zostały wysłuchane. Uszli z życiem, choć statek zatonął. Gdy znaleźli się na lądzie, wyciągniętą z morza resztkami sił figurkę żeglarze ustawili w pobliżu wiejskiej studzienki. Tam ją zobaczyła, promieniującą, ludność Swarzewa[33].

---

[33] Na podstawie: http://www.parafiaswarzewo.pl/readaricle.php?article id=5.

– Jaka piękna historia… – Anna wsparła się delikatnie na ramieniu Ryszarda.

– Tyle o tutejszej Madonnie mówi najstarsza legenda, ale z zapisów opatów cysterskich z Oliwy wynika, że kaszubscy rybacy wystawili nad studzienką kapliczkę i czcili w niej Madonnę aż do chwili, kiedy postanowili przenieść ją do kościoła pod wezwaniem świętych Piotra i Pawła na Helu.

– A dlaczego tam?

– Bo tam już był kościół, a tutaj jeszcze nie. Pierwszą świątynię, drewnianą, zbudowali na tym samym miejscu… – wskazał na posadzkę – …żeglarze pod koniec piętnastego wieku. Potem, jak pamiętasz, te tereny opanował w znacznej mierze żywioł luterański. Pod koniec szesnastego wieku wystawiono Madonnę z kościoła helskiego na zewnątrz, ale nie ma żadnych źródeł pisanych, w jaki sposób trafiła tutaj ponownie.

– Ale jednak trafiła! Pewnie jakimś cudem! – Anna uśmiechnęła się.

– Chyba tak, bo inne podanie mówi, że protestanci helscy wrzucili statuetkę do morza. Lekka rzeźba z lipowego drewna, niesiona sprzyjającymi wiatrami, przypłynęła do brzegów Swarzewa. Wówczas stał już tutaj drewniany kościółek. Figurkę umieszczono w niszy, obok bocznego ołtarza świętej Barbary.

Do kościoła weszli jacyś mężczyźni; Ryszard spojrzał na zegarek.

– Może będziemy mieli szczęście i ujrzymy Madonnę – mrugnął.

Ich ławkę po chwili minął niemłody już ksiądz. Skinął im głową i podniósł palec do ust.

– Patrz teraz, Anno, na ołtarz! – szepnął Ryszard.

Obraz znajdujący się w ołtarzu głównym cicho skrzypnął i zaczął opadać. Po chwili na jego miejscu pojawiła się Madonna z Dzieciątkiem, ze złotą koroną.

– Ależ to cudo! – Anna opadła na kolana i wpatrywała się w rzeźbę z nieskrywanym szczęściem.

– Dzisiaj odbywa się konserwacja obrazu zasłaniającego Madonnę, to znaczy mechanizmu podnoszenia i opuszczania tego obrazu-zasłony. Zdradził mi to mój kolega – szepnął Ryszard. – Dla ciebie miała to być niespodzianka – uśmiechnął się.

– I jest!

Anna przez kilka minut wpatrywała się uśmiechnięta w Madonnę, a potem pochłonęła ją modlitwa. Wreszcie podniosła oczy na Ryszarda.

– Spójrz jeszcze tam. – Ryszard wskazał na boczną ścianę. – To obraz-mapa, weduta Pucka, obejmująca Zatokę Pucką, Puck, Swarzewo, Półwysep Helski.

Anna wstała i ruszyła we wskazanym kierunku.

– Na samej górze, na banderoli, spisana jest legenda, którą ci opowiedziałem[34]. Na mapie widać dwa kościoły na Helu, w tym ten, w którym była niegdyś Madonna. U dołu, pośrodku, pucka fara, a po jej lewej stronie ówczesny drewniany kościół w Swarzewie. Wszystkie trzy miejsca pojawienia się, czy obecności Madonny, zaznaczone są na obrazie-mapie promieniująco, wyraźnie: studzienka w Swarzewie, kościół na Helu i pierwszy swarzewski drewniany kościółek.

Anna wpatrywała się w polichromię bez słowa.

– To jak zdjęcie z tamtych czasów – wyszeptała wreszcie. – Procesja pielgrzymów z feretronami, statki

---

34 http://www.parafiaswarzewo.pl/readarticle.php?article_id=17.

na morzu, osady na półwyspie. Nawet szczegóły strojów można rozpoznać.

Po kilku minutach Ryszard poprosił Annę, aby już wyjść ze świątyni.

– Panowie muszą wykonać niezbędne prace i potrzebny jest im spokój. Za trzy tygodnie będzie tutaj odpust i wszystko musi być w jak najlepszym porządku.

Anna przymknęła oczy i jeszcze chwilę się pomodliła. Kiedy wychodzili na zewnątrz, obydwoje obejrzeli się w kierunku ołtarza. Ksiądz uśmiechnął się i skinął im głową. Chwilę po opuszczeniu kościoła w drzwiach dał się słyszeć zgrzyt przesuwanego zamka.

– Mieliśmy nieprawdopodobne szczęście. Kościół miał być dzisiaj niedostępny i od tej chwili już jest – powiedział Ryszard.

– Kolejny cud... – Anna pokręciła głową.

Ruszyli w kierunku kapliczki nad studzienką.

– Madonna Swarzewska została koronowana w tysiąc dziewięćset trzydziestym siódmym roku, choć niektórzy mówią, że to już był drugi raz[35]. Na początku drugiej wojny światowej tutejszy proboszcz ksiądz Wojciech Pronobis i gospodarz z Wielkiej Wsi, Leon Torliński, dokonali zamiany Panny Swarzewskiej na replikę wykonaną przez profesora Mikołaja Cichosza z Pelplina – opowiadał Ryszard, gdy szli wolno wąskimi uliczkami w kierunku zatoki. – Niemcy wkrótce zorientowali się w tej zamianie. Ksiądz Pronobis został zamordowany w Piaśnicy – dokończył cicho.

Anna zatrzymała się; podniosła dłoń do ust i przymknęła oczy. Ryszard pokiwał smutno głową.

---

[35] Artur Jabłoński, *Wędrówki po Kaszubach*, wyd. BiT, Gdańsk 2000, s. 166.

– Torlińskiego znaleźli w Generalnej Guberni w czterdziestym drugim roku; został tam wysiedlony dwa lata wcześniej. Miał potem prawdziwą drogę krzyżową: Pawiak, Toruń, Gdańsk... Ugiął się wreszcie ten Kaszuba i wskazał miejsce ukrycia Madonny, ponoć pod warunkiem, że figurka wróci do Swarzewa. Wróciła, ale do wejherowskiej fary. Parafianie swarzewscy jakimś cudem uprosili tamtejszego proboszcza i po wpłaceniu okupu Madonna wróciła do Swarzewa. To miało miejsce w czterdziestym czwartym roku.

Anna odwróciła się w kierunku kościoła i pokiwała głową.

– Kiedyś miałam nadzieję, że zbliżymy się do odpowiedzi, dlaczego Niemcy to robili... – Położyła dłoń na piersi Ryszarda i spojrzała mu w twarz. – Ostatnio Eliza przyłączyła się do mojej rozmowy z Felcią pierwszego sierpnia. Ona potrafi zadać to pytanie, tylko że my ciągle nie znamy odpowiedzi. Eliza jest dociekliwa i nieustępliwa. Może ona, jej pokolenie, znajdą wreszcie odpowiedź?

– To prawda, jest mądra i taka... dorosła. – Ryszard przyciągnął Annę do siebie. – Spróbuj się rozchmurzyć.

Anna otwarła oczy i lekko się uśmiechnęła, wsunęła Ryszardowi dłoń pod ramię. Ruszyli dalej, niebawem przed nimi wyłoniła się kapliczka ze studzienką.

– Według innej legendy, przy studzience, która jest teraz wewnątrz tej barokowej kapliczki z tysiąc siedemset siedemdziesiątego piątego roku, Madonna ukazała się trzykrotnie tutejszej dziewczynie – Ryszard wrócił do przerwanej opowieści. – Stąd ta kapliczka. Woda ze studzienki ma ponoć cudowne lecznicze właściwości i podczas odpustu pielgrzymi czerpią z niej i piją.

Anna nie mogła się nadziwić, że takie cuda działy się kiedyś właśnie tutaj, gdzie ona stoi. Spoglądała na maleńki ołtarz wewnątrz kapliczki, pod którym dojrzała wieko studni.

– W Swarzewie odbywają się corocznie dwa nadzwyczajne odpusty. W lipcu przychodzą tutaj pielgrzymi z Półwyspu Helskiego, a we wrześniu pielgrzymi z pozostałych kaszubskich parafii. To są niezapomniane wydarzenia na Kaszubach.

– Może przyjedziemy na pielgrzymkę we wrześniu? – spytała Anna.

– Jeśli się uda…

– To nadzwyczajne miejsce, choć z boku wygląda tak niepozornie. – Anna obracała się wokół, spoglądając na kościół, studzienkę i zatokę.

Potem pojechali w kierunku Mechowa; po dwudziestu minutach byli we wsi. Anna już z daleka dostrzegła jasną bryłę kościoła.

– On jest cały szachulcowy? – aż pisnęła ze zdziwienia; Ryszard przytaknął.

– To już trzeci w tym miejscu, na tym samym wzgórzu, kościół. Ten został wybudowany w drugiej połowie osiemnastego wieku.

Gdy wspinali się po schodach na kościelne wzgórze, pojawiła się drobna mżawka. Przyspieszyli kroku, aby nie zmoknąć. Podmurówka z ciosanych głazów narzutowych pięknie komponowała się z konstrukcją kościoła, a czerwona dachówka i odeskowanie wieży, zabarwione na czarny kolor, podkreślały jego wyjątkową urodę. Anna uśmiechnęła się, a kiedy weszli do kościoła, z wrażenia otworzyła szeroko oczy.

– Jak tutaj radośnie, kolorowo! Piękna kameralna świątynia!

Ryszard usiadł w ostatniej ławce, a radosna Anna krążyła po jej wnętrzu. Tak jak wczoraj, co chwila zatrzymywała się przy coraz to innym elemencie wyposażenia, żeby zrobić zdjęcie. Kiedy nacieszyła się, naoglądała i pogładziła wszystko, na co miała ochotę, przysiadła obok Ryszarda.

– Zachowywałam się trochę dziwacznie, wiem, ale nie mogłam się oprzeć – przewróciła oczami. – U Madonny Swarzewskiej miałam trochę więcej respektu, a tutaj całkiem mi puściło. Nie wydasz mnie?

– Nie wiadomo, czy proboszcz nie oglądał cię w ukrytej kamerze.

– Żartujesz, prawda?

Spojrzała na niego śmiejącymi się oczami.

– Oczywiście. Myślę, że wierni lubią tutaj przychodzić i wielu pewnie cieszy się tak jak ty.

– Może chociaż nie skaczą po ławkach jak ja – zachichotała.

Wsunęła mu dłoń pod ramię, jak zwykle, kiedy liczyła na jakąś opowieść.

– Szczegółów tym razem nie znam, ale ołtarz główny jest z końca pierwszej połowy siedemnastego wieku, a został przemalowany w drugiej połowie dziewiętnastego wieku, jeśli dobrze zapamiętałem, przez mistrza Lugarda Glatza z Kłodzka[36]. Centralny obraz w ołtarzu to Koronacja Najświętszej Panny Marii. Boczne ołtarze, także ujęte kolumnami korynckimi, z nieco inną ornamentyką, są o sto lat młodsze. W lewym bocznym ołtarzu na głównym obrazie widnieje święty Józef z Dzieciątkiem, a w prawym bocznym mamy na głównym obrazie świętego Pielgrzyma.

---

[36] http://mechowo.pl/index.php/z-kart-historii.

– Ambonka bardzo mi się podoba. Ileż tam dostrzegłam szczegółów, detali, a każdy z nich przepiękny!

– Ona pochodzi z tego samego okresu co ołtarz główny. Wiem, że na jej froncie są postaci czterech Ewangelistów, a za plecami kapłana, czyli na ścianie, Chrystus Dobry Pasterz. Chrzcielnica natomiast jest z osiemnastego wieku, na jej pokrywie rzeźba świętego Jana Chrzciciela. – Wskazał w jej kierunku. – Balustrada komunijna, feretron i wiele innych elementów wystroju pochodzi z tego samego okresu. Dbają tutaj wierni i kapłani o swój kościół.

Anna podziękowała Ryszardowi skinieniem głowy. Przyklękła. Kiedy już wychodzili, w kruchcie Ryszard powiedział jeszcze cicho:

– Proboszczem w Mechowie był od tysiąc osiemset dziewięćdziesiątego piątego roku ksiądz Bolesław Witkowski. Zasłynął jako niezwykle skuteczny zielarz, był kaszubskim posłem do sejmu pruskiego, krzewił tutaj polską oświatę, zakładał różne towarzystwa. W odrodzonej Polsce otrzymał Krzyż Oficerski Polonia Restituta. A potem przyszła ta straszna wojna…

Spojrzał smutno na Annę.

– Jego też zabili w Piaśnicy…?

Ryszard skinął głową. Gdy wyszli na zewnątrz, kaszubskie niebo płakało. Trochę deszcz, a trochę przygnębienie Anny położyły się cieniem na pozostałej części wycieczki, czyli zwiedzaniu Grot w Mechowie. Ryszard starał się z zacięciem opowiadać historię ich powstania, odkrycia w dziewiętnastym wieku, a potem zabiegów zmierzających do udostępniania ich turystom. Anna była markotna, ale też trochę rozczarowana, że tylko tak niewielka część dostępna jest do zwiedzania, choć kiedy spacerowali wewnątrz, cały czas spoglądała z przestrachem w górę. Ryszard, widząc to, chichotał, żeby trochę poprawić jej humor.

– Przecież sam mówiłeś, że wielokrotnie groty były zasypywane, więc trochę adrenaliny mam. Ale i tak dobrze, że taki pomnik przyrody w ogóle istnieje i można taką ciekawostkę zobaczyć.

– Na Niżu Europejskim to największa osobliwość przyrody nieożywionej.

– Szkoda, że Eliza nie może tego zobaczyć.

– Przyjedzie tutaj na pewno nie raz.

Ostatniego dnia wycieczki na Kaszuby Północne padało od samego rana. We Władysławowie pospacerowali trochę w okolicy Domu Rybaka pod parasolkami, a potem wyszli z samochodu raz jeszcze, żeby obejrzeć pomnik generała Józefa Hallera oraz zwiedzić muzeum jemu poświęcone, „Hallerówkę". Powstało ono w willi, w której niegdyś generał mieszkał.

Po ponownym wejściu do auta Ryszard spojrzał smętnie na Annę.

– Nie udaje nam się pogodowo ostatni dzień.

– Ale za to wczorajszy i przedwczorajszy wynagrodziły mi to z nawiązką. Narobiłam zdjęć, że ho, ho, a poza tym kupiłam kilka albumów, mam wiele broszur... – Przewróciła oczami, pokazując na tylne siedzenie. – Będę miała co pokazywać Felci.

– Mamy jeszcze dwa punkty po drodze. Może humor ci się trochę poprawi. Dzisiaj zwiedzimy trzy miejsca związane z cystersami. Starzyno, do którego pojedziemy najpierw, było letnią rezydencją opatów oliwskich, a także ośrodkiem rekonwalescencji dla chorych mnichów. Parafia w Starzynie powstała już w tysiąc dwieście dwudziestym roku.

– Wcześniej niż w Parchowie, bo tam przy końcu trzynastego wieku – Anna wykazała się wiedzą; roześmiali się.

– Pierwszy kościół był drewniany i pod wezwaniem świętego Jana Chrzciciela, a kolejny w siedemnastym wieku murowany, lecz niewielki, jednonawowy. Różnie historia się tutaj układała, na przykład w wiekach późniejszych była to filia parafii w Mechowie.

– Ciekawe.

– Ale zanim tam dojedziemy, po drodze mamy Starzyński Dwór, to również były kiedyś dobra cystersów. Po sekularyzacji dóbr zakonnych przez Prusaków trafiły w ręce rodziny von Grass. Był tutaj ładny pałacyk, trochę podobny do tego w Rzucewie, mam w domu stare zdjęcia, ale w czasie wojny spłonął i został rozebrany.

– To nie ma co oglądać, tym bardziej, że pada. – Anna machnęła dłonią.

Ryszard parsknął śmiechem.

– Jest tam ciekawy park krajobrazowy, są pozostałości zabudowań folwarcznych, wieża z sygnaturką, gdzie kiedyś była kaplica...

– Co to znaczy... kiedyś była kaplica? – Anna przerwała mu raptownie.

– Bo w Peerelu kaplicę zamieniono na warsztat i tak jest do dzisiaj, ale mieszkańcy i kuria walczą o jej zwrot.

Ryszard zwolnił i zatrzymał się na poboczu. Pomiędzy ruchem wycieraczek Anna przyglądała się dawnej kaplicy.

– To taki... rodzaj świętokradztwa. Całkiem azjatycki – wyrzuciła z siebie. – Nawet nie mam zamiaru wysiadać. I nie dlatego, że pada. Przywieziesz mnie tutaj znowu, kiedy kaplicę ponownie przywrócą wiernym[37]. Ja im komuchom dam! – pogroziła nie wiadomo komu.

– I to mi się podoba!

Ryszard znowu ruszył; Anna spoglądała za siebie na dawną kaplicę i kręciła głową. Do Starzyna dojechali migiem. Pomiędzy kroplami deszczu Anna wypatrzyła bryłę kościoła i spojrzała na Ryszarda.

– Ładny... taki zupełnie sprzed lat.

– Trafiłaś! Pominąwszy drobne naprawy, przetrwał w niezmienionym stanie od tysiąc sześćset czterdziestego dziewiątego roku. Oczywiście, to też fundacja cystersów z Oliwy.

– Tak na moje oko trochę gotyk, trochę renesans...

– Tak właśnie fachowcy mówią o jego stylu!

– A przed chwilą niby kto mówił? – Anna zachichotała.

– Jak się cieszę, że wrócił ci humor!

– Bo staram się nie oglądać do tyłu. – Anna pokazała kciukiem za siebie, w kierunku Starzyńskiego Dworu.

– Masz rację!

Ryszard rozłożył duży parasol, o którym Anna kiedyś powiedziała, że mógłby spokojnie ochraniać kawiarniany stolik.

– Fajnie, że go dzisiaj rozłożyłeś – pochwaliła. – Milutko tu u pana... – Wcisnęła dłoń pod pachę swojego mężczyzny.

Spoglądała na kościół posadowiony na niewielkim

---

[37] Akcja toczy się w 2003 roku i wówczas w dawnej kaplicy był jeszcze warsztat. Kaplicę oddano wiernym w roku 2008, poświęcił ją biskup Zygmunt Pawłowicz, jej patronem jest św. Benedykt. Na podstawie: http://www.parafiastarzyno.pl/parafia/historia-parafii.

wzniesieniu między starymi drzewami i okolony murem z ciosanych kamieni[38].

– To jest samo centrum wsi – rzucił Ryszard, zwalniając kroku. – Kościół wybudowano na starych podwalinach dawnego kościółka cysterskiego, pod patronatem świętego Michała Archanioła. Opat oliwski, Aleksander Kęsowski, nosił herb Poraj i dojrzysz go na ołtarzach kościoła.

– A co tam jest w ścianie? – Anna lekko pociągnęła Ryszarda w kierunku muru. – To kula armatnia?

– Wypatrzyłaś ją! Pochodzi z czasów potopu szwedzkiego, albo wojen napoleońskich, chociaż…

– Na pewno to sprawka Szwedów – przerwała mu Anna. – Ustawili niedaleko armatę i cel pal! – Pokiwała głową. – Jak pojadę kiedyś do Szwecji, to tak im wygarnę…! – zaperzyła się. – Mają szczęście, że kiedyś nie było mi to w głowie…

Pogroziła palcem.

– Ale powiedziałaś przecież, że za granicę nie chcesz już jeździć – zażartował Ryszard.

– No, to im się ode mnie upiecze… Ale napuszczę na nich Elizę – zachichotała.

Ryszard, tłumiąc śmiech, pociągnął ją w kierunku wejścia do świątyni.

– Twórcą ołtarzy oraz osprzętu liturgicznego do kościoła był złotnik Andrzej Pierwszy Mackensen – ściszył głos. – Jego nazwisko stoi również za polichromią Sądu Ostatecznego na ścianie z łukiem tęczowym. – Wskazał przed siebie; usiedli w ławce.

Anna powoli spoglądała wokół, a na koniec zwróciła się do Ryszarda.

---

38 http://lenarczykewa.bloog.pl/id,335980718,title,Stare-Starzyno,index.html?smoybbtticaid=61a933.

– Czyli to wszystko pochodzi z siedemnastego wieku.

Ten skinął głową.

– Ambona i tabernakulum również – dodał. – Tylko kamienna chrzcielnica w kruchcie jest młodsza o jeden wiek...

Spojrzał za siebie; Anna podążyła za jego wzrokiem.

Drzwi wejściowe skrzypnęły. Do wnętrza weszła kobieta z dwiema dziewczynkami. Cała trójka skinęła głowami w ich kierunku. Anna i Ryszard odkłonili się.

– Kaszubi są bardzo gościnni – Ryszard szeptem uprzedził pytanie Anny. – Lubią w szczególności tych, którzy odwiedzają ich świątynie i w nich się modlą.

Anna po usłyszeniu ostatnich słów uklękła; Ryszard delikatnie uśmiechnął się.

– Nie będę robiła tutaj zdjęć, wszystko zapamiętam – szepnęła po chwili skupienia.

Kiedy za kilka minut wychodzili z kościoła, Anna spojrzała jeszcze na chór, a potem w kierunku kobiety z dziewczynkami. Teraz to ona skłoniła przed nimi głowę i uśmiechnęła się; cała trójka odkłoniła się, lekko się uśmiechając.

– Jak tutaj jest cudnie! – westchnęła Anna, kiedy wyszli na zewnątrz. – Nawet deszcz mi nie przeszkadza – zapewniła Ryszarda.

– Bo jest tylko drobny kapuśniaczek. Teraz pojedziemy, Anno, do Żarnowca. Tam dopiero się napatrzysz i nadziwisz! – Ryszard skubnął wąsika.

– To opowiedz mi coś zawczasu, wprowadź mnie w jeszcze lepszy humor – poprosiła.

– Szkoda, że pada, bo bym ci pokazał wielkie głazy, pomniki przyrody Puszczy Darżlubskiej, na terenie której właśnie się znajdujemy.

– Głazy tak duże jak w Węsiorach?

– Większe! Jeden z nich nazywa się „Boża Stopka" i ma obwód ponad dwa i pół metra, a drugi „Diabelski Kamień" z obwodem dwanaście i pół metra, a wysokością blisko dwu metrów.

– Ooo! Kamyczki... – Anna zachichotała.

– Wykorzystywano je niegdyś jako znaki graniczne...

– Zielony Dwór! Jeszcze jeden, a znaliśmy już dwa. – Anna wskazała na tablicę; Ryszard potwierdził.

– Teraz czekaj na kolejną tablicę – mrugnął. – W pobliżu wsi, którą ona oznacza, Piotr Dunin, naczelny dowódca wojsk królewskich w wojnie trzynastoletniej, pokonał wojska krzyżackie. To był punkt zwrotny tej wojny.

– Świecino – Anna odczytała na tablicy i uśmiechnęła się do Ryszarda. – Ważne rzeczy tu się kiedyś działy.

– Dzisiaj też, bo ty odwiedzasz te tereny... – Ryszard mrugnął; Anna poklepała go delikatnie po dłoni, którą trzymał na kierownicy. – Klasztor cysterek powstał w Żarnowcu na początku trzynastego wieku – zmienił temat. – Jak pamiętasz, one opiekowały się także przez dwieście lat pucką farą. Po koniec szesnastego wieku klasztor osłabiony wpływami reformacji został przekazany benedyktynkom[39].

– Czyżby cysterki były zbyt nowoczesne w oczach papiestwa?

– Wiesz co...? – Ryszard zerknął na Annę, zmarszczył czoło i zamyślił się. – Hmm... Może ty masz rację! Jakoś nigdy tak o tym nie pomyślałem, ale to możliwe... – Pokiwał głową. – Może tutejsze cysterki próbowały trochę złagodzić przyjętą kiedyś twardą monastyczność.

---

39 http://www.benedyktynki-zarnowiec.pl/historia.

Założyciel cystersów wywodził się z zakonu benedyktynów, chciał większego zaostrzenia reguły, dlatego stamtąd odszedł. Może nie spodobało się władzy kościelnej, że tutejsze cysterki też zamierzały coś zmienić, może złagodzić regułę, więc zastąpiono je tutaj benedyktynkami.

– Ale tak tylko sobie fantazjujesz, prawda?

– Ty pierwsza zaczęłaś. – Ryszard mrugnął i delikatnie machnął dłonią. – Tak czy owak benedyktyni to też zakon monastyczny ze słynnym mottem: *Ora et labora*, czyli „Módl się i pracuj". Przybyłe zakonnice miały tu już wszystko urządzone, więc było im łatwiej. Tutejsza wspólnota rozwijała się. Siostry prowadziły szkołę dla dziewcząt i pracownię haftu, słynną na całe Pomorze. Z tego też czasu pochodzi barokowy wystrój kościoła fundowany przez kolejne ksienie tego klasztoru. Prusacy sekularyzowali klasztor w roku pierwszego rozbioru Polski, a sześćdziesiąt lat później go skasowali. Od czterdziestego szóstego roku klasztor jest ponownie siedzibą benedyktynek.

– To jest chyba ten klasztor. – Anna wskazała dłonią na ceglany kompleks dużych zabudowań, które pojawiły się po prawej stronie szosy. – Ale szybko przyjechałeś!

– Zgadza się, to ten klasztor. A ze Starzyna to tylko trzynaście kilometrów – roześmiał się Ryszard.

Ruszyli na krótki spacer pod parasolami po otoczeniu klasztoru i weszli do wnętrza kościoła klasztornego pod wezwaniem Zwiastowania Pana.

– Kościół jest w stylu gotyckim, ale wystrój w większości barokowy – szepnął Ryszard, gdy zasiedli w ławce. – Pochodzi z czasów, gdy zaczęły tutaj rządzić benedyktynki.

– Wystrój barokowy ożywia trochę wnętrze. Nie jest takie ascetyczne.

– Masz rację.

Anna zachwycona była pięknym, bogato zdobionym trzyczęściowym ołtarzem głównym, ołtarzami bocznymi, amboną i chrzcielnicą. Oglądała z zaciekawieniem stalle przedstawiające sceny z życia świętych Benedykta i Scholastyki. Podziwiała rzeźbę świętej Katarzyny z czternastego wieku, czy największy skarb kościoła żarnowieckiego – niezwykłą Pietę z tysiąc czterysta trzydziestego roku. Feeria barw haftów kaszubskich na szatach liturgicznych oraz bogato zdobione graduały wykonane z baraniej skóry, jakie mogła podziwiać w skarbcu klasztoru, wywołały u niej euforię. Mimo deszczu wracali więc do Parchowa w dobrym humorze.

– Jak opowiem Felci o tych haftach, to biedaczka chyba pęknie z zazdrości! – zachichotała Anna, gdy wsiedli do samochodu.

– Szkoda, że nie pojechali razem z Janem. To była wymarzona wycieczka dla nich. Może powtórzymy w przyszłym roku tę trasę i zajedziemy do samego Helu?

– Pięknie by było, ale chyba trzeba by się ruszyć w czerwcu, przed wakacjami – powiedziała. – A pamiętasz, że niedługo spotykam się u twojej mamy z wszystkimi dziewczynkami?

Zerknęła na Ryszarda.

– Na kiedy planujecie ten bal?

– W kolejny piątek po dożynkach.

– Mama zdradziła mi, że tym razem przygotują się z Elą odpowiednio na to spotkanie – mrugnął.

– Może ja też się jakoś włączę?

– Tym razem moje rączki muszą im wystarczyć – zapewnił, chcichocząc.

Babie lato

Jak myśmy się dawno nie widziały! – Stefania objęła Sławkę. – To było chyba na Wielkanoc!
– Czas leci jak głupi … – uśmiechnęła się Sławka.
Stefania, stojąc na ganku, powitała kolejno jeszcze Felcię, Gertrudę i Annę.
– Chodźcie do salonu, dzisiaj od razu siadamy do stołu, by nie było jak kiedyś, żeśmy gadały, gadały, a ja nawet nie pomyślałam, że możecie być głodne. O! Przepraszam, Adelo, z tobą się jeszcze nie przywitałam.
Kilka chwil zamieszania w salonie i wreszcie wszyscy siedzieli na swoich miejscach.
– Ela i Rysio będą nam dzisiaj usługiwać, tak jak kiedyś, gdy byli mali.
Pani Stefania pomachała obojgu; siedzieli na krzesłach stojących najbliżej wyjścia z salonu. Ela wstała i lekko klasnęła w dłonie.
– Najpierw się spytam, komu kawa, a komu herbata? – odezwała się dźwięcznie.
Za parę minut każdy miał przed sobą parującą filiżankę, a na talerzyku ciasto. Ryszard okrążył stół z butelką deserowego wina.
– O, i krew od razu szybciej nam popłynie! – ucieszyła się Stefania. – Wiedziałam, że o czymś zapomniałam, a to chodziło właśnie o wino! – uśmiechnęła się.
– Jakież piękne to ciasto, Stefanio! – Sławka pokręciła głową z zachwytu.

– A o którym mówisz – tym kolorowym torciku czy o biało-brązowym?

– O tym drugim, bo właśnie mam go na talerzyku. – Sławka wzięła kawałek na widelczyk i przeniosła do ust. – A jakie pyszne! Jak je robisz?

– Moje jest to kolorowe. A która z was zrobiła tę pyszność, która i mnie smakuje? – spytała Stefania i rozejrzała się wokół stołu.

– Ach, to nic takiego – sumitowała się Adela. – To tylko metrowiec.

– A skąd taka nazwa? – Sławka spojrzała na Adelę.

– Bo jak już ciasto jest przygotowane do krojenia, to ma równo metr.

– Coś takiego! – Stefania pokręciła głową. – A jak się je robi? Bo w smaku jest bardzo delikatne.

– Piecze się w dwóch foremkach lekkie biszkoptowe ciasto; każdy przepis jest w tym zakresie dobry. W jednej foremce jasne, a w drugiej ciemne. Kiedy ostygnie, kroi się ja na dwucentymetrowe plastry i przekłada kawałek po kawałku śmietankową masą budyniową własnej roboty, to jest tu najważniejsze – wyjaśniała Adela, gestykulując.

– Zupełnie inny jest smak tego budyniu niż z torebek; smak tamtego znam, bo często sobie robię. Tak mi jest najłatwiej i najszybciej – odezwała się Gertruda, jakby tłumaczyła się.

– Te posmarowane masą budyniową plastry skleja się, raz jasny, raz ciemny i tak na przemian, i jakbyście nie kombinowały, wychodzi metr ciasta – uśmiechnęła się Adela. – A potem dekoruję ciasto polewą czekoladową, posypuję wiórkami kokosowymi, orzechami, migdałami i albo do lodówki, albo do chłodnej spiżarni. I to wszystko!

– A jak to się dzieje, że jeden plaster ma paski i białe, i ciemne?

– A bo kroi się gotowe ciasto dla uzyskania tego efektu na szagę, po skosie! – wyjawiła sekret Adela.

– Aaa, rozumiem! – Sławka pokiwała głową.

– Wspaniale, Adelo! – pochwaliła ją Stefania.

– A możesz, Stefciu, opowiedzieć, jak robisz ten kolorowy torcik lodowy? Bo jem, delektuję się, jest pyszny, ale zastanawiam się, jak można tak warstwami lać galaretki, żeby się nie pomieszały – spytała Felcia.

– Trzeba dużo cierpliwości i już. Kiedyś sama wszystko robiłam, a teraz wspólnie z Elą. – Spojrzała w stronę córki.

– Mama robi masę serową z białych serków z żelatyną, a ja resztę. Galaretki rozpuszczam w czterech miseczkach, bo tyle robię kolorów: czerwoną, żółtą, pomarańczową i zieloną. Tymi galaretkami manipuluje się przez cały czas pomiędzy stołem a lodówką. Bo nie mogą być zbyt rzadkie, ale też nie za bardzo stężone. To pracochłonna praca artystyczna. Potrafi zabrać nawet dwie godziny, bo każdorazowo foremka musi powędrować do lodówki, kiedy umieszczę tam nową warstwę, żeby odpowiednio stężała przed położeniem kolejnej. Najpierw jeden kolor galaretki i do lodówki. Po jakimś czasie wyciągamy, kładziemy warstwę masy serowej i znowu do lodówki, do stężenia. I tak kolejno, aż położy się wszystkie warstwy. Przed położeniem ostatniej warstwy galaretki, na stężoną warstwę serową kładę owoce: brzoskwinie albo mandarynki, albo truskawki, zależy, w jakiej porze roku się robi, i zalewam ostatnią warstwą galaretki. Dopiero po następnych dwóch godzinach, jak to się wszystko dobrze zwiąże, jest gotowe na stół – zakończyła Ela.

– Mnie by chyba wyszła z tego pulpa galaretkowa. To nie na moje nerwy! – zachichotała Felcia. – Ależ to jest znakomite! Chyba jeszcze kawałek sobie wezmę – uśmiechnęła się.

– Ja też skosztuję teraz tego torcika... – Sławka spojrzała na Stefcię.

– No jasne! Ale powiedzcie, jak często spotykacie się teraz z Gertrudą? – Stefania poprawiła okulary na nosie.

– Dosyć często. Na tyle, na ile Ania albo Ryszard mogą podrzucić mnie do Studzienic albo Gertrudę do Bytowa.

– A nie pomyślałyście nigdy, żeby zamieszkać razem? – uśmiechnęła się Stefania; Sławka i Gertruda spojrzały po sobie zaskoczone.

– Ale jak? Przecież ona ma tam swoje gniazdo, a ja swoje w Bytowie... – Sławka zmarszczyła brwi.

– To jest właśnie nasz problem – uzupełniła Gertruda, kiwając głową.

– Ale nigdy o tym nie rozmawiałyście? – Stefania spojrzała ponownie na siostry.

– Raz rozmawiałyśmy, ale jakoś tak się potoczyło, że nie udało nam się dokończyć tej rozmowy... – przyznała Gertruda.

– Czasem się zdarza, że nie możemy skończyć jakiegoś tematu i potem musimy przypominać sobie, co to było, prawda? – Stefania uśmiechnęła się do Gertrudy i poklepała ją lekko po dłoni; ta potwierdziła.

– A czy domek Gertrudy stanowi jej własność? Bo to, że mieszkanko należy do Sławki od dawna, to mi Ania kiedyś mówiła – wtrąciła Felcia.

– Tak, to moja własność, mam papiery! I nawet nie jest zadłużone, jakby co! – Gertruda potrząsnęła głową.

– No, to teraz trzeba by tylko ustalić, gdzie byście wolały zamieszkać i już – podsumował Ryszard;

Sławka i Gertruda spoglądały po sobie dziwnym wzrokiem i milczały.

– Chyba u Sławki byłoby... za ciasno – powiedziała wreszcie Gertruda.

– Pewnie trochę tak – pokiwała głową Sławka. – Ale z kolei u Gertrudy wszędzie miałybyśmy daleko. To znaczy dom stoi na uboczu, sklepiki są dużo dalej i trzeba do nich iść ładny kawał drogi.

– To może nie jest problem, bo codziennie zakupów się nie robi, ale jak potrzebuję iść do innego lekarza niż tego od przeziębienia, to i tak trzeba do Bytowa... – Gertruda machnęła dłonią.

– Czyli najlepiej by było, gdybyście zamieszkały w zupełnie nowym miejscu, gdzie w razie czego byłby blisko lekarz, a i sklepików dużo, no i na spacer byłoby gdzie wyjść – zauważyła Felcia.

– A wy byście dały się w ogóle przesadzić na nowe miejsce? – włączyła się Adela. – Pamiętam, że sama dość długo miałam wątpliwości, czy przyjmę się w nowym miejscu, ale po przeprowadzce do Parchowa, dzięki Ani i Felci, czuję się tak, jakbym tam mieszkała od urodzenia!

Sławka i Gertruda spoważniały i wpatrywały się w siebie.

– Bo... – zaczęły prawie jednocześnie.

– Ty pierwsza! – zaśmiała się Sławka. – Jesteś o rok starsza, czego nie wypominam ci.

– Wiem... – Gertruda przymknęła na chwilę oczy. – Bo to jest tak, że my właściwie rozpoczynamy nowe życie... – zaczęła i spojrzała na Sławkę; ta pokiwała głową – ...więc może jednak powinnyśmy zmienić miejsce na całkiem nowe? – Spojrzała niepewnie na Sławkę; ta klasnęła w dłonie i uśmiechnęła się. – Nie boję się nowego miejsca, choć znam to przysłowie, że starych drzew się nie przesadza.

– Myślę tak samo! – wykrzyknęła Sławka.

– Czyli czasami burza mózgów jest potrzebna! – Ryszard skubnął wąsika. – W międzyczasie wymyśliłem następny krok, ale to tylko takie rozważania teoretyczne – uśmiechnął się szeroko; wszyscy spojrzeli na niego. – Przecież wiecie, że między innymi zajmuję się załatwianiem aktów notarialnych dotyczących kupna i sprzedaży domów, mieszkań.

– Ja tego nie wiedziałam... – pokręciła głową Gertruda – ...ale już wiem! – uśmiechnęła się. – I co, jest jakaś szansa? Bo ja bym chciała.

– Ja też, więc może porozmawiajmy nie o teorii, a o praktyce. – Sławka spojrzała na siostrę, a ta skinęła głową; obie zgodnie przeniosły wzrok na Ryszarda i uśmiechnęły się do niego.

– Szansa istnieje zawsze, a ja jestem w stanie wyszukać taką propozycję, żeby wam pasowało! – Znowu skubnął wąsika i zamyślił się. – Mam na przykład takich klientów, którzy chcieliby wyprowadzić się poza Bytów, ale nie za daleko. Mają dwupokojowe mieszkanie przy rynku...

– Przy Markcie?! – zawołała Sławka. – Ależ tam bym właśnie chciała mieszkać! Wiesz, Gertruda... tam jest gdzie chodzić: kościółek niedaleko, czasami jakieś imprezy się odbywają, może głośne, ale to nie jest przecież codziennie.

– A sklepiki, lekarz? – Gertruda spojrzała na nią.

– Wszystko pod nosem!

– Tylko że... – zaczął Ryszard; Sławka spojrzała na niego i położyła palec na ustach.

Wszyscy uśmiechnęli się.

– A słońce w oknach byłoby? – Gertruda spojrzała na Sławkę.

– Poczekaj, niech się zastanowię... – Ta przymknęła oczy. – Tam jest różnie, więc nie wiem. Ale może Ryszard coś wie... – Spojrzała na niego pytająco.

– Tak, wiem. Był, a w zasadzie jest pewien kłopot z tym mieszkankiem, bo ono niestety jest położone na parterze...

– Ale nam przecież chodzi o parter! – przerwała mu Sławka.

– No właśnie! – dodała Gertruda.

– To jedno mamy przynajmniej ustalone. Wydaje mi się, że słońce będzie sprawiedliwie w obu pokojach, bo...

– Pogodzimy się! – Sławka i Gertruda objęły się.

– Zostaje tylko problem z mieszkaniem, domkiem Gertrudy, ale oczywiście mogę się tym zająć.

– A jaki to problem? – Gertruda zmarszczyła brwi.

– Tamto mieszkanko w Bytowie ma wysoki standard jak na tak niewielki metraż...

– Przecież nam to nie przeszkadza! – Sławka znowu przerwała Ryszardowi.

– No właśnie – dodała Gertruda.

– Czyli... trzeba by podnieść standard w domku Gertrudy – Ryszard dokończył wcześniejszą myśl.

– Ale mnie na to nie stać... – westchnęła Gertruda i spojrzała smutno na siostrę.

– Wydaje mi się, że mógłbym coś zaradzić w tej sprawie. – Ryszard znów skubnął wąsika.

– Nasz Rysio wszystko może! – pisnęła Stefania.

– Jakie on sprawy załatwia teraz przy budowie siedliska Anny, to nawet nie macie pojęcia – Felcia uśmiechnęła się, przewracając oczami.

– Kiedy tylko coś wymyślę, to on już widzi rozwiązanie – potwierdziła z dumą Anna.

– Czyli jak by to było…? – Sławka spojrzała niepewnie. – Bo ja bym mogła tylko teoretycznie pomóc Gertrudzie, gdyż to, co mam zaoszczędzone, na wiele by nie starczyło….

– Czyli nie da się... – Gertruda znowu rozłożyła dłonie.

– Zrobimy więc następująco, o ile się panie zgodzą...

– Ale, Rysiu, mów nam wreszcie ciągle po imieniu, bo raz mówisz tak, a raz tak! – przerwała mu Sławka.

– No właśnie! – poparła ją Gertruda. – Nie mogę się przez to skupić.

– O! Już zwietrzyły interes – zaśmiał się Ryszard, a wraz z nim wszyscy przy stole. – Ale z góry powiem, że obie zarobicie na tym biznesie, żadna z was nic nie straci – zapewnił poważnie. – Muszę się tylko dowiedzieć, czy tym od mieszkania w Bytowie przypasują Studzienice.

– Przecież tam jest ładnie! Jezioro blisko, las, spokój, żadnych dużych domów nie ma i nie będzie, małych domków już też nie, a jeszcze ogródek jest! – Gertruda poderwała się. – Okna i drzwi też u mnie są nowe.

– Tak! I to są plusy! – zgodził się Ryszard. – Nawet kolor elewacji domu jest ładny, słoneczny. Czyli zrobimy tak. Oni mi ufają…

– Rysiu, a kto tobie nie ufa! – Stefania weszła mu w słowo. – Nalej jeszcze, bo cała drżę z emocji!

Ryszard złapał się za głowę, ale posłusznie napełnił kieliszki. Po chwili wszyscy unieśli je w górę.

– Trzeba by, Gertrudo, wyprowadzić cię stamtąd na miesiąc.

Gertruda znowu zrobiła smutną minę.

– Zaufaj mi – Ryszard zwrócił się do niej. – Wszystko będzie dobrze! Najpierw wyślę im zdjęcia posesji z zewnątrz. Powiedzmy za trzy dni, ale najpierw jutro dowiem się, czy w ogóle ich to miejsce, znaczy Studzienice, interesuje.

– A jak nie?

– Nie martw się, zainteresuje, bo dam im do wyboru inne miejsca, gorsze – uśmiechnął się; Stefania pogroziła synowi. – Potem zawieziemy tam naszą młodzież, która zrobi nowoczesny design w oknach, trochę ucywilizujemy ogródek, wstawimy nową ławkę, jakieś leżaki, takie tam duperele. Zrobimy wreszcie sesję zdjęciową, na razie z zewnątrz.

– A to nie będzie oszustwo? – Gertruda spojrzała niepewnie.

– Myśmy to wszystko chcieli zrobić u ciebie tego lata, ale przez budowę mojego siedliska ta sprawa wyleciała nam z pamięci – zawstydziła się Anna. – I nawet gdyby się nie udało, to wszystko już tak zostanie upiększone, będziesz miała na zewnątrz trochę ładniej.

– Już się cieszę. A co dalej? – Gertruda spojrzała na Ryszarda z nadzieją.

– W tym czasie, kiedy tamci z rynku wyjadą na wycieczkę zagraniczną czy wczasy, wpuścimy tam na dwa tygodnie fachowców. Pogadam ze znajomą, żeby im coś ekstra zaproponowała w *last minute*, bo wiem, że czekają na telefon od niej.

– Ty jesteś prawdziwy cudotwórca! Wszystkie sznurki zbiegają się u ciebie! – zapiała Felcia.

– To jest zwykły handel wymienny. Każdy coś na tym zarobi, tylko trzeba naciągnąć sprężynę i popchnąć wahadło jak w starym zegarze. – Ryszard swoim zwyczajem skubnął wąsika.

– Czyli mamy już wszystko obgadane, tak? – Stefania spojrzała wokół. – Może zmienimy temat?

– Ja bym mogła o tym rozmawiać cały czas...

Sławka złożyła dłonie.

– Ja też. – Gertruda objęła siostrę.

– Tylko dzisiaj musiałbym pojechać do Bytowa pogrzebać w papierach i wszystko obmyślić na spokojnie.

Ryszard spojrzał pytająco na Annę.

– A jutro byś wrócił? – Stefania zmarszczyła brwi i spojrzała na syna.

– A dlaczego miałbym jutro wracać, mamo?

– Do matki nie chciałbyś przyjechać?

Ryszard potrzasnął głową i zaśmiał się.

– Bo dzisiaj dziewczynki zostaną u mnie na noc, porozmawiamy sobie do późna... albo mam inny, jeszcze lepszy pomysł. Ile wam potrzeba czasu, żeby się spakować na wczasy? – Stefania spojrzała na Sławkę, a potem na Gertrudę.

– Nigdy nie byłam na wczasach – odparła, wzruszając ramionami, Gertruda. – Tylko sprzątałam w ośrodku wczasowym.

– Ja też nigdy nie byłam, bo po prostu nie chciałam, ale tak sobie myślę, że w godzinę bym się umiała spakować, wiedząc, że ludzie jadą na dwa tygodnie z jedną walizką na osobę.

– Tak samo sobie teraz pomyślałam – uśmiechnęła się Gertruda. – Ale o co chodzi z tymi wczasami?

Spojrzała niepewnie wokół.

– Zaraz, Rysiu, wyciągniesz ze skrytki dwie największe walizki i pojedziecie spakować Sławkę i Gertrudę, a za dwie godziny wrócicie. My tutaj w międzyczasie przygotujemy ciepłą kolację. A wy mi pomożecie... – spojrzała na Felcię i Adelę – ...znaczy pomożecie Eli.

Bo jeśli o was chodzi, to możecie zostać u mnie na jedną noc tak jak stoicie.

– No, ale... – Felcia spojrzała na Adelę, a potem skierowały wzrok na Annę.

– Dla dobra sprawy, myślę, że... jakoś to będzie – Anna zaśmiała się.

– Szczoteczek do zębów, ręczników, a nawet gatek mamy pod dostatkiem! – zaśmiała się Stefania. – Już z góry się cieszę, że będę was gościć u siebie!

Spojrzała na Sławkę i Gertrudę, z radości klasnąwszy w dłonie.

– To w takim razie zbieramy się... żeby szybko wrócić – uśmiechnęła się Sławka.

– Tylko weźcie jeszcze jakieś kurtki, cieplejsze buty i swoje laczki. Wiem, jak to jest! A jutro rano, gdzieś koło dziesiątej, pójdziemy podziwiać babie lato. Już dzisiaj się nim nazachwycałam!

– Dziesiąta... to jest rano? – zdziwiła się Felcia.

– W takim razie ty pójdziesz wcześniej na rozpoznanie i powiesz nam, czy jest babie lato! – Stefania zaśmiała się.

W niecałe dwie godziny Gertruda i Sławka z bagażami pojawiły się z powrotem. Obie uśmiechnięte.

– Ja bym zjadła jeszcze kawałek keksika, który zrobiłaś, Stefciu. Tylko tym razem bym się napiła herbaty.

– Ale to nie jest keksik. – Sławka pokręciła głową. – To ciasto ja zrobiłam, bo w moich warunkach nic innego by mi nie wyszło. – Rozłożyła dłonie.

– Pyszne jest! A jak je robisz?

– Ciasto takie jak na murzynka, delikatnie zmiksowane, bo to mi łatwo zrobić. Potem kroję w drobną kosteczkę jabłuszko i delikatnie mieszam z ciastem, i do piekarnika. Efekt wizualny ładny, a przy tym ciasto jest także zdrowe na żołądek, bo jest w nim nasz polski owoc! – Sławka obejrzała się wokół.

– A jadłyście rogaliki drożdżowe, które rosną w lodówce, albo jeszcze lepiej na mrozie? – rzuciła wyzwanie Felcia.

– Jak drożdże urosną ci w zimnie? To jest niemożliwe! – Ela spojrzała na nią i pokręciła głową.

– Ja też nie wierzyłam, ale mi pokazała w praktyce, jak to się robi – wtrąciła się Anna; Ela popatrzyła z niedowierzaniem w oczach na Annę i Felcię.

– Mieszam drożdże z białym i nastawiam je do wyrośnięcia, ale wstawiam albo do lodówki, albo wystawiam na mróz. Potem mąka i tak dalej, no, wiecie, jak się robi rogaliki, do środka jakieś śliwki, czy co tam chcemy jako nadzienie, i pieczemy. Ale zanim wstawię je do piekarnika, smaruję pędzelkiem maczanym w roztrzepanym jajku, żeby potem ładnie się świeciły, posypuję drobnymi orzeszkami albo migdałami. Piekę na złoty kolor. – Felcia poruszyła rozłożonymi dłońmi. – Żebyście wiedziały, jakie znakomite są na ciepło!

– Wtedy potrafię zjeść nawet sześć sztuk! – zapewniła Anna z zabawną miną.

– Zaraz, zaraz – nie dawała za wygraną Ela. – Przecież drożdże na mleku rosną tylko w cieple? – Spojrzała pytająco na matkę; ta potwierdziła. – Coś tu, Felciu, kręcisz chyba.

– A ja powiedziałam, że rozpuszczam je w mleku? – Felcia wzruszyła ramionami.

– A białe to jest co? – Ela zmarszczyła czoło.

– Kombinuj, dziewczyno… – zachichotała Felcia; Ela pokręciła głową. – To kwaśna śmietana, nie wiedziałyście?

– Fajnie się tak rozmawia o jedzonku – Adela westchnęła. – Zawsze czegoś nowego człowiek się dowie. Rogaliki z twojego przepisu zrobię, Felciu, na Nowy Rok. Będę mroziła na parapecie naszej chaty z bali...

Zarumieniła się ze szczęścia.

– Poprzednio rozmawiałyśmy u ciebie, Stefciu, trochę na smutno, trochę na wesoło... – Sławka spojrzała na gospodynię.

– Mam nadzieję, że nie chcecie znowu na takie tematy rozmawiać, chociaż ostatnio Rysio przywiózł mi jakieś materiały o wywiezionych z Polski podczas drugiej wojny światowej, przez Niemców i Rosjan, dobrach przemysłowych i dobrach kultury. – Stefania przymknęła oczy. – O tym niby wiedziałam, ale jak się to zbierze w jednym miejscu, to dopiero robi wrażenie. Gdyby któraś chciała, to mogę dać do przeczytania.

– Nie... – Sławka i Gertruda jednocześnie pokręciły głowami.

– To znaczy, na pewno nie dzisiaj – uzupełniła Sławka.

– My też nie, bośmy niedawno tyle się nagadały, a do tego jeszcze z Elizą... – Felcia z Anną również pokręciły głowami. – Co ta naprzywoziła tematów z Gdyni, od tych ludzi, u których mieszka, to skóra cierpnie. I to wszystko o wojnie.

– Rozumiem. Czyli dzisiaj tylko na wesoło! – zaśmiała się Stefcia. – Albo o jedzonku! – Spojrzała na Elę, która wespół z Anną nakrywały stół do kolacji i powoli znosiły półmiski. – Ależ ta szynka pachnie – zachwyciła się. – To nie jest kupna, poznaję. Która z was ją zrobiła? – popatrzyła na Annę, Felcię i Adelę.

– Przyznam się. To moja produkcja – odezwała się Felcia. – Robię ją z kulki. Pięć dni moczę w zalewie z soli peklowej z czosnkiem, zielem angielskim i liściem laurowym. Stoi w chłodnej spiżarni. Przekładam ją tam od czasu do czasu, żeby równo się upeklowała z każdej strony. Po pięciu dniach wyciągam z tej zalewy, odsączam i wkładam do lodówki na dwie godziny, żeby odpoczęła.

– Odpoczęła? A cóż to za termin w odniesieniu do szynki? – zdziwiła się Stefania.

– Ja to tak nazywam. – Felcia wzruszyła ramionami. – Musi poleżeć w dobrym chłodzie, bez pekli. Potem ładuję ją do rękawa piekarniczego, wsadzam tam ten czosnek z zalewy, dolewam wody i piekę ze dwie godziny.

– Co za zapach jest wtedy w domu! – Anna przymknęła oczy.

– Ależ ona jest kruchutka, a jaki smak! – oblizywała się Stefcia. – Ela kupuje u Gzeli, ale tamta z tą nie ma co się równać.

– Jo! – Felcia rada z otrzymanej pochwały, przymknęła oczy.

– A cóż tak paruje w tej wazie? – Adela próbowała dojrzeć. – Jakieś mięsko?

– To są klopsiki kapuściane. Bardzo zdrowe! – Gertruda spojrzała w jej kierunku i pokiwała palcem. – Może być mięsko drobiowe, z kurczaka albo z indyka, wieprzowina albo cielęcina. Tylko nie wołowina! Główka kapusty, taka do półtora kilograma, a mięska tylko pół kilograma. Kapustę trę na tarce, na grubych oczkach, potem zaparzam przez pięć minut i przekładam na sito do odsączenia. Nadmiar wody odciskam rękoma. Kapustę mieszam z mięsem i dodaję pokrojoną drobno cebulkę, przyprawy do smaku i pół szklanki kaszki manny.

– Zaraz, a jajko? Nie wymieniłaś? – Anna spojrzała pytająco.

– A, bo zapomniałam, muszą być trzy, chociaż nawet sama manna zapewnia dobre sklejenie mięsa z kapustą. – Pokiwała głową. – Formuję klopsiki i obtaczam je w bułce tartej. Opiekam delikatnie na patelni z dwóch stron, wkładam do rondla i zalewam sokiem pomidorowym. Duszą się na ogniu jakieś dziesięć minut i już! Najlepsze są od drugiego dnia – zapewniła z uśmiechem. – Wczoraj robiłam! A takie zdrowe, że można jeść na noc nawet w naszym wieku – zachichotała.

– Ależ pychota! – oblizała się Anna.

Kobiety jedna przez drugą nałożyły sobie po klopsiku i smakowały.

– Co za delikatny smak. Normalnie mięsa na noc bym nie zjadła, ale jak tak mówisz, to się nie boję – oświadczyła Ela.

– A kto robił tę pyszną sałatkę? – Anna rozejrzała się wokół.

– To ja, Aniu – powiedziała, krygując się, Sławka. – Smakuje ci?

– Uwielbiam! Są tu oliwki, kapary, feta, sałata lodowa, pomidorki koktajlowe. I świetnie przyprawiona – pochwaliła Anna, patrząc na Sławkę.

– Oczywiście dodaję oliwkę z oliwek, a na wierzch rzucam zawsze listki zielonej mięty.

– Aa, to dzięki niej jest taki ładny zapach. Super! – Anna przewróciła oczami.

– Jak wam, dziewczynki, opowiem, jak robię śledzika, to rzucicie się na niego, że hej! – Felcia nałożyła sobie kilka kawałków rybki. – Muszą być duże matiasy z beczki, najlepsze są te z mleczem. Czyszczę, płuczę i zalewam wodą w dużym słoju. Mmm, dobry mi wyszedł...! – Uniosła oczy w górę i dała znak dłonią, że zaraz dokończy przepis. – Pycha! Moczę je całą dobę, ale kilka razy zmieniam wodę, żeby cała sól wyszła. Jak już doba minie, robię delikatną zalewę octową. Cebula pokrojona w pióra, ziele angielskie, liść laurowy, ocet i cukier do smaku. Jak zalewa ostygnie, obieram śledzia na golasa... – zachichotała – ...no, skórę zdejmuję, a potem wkładam do zalewy i na trzy dni chowam w chłodnej spiżarni. Po trzech dniach ości wychodzą prawie same, bo ryba skruszała, no wiecie; kroję śledzia na dwucentymetrowe kawałki. Wcześniej kroję jabłko i czerwoną cebulę w kosteczkę, siekam zieloną pietruszkę. W kamiennym garnku czeka już na śledzia śmietana, którą słodzę do smaku. Trochę czasu to wszystko zabiera – przyznała, kiwając głową. – Aha, jeszcze wyciskam sok z dwóch cytryn do kubeczka. Układam w półmisku wszystko warstwami: śledź, posypuję go pieprzem, skrapiam sokiem z cytryny, na to warstwa pokrojonych jabłek, warstwa pokrojonej cebuli, warstwa śmietany i od początku. Na wierzch wylewam resztę śmietany i posypuję zieloną pietruszką.

– I zaręczasz, że to mi nie zaszkodzi? – Stefcia spojrzała na Elę, a potem na Felcię.

– Spróbuj chociaż jeden kawałek...

Ela nałożyła mamie dwa kawałki ryby wraz z jabłkami, cebulą oraz śmietaną. Stefania podniosła kawałek do ust i przymknęła oczy. Po chwili otworzyła je i uśmiechnęła się.

– Prawie nie czuć, że to ryba. Bardzo smaczna i delikatna! Jak nie śledź! Nałóż mi, Elu, jeszcze trochę – uśmiechnęła się do córki. – Co więc ostatecznie sprawia, że nie czuję tego śledziowatego smaku? – zwróciła się do Felci.

– Śledź wymaga dobrego wymoczenia, tak samo jak w praniu najważniejsze jest płukanie – roześmiała się Felcia.

– Masz rację! – Stefcia poprawiła okulary i odchyliła się na oparcie krzesła. – Ale się dzisiaj najadłam... – Poruszyła głową na boki. – Dobrze, dziewczynki, że zostałyście, prawda? – Spojrzała na Sławkę i Gertrudę. – I pamiętajcie, codziennie rano, gdzieś o dziesiątej, oczywiście jak nie będzie padać, będziemy chodzić na spacerki. Może zobaczymy babie lato... – uśmiechnęła się.

– O tej porze nitki babiego lata będą już wyschnięte i rozdmuchane! – zaśmiała się Felcia.

– To nic... Wtedy po prostu pospacerujemy sobie...

Stefcia była szczęśliwa.

*

Dzień pożegnania z latem rozpoczął się w „Iskierce" w ponurych nastrojach. Deszcz padał od rana i nic nie zapowiadało, że do popołudnia się coś zmieni, więc z programu szybko wypadło ognisko. Mężczyźni skrzyknęli się, żeby wobec tego przygotować stodołę. Nawet górale, którzy kilka dni temu zamknęli dach w budowanej z bali chacie Dziedziców, przyłączyli się z ochotą.

– Znaczy, będzie popijawa! – zawołał Jaśko.

– O! Pijak się znalazł – zaśmiał się Stach.

– Kiedyś... – uśmiechnął się zaczepiony.

– A ja w zeszłym roku... – przerwał mu Stach – ...jak pojechaliśmy autobusem do Warszawy, już Gdyni nie zauważyłem, a ocknąłem się dopiero w Łomiankach. He, he, he!

– Ale Warszawę obocyłeś?

– Jo! Na początek taki duży dom ku czci Stalina objechaliśmy wokół... bo nikt nie chciał iść do środka go oglądać. He, he, he! Podobało mi się na Krakowskim Przedmieściu, na Zamku Królewskim, w Wilanowie... O, tam bym mógł mieszkać, w tym Wilanowie! Najbardziej jednak spodobało mi się koło pomnika Chopina w Łazienkach, bo wyszła taka jedna cizia, a to było po obiedzie, i zaczęła grać taką słodką kołysankę, tak wolno przebierała paluszkami, że zasnąłem. Pewnie bym długo spał, bo koncert miał mieć coś ze czterdzieści pięć minut, ale ponoć chrapałem. Normalnie nie chrapię, ale po tym mocnym chyba... He, he, he! A ty kiedy ostatni raz popiłeś?

– Na swoim kawalerskim – Jaśko zaśmiał się. – Obudzili mnie pytoki następnego dnia, a ja nic, normalnie zwłoki! Moja Halka mieszkała obok. Jak się zorientowali u nich, że pana młodego coś nie widać, to ona nie wycymała i zaras pszysła. Tak mi nagadała, że do dzisiaj jestem prawie abstynent!

Cała stodoła zatrzęsła się od śmiechu.

Wczesnym popołudniem wszystko było już w środku gotowe, a czas naglił, bo samochody już po śniadaniu zaczęły się zjeżdżać pod „Iskierkę" i co chwila ktoś zaglądał do stodoły.

Ludka i Arturek, wjechawszy na podwórze, wyskoczyli ze swojego „żółtka", sprawnie wskoczyli w zielone kalosze i naciągnęli czerwone pelerynki.

– Jesteśmy zwarci i gotowi! – zawołał Arturek po kilkakrotnym przemierzeniu trasy pomiędzy autkiem a ich pokojem. Ludka za każdym razem towarzyszyła mu, kiedy objuczony pokonywał odcinek od samochodu do drzwi wejściowych dawnej stajni, gdzie tradycyjnie zajmowali pokój.

– Lepiej, Arturku, schowajmy się gdzieś... – Ludka co i rusz otrząsała nadmiar wody z pelerynki. – Przynieś nam adidasy i polary, a najlepiej będzie zostać w stodole – dodała, widząc, że dużo osób już tam weszło.

Wewnątrz stodoły pachniało szaszłykami, kiełbaskami i pieczoną rybą, bo Sebastian przekonał Felcię, że nie ma sensu robić obiadu. Razem z siostrami i Elizą zajęli się produkcją sałatek owocowo-warzywnych i zaczęli piec pierwsze zawiniątka mięsno-rybne. Stodoła wypełniała się coraz bardziej, Miłosz obsługiwał muzykę, więc szybko zrobiło się głośno i wesoło. Wreszcie do stodoły przybyły Felcia i Anna; obie w ciepłych dresach.

– No, toście wszystkich przebiły! – Adela zmarszczyła brwi. – To ja też się wnet tak przebiorę!

– Później! – Felcia machnęła dłonią. – Kochani! Posłuchajcie! – Poczekała, aż się trochę uspokoi. – Henryku, wszyscy mają? – Pokazała na kieliszek.

– Kto nie ma, niech podniesie rękę! – odkrzyknął Henryk.

Felcia rozejrzała się wokół, ale ponieważ nie zauważyła żadnej ręki w górze, zaczęła.

– Dzisiejsza impreza, jak co roku, ma swoją okazjonalną nazwę, tym razem jest to „Deszczowa biesiada". Miała nazywać się inaczej, ale kiedy rano spojrzałam za okno, zmieniłam ją – zaśmiała się. – Nie ma co się dziwić. Chyba jasne dlaczego, co? Ale chociaż pada... a pada właściwie od wiosny i chyba prędko nie przestanie, to sezon był dobry. Rośliny, żeby rosnąć, potrzebują deszczu i słońca. Nasza Jagódka pięknie nam rośnie... – pomachała jej – ...i domy na naszym wzgórzu, i w dolinie też. Czyli deszcz także nam sprzyja! Zostawiliście, mam nadzieję, smętne miny i opłakane myśli na zewnątrz, więc teraz się radujcie! Zdrowie! – Felcia podniosła kieliszek, a za nią pozostali biesiadnicy; z głośników popłynęły dźwięki *Deszczowej piosenki*.

– O! Jak pięknie! – Anna spojrzała na Miłosza wracającego od sprzętu.

– Musiałem się przygotować na kilka wariantów – uśmiechnął się.

– A nasego tys coś mos? – zamazurzył Jaśko.

– Mam album „Krywania", a tam jest piosenka o ognisku – odparł Miłosz.

– Dobry jesteś! Piosnka *Na polanie*, gdzie śpiewają o watrze. W ogóle fajna płyta i kapela tys! Najbardziej lubię pocątek płyty, jest taki, że hej!

W międzyczasie parkiet zapełnił się pląsającymi w rytm śpiewu Gene Kelly'ego. Młodzi pobrali sprzed drzwi parasolki i kręcili nimi jak szaleni. Kasia trzymała Jagódkę, a Maciej podrygiwał wokół nich; mała w ramionach Kasi podskakiwała jak sprężynka. Nawet „dresiary", Felcia i Anna, przyłączyły się na moment do tańczących.

– Potraficie się bawić jak… my. – Jaśko pokazał na siebie i siedzących wśród dziewczyn swoich pomocników, gdy Felcia z Anną wróciły do stołu. – Może bym tu w przyszłym roku przywiózł swoją Halkę? Byście się polubili, bo ona taka… cieplutka – zaśmiał się.

– A dzieci ile macie, jakoś mi to umknęło? – spytała Felcia.

– Jednego juhaska i dwie czorne owiecki – uśmiechnął się od ucha do ucha.

– A jak mają na imię? – dopytała Anna.

– Chłopak to Jaśko, wiadomo po kim, a dziouszki… jedna ma Halka, a druga Helka – mrugnął. – Chcieliśmy drugiej także samo dać Halka, ale proboszcz i rodzina się nie zgodzili. Nie rozumiem czemu.

Spojrzał zadziornie na parchowskiego proboszcza i wzruszył ramionami.

– Ludzie muszą się czymś odróżniać – odparł zaskoczony ksiądz.

– Ale tak, ojczulku, byłoby łatwiej i oszczędniej – zaśmiał się. – Wołam Halka i zlatują się wszystkie trzy. Bo ja je przecież równo kochom i lubię na nie wciąż patrzeć! – zaśmiał się. – Przecież się nie pobiją, która ma mi nogi umyć.

– A to myją panu nogi? – Proboszcz podniósł oczy w górę.

– Jak papież myje nogi co roku różnym takim... – Jaśko machnął ręką – ...to chyba moim babom by się nic nie stało, gdyby mi raz umyły. To był, ojczulku, tylko taki przykład! – zaśmiał się.

– Za ile czasu ruszacie stąd? – spytał Stach, który przesiadł się nieco bliżej, widząc, że Jaśko rozgadał się na dobre.

– Gdzieś tak za trzy niedziele, jak szef nas zwolni... – Jaśko spojrzał na Henryka.

– Mistrzu! – Henryk złożył dłonie. – Zatrzymałbym was na stałe, ale musicie wrócić do domu, jak te owieczki po lecie – zaśmiał się.

– Patrzcie go, jaki delikatny dzisiaj. Zawsze... wy barany, a dzisiaj owieczki! – zarechotał Jaśko.

– A uchowaj Boże! – Henryk poderwał się i spojrzał wokół.

– Przecież, gospodarzu, żartuję!

– Ja też! – Henryk podkręcił wąsa. – Już połapałem się w waszych gadkach, choć z początku, przyznam, było trudno.

– Mnie już jest za tobą... – Stach rozejrzał się wokół – ...za wami wszystkimi długo... – Wytarł na niby oczy.

– Ty, Stachu, przestań, bo ja też się rozryczę. Już mi tak gada od tygodnia, a przecie mówiłek mu, że nie jest w moim typie! – Jaśko klasnął głośno. – Miłościwy! – krzyknął; Miłosz obejrzał się. – Obiecałeś!

– Jeszcze chwilka! – odkrzyknął chłopak i podniósł dłoń w geście uspokojenia.

– Jakie fajne te dziecki! – Jaśko pokazał na Miłosza i Joasię. – Nic nie wiedziałem, że wy tam tyle lat przyjeżdżaliście na Olczański do Hanki i Jaśka... – Spojrzał na Kasię i Marysię. – Jak przyjedziecie znowu, a ja tam będę, to zrobimy centralną nasiadówkę w „Domu Ludowym". Tyle się tam zejdzie górali, jak im powiem, kto jesteście, będzie wesoło, że hej! A Henryk i Stach, z babami i dzieckami, też przyjedźcie!

– Autobus by musiał po nas przyjechać!

– To też da się zrobić! A może chcecie saniami?

– Saniami już nie jeździmy! – zachichotała Anna.

– Bo wy młodzi macie szalone pomysły, pić szampana na mrozie! – zaśmiał się Jaśko, spoglądając na Annę.

– Kto tu mnie wydał? – spytała, niby to groźnie rozglądając się wokół.

– Ja się nie bałem! He, he, he! – Stach zatrząsł się od śmiechu.

Z głośników rozległ się podniosły wstęp jakiegoś utworu.

– To nasze! – ucieszył się Jaśko. – *Dwie tęsknoty.*

Gdy rozpoczęła się piosenka „Krywania", zaczął wtórować swoim gardłowym głosem.

Powiedz ze mi dziywce moje,
Cemu smutne łocka twoje,
Cy cie mama strofowała,
Ześ sie ze mnom zadowała.

– Miłościwy! – Jaśko nagle zamachał rękoma do Miłosza. – To jest jednak za smutne jak na dzisiejszą imprezę! Przesuń do *Hej Janicku siwy włos*!

Po chwili rozpoczęła się przygrywka i Jaśko pociągnął razem z zespołem.

Hej Janicku siwy włos,
co do nos nie zaziyros
Hej cy się mamy bois,
hej cy ło mnie nie stois
Hej cy się mamy bois,
hej cy ło mnie nie stois

Jo się mamy nie bojem
ani ło cie nie stojem
Hej mom dziywcynke śwarnom,
hej syćka ku niej garnom
Hej mom dziywcynke śwarnom,
hej syćka ku niej garnom

Hej Janicku siwy włos,
przydź na kwilke dziś do nos
Hej jo bede cekała,
hej tobie wyzierała
Hej jo bede cekała,
hej tobie wyzierała

Hej dziywcynko cos tam mos,
pod fartuskiem przykrywos
Hej cornom łobrośnientom,
hej łowiecke zarzniyntom
Hej cornom łobrośnientom,
hej łowiecke zarzniyntom

Hej Janicku siwy włos,
przydź ze do nos chłodźby ros
Hej jo podniese kiecke,
hej uwidzis łowiecke
Hej jo podniese kiecke,
hej uwidzis łowiecke

Nie fcem cie dziywce zwodzić
ani ku tobie chodzić
Hej gorzołki ćwiortecka,
hej moja kochanecka,
Hej gorzołki ćwiortecka,
hej moja kochanecka

Towarzystwo przy stołach rozbujało się, czasami ktoś dołączał swój głos do pomocy Jaśkowi. Gdy skończył się utwór, tradycyjnie rozległy się oklaski.

– Dużo ci u nas łowiecek wsędzie! Tutaj tys! – roześmiał się.

– Oj Jaśko, jesteś zbereźnik! – Anna pogroziła mu na żarty palcem.

– E tam! Gorzej, że my, Aniu, nie mamy fartusków! – wrzasnęła Felcia, zaśmiewając się.

– W imię Ojca i Syna i Ducha Świętego. Amen – proboszcz przeżegnał się i mrugnął do Jaśka.

Impreza zakończyła się grubo po północy.

Ciągle pada

Tym razem Eliza zabrała się do Gdyni z Maciejem. Pojechali po obiedzie w przeddzień rozpoczęcia roku akademickiego. Przez całą drogę wspominali sobotnie pożegnanie sezonu.

– Nie myślałem, że i bez ogniska może być tak fajnie.

– Tym razem imprezę zawojował Jaśko i wiesz, co jest dla mnie najdziwniejsze? On wypił jeden kieliszek, a potem już na sucho. – Eliza spojrzała na Macieja.

– No, a ty? A ja? – Wzruszył ramionami.

– No tak, ale przyjęło się, że... no wiesz.

– Rozumiem... U nas się pije, ale nikt się nie upija. Szkoda mi było dzisiaj wyjeżdżać... – mrugnął. – W sumie prawie dwa miesiące spędziłem w domu. Jagódka jest super! A widziałaś, jaką ma siłę w nóżkach?

– Do Nowego Roku na pewno pomaszeruje. Nigdy nie myślałam, że będę miała młodszą siostrę.

– A ja, że będę miał dziecko... A wiesz, co jest w tym najdziwniejsze? Mniej mi żal, że przeputałem po pierwszym swoim ślubie ponad dwadzieścia lat, lecz tego, jak głupio skreśliłem pięć miesięcy życia w ciągu ostatniego roku! – Pokiwał głową.

– Za poprzedni okres z przyjemnością dam ci rozgrzeszenie, bo przygotowywałeś się na Kasiulę, a to wymagało długiego czasu! – Eliza zachichotała.

– Chyba masz rację. Kasia jest... – uśmiechnął się, widząc jej minę. – Niech ci będzie, że w naszych rozmowach będzie Kasiulą – domyślił się, że jej mina dotyczyła właśnie tej kwestii. – Macie podobną mimikę... Więc Kasiula... no, przestań już się chichrać. Kasiula jest kimś, o kim nawet nie miałem prawa marzyć... – Spojrzał na Elizę przeciągle. – Komu mam o tym powiedzieć? Kasiuli już powiedziałem, rodzicom też, a chcę się jeszcze komuś pochwalić! Na tobie zakończę... no, chyba że jeszcze odważę się Annie – zachichotał.

– Nie myślałam, Maćku, że jesteś taki numerant... – zerknęła na niego; spoważniał. – Okej, ty jesteś zasadniczy i nie lubisz takich słów – uśmiechnęła się. – Tylko trzymaj czer! Co tak się patrzysz? Fajera to po kaszubsku czer!

– A skąd ty o tym wiesz?

– Kiedyś Krzysiek puszczał kierownicę co chwila, aż go Igor usadził.

– Mówisz Igor... – Maciej spojrzał na Elizę przeciągle. – Widzę, że... nieźle wam idzie.

– Maćku... – Eliza obróciła się gwałtownie w jego stronę i potrząsnęła dłonią; ten spojrzał zdziwiony. – Czy ty również wiesz o czymś, o czym nawet ja nie wiem? – Podniosła brew.

– Nie rozumiem. – Maciej potrząsnął głową.

– Ostatnio prawie podobnie dopytywały mnie o Igora duże dziewczynki. – Zmarszczyła brwi.

– Ale ja tylko dokonałem pewnego opisu zaobserwowanej sytuacji! – zadudnił i już chciał rozłożyć ramiona, gdy Eliza pogroziła mu palcem.

Roześmiali się oboje w głos.

– Wracając do mojego chwalenia się – zerknął po chwili na Elizę. – Kasiula jest... – spojrzał dłużej na nią – ...co ja ci zresztą będę gadał. Wiesz chyba, jaka jesteś.

– Już prawie – zachichotała.

– To jeszcze trochę pododawaj i... będziecie wówczas takie same. Idealne! – znowu zakończył śpiewnie. – Co to, już zaraz Kartuzy?

– Gnasz jak szaleniec!

– No co ty! – Gwałtownie przyhamował.

– Przecież żartuję. Wcale się nie dziwię, że Kasiula poza tobą świata nie widzi...

Spojrzała na Maćka i poruszyła kilkakroć palcem po ustach, że kasuje ostatnie słowa.

Maciej uśmiechnął się od ucha do ucha.

– No dobrze, to z innej beczki. Jaki masz plan na siódmy semestr?

– O! To już lepiej! – pochwaliła. – Chyba trzy egzaminy i dwa zaliczenia zrobić najpóźniej do dwudziestego stycznia i przyjechać jak najszybciej do Parchowa.

– Że też ja tak nie mogę!

Pozostały czas do Gdyni minął im błyskawicznie. Maciej pomógł Elizie rozpakować się na Kamiennej Górze, poznał się z gospodarzami, podziękował za herbatę i pożegnał. Byli zawiedzeni.

– Za to ja nie podziękuję, a jego tutaj ściągnę, jak tylko wyplącze się z bieżączek – uśmiechnęła się Eliza. – Jutro z rana jedzie na konferencję do Sztokholmu i musi dokończyć prezentację. Ja wam sama opowiem, co nowego wydarzyło się u nas latem – uśmiechnęła się słodko do Franciszki i Antoniego.

*

Eliza pojechała do Parchowa dopiero po dwóch tygodniach. Obejrzała w międzyczasie *Pluton*, kolejny film o wojnie w Wietnamie. Popędziła jednak do kościółka dopiero następnego dnia rano, bo Franciszka poprzedniego wieczoru stanowczo zasłoniła jej sobą drzwi wyjściowe.

– Dziecko, leje jak diabli! Pomódl się chwilę u siebie. Pan Bóg jest wszędzie! Widzi cię nawet przez okno z tarasu; Juda i Antoni też. A czy ty w ogóle musisz się tak katować?

– Chciałabym po prostu wiedzieć... – wyszeptała przez zawilgotniałe oczy, ale usłuchała Franciszki.

Wypiły herbatę z malinami i... porozmawiały o robieniu kruchych ciasteczek.

– Jakbyś chciała, to mogłybyśmy je wspólnie zrobić w... sobotę? – Gospodyni spojrzała pytająco na Elizę.

– Zostanę specjalnie na weekend, żeby się nauczyć je robić, a potem zaskoczę swoje dziewczynki! – zachichotała Eliza.

Namówiła Macieja na wagary i wyjechali z Gdyni w kolejny czwartek pod wieczór. Trafili w „Iskierce" na słabe humory, bo deszcze dawały się we znaki budowniczym. Na budowie domu Anny trwały wyścigi z pogodą. Dwie brygady na zmianę pracowały od świtu do późnego wieczora. Trzeba im było podnieść płacę, bo pracowali na przemian, w różnych porach dnia. Kierownik budowy, Śmigielski, ściągnął skądś kilka specjalnych lamp, żeby na budowie było widno. Jeden Henryk był w miarę zadowolony, bo góralom przy jego domu z bali zostały już tylko prace wewnątrz. Kończyli montaż schodów i specjalnego włazu, zabezpieczającego parter domu przed chłodem z pierwszego piętra.

– To nie może być byle płyta! – Jaśko pokręcił głową, gdy Henryk powiedział o paździerzu albo sklejce. – Zrobimy właz ozdobny, z sosnowego drewna, damy porządne zawiasy, albo nawet i hydraulikę, jakby to był planowy element domu. Nie żałuj na to! Masz u góry grzejniki z termostatami i jak będziesz się nudził, to zrobisz sobie potem tam ciepło takie, żebyś mógł kontynuować prace.

– Do lata spokojnie skończę, bo chcemy poznać twoją Halkę, dwie corne owiecki i juhaska! – Henryk się zaśmiał i podkręcił wąsa.

– Z ciebie też jest lepszy majster! Ze Stachem się uzupełniacie, że hej! On więcej umie w metalu, a ty w drewnie – pochwalił swoim śpiewnym głosem.

Eliza zaraz po przyjeździe zaczęła plądrować po szafkach kuchennych.

– A co ty tak pruciasz jak po swoim? – zainteresowała się Felcia, chichocząc.

– Chcę jutro zrobić kruche ciasteczka! Franciszka mnie nauczyła – dopowiedziała, widząc, że ścigają ją spojrzeniami babcia, Felcia i mama.

– To nie musisz szukać, wszystko w domu jest – Felcia przywołała ją do stołu. – No, może tylko kolorowych posypek nie mam... – Podrapała się po głowie.

– A foremki do wycinania ciasta, Felciu, masz?

– Mam, jak pójdziesz do spiżarki, to tam na regale po lewej, w kartonie na samej górze znajdziesz.

Eliza, nie czekając, już tam popędziła.

– Takie same! – ucieszyła się, wysypując na stół blaszane foremki w kształcie kółek, gwiazdek, półksiężyców, trójkątów i kwadratów.

– No widzisz. Rano się je tylko umyje i fertyś!

– A w domu jakoś nie garnęłaś się do kuchni – zauważyła Anna z wyrzutem.

– A tutaj to nie dom?

Felcia z uciechy aż klasnęła w dłonie i spojrzała triumfalnie na Annę.

– Babciu, tam też był dom – wyjaśniała Eliza – ale teraz tutaj mieszkamy; wtedy uczyłam się, a poza tym wiesz przecież, jak było...

– Wiem, wiem. – Anna pogładziła ją po włosach.

– Potem nauczymy cię robić zupy i mięsa – obiecała Felcia.

– Ja to wszystko ogólnie obejmuję – Eliza wykonała obiema dłońmi ruch po okręgu. – Wystarczy mi jedna próba i już!

– Nie poznaję cię, córcia! – Kaśka pokręciła głową.

Następnego dnia kruche ciasteczka z przepisu Franciszki udały się Elizie wybornie. Pierwsza porcja rozeszła się błyskawicznie i po południu trzeba było zarabiać ciasto na kolejną porcję. Wczesnym popołudniem przyjechał Ryszard z nowiną.

– Słuchajcie, w przyszłym tygodniu przeprowadzka Sławki i Gertrudy do nowego mieszkania! – oświadczył. – Wszystko podpisane, one zadowolone, bo po trochu jeszcze na tym interesie zarobią. A żebyście widziały, jak ci z Bytowa są zadowoleni. Nie liczyli, że w Studzienicach znajdą domek o tak wysokim standardzie! – Klasnął w dłonie.

– Dobrze to wszystko wykombinowałeś. – Kasia pokazała mu kciuk.

– To jak zrobimy z przeprowadzką? – zmarszczyła brwi Anna.

– Mam znajomego… – Ryszard uśmiechnął się, widząc, że te słowa wywołały rozbawienie na twarzy Anny. – Znamy się od liceum, a to zobowiązuje. Przeprowadzi je w ciągu jednego dnia, tylko jedna i druga muszą pojawić się na kilka godzin w swoich mieszkaniach, żeby popakować osobiste rzeczy i przekazać uwagi, co i jak z pozostałego dobytku ma zostać spakowane.

– A jak z meblami? – zainteresowała się Kasia.

– Wszystkie stałe zabudowy w mieszkaniu w rynku zostały na swoim miejscu, dzięki czemu siostry nie potrzebują żadnych szaf. Kuchnia też zostaje bez zmian. Pojechałem tam z nimi i wszystko pokazałem. Nie mogą się tylko wciąż zdecydować, czy mają spać w jednym pokoju, czy osobno.

– Pamiętam, że poprzednio umawiały się na oddzielne... – Felcia spojrzała na Ryszarda.

– Tak, ale teraz u mamy spały w jednym pokoju i do późna gadały po ciemku, i tego im szkoda – wzruszył ramionami. – Chyba będziesz musiała, Anno, tam pojechać i sama przegadać z nimi ten problem.

– Gorzej, jak mnie spytają, co im radzę... – Anna rozłożyła dłonie.

– A któraś chrapie? – zachichotała Felcia.

– Podsłuchałem kiedyś ich rozmowę właśnie o chrapaniu; to był dialog z filozoficznym finałem – zaśmiał się. – Chyba Gertruda najpierw powiedziała Sławce, że dziwnie chrapie i zawsze chce jej się śmiać. Na co Sławka odpowiedziała siostrze, że ona ma to samo. Doszły do wspólnego wniosku, że jak nie słyszą chrapania drugiej, to się czują dziwnie, bo nie wiedzą, czy wszystko u tamtej w porządku. Więc chrapanie jest okej, tak ustaliły.

– Gdyby spały w jednym pokoiku, to można by całkiem ładnie urządzić ten drugi. Miałyby miły salonik z dwoma fotelami i sofą, jakimś kredensem, stolikiem i telewizorem.

– Teraz jedna śpi na rozkładanej wersalce, a druga na łóżku, ale zgodziły się, że w nowym mieszkaniu obie chcą mieć wygodne łóżka.

– Wcale im się nie dziwię – pokiwała głową Felcia.

– Jest tylko inny problem – powiedział Ryszard i skubnął wąsika. – Mama.

– A co z mamą? – zaniepokoiła się Anna.

– Nie, nic, tylko tak jej się ostatnio spodobało wspólne mieszkanie z siostrami, że najchętniej by się z nimi nie rozstawała.

– No i jej się też nie dziwię. Przywykła do rozmów z nimi, do wspólnych choć krótkich spacerów... – Felcia spojrzała poważnie na Annę.

– Ela mi opowiadała, że wszystkie trzy wzajemnie się mobilizują, dzielą pomiędzy siebie zadania i żadna nie chce być w niczym gorsza – uzupełnił Ryszard.

– Chodzi mi coś po głowie, ale muszę to sobie dobrze ułożyć... – Anna spojrzała na Kaśkę. – Czy dużo ci jeszcze zostało do zamknięcia koncepcji funkcjonowania pensjonatu?

– W szczegółach jeszcze mam sporo, ale przyjęłam wstępnie, że twórcy mogą mieszkać na najwyższej kondygnacji, zaś na najniższej dzieci, które będą leczone hipoterapią. Środkowa kondygnacja to pokoje gościnne, sala konferencyjna, jakieś biuro. Ale coś mi się wydaje, że ty chyba myślisz... – Kasia zmarszczyła czoło; Anna przytaknęła.

– Kiedy miałyśmy spotkanie u Stefanii, następnego dnia rano odwiozłeś mnie z Bytowa z powrotem do waszego rodowego gniazda... – Anna spojrzała na Ryszarda. – Pojechałeś od razu z powrotem, a ja trafiłam na ciekawą dyskusję. – Przeniosła wzrok na Felcię. – Stefania wówczas powiedziała, że jej marzeniem jest, aby kiedyś zamieszkać w Parchowie, pamiętasz, jak doszło do tej rozmowy?

– Bo Sławka ni stąd ni zowąd wyznała, że najlepsze dni w życiu spędziła właśnie u mnie w „Iskierce".

Zaniemówiłam, bo nie chciałam ciągnąć tego wątku, a ty weszłaś w momencie, kiedy Stefania mówiła te słowa.

– Teraz rozumiem, dlaczego Stefania tak mi się wówczas przyglądała, a ja nie znając powodu, czy kontekstu wypowiedzenia przez nią tych słów, zmieniłam temat. Ale miałam wówczas ciekawe informacje, które przywiozłam od Ryszarda. Łapiesz już, Kasiu, o czym myślę? To samo sobie pomyślałaś?

– O czym wy w ogóle rozmawiacie? – Felcia potrząsnęła głową.

– Zaraz wam powiem, tylko dopytam jeszcze Kasi. Ile pokoi, izb przewidziałaś na pomieszczenia związane, ogólnie mówiąc, ze służbą zdrowia?

– To ja już też rozumiem! – Felcia nie dała Kasi szansy zabrania głosu. – Tylko czy zamiana części pensjonatu na pokoje, czy nawet jeśli nazwiecie to mieszkaniami dla ludzi starszych, nie zburzy wam wcześniejszych planów?

– Myślę, że nic a nic – Anna spojrzała na córkę.

– Też tak uważam. Gdyby porozmawiać z Adamem, żeby uzupełnił projekt o przynajmniej jedną windę, to sprawa by się całkowicie wyjaśniła – uśmiechnęła się Kasia.

– A kiedy on będzie?

– Jutro! Ale wiecie co? – Kasia uśmiechnęła się jeszcze szerzej. – Bardzo zaczyna mi się podobać ta koncepcja.

Ryszard przez cały czas tej rozmowy siedział jak zamurowany. Teraz pokiwał głową.

– Nie tak dawno zastanawiałem się, jak to będzie, kiedy objawy Alzheimera u mamy nasilą się bardziej. Któreś z nas, Ela czy ja, musielibyśmy być u niej codziennie – powiedział cicho.

– Ale, Ryszardzie, czy to jest powód do smutku? Powiedziałeś to takim tonem, jakby miało się coś stać. Przecież my w większości znajdujemy się już w wiekowej strefie zagrożenia – Anna uśmiechnęła się blado. – Trzeba poważnie się zastanowić, czy nie jest słusznym, aby rozszerzyć funkcje pensjonatu o rodzinny dom, gdzie poczesne miejsce będą mieli leciwi członkowie naszych rodzin? To się da zorganizować, zwłaszcza że wszyscy mamy nieruchomości, które można spokojnie spieniężyć.

– A moja piwniczka? – Ryszard skubnął wąsika. – Jej najbardziej byłoby mi szkoda – zasmucił się teatralnie. – A w ogóle, to dlaczego tu nie ma Henryka? – rozejrzał się wokół.

– A po ci Henryk?

– Bo on na pewno wie, jak można szybko zbudować wewnątrz wzgórza podobną do naszej piwniczkę...

Ryszard skubnął wąsika i rozpogodził się.

Oświadczyny

Tym razem Poznań przywitał Annę i Ryszarda złotą polską jesienią. W promieniach nisko już wędrującego słońca Park Sołacki wyglądał wręcz urzekająco. Szeleszczące zielono-żółto-brązowe liściaste dywany zachęcały do nieustannego spacerowania po nich. Drzewa i krzewy, na których wciąż jeszcze było sporo liści, płonęły feerią zielono-ognistych barw. Dzięki temu nawet cmentarze stały się jakby pogodniejsze. Ryszard, obeznany już z marszrutą z poprzedniego roku, sam zaplanował, gdzie i kiedy pojadą. Anna tylko uśmiechała się wdzięcznie i koncentrowała na wyborze kwiatów. Zresztą od samego wyjazdu z Parchowa była w wyjątkowym humorze, bo Ryszard najpierw odśpiewał dla niej *Oczi czornyje*, a potem w ramach zagadki muzycznej „odtrąbił" jakąś melodię, zerkając na nią, czy odgadła.

– To przecież łatwe! Marsz triumfalny z drugiego aktu *Aidy*[40] – Anna przewróciła oczami. – Ach, pójść na to do opery… – westchnęła.

– Mówisz, masz! Jutro idziemy na spektakl – obwieścił tryumfalnie Ryszard.

– Jak to? – zdziwiła się Anna i spojrzała na niego z niedowierzaniem.

---

40 Aida, opera Giuseppe Verdiego, skomponowana na uroczyste otwarcie Kanału Sueskiego. Premiera odbyła się 24 grudnia 1871 roku w Kairze.

– A tak to! – roześmiał się. – Wyobraź sobie, że pogrzebałem w internecie, znalazłem numer opery i zadzwoniłem!

– Jesteś cudowny! – Położyła swoją dłoń na jego dłoni trzymającej kierownicę.

– Stwierdziłem, że skoro w ubiegłym roku byliśmy w filharmonii, to teraz musimy wejść na wyższy stopień. – Zwrócił na moment uradowaną twarz w jej stronę.

– Ach, to dlatego wziąłeś garnitur! – Anna pokręciła z podziwem głową. – A ja... w co ja się ubiorę? – spytała z niby to smutną miną.

– Może w jakąś... sukienkę? – Ryszard prychnął.

– Śmiejesz się... a to nie takie proste... – Zmarszczyła czoło i zamilkła; wpatrzyła się w szosę.

Ryszard zerkał na nią od czasu do czasu. Anna wreszcie odetchnęła, uśmiechnęła się i wykonała gest palcem wskazującym.

– Mam koncepcję! – Zwróciła się nieco w jego stronę. – To jest wielka feta, bo to wiesz, otwarcie Kanału Sueskiego...

– Ponieważ kiedyś wygadałaś się, że Kair nie za bardzo cię ciągnie, więc odpuścimy sobie wyjazd na premierę do tamtejszej opery, a skoczymy do La Scali! – Ryszard mrugnął.

– Ooo! Jesteś w temacie...

– Obcykany! – zaśmiał się pełnym głosem.

– Poczekaj... – Anna wyprostowała się i ponownie zamyśliła, ale po krótkiej chwili znowu podniosła palec do góry. – Ubiorę się w takim razie nieco inaczej.

Zerknęła na Ryszarda zalotnie.

– A jak...?

– Zobaczysz... – przymknęła oczy. – To będzie niespodzianka. Dziękuję ci za to.

Spojrzała na niego z wdzięcznością.

Do opery Ryszard zamówił taksówkę.

– Porozmawiałem z pewnym eleganckim taksówkarzem... – mrugnął – ...no i zawiezie nas tam, a potem odwiezie.

– Ale tam jest ciężko z parkowaniem...

– On sam mi to zaproponował, więc ja miałem dla niego jeszcze lepszą propozycję... cenową!

– Ale po co przepłacać? – Anna uniosła ramiona.

– Oszczędzałem na takie imprezy przez całe życie! – uśmiechnął się i podkręcił wąsika; Anna wtuliła się w niego. – Tylko nie pomocz mi koszuli. – Odchylił się i na wesoło pogroził jej.

– Jesteś... – spojrzała na niego szklącym się wzrokiem.

– Jestem i zostanę na zawsze... ale teraz już czas, żeby się zacząć stroić.

Wskazał na zegar.

– Ojeju! – Poderwała się. – Biegnę, ale potem... podziękuję ci specjalnie.

Odwróciła się jeszcze w progu salonu i obdarowała go długim spojrzeniem.

Kiedy potem weszła do salonu, oniemiał.

– O pani... – rzekł z głębokim ukłonem.

– Przestań – zaśmiała się. – Może być?

Obróciła się wokół osi.

– *Aida* zejdzie dzisiaj na drugi plan – oświadczył i podkręcił wąsika.

– Nie mogę cię teraz pocałować. – Anna rozłożyła dłonie.

– Za to ja mogę bez przeszkód... – Nachylił się w jej kierunku.

– Nie, Rysiu, nie teraz! Potem... – dodała miękko i uśmiechnęła się.

– Dobrze… Na kolację zapraszam cię… tutaj.

Wskazał na stół w salonie.

– Zaproszenie przyjęte – uśmiechnęła się.

Ryszard spojrzał przez okno.

– Powóz zajechał, o pani…

Wieczór w operze był cudowny. Kiedy weszli do foyer, Anna spojrzała na Ryszarda i uniosła ramiona.

– Nie spytałam nawet, jakie mamy miejsca…

– Nie wiem, czy będziesz zadowolona, ale udało mi się dostać bilety… – zawiesił głos – …tylko w loży bocznej, ale za to tuż przy loży środkowej.

Annę z wrażenia zamurowało.

– Ale jak to załatwiłeś? – spytała szeptem.

– Zdradziłem, że przybywa królowa incognito… i dalej już poszło.

Podał jej ramię.

– Nie będę mogła się skupić na oglądaniu spektaklu… – Spojrzała na niego szczęśliwymi oczami.

– To ja ci potem w domu wszystko opowiem – zaśmiał się cicho.

Spektakl oglądała nadzwyczaj uważnie, bo już siedząc na fotelu, przeczytała w programie, że obsada była iście ekskluzywna.

– Jak ci się to wszystko udało…? – szepnęła w trakcie uwertury. – I taka obsada, i pewnie jacyś ważni goście obok w loży.

– Przyszła księżna duńska chciała koniecznie obejrzeć tutaj José Carrerasa, bo jest jego wielką fanką – odszepnął; Anna wychyliła się nieco w lewo i spotkała się ze wzrokiem młodej kobiety o czarnych włosach, wychylającej się w tym samym momencie z loży.

Uśmiechnęły się do siebie, a tamta poruszyła jeszcze palcami. Anna szybko cofnęła się w głąb fotela.

– Cóż za nietakt z mojej strony – szepnęła, wachlując dłonią zarumienione policzki. – Zachowałam się zupełnie jak pensjonarka...

Potrząsnęła głową.

– Ona prawie księżna, ale ty królowa... – odszepnął Ryszard; Anna zmrużyła oczy i dotknęła na moment jego dłoni.

José Carreras jako Radames i Małgorzata Walewska jako Amneris, całkowicie pochłonęli Annę. Prawie nie odrywała wzroku od sceny. Po wyjściu na przerwę do foyer zdziwiła się, dojrzawszy przyszłą księżnę stojącą w pobliżu; tak jakby czekała. Gdy ich wzrok się spotkał, ruszyła wolnym krokiem w kierunku Anny.

– Proszę wybaczyć... – odezwała się cicho – ...ale jestem tylko... kobietą – uśmiechnęła się przepraszająco. – W ostatniej chwili, kiedy pani wchodziła już na salę, dostrzegłam pani kreację i nie mogłam się powstrzymać, żeby nie zajrzeć do loży. Mam na imię Mary.

– Jestem Anna...

– Oto mój narzeczony... Fryderyk – przedstawiła mężczyznę, który podszedł do nich.

Cała czwórka przywitała się, jakby się znali od dawna.

– A ja zaglądałam do pani, bo już w trakcie uwertury mój mężczyzna powiedział mi, że obok jest...

Kobieta położyła palec na ustach.

– O tym, że państwo tutaj będą, powiedział Ryszardowi dyrektor... – Anna próbowała dokończyć wyjaśnianie.

– Wydał nas? – Mary przerwała jej i spojrzała na Fryderyka; ten rozłożył dłonie i zrobił pocieszną minę.

– Chyba tylko dlatego, że pracowałam w tutejszej operze kilkadziesiąt lat jako tłumaczka i akompaniatorka, więc zaufał nam.

– To wszystko wyjaśnia. – Mary ponownie spojrzała na Fryderyka; ten skinął głową. – Musiałam zobaczyć José Carrerasa – uśmiechnęła się słodko. – Przepraszam za bezpośredniość... ale czy może mi pani zdradzić jedną sprawę? – Wsunęła Annie dłoń pod ramię i odeszły od panów na trzy kroki. – Gdzie się pani ubiera?

Anna uniosła brwi i przysłoniła usta dłonią, żeby się nie roześmiać.

– Poznałam w tutejszej operze prawdziwe mistrzynie i mistrzów krawiectwa – powiedziała. – Tajniki charakteryzacji i makijażu mam w jednym palcu, również wiadomo dlaczego. A reszta... – Anna wykonała ruch dłonią przy twarzy i wzdłuż ciała – ...to już moja inwencja.

– No tak. To wiele tłumaczy. Ale na dzisiaj zrobiła pani cudny design. Oliwka... – spojrzała na spódnicę – ... bluzka o ton jaśniejsza, z delikatną złotą lamówką, drobiazgi z kamieniami w kolorze burgunda... – Spojrzała na kolczyki i wisiorek. – A fryzurę, makijaż i lakier też dobrała pani bosko. Mając taki gust i smak, pani powinna prowadzić jakiś dom mody! Dawno czegoś tak szykownego, a jednocześnie uniwersalnego nie widziałam. – Otaksowała Annę raz jeszcze i uśmiechnęła się grzecznie. – Przepraszam, że zaczepiłam, ale to było silniejsze ode mnie, bo sama trochę się tym zajmowałam, oprócz marketingu i reklamy.

– Miałam tylko niecałe dwa dni, żeby coś wymyślić, bo mój mężczyzna powiedział mi o spektaklu w operze dopiero przedwczoraj, w trakcie jazdy samochodem do Poznania – Anna zmrużyła oczy.

– Jest więc pani mistrzynią – uśmiechnęła się Mary. – Przepraszam za wszystko. Idę wytłumaczyć Fryderykowi, dlaczego złamałam etykietę – mrugnęła. – Szkoda, że pani nie prowadzi domu mody, bo byśmy się częściej widywały.

Zrobiła na niby smutną minę, ale zaraz jej twarz rozpromieniła się ponownie.

– A ja życzę pani… państwu, wiele szczęścia.

Anna skłoniła się.

Mary, uśmiechając się, znowu wykonała podobny ruch palcami jak z loży podczas uwertury.

Kiedy z Ryszardem zostali sami, Anna przewróciła oczami.

– Cóż za normalna dziewczyna… Skąd ty w ogóle o ich pobycie tutaj wiedziałeś?

– Zdradził mi to dyrektor opery, z którym rozmawiałem…

– Rozmawiałeś z dyrektorem opery? – Anna zrobiła oczy. – On jest taki…

– Bardzo miło nam się rozmawiało, zrozumiał mnie i potwierdził lożę. Nie tyle uczynił to dla mnie, co dla ciebie – uśmiechnął się Ryszard.

– Pamiętał mnie?

– Powiedział nawet, że wraz z twoim odejściem skończyła się w operze pewna era. – Ryszard skubnął wąsika.

– Tak powiedział…? – spytała niedowierzająco Anna. – W zasadzie od czasu studiów to poznaniak, więc może dlatego – mrugnęła.

*

Na dzień po Zaduszkach Anna postanowiła przygotować nastrojową kolację przy świecach. Mogła skusić się na przyjęcie propozycji wyjścia, jak rok temu, do „Magnolii", ale uznała, że jest w stanie zapewnić i lepsze menu, i milszy nastrój. Ryszard spojrzał na Annę.

– Ale to nie dlatego...

– ...że jestem pyrka? – przerwała mu.

Roześmiali się oboje.

– Głównie w związku z tym, o czym ci powiedziałam, ale to, skąd pochodzę, też ma jakiś wpływ na moją propozycję – mrugnęła.

Na czas przygotowań salonu do kolacji poprosiła Ryszarda, żeby przeniósł się do biblioteki. Kiedy wszystko miała przygotowane, a świece już płonęły, zawołała go. Oniemiał już na sam jej widok. Ubrana była w długą szkarłatną suknię na cienkich naramkach (jak poznaniacy nazywają ramiączka), z ładnie wyciętym dekoltem i narzuconym fantazyjnie czarnym szalem.

– Mówiłem ci już, że jesteś królową? – rzekł z podziwem; pocałował jej dłoń, a potem przytulili się. – A stół...? Czegoś tutaj jeszcze na tej imprezie brakuje...

Rozejrzał się wokół; lekko stropiona Anna podążyła za jego wzrokiem.

– I... czego brakuje? – uśmiechnęła się.

– Włączę nastrojową muzykę i otworzę szampana.

Po kilku chwilach siedzieli uśmiechnięci naprzeciw siebie przy stole; z głośników płynęła piosenka *What A Wonderful World* śpiewana prze Louisa Armstronga, a w wąskich wysokich kieliszkach buzował wytrawny szampan. Ryszard chrząknął i sięgnął nieznacznie do kieszeni marynarki. Po chwili w jego dłoni Anna dojrzała malutkie pudełeczko. Otwarła szeroko oczy. Ryszard uśmiechnął się.

– Anno... kocham cię... nic na to nie poradzę i po prostu cię kocham z każdym dniem mocniej, i proszę cię, abyś zgodziła się już nigdy mnie nie opuszczać – spoważniał.

Przyłożyła dłonie do nagle zarumienionych policzków. Ryszard delikatnie uchylił wieczko pudełka i wyciągnął w jej kierunku rękę z pierścionkiem.

– Proszę cię, nałóż mi go sam – poprosiła cicho.

Ryszard wstał, podszedł do Anny i nałożył na jej serdeczny palec pierścionek. Anna uniosła dłoń i wpatrywała się w niego, głęboko oddychając; po chwili podniosła oczy w górę.

– Nie spodziewałam się... dzisiaj, tutaj, ale chcę, bardzo tego chcę, Ryszardzie. – Wstała.

Pocałował ją w rękę, a potem przytulili się mocno.

– Zostaniesz moją żoną?

– Tak, bardzo chcę.

Celebrowali picie szampana, nie mogąc się nacieszyć własnym szczęściem.

– Kiedyś na to wpadł? – spytała, gdy usiedli naprzeciw siebie przy stole.

– Już dawno, czarnooka, chyba tego dnia, kiedy pojechaliśmy do Łeby.

– Ale chodzi mi o pierścionek...

Spojrzała na niego, mrużąc oczy.

– Kupiłem go wiosną, niedługo po narodzinach Jagódki. Nie miałem, niestety, swoich dzieci, czyli w tym sensie rodziny, i przyjście Jagódki na świat, całe to zamieszanie bardzo mi się spodobało. Byłem urzeczony tą atmosferą rodzinną, oczekiwaniem, to wszystko było takie miłe, serdeczne. Uzmysłowiłem sobie, czego mi brakuje i co mnie naprawdę cieszy. Kochałem ciebie wcześniej, rzecz jasna, ale w tamtym momencie zapragnąłem być jeszcze bliżej ciebie i całej twojej rodziny.

– Brakuje mi słów... I jeszcze tak miło mówisz o moich dziewczynkach... Ale, kochany, częstuj się, proszę.

Twoje ulubione owoce morza. – Anna nagle wróciła na ziemię.

– O wszystkim potrafisz pomyśleć... Ale masz rację, tyle przygotowań, tak pięknie to wszystko zorganizowałaś. – Ryszard spojrzał wreszcie przytomniej na stół. – Ależ tutaj rarytasy! Kiedy to wszystko kupiłaś?

– Pamiętasz, kiedy jechaliśmy na Junikowo, poprosiłam, żebyś zatrzymał się przy „Piotrze i Pawle". Pracuje tam siostra mojej przyjaciółki z opery. Dałam jej przygotowaną listę, a kiedy wracaliśmy, tylko zapłaciłam. Te dwie duże, kolorowe torby. – Anna mrugnęła.

– To u was tak można?

– Prowadzą już od wiosny sprzedaż internetową, ale dla mnie to było przygotowane w innym systemie – uśmiechnęła się. – Po prostu lubimy się z Genią, a zbyt często jej nigdy nie wykorzystywałam. Zawsze mi coś fajnego podpowie, dołoży coś podobnego, jeśli czegoś z listy nie ma, albo jakiś niedrogi atrakcyjny towar z promocji.

– Poznaniacy jednak potrafią... – Ryszard pokręcił głową. – Tyle tutaj cymesów, że niektóre z nich nawet nie wiem, jak się nazywają, co to jest?

– Nie śmiej się, ale sama niekoniecznie wiem, co to takiego! – Anna zachichotała. – Te drobiazgi garmażeryjne były zapakowane w pojemniczki, więc tylko obwąchałam. – Machnęła ręką. – Spróbuj, tutaj są małże... Ja już posmakowałam. Winny sos jest pyszny!

– Czy ja zawsze będę miał z tobą tak dobrze? – rozmarzył się Ryszard.

– Wątpię! – Anna znowu zachichotała.

– Już pokazujesz różki?

– Hi, hi, hi. Po prostu w Bytowie ani Parchowie nie ma „Piotra i Pawła". Na razie!

– Potrafisz cudownie żartować. Czy ten szampan też dzisiaj kupiłaś?

– Nie. On ma już co najmniej kilka lat. Leżakuje w piwniczce obok warsztaciku Mikołaja. Tam jest zawsze w granicach dwunastu stopni. Mikołaj jakoś to tak z pewnym fachowcem zorganizowali. Musisz zobaczyć: duże kamienie w ścianach... Szybciutko zeszłam i już. Trzeba by przejrzeć, co tam jeszcze jest, bo może warto byłoby co nieco wziąć do nas?

– Dużo z Mikołajem nie pijaliśmy. – Ryszard skubnął wąsika. – Raczej duże piwo, jak w Bytowie na zamku, o czym kiedyś opowiedziała Eliza. Wiedziałem, że we wszystkim miał dobry gust, ale że macie szampan Bellingera na zapas, nie pomyślałbym. Rocznik osiemdziesiąty ósmy, nieźle – zerknął na etykietę.

– A ja po prostu zapamiętałam, że do owoców morza zalecany jest szampan z długą nazwą – zachichotała Anna.

– Wszystko doskonałe... – Ryszard przymknął oczy. – Bellinger... ach, już wiem. To z regionu winiarskiego Ay, Marne. Niewielka miejscowość we wschodniej Francji. Mówiłem już kiedyś, że Szampania, Alzacja i Lotaryngia strasznie ucierpiały w pierwszej wojnie światowej. Niemcy to barbarzyńcy... Nie potrafili uszanować nawet miejsc, gdzie produkuje się napój bogów. Ech...

Kiedy skończyli kolację, przenieśli się na sofę.

– A mogę cię spytać... czy masz jakiś pomysł, jeśli idzie o termin ślubu? – Anna spojrzała przenikliwie na Ryszarda.

– Czyżbym za bardzo się pospieszył? – Ryszard na moment spoważniał.

– Jeśli już, to dlaczego tak długo kazałeś mi czekać... – przymrużyła oko.

– Czy to znaczy, że chciałabyś, aby to stało się szybko?

– Tak, wręcz o tym marzę! – Wtuliła się w niego.

– To może na... Wielkanoc? – Ryszard odchylił się nieco.

– A szybciej nie można? – Pocałowała go.

– W karnawale?

– A jeszcze szybciej?

– Na Gwiazdkę...?! – Zrobił minę.

– Tak, na Gwiazdkę! Chcę! Nie chcę już dłużej czekać. Chcę przy tobie zasypiać i przy tobie się budzić.

Przytuliła się mocniej do Ryszarda; pogładził ją delikatnie po plecach.

– Ja też pragnę, aby to stało się jak najszybciej – wyszeptał jej do ucha.

– Alеż dziewczyny i Felcia się zdziwią! – Anna poderwała się z sofy.

– Chcesz do nich zadzwonić? To jeszcze późno nie jest... – Spojrzał na zegar.

– Nie! Chcę im to osobiście powiedzieć! Chcę widzieć zaskoczenie w ich oczach. Chcę się cieszyć razem z nimi!

– A jeśli się nie ucieszą? – Ryszard podrapał się po czole.

– To jeszcze ich nie znasz! – zaśmiała się głośno Anna.

– Muszę, Anno, do czegoś ci się przyznać.

Ryszard spojrzał na nią poważnie.

– Co się stało?

– Sprzedaż twojego domu ja wstrzymywałem...

Spojrzał na nią przepraszająco.

Anna przymknęła oczy i potrząsnęła lekko głową.

– Nie rozumiem, nie ogarniam tego... Zresztą mam teraz ważniejsze sprawy na głowie – wzruszyła ramionami.

– To moja wina, że dom jeszcze nie został sprzedany.

– Ale...

– Czekałem na lepszą cenę, ale też przyglądałem się tobie, czy czasem ci się nie odwidzi. – Pokiwał głową. – Czy ty masz pojęcie, ile ja takich przypadków miałem i wciąż miewam?

– Nieważne... teraz najważniejsze, że mam o czym myśleć. O ślubie! – Znów przytuliła się do Ryszarda.

– A nie jesteś ciekawa, ile twój dom może być teraz wart? – Ryszard odchylił się nieco i spojrzał jej w oczy.

– No, ile? – Zamrugała oczami radośnie.

– W przeciągu roku jego wartość... wzrosła... o ponad jedną trzecią – cedził wolno.

– Czyli zajmuje się tym fachowiec, a ja co do tego nie miałam wątpliwości. – Pocałowała go w usta. – Jesteś mój kochany fachowiec – mrugnęła.

– A ty, Anno, jesteś niesamowita...

– W jakim sensie? – Przymknęła jedno oko.

– W takim sensie, że jesteś doskonale niesamowita! W każdym sensie!

– To wszystko dzięki tobie... A do spraw domu kiedyś wrócimy. Teraz mówmy o ślubie – uśmiechnęła się przymilnie. – Spytam się tylko Kasiuli, jak tam mała.

Wstała po telefon.

– ...Kasia? Co u was?

– Wszystko w porządku. A wy nie pojechaliście czasem do Las Vegas?

– A dlaczego do Las Vegas, skoro ja nie chcę pojechać choćby do Paryża?

– Bo tam można od ręki zawrzeć ślub – zachichotała Kaśka, aż Anna odsunęła telefon od ucha.

– Co ci to, córcia, przyszło nagle do głowy!

– Nagle? Myślałam, że już przede mną wyjdziesz za mąż!

– I to mi mówisz akurat przez telefon?

– A bośmy z Felcią, Adelą i Jagódką o tym po obiedzie rozmawiały! Nie było chwilowo innego tematu – Kaśka znowu zachichotała.

– To chyba rzeczywiście wszystko w domu w porządku – uśmiechnęła się Anna. – Jutro wracamy!

– Myślałam, że wrócicie dzisiaj przed weekendem! Czekamy na was niecierpliwie. Pa, mamusiu.

– Pa, Kasiula.

Anna spojrzała na uśmiechniętego Ryszarda.

– Słyszałeś? Dzisiaj jest piątek? Zupełnie mi uciekło kilka dni... – przymknęła oczy.

– Mnie też. Ależ wy jesteście niesamowite. Ciągle nadajecie i odbieracie na tych samych falach. – Ryszard pokiwał głową.

– Wyślę jeszcze esemesa do Elizki.

Naciskała na klawiszach tekst: *Czy przyjeżdżasz na weekend do Parchowa?* Za kilka chwil przyszła odpowiedź: *Oczywiście! Czekajcie na mnie ze śniadaniem.* Anna znowu ponaciskała klawisze: *Przyjedziemy z Ryszardem z Poznania dopiero na obiad. Pa.* Za kilka chwil komórka dała sygnał, że przyszła odpowiedź: *Ho, ho, ho! Toście się rozhulali. Dobrze, że w ogóle wrócicie! Pa.*

– No spójrz sam, co za mała zołza!

Roześmiana Anna podała Ryszardowi komórkę. Ryszard czytał z uśmiechem.

– Miałem rację, te same fale i z córką, i wnuczką. Ślub koniecznie na Gwiazdkę! Chcę być z wami, ile się da! – Przytulił Annę.

– Tak, Ryszardzie, ja też tego właśnie pragnę – wyszeptała mu do ucha.

*

Kiedy Anna z Ryszardem weszli do kuchni, rozległo się gromkie:

– Łaał!

– A co tutaj masz?! – wrzasnęła Kaśka, pokazując na pierścionek.

– Zaraz, zaraz. Wszystko opowiemy. – Anna odganiała się od córki, a zaraz potem od wnuczki.

Po kilku chwilach zamieszania wszyscy siedzieli już przy stole. Kasia i Eliza z rozpromienionym wzrokiem, Felcia z dłońmi przy policzkach i radością w oczach, zaś Adela cała w pąsach. Anna wyciągnęła dłoń z pierścionkiem na środek stołu.

– Przyjęłam oświadczyny Ryszarda. – Przebiegła wzrokiem wokół. – Ślub chcemy wziąć... – zawiesiła głos – ...jak najszybciej! – pisnęła nienaturalnie.

– A dlaczego to jak najszybciej? – Eliza zmrużyła oczy i omiotła babcię wzrokiem.

– Ty, dziewucho... – roześmiała się Anna i pogroziła jej palcem.

– Tak się cieszę, mamuś, żeście się zdecydowali... – Kasia pocałowała Annę w policzek.

– Po prostu pasujecie do siebie... – Felcia uśmiechnęła się. – To byłby grzech, gdybyście się nie pobrali. Tak się cieszę, bo przeczułam to i wywróżyłam wam od pierwszej chwili. – Pogładziła kościstymi dłońmi rękę Anny ozdobioną pierścionkiem. – A cóż to za kamień, Aniu?

– Właściwie nie zdążyłam wczoraj spytać. Tyle było różnych emocji... i jeszcze szampan. – Anna przewróciła oczami. – A dzisiaj rano zapomniałam. – Rozłożyła ramiona.

– To jest topaz królewski, bardzo rzadki kamień, a do tego różowy. Nie chcę się wymądrzać, ale bardzo mi się spodobało to, co o nim przeczytałem, więc nie miałem wątpliwości. Przyjaciel jubiler miał za to z nim problem... – Ryszard uśmiechnął się – ...ale po trzech miesiącach poszukiwań gdzieś znalazł.

– Piękny kamień – Kasia pogładziła go. – Poczytam gdzieś o nim... ale powiedz, mamuś, jak sobie wyobrażacie ślub? – Jagódka podskoczyła jej na kolanach. – Widzisz, mała też chce się dowiedzieć...

– Jeśli myślisz o terminie... – spojrzała na córkę; ta skinęła głową – ...najwłaściwsza odpowiedź to... zaraz, szybko, bo szkoda czasu. – Anna pokiwała głową. – My inaczej mierzymy czas niż wy młodzi. A poza tym Ryszard chciałby trochę z nami pomieszkać, pożyć w rodzinnym gronie.

– Mam nadzieję, że nie macie mi tego za złe, prawda? Spojrzał na Kasię, a potem na Elizę; Jagódka uśmiechnęła się do niego i podskoczyła na kolanach Kasi.

– Widzę, że Jagódka bardzo chce – odezwała się Adela.

– Ja też chcę! – Eliza podeszła do Ryszarda i przytuliła się do niego; pogładził ją po włosach.

– Zorganizujemy wam ślub i wesele najlepiej, jak tylko się da. Już od dawna, Ryszardzie, jesteś członkiem naszej rodziny.

Kasia wyciągnęła rękę w jego stronę; nachylił się nad stołem, uniósł ją delikatnie i ucałował.

– Dziękuję wam. – Spojrzał uradowany na Kasię, a potem na Elizę. – Kocham was, dziewczyny.

Podszedł do Anny i pocałował ją w usta.

– Dziękuję wam za wszystko, ale już czuję się u was jak w najprawdziwszym domu, a co to będzie po naszym ślubie z mamą!

Skubnął po swojemu wąsika i przytulił Annę; Kasia i Eliza podeszły do nich, objęli się wszyscy.

*

Przez najbliższe dwa tygodnie trwał wyścig budowniczych domu Anny z pogodą. Za wszelką cenę starano się położyć choć prowizoryczny dach, aby można było w okresie zimowym wykonywać jakiekolwiek prace w części piwnicznej i na parterze. Dodatkowe oświetlenie placu budowy i praca na dwie zmiany przyniosły efekty. Ku radości wszystkich dach ukończono i jeszcze zdołano go pokryć grubą folią.

– Szkoda tylko, że nie udało się wstawić okien na piętrze... – Anna popatrzyła markotno w kierunku domu.

– Ty się ciesz, że Stach zdążył porobić zabezpieczenia, tak jak chciałaś, dla wszystkich otworów okiennych. Przy deszczach i chłodzie, a były już przecież i mroźne dni, wystarczyłoby okna źle osadzić i to dopiero byłby klops. Wyrywanie ich na wiosnę spowodowałoby zniszczenia, a to przecież drogie drewniane okna, ech! – Felcia machnęła dłonią.

– No tak, masz rację, Felciu. Już nie marudzę – zawstydziła się Anna. – A widziałaś, jacy Dziedzicowie szczęśliwi?

– Henryk działa cały czas na wysokich obrotach i jak im dobrze pójdzie, to po Świętym Mikołaju wprowadzą się tam na amen. – Felcia klasnęła w dłonie.

– Słyszałam, że od jutra Alicja i Sebastian biorą urlopy, żeby pomagać w końcowych pracach wyposażeniowych i meblowaniu.

– Ostatecznie robią też dla siebie. A ile jest izb na

dole? Bo ja tam byłam tylko na początku, jak weszli na budowę górale. – Felcia spojrzała na Annę.

– Oprócz salonu są dwa pokoje według projektu i jeszcze dwa, które uzyska się z garażu, no i oczywiście kuchnia, łazienka i ubikacja. Bardzo mądrze Henryk wykombinował, że dobudówkę garażową przeniósł na zachodnią stronę. Tam jest stok i dzięki temu okna będą do wieczora otrzymywały więcej światła.

– A on nie chciał garażu?

– Mówi, że za cenę dwóch pokoików po prawie piętnaście metrów każdy, opłaciło się dokonać korekty w planie. Postawił sobie przecież, dzięki Stachowi, dwie wiaty i ma teraz garaże na samochody. To w zupełności wystarcza.

– Jo! Rozsądny jest.

– Oni wszyscy są rozsądni i pracowici, Felciu – rzekła z uznaniem Anna.

– O wilku mowa! – Felcia zaśmiała się, słysząc tupanie w sieni.

Do kuchni weszli Dziedzicowie z Janem.

– I jak droga? – rzuciła Felcia.

– Czarna… jeszcze, ale wiatr się wzmaga i ta mączka śniegowa będzie osadzać się coraz bardziej na jezdni. – Jan sapnął i pokręcił głową.

– Dobrze, że dzieci są dzisiaj w pracy ostatni raz przed urlopem i jeszcze Stach je przywiezie z Bytowa – rzuciła Adela i złożyła dłonie.

– Mamy, Anno, wszystko… no, prawie wszystko, czego mi jeszcze brakowało z galanterii metalowej: okucia i zawiasy ozdobne, haki, bolce i takie tam. – Henryk z zadowoleniem podkręcił wąsa. – Dobrze, że wczoraj udało się zakończyć montaż kanałów z ciepłym powietrzem z kominka.

– Och, to jesteście, Adelo, szczęśliwi! – Anna złapała ją za rękę. – My wszyscy też się cieszymy, że trafiliście z tą decyzją z domem. Z murowańcem byście nie zdążyli.

– Nie byłoby szans. – Henryk pokręcił głową. – Ciężki rok, ale dla niektórych zakończy się cudownie!

Schylił głowę w kierunku Anny.

– No właśnie, to już tak niewiele zostało do wesela! – zatarł ręce Jan.

– O! Widzicie go, tak jakby na wódkę weselną się szykował – Felcia zarechotała.

– Jeśli już, to na strawę... – Jan uniósł w górę dłonie – ...ale i to głównie duchową – uśmiechnął się.

– Wybrnął! Jak zwykle! – klasnęła Felcia.

– O! Kasiula z Jagódką!

Henryk poderwał się, żeby odsunąć krzesło i ułatwić im dojście do stołu.

– Fafek pospał, pojadł i pozwolił przyjść mamuni na małą kawusię. Babinku, potrzymasz Jagódkę? – Mała wyciągnęła rączki do Anny. – Widzę, że nieźle duje... – Wskazała na okno. – Czy ma jeszcze mocniej śnieżyć? A w ogóle to nie za wcześnie na zimę?

– Masz, Kasiu, rację, za wcześnie na śniegi, ale natura wie, co robi, i nam nic do tego. – Pokiwał głową Jan. – Tyle tylko, że człowiek prędzej czy później i za regulowanie pogody się weźmie, oczywiście ze szkodą dla siebie.

– Nie weźmie, nie kiedyś, tylko już grzebie i to na grandę! – zawołał Henryk i od razu położył dłoń na ustach. – Przepraszam, Jagódko, że tak wrzasnąłem – uśmiechnął się do małej. – Ja tam nie oglądam takich transmisji, ale w dziennikach mówią, że od wielu lat w Dzień Zwycięstwa w Moskwie jest pogoda...

Rozejrzał się wokół.

– Coś, niestety, też słyszałem o tym – przyznał Jan, kiwając głową.

– No widzisz! Jeśli można zrobić pogodę, to ile trzeba wysiłku, żeby zrobić niepogodę? – Henryk rozejrzał się wokół triumfalnie. – A wtedy nie trzeba wojen...

– To byłby już koniec, prawdziwy koniec. – Jan opuścił głowę na piersi. – Bo, niestety, nie jest możliwe zaplanować, to znaczy przewidzieć, skąd na przykład będzie wiało i ile to potrwa czasu, żeby tylko komuś innemu zaszkodzić. Natura, pogoda, potrafi szybko się zmienić i wszystko może się cofnąć na tego, kto to diabelstwo sprokurował.

– Masz rację. Tych miejsc, gdzie chce się poprawiać naturę, a nawet Pana Boga, jest już za wiele – dodała Felcia. – W medycynie, w produkcji żywności, ech... – machnęła ręką. – Ale dajmy temu spokój, bo teraz mamy ważniejsze wyzwanie – uśmiechnęła się do Anny. – Musimy ją godnie wydać za Ryszarda! – Złapała się pod boki.

– Ojejku, ja się przecież sama wydaję! – zaprotestowała Anna, śmiejąc się.

– Oczywiście, że sama pójdziesz do ołtarza i nikt cię nie będzie musiał tam ciągnąć – zachichotała Felcia. – Mam nadzieję, że suknię już masz przemyślaną.

– O tym porozmawiamy w babskim gronie – zaoponowała Anna.

– I masz, mamuś, rację. – Kaśka pokiwała głową. – Henryku, czy już przejrzeliście z Adasiem plany poprzednich imprez stodolnianych?

– Tak. W zasadzie mamy już wykombinowane, jak szybko po Wigilii złożyć część ścian salonu, żeby otworzyć się na pozostałą część sali i scenę.

– A nie możecie zrobić, żeby to była jedna scenografia? – Adela spojrzała na Henryka.

– Wigilii, która w stosunku do wesela będzie imprezą kameralną, nie możemy zrobić z wykorzystaniem całej przestrzeni stodoły. – Henryk pokręcił głową. – Powtórzymy wszystkie dobre pomysły z wesela Kasi, które da się zgrabnie połączyć z salonem wigilijnym. Będzie dobrze. Najważniejsze, że nam się uda zwolnić na czas wozownię, bo te kilka pokoi dla gości przyda się.

– No tak, bo ja zupełnie o tym zapomniałam. – Felcia pokiwała głową. – Przecież przyjedzie część najbardziej zaprzyjaźnionych letników...

– Orkiestranci z żonami... – weszła jej w słowo Kasia.

– Julcia z Tadziem obiecali, że też będą – dodała Anna.

– I Wika z rodzicami będzie. Olkowi udało się załatwić urlop, choć końcówkę roku ma zawsze najgorszą – uzupełniła Kasia. – Według wstępnej listy wychodzi mi, że to będzie największa tutaj impreza i może być prawie sześćdziesiąt osób.

– A my uzgodniliśmy z Janem, że Annę do ołtarza poprowadzi... Tadeusz! – Felcia klasnęła w dłonie; wszyscy spojrzeli na Jana.

– Nie mogło być inaczej – zgodził się Jan. – Był problem, żeby go przekonać, ale udało się. Oni się najdłużej znają... – mrugnął – ...od tylu lat połączeni byli niewidzialną nicią, a na dodatek niedawno okazało się, że są rodzeństwem, mają wspólną matkę. Poza tym nie chcę Tadziowi wypominać, ale jest najstarszy, więc tym bardziej mu się ta honorowa funkcja należy.

Felcia i Anna przytuliły się bez słowa.

Z kopyta kulig rwie

Grudzień w „Iskierce" był szalony. Dni do ślubu i wesela Anny z Ryszardem ubywało, humor wszystkim dopisywał, prace przygotowawcze w stodole nad scenografią salonu wigilijnego, a jednocześnie sali weselnej, posuwały się wartko. W dniu Świętego Mikołaja Dziedzicowie zaprosili wszystkich mieszkańców na zwiedzanie sarmackiego domu, połączone z małym poczęstunkiem.

– Proszę uważać na schodach! Ślisko! – zabrzmiał kilkakrotnie pana Henrykowy okrzyk, gdy kolejna grupa gości docierała do ich domu z grubych bali.

– Ależ tu cudnie! – jęknęła Felcia.

– Ja nie mogę! – zawołała Kasia.

– Ho, ho, ho! – pokiwał głową Jan.

– Ja też poproszę o malutki pokoik! – pisnęła Eliza, zwiedziwszy pokoje Diany i Alicji.

Ochy i achy pozostałych gości fruwały cały czas pod sufitem.

„To jeszcze nie całkiem skończone" albo „Tutaj jeszcze się zastanawiamy" – pokrzykiwał Henryk w odpowiedzi na komplementy i co rusz podkręcał wąsa.

– Siadajcie już wreszcie, gdzie kto może! – zapraszała podekscytowana Adela.

– Takiego cuda się nie spodziewałam! – Felcia przyłożyła dłonie do policzków. – Jak to dobrze, że zdecydowaliście się właśnie na taki dom!

– Salon ma trzydzieści osiem metrów kwadratowych. – Adela zatoczyła ramieniem łuk. – Tutaj będzie można zrobić nawet wesele!

Przebiegła wzrokiem po Alicji i Dianie, które zaczęły opędzać się dłońmi.

– Stół trzeba będzie wówczas rozbudować o jeszcze jedno skrzydło! – zawyrokował Henryk. – Albo mogę zrobić składane stoły na kozłach! Tak, to jest myśl! Sebastianie, jeszcze do Świąt musimy zrobić przynajmniej jeden taki! – wymienił spojrzenie z synem.

– Pokoiki dziewczyn są cudne! – Anna kołysała głową z podziwu.

– Ja się stąd nigdy nie wyprowadzę! – Na uśmiechniętych policzkach Diany pokazały się dołeczki. – W „Zielonym Dworze" miałam może pokoik ciut większy, ale za to widok na dolinę i rozgwieżdżone niebo kompensuje mi to z nadwyżką.

– A Arkturka widzisz? – spytała Eliza.

– Dopiero zaczynamy się sobie przyglądać... – roześmiała się Diana. – Nasz związek... – wyciągnęła dłoń w kierunku okna, a potem pokazała na siebie – ...będzie długi i bardzo szczęśliwy! –

Diana i Eliza przytuliły się.

– Dziewczynki z początku nie chciały składanych łóżek, ale gdy zrobiliśmy eksperymentalną konstrukcję u Sebastiana, nie chciały stamtąd wyjść! – Henryk podkręcił wąsa. – Po podciągnięciu w górę, na hokus-pokus, jest ściana z obrazem, a po opuszczeniu szerokie łóżko na metr sześćdziesiąt! Rozwojowe! – Henryk pomógł sobie gestem; Alicja i Diana znowu ze śmiechem opędzały się dłońmi.

– Bo wy tylko albo wesele, albo rozwojowe... – Alicja zrobiła niby to zagniewaną minę.

– Jak trzeba będzie, to do pokoików zmieszczą się jeszcze kołyski! – Henryk znów podkręcił wąsa.

– Tata! – zawołały jednocześnie Alicja i Diana.

– Okazało się, że robota w drzewie jest naprawdę fajna! – Sebastian pokazał kciuk i spojrzał na ojca.

– Jeszcze go wszystkie maszyny i narzędzia nie słuchają jak powinny, ale ma smykałkę... – Henryk poklepał syna po ramieniu.

– Jakby co, ojcze, to kołyski sam zrobię – mrugnął w jego kierunku.

– Sebastian! Przestań! – znowu zawołały jednocześnie Alicja i Diana.

– U góry będą cztery duże izby, dwie łazienki z ubikacjami i wnęki ubraniowe, więc cztery rodziny w naszym domu pomieszczą się spokojnie! – Henryk kolejny raz podkręcił wąsa. – A to wszystko dzięki naszej dobrodziejce! – rzekł wzruszonym głosem i pochylił głowę w stronę Anny.

– Ach, daj już spokój, Henryku. – Anna przymrużyła oczy. – Ważne, że papierowo załatwiliśmy wszystko... dzięki Ryszardowi.

Oparła głowę o jego ramię.

– Ach, dobrodziejko... – Henrykowi załamał się głos – ...skąd ty się w ogóle wzięłaś?

– Henryku, przecież wiesz skąd. Stąd! – Felcia pokazała palcem na wzgórze i zaśmiała się.

– No, może nie do końca stąd – zaoponowała Anna.

– Teraz stąd! – Felcia zachichotała.

– Kominek jest rewelacyjny. – Ryszard wskazał w jego kierunku. – Słyszałem, że zrobiłeś też kanały do rozprowadzania ciepłego powietrza z niego po całym domu.

– Namówił mnie do tego mistrz od kominków. Jego zdaniem, to jest lepsze niż ogrzewanie podłogowe, bo w razie awarii... – Henryk pomachał dłonią. – A już chciałem robić ciepło w podłogach! Część materiałów miałem kupionych, ale że postanowiłem nabyć kanały u tego samego hurtownika, to tamte materiały mogłem mu oddać.

– Częstujcie się wreszcie, kochani, po co ja to robiłam! – zawołała Adela, pokazując na stół.

Na jej okrzyk zaczęło się gremialne postukiwanie sztućcami o półmiski i talerze. Mimo zaabsorbowania jedzeniem, uśmiechnięte twarze gości raz za razem kierowały się w coraz to inne miejsce salonu.

– Bardzo mądrze wykombinowaliście te skrzynie w roli siedzisk – pochwalił Jan, klepiąc po skrzyni, na której siedział, i wskazując na pozostałe, stojące jeszcze wzdłuż ścian.

– A to podpowiedzieli mi górale, resztę pokombinowaliśmy ze Stachem! No i oczywiście z Sebastianem! – dodał Henryk, widząc wzrok syna. – Namówił mnie do zrobienia pod spodem kółek. Byłem z początku innego zdania, ale przekonał mnie argumentem, że są one zbyt ciężkie do dźwigania. Zaproponował więc „w gratisie", jak mi powiedział... – wymienili z synem mrugnięcia – ...blokady, takie hamulczyki do tych kółeczek. Jak nie trzeba jechać, kółka są zablokowane i skrzynia ani drgnie, a odblokowuje się je tylko do przesuwania.

– I jakie ładne kolorowe zazdrostki... – Kasia wskazała na okna.

– Ja chciałam normalne zasłonki i firanki, ale dziewczynki mnie przekonały, że oprócz zwierząt nikt tutaj nie przyjdzie – uśmiechnęła się, dziękując za pochwałę Adela; jej córki pokiwały głowami.

– Można będzie jeszcze założyć w oknach najprostsze

opuszczane żaluzje, tylko koniecznie jasne, wtedy szczególnie w zimowe wieczory zrobi się wewnątrz jeszcze przytulniej – dodała Alicja.

– A ja wolę, żeby w moich oknach niczego więcej nie było. Tylko mój Arkturek, Felciny księżyc i ja – rozmarzyła się Diana.

– I o mnie pamiętasz... – Felcia uśmiechnęła się.

– Bo przez ciebie stałam się jego fanką!

Po posiłku Adela zatrzymała gości jeszcze na kawę, gdyż koniecznie chciała, żeby wszyscy spróbowali jej ciasta z nowej kuchni. W międzyczasie Jagódka wypróbowała pokój Diany na drzemkę. Obudziła się z uśmiechniętym pysiem.

*

Anna po dyskusji z Felcią wybrała się do proboszcza.

– Właśnie zastanawiałem się, czy przypadkiem nie zrezygnować dzisiaj z kawy, ale dzięki pani wizycie z chęcią odrzucam tę niedorzeczną myśl – rzekł z uśmiechem na powitanie.

– Ale ja tylko na chwileczkę, zresztą nie jestem ubrana! – rzuciła Anna i uśmiechnęła się od ucha do ucha, widząc, że oczy proboszcza stały się nagle wielkie jak chrzcielnica. – To znaczy, jestem ubrana, tylko może nieodpowiednio jak na taką wizytę... – dokończyła początkową myśl; oboje roześmiali się.

Po chwili siedzieli w saloniku przy kawie; wcześniej proboszcz zdążył podejść do odtwarzacza, włożyć płytę i wcisnąć przycisk startu.

– No i cóż moją miłą parafiankę sprowadza?

– Mój ślub... – Anna spojrzała na proboszcza, mrużąc oczy.

– Oczywiście będę... znaczy udzielę, a na weselu też zostanę jak najbardziej – zaśmiał się jowialnie.

– Nie o to mi chodzi...

– Odwołujemy...? – żachnął się proboszcz.

– Nie!

– To o co chodzi? – Przymknął jedno oko.

– Chciałabym przesunąć...

– Jeszcze nie jestem pewna uczuć?!

– Nie, to też nie to! – Anna zaczęła się niecierpliwić dowcipkowaniem proboszcza. – Zależy mi na tym, żeby przesunąć ślub z pierwszego na drugie święto! – wyrzuciła z siebie wreszcie.

– To trzeba było tak od razu; to żaden problem, chociaż...? – zaczął pocierać czoło.

– Jakaś inna impreza?

– Impreza...? – zdziwił się proboszcz.

– Znaczy... uroczystość – szybko poprawiła niezręczność Anna.

– Tak, są dwa chrzty.

– I co, nie zmieści się już mój ślub?

– Pani Anno, wszystko się zmieści, przecież doba ma dwadzieścia cztery godziny! – mrugnął.

– Bo jakby co, to ja mogę... – zawiesiła głos.

– Nie, nie, nie. Z panią to o takich sprawach, jakby co, nawet nie mam zamiaru rozmawiać. Niech wpadnie przy okazji oblubieniec, to uzgodnimy szczegóły! – zaproponował; Anna zmarszczyła czoło.

– Ale coś jest nie okej?

– Wszystko jest okej! Cii... – Położył palec na ustach. – Cóż to ja puściłem?

Spojrzał na odtwarzacz.

Anna mimowolnie także spojrzała w tamtą stronę.

– *Peer Gynt*, Griega... Znowu to samo?

– W ostatniej chwili zmieniłem, bo miałem przygotowane coś innego...

– Ale dlaczego ksiądz puścił to samo co wówczas?

– Wówczas pani przeżywała poranek w nowym miejscu, a dzisiaj świeci już dla pani słońce w pełni. Została pani tutaj, buduje dom, bierze ślub... Tyle zmian w tak krótkim czasie.

– Tak, zadomowiłam się tutaj na dobre – potwierdziła Anna skinięciem głowy. – Chcę z mężczyzną, którego tutaj poznałam, połączyć się na zawsze. Chcę z nim przeżywać wszystkie swoje przebudzenia...

– Widzę, że to, o czym wówczas rozmawialiśmy, krok po kroku wciela pani w życie. Bardzo się cieszę i gratuluję sobie... – uśmiechnął się – ...tak uroczej parafianki. Pani pogratuluję po ślubie.

– A można wiedzieć, co ksiądz miał wcześniej przygotowane do odsłuchania? – Anna wskazała głową na odtwarzacz.

– *Sonatę księżycową* Beethovena. Chciałem się sprawdzić, czy dobrze już odróżniam wykonania Artura Rubinsteina i Krystiana Zimermana.

– A które wykonanie ksiądz bardziej lubi? – Anna podniosła brew.

– O, i to jest właściwe pytanie, dla mnie wciąż będące wyzwaniem. Obaj grają tę sonatę po mistrzowsku. Kiedy słucham mistrza Artura, ciarki mi przechodzą po plecach przy jego wirtuozerii, a kiedy słucham Krystiana, cieszy mnie powiew młodości, romantyzm, jaki słychać w dźwiękach.

– Podziwiam księdza...

– A ja ich! – Podniósł palec w górę. – O, ten fragment uwielbiam... – przymknął oczy na chwilę. – Ptaki, szemrząca woda w strumieniu, kołyszące się trawy i kępy polnych kwiatów w promieniach porannego słońca...

– Pamiętam, że tak samo mówił ksiądz dwa lata temu. Mam już to wszystko tutaj... – Anna przymknęła oczy. – Ale jestem pod wrażeniem tak szybkiego przełączania się...

– Wytrenowałem to w sobie – mrugnął. – Jak to dobrze posiedzieć chwilę z pokrewną duszą. – Uniósł się z krzesła. – Szkoda, że pani wpadła tylko na momencik, ale może następnym razem posłuchamy czegoś specjalnego. – Wyciągnął rękę. – Czyli ślub w drugie święto, ale zapraszam jeszcze pana Ryszarda, żebyśmy domówili godzinę.

– Bóg zapłać, księże proboszczu!

– Szczęść Boże, pani Anno!

*

Salon wigilijny był równie piękny jak w poprzednie lata, lecz wyczuwało się, że jego atmosfera to dopiero preludium przed tym, co się tu niedługo wydarzy. Anna była w wyjątkowym humorze, wszystko ją radowało, każdemu chciała poświęcić choć kilka chwil na rozmowę. Była wzruszona, kiedy Ryszard zrobił niespodziankę i przywiózł już na Wigilię swoją matkę Stefanię i siostrę Elę. Anna i Stefania długo stały przytulone do siebie obok choinki i szeptały sobie do ucha. Widać było po nich wzruszenie, ale przeważał uśmiech.

Dzień ślubu wstał pogodny. Krótkie śniadanie, a potem wyjazd kilkoma samochodami do Bytowa, gdzie w samo południe odbył się ślub cywilny w urzędzie stanu cywilnego. Anna w eleganckim beżowym spodnium wyglądała skromnie, lecz szykownie. Beżowe kozaczki i jasny kożuszek, a na szyi fantazyjnie zawinięty szal.

Uroczystość zaślubin w kościele zaplanowana została na godzinę piętnastą, więc od powrotu z Bytowa Anna miała tylko niecałe dwie godziny na przebranie się. Kiedy zeszła z góry, przywitał ją szmer podziwu. Wyglądała olśniewająco. Suknia w kolorze bladołososiowym, do kolan dopasowana, od kolan nieco się rozszerzająca. Włosy delikatnie podkręcone w korkociągi i spięte nisko w koczku, powyżej którego wpięty był kwiat. Na suknię narzuciła ciepłe ponczo, o ton ciemniejsze od sukni; kwiat i ponczo w jednakim kolorze. Lekki makijaż oraz złota biżuteria z małymi kamyczkami, nawiązującymi kolorem do barwy kamienia w pierścionku zaręczynowym, dopełniały całości. Przed wyjściem z domu Tadeusz, Felcia i Jan udzielili Annie i Ryszardowi błogosławieństwa. Po chwili kawalkada samochodów, migając światłami, ruszyła do kościoła.

Kiedy Tadeusz Kuszer prowadził Annę do ołtarza, zabrzmiał utwór *Obój Gabriela* Ennio Morricone. Zrobiło się ciepło i podniośle. Annę z obu stron nawy otaczały uśmiechy. Przy stopniu ołtarza Tadeusz pocałował jej dłoń, którą podał następnie Ryszardowi. Ten skłonił się i również ucałował dłoń wybranki. Klęczniki i fotele młodych udrapowane były białym płótnem i przystrojone kokardami w ciemnołososiowym kolorze. Uśmiechnięty proboszcz przywitał się z parą młodych. Msza była bardzo uroczysta, choć kapłan starał się, widząc wzruszenie Anny, aby nie było aż nazbyt podniośle. W kazaniu zwracał się po imieniu do obojga, by wywołać choć cień uśmiechu na jej bladej twarzy. Po wymianie obrączek i oklaskach zabrzmiała *Ave Maria* Gounoda–Bacha, a na wyjście młodych z kościoła zahuczał *Marsz weselny* Felixa Mendelssohna, któremu również towarzyszyły oklaski.

W progu sali weselnej młodych przywitali chlebem i solą Felcia i Tadeusz. Toast szampanem młodej pary i rozbicie kieliszków. Tradycji stało się zadość. Potem długa kolejka do składania życzeń, podczas gdy zespół z Erina umilał czas. Gdy wszyscy zasiedli do stołów, Anna wreszcie się rozluźniła.

– Czy to już wszystko? – zerknęła na Ryszarda.

– Teraz zostaje nam tylko zabawa i... życie! – odparł i swoim zwyczajem skubnął wąsika.

Ciepły posiłek, bardzo osobisty toast Tadeusza, przerywany pełnym wzruszenia cmokaniem, potem podziękowanie Ryszarda. Wreszcie zapowiedziano pierwszy taniec. Anna i Ryszard podeszli do mikrofonu.

– Chciałabym wyjaśnić wszystkim, dlaczego wybrałam taką, a nie inną piosenkę. W sumie sprawa jest prosta... – Rozłożyła ramiona. – Wówczas, w pięćdziesiątym szóstym roku, kiedy ją pierwszy raz usłyszałam, miałam osiemnaście lat. To chyba oczywiste, że piosenki z takich lat pamięta się najlepiej, prawda? – Rozległy się oklaski. – Ale jest jeszcze coś, jej słowa. Zwróćcie uwagę na trzecią zwrotkę... – roześmiała się – ...teraz jestem już taka, jak w jej treści, mam dorosłe dzieci, ale jestem też młoda... drugi raz w życiu wychodzę za mąż! Co będzie, pokaże czas! Mam nadzieję dotrwać w tańcu do tej zwrotki... – Machnęła ręką.

Zespół Wojtka z Erina zaczął przygrywkę, Anna i Ryszard ruszyli do wirowania, zaś goście zbliżyli się do parkietu. Joasia śpiewała:

When I was just a little girl
I asked my mother, what will I be
Will I be pretty, will I be rich
Here's what she said to me.

Kiedy rozpoczął się refren, cała sala włączyła się do śpiewu; wszyscy falowali w rytm piosenki.

Que sera, sera,
Whatever will be, will be
The future's not ours, to see
Que sera, sera
What will be, will be.

Przy trzeciej zwrotce Anna i Ryszard zatrzymali się na środku, wdzięcznie się kołysząc:

Now I have children of my own
They ask their mother, what will I be
Will I be handsome, will I be rich
I tell them tenderly.

Gdy skończyły się słowa tej zwrotki, rozległy się oklaski. Zespół musiał dwa razy ponawiać przygrywkę, żeby rozpocząć refren; Anna i Ryszard wrócili do wirowania, a wraz z nimi goście.

Que sera, sera,
Whatever will be, will be
The future's not ours, to see
Que sera, sera
What will be, will be.

Po zakończeniu tańca Anna poprosiła raz jeszcze o mikrofon.

– Na prywatny użytek tłumaczę sobie logikę słów tej zwrotki następująco; wypowiem to prozą, a nie wierszem i dlatego słów będzie nieco więcej – roześmiała się. – Teraz mam własne, dorosłe dzieci... – wskazała na Kasię i Elizę – ...i one mogłyby mnie spytać, jak to będzie dalej, co będzie z nimi, kim staną się w przyszłości? Ja mam dla was, dziewczynki, tylko jedną odpowiedź. Que sera, sera!

Kasia i Eliza podeszły do Anny i przytuliły się do niej; rozległy się po raz kolejny oklaski.

– Powiem jeszcze wszystkim, że część oficjalna wesela właśnie dobiegła końca, więc na chwilę wybywam, aby wrócić stosowniej ubrana do tańca!

Znowu rozległy się oklaski.

Anna zniknęła i za kilka minut pojawiła się w długiej spódnicy z lejącego się materiału, w kolorze podobnym do sukni ślubnej i luźnej bluzce.

Wesele od tej chwili rozkręciło się na dobre.

*

Po obiedzie poprawinowym, gdy już się dobrze ściemniło, a ci, co mieli ochotę, przebrali się w stosowną odzież, pod dom zajechały sanie kuligu. W pierwszych saniach zasiedli Anna z Ryszardem.

– Przemyciłem butelkę... – szepnął, uchylając kurtkę, i pokazał Annie szyjkę butelki szampana.

– Jesteś niesamowity – zapiszczała Anna.

Ruszyli stępa.

– Tak wolno będziemy jechać cały czas? – krzyknęła Anna do powożącego saniami.

– Na razie tak, aż wjedziemy do lasu koło leśniczówki. Potem trochę pojedziemy kłusem, ale muszę też uważać, żeby nie pogubić małych sanek! – odkrzyknął woźnica.

Ryszard otulił Annę kocem, poprawił szal i nasunął kaptur kurtki na głowę.

– Nic, Ryszardzie, nie widzę i nie słyszę! – zawołała.

– Jest lekki mrozik, a taka jazda to coś więcej niż zwykły marsz!

– Jak zrobi mi się chłodno, to założę, obiecuję!

Niebawem wjechali w las. Z tyłu słychać było wesołe pokrzykiwania i piski. Zatknięte po bokach sani pochodnie rzucały migotliwe blaski na pnie drzew. Zrobiło się bajkowo.

– To daj łyka szampana – poprosiła Anna.

– Ale tylko symbolicznie, bo jest bardzo zimny. Tylko malutki łyczek. – Ryszard pogroził palcem.

Pomanewrował przy butelce, rozległ się huk korka i trochę piany wyleciało na śnieg.

– To mi się podoba! – rzucił powożący saniami.

– Pamiętaj, Anno, mały łyczek. – Ryszard nalał Annie do niewielkiej szklaneczki, która nie wiadomo skąd znalazła się w jego rękach.

– Masz cały barek? – zaśmiała się Anna; piła małymi łyczkami. – Ale ciepło mi się robi w żołądku! Teraz ty!

Ryszard uzupełnił szklaneczkę szampanem i również pił małymi haustami.

– Zjeżdżamy w kierunku leśniczówki! – krzyknął powożący. – Zaraz będzie mały kłus!

Sanie nabierały pędu. Koń zaczął głośno parskać chrapami.

– Hop, hop! Sanna! – zawołał Ryszard.

– Sanna! – odkrzyknęła Anna. – Nalej jeszcze odrobinkę szampana – poprosiła.

– Tylko odrobinkę.

Anna wypiła kilka łyczków i oddała szklaneczkę Ryszardowi. Ten znowu dolał trochę i opróżnił szklaneczkę. Zamknął na siłę korek i podał powożącemu.

– Będzie pan miał na po powrocie!

– Dziękuję! Wypiję za państwa zdrowie.

– Sanna! – zawołała Anna.

– Sanna! – odkrzyknął roześmiany Ryszard.

– Ależ pięknie! Zrobiło mi się ciepło! – zawołała Anna, poluźniając szal.

– Mnie też! – krzyknął Ryszard i uczynił podobnie.

– Tutaj zawrócimy i wracamy! – zawołał powożący.

– Tak szybko?! – Anna była niepocieszona.

– Tym na mniejszych saniach jest chłodno, więc nie ma co przesadzać, a zresztą dalej jest już nieodśnieżone!

Za niecałe pół godziny byli pod „Iskierką".

– Aleś ty czerwona, Aniu – Felcia załamała ręce. – Jesteś cała lodowata... – Pokręciła głową.

– Jest mi gorąco. Piliśmy z Ryszardem szampana! – odparła wesoło Anna i nagle wzdrygnęła się.

– No, ładnie, Ryszardzie. – Felcia pokręciła głową. – Zauważyliście chociaż, że zaczął sypać śnieg?

– Nie! Myślałam, że to pryska spod kopyt... – Anna wciągnęła szyję w ramiona.

– Ja też nie zauważyłem, że pada – dodał Ryszard i wstrząsnął nim dreszcz.

– Wracamy do stodoły? – Spojrzała na niego Anna.

– No jasne!

Za kilka chwil w stodole znowu rozgorzała zabawa. Koło dwudziestej drugiej Anna i Ryszard pojawili się w Felcinej kuchni. Anna znowu zadygotała.

– Zmarzłaś po drodze? – Felcia zmierzyła ją surowym wzrokiem.

– Nie, nawet kaptur miałam założony…

Spojrzała jednak na spódnicę i lekkie pantofle.

– Od dołu ci zimno. – Felcia pokręciła głową. – Napijcie się szybko gorącej herbaty i do łóżka! – Złapała Annę za dłonie. – Lody!

Anną znowu wstrząsnął dreszcz. Ryszard spojrzał na nią i też nim zatrzęsło.

– Idziemy się rozgrzać – powiedział do Felci.

– Zaraz przyniosę wam herbaty z malinami.

Kiedy pojawiła się u góry, już leżeli. Postawiła herbatę i wyszła, życząc im dobrej nocy. Również udała się na spoczynek.

Koło północy zapukała do niej Kasia.

– Oboje rozpaleni, mają gorączkę – szepnęła przestraszona.

– No mówiłam, mówiłam! Zaraz przyjdę do kuchni.

– Co się stało? – Jan odwrócił się.

– Pili szampana na kuligu… i przyszli po powrocie do kuchni rozchełstani! – Pokręciła głową. – Czuję, że pewnie nieźle się przeziębili.

– Mało rozsądnie. – Jan machnął ręką.

– A z młodych nikt nie zmarzł? – spytała Kasię, gdy spotkały się w kuchni.

– Wszyscy mieli puchowe kurtki, spodnie ortalionowe i porządne buty. Tylko nosy były zarumienione.

– Bierzemy termometry i zmierzymy im temperaturę. – Felcia spojrzała na Kasię.

– Mam dreszcze – Anna wstrząsnęła się, biorąc od Felci termometr.

– Ja niestety też – zadzwonił zębami Ryszard.

Za dziesięć minut Kasia oznajmiła ze smutną miną.

– Mamie dobija do trzydziestu dziewięciu stopni, a Rysiek ma trzydzieści osiem i pół. – Pokręciła głową.

– Trzeba coś im dać! Aspiryna czy grog? – Felcia spojrzała na Ryszarda.

– Daj raczej aspirynę – szepnęła Anna, drżąc pod kołdrą.

– Dobrze. Za dwie godziny zobaczymy, co to da... – Felcia pokiwała głową.

Po drugiej w nocy Felcia z Kasią znowu spotkały się u Anny i Ryszarda. Byli jeszcze bardziej rozpaleni.

– Chyba aspiryna nie działa. Żadnego antybiotyku nie mam, a do otwarcia apteki jeszcze parę godzin. Co robić?

– Może teraz damy im grogu? – Kasia spojrzała na Felcię.

– Mogłyśmy zrobić odwrotnie, teraz już nie radziłabym grogu. Może bańki im postawimy?

– Bańki? – Kaśka spojrzała rozszerzonymi oczami.

– Bańki? – dosłyszał Ryszard i zrobił minę.

– Jakie bańki? – spytała, szczękając zębami, Anna.

– Napisz esemesa do Eli, że mamy taki problem, może nam pomogą, albo przynajmniej podpowiedzą.

Za kwadrans w pokoju Anny pojawiły się Stefania i Ela.

– Ty smarkaczu! – Stefania spojrzała złym wzrokiem na syna. – Sam mogłeś się przeziębić, ale po co to zrobiłeś Ani?

– Ale...

– Może zadzwonimy do szpitala? – gorączkowała się Kasia.

– Zobacz, jak sypie! Nawet jak przyjadą, to apteka dopiero od dziewiątej rano otwarta.

– Masz rację, Felciu. A mówiłaś coś o bańkach... – Kasia spojrzała na Felcię.

– Po ile baniek kładłaś kiedyś, Felciu? – spytała Stefania.

– W ciężkich przypadkach nawet dwanaście, a jeśli trochę lżej, to dziewięć.

– A ja mu docisnę dzisiaj piętnaście, niech cierpi! Przeziębił pijanica dziewczynę. Moją kochaną Anulkę! Stefania pogroziła Ryszardowi piąstką; Felcia ze zdziwienia aż usiadła.

– Mamo! Tylko nie tyle! – Ryszard prawie podskoczył na łóżku, kiedy usłyszał, ile czeka go baniek.

– Jaka temperatura? – Felcia spojrzała na Elizę, która w międzyczasie zmieniła Kasię, bo Jagódka za ścianą zapłakała.

– Książę ma trzydzieści dziewięć i dwie, a pierwsza dama trzydzieści dziewięć i jedna kreska. – Eliza pokiwała głową.

– Przynieś od siebie miskę, bo musimy mieć dwie i nalej dość ciepłej wody. Aha! Pożycz od Kasi dwie tetrowe pieluchy. Musimy kłaść już teraz, bo przy jeszcze wyższej nie powinno się tego robić.

– Musimy ich najpierw wyszorować! – zaśmiała się Stefania, a wraz z nią Felcia.

– Mamo, was to śmieszy?

– Rysiu, jesteś stary i wiesz, co dalej... Rozbierać się do pasa i kłaść się na brzuch! – powiedziała groźnie.

– Daj im, Elizka, pod brzuchy duże ręczniki – zakomenderowała Felcia.

Na jednej połowie szerokiego łóżka leżała potulnie Anna, na drugiej Ryszard. Felcia myła plecy Anny, a Stefania – Ryszarda. Po chwili kolejne duże ręczniki do osuszenia pleców podała im Eliza.

– Daj jeszcze po jednym, bo po bańkach otulimy im plecy – Felcia spojrzała na Elizę. – Znajdź też ich ciepłe piżamy, dzisiaj będą poty! – zachichotała.

– Felciu, to boli! – jęknęła Anna.

– Wycieranie cię boli?

– Nie, twoje słowa...

– Patrzcie, myśli, że jest królową duńską, a jest zwykłą dziewuchą z Kaszub! – Felcia mrugnęła do Stefanii. – Gotowaś? – spojrzała na matkę Ryszarda; ta potwierdziła skinieniem głowy.

– Zapal, Elizka, świeczki i daj jeden drucik z wacikiem Felci, a drugi mnie – poprosiła Stefania.

Po chwili rozpoczęły sprawnie nakładać bańki. Umoczenie wacika w kieliszku ze spirytusem, przytknięcie do płomienia świeczki, wsunięcie płonącego wacika na chwilę do bańki, szybkie wyciągnięcie i błyskawiczne przyciśnięcie bańki do pleców.

Baniek na plecach przybywało, Anna i Ryszard na przemian podskakiwali na łóżku i chyba trochę dla dodania sobie kurażu pojękiwali.

Felcia skończyła na siedmiu bańkach, a Stefania na dziewięciu. Przykryły plecy pacjentów grubymi ręcznikami i zarzuciły na wierzch kołdrę.

– Teraz kwadrans tak sobie poleżycie – zarządziła Felcia, kiwając głową.

– O rany! – jęknął Ryszard.

– Ja ci dam o rany! – fuknęła Stefania.

– Oni jeszcze nie wiedzą, że na wszelki wypadek pojutrze powtórka i cały czas leżenie. Chyba fajerwerki w Nowy Rok będziecie mogli obejrzeć sobie z okna! – zachichotała Felcia.

– Masz rację! Po drugich bańkach muszą być trzy dni wygrzewania, a to akurat kończy się w Sylwestra! Całe dotychczasowe życie zdążycie sobie opowiedzieć, a resztę dokładnie zaplanować. – Stefania z rozbawieniem spojrzała na Annę i Ryszarda; szybko dopasowała się do Felcinego humoru.

Eliza zachichotała cicho.

– Ale mi gorąco... – jęknęła Anna.

– Chyba się roztopię! – zastękał Ryszard.

– I tak ma być! – Felcia klepnęła w kołdrę, gdzie Annie kończyły się plecy; Stefania zrobiła Ryszardowi dokładnie tak samo.

– Bezbronnych bijecie? – jęczał Ryszard.

– Ty masz szczęście, że Felcia i ja nie jesteśmy tak nieuczone jak matka Rozalki, bo mogłybyśmy was wsadzić do rozgrzanego pieca na trzy zdrowaśki! – Stefania zachłysnęła się śmiechem.

– Patrz, Anno, zaraz zrobią nam kolokwium z pozostałych lektur – zajęczał Ryszard.

Dowcipkowanie potrwało jeszcze kilka minut.

– No dobra, Stefciu, ich pobyt w piecu się kończy. Rozbrajamy! – Felcia spojrzała na zegarek.

Odczepianie baniek poszło szybko. Lekkie naciągnięcie skóry obok bańki z jednoczesnym jej niewielkim odchyleniem i bańki ze stukotem lądowały w miednicach.

– Ale ładne macie plecy – zachichotała Felcia.

– Teraz szybko nakładajcie koszulki i barchany – dołączyła się ze śmiechem Stefania.

– Co, wnuczki się wstydzicie? – Felcia zaśmiała się, widząc, jak Anna i Ryszard się krygują.

– A teraz nie ma odkrywania, jedno pilnuje drugiego i przykrywa go, no, chyba że chcecie dostać zapalenia płuc! – rzuciła srogo Stefania.

– Eliza, pożycz im jeszcze swoją kołdrę, a ja zaraz pościelę ci koce – powiedziała Felcia. – Zrobimy im ciut wygodniej.

Nieszczęśni kuligowicze co godzinę dostawali napar z ciepłych malin do popicia. Gorączka powoli spadała, ale utrzymywała się w okolicach trzydziestu dziewięciu stopni, nie rosła już.

– Chyba najgorsze za nimi – szepnęła Kasia do Felci, gdy spotkały się u nich przed szóstą rano.

– Raczej tak, ale zobacz, co za głupole. Poczuli się bardzo młodzi, tak jak to Ania mówiła do mikrofonu. – Felcia pokręciła głową.

– Człowiek całe życie się uczy... Que sera, sera.

– Ale piosenka ładna. Pamiętam ją – rozmarzyła się Felcia. – Kochani są. I pasują do siebie.

– Bardzo pasują, Felciu, i to ty im wywróżyłaś.

– Wy też z Maciusiem pasujecie... – Felcia rzuciła niepewnie i zerknęła na Kasię.

– No jasne! Od dawna nie mogę już znaleźć jego krótkich spodenek!

– Jakaś ty mądra... – Felcia przytuliła Kasię.

*

– Jak plecy? – Ryszard spojrzał na Annę.

– Bolą.

– Czyli bańka wyciągnęła to, co najgorsze. Jutro jeszcze tylko raz. Wytrzymasz?

– Muszę, bo chcę z tobą długo żyć.

– Już nigdy cię nie wezmę na kulig, przepraszam cię.

– To wina mojej zachłanności. Na kulig możemy jeszcze kiedyś pojechać, ale bez szampana.

– Wiesz co, lepiej puścimy sobie kilkanaście razy pod rząd piosenkę Skaldów *Z kopyta kulig rwie* i w cieple domu wypijemy sobie szampana, dobrze?

– Dobrze. Chce mi się pić.

– Zaraz ktoś przyjdzie. – Ryszard spojrzał na drzwi, które w tym momencie zaczęły się wolno uchylać i w szczelinie pojawiła się buzia Kasi.

– I jak się czujecie, młodzi? – uśmiechnęła się do

nich; postawiła na stole tacę z dwoma parującymi kubkami.

– Chyba lepiej, ale czuję ból gardła – powiedziała cicho Anna.

– Jak zmierzycie temperaturę i się napijecie, to Felcia przyjdzie z syropem.

– O, jak dobrze. A jak goście?

– Żałują was i życzą szybkiego powrotu do zdrowia. Adam odwiózł Julcię i Tadzia, a przy okazji torował drogę dla samochodu Leti i Olka.

– Dobry ten Adaś. A Wika została na trochę?

– Tak. Młodzież poszła ciepło ubrana na spacer. Stefania z Felcią cały czas tokują w kuchni. Ela dłużej poleżała i też zaraz przyjdzie – Kasia zaśmiała się.

– A reszta gości jak? – dopytywała Anna.

– Zaraz przyjdą do kuchni Ludka z Arturkiem i państwo Zagórscy. Reszta umówiła się na czternastą w sali weselnej. Niech się bawią.

– Przepraszam, Kasiu, za kłopot – wyszeptał z trudem Ryszard.

– A dlaczego tak cicho mówisz?

– Bo mnie też gardło boli. Szampana pić na mrozie! – Pokręcił głową. – Stary człowiek a głupi.

– Słyszałam, że matki też wam wczoraj wieczorem nagadały... – mruknęła Kasia.

– Miały rację.

Anna machnęła ręką.

– Jedno jest tylko w tym naszym przeziębieniu pozytywne. – Spojrzała na córkę. – Nie musimy brać antybiotyków – uśmiechnęła się blado.

– Daj, mamo, już termometr. Masz trzydzieści osiem i cztery. Nie jest źle. Daj teraz ty, Ryszardzie. O! Też ci nabiło trzydzieści osiem i cztery! Idziecie łeb w łeb!

– zachichotała Kasia. – Unieście się teraz trochę i wypijcie te maliny.

Kasia przyglądała się, jak mama z Ryszardem zgodnie i pokornie siorbią ciepłą herbatkę. Mierzyli się tylko wzrokiem i milczeli. Anna od czasu do czasu machała dłonią, jakby wciąż za coś przepraszała.

– Mamo, ale to się mogło przytrafić każdemu, albo nawet wszystkim...

Anna zmarszczyła czoło.

– Tylko że nie wszyscy mieli dostęp do szampana! – Kaśka zachichotała.

– Jesteś, córeczko, wyjątkowa zołza.

– Oj tam. Dobrze, idę już po Felcię, ale poproszę ją, żeby była u was tylko pięć minut, bo wówczas nie zdąży wam mocno zmyć głów – mrugnęła, postawiła kubki na tacę i ruszyła w kierunku drzwi. – Na razie!

Anna i Ryszard zgodnie unieśli dłonie.

Upływa szybko życie

Od ślubu Anny z Ryszardem czas na wzgórzu pełnym słońca jakby przyspieszył. Wielkanoc dwa tysiące czwartego roku nadeszła prawie niepostrzeżenie. Prace instalacyjne w nowo budowanym domu Anny toczyły się bez przeszkód, z dnia na dzień nabierając coraz większego tempa. Rury i kable zaczęły tworzyć uporządkowaną plątaninę, przesuwającą się w budynku coraz to wyżej i wyżej. Pogodne, suche przedwiośnie pozwoliło nadrobić wiele opóźnień z poprzedniego roku. Szyby z wstawionych na pierwszym piętrze okien radośnie odbijały promienie wędrującego po niebie słońca. Z dachu ściągano, kawałek po kawałku, ciemnoniebieską grubą folię, wymieniając prowizorycznie położone jesienią deski na konstrukcję zgodną z projektem. Szybko rosły mury pensjonatu oraz pozostałych zabudowań. Do ekipy dołączyli fachowcy od kładzenia dachówek oraz ocieplania i tynkowania budynków.

Zanim to jednak nastąpiło, życie na wzgórzu i w dolinie na kilka dni nieco zwolniło za sprawą Wielkiego Tygodnia i Świąt. Śniadanie wielkanocne już tradycyjnie odbyło się w stodolnianym owalnym salonie.

Gdy ucichł gwar związany ze składanymi sobie wzajemnie życzeniami, a wszyscy zasiedli na swoich miejscach i zaczęli spożywać świąteczne śniadanie, odezwała się Anna podniosłym głosem.

– Kochani, dzisiejszej nocy podjęłam decyzję... – Wszystkie oczy zwróciły się w jej kierunku. – Decyzję... w sprawie nazwy siedliska.

– Wstęp i sformułowanie iście królewskie – zachichotała półgłosem Eliza, dając niejako komendę do ogólnego rozbawienia.

– E tam; czepiacie się sformułowania, a za nim idą przecież ważne treści. – Machnęła ręką niezrażona Anna i też się roześmiała. – Różne nazwy i tak będą się tutaj od czasu do czasu pojawiać – zatoczyła ramieniem krąg – ale potrzebna jest jedna, którą niedługo będzie można umieścić nad bramą wjazdową.

– Aa, to dlatego wyciągnęłaś ten temat... – Felcia pokiwała głową. – A którędy będą wjeżdżać na budowę samochody i inne maszyny?

– Henryk przekonał mnie, by do celów, o których mówisz, utrzymać wjazd od strony zachodniej, dokąd i tak jest bliżej z szosy, a tę stronę trzeba powoli zacząć porządkować.

– Chociaż to mój pomysł, tym niemniej uważam, że jest on bardzo słuszny – rzucił patetycznie Henryk i podkręcił wąsa.

– Czy wy te mowy ze sobą uzgadniacie, trenujecie? – odezwała się Eliza, mrużąc oczy; jej słowa znowu wywołały salwę śmiechu.

– Oczywiście, każdorazowo! – Anna była w doskonałym humorze. – Ale wracając do nazwy siedliska, czas już wreszcie, żeby zaczęło ono funkcjonować nie tylko w naszych myślach, ale by stało się znane także sąsiadom i przejeżdżającym szosą. – Wskazała dłonią w jej kierunku.

– A ja się zastanawiałem przez dwie poprzednie noce, co to za chrobotanie było skądś słychać...

– O czym ty, Ryszardzie, mówisz? Co prawda ostatnio było dość ciepło i niektórzy zapominali zamykać drzwi do sieni... – Anna rozejrzała się po podłodze. – Chyba nic nam nie nalazło? – zwróciła się do Felci.

– A daj ty spokój! – ta fuknęła. – Dwa koty na werandzie nikogo nie przepuszczą, a ty myślisz, że jakaś mała szara myszka by się przedarła?

– Te koty chcą się tylko pieścić – odparła niezrażona Anna.

– Każdy lubi się pieścić, to raz, a koty ocierają się o nogi, bo chcą, żebyś im podziękowała za trudną służbę, to dwa! – Felcia na „raz" nagarnęła sobie na talerz sałatki, a na „dwa" zgrabnie przeniosła z półmiska plaster szynki. – Ja już wszystko robię w tym twoim ordnungu na komendy! Nawet przy świątecznym stole! – zachichotała.

Ryszard, widząc i słysząc, w jak dziwne rewiry zawędrowała dyskusja o jego dowcipnej uwadze dotyczącej nocnego myślenia Anny, także zaśmiał się pod nosem.

– Wy się ze mnie nabijacie? – Anna, sięgając po jajko nadziewane pieczarkami, przelotnie zerknęła na Felcię i Ryszarda. – Ale śliczniusio udekorowane... – uśmiechnęła się do Alicji. – Jem już trzecie.

– Wiem, bo stawiam kreski – roześmiała się Alicja i przybiła z Elizą piątkę.

– Oj wy, dziewuchy! – Anna zmrużyła oczy. – A właśnie, że jeszcze kawałek białej wezmę, póki ciepła!

– Stawiam kolejną kreskę! – Alicja podniosła palec, co znowu wywołało śmiech przy stole.

– No dobra, cisza, bo nigdy wam nie opowiem o tej swojej decyzji... – Anna rozejrzała się wokół stołu.

– A ty, mamuś, jeszcze pamiętasz, co to była za decyzja? – Kaśka zerknęła wesoło na matkę, podając Jagódce kawałeczek szynki.

– Uważaj lepiej, co jej dajesz! Tam przecież masz chrzan! – Anna potrząsnęła głową i machnęła ręką. – Ja i tak wam powiem, co wymyśliłam, chociaż zakłócacie i staracie się tę wiekopomną chwilę odwlec. – Pogroziła palcem wokół. – Więc...

– Nie zaczyna się od więca! – chichocząc, weszła jej w słowo Eliza.

Anna machnęła dłonią i zrobiła maślane oczy po ugryzieniu kęsa pieczeni z jajkiem; pokiwała pochwalnie głową w stronę Sebastiana.

– Czy u was taką pieczeń nazywało się też fałszywym zającem? – spytała Adelę.

– Uhm... a najlepszy zając wychodzi z mielonego mięsa z karkówki – chętnie wyjaśniła Adela.

– Halo, halo, czy wreszcie usłyszymy tę decyzję, czy w nazwie będzie Basia, czy Anna...? – zapytała głośno Marysia, wychylając się kierunku Anny.

Ta poruszyła ramionami, odłożyła na chwilę sztućce na talerz i spojrzała wokół.

– Powtórzę, co powiedziałam już kiedyś; żadne imię nie jest odpowiednie dla nazwy siedliska; czy to będzie któreś z imion wymienionych przez Marysię, czy też Krysia, albo Józefa. Kocham wszystkie te imiona, bo z nimi wiąże się historia mojego życia... za to nazwa Sołacz zawsze budziła, budzi i będzie budzić przyspieszone bicie mojego serca i drżenie powiek... – Spojrzała wokół. – Przypomnijcie sobie nasz cudowny, szczęśliwy dom, a w nim naszą trójkę, a wcześniej Mikołaja i pradziadków – zwróciła się do Kasi i Elizy. – Mogłyśmy w każdej chwili zejść do ogrodu i usiąść w cieniu pachnących świerków i śliw, podziwiać kolorowy gazon, który rozweselał i przeganiał smutne myśli, zasiąść na wygodnych schodkach Elizy. Sama je tak nazwałaś, pamiętasz? – spojrzała przeciągle na wnuczkę. – Ty, Kasiu, zawsze po powrocie ze szkoły wąchałaś ten cudowny zapach drewna w przedpokoju i gabinecie taty. Pamiętasz? – Przeniosła wzrok na córkę. – Nasz sołacki dom…

Podniosła oczy w górę i na moment zamilkła.

– Podjęłam więc decyzję i ją ogłaszam! – wykrzyknęła wreszcie radośnie. – To, co powstaje, będzie nosiło nazwę „Kolonia Sołacz”!

Anna rozejrzała się triumfalnie wokół; po krótkiej chwili rozległy się oklaski.

– Teraz wreszcie zrobię projekt tablicy, szyldu, czy jak to tam chcesz, Anno, nazwać. – Henryk podkręcił wąsa; Anna podziękowała mu skinieniem głowy.

– Może Adasiowi i Heniowi, jak ich ładnie poprosimy… – Anna zwróciła się do nich, uśmiechając się przymilnie, a potem zerknęła na córkę i wnuczkę – …uda się w urządzanych wnętrzach odtworzyć elementy naszego domu. Chyba na to nie jest jeszcze za późno?

– Skoro sama wywołałaś, Anno, ten temat, nie pozostaje nam nic innego… – Henryk spojrzał porozumiewawczo na Adama – …jak przekazać ci, w ramach „wielkanocnego zajączka”, szkice holu, salonu i gabinetu, które opracowaliśmy dzięki inicjatywie Ryszarda.

Henryk wskazał w jego kierunku i opuścił głowę na piersi, po czym podał Annie teczkę ze szkicami.

Przy stole zrobiło się wesoło. Anna chłodziła policzki, wachlując się dłońmi, Kasia i Eliza stanęły za nią i wspólnie oglądały kolejne rysunki.

– Pojechaliśmy jakiś czas temu z krótką wycieczką na Sołacz, porobiliśmy zdjęcia, Adam nakręcił film i już – wyjaśnił skromnie Ryszard, skubiąc wąsika, kiedy Anna skierowała na niego wzrok.

– No i jak się wam, dziewczynki, to podoba...? – Anna spoglądała to przez jedno, to przez drugie ramię na córkę i wnuczkę.

– Hol i schody na piętro całkiem jak w Poznaniu! Będą tylko nieco szersze! – Kasia z podziwu złożyła ręce.

– Moje schodki na gazon... Skąd wiedzieliście, że zawsze myślałam o werandzie z daszkiem? Będzie można się skryć przed deszczem! – Eliza rzuciła się do całowania Henryka i Adama.

– Dziewczyno...! Żona patrzy! – roześmiał się Henryk, chętnie przyjmując całusy Elizy.

– Wszystko jest większe niż na Sołaczu, bo ten dom jest większy. Mogłem się naprawdę wyżyć – wyjaśnił Adam ściągnięty wzrokiem Kasi, która po chwili zawisła na jego szyi, aż Maciej z wrażenia odchrząknął i poprawił okulary.

– Trochę jestem o wasz dom zazdrosna... – powiedziała Felcia, wykorzystując moment, kiedy wszyscy wrócili na miejsca.

– Felciu, twój dom, który jest centralnym obiektem siedliska, jego zewnętrzny wygląd, elewacja, stanowiły w tym zakresie odniesienie dla domu Anny. On jest większy od twojego, ponieważ tak chciał również Władysław, ale też i więcej osób będzie w nim mieszkać na stałe – uśmiechnął się Adam. – Za to twój dom stoi wyżej i każdy najpierw jego zobaczy, a dopiero potem całą resztę. My z Henrykiem gwarantujemy, że wszystko razem będzie się cudownie komponowało – uspokoił ją.

Felcia teatralnie odetchnęła z ulgą.

Po tej świątecznej dyskusji nazwa siedliska została ostatecznie zaakceptowana i już niebawem duże litery wycięte w deskach zawieszonych nad bramą informowały o tym nie tylko miejscowych, ale też przejeżdżających szosą obok wzgórza.

*

Eliza momentami zachowywała się tak, jakby w ogóle nie studiowała. Kasia śmiała się, że musi ją wypędzać na uczelnię, i gdyby nie indeks, w którym oglądała doskonałe oceny z egzaminów i zaliczeń oraz wpisy o kolejnych semestrach, nie miałaby pewności, czy jej córka studiuje. Tymczasem Eliza zajęła się już zbieraniem materiałów do pracy magisterskiej. Gdy przyjeżdżała na weekendy, a czasami zostawała dodatkowo na poniedziałek, opowiadała o połowach materiału badawczego to na Helu, to w Gdyni, to w Sopocie.

– A, zapomniałam! Jeszcze robiłyśmy z Wiką połowy w Chałupach!

Zdziwione Anna i Kasia pokręciły głowami.

– Ale na której plaży: dla tekstylnych czy tych drugich? – Kasia, śmiejąc się, aż podskoczyła na krześle, a razem z nią Jagódka.

– Wyszło, że musiałyśmy robić połowy na tej… – Eliza zawiesiła głos, oczy Kasi rozszerzyły się – …trzeciej! – roześmiała się.

– Jakiej trzeciej?

– Tej od zatoki! Wyobrażasz sobie, jak wskakujemy golusieńkie w wodery, na gołej plaży, a potem do włoka łowią nam się te ich… robale? – Eliza zaśmiała się.

– Ty świntucho!

– Oj tam, oj tam! Chyba chciałaś to usłyszeć! – Eliza machnęła dłonią. – Gdyby nie Olek, często bym musiała nawet w środku nocy jeździć… gdzieś tam!

– Machnęła ramieniem i pokiwała głową. – I nie byłoby zmiłuj, bo próbki musiały być zebrane w każdym miejscu i o każdej porze doby.

– Trzeba będzie mu jakoś specjalnie podziękować. – Anna spojrzała na Kasię.

– Wycałuję go, kiedy w pobliżu nie będzie Leti. – Kasia mrugnęła wesoło.

– Ale jak zobaczy to Wika, albo ja, to nie będzie ci zbyt miło – pogroziła jej Eliza.

– Ależ dziecko, to będzie tylko podziękowanie!

– Tak to możesz mnie dziękować, że nie musiałaś jeździć do Gdyni, albo czekać ze dwie, cztery godziny pod plażą.

– Tylko nie rozumiem, po co łowić w nocy? – Kasia zrobiła oczy.

– Wyobraź sobie, że ryby nie mają capstrzyku, pływają cały czas i nawet nie baczą na pogodę. – Eliza potrząsnęła głową i rozłożyła dłonie.

– Zaraz, to wy liczycie, ile tych ryb jest w Zatoce Gdańskiej?

– Ktoś musiał wreszcie to zrobić!

– A zdążycie do przyszłego czerwca?

– Próbki musimy pobrać do końca tego roku akademickiego, czyli zostały nam jeszcze tylko dwa miesiące! – Eliza wciągnęła ramiona.

– Toż to gorsze niż dwanaście prac Heraklesa!

– I tak mam szczęście, że nie trafiło mi się czyszczenie stajni Augiasza. Ja i gnój… wyobrażacie sobie? Fuj… – Eliza wykręciła się z obrzydzeniem, ale po chwili zaczęła skakać po kuchni jak szalona.

– Co ci się, dziecko, stało? – starała się dowiedzieć Kasia, ale po chwili ona, Anna, Felcia, Adela i nawet Fafek, śmiały się do rozpuku.

– No, bo już moglibyście dać, dziewczynki, spokój z tymi pytaniami o połowy!

Eliza wróciła na krzesło i pomachała koło twarzy dłonią.

– To wytłumacz wreszcie, o co chodzi w twojej pracy dyplomowej? – Teraz z kolei Anna spojrzała wnikliwie na Elizę. – Bo ciągle słyszę o łowieniu ryb, a od tego są chyba kutry rybackie, co?

– Babciu! Ja tylko porównuję skuteczność połowową różnych włoków stosowanych w badaniach ichtiofauny najpłytszej strefy eulitoralu Zatoki Gdańskiej.

– Proszę...? – Anna odchyliła się na oparcie krzesła, aż zatrzeszczało.

– Przecież powiedziałam po polsku. – Eliza przymrużyła oczy.

– Może polskimi zgłoskami, ale ja nic z tego nie zrozumiałam.

Eliza podrapała się po głowie.

– Włoki to są sieci ciągnione; mają różne konstrukcje. Ichtiofauna – to różne gatunki ryb, a eulitoral – to strefa brzegowa litoralu, czyli wód znajdujących się najbliżej brzegu.

– I nie mogłaś, dziecko, tak od razu?

– Cały czas mówiłam to samo!

– A jakie tam są rybki, da się je zjeść? – Felcia uśmiechnęła się przymilnie. – Rybkę morską bym zjadła.

– Wyławiamy: *Gastoresteus aculeatus* albo *Pungitius pungitius*, ewentualnie *Clupea harengus*, ale bywają też *Sprattus sprattus* lub *Ammodytes tobianus* – zachichotała Eliza.

– Nie możesz mówić jak człowiek?

– Ojeju, cierniczki, szproty, śledzie i tobiasze. – Wzruszyła ramionami Eliza.

– Szproty wędzone albo świeże śledziki są dobre... – Felcia oblizała się.

– Wątpię, czy byś to jadła. – Eliza pokręciła głową. – Mogę przywieźć kiedyś w malutkim słoiczku, sama zobaczysz.

– Przywieź więcej, a nie w malutkim słoiczku! Już czuję zapach świeżej morskiej ryby! – Felcia przymknęła oczy.

– Felciu! Większy włok ma oczka dziesięć na dziesięć milimetrów, a mniejszy sześć na sześć milimetrów. Czy rozumiesz, jakie małe rybki my łowimy?

– Przecież to mniejsze niż drobnica żywczyka na szczupaczki... – Felcia wydęła usta. – Po co komu takie rybki?

– Mówiłam przecież, że badamy tylko skuteczność połowową włoków przy badaniach ichtiofauny...

– Już dobrze, dobrze! – przerwała jej, śmiejąc się, Felcia. – Widzę, że to tylko sprawy naukowe; tak trzeba było mi mówić od razu, to bym ci dupska nie zawracała. Jo!

– Jo! – uśmiechnęła się Eliza.

– No, to rzeczywiście macie zadanie jak dla Heraklesa... – Pokiwała głową Anna.

– Chciałyście wiedzieć, więc opowiedziałam. Ładujemy wyłowiony materiał do pojemniczków, opisujemy, zawozimy do lodówek na uczelni, a potem wyciągamy, babrzemy się w tym dziadostwie, mierzymy... ech! Nic przyjemnego! – Eliza pokręciła głową.

– I to jest praca magisterska?

– No wiecie, dziewczynki... – Eliza spojrzała po kobietach – ...ja studiuję biologię morza. Sama chciałam.

– Ale teraz już ci się nie podoba? – Kasia spojrzała uważnie na córkę.

– To nie tak! Ale przyznajcie, że romantyczne to to nie jest, a z Poznania tak wyglądało. – Wykrzywiła nos.

– To co ty będziesz robiła po tych studiach? – Anna zmarszczyła brwi.

– Dobre pytanie! Stamtąd… – wskazała w kierunku na południe, na Poznań – …widziałam siebie w oceanarium albo na Helu, albo nawet na uczelni, a teraz… zastanawiam się.

– Żałujesz, dziecko?

– To wszystko, co wymieniłam, i tak jest lepsze niż liczenie słupków: storno–porno, winien–ma i tak w kółko. – Eliza wzruszyła ramionami, ale minę miała nietęgą. – Mogę jeszcze uczyć w szkole, dlatego robię sobie z nudów dodatkowo dydaktykę. – Wzruszyła ramionami.

– Widzę, że nie jesteś, dziecko, w euforii… – Kaśka spojrzała smutnym wzrokiem na córkę.

– E, tam. – Eliza machnęła dłonią. – Nie jest źle. Ważne, że już z górki, jeszcze tylko przyszły rok, bo na piątym zostaje tylko zabawa – uśmiechnęła się.

– Zabawa? – Anna zdziwiona spojrzała na wnuczkę

– No wiesz, babciu… zabawa z kończeniem pracy magisterskiej, ostatnie egzaminy i zaliczenia, takie tam… – Eliza pokiwała głową.

– A zjesz może świeżej drożdżówki, malutka? – Felcia uśmiechnęła się słodko.

– Dopiero teraz pytasz? – Klasnęła w dłonie Eliza. – Właśnie coś mi pachniało ładnie, ale przez te cierniczki i wasze pytania zapomniałam, co to było – zaśmiała się i rozejrzała wokół.

– Przynieś no, dziecko, ze spiżarki, to pokroję i wsmakujemy się…

Felcia pociągnęła nosem i zatarła dłonie.

*

Eliza z Wiką siedziały na parapecie i machały nogami.

– Rozmawiałam w Parchowie z moimi dziewczynkami o studiach, to znaczy, czy jestem z nich zadowolona – rzuciła Eliza i spojrzała na przyjaciółkę.

– No i...?

– Powiedziałam szczerze, że z Poznania wyglądały na bardziej romantyczne... no, te studia! – dopowiedziała, widząc zdziwienie w oczach Wiki.

– Aha! Bo się zgubiłam... I na czym stanęło?

– Ostatnie słowa, jakie im powiedziałam, były takie, że z Poznania widziałam siebie w oceanarium, albo na Helu, albo nawet na uczelni, a teraz... zastanawiam się.

– Zaraz, chcesz mi powiedzieć, że obie zaliczyłyśmy pomyłkę?

Eliza zmarszczyła brwi; teraz ona wyglądała na zdziwioną.

– Czy chcesz mi powiedzieć, że myślisz podobnie?

– Szczerze?

– Oj, Wiczka! – Eliza zachichotała, ale zaraz spoważniała, widząc złą minę koleżanki. – Przepraszam.

– Za co? Że ja sobie także coś całkiem innego wyobrażałam?!

– To ty myślisz identycznie?

Oczy Elizy rozszerzyły się.

– A co to, ja z buszu?

– Powiedziałam im jeszcze o naszych badaniach, połowach.

– Dobrze, że niewiele już ich zostało. Jeszcze tylko dwa, a potem tylko pomiary próbek w laboratorium.

– Ale i tak mamy jeszcze sporo pierniczenia się z tym badziewiem!

– Musimy stanąć na głowie i skończyć przed sesją. Obiecałyśmy sobie, że musimy mieć długie wakacje! – przypomniała Wika i zmrużyła oczy; Eliza podniosła brew.

– Robimy w trupa! – wykrzyknęła.

– Nie mamy wyjścia! – odpowiedziała okrzykiem Wika.

Zaśmiały się.

– Posłuchaj, Aleks niedawno mi powiedział, że studia trzeba przejść najmniejszym wysiłkiem, bo kto wie, co się będzie po nich robiło? – Eliza pokręciła głową.

– To też jest jakaś koncepcja... – Wika wzruszyła ramionami i machnęła ręką. – A kiedy widziałaś się z Igoriem? – zmieniła raptownie temat, uśmiechając się przymilnie.

– To jest właśnie jeden z moich kolejnych problemów – westchnęła Eliza.

– O co ci znowu chodzi? Przecież to taki porządny chłopak!

– No właśnie... i to jest ten mój problem. – Eliza zeskoczyła z parapetu; przyłożyła nos do szyby.

– Oj, przesadzasz! – Wika zsunęła się z parapetu i stanęła obok Elizy.

– Ale że co...?

– Że przytykasz nos do brudnej szyby! – Wika zmrużyła oczy.

– Fajna jesteś. – Eliza też zmrużyła oczy; zaśmiały się. – Bo ja wiesz, wcale nie jestem taka...

– Chcesz powiedzieć, że nie jesteś porządna? Takiej porządnej jak ty to szukać ze świcą! – zachichotała Wika.

– Może... ale rzecz w tym, że sama nie wiem, o co mi w tym związku chodzi. – Eliza spojrzała poważnie w oczy przyjaciółki.

– I tu się trochę tobie dziwię. A pomyślałaś, co on ma biedny zrobić, żeby cię do siebie przekonać?

– No, sama widzisz!

– Co sama widzisz? Przecież czasami wyglądacie i zachowujecie się jak prawdziwi Romeo i Julia, a czasami fukasz i prawie gryziesz, a on przecież nie winowat! – Wika zachichotała.

– Kochana jesteś, Wiczko! – Eliza objęła przyjaciółkę. – I jeszcze nas czasem godzisz, czy wręcz popychasz do siebie... a ja nawet nie potrafię być za to wdzięczna.

– Tu niechcący powiedziałaś prawdę. – Wika spojrzała w oczy Elizy. – Ee, żartuję... – Machnęła dłonią. – Co ma być, to będzie, ale dziwny ten wasz związek jest. – Wzruszyła ramionami. – No dobrze, zostawmy już Igoria... Niepotrzebnie zaczęłam.

– Ej, wchodzimy na salę... – szepnęła Eliza, widząc zbliżającego się korytarzem profesora.

*

Po południu Eliza spotkała się z Aleksem. Załatwił kolejny film.

– Wprawdzie nie mieści się w tematyce terrorystycznej, ale może cię zainteresować. – Spojrzał na nią badawczo, gdy usiedli w „Caffe Anioł". – Jest bardzo mocny!

– Wszystkie filmy podobały się moim znajomym na tyle, że oglądali je po kilka razy – uśmiechnęła się Eliza.

Dzisiaj postanowiła oddać całkowicie inicjatywę Aleksowi. Przeniosła na chwilę wzrok z jego twarzy za okno, błądząc spojrzeniem po ludziach, samochodach. Od czasu rozmowy z Wiką o Igorze zastanawiała się, czy jest z nią coś nie tak, ale nie zdołała nic wymyślić. Niedługo potem wybrała się z Igorem na kolację. Chciał się wcześniej pożegnać z kilkoma kolegami ze studiów i umówili się, że każdy z nich przyjdzie z dziewczyną. Był bardzo szczęśliwy. Żebyś wiedział, że robię to tylko dzięki Wice, pomyślała wówczas. Tępe dzidki, a faceci też dziwni! Tak zawyrokowała po krótkiej z nimi rozmowie. To był zasadniczy powód, że kolacja i tańce zmęczyły ją. Miała wrażenie, że także Igora towarzystwo rozczarowało, więc starała się być przynajmniej dla niego miła. Po północy odwiózł ją do Gdyni i przez całą drogę miał wyrzuty sumienia z powodu wyciągnięcia jej na tę imprezę. Kiedy całowali się na pożegnanie, był bez życia.

Potrząsnęła głową.

– Coś się stało? – doszedł ją głos Aleksa; zwróciła głowę w jego stronę i uśmiechnęła się. – Myślałem, że poszłaś sobie.

– Przypatrywałam się, jak facet parkuje na trzy razy – skłamała, uśmiechając się przepraszająco.

– A ty masz prawo jazdy? – spytał.

– Jeszcze nie, ale myślę zrobić. Może nawet tego lata.

– Mnie na razie raz oblali na jeździe i oszczędzam forsę na drugi egzamin – przyznał się, wzruszając ramionami.

– Może uda mi się latem w Bytowie, tam są tak zwane kursy wakacyjne.

– Z tego wynika, że znowu nigdzie nie ruszysz się stamtąd tego lata? – uśmiechnął się.

– Raczej nie. – Machnęła dłonią. – Mama i małe bejbi nigdzie nie pojadą, babcia zapowiedziała, że też już nigdzie nie jeździ, oprócz wycieczek po Polsce, a dokładniej po Kaszubach, a ja sama…

– Może chcesz pojechać ze mną i moimi starymi? – spytał nieoczekiwanie; Eliza skrzywiła się.

– To chyba mało higieniczne! – wypaliła; Aleks zrobił dziwną minę. – No wiesz, w sensie, że nie znamy się i tak nagle…

– Jak nie znamy się? – Aż cofnął się na krześle.

– No, my tak, ale ja z twoimi rodzicami, przyznasz? – Podniosła brew.

– Do wyjazdu jest jeszcze sporo czasu, można się dokładniej poznać – uśmiechnął się i przesunął wzrok po niej z góry na dół i z powrotem.

– Wiesz… – mrugnęła – …ale to prawo jazdy. Nie zrezygnuję, bo mam czasami ochotę wziąć mamie samochód i pojechać nad jezioro.

– Przecież mówiłaś, że to niby niedaleko…

– Bo jest niedaleko, ale z powrotem, jak się jest wykąpanym, wypoczętym, a trzeba zasuwać pod górę, to wtedy… – zmrużyła oczy.

– Rozumiem.

– Ach, gratuluję ci wyboru na przewodniczącego! – Położyła rękę na jego dłoni.

– Dziękuję. Wybrali mnie przez zasiedzenie i za ten radiowęzeł, pamiętasz Igora z Polibudy? – Spojrzał na nią przenikliwie; udała, że ją to w ogóle nie interesuje. – Szkoda, że kończy studia już teraz, bo zapowiadała się fajna współpraca, a tak nie wiadomo, kogo u nich wybiorą. – Cały czas wpatrywał się w nią, nie spuszczając wzroku. – Niedawno z nim rozmawiałem.

– Nagłośniliście stołówkę super… Byłam na jednym fajfie.

– Na czym?

– U nas w Poznaniu wciąż tak się mówi na dyskoteki, przynajmniej wśród moich znajomych. To dziwne, ja wiem. – Machnęła ręką. – Didżej był dobry, więc fajf się udał… ale ciebie nie było… – Zmrużyła oczy.

– Ech, ciało mi się wówczas zbuntowało. Szkoda gadać. Ale ma być znowu w przyszły piątek!

– W piątki to jeżdżę do Parchowa! Czeka na mnie Fafek, moja siostrzyczka.

– A co to za imię? – spojrzał zdziwiony.

– Jagódka – uśmiechnęła się.

– Ale Fafek ma się nijak do Jagódki… – Zmarszczył czoło.

– Ty się nad tym zastanawiasz? Po co?

– Poszukuję jakiegoś racjonalnego związku, wytłumaczenia… – Podrapał się po czole.

– Ej tam. Nie rozumiesz kobiet zakochanych we własnych dzieciach! Na przykład ja byłam Pysią. Czy dostrzegasz jakiś związek pomiędzy Elizą i Pysią?

– Nie. Zupełnie nie. To ciekawe… Muszę spytać rodziców, jak na mnie wołali, kiedy byłem rocznym, dwuletnim bobasem – uśmiechnął się. – Oj, zapomniałbym! Film! – Sięgnął do torby.

– Nie martw się, ja bym ci przypomniała… po drodze.

– Chodzi o to, że nie za bardzo mam czas… – Spojrzał na zegarek. – Zapomniałem, że dzisiaj mamy w domu gości – skrzywił się.

– Bywa – uśmiechnęła się Eliza. – Ale chociaż do schodów odprowadzisz mnie?

– Tak, tak. – Spojrzał na nią zmieszany.

Kiedy znaleźli się przy schodach, pocałowała go w policzek. Wyglądał na zaskoczonego, ale wciąż zmieszanego. Rozejrzał się wokół; Eliza udała, że nie dostrzegła tego.

– To dziękuję i pa! – zawołała, wchodząc na pierwszy stopień.

– Pa! – odkrzyknął i nie oglądając się, ruszył szybkim krokiem w kierunku Świętojańskiej.

Rozmawiałem z nim... Obejrzała się za Aleksem; skręcił właśnie w Świętojańską. Hmm. Ciekawe, co mu Igor powiedział? Może dalej tu przyjeżdża mnie śledzić? Rozejrzała się wokół.

*

Kiedy przeczytała na obwolucie filmu *Byliśmy żołnierzami* jego streszczenie i zapoznała się z obsadą, wydało jej się, że Aleks przyniósł ten film z powodu Mela Gibsona. Na pewno pożyczył z zasobów mamy, pomyślała. Szybko wystukała do niego esemesa: *Kiedy mam ci oddać?* Odpowiedź przyszła po chwili: *Jest twój!* Ale to faktycznie zupełnie inny temat niż ten, który mnie interesuje! Zmarszczyła czoło. Początek wojny w Wietnamie, sześćdziesiąty piąty rok. Może jednak nie oglądać? Wzruszyła ramionami i machnęła ręką. Obejrzę! Włożyła płytkę do odtwarzacza i usiadła w fotelu. Włączyła film. Szybko wciągnęła się.

Młodzi żołnierze z jednego z batalionów Pierwszej Dywizji Kawalerii Powietrznej, dowodzonego przez pułkownika Moore'a, żółtodzioby, po wylądowaniu śmigłowców w dolinie Ia Đrăng zostają okrążeni przez przeważające siły Armii Północnego Wietnamu. Trzydobowa bitwa, w trakcie której zginęło prawie trzystu amerykańskich żołnierzy. Coś jak na filmie *Helikopter w ogniu*! Patrzyła przerażona na sceny walk, które momentami przypominały wzajemną rzeź. Nie była w stanie ocenić, kto tu ma rację, choć z powodu Maxa była po stronie młodych Amerykanów, którym życzyła, aby jak największa ich grupa zdołała się stamtąd ewakuować. Paznokcie obu rąk wpiły jej się z całej siły w oparcie fotela. Kilka razy chciała już nacisnąć przycisk STOP, ale jakoś dotrwała do końca. Czekała z przerażeniem, ilu młodych chłopców, niektórych tylko trochę młodszych od Maxa, uratuje się z tego piekła.

Po skończeniu filmu długo nie była w stanie ruszyć się z fotela. Tam, w Ameryce, czekały na nich młode żony, narzeczone, dziewczyny... Przymknęła oczy. Poczuła łzy. Uzmysłowiła sobie także, że gdyby nie on, nigdy by takiego filmu z własnej nieprzymuszonej woli nie obejrzała. Dlaczego i po co ludzie wzajemnie sobie takie rzeczy czynią! Wiedziała ze szkoły, że w Wietnamie wydarzyło się wiele niewyobrażalnego zła, a przecież to, co obejrzała, to był tylko niewielki epizod z pierwszego etapu wojny...

Przed jej oczami stanęła córka pułkownika Moore'a z naiwnym pytaniem: *Co to jest wojna?* i jego odpowiedź zszokowała ją: *czasem źli ludzie robią złe rzeczy i wtedy Ameryka musi ich powstrzymać*[41]. Boże! Pokręciła głową. Przypomniała sobie, że podobne słowa słyszała w telewizji po ataku na World Trade Center. Czy zawsze musi być tak, że na zło trzeba odpowiadać jeszcze większym złem, choćby nazywano je sprawiedliwością?

Wstała i podeszła do lustra. Ogarnij się, dziewczyno! Po kilku minutach nogi sprowadziły ją na parter. Pani Franciszka akurat wychodziła z kuchni.

– Dokądś się wybierasz?

– Muszę... na dół... na chwilę... do kościółka. – Eliza przymknęła oczy.

---

41 Za www.filmweb.pl/review/Krwawa+niedziela+1964+433.

– Znowu oglądałaś jakiś film?

Elizie głos uwiązł w gardle. Skinęła tylko głową i wyszła na zewnątrz. Po kilku minutach klęczała w kapliczce świętego Antoniego. Pomóż mi się odnaleźć, poprosiła i przykryła oczy dłońmi. Bardzo tęsknię za Maxem... Spojrzała w oblicze świętego. Coraz bardziej za nim tęsknię! Spraw, bym mogła go jak najszybciej zobaczyć. Zapewnij mu, proszę, bezpieczeństwo, chroń go przed nieszczęściami. Znowu spojrzała na świętego. O coś cię dzisiaj poprosiłam! Uśmiechnęła się blado. Przeżegnała się i odmówiła Zdrowaś Maryjo. Poczuła się nieco lepiej. Będę przychodziła do ciebie częściej, wyszeptała. Max to jest... mój Max! Znowu się uśmiechnęła. Po kilku minutach przeszła do kapliczki świętego Judy. Opadła na kolana, aż poczuła ból. Spraw, proszę, by Max wrócił z tej strasznej wojny i żeby nic mu się nie stało. Bardzo tego pragnę, wyszeptała. To jest największe moje marzenie. Udzielaj mu wszelkiej ochrony. Spełnij te moje prośby, bardzo proszę. Zasłoniła oczy dłońmi i odmówiła kolejną zdrowaśkę.

W powrotnej drodze na Kamienną Górę czuła się już nieco lepiej. Poszła dookoła, aby odwiedzić cukiernię „Arkadia" na Lipowej. I choć tej ulicy tak naprawdę nie ma, bo teraz nazywa się przecież Pierwszej Armii Wojska Polskiego, to w pamięci starych gdynian pozostała jej przedwojenna nazwa, ulica Lipowa. Uśmiechnęła się. Ja już też to wiem, chociaż jestem młodą gdynianką! O! Rogale świętomarcińskie! Jak dla mnie! Kupiła pięć. A co tam! Radośnie pokonała ostatni odcinek drogi. Już z holu zauważyła, że w kuchni siedzieli oboje: Franciszka i Antoni.

– Martwiliśmy się o ciebie, że coś się stało... – Franciszka spojrzała w oczy Elizy. – A co ty tam masz?

– uśmiechnęła się, widząc na papierze nazwę cukierni. – Byłaś w cukierni… czy w kościółku? – spoważniała.

– I tu, i tu. – Eliza sięgnęła do szafki nad długim blatem po salaterkę. – Były nasze, poznańskie rogale. – Spojrzała na oboje przepraszająco.

– My już raczej nie, to za późno… – Franciszka spojrzała na zegar na lodówce.

– Ale dla towarzystwa, po kawałeczku, chyba możemy. – Antoni uderzył dłonią o dłoń; oczy mu się śmiały.

– Kolacji już wtedy nie będzie! – Pokręciła głową Franciszka. – Ale powiedz, co się stało, że tak nagle… – znowu spoważniała.

Eliza zgrabnie nakryła stół, kładąc talerzyki i małe widelczyki, potem zaparzyła zieloną herbatę.

– Wiesz, gdzie wszystko stoi… – uśmiechnęła się Franciszka.

– Dobrze jej u nas – zauważył z przyjemnością Antoni.

– Obejrzałam znowu film… – Eliza popatrzyła na starszych państwa. – Tym razem o wojnie w Wietnamie. – Pokręciła głową.

– Po co ty się, dziecko, katujesz!? – Franciszka spojrzała na Elizę z wyrzutem. – Zawsze, po każdym filmie jest tak samo… – westchnęła.

– A o czym był ten film? – spytał Antoni.

– O udziale nowej amerykańskiej formacji, Kawalerii Powietrznej, w bitwie w dolinie Ia Đrăng, na samym początku wojny.

– Pamiętam żołnierzy w śmigłowcach. Robiło wrażenie. W tamtym czasie pokazywało się tę wojnę tak, jakby Amerykanie napadli na biedny Wietnam, a przecież nie do końca tak było. – Pokręcił głową. – To, co robił wówczas Vietcong, było niewyobrażalnym okrucieństwem, ale później, po tej pierwszej bitwie spirala śmierci i nienawiści nakręciła się jeszcze bardziej. Niepotrzebna była ta wojna i tyle ofiar po obu stronach...

– Zostali otoczeni w tej dolinie...

– Nie musisz opowiadać, wszystko pamiętam, bo całe wieczory, nawet w morzu, spędzałem przy buczącym radiu. Ci młodzi żołnierze, którzy polecieli wówczas jako pierwsi z tej dywizji, nie byli przygotowani na tego typu sytuacje. Szkolili ich uczestnicy wojny w Korei, ale to, co ich tam spotkało... – Pokręcił głową. – Nie spodziewali się, że będą musieli walczyć głównie o to, by przeżyć i wydostać się z pola bitwy.

Spojrzał na Elizę i zamilkł na chwilę.

– Ale przecież Max nie jest szeregowym żołnierzem, prawda?

– Jest po studiach, prawnikiem.

– Nie masz żadnej wiadomości od niego?

– Nie mam... Jego ojciec też nic nie wie.

– Tak, rozumiem cię, dziecko... Czasami pokazują w telewizji, jak wygląda wojna z terrorystami. To nic miłego.

– Och, nie strasz jej! – Franciszka podniosła głos.

– Jest za mądra, żeby dać się przestraszyć. Też przecież ogląda telewizję! Widzę, że po prostu stara się to wszystko zrozumieć, wyobrazić, chociaż jest to trudne. Ja tej całej wojny nie rozumiem. – Znowu pokręcił głową. – Czuję tylko, że za tą całą Al-Kaidą stoją jakieś diabły i to chyba nie te, które nam się pokazuje.

– Co ty opowiadasz! Nie kręć dziewczynie w głowie! – Franciszka znowu fuknęła.

– Mnie się wydaje, że za tą wojną nie stoi niestety żadna religia, choć niektórzy by tak chcieli... I ja też – powiedziała cicho Eliza. – Byłoby to wówczas wszystko łatwiejsze do uzmysłowienia sobie.

– Widzisz?! Ona to rozumie. – Antoni podkreślił, machając palcem. – Ale myślę, że wszystko dobrze się skończy. Czasami też wspominam w swoich modlitwach twojego Maxa.

Antoni nadał twarzy nieco radośniejszy wyraz.

– Bo widzisz, przez te schody nie w każdą niedzielę dajemy radę zejść do kościółka – dopowiedziała Franciszka. – Modlimy się za to dłużej w domu, siedząc wygodnie w fotelach – uśmiechnęła się jakby wstydliwie.

– Wiesz, kiedy przestałem oglądać filmy o wojnie, o jakiejkolwiek wojnie? – Antoni zacisnął usta. – Kiedyś chciałem dowiedzieć się, jak wyglądała prawdziwa wojna w Wietnamie, to było zaraz po tym, kiedy zakończył się u nas stan wojenny, latem osiemdziesiątego trzeciego roku. Poszedłem też, żeby zobaczyć, o co chodziło z tym odwoływaniem się do Conrada…

Wzruszył ramionami i zawiesił głos, widząc dziwne spojrzenie Elizy.

– Twórcy filmu mieli się bowiem zainspirować opowiadaniem *Jądro ciemności* naszego Józefa Conrada Korzeniowskiego. Strasznie długi film, byłem przerażony hałasem i pokazywanym okrucieństwem. Trudno było mi wówczas skupić się na wątku pułkownika Kurtza, odpowiednika Conradowskiego agenta Kurtza.

Pokręcił głową i na moment przymknął oczy.

– No tak… – Eliza próbowała przerwać ciszę; Antoni otworzył oczy.

– Chyba do dzisiaj nie wszystko z tego filmu zrozumiałem. Może powinienem go jeszcze raz obejrzeć? – znowu wzruszył ramionami.

– A chce pan?

– Tylko nie mów, że go masz… – Spojrzał przytomniej na Elizę.

– Mam nadzieję, że nie będziesz sobie fundował niepotrzebnych emocji! – zaprotestowała Franciszka.

– Następnego dnia po obejrzeniu tego filmu zadzwonił nasz syn i powiedział, że zostaje w Niemczech... – Antoni wrócił do poprzedniego wątku.

– Daj spokój, Antoni, co to ma do rzeczy! – rzuciła nerwowo Franciszka.

– Był u nas w Gdyni młodym ordynatorem, a tuż przed stanem wojennym wyjechał na sympozjum do Niemiec. Został tam. Myślałem, że tylko na ten czas, i to bym zrozumiał.

– Antoni, proszę!

– Zarabia u Niemców i to jedyne z tego wszystkiego jest dobre. Jest teraz szefem prywatnego szpitala, ma bardzo dobre przychody, ale ten interes mógłby przecież prowadzić w Polsce. Tu jest też wielu potrzebujących. Niemczeje...

– O czym ty mówisz!

– Gdyby tak nie było, przyjechałby tutaj dawno. Wpada dwa razy w roku po dwa dni. Ech... – Antoni machnął ręką. – Zawsze bez dzieci, one już całkiem nie nasze. Żona nim kręci. Równie głupia i prosta, jak ładna. – Spojrzał na Elizę i pokiwał głową; uśmiechnął się niespodziewanie. – Za to ty jesteś i piękna, i mądra, ale na obejrzenie *Czasu apokalipsy* nie dam się namówić! Za to kibicować będę, by Max jak najszybciej do ciebie wrócił.

Pokiwał głową; Elizy oczy rozszerzyły się.

– Tutaj się z tobą zgodzę – Franciszka uśmiechnęła się do Antoniego i ugryzła kawałek rogala. – Mhm, robią coraz lepsze.

– Muszę poprosić mamę albo babcię, żeby jak pojadą na Wszystkich Świętych do Poznania, przywiozły rogale stamtąd. Są jeszcze lepsze! – Eliza uśmiechnęła się do Franciszki.

Kiedy wróciła do pokoju, opadła na fotel. Co bym im nie powiedziała, to oni i tak kojarzą mnie z Maxem, a ja wciąż się bronię. No, ale jak mogę inaczej, kiedy tutaj mam chłopaka, Igora. To mój chłopak od ponad trzech lat, tak wszyscy uważają, a ja nie zaprzeczam. Hmm. A Max? Kim on jest? Tak bym chciała, żeby ta jego wojna skończyła się, żeby choć napisał maila. Może bym wtedy potrafiła się odnaleźć, określić. Trzymaj się, Maksiu! Życzę ci wszystkiego, co najlepsze.

Poczuła dziwny ucisk, skurcz w żołądku. Przymknęła oczy. Po jej policzku nieoczekiwanie spłynęła łza.

Eliza coraz częściej wybierała spacer ulicą Świętojańską, który kończył się w kościele pod wezwaniem Najświętszej Maryi Panny Królowej Polski. Dopiero gdy zapoznała się dokładnie z jego historią, dowiedziała się, że nosi tytuł kolegiaty, ale ilekroć o nim myślała, czy komuś o nim mówiła, padały słowa: mój kościółek. Pokochała to miejsce za sprawą niepowtarzalnego klimatu, obrazu Matki Bożej Pocieszenia w ołtarzu głównym oraz dwóch kapliczek: świętego Judy Tadeusza i świętego Antoniego, które często odwiedzała.

Kiedyś, podczas spaceru z Wiką po Świętojańskiej, kiedy były już na piątym roku, przypadkiem weszły tam obie. Po wyjściu na zewnątrz Wika nie mogła się nadziwić.

– Obserwowałam cię; odniosłam wrażenie, jakbyś tutaj często bywała. Znasz wewnątrz wszystkie miejsca.

– Bo tak właśnie jest. – Eliza zmrużyła oczy. – Kiedy zaproponowałaś, żeby wejść do środka, ucieszyłam się. Już od tygodnia nie byłam na rozmowie ze świętymi Judą i Antonim.

– O! Zawstydzasz mnie! My też z mamą i tatą lubimy tutaj wpadać, ale tylko w niedziele.

– Czyli mamy wspólny ulubiony kościółek! – ucieszyła się Eliza i po chwili ciszej dodała: – Rozmawiam z Judą i Antonim o różnych sprawach, ale zaczęłam tutaj przychodzić z powodu Maxa – wyznała, zerkając na Wikę; ta aż zatrzymała się.

– Z powodu Maxa? – Otwarła szeroko oczy.

– A właściwie... dla Maxa. To jest jedyne, co mogę dla niego zrobić. Obejrzałam ostatnio kanadyjski film *Amerykańscy chłopcy*, a wcześniej kilka innych o wojnach podobnych do tej, na której on jest, i przychodzę prosić świętych, żeby szczęśliwie wrócił. To przecież... mój kuzyn – szepnęła, spoglądając ponad Wiką w dal.

Wika zmarszczyła czoło. Wpatrywała się z namysłem w przyjaciółkę.

– Mówisz... kuzyn... Właściwie jest nim tylko tytularnie, ale nikt ci nie broni tak go nazywać – powiedziała wolno. – Rozmawiałyśmy już kiedyś o tym, pamiętasz? Zresztą nic mi do tego...

– Jest tak, jak mówisz. – Eliza pokiwała głową i przymrużyła oczy; na jej twarzy błąkał się delikatny uśmiech. – Teraz pewnie popędzisz na autobus?

– Tak, pa.

Wika pocałowała Elizę w policzek i też uśmiechnęła się lekko.

– Pa, do jutra – odparła Eliza i też cmoknęła przyjaciółkę w policzek.

Obie obejrzały się za sobą i raz jeszcze sobie pomachały. Wie, domyśla się, ale nie powie. Prawdziwa przyjaciółka. Eliza uśmiechnęła się. A te uwagi z Igorem, które mi od czasu do czasu czyni, to tylko maskowanie operacyjne. Pewnie chciałaby, żebym była z Igorem, popycha nas czasami ku sobie, ale wie, że tak naprawdę to nierealne, a tematu z Maxem nie przyciśnie, bo czuje, że pewnie bym się rozpłakała. Kochana Wiczka!

Grand finale Elizy

Gdy Eliza wkroczyła do salonu, rozległy się oklaski i buczenie. Jak wryta zatrzymała się w progu, bo ani takiej reakcji, ani takiego tłumu, jak nie przymierzając na Wigilii, się nie spodziewała. Ostatnio zdarzyło się to tutaj rok temu, na fecie z okazji zakończenia budowy siedliska. Dzisiaj wszystkie miejsca przy stole były zajęte, a przecież stół obliczano na pomieszczenie trzydziestu osób. Wszyscy uśmiechnięci wpatrywali się naprzemiennie w jej twarz i trzymany przez nią dokument w zielonych okładkach z widocznymi złotymi literami: PRACA MAGISTERSKA.

Powachlowała się dłonią. Roześmiana obkolędowała wokół stołu, żeby się z wszystkimi wyściskać, przyjąć gratulacje i wreszcie usiadła obok babci, która przywołała ją do siebie, kiwając palcem. Zmierzając w jej kierunku, zastanawiała się, co tutaj robią Stefania, Sławka i Gertruda, ale przypomniała sobie, że przecież od ostatniej Gwiazdki też już mieszkają w „Kolonii Sołacz". Odetchnęła głęboko, sadowiąc się na krześle i uśmiechając promiennie. Chociaż na stole czekało wiele półmisków ze smakołykami, wszyscy wpatrywali się w nią.

– Pięć lat temu nie wyobrażałam sobie, że tak to szybko zleci…

Uznała, że wszyscy czekają na jakieś jej słowa i rozłożyła komicznie ramiona; podała babci swoją pracę magisterską.

Anna spojrzała na stronę tytułową, przewróciła kilka kartek i po chwili podała Kaśce.

– Potem przejrzę dokładnie... – rzuciła, spoglądając na Elizę. – To znaczy przeczytam – poprawiła się, widząc zdziwiony wzrok wnuczki.

– No myślę... – Eliza pogroziła palcem i zaśmiała się. – To mnie przecież kosztowało ponad półtora roku orki! Ależ jestem głodna! – zawołała, spoglądając najpierw na nakryty stół, a potem wyszukała wzrokiem Felcię i Sebastiana, którym przypisała to dzieło, i pokazała im kciuki.

– Jedz, córcia, jedz. Na Wielkanoc ledwie dziobałaś, a widzę, że przez ostatnie trzy miesiące jeszcze bardziej schudłaś – odezwała się współczująco Felcia, wciskając palec pod jej żebro. – Ale ja cię podtuczę... tylko przychodź do mnie na obiadki – klasnęła.

– Felciu...! – odezwała się Kasia z wyrzutem. – Przecież u nas jadłospis przygotowuje fachowiec, dietetyk i...

– No właśnie! – przerwała jej, chichocząc Felcia. – Elizka musi pojeść trochę tłusto, a nie dietetycznie. Jak jej się boczki wypełnią... – klepnęła się w biodro – ...i znudzą moje obiadki, wróci na waszą dietetyczną kuchnię.

Wokół stołu rozległy się śmiechy.

– Zaczynajcie wreszcie jeść! – zawołała rozbawiona Anna. – Smacznego! – Wykonała gest zachęty. – Eliza będzie w międzyczasie opowiadać, co i jak było – uśmiechnęła się do niej.

– Ale... ja też jestem głodna! – Ręka Elizy zawisła nad półmiskiem z sałatką warzywną, a ona sama spojrzała na babcię z wyrzutem. – Może nawet najbardziej – zaśmiała się.

– No dobrze, tak mi się tylko powiedziało... Wszyscy czekają na twoją opowieść, ale jedz, jedz...

– No, tak to już inaczej... – Eliza mrugnęła, nie przerywając czynności nakładania na talerz; po chwili podniosła widelec z sałatką do buzi, wsmakowała się w nią, przymykając oczy, i zaczęła mówić z przerwami. – Obrona... poszła jak z płatka... Pytania były banalne... to znaczy, dla mnie były banalne... – mrugnęła – ...bo kiedy je potem powtórzyłam tym, co stali przed salą... to wszyscy się za głowy łapali!

– A jak oceny z obrony? – spytała Diana.

– Praca oceniona na szóstkę, obrona na szóstkę, a średnia ocen w indeksie prawie pięć... – Eliza znowu przymknęła oczy, przenosząc do ust kawałek wędzonego węgorza.

– I ty to mówisz tak spokojnie... jak gdyby nigdy nic? – oburzyła się Diana.

Eliza spojrzała na nią poważnie, a po chwili uśmiechnęła się, jakby sobie coś przypomniała.

– A pamiętasz naszą rozmowę ponad cztery lata temu, na Wielkanoc chyba?

Eliza kiwała głową tak długo, aż Dianie, która w tym czasie pocierała sobie czoło palcami, razem z uśmiechem pojawiły się dołeczki.

– No, widzisz. Posłuchałam ciebie... i już!

– To mówisz... – zawołała rozpromieniona Diana.

– Ale o co chodzi...? Co wyście sobie wówczas opowiadały? – zaciekawiła się pani Adela.

– No właśnie... – dołączyła swój głos Kasia.

– E tam... – Eliza machnęła dłonią z udawanym lekceważeniem.

– E tam... – spapugowała ją Diana.

– No, ale jak to tak, młode damy? – włączyła się do rozmowy Anna.

– Rozmawiałyśmy o życiu, to znaczy o poważnym jego traktowaniu… – zaczęła Diana.

– Nawet było coś o facetach… znaczy mężczyznach… – dodała Eliza i spojrzała przeciągle na Igora.

– No… ale tak… konkretnie? – Kaśka obracała głowę, spoglądając to na córkę, to na Dianę.

Felcia popukała nożem w szklankę; wszyscy zwrócili wzrok w jej stronę.

– Przecież przyniosłam tutaj nalewkę, czy tak? – rzuciła, spoglądając z wyrzutem na Maćka; ten spojrzał na Kasię, a po chwili przeniósł wzrok na Annę. – Co ty się tak rozglądasz na boki? – zachichotała Felcia. – Taka uroczystość, a my na sucho?!

Maciej poderwał się i bez słowa ruszył w kierunku barku.

– Wy mi tutaj nie zmieniajcie starych „Iskierkowych" obyczajów… one powinny być przestrzegane także w obrębie całego wzgórza pełnego słońca i wszystkich okolicznych dolinek – ciągnęła wcześniejszą myśl Felcia, spoglądając przeciągle na Annę i Kaśkę, a na koniec zerknęła znacząco w kierunku rodziny Dziedziców.

– Ja akurat, Felciu, nie mam nic przeciwko… – Henryk podkręcił wąsa. – Dodam więcej. Wręcz nie uchodzi dalej konsumować takich delicji, nie spełniwszy najpierw stosownego toastu. Sarmaci zawsze…

– No, już dobrze, zostaw tych Sarmatów… – Adela poklepała go po dłoni.

Nagle Anna zaśmiała się i zakręciła palcem koło skroni.

– Ja… po prostu… no, skleroza. Fiu, fiu!

– Oj tam – usprawiedliwił ją Ryszard i pocałował w dłoń. – Tyle miałaś ostatnio na głowie. – Maćku, już ci pomagam! – wykrzyknął i ruszył w jego stronę. – Ty racz nalewką, a ja się biorę do otwierania szampana.

Poszukał wzrokiem Elizę i mrugnął do niej.

– Wiem, że ty, jeśli już, to tylko lampkę czegoś takiego.

– Niestety, wciąż jestem opóźniona... – Eliza skromnie spuściła oczy.

– To kto wygłosi toast? – Ryszard spojrzał na Macieja, a potem na Henryka.

– Gdzie trzech się bije, tam czwarty korzysta – zarechotał Stachu Janik, łypiąc wokół oczami.

– Przepraszam... ale dzisiaj ja was pogodzę.

Anna uniosła się z krzesła; mężczyźni spojrzeli po sobie.

– Chcę bowiem powiedzieć coś po babsku, bez specjalnego zadęcia – uśmiechnęła się słodko do wnuczki. – To dzięki tobie jesteśmy tutaj, dziecko... – Pogładziła ją po włosach. – Spójrzcie... – rozejrzała się wokół stołu – ...nie umawiając się, uczesałyśmy się tak samo... – wskazała na Kasię, a potem na Elizę. – A nie. Eliza dzisiaj ma rozpuszczone włosy... Ależ ci pięknie. Noś tak czasami – przymrużyła oczy. – Ale wszystkie mamy bluzeczki w niebieskiej tonacji, nawet pomadki użyłyśmy w podobnym kolorze. Jesteśmy prawie takie same – uśmiechnęła się promiennie.

Wokół rozległy się głosy potakiwania.

– Kiedyś... ja zrobiłam z pójściem na studia tak jak chciałam – Anna podniosła nieco głos, uciszając szum. – Potem uczyniła tak Kasia, chociaż może nie tak efektownie jak ja, a na koniec Eliza. Dopięła swego najbardziej spektakularnie z naszej trójki. Przyjechała... e tam, co ja mówię! – machnęła dłonią i uśmiechnęła się szeroko. – Zaciągnęła nas, dokąd chciała, skończyła studia tam, gdzie chciała, a my dzięki niej zostałyśmy tutaj i stałyśmy się inne. Elizka! Rób zawsze w życiu tak, jak ci serce podpowiada. Spełniłaś swoje wielkie życiowe marzenie. Gratuluję ci najgoręcej.

Eliza wstała i oparła głowę na ramieniu babci. Podeszła do nich Kaśka i też się przytuliła. Wszystkie miały przymrużone oczy i podobny uśmiech na twarzy.

– Sto lat, sto lat, niech żyje, żyje nam.... – huknął głośno Henryk, a za nim reszta siedzących przy stole.

Wszyscy wstali i trącali się kieliszkami.

Gdy śpiew ucichł i znów zajęto miejsca za stołem, jeden Henryk stał nadal i wpatrywał się kolejno w Annę, Kasię i Elizę. Tam i z powrotem.

– Trzy siostry... – Pokręcił głową z podziwem.

– O! Czechow się znalazł! – uśmiechnął się Adam Wspaniały.

– Wiesz, Adaś... – Henryk podkręcił wąsa. – Kiedyś mówiono, że mam zdolności malarskie... – Spojrzał na żonę; Adela westchnęła i uśmiechnęła się pobłażliwie. – Lubię rysować pejzaże, szkicować ołówkiem, ale malować twarze to jest coś. Sprawię sobie sztalugi i namaluję was. – Przebiegł wzrokiem po twarzach Anny, Kasi i Elizy; wszystkie z ochotą pokiwały głowami. – Tylko kiedy? Oto jest pytanie!

– Szekspir! – zawołał tym razem wesoło Adam.

– To dla mnie... prawdziwe być albo nie być! – Henryk potwierdził skinieniem głowy i podkręcił wąsa.

– A czas skąd weźmiesz, Henryczku? – uśmiechnęła się słodziutko Adela.

– A noce...? – rzucił wymijająco Henryk.

– A światło? – mrugnął Adam.

– Ej tam... Nie zniechęcajcie mnie. I tak was namaluję! – Henryk podkreślił ostatnie słowa gestem; uśmiech rozpromienił jego twarz. – Eliza, mów dalej, bo to przecież twoje święto.

– A cóż ja mam więcej powiedzieć... – Eliza wzruszyła ramionami. – Znacie mnie przecież. Pamiętacie chyba wszyscy, że kiedyś tutaj... – obejrzała się na boki – ...znaczy się nie tutaj, a u Felci, kiedy przyjechałyśmy z Wiką po pierwszym semestrze, obiecałyśmy, że będziemy prymuskami. Obietnicy dotrzymałyśmy, choć nie wszyscy w to wierzyli... – Zajrzała przekornie w oczy mamie i babci. – Tak się jednak stało, że obie mamy jednakowe średnie i obie dostałyśmy propozycję pracy na uczelni!

Spojrzała radośnie na matkę.

– Nie...?! – Kaśce wyrwał się okrzyk.

– Tak! – odpowiedziała okrzykiem Eliza, ale po chwili spoważniała. – Sama tylko nie wiem, czy to dobra myśl.

– No jak to? – zdziwiła się matka.

– Właśnie... jak to? – śpiewnie dorzucił Maciej.

– Będę musiała pracować w ramkach... – Eliza złożyła palce obu dłoni, tworząc z nich ramkę. – A ja bym chyba tak nie chciała... nie jestem gotowa.

– Ale przecież Szary mówił mi, że się zgodziłaś... – Maciej poprawił okulary.

– Tak, dopóki mi nie powiedział, że powinnam natychmiast zapisać się na studia doktoranckie, potem obronić pracę i przygotowywać się do habilitacji.

– No, ale to przecież normalna droga... – Maciej rozłożył dłonie.

Przy stole zapanowała cisza. Wszyscy wpatrywali się w Elizę i Macieja, siedzących naprzeciwko siebie.

– Niby tak... ale to mi powiedział dopiero na drugim spotkaniu, a potem pojechał na urlop. Nie zdążyłam z nim kolejny raz porozmawiać.

– Ale co... że nie chcesz? – Maciej z wrażenia zdjął okulary; przybrał poważną minę.

– Chodzi faktycznie o to, że zwątpiłam, czy ja tego chcę.

Eliza poruszyła ramionami, rozłożyła dłonie i spojrzała niepewnie na mamę i babcię.

– To trochę... dziwne. – Anna także spoważniała.

– Na zakończenie naszej rozmowy podziękowałam mu, że złożył mi taką propozycję...

– Jak to podziękowałaś...? – Maciej nałożył okulary i pochylił się nad stołem.

– Jestem dobrze wychowana, więc podziękowałam – uśmiechnęła się Eliza.

– Ale zrezygnowałaś? – Maciej przechylił głowę; na jego twarzy rysowało się zdziwienie.

– Nie! – wykrzyknęła Eliza i roześmiała się.

– No to po co ty nas wszystkich straszysz! – Kaśka odetchnęła głęboko.

– Bo wy zamiast słuchać uważnie Elizy, słuchacie tylko siebie. – Jan machnął dłonią.

– No właśnie, coś w tym stylu... – Eliza podziękowała mu uśmiechem.

– Jan jest doskonałym psychologiem, obserwatorem, coraz lepiej też zarządza „Iskierką" i ma ciekawe przemyślenia...

Felcia położyła rękę na jego dłoni; Jan spąsowiał jeszcze bardziej niż zwykle.

– Czy wy wiecie coś, czego ja... my nie wiemy? – Kasia spojrzała wokół i pokręciła głową.

– Mamuś... nikt oprócz mnie niczego więcej nie wie, bo ja sama jeszcze wszystkiego nie wiem, nie ogarniam.

– O! Tak mi się właśnie wydało ze słów Elizy. – Podniósł brwi Jan i pokiwał głową.

– Ale jak to tak? – Kasia potrząsnęła głową.

– Poprosiłam Szarego... – Eliza spojrzała na Macieja,

a potem na mamę – …żeby, jeśli może, przytrzymał mi miejsce w swoim zespole do pierwszego września, albo nawet do pierwszego października.

– Nic mi o tym nie mówił… – Maciej wyprostował się.

– A pytałeś go? – Spojrzała na niego Kaśka.

– No właśnie – wtrąciła Eliza.

– A skąd ja miałem wiedzieć, że mam go o to spytać? – Maciej uśmiechnął się niepewnie.

– No widzicie… Więc szkoda, synu, dalej ciągnąć ten temat… – podkreślił gestem Jan; Felcia kiwała głową i minę miała taką, jakby ją coś bardzo bawiło.

– Tym bardziej szkoda… – przerwała mu, uśmiechając się Eliza – …że mam ciekawe wieści z Ameryki! – powiedziała głośniej i odwróciła twarz w kierunku babci.

– Jakie wieści? Coś się stało?

Anna poderwała się; Kaśka też raptownie się usztywniła. Wszyscy zamarli.

– Babciu, czy ja powiedziałam, że coś się stało? – Eliza pokręciła głową. – Słuchajcie mnie uważnie… – Spojrzała na Jana.

– No właśnie! – ubiegła Jana okrzykiem rozbawiona nie wiedzieć czemu Felcia. – Aniu, Kasiu! Elizka jest już magistrem, poznała psychologię, pedagogikę, dydaktykę, nie mówię o tych specjalistycznych przedmiotach z biologii morza i tak dalej, a wam się wydaje, że ona dopiero raczkuje albo jest tuż po pierwszej komunii…

– No…! – zachichotała Eliza.

– Moja ty pani profesor! – Jan przytulił się do Felci, wywołując rozbawienie. – Ja aż taki odważny nie jestem, żeby tak ex cathedra wygłosić takie mocne słowa.

– W katedrze nigdy bym czegoś podobnego nie powiedziała! Co to, to nie! – zaprzeczyła rozbawiona Felcia.

Salon zatrząsł się od śmiechu, tylko Anna i Kasia siedziały nieco skonfundowane.

– Max napisał do mnie maila – oznajmiła Eliza i zatrzepotała powiekami.

– Max...? – z nieskrywanym niedowierzaniem zapytały, jedna przez drugą, Anna i Kasia.

– Nasz Maksio? – dorzuciła wesoło Felcia.

– Ten sam. – Eliza spojrzała wokół, uśmiechając się. – Napisał... że wreszcie wraca do życia. – Tu nieco spoważniała.

– A coś mu jest, stało się coś? – zaniepokoiła się ponownie Anna.

– Niczego takiego nie napisał, choć wydaje mi się, że miał wiele ciężkich przeżyć – odparła Eliza.

– To nie mogłaś go o to dokładniej spytać? – Anna zmarszczyła czoło.

– Babciu... on musi do pewnych rzeczy dojrzeć sam. Wtedy... może powie.

– Jesteś bardzo mądra – rzekł z powagą Jan.

– Tata jak zwykle ma rację – zgodził się Maciej.

– A babcia i ja? – Kaśka zdziwiła się.

– Wy też macie rację... prawie zawsze... – Eliza wyręczyła Macieja – ...ale to jest zupełnie inna sytuacja. Pamiętasz, babciu, co ci mówił Władek pięć lat temu o Maksie? – Złapała ją za dłoń.

– No... że martwi się... że nie wie, dokąd pojechał... że to na pewno ważna służba państwowa... ale on sam przecież nic więcej nie wiedział – odparła Anna, dziwiąc się pytaniu.

– A miałaś ostatnio jakąś informację o nim od Władka?

– Że jest już w Stanach i za miesiąc będzie w domu. Więc uspokoiłam się.

– Teraz jest już w domu, zaczyna organizować się na nowo do życia... Tak mi napisał. Uruchomił starą skrzynkę mailową... Pisze teraz krótkimi zdaniami, przekazuje tylko proste myśli, nie tak jak kiedyś, obszernie wszystko komentując. Z treści wnioskuję, że do mnie pierwszej napisał maila.

– No coś ty? To też ci napisał? – Kaśka spojrzała na córkę.

– Mamo... powiedziałam, że to wynika z treści maila. Tak uważam ja. – Kilkakrotnie puknęła się palcem w klatkę piersiową. – Myślę, że ma dużo spraw do przemyślenia, sądzę, że jak to kiedyś powiedział Ryszard... – przerwała, kładąc palec na usta i spojrzała na niego przepraszająco.

– Możesz tak do mnie, o mnie mówić... Trzymamy przecież sztamę od naszego wspólnego spotkania z Mikołajem. Pamiętasz? Tajemnica i te inne sprawy... – uśmiechnął się Ryszard.

– Dziękuję... Ciągle czuję niepowtarzalną atmosferę tamtego wieczoru, mam w oczach was obu siedzących nad olbrzymi kuflami piwa w blasku pochodni, pamiętam każde słowo z naszej, przepraszam, z waszej rozmowy, a w tle słyszę muzykę celtycką. Boże, jak bym chciała znowu wziąć udział w takim spotkaniu... – Elizie zaszkliły się oczy.

– Eliza, rycerko! Takie wspomnienia to skarb! Musisz być twarda, jak mówił wtedy Mikołaj, choć nie zawsze jest to łatwe.

Ryszard pokiwał głową; Eliza pomachała dłońmi przy oczach.

– Nie rozumiem tylko, córcia, dlaczego wyciągasz takie dziwne wnioski, skoro Max tak niewiele ci napisał? – spytała Kaśka.

– Chyba nie jestem ci tego w stanie wytłumaczyć... – Eliza spojrzała na matkę. – Przynajmniej nie w tej chwili... ale wciąż zagadujecie mnie, a ja chciałam się dowiedzieć, kiedy jest ognisko rozpoczynające sezon. Dzisiaj...?

Przeniosła wzrok na Felcię.

– Jutro, bo Ludka i Arturek musieli być jeszcze dzisiaj w pracy. – Felcia rozłożyła ramiona. – Dojadą jutro we wczesnych godzinach popołudniowych.

– Tak właśnie sobie pomyślałam, że to będzie sobota. Mamuś, ty miałaś swoje ulubione Noce Świętojańskie na Szelągu, a ja mam w Parchowie... – Eliza przymknęła oczy. – To już szóste nasze tutaj ognisko... Pierwsze było w dwa tysiące pierwszym – dodała i zamyśliła się.

– I wtedy zostałaś... Vivien Leigh!

Potrząsając końskim ogonem, nagle wykrzyknęła srebrzystym głosem Marysia; w salonie zapadła cisza.

– Kasia mi to wówczas opowiedziała, bo ja jak zwykle się spóźniłam... – uzupełniła, jakby tłumacząc się ze swoich wcześniejszych słów i też zamilkła; jej koński ogon nie mógł się jednak uspokoić.

Eliza najpierw spojrzała na nią, a potem odszukała wzrokiem Igora. Jej twarz spoważniała, ale oczy się śmiały; jedną brew uniosła w górę. Igor podrapał się po jeżyku i uśmiechnął od ucha do ucha. Wstał. W dłoniach trzymał malutką paczuszkę.

– Czułem, że przypadkowo trafi mi się szansa zabrania tutaj głosu... – zatoczył palcem wokół stołu. – Nie, nie, nie. To nie było umówione... – wyjaśnił, widząc, że Eliza omiata naprzemiennie wzrokiem jego i Marysię. – Mała korekta do słów Marysi. Wtedy Elizy nie nazwałem Vivien Leigh, ani nawet Scarlett

O'Harą, bo... pamiętałem tylko tytuł filmu: *Przeminęło z wiatrem* – uśmiechając się, wzruszył komicznie ramionami, rozśmieszając siedzących przy stole. – Pani Anna była wówczas łaskawa mnie wspomóc. – Skinął głową w jej kierunku. – Coś wtedy powiedziałem, Elizo, o twojej atrakcyjności... jak ci włosy odrosną.

Z wielu stron stołu rozległo się głośne *uuuu* i pojawiły się skinienia głów. Roześmiany Igor położył palec na ustach.

– Nie uwierzycie mi, ale ja zawsze wstydziłem się tamtych nieadekwatnych słów. – Rozglądając się wokół, pokiwał głową. – Bo przecież Eliza była i jest piękniejsza od Vivien – Scarlett... Cudownie ci w rozpuszczonych włosach – uśmiechnął się całą twarzą.

Eliza przyłożyła dłonie do policzków.

– Ma prześliczny uśmiech – ciągnął Igor – jest nieprawdopodobnie konsekwentna, mądra i wyrozumiała. Ma także, jak Felcia, zdolności profetyczne, a nawet, nie śmiejcie się, detektywistyczne.

Z wielu stron stołu ponownie rozległo się głośne *uuuu* i pojawiły skinienia głowami. Felcia założyła ręce na brzuchu i roześmiana toczyła wokół wzrokiem.

– Moja krew! – zachichotała.

Anna i Kaśka dziwnie spoglądały po sobie.

– Eliza rozwiązała znaną w Trójmieście zagadkę z kozłem... gimnastycznym... – tym razem Igor zatrząsł się ze śmiechu – ...od Aleksa zaś dowiedziałem się, że zgłębia, nie na żarty, tajniki psychologii.

Eliza znowu nieco spoważniała i uniosła brew w górę.

– Zaprzyjaźniłem się z nim, wyjaśniliśmy sobie wszystko.

– Aaa... Chociaż tak właściwie czułam... – Eliza machnęła dłonią.

– Kiedyś byliśmy z Elizą na Jarmarku Dominikańskim i tam wpadła jej w oko piękna bursztynowa sowa. Zrobiłem jej zdjęcie… bo tylko na tyle było mnie wówczas stać.

Igor uśmiechnął się przepraszająco; Eliza zasłoniła dłonią usta, bo domyśliła się zawartości paczuszki.

– Lepsza okazja mi się nie trafi. – Igor podszedł do niej i podał zawiniątko. – Chciałbym… – zaczął i przerwał nagle, bo Eliza przytuliła się do niego i pocałowała w policzek.

Drżącymi palcami zerwała tasiemki i papier. Z pudełka pokrytego czerwonym welurem wyciągnęła ponaddziesięciocentymetrowej wielkości figurkę sowy z bursztynu, siedzącej na grubej książce. Głośne *uuuu* rozległo się w salonie kolejny już raz. Eliza spoglądała to na sowę, to na Igora. Oczy jej się śmiały. Igor delikatnie dotknął palcem podstawy figurki. Domyśliła się. Odwróciła ją, a po chwili przytuliła się do Igora. Pocałowała go w usta. Rozległy się brawa.

– Czy to są oświadczyny? – odezwała się siedząca dotąd cicho Stefcia, żona Stacha Janika.

Znowu zapadła cisza, przerywana tylko łopotem powiek i chrzęstem rzęs. Eliza z wrażenia opadła na krzesło, a Igor podrapał się po włosach.

– Kocham cię, Stefciu, i przyrzekam, że nie opuszczę cię aż do śmierci. Amen! – przerywając ciszę, zawołał nieoczekiwanie Stach i pocałował żonę z głośnym cmoknięciem w policzek.

– A zostaw ty mnie! – pisnęła Stefcia, otrząsając się i udając, że wyciera ślad po pocałunku.

Salon gruchnął śmiechem.

Eliza szepnęła coś do ucha Igorowi, który nachylił się ku niej. Wrócił wolnym krokiem na swoje miejsce.

– A wiecie, że tamta figurka była o połowę mniejsza i strasznie droga? – Eliza przytuliła ją do piersi. – Będzie mi zawsze towarzyszyła...

Pokiwała głową i spojrzała w kierunku Igora zza przymrużonych rzęs.

– Wracając jeszcze do Maxa, bo nie skończyłam przecież tematu... – oderwała wzrok od Igora, przybierając obojętną minę, jakby przed chwilą nic się nie wydarzyło – ...otóż Max upewnił się w kolejnym w mailu, czy nie zmieniłam czasem numeru telefonu i spytał mnie... nie uwierzycie... kiedy jest w tym roku ognisko!

– No co ty? – Marysia wystrzeliła szybko i potrząsnęła końskim ogonem.

– Nic o sobie nie pisze, ale to, że u progu lata jest u mnie ognisko, to zapamiętał. Kochany Maksio... – Felcia złożyła dłonie i uniosła oczy w górę.

– A kiedy wyście ostatnio rozmawiali mailowo? – Anna zajrzała wnuczce w oczy.

– Trzynastego czerwca... a bo co?

– I ty tak dokładnie zapamiętałaś tę datę? – Annę zamurowało.

– Babciu... do pewnych rzeczy mam... taki dryg – Eliza wzruszyła ramionami. – Zresztą to był charakterystyczny mail, bo były w nim tylko te dwa pytania. – Pokiwała głową, rozglądając się wokół. – Mam w związku z tym pewne przeczucie... właściwie prawie pewność.

– Że co, że on się tutaj jutro pojawi? – Kasia potrząsnęła głową.

– Dobra jesteś – pochwaliła ją Eliza.

– No co wy – żachnęła się Anna.

– *Chciałabym chciała, chciałabym chciała...* – zanuciła znacząco Marysia.

Wzrok Elizy i Marysi spotkał się ponad stołem; uśmiechnęły się do siebie.

– Ojejku… Tak mi się jakoś porobiło już parę lat temu i nic na to nie poradzę. – Eliza rozłożyła ramiona.

Uroczyste śniadanie trwało dalej. W międzyczasie praca magisterska Elizy wędrowała wokół stołu z rąk do rąk. Niektórzy kartkowali ją dłużej, wpatrywali się w wykresy, coś czytali, inni spoglądali tylko na pierwszą stronę, przerzucali kilka kartek i podawali dalej.

*

Anna poprawiła jasiek i nałożyła okulary. Sięgnęła po książkę, wyciągnęła zakładkę i… rozległo się ciche pukanie do drzwi. Jej wzrok skierował się na klamkę; drzwi uchyliły się. W szparze pojawiła się twarz Elizy.

– Nie śpisz jeszcze, babciu?

– Nie, wejdź… siądź. – Anna zapraszająco poklepała dłonią po kołdrze i odłożyła książkę na bok.

– A Ryszarda nie ma, nie będę przeszkadzać?

– Pracuje jeszcze w gabinecie, myślę, że przyjdzie koło jedenastej.

– Mam do ciebie dwie sprawy. Pierwsza to Franciszka i Antoni, a druga, po prostu potrzebuję rozmowy…

– Tak mi się właśnie wydawało przy kolacji…

– Jakoś mi się nie udało wcześniej porozmawiać z mamą, a ciebie z kolei zaraz po kolacji Felcia zagadała.

– A dlaczego potem nie porozmawiałaś z mamą?

– Bo zaraz po kolacji poszła na spotkanie z twórcami, którzy dzisiaj przyjechali, a potem obiecała spacer Jagódce i Maćkowi.

– Mhm…

– Pierwszą sprawę mogłabym przekazać Kasiuli, a z drugą i tak bym przyszła do ciebie.

– Coś takiego...! Dlaczego? – Anna uniosła się wyżej na poduszce.

– Bo nie wypada mi plotkować przy Maćku o osobistych sprawach.

– A coś cię tutaj gniecie? – Anna położyła dłoń na sercu i spojrzała badawczo na wnuczkę.

– Aleś ty spostrzegawcza – zdziwiła się Eliza.

– Lata praktyki... – Anna przyjęła skromną minę.

– Kochana jesteś... – Eliza wyciągnęła się obok babci i zaczęła się bawić jej dłonią. – Byłam z Igorem na spacerze. – Spojrzała na babcię, mrużąc oczy. – On na poważnie wziął słowa Stachowej Stefci i zaczął mnie przepraszać, że nie wykorzystał dobrej okazji, żeby się oświadczyć.

Eliza spojrzała babci prosto w oczy.

– Powiedział ci to tak wprost? – mierzyły się wzrokiem. – I co ty na to?

– Jemu...? Nic nie odpowiedziałam, ale sądzę, że stało się dobrze, bo teraz może bym miała kaca moralnego...

– A jak byś postąpiła, gdyby co?

– Nie dojrzałam... rozumiesz?

Anna uspokoiła palce Elizy, które nerwowo muskały ją po dłoni i sama ujęła jej dłoń w swoje ręce.

– Przez moment wydawało mi się, że.... – Anna zawahała się, ale po chwili pokręciła głową.

– Że co?

– Niedawno o tym trochę przemyśliwałam, dzisiaj twoje reakcje trochę mnie zmyliły, ale przyjmijmy, że faktycznie... nie dojrzałaś do jego oświadczyn.

– Czyli zgadzasz się ze mną!

– Nie wiem, czy aż tak do końca, ale uważam, że nie zrobiłaś źle. – Anna objęła ramieniem wnuczkę. – Chociaż z drugiej strony, minęło pięć lat waszej znajomości.

– No niby tak... – Eliza przymknęła oczy. – Wiesz. On się starał... długo czekał, jak to się mówi... dzisiaj był taki kochany... – mówiła z przerwami – ...ale jednak....

– Nie ma prądu? Tak mówicie?

Eliza usiadła z wrażenia.

– Ty to dostrzegłaś, dostrzegasz? A w ogóle w twoich ustach takie słowa, o prądzie! – Eliza zachichotała.

– Nie ma prądu, to i nie ma motyli! Chociaż nie zawsze to musi iść w parze.

Anna bawiła się włosami Elizy.

– Ależ ty jesteś niesamowita i taka młoda! – Eliza przytuliła się do babci i pocałowała ją.

– Ale niestety, nie jestem nowoczesna. – Anna klepnęła ją w dłoń.

– To może i dobrze. A wiesz, że ja też nie jestem aż taka nowoczesna?!

– Wiem. A gdybyś była, no tak zanadto, to bym cię już dawno osiodłała!

– Co...? – Eliza zrobiła oczy.

– Ha, ha, ha! – Anna zaniosła się głośnym śmiechem. – Bym cię dawno okiełznała, poskromiła, nawróciła, dziewucho!

– No, tak to już lepiej. – Eliza położyła się na boku i spojrzała na babcię. – Wiesz, że miałam rację z Maxem? – Strzeliła oczami.

– A co się stało? – Anna oparła się na ramieniu.

– Jutro będzie tutaj.

Eliza pokazała palcem kilkakrotnie na podłogę.

– Poważnie? – spytała Anna, podkładając sobie pod plecy drugą poduszkę.

– Przysłał niedawno esemesa, że już jest w Warszawie. Samolot nie wylądował na Rębiechowie, bo była mgła, gdyby nie to, przyjechałby już dzisiaj. Chciał nam zrobić niespodziankę.

– Ja cię kręcę!

– Nic nie kręcę, mówię prawdę! – zachichotała Eliza.

– Ha, ha, ha! – Anna znowu zaśmiała się głośno. – To mów, co jeszcze wiesz.

– Wynajął samochód, przejechał się nim próbnie po stolicy, śpi w hotelu Belwederskim, poszedł na spacer do Łazienek, wykąpał się i już leży. Wyjedzie o szóstej rano... i będzie tutaj jutro, jak powiedział, na południową kawę – Eliza mówiła z przerwami.

– Sporo szczegółów... – Anna spojrzała przeciągle na wnuczkę. – A w czym leży w łóżku? – zmrużyła oczy.

– Wiedziałam, że masz niezłe poczucie humoru. Ale ty jesteś jajcara!

– Jajcara! Dobre. I mówisz, że dostałaś jednego esemesa?

– Najpierw był jeden, a potem kilkanaście. Stwierdziliśmy, że dzisiaj tylko esemesy, a jutro cała przyjemność, czyli rozmowa.

– Nie wiem, czy ja bym wytrzymała... – Anna pokręciła głową. – Ale wiesz... jestem pod wielkim wrażeniem, że przewidziałaś jego przyjazd.

– Opowiadałam wam kiedyś o Aleksie z powłóczystym spojrzeniem z Gdyni... no, o tym chłopaku, o którym dzisiaj wspomniał Igor.

– Aha!

– Jego mama jest psychologiem...

– Leczyłaś się…? Ty? – zdziwiła się Anna.

– Nie! Ale dzięki niemu i jego mamie miałam nieograniczony dostęp do literatury z psychologii. Przynosił mi co chwila coś nowego, bo się wciągnęłam w tę tematykę. Od trzeciego roku studiów, gdyby nie praca magisterska, zanudziłabym się tam…

Eliza wciągnęła komicznie głowę w ramiona, zmarszczyła czoło i nos; śmiała się całą sobą.

– O tym bym nie pomyślała.

– No widzisz… Potrafię coraz lepiej zrozumieć w rozmowie, o co tak naprawdę chodzi rozmówcy, wyczuwam, o czym myśli, do czego zmierza. No, nie patrz tak… To dzięki Aleksowi i jego książkom. Teraz, tak mi się wydaje, zaczynam rozumieć, wyczuwać nawet na podstawie treści listu, jakie są prawdziwe myśli, dążenia, plany nadawcy. Tylko to już jest wyższa szkoła jazdy.

– Eliza! Ty jesteś niebezpieczna!

– Babciu! Przy was wyłączam wszystkie przełączniki, hebelki, jak mówi Igor, kiedy opowiada mi o studiu w radio Kaszëbë.

– Chyba… ci wierzę… – Anna przerwała i kręciła głową na boki.

– Coś się stało?

– Myślę o tobie, o nim.

Anna spojrzała przenikliwie na wnuczkę; nie spuszczały z siebie oczu.

– Czy ty mnie… przypadkiem… nie łączysz z Maxem…? – odezwała się po chwili Eliza.

– Czy ja coś takiego powiedziałam?

– Kręcisz, babciu… i całkiem mną zakręciłaś – Eliza spoważniała.

– Psychologia-srogia, a życie życiem – teraz spoważniała także Anna.

– Ty... ty też jesteś niezła psycholożka. Całkiem zgłupiałam i nie wiem, czy jedziesz ze mną w ciućki, czy mówisz na poważnie.

– Ciućki...? – zachichotała Anna. – Mnie po prostu teraz było łatwo, bo się odkryłaś, że w głowie masz dziwny aparat.

Anna zatoczyła palcem spiralę nad głową i uśmiechnęła się do wnuczki.

– No tak, na tym to właśnie polega – zgodziła się Eliza. – Interlokutor ma nie wiedzieć.... Aha! Igor pojechał na noc do domu i jutro przyjedzie dopiero na ognisko. – Machnęła dłonią.

– Aha... – Anna uniosła głowę.

– Max będzie jechał przez Gdynię i Kartuzy. – Elizie zaświeciły się oczy. – Tej drogi nie zna.

– Chcesz po niego pojechać do Gdyni? – Anna spojrzała na wnuczkę badawczo.

– Nawet o tym nie pomyślałam... ale może to nie jest głupia myśl – Eliza zmarszczyła czoło. – Gdyby Kasiula jechała do Kartuz... ale racja, już tam nie pracuje.

– Może ja cię zawiozę?

– Bez sensu... Wiesz co? Albo wezmę rower i podjadę do Sulęczyna, albo spytam rano Stacha, czy może w tamtą stronę nie jedzie. – Eliza klasnęła w dłonie. – Jak to dobrze pogadać... wiele spraw się wtedy rozjaśnia – ziewnęła nieco sztucznie, przeciągle. – Idę spać, babciu. Słodkich snów. Pa.

– Pa.

Ucałowały się.

– Eliza! – zawołała Anna, gdy drzwi się zamykały.

– Słucham, babciu – Eliza zatrzymała się.

– A nie powiedziałaś mi nic o Franciszce i Antonim, choć to miała być ta pierwsza sprawa.

– Ach, bo z tej drugiej zrobiły się dwie i rachunki mi się zepsuły. – Eliza usiadła powtórnie na łóżku. – Wyobraź sobie, że oni czekali ze sprzedażą domu specjalnie, aż ja skończę studia.

– No nie mów!

– Chcieli, abym dokończyła studia w dobrych warunkach, tak mi wczoraj wieczorem powiedzieli. Ryczałam pół godziny. Są tacy kochani. – Eliza przymknęła oczy. – Będzie mi ich brakować.

Anna przyciągnęła wnuczkę do siebie. Gładziła ją po plecach, czekała, aż się uspokoi.

– A co z tym domem, do którego chcieli się przeprowadzić, to znaczy wykupić w nim małe mieszkanko? – spytała, gdy Eliza się podniosła.

– Chcieliby to zrobić, ale nie mają siły tym się zająć. Może bym im pomogła razem z Kasiulą?

Anna położyła dłonie na ramionach wnuczki i spojrzała jej prosto w oczy.

– A może chcieliby zamieszkać u nas?

Elizy oczy rozszerzyły się.

– A to… byłoby… możliwe? – wyjąkała.

– Gdyby tylko chcieli przyjąć naszą gościnę… – Anna uśmiechnęła się.

– Ale to nie chodzi o wizytę na kilka dni, tylko na… zawsze – ostatnie słowa Eliza powiedziała ciszej.

– Wiem, dziecko. Rozmawiałyśmy o tym z Kasią i możemy im to zaproponować. Myśleliśmy wcześniej o Julci i Tadziu, ale oni zdecydowanie nie chcą, więc wciąż mamy możliwości. Możemy do tego wrócić jutro?

– Ale się cieszę! – Eliza pisnęła cicho. – To teraz już zmykam. Pa, babciu!

– Pa!

Jeszcze raz się ucałowały.

– Pa! – rzuciła jeszcze raz Anna za chowającą się za drzwiami Elizą; przymknęła oczy.

Ciągle mnie zaskakuje ta moja wnuczka.

Uśmiechnęła się.

*

Kiedy Eliza wysiadła z samochodu Stacha Janika, natychmiast wysłała esemesa do Maxa: *Czekam w Sulęczynie przy PKS*. Niedługo przyszła odpowiedź: *Minąłem Kartuzy*. Po pół godzinie zobaczyła migające światła szarego samochodu; uśmiechnięta twarz Maxa rosła w oczach. Pomachała i wskazała na parking. Przebiegła przez szosę. Max zdążył już wysiąść z auta i ruszył jej naprzeciw. Kiedy spotkali się, porwał ją w górę niczym piórko i zaczął nią kręcić jak na karuzeli, jak kiedyś.

– Eliza...! – zadudnił jak dawniej. – Ależ ja się za tobą stęskniłem! – wyrzucił z siebie nieco ciszej, kiedy postawił ją na ziemi.

Odsunął się na długość ramion i wpatrywał w jej twarz, starając się uśmiechać. Przywarli do siebie. Na parking wjechał inny samochód. Max dyskretnie prowadził go wzrokiem; nie uszło to uwagi Elizy.

– Wsiądźmy... – poprosił cicho, wskazując ruchem głowy na suzuki baleno, którym przyjechał.

Mieścił się w nim z trudem.

– Ciasno ci tutaj – rzuciła.

– Były większe, ale zbyt rzucające się w oczy – mrugnął znacząco.

– Ale byłoby ci wygodniej...

– Ponoć na lepsze marki mają u was oko złodzieje.

– Na te z wypożyczalni też?

– No patrz. Zagięłaś mnie – rozluźnił się. – Ależ ty jesteś śliczna... – Obrócił się do niej frontem, aż zaskrzypiała kierownica; bez żenady pochłaniał Elizę wzrokiem.

Dopiero teraz dostrzegła coś dziwnego w jego oczach. Mimo że się uśmiechał, pozostawał w nich smutek, jakaś melancholia. We włosach ujrzała sporo srebrnych nitek. Delikatnie dotknęła ich palcami.

– Widzę... że nie było ci łatwo – szepnęła.

– Cztery i pół roku... Wybrałem tę służbę, bo wiesz, co się wtedy działo. Ile mogłem, pomogłem krajowi... – przymknął oczy. – Chcieli koniecznie mnie zatrzymać, ale ja na dłuższą metę jednak się nie nadawałem. Może nie rozmawiajmy o tym... – spróbował się uśmiechnąć.

Skinęła głową. Bezwiednie pogładziła go wierzchem dłoni po policzku. Lekki zarost drapał i spowolnił ruch dłoni.

– Przepraszam... ale wstałem o piątej i odpuściłem sobie golenie. Za to zimny prysznic i jajecznicę na bekonie nie – mrugnął.

– Tak rano?

– Dawniej bym nie zjadł, ale jak wyruszaliśmy gdzieś... – zamilkł i machnął dłonią – ...miałem nic nie mówić.

– Jeśli możesz, to dokończ... – odparła; zgodził się skinieniem głowy.

– Następnym razem sama cię ostrzegę, żebyś więcej nie mówił.

Położyła rękę na jego potężnej dłoni.

– Gdy ruszaliśmy w teren... – spojrzał na łąki – ...na ogół nie było wiadomo, jak długo nas nie będzie... – głos mu zadrżał, zamilkł, potarł dłonią czoło.

– Szukałam gdzie się dało filmów o współczesnych wojnach, o służbach specjalnych... – Próbowała trochę go wyręczyć, choć nieco zmienić temat.

– A jakie filmy obejrzałaś? – spojrzał po chwili na nią smutno.

– Nie pamiętam wszystkich, ale był tam między innymi *Czas apokalipsy*, *Helikopter w ogniu*, *Pluton*... – przymknęła oczy, żeby się skupić – ...*Byliśmy żołnierzami*, *Ocalić Jessikę Lynch*, *Zielone berety* – Eliza wymieniała tytuły wolno; Max cały czas miał przymknięte oczy i kręcił głową. – A całkiem niedawno jeszcze dwa: *Amerykańscy chłopcy* i *Jarhead. Żołnierz piechoty morskiej*.

– Po coś to robiła, Elizo? – gdy wreszcie zamilkła, spytał cicho i spojrzał jej w twarz.

– Kiedy po ataku na World Trade Center[42] pojechałam do Gdyni na studia, najpierw uczyłam się uczenia; miałam pewne kłopoty z sobą... – Pokiwała głową, bo dojrzała w jego oczach niedowierzanie. – Kiedy jakoś ogarnęłam się, na drugim roku zorganizowałam sobie odtwarzacz DVD i oglądałam te filmy, o których ci powiedziałam. Chciałam po prostu sobie wyobrazić, jak tobie może być ciężko... – Eliza zawiesiła głos; Max zacisnął usta. – Martwiłam się o ciebie, myślałam... – ostatnie słowa powiedziała cicho; Max zamknął oczy.

Milczeli. Po chwili Max pokręcił głową i podniósł na nią wzrok.

– Skoro tak, to nic więcej nie muszę ci opowiadać. Ty wszystko wiesz. Ja też o tobie sporo myślałem... – zajrzał w jej oczy. – Może jak tu trochę pobędę, to nauczę się jeść normalnie, nie na zapas – zmienił temat, próbując się uśmiechnąć. – Mogłabyś mnie czasami ostrzegać...

---

[42] Terrorystyczny atak Al-Kaidy na kompleks WTC w Nowym Jorku, 11 września 2001 roku.

Nachylił się i pocałował ją w policzek; uśmiechnęła się, marszcząc czoło.

– Jeśli przyrzekniesz mi, że nie będziesz pojadał na boku – mrugnęła. – Ale Felcia się na ciebie szykuje i to nie będzie łatwe.

– Felcia! Moja kochana Felcia! Mistrzyni kuchni. Może czasami zjem coś u niej – oblizał się, rozśmieszając Elizę.

– Za mnie też ma się wziąć, bo według niej strasznie schudłam...

Otaksował ją wzrokiem bez żadnych zahamowań.

– Kiedy się objęliśmy, poczułem cię dobrze... – uśmiechnął się, zaglądając bez żenady za jej dekolt – ...Tu jest okej, ale na pleckach i biodrach trochę tłuszczyku ci się przyda.

– Jesteś zbereźnik...

Machnęła dłonią, którą on złapał w locie i przycisnął do ust; spojrzała na niego uważnie.

– Czuję się tak, jakbym przyjechał do domu.

Druga jego dłoń zabłądziła na jej plecy; przyciągnął Elizę do siebie, a ona nie była w stanie mu się oprzeć, zresztą nawet nie bardzo chciała.

Pocałował ją w czoło, a potem jego usta zbłądziły na jej powieki. Eliza bezwiednie przywarła do niego; oddychali głęboko. Eliza po długiej chwili ocknęła się.

– Max! Co myślisz o tym, żebyśmy już ruszyli?

– Tak mi dobrze... Zapomniałem się. Przepraszam.

– Mnie też było dobrze, ale...

Max zmarszczył czoło, poczochrał się po czuprynie i spojrzał niepewnie na Elizę.

– Czy mogę mieć nadzieję, że do takiej rozmowy jak ta przed chwilą, o domu, o cieple, jeszcze kiedyś wrócimy?

– TAK... Niczego nie można wykluczyć – uśmiechnęła się słodko i teraz ona pocałowała go w policzek.

Maxowi z wrażenia oczy się powiększyły.

– A już myślałem, że się obraziłaś, bo sobie na zbyt wiele pozwoliłem.

– Dałam ci fory, bo cię bardzo lubię, dawno cię nie widziałam i... tęskniłam. Zupełnie nie wiedzieć dlaczego.

Wzruszyła ramionami i spojrzała na niego zalotnie.

Boże! Coś mi się chyba stało! Tak nie wolno zachowywać się, już nie mówiąc o słowach. Pokręciła głową.

– Coś się stało? Odwołujesz to, co powiedziałaś?

– Nie, wręcz odwrotnie, ale wracajmy już do domu.

Po chwili pokonywali ostre zakręty za Sulęczynem.

– Jakaś szybka woda tam w dole – ni to spytał, ni oznajmił, spoglądając w prawo.

– To Rynna Sulęczyńska. Tak nazywa się przełom rzeki Słupi, którą widziałeś kiedyś na spacerze w lesie, niedaleko „Iskierki".

– To ta sama rzeka? Tutaj jest jej przełom? Coś jak u nas Wielki Kanion Kolorado? – mrugnął.

Eliza zaczęła się śmiać.

– Fajne porównanie. U was wszystko jest większe: miasta, góry, rzeki, jeziora, przełomy, pomniki, samochody...

– Nie zapomnij o ludziach... – Poklepał się po klatce piersiowej

– No tak – przyznała z uśmiechem. – Ale przyjedziemy tutaj któregoś dnia, zobaczysz, jak tu uroczo, można wybrać się Słupią na spływ kajakami. Jeszcze nie byłam!

– O, to coś dla mnie! Weźmiesz mnie kiedyś ze sobą? Uwielbiam kajaki – zadudnił wreszcie, bo do tej pory mówił półgłosem.

– Na jak długo przyjechałeś? – Eliza spojrzała na jego twarz, żeby dokładnie widzieć reakcję.

– Houston... mamy problem! – zadudnił i uśmiechnął się szeroko.

– No to jak, przyjechałeś i nie wiesz na jak długo?

– A może ty mi podpowiesz...? Pomiędzy drzewami widzę jakieś wody... to jezioro?

– Mhm... to Mausz.

– Ten Mausz, gdzie wypychaliśmy z mielizny łódź?

– Tak, ten sam. Ale nie odpowiedziałeś mi na pytanie.

– Ale to ja ciebie prosiłem o podpowiedź – zadudnił. – O, tutaj byliśmy na spacerze!

Wskazał na dolinkę po prawej i błyskającą w niej niewielką taflę wody.

– Tak, to Parchowski Młyn.

– Fajna nazwa... Pamiętam! Oj! Coś mi się przypomniało... Czy jest teraz nad Mauszem dziadek Wiki Tadeusz, no i oczywiście Wika?

– Dziadkowie są już od maja, a Wika z rodzicami miała przyjechać dzisiaj. Może będą na ognisku.

– A dziadkowie też przyjdą?

– Niekoniecznie...

Max przyhamował.

– Czy wobec tego możemy na chwilę podjechać do nich na letnisko?

– Może odłożymy to na jutro...

– Zależy mi bardzo na krótkiej rozmowie z nim teraz, przed ogniskiem. Mam coś do przekazania w cztery oczy dziadkowi Tadeuszowi od taty.

Max spojrzał prosząco na Elizę.

– No dobrze... Nie, nie cofaj się. Pojedziemy przez pola, od strony Parchowa.

*

Gdy po krótkiej wizycie na letnisku u dziadków Wiki samochód wdrapał się na wzgórze obok „Iskierki", Max zahamował, aż się zakurzyło.

– To jest „Kolonia Sołacz"?! – zawołał pytająco. – Na zdjęciach to wszystko wygląda skromniej!

Wysiedli i stanęli obok samochodu.

– Największy budynek to hotelik, pensjonat dla twórców kultury. Tam jest też kilka pokoików dla dzieci leczonych hipoterapią i mieszkania dla seniorów z naszych wspólnych rodzin – pokazywała Eliza. – Pod samym lasem sarmacki dom z grubych bali, należący do rodziny Dziedziców. Taki jest styl budowania u nas na Podhalu, u stóp Tatr.

– Trochę jak chaty dawnych amerykańskich kolonistów czy traperów. Pamiętam je z filmów, ale jeszcze gdzieniegdzie można spotkać.

– Dom w centrum to mieszkania nasze i dla was, na prawo stajnia, garaż…

– Ależ tu wszędzie dużo zieleni, altanki, zagajniki, nawet strumyk się wije. Super! Pozwiedzam sobie to wszystko na spokojnie. A może oprowadzisz mnie? – Spojrzał na Elizę; skinęła głową. – Ależ tata będzie zadowolony!

– A kiedy rodzice przyjadą odwiedzić Parchowo?

– Czekają na moją relację… może wpadną jeszcze tego lata? – Max zadudnił i uniósł pociesznie brodę.

– Byłoby wspaniale – Eliza uśmiechnęła się całą buzią. – Wjeżdżajmy do środka.

Zrobiła ponaglający gest i wskoczyła do auta.

Po chwili Max witał się już z Anną. Ta próbowała mu coś wyszeptać do ucha, ale Max, zanosząc się od śmiechu, zadudnił:

– Cioteczka mnie łaskocze, a ja tak się boję łaskotek. Chyba nawet bardziej niż myszy!

Rozejrzał się przy tym komicznie wokół i porwał z kolei Kasię w powietrze, kręcąc nią wiatraka, jak Elizą w Sulęczynie.

Anna i Eliza zaśmiewały się, a Kaśka piszczała, machając nogami.

– Nie godzi się tak starszą panią kręcić w powietrzu! – wykrzyczała, gdy postawił ją wreszcie na ziemi.

– Starszą panią...? Kuzyneczko, nie przesadzaj! – zadudnił na całe wzgórze i okalające je doliny.

– Jak to, kuzyneczko...? – Kaśka spojrzała na Maxa, a potem przeniosła wzrok na matkę.

– A tak to! – zadudnił Max.

– Tak to! – zapiszczała Anna, zupełnie jak nie ona.

– Dopiero jak wyjechaliśmy od was, pięć lat temu, ojciec mi uzmysłowił, że moją kuzyneczką nie jest Eliza, a Kasia.

– Ja, kuzyneczką...? – Kasia zaczęła pocierać czoło i spoglądała na matkę i córkę; Anna kiwała głową, a Eliza zrobiła oczy.

– To w takim razie kim ja jestem?! – zawołała, przybierając komiczną minę.

– Jeśli Kasia jest moją kuzyneczką, to ja jestem twoim wujkiem, dziecino! – zarżał Max; nachylił się ku niej, chcąc ją cmoknąć w policzek, ale Eliza przekręciła głowę i siarczysty całus wylądował na jej ustach.

Odskoczyli od siebie jak oparzeni; Max uśmiechając się, drapał się po czuprynie, Eliza zmrużyła oczy i zwilżyła wargi końcem języka. Anna i Kasia spojrzały po sobie.

– To wypakowuj się, kuzynie, i chodź zwiedzić dom.

Kaśka postanowiła przerwać dziwną sytuację i zawadiacko klepnęła Maxa w szeroką klatę.

Max uśmiechnął się od ucha do ucha i spoglądając dziwnie na Elizę, wycofał się do bagażnika, skąd wyciągnął niewielki neseser, po czym zamknął klapę.

– A reszta? – Kaśka wykonała ruch głową w kierunku auta.

– Potem… albo się zobaczy. – Poruszył ramionami Max i ze śmiechem ruszył za Anną w kierunku wejścia do domu.

Zwiedzanie i podziwianie wnętrza zajęło mu kilkanaście minut. Cały czas trzymał w ręku neseser i nie chciał zostawić go nawet w pokojach przeznaczonych dla jego rodziny.

– Może mi się przydać… – wyjaśnił krótko, widząc zdziwienie w oczach Anny, Kasi i Elizy.

Wszystko mu się w domu podobało, a zwłaszcza nie mógł się nachwalić dużego holu.

– Co tutaj tak pachnie? – spytał, rozglądając się wokół.

– Elementy wyposażenia holu zrobione są z różnych rodzajów drewna – uśmiechnęła się Anna. – Boazeria, regały, schody, podłoga i inne elementy wystroju. Każde drewno ma inny aromat.

Odstawił pod ścianę neseser; wąchał bez zażenowania wymienione przez Annę elementy, nawet przyklęknął, aby poczuć zapach podłogi.

– To jest… to jest niesamowite! – zadudnił, kręcąc głową z podziwu. – Ta mieszanina aromatów... Czy to zamierzone?

– Tak było od zawsze w naszym domu na Sołaczu i tak musiało być tutaj – uśmiechnęła się Anna.

– A te schody z werandy i gazonik… – Eliza wskazała w kierunku przeciwległych drzwi wychodzących na trawnik – ...też zostały skopiowane z sołackiego domu, tyle że są znacznie większe.

– Jak w Ameryce! – zadudnił uśmiechnięty Max.

– Tak sobie właśnie o tym zawsze opowiadamy, cytując Władka i twoje słowa sprzed pięciu lat. Duże jak w Ameryce... – potwierdziła, uśmiechając się Anna.

– Na tych schodach można jeść posiłki, bo tam przecież jest daszek. To właściwie mała weranda – zadudnił Max.

– Skąd wiesz, że tak robię, robiłam w Poznaniu? Lubię tam i jeść, i czytać...

Eliza spojrzała na niego.

Max wskazał dwoma złączonymi palcami na swoje oczy, potem skierował je w kierunku oczu Elizy, dotknął wskazującym palcem swojej głowy, a następnie wskazał nim na jej głowę.

– Czuję, że podobnie widzimy i myślimy... Jakaś telepatia czy nawet... – zawiesił głos.

Eliza zmarszczyła czoło i z dziwnym wyrazem twarzy spoglądała prosto w jego oczy. Oboje trwali tak, jakby nikogo obok nich nie było. Anna i Kasia kolejny już raz spojrzały po sobie. Anna westchnęła głęboko i dziwnie przewróciła oczami, a Kasia podrapała się delikatnie po czole. Nagle Anna klasnęła w dłonie, ale w tej samej chwili skrzypnęły drzwi wejściowe. Wszyscy spojrzeli w tamtym kierunku.

– Gość w dom... – rozległo się donośne zawołanie Henryka Dziedzica; tuż za nim w holu pojawiła się Adela oraz Diana.

Henryk bez cienia skrępowania przyglądał się amerykańskiemu gościowi, oglądając go uważnie od stóp do głów.

– Mówiliście, że to Maksio, a to jest przecież...

maksymalny Maaax! – zawołał i podkręcił wąsa. – Coś jak Johnny Weissmuller, Tarzan. A przywiozłeś swoją Jane? – uśmiech rozjaśnił jego twarz, rozejrzał się nieco sztucznie wokół i podkręcił wąsa.

Adela oblała się z wrażenia pąsem, a dołeczki Diany na dobre zagościły na jej policzkach. Oczy Elizy i Maxa spotkały się i zatrzymały na chwilę, a Anna i Kasia kolejny już raz wymieniły spojrzenia. Max nabrał powietrza, złączył dłonie i uśmiechnął się.

– A więc to państwo Henrykostwo z sarmackiego domu z bali, jak się domyślam – zadudnił. – Witam serdecznie.

Skłonił głowę i przywitał się z przybyłymi.

Gdy przyszła kolej na przywitanie z Dianą, nachylił się w jej kierunku i... już chciał ją porwać w powietrze do młynka, ale ubiegła go Eliza.

– Zdążysz... potem, gdzieś na trawniku, albo najlepiej na cyplu – mrugnęła w kierunku Diany. – Wszystkimi nami zakręcił...

– Ale... może ja bym chciała tutaj i teraz – postawiła się Diana.

– Max, nie pamiętam, żebyś mną zakręcił... – zachichotała Anna – ...chociaż tak po prawdzie, to nieźle zakręciłeś i nieustannie mną kręcisz.

Spojrzała na Maxa, a potem przeciągle na Elizę, odnotowując ich wzrok utkwiony w sobie.

– No, wejdźmy już do salonu, przecież Max chciał zacząć pobyt tutaj od kawy, a minęło już chyba pół godziny i nie możemy jej nawet zacząć – dodała wesoło i ruszyła przodem.

– Czy to będzie bardzo nieuprzejme, jeśli powiem, że liczyłem na kawę... u Felci? – Max zgiął się i przybrał komiczną minę.

– Tam wypijemy drugą, po obiedzie, bo Felcia nie wyobraża sobie, żebyś go u niej nie zjadł. No już, nie ociągajcie się.

Anna, stojąc w progu salonu, przywoływała resztę towarzystwa z holu.

– Przecież mamy dzisiaj ognisko, to chyba obiadu nie robicie...? – zdziwił się Henryk.

– My nie robimy, ale Felcia zapowiedziała, że dla Maksia przygotuje coś krótkiego, obiadowego, jeszcze przed ogniskiem.

– Kochana Felcia! – zadudnił Max.

– Ona też o tobie ciągle tak mówi. Kochany Maksio! – uśmiechnęła się Kasia.

Max odszukał wzrokiem swój neseser, podniósł go, ale zaraz po wejściu do salonu stanął jak wryty. Wpatrywał się jak urzeczony w miejsce obok sofy, gdzie bawiła się mała dziewczynka. Spojrzał na Elizę, potem na Dianę, ale z ich strony nie dostrzegł żadnego gestu, znaku. Podszedł bliżej, postawił przy sofie neseser i wyciągnął ręce do dziecka. Mała, która przyglądała mu się z uśmiechem, ufnie podniosła rączyny w górę. Max podniósł ją wysoko ponad głowę i wolno obracał się z nią wokół.

– Jakaś ty czarniutka... zupełnie jak...

– Jagódka! – zachichotała mała. – Rośnie w lesie! Szybciej, Maksiu! Tak wysoko jeszcze nigdy nie byłam! – piszczała zachwycona.

– To ty wiesz, jak ja mam na imię?

– Wiem, tylko myślałam, że będziesz mały i będę miała się z kim bawić. Ale ty jesteś wielki, za to możesz mną pokręcić. Nie trzeba karuzeli – paplała niespeszona Jagódka.

– Ale ja mogę się z tobą bawić w co zechcesz, albo pójść na spacer, na huśtawki...

– A na kucyka? – spytała, zaglądając mu w oczy, gdy posadził ją po chwili na sofie. – Ja bym chciała, tylko mamusia nie pozwala.

Max znowu obejrzał się na Elizę, a potem na Dianę.

– A twoja mamusia to...

– To ty nie wiesz? – przerwała mu Jagódka. – To... Kasiula! – Wskazała palcem i uśmiechnęła się rozkosznie.

– Kasiula...? – Max na moment zaniemówił. – Kuzyneczko Kasiulo, jakże się cieszę... Przepraszam, ale ja naprawdę nie wiedziałem.

– A o jej tatusia nie spytasz? – Kasia przymrużyła oczy.

– Tata Maciek przyjedzie wieczorem – nie czekając na pytanie Maxa, oznajmiła rezolutnie Jagódka, wywołując powszechną wesołość.

Max pokiwał głową i przeniósł wzrok na Elizę.

– Tego mi nie napisałaś, kuzy... – zaczął i szybko przerwał; wpatrując się w nią z dziwnym uśmiechem. – Muszę sobie ułożyć, jak cię nazywać.

– Ja już się dowiedziałam, że jesteś moim... wujkiem. – Eliza uniosła brew; spoglądali po sobie.

W salonie zapadła cisza.

– To idziemy na tego kucyka? – zniecierpliwiona Jagódka przerwała ciszę i pociągnęła Maxa za nogawkę.

– Ach, kucyk... Tak sobie myślę, że najpierw pojedziemy na zakupy, bo musisz mieć ładny strój na kucyka. I kask! Tak! Kask jest najważniejszy.

– Naprawdę?! Widzisz, mamusiu! – Jagódka podbiegła do mamy i objęła ją za nogi; odwróciła się w kierunku Maxa. – I wtedy pójdziemy na kucyka?

Max spojrzał pytająco na Kaśkę. Ta skinęła głową.

– Mamusia się zgadza – Max zadudnił, chociaż starał się mówić cicho.

Jagódka podniosła rączki do Kasi, objęła ją za szyję i pocałowała.

– To dlatego, mamusiu, nie mogłam iść na kucyka, tak?

– Tak, Fafku, dlatego. – Kasia potarła nosem o nosek małej i postawiła ją na podłodze. – Możesz iść bawić się dalej.

– Nie chcę na razie. Usiądę koło Maksia. Mogę?

– Jeśli będziesz grzeczna.

Wszyscy zasiadali powoli za stołem. Max postawił obok krzesła neseser, wyciągnął ręce do Jagódki i posadził ją sobie na kolanach. Wpatrywała się w niego jak w obrazek.

– Zanim oddam ci głos… – Eliza spojrzała na Maxa – …bo po to się tutaj zeszliśmy, żeby wysłuchać, co się u ciebie działo, ja opowiem ci w skrócie, jakie u nas zaszły zmiany – uśmiechnęła się. – Mama wyszła za mąż za Maćka w następne dożynki po waszym tutaj pobycie; Jagódka ma teraz trzy latka z haczykiem. Babcia wyszła za mąż za Lwa… czyli za Ryszarda z Bytowa. W międzyczasie sprowadzili się tutaj państwo Henrykowie z dziećmi. Jedną z ich córek jest Diana, którą już poznałeś… – Eliza zawiesiła głos.

Max spojrzał na Dianę z szerokim uśmiechem, a u tej natychmiast pokazały się dołeczki. Po chwili rozejrzał się wokół.

– Szukasz pozostałego jej rodzeństwa…? Alicję, starszą siostrę Diany, oraz Sebastiana, ich brata, poznasz na ognisku.

– A co słychać u Marysi, Klausa i ich dzieci?

Mieszkańcy „Kolonii Sołacz” spojrzeli po sobie, przybierając jak na komendę smutne miny.

– Klaus zginął w wypadku, jesienią, po waszym pobycie tutaj… – Eliza zaczęła cicho.

– Jak to się stało?

Eliza opowiedziała pokrótce historię wypadku Klausa. Max siedział ze zmartwioną miną.

– Boże... jak mi przykro. A Marysia...? Co z nią, dziećmi?

Teraz obecni uśmiechnęli się.

– Marysią opiekował się po śmierci Klausa Adam, taki wielki architekt z Gdyni... Teraz są razem... – Eliza uniosła brew. – Na ognisku też będą. Dzieci Marysi, Joasia i Miłosz, studiują muzykę, utworzyli zespół, oni także powinni być.

– A Wiczka? – Max zadudnił, śmiejąc się od ucha do ucha.

– Nie krzycz tak, Maksiu! – Jagódka zasłoniła uszy, wywołując śmiech dorosłych; Max pogłaskał ją po czarnych warkoczykach.

– Jesteśmy obie magisterkami, zostałyśmy prymuskami... Wika na ognisku oczywiście też będzie. Jest bardzo... bardzo śliczna – ostatnie słowo powiedziała z naciskiem i spojrzała Maxowi prosto w oczy.

Max jakby ani ostatnich słów, ani jej wzroku nie zauważył. Z lekkim uśmiechem zadał kolejne pytanie.

– A co słychać u Igora...?

Eliza na moment przymknęła oczy; uśmiech na jej twarzy nieco przygasł.

– Wczoraj dostałam od niego piękną bursztynową sowę – powiedziała cicho. – To jest mój... – zawiesiła głos – ...największy... przyjaciel! – podkreśliła ostatnie słowo i wyprostowała się na krześle.

Przy stole zapadła cisza. Eliza i Max mierzyli się wzrokiem. Anna i Kasia kolejny już raz spojrzały po sobie, ale dłużej niż uprzednio. Tylko Diana lekko się uśmiechnęła, a dołeczki na jej policzkach pokazały się jak na zawołanie.

Ciszę przerwało stukanie łyżeczką o kieliszek. Wszyscy spojrzeli w tym kierunku; uśmiechnięty Henryk Dziedzic właśnie na to czekał. Podkręcił wąsa i uniósł napełniony kieliszek.

– Wypijmy teraz za... przyjaźń, przyjaciół i twój szczęśliwy tutaj przyjazd, Maksie – wszyscy uśmiechnęli się i spełnili toast. – My też, Max, zaprzyjaźnimy się z tobą, ale najpierw musisz odwiedzić nasz sarmacki dom z bali, jak mówisz. – Henryk przebiegł wzrokiem wokół stołu i dostrzegł skinienie głowy przez Annę; podkręcił wąsa. – A teraz w takim razie opowiadaj, co działo się u ciebie.

Eliza odetchnęła głęboko i spojrzała z wdzięcznością na Henryka. Max pogładził czuprynę i wzrokiem ściągnął Kasię, pokazując palcem na Jagódkę. Podeszła i zabrała ją. Max oparł dłonie o stół, zaplótł je i spojrzał wokół. Nabrał powietrza.

– Nie mogłem nie pójść na tę wojnę. Chociaż politycy czy niektóre media nazywają to inaczej, na przykład pokojową misją, to w miejscach, w których byłem, toczyła się najprawdziwsza wojna. Wierzcie mi. A tam, gdzie jest wojna, tam są ofiary, okrucieństwo, krew i śmierć. Jeśli nie chcesz strzelać, zawahasz się, nie przeżyjesz...

Wokół stołu zapanowała kamienna cisza.

– Naszym przeciwnikiem byli pojedynczy bojownicy, desperaci, niewielkie grupy, a często duże zorganizowane oddziały. Działaliśmy na pustyni, w małych osadach, w dużych miastach. Z początku nie zdawałem sobie z tego do końca sprawy, ale bojownicy Al-Kaidy nie reprezentują jakiegoś narodu, państwa, a mimo to są, mają olbrzymie środki i kieruje nimi okrutna ideologia. Oni chcą zniszczyć naszą cywilizację. Z nimi nie było żadnych rozmów, negocjacji, rycerskości. Dostawaliśmy informacje z rozpoznania satelitarnego, lotniczego i wyruszaliśmy na akcję... Rozczaruję was, bo nic więcej nie opowiem...

Rozejrzał się wokół z poważną miną.

– Eliza powiedziała mi dzisiaj, że obejrzała w ostatnich latach wiele filmów o tej tematyce.

Spojrzał na nią; wszyscy również skierowali wzrok w jej stronę.

– Nie lubię takich filmów – powiedziała – ale chciałam się dowiedzieć, w jakich sytuacjach Max może się znajdować. – Wielkimi oczami wpatrywała się w niego. – Przywiozłam odtwarzacz i filmy z Gdyni, bo przywiązuję się emocjonalnie do swojej własności. Ale teraz już chętnie komuś to wszystko oddam, żeby zapomnieć, bo Max... już wrócił – zakończyła cicho.

Oczy zebranych wędrowały pomiędzy nią a Maxem.

– To może ja wezmę... – Henryk odezwał się lekko drżącym głosem i przełknął ślinę. – Nie lubię przemocy, ale obejrzę je. – Spojrzał na Maxa. – Chcę dobrze poznać mojego nowego przyjaciela... – znowu zadrżał mu głos, wytarł oczy chusteczką.

– Muszę, bardzo chcę wam opowiedzieć jeszcze coś – odezwał się znowu Max; ponownie wszyscy spojrzeli w jego stronę. – Na pewno każdy z was wie, co to jest tęsknota... – Max przebiegł wzrokiem wokół stołu; dostrzegł u wszystkich potwierdzenie skinięciem głowy. – Tęskniłem za rodzicami... ale, co może was zdziwić, nie tęskniłem za samym domem, no wiecie, budynkiem, własnym pokojem. Za kilka chwil wytłumaczę dlaczego... – przerwał na chwilę. – Kiedy wyobrażałem sobie martwiących się o mnie mamę i tatę, było mi ich ogromnie żal, dlatego wolałem przywoływać sobie ich wizerunki z okresu, kiedy byłem dzieckiem, nastolatkiem. Nawet z czasów, kiedy mocno rozrabiałem tuż przed studiami i na ich samym początku.

Rzucił uważne spojrzenie na Elizę; na jej twarzy pojawił się lekki uśmiech.

– Jak mówiłem, bywałem w najróżniejszych miejscach, ale najgorzej było tam, gdzie wszechobecny był piasek. Znajdował się wszędzie, nawet tam, gdzie byście sobie nie wyobrazili – pokręcił głową. – W trakcie przygotowań przed każdą akcją lubiłem pomarzyć, gdzie chciałbym się nagle przenieść. To mi pomagało. Próbowałem wtedy wspominać mój rodzinny dom, ale niezmiennie w pamięci pojawiał się zaraz obraz Parchowa, zastępujący tamten... – uśmiechnął się. – Wzgórze pełne słońca, dolina ze ślicznymi, pachnącymi łąkami, jezioro Mausz, wyprawa łodzią, ciepła, chociaż mokra woda...

Uśmiech zagościł na wszystkich twarzach.

– Przypominałem sobie uśmiechnięte twarze poznanych tutaj przemiłych mieszkańców „Iskierki", ale na pierwszym planie pojawiałaś się zawsze ty, Elizo...

Spojrzał na nią z uśmiechem.

Eliza poczuła dziwny skurcz w żołądku, który przytrafił jej się już kilka razy podczas oglądania filmów, kiedy tylko mocno o nim pomyślała. Nie była w stanie zareagować żadnym słowem, odpowiedziała mu tylko rozjaśnionym wzrokiem. Dostrzegła, że pierwszy raz od przyjazdu śmiała się cała jego twarz, nawet oczy; przyłożyła dłonie do płonących policzków. Anna i Kasia spojrzały po sobie i uśmiechnęły się. Max po chwili ciszy nieoczekiwanie potrząsnął głową i klepnął się w czoło.

– Kochani! Emocje, których tutaj doświadczam od chwili spotkania z Elizą w Sulęczynie... – spojrzał na nią śmiejącymi się oczami – ...spowodowały, że zapomniałem o najistotniejszej sprawie, którą miałem załatwić przy samym powitaniu! – zadudnił i rozejrzał się uśmiechnięty wokół, a na koniec zatrzymał wzrok na Annie. – Przepraszam cię, ciociu, bo to sprawa, która ciebie dotyczy!

Podniósł neseser na kolana, otworzył go i wyciągnął bordową tekturową teczkę.

– Oto akt notarialny, w którym Władysław Zalewski, czyli mój ojciec, zrzeka się na twoją korzyść, czyli Anny Nagengast-Prawosz, praw do ojcowizny. On umożliwi przeprowadzenie sprawy sądowej, dzięki której staniesz się prawną właścicielką tych dóbr.

Anna wzruszyła ramionami i spojrzała na Maxa.

– Ale przecież mogło zostać tak jak jest.

– Może i mogło... – Max uśmiechnął się szeroko. – Ale przez te moje kilkuletnie peregrynacje po świecie ojciec nie był w stanie się na tym skupić, a teraz chce, aby wszystko to, co kiedyś tu przyrzekł, zostało formalnie zrealizowane.

Podał Annie teczkę.

Skrzynka z wiśniowego drewna

Felciu moja kochana! – Max postawił obok stołu swój neseser i objął ją. – Jak ja tęskniłem za zapachem twojej kuchni, a najbardziej za kiszką kaszubską.

– Maksiu kochany, biedaku, zmizerniałeś... ale ja cię zaraz odkarmię.

Felcia, wyzwoliwszy się z niedźwiedzich objęć, spojrzała na niego błyszczącymi oczami.

– Zobacz, dzieciaku, co przygotowałam na powitanie... – Uniosła ściereczkę, którą przykryte były dwie miseczki na kredensie. – Tutaj kiszki, a tam pokrojony drobniutko boczek i słoninka...

Zaciągnęła się zapachem dochodzącym z obu.

Max prawie podskoczył.

– Nie idę na żadne ognisko! – zadudnił. – Tutaj dopiero jest życie!

Felcia klasnęła w dłonie i sięgnęła po patelnię.

– Tylko zostaw sobie trochę miejsca, bo tam też będą frykasy... – Eliza poklepała się po brzuchu i radosna usiadła naprzeciw niego.

Felcia ukradkiem spoglądała to na Elizę, to na Maxa. Pokiwała do siebie głową i szeroko się uśmiechnęła.

– Ty też, kruszynko, pojesz troszeczkę?

Odwróciła się na chwilę w ich kierunku.

– Żebra jej wystają... – zaśmiał się Max. – Ale poza tym jest akurat!

Eliza pacnęła go po wierzchu dłoni.

– Już zdążyliście się posprawdzać? – zachichotała Felcia.

– No wiesz? – Eliza spojrzała na Felcię z udawanym wyrzutem.

Teraz Max zachichotał.

– Zdążyliśmy się tylko serdecznie wyściskać, Felciu, i już wszystko wiem – mrugnął.

– To będziesz jej pilnował, bo ona koniecznie musi trochę przytyć. – Felcia pokiwała głową.

– A ja z kolei będę jego pilnowała, żeby się nie roztył! – zapiszczała Eliza i roześmiała się do rozpuku.

Felcia odwróciła się do nich i wzięła pod boki. Spoważniała.

– Ależ ja się cieszę, że jesteście razem... No, co tak się na mnie patrzysz, córcia? – obruszyła się na niby. – Przecież jesteście u mnie... razem! Czyż nie?

– Ale ty, Felciu, jesteś kochana! – Max kolejny raz zadudnił.

– Powiedz mi, Maksio, prawdę, na jak długo zostajesz... – Felcia spojrzała na niego przez szparki w oczach.

– A właśnie, Felciu. Wiem, że jesteś specjalistką od interesów... Chcesz ze mną ubić interes? – Max przechylił głowę. – Niezły interes?

– A cóż ty mi możesz zaproponować? – Felcia na chwilę odchyliła się od kuchni w jego stronę.

– Mam apetyt na... – zawiesił głos.

– A na co oprócz kiszki? – zaciekawiona Felcia podeszła bliżej stołu i stanęła za Elizą, kładąc na jej ramionach dłonie.

– Na twoją wozownię! – wypalił Max.

Felcia zesztywniała. Po chwili jednak pokiwała głową,

spojrzała wymownie na Elizę i przeniosła uśmiechnięty wzrok na Maxa.

– Nie jestem uległą kobietą... ale tobie chyba ulegnę...

Objęła się skrzyżowanymi ramionami; Max roześmiał się głośno.

Eliza spojrzała za siebie na Felcię, ale ta już stała tyłem do niej przy kuchence.

– Czy wy potraficie rozmawiać bez słów? – rzuciła do Maxa, a potem jeszcze raz odwróciła się w kierunku Felci.

– Malutka! Max tak jasno mówi, że w zasadzie umowę już mamy podpisaną. Resztę, Maksio, załatwisz z Janem...

Max zrobił oczy.

– No, co tak się gapisz? Z moim Janem.

Wskazała na drzwi, w których właśnie wywołany stanął.

– Od razu się domyśliłem, że przyszedł Max! Coś strasznie dudniło, aż mi cienkopisy na biurku przesuwały się nieustannie. – Jan rozłożył ramiona i przywitał się z Maxem. – Felciu, co tak tutaj pachnie?

Spojrzał w kierunku kuchenki, głęboko wciągnął powietrze, podniósł oczy w górę i przysiadł obok Maxa.

– Jak się cieszę, że jesteście razem. – Spojrzał na Elizę i przeniósł wzrok na Maxa. – No co tak, córcia, na mnie patrzysz? – uśmiechnął się. – Przecież jesteście u nas... razem! Czyż nie?

Eliza przymrużyła oczy i spoglądała raz na Jana, raz na Felcię, która przysiadła na chwilę obok niej.

– Czy wy zawsze trenujecie niektóre swoje teksty razem? – wycedziła niby złośliwie, ale jej oczy się śmiały.

Felcia przytuliła ją.

– Czysty przypadek, kruszyno... Człowiek patrzy,

coś dostrzega i mówi po prostu o tym, co zobaczył. To wszystko... – Pomacała Elizę po plecach. – Zjesz dwie kiszki, a nie jedną, bo tobie naprawdę wystają żebra. Tak ją sprawdzałeś? – spytała Maxa.

Max roześmiał się wniebogłosy. Wszystkie szkła na stole, w kredensie i szyby w oknach zadrżały.

– Wy mnie nie prowokujcie... bo... Tak, tylko tak przypadkiem ją dotknąłem i od razu wyczułem – mrugnął.

Felcia wstała i rozprostowała spódnicę. Spoważniała i spojrzała przeciągle na Maxa.

– Nigdy jej... nie dotknij...

Max spoważniał i pokiwał głową. Elizie rozszerzyły się oczy.

– Janie! – niespodziewanie huknęła Felcia. – Stawiaj talerze, przynieś jakąś nalewkę i... resztę, już ty wiesz co! – zaśmiała się.

Max poderwał się szybciej.

– Chętnie się poruszam! – Podszedł żwawo do kredensu i otworzył drzwiczki. – Tutaj? – spytał Felcię.

– Ale ja prosiłam...

Spojrzała na stękającego Jana, usiłującego poruszyć krzesło obok.

– Coś mnie zablokowało... – Jan spojrzał w dół. – A kto tutaj coś postawił?

– To jest mój podręczny neseser. Tam trzymam szczoteczkę do zębów i waciki podróżne... – wyszczerzył się od kredensu Max.

Jan roześmiał się, aż mu oczy zaszły łzami.

– Dobry jesteś.

Eliza kręciła głową to w lewo, to w prawo; wyglądało, jakby nie rozumiała, o czym się mówi. Felcia spoglądała na nią, uśmiechając się.

– Niektórych autorów jeszcze nie przeczytałaś... – rzuciła, przekładając kiszki na patelni, i spojrzała mocno w oczy Elizy. – Na wszelki wypadek sprawdź jednak u Kasiuli, czy nie masz potrójnego zera...

Wskazała kilkakrotnie w jej kierunku drewnianą packą, którą operowała na patelni. Eliza roześmiała się w głos.

*

Pogoda wieczorem dopisała. Dopisali też goście, bo już od jakiegoś czasu wielu szykowało się, aby złożyć Elizie gratulacje z okazji ukończenia studiów, a przy okazji zobaczyć się z Maxem. Nawet Marysia i Adam, choć mieli zaplanowany wyjazd do Bukowiny Tatrzańskiej, odłożyli go na dwa dni. Dudniący głos Maxa unosił się nad wzgórzem i spływał w dolinę. Uciszyło się dopiero wówczas, kiedy Felicja zapowiedziała Dianę, która miała przeczytać wybrany przez siebie wiersz, otwierający nowy agroturystyczny sezon.

Ta, kołysząc lekko biodrami, przeszła wzdłuż ogniska w króciutkiej zamszowej spódniczce i bladożółtej bluzeczce z głębokim dekoltem.

– A mówiłam, kiedy tylko zobaczyłam ją pierwszy raz, że to prawdziwa bogini łowów, Diana... – rzuciła niby niechcący Anna.

Diana podziękowała skinieniem głowy. Ci, którzy dotąd nie spoglądali w kierunku ogniska, skierowali na nią wzrok. Rzeczywiście, brakowało jej chyba tylko łuku, kołczana i kapelusika z piórkiem. Usiadła obok Felci, podnosząc stopy na pieniek i ukazując gołe, zgrabne uda. Ułożyła na kolanach książkę, zaczesała jasne włosy za uszy, spojrzała w ogień, a potem omiotła wzrokiem

Igora, siedzącego w towarzystwie Elizy i Maxa. Dołeczki na jej policzkach na moment się pokazały razem z delikatnym uśmiechem, cicho chrząknęła.

– Jakiś czas temu odkryłam u stóp naszego wzgórza... – wskazała ręką w kierunku Bytowa – ...cudną Pietę, kapliczkę, wystawioną przez Józefa i Marię Pobłockich w tysiąc dziewięćset dwudziestym ósmym roku. – Felicja i Anna spojrzały po sobie i pokiwały głowami. – Stoi tu już wiele lat bez względu na porę roku. Lubię ją odwiedzać. Uwielbiam poezję Adama Asnyka i w tomiku jego poezji znalazłam coś odpowiedniego, aby opowiedzieć o niej jego słowami.

CICHE WZGÓRZE
Znam ja jedno piękne wzgórze.
Na nim kwitną przy figurze
Przeźroczyste polne róże.

Boża męka pochylona
Patrzy z ciszą i spokojem.
W świat wyciąga swe ramiona
Ponad ziemskim krwawym znojem.

Jak tam słodko, jak tam błogo:
Nie dotknięte bólem, trwogą
Serca w niebo płynąć mogą.

Tęsknych dumań nic nie zmąci.
Cichnie ludzkiej głos boleści...
Chyba wietrzyk listkiem trąci.
Lekko, śpiewnie zaszeleści.

Na moment przerwała, spojrzała w kierunku Igora i zwilżyła usta językiem. Wróciła do czytania.

Kiedy słońce z nieba schodzi
W swojej złotem tkanej lodzi,
W purpurowych fal powodzi,

To nad wzgórkiem twarz swą zniża,
Pożegnalnym blaskiem strzela
I całuje stopy krzyża,
Święte stopy Zbawiciela.

Pod tym krzyżem w pierwszej wiośnie
Z polną różą, co tam rośnie,
Wyglądałem w świat radośnie:

Pod tym krzyżem w ranek jasny
Na mogile kwiaty rwałem,
Z tego wzgórza zagon własny
Raz na zawsze pożegnałem.

Więc choć lat już przeszło tyle,
Myślą wracam w dawne chwile
Siąść pod krzyżem na mogile.

Chcę usłyszeć znów o zmroku
Pieśń nabożną tego ludu,
Co się modląc ze łzą w oku,
Oczekuje zawsze cudu...

Rozległy się oklaski. Diana zamknęła książkę i zerknęła w kierunku Igora. Ten uśmiechnął się do niej, ale po chwili lekko zakłopotany przeniósł wzrok na siedzącą obok Elizę.

– Cudownie wybrałaś, Diano – uśmiechnęła się do dziewczyny Felcia.

– Jesteś prawdziwą artystką, że udało ci się znaleźć poezję opisującą naszą najbliższą okolicę. – Anna raz jeszcze zaklaskała dla niej.

Diana dygnęła i wdzięcznie się kołysząc, odpłynęła na swoje miejsce.

Uczta i zabawa przy ognisku rozgorzały na dobre. Stach Janik dokładał do ognia drew, produkując nowy żar, na stalowych stojakach skwierczały kolejne układane przez niego zawiniątka w aluminiowej folii. Mieszały się aromaty pieczonych ryb, mięs i kiełbas. Wszystkiego było w bród. Henryk wziął na siebie rolę podczaszego i od czasu do czasu okrążał ognisko, uzupełniając kieliszki. Zaczęły się śpiewy biesiadne i jak zwykle brylowali w nich Ludka z Arturkiem, do których dołączyła się szczęśliwa, że może bez umiaru pośpiewać, babcia Julijka. Joasia i Miłosz ze swoim zespołem wykonali kilka utworów celtyckich, w takt których wielu gości pląsało wokół ogniska.

Kiedy już się mocno ściemniło, a wszyscy się najedli i nieco zmęczyli śpiewem i tańcem, zadudnił Max.

– Przywożę wszystkim pozdrowienia od rodziców. – W blasku płomieni rozejrzał się wokół. – Moja ponad czteroipółletnia nieobecność w domu kosztowała ich wiele sił... – Potarł dłonią czoło i na moment przerwał. – Teraz już są spokojni o mnie i szybko dojdą do siebie. Po tym, co tutaj zobaczyłem... – wyciągnął dłoń w stronę „Kolonii Sołacz” – ...będę ich zachęcał do szybkiego przyjazdu na... nasze wzgórze. – Znowu rozejrzał się wokół. – Tata w poufnej rozmowie przekazał mi, że większość spraw zarządczych przekazał Antkowi Gryce, który przy Madzi rozwinął się nieprawdopodobnie.

– Łaał! – zawołała, śmiejąc się, Kasia.

– Moja krew...! – dorzucił Adam i sam huknął śmiechem; większość przyłączyła się do niego.

– Madzia ponadto jest ... – spojrzał na Kasię, a potem na Adama – ...przy nadziei.

Podniósł oba kciuki.

– Super! – pisnęła Eliza.

– Zajęli na razie tę część domu, którą tata przewidywał kiedyś dla mnie, i widzę, że zsynchronizowali się doskonale z rodzicami. Ci traktują ich, takie odniosłem wrażenie, jak rodzinę, prawie jak dzieci.

Spojrzał na Annę.

– Musieli się na kimś oprzeć, kiedy ciebie nie było, a zresztą Władek i Betty mają ogromne serce... – Anna pokiwała głową.

– Jak cię odkarmię, Maksiu, jak ochłoniesz, wrócisz do domu i wtedy przejmiesz stery w swoje ręce – wtrąciła Felcia z przekonaniem.

Max zmierzył ją wzrokiem.

– Zawiodłem ich oczekiwania... – powiedział wolno – ...ale przyglądając się przez prawie miesiąc, jak w tej chwili wszystko tam funkcjonuje, utwierdziłem się w przekonaniu, że ja się tam nie nadaję.

– Co ty opowiadasz...? Tak nie wolno! – niespodziewanie wyrzucił z siebie milczący dotąd Ryszard.

Przy ognisku zapadła cisza. Słychać było tylko trzask palących się polan. Na Maksie skupiły się badawcze spojrzenia; a on delikatnie poruszał głową, jakby czemuś zaprzeczał. Zerknął na siedzącą obok Elizę, która się do niego lekko uśmiechnęła, jakby chciała mu dodać otuchy, a potem wrócił spojrzeniem do Anny.

– Podjąłem pewną decyzję i ona jest... nieodwołalna – rzekł z naciskiem, patrząc jej prosto w oczy, a po chwili znowu przeniósł wzrok na Elizę. – Przez ostatnie trzy miesiące moich wojennych peregrynacji byłem głównie na Bliskim Wschodzie i wówczas napatrzyłem się, jak nigdy przedtem, na całe zło tego świata. Brałem także w nim... udział – dodał ciszej i spojrzał w ogień; po chwili przymknął oczy i znowu kręcił głową jakby na znak niezgody.

Z łąk dochodziło granie świerszczy, znad stawu rechot żab, albo jakiś zabłąkany komar, bzycząc, zbliżył się zanadto w pobliże ognia. Anna i Felcia schwyciły się mocno za ręce, podobnie uczyniły Adela i Ludka.

– Przepraszam was wszystkich, że psuję ten wieczór, ale komu mam o tym opowiedzieć, jeśli nie wam? – odezwał się tym razem bez dudnienia Max; przebiegł spojrzeniem wokół i zatrzymał je kolejny raz na Annie. – Wspomniałem dzisiaj Elizie, że gdy koncentrowałem się przed wyjściem na każdą kolejną akcję, pomagał mi w tym odtwarzany z pamięci obraz tego wzgórza i wszystkiego, co jest wokół niego... – zatoczył ramieniem łuk – ...stawały mi przed oczami wasze twarze, ale jej twarz za każdym razem wybijała się na pierwszy plan.

Anna przyłożyła dłoń do ust; prawie bliźniaczy ruch dłonią wykonała Eliza. Igor odwrócił głowę i dziwnym wzrokiem spoglądał to na nią, to na Maxa. Diana z kolei z zapartym tchem wpatrzyła się w Igora.

– Wówczas zastanawiałem się, do czego będę zdolny po powrocie do domu, co będę chciał tam robić. – Max przejechał ręką po włosach. – Pewna myśl zaczęła mi świtać, ale starałem się ją odsunąć jako niedorzeczną...

Ponownie popatrzył na Elizę.

– Kiedy wreszcie znalazłem się w domu, po dniach powitań i wzruszeń, spotkałem się z Antkiem na męskiej rozmowie. Opowiedział mi o tym, jak rodzice się męczyli, przeżywali brak jakichkolwiek wiadomości ode mnie. Tego oni sami mi nie chcieli opowiedzieć, abym się nie zamartwiał. Po kilku dniach dostrzegłem, że rodzice zaczęli się uspokajać, uśmiechać, ale kiedy wieczorem zostawałem już sam, wracała znowu ta dziwna myśl... – przerwał i westchnął głęboko. – Wiecie...?! Dzięki Antkowi firma funkcjonuje doskonale, a jest też w tym duży udział Madzi, która wykazała spore talenty menadżerskie... – nieoczekiwanie zadudnił i rozpromienił się.

– U mnie też lubiła porządzić... – wtrącił Adam z uśmiechem.

Twarz Maxa rozluźniła się i przybrała nieco bardziej radosny wyraz.

– Madzia fruwa po domu, zagaduje do rodziców tym swoim aksamitnym głosem, w ten sam sposób prowadzi też rozmowy firmowe... Byłem na jednym ze spotkań z przedstawicielami banku, bo tata koniecznie chciał, bym się powoli wdrażał. On zagaił sprawę, Antoni przedstawił uwarunkowania prawne naszej firmy, a Madzia dalej już sama prowadziła negocjacje. Przedstawiciele banku początkowo stawiali pewien opór wobec przedstawionej im propozycji planu spłaty kredytu, ale po wyjaśnieniach przyjęli całą jej argumentację, na wszystko się zgadzając. Ona cały czas z uśmiechem i spokojnie wszystko wyjaśniała swoim aksamitnym głosem.

– Moja krew...! – zaśmiał się znowu Adam.

– Masz rację, Adasiu, twoja krew! – zachichotała Felcia.

Przy ognisku zrobiło się wreszcie nieco weselej. Nagle od strony doliny rozległ się przeciągły syk i po chwili wzgórze rozświetliła czerwona raca.

– Zapomniałem! – jęknął Igor. – Dwudziesta trzecia, sztuczne ognie...

Wokół ogniska zrobił się ruch. Wszyscy poderwali się i ruszyli w kierunku bramy. Pokaz fajerwerków się rozkręcał. To z jednej, to z drugiej strony nadlatywały ze świstem bukiety iskier i rozjaśniały niebo nad doliną tysiącami kolorowych gwiazdek, wirującymi pióropuszami albo dostojnie spływającymi w dół, kołyszącymi się, świetlistymi lampionami.

– Co roku jest ładniej. Igor programuje to wszystko... – powiedziała Eliza do stojącego obok Maxa.

– U nas, w Chicago, efektowne fajerwerki puszczają na Casimir Pulaski Day, ale te wasze są takie swojskie – uśmiechnął się Max. – Eliza mi szepnęła, że steruje nimi twój program komputerowy – rzucił w kierunku stojącego niedaleko Igora.

– Staram się... – ten odparł, omiatając wzrokiem Elizę. – Diano, pomyślałaś sobie coś przed ich rozpoczęciem? – dodał celowo nieco głośniej i postąpił krok w jej kierunku; dołeczki Diany rozjaśniły się radością.

– Zapomniałam, że trzeba pomyśleć, a kiedy doszliśmy tutaj, to już w najlepsze trwały. Ale dziękuję ci za nie... – Diana była tak oszołomiona sytuacją, że z wrażenia cmoknęła go w policzek. – Ojeju! Przepraszam! – zawołała, zerkając na Elizę.

Ta uśmiechnęła się i machnęła dłonią.

– Podziękuj mu także ode mnie. Należy mu się! – zawołała rozbawiona.

Diana wyglądała na skonsternowaną, ale gdy dojrzała, że Eliza i Igor uśmiechają się do siebie, delikatnie musnęła jego policzek drugi raz.

– To... jakby w jej imieniu. – Wskazała na Elizę i mrugnęła do Igora.

– Jesteście słodkie.

Zakłopotany Igor poczochrał się po jeżyku.

Kiedy wszyscy wrócili do ogniska, Max chrząknął, chcąc ponownie zwrócić na siebie uwagę.

– Tuż przed fajerwerkami miałem coś powiedzieć... – zadudnił. – W tamtym momencie naszły mnie ostatni raz pewne wątpliwości, czy zostanę dobrze zrozumiany, ale te kilkanaście minut przerwy spowodowało, że utwierdziłem się w swoim przekonaniu... – triumfalnie rozejrzał się wokół. – Ta dziwna myśl, o której już dwa razy wspominałem, to... – nabrał powietrza – ... kochani, postanowiłem się u was osiedlić na stałe i nigdy już stąd nie wyjeżdżać!

Jego dudniący okrzyk poniósł się po całym wzgórzu i trafił het daleko w dolinę; Max rozglądał się wokół po twarzach siedzących wokół ogniska.

Eliza przyłożyła dłonie do policzków. Spoglądała na przemian na babcię, mamę, Maxa i Igora. U trzech osób dojrzała skinięcie głową, tylko Igor wpatrywał się w nią dziwnie.

– Rewelacja! – zawołał po chwili ciszy Henryk Dziedzic.

– Odważny jesteś! – dodał Adam.

– Witaj, Maksiu, w domu!

Felcia rozłożyła ramiona; poszeptali sobie coś do ucha i pośmiali się.

Max następnie podszedł do Anny, też zamienił z nią słówko, a potem uścisnął się z pozostałymi starszymi paniami. Po chwili ustawiła się do niego całkiem spora kolejka. Eliza stanęła z boku i przyglądała się tej scenie. Max spojrzał w jej kierunku, ale dała mu dłonią znak, aby nie przerywał sobie. Kiedy wreszcie podszedł do niej, spytał:

– A ty...? Co sądzisz o tym, Elizo? – spytał cicho.

– Mam nadzieję, że to nie sen. – Spojrzała mu prosto w oczy; Max promieniał.

– Tak naprawdę, to ty... – zaczął Max, ale przerwał, bo Eliza odwracała właśnie głowę za odchodzącym w stronę parkingu Igorem.

– Czy możemy wrócić do tej rozmowy... kiedyś? – zakończyła cicho.

Max skinął głową.

Eliza ruszyła szybkim krokiem za Igorem. Kiedy dotarła do jego samochodu, siedział już w środku, uchylił szybkę.

– Źle się poczułem... Lepiej będzie, jak dzisiaj wrócę do domu.

– Ale, Igor...

– Nie mam ci niczego za złe. Przyjadę któregoś dnia, to porozmawiamy. Obiecuję. Wierzysz mi?

– Tak... – wyszeptała Eliza; jej oczy zaszkliły się. – Jesteś cudownym... przyjacielem.

– Skoczę, jakby co, za tobą w ogień – uśmiechnął się blado. – Nie pasowaliśmy do siebie, po prostu... – Wychylił się w kierunku ogniska. – Pocałuj mnie, jeśli możesz, bo nie chcę, żeby...

– Wiem... ale ja i tak chciałam cię pocałować.

Eliza nachyliła się i złożyła długi pocałunek na jego policzku; trzymała jego dłoń, aż ruszył, a potem jeszcze chwilę machała.

Zrobiła kilka kroków w kierunku szczytu wzgórza. Uniosła oczy ku gwiaździstemu niebu, pozwalając, aby ciepły wiatr suszył jej oczy. Wypatrzyła najjaśniejszą z gwiazd. Widziałeś, Arkturze? Ty jesteś tutaj zawsze, a on... – spojrzała za znikającymi światłami samochodu Igora – ...obiecał, że też będzie zawsze. Jakby co, pomoże. Prawdziwy przyjaciel.

Opuściła głowę.

– Coś się stało? Wszystko w porządku? – usłyszała głosy za sobą; odwróciła się, zbliżały się Wika i Diana.

– Tak... już tak – odparła Eliza; Wika skinęła ze zrozumieniem głową.

– A Igor... co z nim? – spytała Diana.

– Chciał się wymknąć po angielsku... Jutro rano musi być w radio Kaszëbë, ale obiecał, że lada dzień przyjedzie – Eliza uśmiechnęła się do Diany i pogładziła ją po policzku. – Wytrzymasz do tego czasu?

Diana szeroko otwarła oczy, jej twarz zajaśniała.

*

Babcia Julcia ziewnęła, a dziadek Tadeusz spojrzał na nią i cmoknął jak zawsze, gdy mu się coś nie podobało.

– Tadziu, bo jest już strasznie późno... Kwadrans po północy. Chyba ze dwadzieścia lat tak długo nie byłam na nogach.

Tadzio nie zdążył odpowiedzieć, bo w tej samej chwili do kuchni wszedł Jan, a za nim Max trzymający w ręku swój neseser.

– Czy będziesz robił sobie teraz demakijaż? – spytała, chichocząc Kasia.

– Demakijaż...? – Julcia z nieskrywanym zdziwieniem spojrzała na Kasię, a potem na Maxa.

– Powiedziałem im przedtem, że w neseserze mam waciki i szczoteczkę do zębów – wyjaśnił babci Julci Max, starając się zbytnio nie dudnić.

– Ale to chyba żart! – Julcia wyglądała na skołowaną.

– Tak, to był żart!

– Widzisz, Tadziu, jestem jeszcze całkiem przytomna.

Zrób mi, Kasiu, jednak też malinowej herbaty, najwyżej będę wstawać na siusiu...

Tadeusz syknął i cmoknął, Felcia zachichotała, Anna machnęła dłonią. Max poczekał, aż Kasia poda babci Julci herbatę, rozejrzał się wokół, podniósł neseser na kolana, przesunął zamek, po czym wyciągnął z wnętrza coś otulonego zielonym suknem i położył delikatnie na stole; wszyscy utkwili wzrok w pakunku.

Max spojrzał za siebie, na okna.

– Czy mogę opuścić żaluzje? – zwrócił się do Felci.

– To nie trzymasz tam wacików, tylko jakieś skarby, tajemnice? – uśmiechnęła się; Max spojrzał na nią poważnie. – Dobrze... możesz – powiedziała szybko.

Razem z Elizą pospuszczali żaluzje w oknach i zamknęli drzwi do kuchni. Kiedy usiedli ponownie przy stole, Max położył dłonie na pakunku.

– Przyjechałem tutaj także ze specjalną misją... – starał się powiedzieć te słowa ciszej i nachylił ku środkowi stołu; wszyscy pochylili się ku niemu. – Oczywiście, to, co powiedziałem przy ognisku, to też jest prawda: zostaję tutaj na zawsze.

– Wydzierżawiłam mu wozownię na tak długo, jak zechce – konspiracyjnym szeptem uzupełniła Felcia.

– Ale dlaczego? – zmierzyła ją wzrokiem Anna. – Przecież u nas czekają na niego trzy pokoje! Wasze pokoje! – podkreśliła, patrząc na Maxa.

– Tak będzie lepiej, ciociu Anno – Max uśmiechnął się i zerknął na Elizę.

– Jak chcesz – zgodziła się Anna, dostrzegając ten ruch, i spojrzała porozumiewawczo na Felcię; ta skinęła głową i także zerknęła na Elizę.

– To coś miało trafić kiedyś w ręce mojego potomka – uśmiechnął się Max, gładząc zielone sukno. – Babcia zostawiła testament, w którym napisała, że jeśli nie odnajdzie się Barbara Zalewska, prawowita spadkobierczyni tego przedmiotu... – postukał palcem w zielone sukno – ...do czasu osiągnięcia osiemnastego roku życia przez potomka babci Krystyny w trzecim pokoleniu, czyli mojego dziecka, to wówczas ono przejmie własność. Znalazła się jednak Barbara Zalewska vel Anna Nagengast-Prawosz...

Zamilkł na chwilę.

– Ale najpierw jeszcze coś...

Max z uśmiechem sięgnął do nesesera, wyciągnął książkę, z której wystawały paseczki kolorowych papierków, zakładek.

– To jest *Król chłopów* Józefa Ignacego Kraszewskiego. Ta książka stoi w naszym domu na honorowym miejscu. To znaczy jej egzemplarz ozdobny, oprawiony w skórę, a ten jest moim roboczym.

– Czy będziesz nam czytał bajki na dobranoc? – ziewnęła Julcia; Tadeusz spojrzał na nią i syknął. – Ojeju... zażartowałam...

– Julciu, to jest powieść o historii Polski, z czasów Kazimierza Wielkiego – wyjaśnił Tadeusz. – Czytałem ją już przed wojną; wiem, że Olek ma ją w biblioteczce.

Max przysłuchiwał się tej scenie z uśmiechem; powiódł wzrokiem wokół i zatrzymał spojrzenie na niepotrafiącej ukryć coraz większego zdziwienia Annie.

– Zanim przejdę do tego... – znowu postukał palcem w zielone sukno – ...muszę, tytułem wprowadzenia, przeczytać coś z tej książki – spojrzał na nią przepraszająco – nawet jeśli ciocia tę książkę zna.

– Wiele innych książek Kraszewskiego znam, czytałam, mamy je w domu, ale tej akurat nie... – Anna pokręciła przecząco głową.

Max przeniósł wzrok ponownie na babcię Julcię i uśmiechnął się.

– Tytułem wstępu powiem, że Kazimierz Wielki był bardzo kochliwy, ale też nieszczęśliwy w swoich wyborach. – Wzrok Maxa spotkał się ze wzrokiem Elizy; ta uniosła brew w górę. – Po wielu porażkach na tym polu trafił w Opocznie do domu Estery, znanej z piękności Żydówki. Okoliczności tego spotkania były bardzo złożone, lecz ja ograniczę się tylko do relacji osobistych między nimi. Zaprosiła króla na kolację, podczas której rozmowa zeszła na temat, jak to się czasami mówi, tak zwanego chodzenia, bycia ze sobą – spojrzał znowu na Elizę. – Kazimierz, poruszony cudownym przyjęciem, jej pięknością i mądrością, powiedział w pewnym momencie do niej bez ogródek:

> – Estero, prawda jest, żem bywał w życiu płochym, żem miłował i rzucał. Alem nie trafił nigdy ani na taką piękność jak twoja, ani na taki rozum, ani na takie serce. Tyś stworzona do wielkich losów. Gdybyś raz chciała być moją, zostałabyś nią na zawsze. Nie wiązałbym się ani ciebie żadną przysięga, lecz słowem królewskim. Możesz ty zresztą obawiać się być opuszczona, ty[43]?!

Oczy Maxa i szeroko otwarte ze zdziwienia oczy Elizy spotkały się znowu na chwilę.

> Estery powieki po raz pierwszy w ciągu tej rozmowy opadły na oczy czarne i osłoniły je, drżenia w twarzy widać było. Usta poruszały się bez głosu, jakby jej sił

---

[43] Józef Ignacy Kraszewski, *Król Chłopów*, LS W, Warszawa, 1970, s. 329.

zabrakło. Z wolna potem podniosły się zasłony, wzrok jakiś omdlony i łzawy zwróciła milcząca na króla.

– Panie mój – rzekła cicho – ze służebnicy swej nie czyń sobie igraszki bolesnej. Szydziłeś ze mnie, nie może to być.

Król powstał z siedzenia i coraz mocniej rozgrzewając się rozmową, zawołał:

– Na koronę moją, nie żart to był, Estero[44]!

Max przerwał i spojrzał wokół. Julcia nie mogła się powstrzymać przed uwagą:

– Jednak czytasz bajki…

Tadeusz syknął; większość siedzących przy stole uśmiechnęła się.

– Po tym spotkaniu na mieście pojawiły się plotki. – Max znowu spojrzał wokół. – Z tego powodu najbliżsi przyjaciele i doradcy króla: ksiądz Suchywilk i Wierzynek, a także przedstawiciel gminy żydowskiej Lewko, opiekun Estery, przestrzegali go przed przeciąganiem tej znajomości. To było wówczas niewyobrażalne złamanie zasad i obyczajów. Król i Estera spotykali się jednak coraz częściej, no i zakochali się w sobie. Estera tak przygotowywała spotkania, aby Kazimierz zawsze znalazł u niej ukojenie od spraw państwa, aby odpoczął.

Choć czasem serce jej smutne było i uciśnięte, układała twarz wesołą, zmuszała się dlań do uśmiechu. Nie okazywała zachmurzonego czoła, a nade wszystko nie zażądała dla siebie nic, co było najlepszym sposobem pozyskania wszystkiego, co chciała. Kaźmirz, jak

---

44 Tamże, s. 330.

wielu podobnego charakteru ludzi, zrażał się żebraniną, a milczenie podbudzało w nim chęć odgadnieni życzeń i myśli. W ten sposób Estera, która dziękowała pokornie za najmniejszy dar, więcej otrzymała od króla w przeciągu niewielu dni niż inne latami całymi. Klejnoty, kosztowne tkaniny, perły, szkarłat, naczynia srebrne, wędrowały potajemnie do jej domu...[45]

– Najwięksi wielmoże królestwa, a także biskup krakowski Bodzanta oraz arcybiskup gnieźnieński Bogoria, widząc, jak król zaangażował się w związek, chcieli koniecznie go przerwać, namawiając go do ożenku z jedną z księżniczek ze śląskich Piastów, Jadwigą z Głogowa. Zanim do tego związku doszło...

...Wkrótce przyszedł na świat pierwszy syn jej...

– znaczy Estery, wtrącił Max –

...którego król, Pełki dawszy mu imię i w szczycie pół orła, a w drugiej tarczy dzielnicy dwie róże białe, ochrzcić kazał, przyznając swoim. Narodzenie jego wrzawę przeciwko królowi podniosło jeszcze straszniejszą, a równie nadaremną, jak dawne narzekania i krzyki[46].

– Całkiem fajna ta bajka, szkoda tylko, że chce mi się spać – babcia Julcia ziewnęła.

– Wytrzymaj jeszcze trochę – syknął Tadeusz.

– Już blisko końca... – pocieszył Julcię Max. – Potem Esterze pobudował dom za miastem, wyposażył go, i ile tylko mógł, przebywał tam. Przymuszono go jednak do ślubu z księżniczką Jadwigą... – rozłożył ramiona – ...choć ten związek nie przyniósł mu potomka.

---

45 Tamże, s. 340.

46 Jw. s. 356.

Pełka, syn króla i Estery, niestety umarł szybko, potem miała z Kazimierzem jeszcze syna Niemirę i dwie córki. Od początku ich znajomości minęło już bowiem ponad dziesięć lat... – Pokiwał głową, widząc dziwne spojrzenia. – Gdy król, śmiertelnie ranny, był wieziony do Krakowa, świat jej się zawalił.

Spojrzał na kolejny fragment, po przerzuceniu wielu stron książki.

– Dla niej wszystko się skończyło z uderzeniem dzwonu na Wawelu, nie król umarł dla niej, ale ona sama skonała z nim. Dziesięcioletnie chłopię Niemira, syn jej, siedział niedaleko, patrząc na matkę, nie rozumiejąc tej wielkiej boleści, która jej pamięć o dzieciach nawet odjęła. Opodal nieco dwie dziewczęki ciekawie i nieśmiało spoglądały też na matkę[47].

Po śmierci i pogrzebie króla do jej domu przybył wspomniany wcześniej Lewko... – Max spojrzał na Annę.

– Estera blada i zmieniona siedziała, patrząc suchymi oczyma w tę dal jakąś poza światy, w której przebywała dusza. Stary Żyd stał długo zadumany, jak gdyby szukał środka, którym by ją mógł rozbudzić do życia. Po chwili wziął za rękę Niemirę i dziewczęta, przyprowadził je do matki i rozkazawszy im chwycić ją za ręce z wołaniem po imieniu, czekał na wrażenie tych głosów dziecięcych, błagających i płaczliwych. Dzieci długo powtarzały to imię matki, nim wreszcie Estera zadrżała, wstrząsła się i jak zbudzona ze szlochaniem się ku nim rzuciła, wszystko troje obejmując rękami[48].

---

47 Tamże, s. 497.
48 Jw. s. 501.

Niedługo potem Estera wyjechała do rodzinnego domu w Opocznie, wywożąc ze sobą coś z ruchomości na pamiątkę, które król darował jej swoim ostatnim rozporządzeniem[49].

O parę lat zaledwie króla przeżywszy, którego dzieci też marnie, zapomniane poginąć miały, Estera zmarła zabytą[50], miłość i cześć dla Kazimierza unosząc z sobą do grobu[51].

– Koniec... – Max uśmiechnął się do babci Julci, a potem spojrzał na Annę.

– Smutna ta bajka... – Julcia mimo Maxowego uśmiechu chlipnęła.

– Juluś, taka była historia – uciszył ją Tadeusz.

Anna przebiegła wzrokiem wokół. Kasia i Eliza wyglądały na zdziwione, tak jak ona, przeczytanymi przez Maxa fragmentami książki.

– Co to ma wspólnego...

Anna rozłożyła ramiona i spojrzała pytająco na Maxa; ten uśmiechnął się i chrząknął.

– Oto, ciociu, testament babci Krysi, o którym wcześniej mówiłem.

Sięgnął do nesesera, wyciągnął tekturową teczkę, wyjął z niej dokument i położył przed Anną.

Ta pokręciła głową na boki, powachlowała się dłonią, wzięła dokument do ręki i zaczęła przebiegać po nim wzrokiem.

– O, znalazłam ten fragment, o którym wcześniej wspomniał Max... – przełknęła ślinę – *przechowywana w skrytce bankowej skrzynka ma stać się własnością*

---

49 Tamże, s. 500.
50 Po staropolsku: zapomnianą.
51 Tamże, s. 503.

mojego potomka w trzecim pokoleniu, ale dopiero gdy ten ukończy 18 lat. Warunkiem jest, że do tego czasu nie odnajdzie się moja przybrana, ale ukochana córka, Barbara Zalewska, która ponoć spaliła się na polu w Parchowie, choć nikt nawet jednej kosteczki nie znalazł. Ciągle więc łudzę się nadzieją, że żyje... Boże! To nie może być prawda!

Anna odłożyła testament na stół i złożyła dłonie.

– Ciociu, ależ to jest prawda! – Max zadudnił, aż sam zdziwiony obejrzał się wokół.

– Ciszej, Maksiu... – Felcia pogroziła mu palcem.

– Po śmierci babci Krystyny przyszli do taty agenci FBI, żeby wypytać go, skąd jego matka miała stary złoty pierścień z olbrzymim rubinem. – Max spojrzał wokół.

– Co takiego...? – zawołała Kasia, nie wytrzymując napięcia, i spojrzała na matkę; ta uchwyciła się dłońmi stołu.

– Przecież on musiał mieć olbrzymią wartość! – zawołał Jan.

– Poczekajcie, proszę... – Max ich uspokoił. – Przestraszony ojciec powiedział, że wszystko, co jest mu wiadome, zawiera testament, który przechowywany jest w banku. Powiedział, że umożliwi im wgląd do skrytki bankowej. Skrytka została „zaaresztowana". Dzisiaj wiem, że nie musiał tego robić... – pokiwał głową. – Po jakimś czasie ojcu oddano dostęp do skrytki, przepraszając za nieprzyjemności, jakie go spotkały. Dopiero wówczas ojciec pokazał mamie i mnie testament sporządzony przez jego matkę, w którym było napisane to, co ciocia przeczytała.

– Jakaś zupełnie nieprawdopodobna historia... – Anna przyłożyła dłoń do czoła.

– Ale wyobrażacie sobie, jacy my musieliśmy być wówczas zdziwieni? My mieliśmy przecież czekać, aż narodzi się owoc moich lędźwi... – Max przerwał na chwilę i zadudnił chichotem.

– Ciszej, ciszej, Maksiu. – Felcia położyła palec na ustach.

– ...ponieważ do tej chwili jest jeszcze chyba dosyć daleko... – Max zerknął ukradkiem na Elizę; ta spostrzegła jego krótkie spojrzenie i uśmiechnęła się – ...a odnalazła się przecież szczęśliwie Barbara Zalewska, więc skrzynka, o której była mowa w testamencie jej mamy, trafia do prawowitej właścicielki.

Max przesunął po stole zielony pakunek w kierunku oszołomionej Anny.

– I co ja mam teraz z tym zrobić? – Anna cofnęła się na oparcie i spojrzała błagalnie wokół.

– No jak to co? Jesteś Barbarą, więc to jest twoje! Otwieraj, bo z emocji zaraz pęknę! – pisnęła Julcia.

– Juluś, ciszej – Tadeusz syknął.

– No, to otwieraj w imię Boże! – Felcia zacisnęła dłonie i ułożyła je z hukiem na stole.

– Mamuś, na co czekasz? – Kasia spojrzała jej w oczy.

– Dawaj, babciu...! – rzuciła, błyskając okiem, Eliza.

– Dajcie jej chwilę ochłonąć – wyszeptał czerwony z emocji Jan.

– Chyba jednak nie masz, Anno, wyjścia – odezwał się najspokojniejszy ze wszystkich Tadeusz i cmoknął.

Anna popatrzyła wokół, nachyliła się nad stołem i rozwiązała wstążkę, którą był przewiązany pakunek, po czym odchyliła zielone sukno. Oczom zebranych ukazał się wiśniowy rzeźbiony kuferek, bogato inkrustowany mosiądzem, z rączką z takiegoż metalu.

– Toż to skrzynka Krysi! – wrzasnęła Felcia, aż wszyscy podskoczyli na krzesłach. – Nie da się ciszej! – machnęła na nich ręką. – Ona trzymała w niej swoje dziecięce klamotki, które chciała mi pokazać, ale przyszedł pożar. Mówiłam ci, Aniu. To po nią cofnęła się do chaty... Biedna Krysia, tak się wtedy poparzyła... – Felcia, poruszona widokiem kuferka, załkała.

– Ty miałaś puszkę, jak opowiadałaś, a Krysia skrzyneczkę... – uspokajała ją Anna, przykrywając spracowaną rękę Felci swoją delikatną dłonią; dotknęła mosiężnej rączki skrzynki i odchyliła ją. – Tutaj jest jeszcze tabliczka z napisem! – zawołała. – *Barbara Zalewska, Otworzyć nie wcześniej niż w dniu 18 jej urodzin.*

– Proszę, ciociu, oto kluczyk do kuferka. – Max położył przed nią mosiężny zdobiony kluczyk.

Rozemocjonowana Anna drżącą ręką przekręciła kluczyk w zamku i uniosła wieczko kuferka. Wszyscy przysunęli się bliżej i zajrzeli do wnętrza.

– Tutaj nie ma żadnych dziecięcych klamotów! – kolejny raz wrzasnęła Felcia. – No, przecież Krysia mówiła, że pokaże mi, co jest w środku, a ja myślałam... – zamilkła nagle; jej oczy rozszerzyły się.

Max milczał z uśmiechem; Anna ze zdziwienia wolno kręciła głową na boki. Wewnątrz kuferka, na samym wierzchu, leżała złożona kartka, pod nią pożółkła koperta; na dnie spoczywał złożony plik dokumentów, gruby skórzany rulon i skórzany woreczek. Anna, ociągając się, wyciągnęła kartkę i rozprostowała ją.

– Ależ piękny charakter pisma, chociaż piszącej osobie chyba drżała ręka...

Przysunęła kartkę bliżej oczu.

– Coś jak pismo babci Jutki – rzuciła Kasia, spoglądając mamie przez ramię; Anna skinęła głową. Zaczęła czytać.

Kochana Córko Barbaro!

Piszę ten list w dniu rozmowy z Twoją zastępczą matką Krystyną Zalewską. Przyjechała do Ameryki z bólu po Tobie i mężu. Jest w strasznej nędzy. Opowiedziała mi, że Ty i Bronek Zalewski – jej mąż, zginęliście w pożarze. Po Tobie nie znaleziono żadnego śladu, nawet jednej kosteczki... Oboje wierzymy, że może się jeszcze kiedyś odnajdziesz.

Jest w strasznej nędzy, więc pozwoliłem jej sprzedać z Twojego posagu jeden klejnot – obiecała, że uzyskane pieniądze przeznaczy na szczytne cele. Wierzę jej.

Twój ojciec – Nicholas Neubauer

Nowy Jork, 24 grudnia 1938 roku

Anna spojrzała na Tadeusza; jemu zaczęła się trząść broda, cmoknął nerwowo kilka razy.

– Widzisz... Miałem rację, że wujek Mikołaj był twoim ojcem – załkał.

– Wiedziałam, że Tadzio mówi prawdę. On zawsze mówi prawdę – Felcia uśmiechnęła się do niego, a Julcia pogładziła go po dłoni.

Anna podeszła do Tadzia. Objęli się, oboje teraz szlochając.

– No, już dobrze, dobrze – fuknęła Felcia. – Aniu, wracaj tutaj i czytaj dalej... No już, już, nie marudź.

Oboje więc, ocierając oczy, usiedli na swoich krzesłach. Po chwili Anna otworzyła kopertę.

– O, drugi list od tatusia. – Spojrzała załzawionymi jeszcze oczami na Tadzia. – Już poznaję jego pismo.

Przełknęła ślinę.

Kochana Córko Barbaro!

Nazywam się Nicholas Neubauer. Urodziłem się w Sokółce. Jestem obywatelem Stanów Zjednoczonych Ameryki, ale też Polakiem. Tam w Nowym Jorku mam dom, ale spędzam czas, ile tylko mogę, w Gdyni, w moim pensjonacie „Villa Rosa". Tutaj właśnie piszę ten list, w dniu Twoich narodzin, to jest 5 listopada 1938 roku. Jesteś córką Józefy Kuszer i moją.

Kiedy czytasz ten list, masz już ukończone 18 lat i jesteś piękną młodą damą – czego jestem pewien, ale zapewne też mądrą kobietą – czego pragnę i Tobie życzę. Na pewno więc zrozumiesz i wybaczysz tym wszystkim, którzy mieli za zadanie ukryć do dzisiaj twoje pochodzenie. Proszę Cię tylko o jedno: Kochaj i zostań z Krystyną i Bronkiem Zalewskimi do ostatnich ich dni. To są zacni i szczerzy ludzie, którzy dzięki Tobie – taką mam nadzieję – będą wreszcie szczęśliwi.

Annie przy ostatnich słowach załamał się głos. Potarła dłonią czoło.

– Niech no która mnie wyręczy…

Spojrzała na córkę i wnuczkę; Eliza przejęła list, popatrzyła wokół i chrząknęła.

Powierzam Ci drugą wielką tajemnicę... – Eliza ponownie spojrzała wokół. – *Tym razem jest to tajemna historia mojego, a więc i Twojego rodu. Spisana jest na oddzielnych arkuszach. Oprócz tego przekazuję ci kilkusetletni rulon z pieczęciami, będący królewskim aktem nadania klejnotów przez króla Kazimierza Wielkiego Esterze Małach, mojej prapraprababce, Żydówce, ukochanej króla Kazimierza Wielkiego.*

– Łaał! – Eliza nie wytrzymała i utkwiła niedowierzający wzrok w babci.

Anna miała półprzymknięte oczy i delikatny uśmiech na twarzy; nawet nie zareagowała. Eliza wróciła do czytania.

Jest to jednocześnie dokument potwierdzający, że Kazimierz Wielki jest ojcem jej dzieci. Ostatni potomek w każdym pokoleniu przejmuje pismo królewskie i pozostałe jeszcze klejnoty. Te, które pozostały do dzisiaj, czekają na Ciebie do odbioru w banku w Nowym Jorku. Ostatnią z rodu Estery Małach jesteś teraz TY!

Eliza zawiesiła głos, bo... właściwie zaniemówiła z wrażenia, a Anna poruszyła się i otworzyła szeroko oczy. Dłonie przycisnęła do piersi. Spoglądała wokół, jakby niczego dotąd nie zrozumiała.

– Ja... ostatnią z rodu Estery? – szeptała, kręcąc głową.

– Tak, ciociu, ty – cicho, ale dobitnie powiedział Max, wyraźnie rad z wrażenia.

– Wszystko się zgadza, Aniu. Cały czas uważnie słuchałam. Jo! – Felcia kiwała głową i uśmiechała się szeroko.

– Nawet ja tym razem nie zasnęłam i wszystko zrozumiałam. – Błękitne oczy babci Julci lśniły radością. – To nie jest bajka! – pisnęła.

Tadzio po swojemu syknął.

Anna oddychała głęboko i spoglądała po kolei na zgromadzonych. Wszyscy się do niej uśmiechali, więc i jej twarz po chwili zaczęła przybierać nieco radośniejszy wyraz.

– Ciociu, wytrzymaj jeszcze trochę, już blisko końca. – Max położył na jej małej dłoni swoją olbrzymią rękę. – Dasz radę, Eliza? – spojrzał na nią; ta potwierdziła i cicho chrząknęła.

Kiedy stałem się pełnoletni, nie potrafiłem zakochać się w żadnej z kobiet, które swatała mi rodzina. Byłem niestety na to za mądry (po co mnie posyłali do szkół, a potem na studia!?). Widziałem przecież, jak żyją inni ludzie. Chciałem tak jak oni sam o sobie decydować i wybrać ukochaną na całe życie. To był powód, że wciąż odrzucałem propozycje małżeństwa z polecanymi mi kobietami. To był też powód, że uciekłem do Ameryki, choć ciągnęło mnie przecież nieustannie do Polski. Dlatego też w Gdyni zainwestowałem w pensjonat „Villa Rosa"…

Zakochałem się dopiero w dojrzałym wieku i co dla mnie samego było niespodziewane, w nie-Żydówce, Józefie Kuszer. Właśnie dlatego, że ją bardzo kochałem, z nią także zapragnąłem mieć dziecko. Musiałem mieć potomka, żeby przekazać dalej historię Jej i mojego rodu i pozostałe klejnoty. Józefa była piękną jak Włoszka, mądrą, uczciwą, pracowitą i szczerą kobietą. Po kilku latach zabiegów przyjęła wreszcie moją miłość, ale chciała nasz związek ukryć przed dziećmi. Dopiero kiedy była w ciąży, powiedziałem jej, co zostawię naszemu wspólnemu dziecku – czyli Tobie. Nie zrobiło to na niej żadnego wrażenia, że kiedyś, dzięki Tobie, może żyć bez potrzeby martwienia się o pieniądze. Dla niej ważniejsza była reputacja u trojga dzieci, z którymi przyjechała do Gdyni, niż Twój spadek, z którego mogłaby czerpać pewnie korzyść. Może wreszcie i w tym by mi uległa, ale miała także niewyobrażalnie wielkie serce. Postanowiła podzielić się swoim szczęściem z Krystyną Zalewską – Twoją matką, którą przypadkiem poznała jako istotę nieszczęśliwą i zagubioną! Nie mogłem jej w tym w żaden sposób przeszkodzić. Gdyby to nie była Zalewska, to i tak kogoś innego pewnie by znalazła. Obiecała mi, że będzie miała na Ciebie cały czas oko. Wówczas postanowiłem, że zostanę z nią tak długo, jak będę mógł, i będę jej, i jej dzieciom, sam pomagał na co dzień…

Teraz możesz spróbować dotrzeć do Niej i porozmawiać. Może tobie ulegnie?
Kocham cię, Basiu.
Twój ojciec – Nicholas Neubauer

Eliza odłożyła list na stół; Anna westchnęła i spojrzała na Tadeusza, któremu trzęsła się broda; twarz zasłonił chusteczką i przecierał nią oczy.

– I co wyście, Maksio z Władkiem, najlepszego nam uczynili? – spytała Anna łamiącym się głosem i wskazała na Tadzia i siebie.

– To, co się należało, ciociu – zadudnił, uśmiechając się do niej. – To wszystko jest przecież twoje, wasze. – Teraz on wskazał na nich kolejno. – Wy jesteście przecież prawdziwym rodzeństwem... Kiedy wróciłem do domu po czterech latach, też płakałem całą noc, ale od wczoraj moje oczy i myśli zajęte są czym innym...

Wykonał nad stołem szeroki łuk ramieniem i zerknął w kierunku Elizy; Kasia wyłapała ten ruch i spojrzała na matkę, a potem Felcię.

– Tadziu, już dobrze... – Julcia delikatnie pogładziła go po ramieniu, gdy ten znowu zachlipał.

Tadeusz próbował się uśmiechnąć, ale drżąca broda nie pozwalała. Cmoknął tylko raz i drugi.

– Tadziu... – poprosiła cicho Anna, też przecierając oczy.

– Kiedy Polonusy, którzy czasami przychodzili do ojca, opowiadali o starym kraju, ja im zawsze zazdrościłem – odezwał się znowu Max. – W życiu bym nie pomyślał, że coś takiego może nam się trafić. – Pokazywał wokół radosną twarz. – Powiem szczerze, że gdyby coś takiego nam się nie wydarzyło, to chyba... sam bym to wymyślił!

Jego śmiech zadudnił w starym Felcinym domu na wzgórzu; zatrzęsły się i rozdzwoniły szkła w kredensie.

– A kuferek, skrzynka... a my? – rezolutnie rzuciła Eliza i podniosła brew; Max poczochrał się po czuprynie i wzruszył ramionami.

– Kiedy zobaczyłem go pierwszy raz, nie mogłem od niego oderwać oczu. – Pogładził kuferek z wiśniowego drewna. – Ja, facet zajmujący się sportem, znający się na uzbrojeniu, po niemal prawniczych studiach – mrugnął – wpadłem w zachwyt! Może coś takiego mógłbym produkować?

Przysunął go do siebie, obracał wokół i oglądał z przejęciem każdy szczegół kuferka, jakby pierwszy raz go zobaczył.

– Tak, muszę to sobie dokładnie przemyśleć... – uśmiechnął się całym sobą.

Eliza przechyliła głowę.

– Ciociu! – huknął niespodzianie. – A tamte pisma... historia rodu i pismo królewskie? – Wskazał palcem do wnętrza. – No i ten woreczek, trzos... Dlaczego ich nie pokażesz?

Anna spojrzała na zegar.

– Ja i tak dzisiaj nie zasnę... ale dochodzi druga. – Spojrzała na babcię Julcię i Felicję, które jak na komendę ziewnęły; uśmiechnęła się. – Zobaczmy tylko, co jest w tym trzosie, a reszta rano... albo kiedyś...

Sięgnęła po niewielki, barwiony na zielono skórzany woreczek, ze zdobieniami wykonanymi złotą nicią. Rozsupłała skórzany ściągacz zakończony brązowymi koralikami pokrytymi złotą plecionką i zerknęła do środka.

– O Boże...! A cóż to takiego?! – zawołała i zakryła dłońmi usta; kręciła głową. – Wyciągnij... – spojrzała prosząco na Elizę.

Eliza sięgnęła do woreczka i wyciągnęła najpierw duży złoty pierścień z ogromnym rubinem, a następnie również złoty gruby łańcuch z olbrzymim szafirem. Pierścień ze stuknięciem, a łańcuch z chrzęstem spoczęły na stole.

– To są... klejnoty... Estery... – wyszeptała Anna i spojrzała najpierw na Maxa, który pokiwał głową, a potem wokół.

Zapadła absolutna cisza. Wszystkie oczy były utkwione w leżących na stole starych piastowskich klejnotach.

Spis treści

Polecamy

Krystyna Mirek
Saga rodu Cantendorfów. Tajemnica zamku

Krystyna Mirek
Saga rodu Cantendorfów. Cena szczęścia

Krystyna Mirek
Saga rodu Cantendorfów. Prawdziwa miłość

Krystyna Mirek
Willa pod kasztanem. Światło w Cichą Noc

Krystyna Mirek
Willa pod kasztanem. Światło o poranku

Nina Majewska-Brown
Anka. Inne oblicze szczęścia

Nina Majewska-Brown
Anka i diabeł stróż

Anna Sakowicz
Na dnie duszy

Kasia Bulicz-Kasprzak
Sprzeczne sygnały

Roma J. Fiszer
Kilka godzin do szczęścia

Roma J. Fiszer
Wzgórze pełne słońca

Roma J. Fiszer
Sezon na szczęście

Agnieszka Jeż, Paulina Płatkowska
Szczęściary

Agnieszka Jeż, Paulina Płatkowska
Marzena M_

Agnieszka Jeż, Paulina Płatkowska
Ciasteczko z wróżbą

Natasza Socha
Troje na huśtawce

Agnieszka Zakrzewska
Do jutra w Amsterdamie

Edipresse Polska SA
ul. Wiejska 19
00-480 Warszawa

Dyrektor ds. książek: Iga Rembiszewska
Redaktor inicjujący: Natalia Gowin
Produkcja: Klaudia Lis
Marketing i promocja: Renata Bogiel-Mikołajczyk, Beata Gontarska
Digital i projekty specjalne: Katarzyna Domańska
Dystrybucja i sprzedaż: Izabela Łazicka (tel. 22 584 23 51),
Barbara Tekiel (tel. 22 584 25 73), Andrzej Kosiński (tel. 22 584 24 43)

Redakcja: Ita Turowicz
Korekta: Ita Turowicz, Agnieszka Jeż
Projekt okładki i stron tytułowych: Magdalena Zawadzka
Zdjęcie na okładce: Africa Studio/Shutterstock
Skład: Perpetuum

EDIPRESSE
KSIĄŻKI

Biuro Obsługi Klienta
www.hitsalonik.pl
e-mail: bok@edipresse.pl
tel.: 22 584 22 22
(pon.–pt. w godz. 8:00–17:00)
www.facebook.com/edipresseksiazki
www.instagram.com/edipresseksiazki

Druk i oprawa: Lega, Opole
Książkę wyprodukowano na papierze Ecco Book 60 g vol. 2.0
dostarczonym przez firmę
antalis
Just ask Antalis

ISBN: 978-83-8117-545-6